泉州文库

选聖题

（明）蔣德璟　著

粘良圖　點校

蔣氏敬日草

泉州文庫整理出版委員會　編

創于1897
商務印書館
The Commercial Press

前　言

　　泉州建制一千三百多年,爲中國歷史文化名城和古代海外交通的重要港口。"比屋弦誦,人文爲閩最",素稱海濱鄒魯、文獻之邦。代有經邦緯國、出類拔萃之才,歐陽詹、曾公亮、蘇頌、蔡清、王慎中、俞大猷、李贄、鄭成功、李光地等一大批傑出人物留下了大量具有歷史、文學、藝術、哲學、軍事、經濟價值的文化遺産。據不完全統計,見載於史籍的著作家有一千四百二十六人,著作多達三千七百三十九種,其中唐五代二十九人三十二種,宋代二百人三百九十一種,元代二十一人四十種,明代五百三十六人一千五百八十五種,清代六百四十人一千六百九十一種;收入《四庫全書》一百一十五家一百六十四種,《四庫全書存目叢書》五十六家七十四種,《續修四庫全書》十四家十七種。二○○八年國務院頒布第一批國家珍貴古籍名録,屬泉人著述、出版者十三種。

　　遺憾的是,雖然泉州典籍贍富,每一時代都有一批重要著作相繼問世,但歷經歲月淘汰、劫難摧殘,加上庋藏環境不良,遺存至今十無二三,多成珍籍孤本。這些文化遺産,是歷史的見證,是泉州人民同時也是中華民族的寶貴文化財富,亟待搶救保護,古爲今用。

　　對泉州地方文獻的搜集與整理,最早有南宋嘉定年間的《清源文集》十卷,明萬曆二十五年《清源文獻》十八卷繼出,入清則有《清源文獻纂續合編》三十六卷問世。這些文獻彙編,或已佚失,或存本極少。二十世紀四十年代,泉州成立"晉江文獻整理委員會",準備整理出版歷代泉人著作,因經費短缺未果。八十年代,地方文史界發起研究"泉州學",再次計劃編輯地方文獻叢書,可惜後來也因爲各種條件的限制,其事遂寢。但是這兩次努力,爲地方文獻叢書的整理出版做了準備,留下了珍貴的文獻資料和書目彙編。

　　二○○五年三月,中共泉州市委、泉州市政府決定將地方文獻叢書出版工作列爲國民經濟和社會發展第十一個五年規劃的一項文化工程。翌年，正式成立"泉州地方典籍《泉州文庫》整理出版委員會"，着手對分散庋藏於全國各大圖書館及民間的古籍進行調查搜集，整理出《泉州文庫備考書目》二百六十七家六百一十四種，以後又陸續檢索出遺漏書目近百家一百八十餘種。經過省內外專家學者多次論證，最後篩選出一百五十部二百五十餘種著作，組成一套有一定規模、自成體系、比較完整，可以概括泉人著作風貌、反映泉州千餘年文化發展脉絡的地方文獻叢書，取名《泉州文庫》，二○一一年起陸續出版發行。

整理出版《泉州文庫》的宗旨是：遵循國家的文化方針政策，保護和利用珍貴文獻典籍，以期繼承發揚中華民族優秀文化傳統，增進民族團結，維護國家統一，提高民族自信心和凝聚力，加強社會主義核心價值體系建設，增強文化軟實力，爲泉州的物質文明和精神文明建設服務。

《泉州文庫》始唐迄清，原著點校，收錄標準着眼於學術性、科學性、文學性、地域性、原創性、權威性，具有全國重要影響和著名歷史人物的代表作優先。所錄著作涵蓋泉州各縣（市、區），包括金門縣及歷史上泉州府屬同安縣，曾在泉州任職、寄寓、活動過的非泉籍人氏的作品，則取其內容與泉州密切相關的專門著作。文庫採用繁體字橫排印刷，內容涉及政治、經濟、歷史、地理、哲學、宗教、軍事、語言文字、文化教育、文學藝術、科學技術等領域，其中不乏孤稀珍罕舊槧秘笈，堪稱溫陵文獻之幟志。

值此《泉州文庫》出版之際，謹向各支持單位、個人和參加點校的專家學者表示誠摯的感謝！由於涉及的學科和內容至爲廣泛，工作底本每有蛀蝕脱漏，加之書成衆手，雖經反復校勘，但限於水平，不足或錯誤之處還是難免，敬請讀者批評指教。

泉州地方典籍《泉州文庫》整理出版委員會

二○一一年三月

整 理 凡 例

一、《泉州文庫》（以下簡稱"文庫"）收録對象爲有關泉州的專門著作和泉州籍人士（包括長期寓居泉州的著名人物）著作，地域範圍爲泉州一府七縣，即晋江（包括現在的晋江市、石獅市、鯉城區、豐澤區、洛江區）、南安、惠安（包括泉港區）、同安（包括金門縣）、安溪、永春、德化。成書下限爲一九四九年九月以前（個別選題酌情下延）。選題内容以文學藝術、歷史、地理、哲學、政治、軍事、科技、語言教育等文化典籍爲主，以發掘珍本、孤本爲重點，有全國性影響、學術價值高、富有原創性著作優先，兼及零散資料匯總。

二、每種著作盡量收集不同版本進行比較，選擇其中年代較早、内容完整、校刻最精的版本爲工作底本，并與有關史籍、筆記、文集、叢書參校，文字擇善而從。

三、尊重原著，作者原有注釋與説明文字概予保留。後來增加者，則視其價值取捨。

四、凡底本訛誤衍漏，增字以〔　〕表示，正字以（　）表示，難辨或無法補正的缺脱文字以□表示，明顯錯字徑直改正，均不作校記。

五、凡底本與其他版本文字差異，各有所長，取捨兩難，或原文脱訛嚴重致點讀困難，或史實明顯錯誤者，正文仍從底本，而於篇末校勘記中説明。

六、凡人名、地名、官名脱誤者，均予改正，訛誤而又查不到出處之人名、地名、官名及少數民族部落名同異譯者，依原文不予改動。

七、少數民族名稱凡帶有侮辱性的字樣，除舊史中習見的泛稱以外，均加引號以示區別，并於校記中説明。

八、標點符號執行一九九六年實施的國家《標點符號用法》。文庫點校循新版二十四史及《清史稿》例，一般不使用破折號和省略號。

九、原文不分段者,按文意自然分段。

十、凡異體字、俗體字、通假字,如非人名、地名,改動又無關文旨者,一般改爲通用字;異體字已經約定俗成、容易辨認者不改。個別著作爲保持原本文字語言風貌,其通假字則不校改。

十一、避諱字、缺筆字盡量改正。早期因避諱所産生的詞彙成爲習慣者不改正。

十二、古籍行文中涉及國家、朝廷、皇帝、上司、宗族等所用抬頭格式均予取消。

十三、文庫一般一册收録一種著作,篇幅小的著作由兩種或若干種組成一册,篇幅大的著作則分成兩册或若干册。

十四、文庫採用橫排、繁體字印刷出版。每册前置前言、凡例。每種著作仿《四庫全書》提要之例,由編者撰寫《校點後記》,簡略介紹作者生平、著作內容及評價、版本情況,說明其他需要説明的問題。

泉州地方典籍《泉州文庫》整理出版委員會辦公室

二〇〇七年二月五日

敬日堂草引

文章之道與氣運爲盛衰，而司其權者存乎其人。所謂其人者，非能文之人，實文而不愧之人；文而不愧之人，非以文重人，以人重文也。以文重人者或可膾炙一時，以人重文者實可領袖千古。夫《詩》、《書》、《易》、《禮》、《春秋》，聖人之言也；佚、狐、左、穀、司馬，賢人之言也。繼經以史，雖其運之降哉，猶未離有德之言。子氏百家，競玄炫奇，非不爍燿一世，而世輒有禁，人亦或自厭之，故不可以經，亦不可以史。

吾泉太史八公，韶年能文章，資既絕代，書復破萬卷。觀察先生最憐異之。迨其掄上第、入承明，天下言文章者必歸八公。君之文剡自寸靈，傅以古先，其峻嶒之骨法與浩渺之神思，倒筆傾囊，借成於手而不自知其至也。或身所跋履，手所擘畫，於天壤內別有領略，所伐構皆三代法物，所儲綜皆國家、兵事、糧食、供賦、鹽鐵，所上下皆千百年人品、事行、忠佞、賢不肖之概。與之語，多天下大計，安危倚伏，社稷久遠，可經行之事，一代之業盡在茲矣。若猶是寄身藻翰之壇，贈記贊銘，應酬人于諛生誦死，君雖爲之而心弗屑也。昔瑠炎燻天，嗜穢貪華者，豐碑巨碣，大書深刻，厥角稽首惟恐後。君爲庶常，即唱不拜贋祠，一進卷而詆爲大不敬，禍且叵測。君怡然自若也，曰："吾寧以其身赴有義之溝壑，不扳無義之榮華。他日猶得以學士肚皮正告于天下後世也。"動一操觚，先清指摘。於是世多愛君之文，而實重君之文，謂君之是非毀譽儼然與《春秋》相表裏，意嚴詞正，如昔之《陳情》見孝，《師表》見忠，討檄見義，封事見烈，載氣而發，皆爲文而不愧。所謂以人重文，可以領袖千古者非與？

予嘗謂，古今英人望士，流文抱采，姓字亦既盛行，若腹笥世略與內行純備猶需別論。君以意提躬，日各有記，因額其堂曰"敬日"，其志誼簡押，非時賢可及。去歲以使事歸，與余二三兄弟譚《易》，足社中微渺勝義。君實深於《易》，故其言其動若擬議而出，真可繼經而史也。今聖主在上，文必雅正，人必氣節，幹濟必周遠。君之文之人之幹濟，適當其際。於以扶氣運於郅隆而盛播休明者，於是乎在。

辛未之夏，其東床翁君彙其所制編，命之剞劂氏，蓋欲以公之文傳世也。余道其人以爲文之重，使天下後世不徒以文重君也。

會姻弟曾化龍大雲甫書于作求堂。

目　　録

敬日草卷一

奏　疏

微臣奉差事竣,祖母望百年高,懇乞聖慈俯賜在籍侍養疏①

翰林院侍講臣蔣德璟,爲微臣奉差事竣,祖母望百年高,懇乞聖慈俯賜在籍侍養事。

臣於崇禎二年六月十六日蒙欽遣,持節同中書舍人史遵瀕前往江西淮府册封金華王,即日馳出國門,前途候副使領册至,便與俱發。入境之日,宗室自淮世子以下並文武官員俱遵題准申飭事宜迎送,朝辭如式無違。事竣戒途,即擬星馳赴闕。緣臣有祖母吳氏,年已九十六歲,衰弱伏枕,晝夜思臣,趣臣歸省,望眼欲穿。臣祖母年十七適臣祖生員蔣際春,二十一歲而寡,時臣父原任江西副使臣光彦生僅三歲,矢志立孤,千辛萬苦,毅烈之操,可泣鬼神。臣父與臣母陳氏奉事尤極孝謹。臣父既歷官中外,終養家居,年及七十,於天啓二年病故。是臣父終天未竟之慕,皆臣兄弟之責也。臣幼出痘瀕危,復禀弱多病,賴祖母提抱鞠視,以有今日。故臣之戀祖母與祖母之念臣皆特切至。臣自壬戌父艱,歸侍祖母,五年不忍出門。闋除以來,時刻掛胸,凡在同朝,無不憐念。昔李密爲祖母劉陳情,有“盡節於國之日長,而報劉之日短”,臣嘗讀而悲之。查得嘉靖四年,詔京官出差及養病省親者,許差人具奏。又三十年,中軍都督府都事張子中以祖母百歲乞歸省,許之,仍命有司給賜米絹。即近者詹事尚書黃士俊以親齡望百上請,亦蒙皇上許假歸省,恩禮有加。實古帝王以孝治天下(下原缺)

乞假歸省祖母疏崇禎癸酉。

右春坊右中允兼翰林院編修臣蔣德璟,爲驚聞祖母病危,懇乞天恩俯賜給

1

假歸侍,以盡孝思事。

臣於崇禎二年六月內奉使冊封淮府,事竣,隨具"微臣奉差事竣,祖母望百年高"一疏,奉聖旨:"蔣德璟所奏亦屬至情,但侍養尚有兄弟,史局正在需人,還着前來供職。該部知道。欽此欽遵。"臣祇奉明綸,不敢久滯子舍,隨於五年正月內抵京供職。維時祖母累封太恭人、旌表節婦吳氏飲食尚健,步履家園,形神康泰,臣母累封太恭人陳氏率諸子孫朝夕扶掖承歡,臣雖稍蠲內顧,然無日不以祖母爲念,臣同館同鄉知者無不憐臣。忽接家報,祖母飲食少進,衰瘦不堪,臣不勝驚惶泣下。切念臣父先臣光彥三歲而孤,皆賴祖母矢志《柏舟》,彊毅貞烈,荼苦萬狀,以至撫育臣等兄弟六人,下逮曾、玄五世,俾各成立,皆祖母保抱訓誨之恩也。臣父既背,臣通籍垂十二年,家居前後八載,問安侍膳,不忍刻離左右,而祖母亦最憐愛臣。祇以功令森嚴,趣臣赴闕,臣隻身單騎,盡留母妻子女在家供養,無一人隨臣者。去冬聞臣弟璁之喪,急圖歸省,驟聞此耗,心膽俱裂。臣雖有兄及弟,而以望百之年,遠在萬里,思慕痛切,寢食實爲不安。且史局近濟濟多賢臣,所分《實錄》亦已纂完,星夜繕寫,即可竣事。伏乞聖慈矜臣至情原無假飾,察臣冷局並無規避,特准給假歸侍,以終祖母餘年。臣報劉日短,報國日長,頂戴皇恩,與天無極。臣無任激切惶恐待命之至。

崇禎六年正月十八日。奉聖旨:"吏部知道。"吏部查《會典》無歸養祖母之例。隨聞祖母訃音,呈乞炤例歸祭。部覆:"《會典》京官雖有祭祖之例,須離家六年者聽。但本官報劉情深,生養沒祭,至情迫切,委當曲體。"三月初五日,奉聖旨:"既與典例不合,蔣德璟不准給假。"

遵 旨 回 奏 疏

主臣遠在萬里[②],驚服神明。又自揣讜陋,幸得照臨于日月之下,臣死且不朽。記臣所試表策,皆舉皇上中興新政,如宣大邊事、各邊兵餉,高皇帝軍政、馬政及可代小民加派者爲問。無非勉竭愚忠,揄揚德意。而南中士子亦多能頌言皇上愛民籌邊之概。間有掇拾唾餘,淘洗未淨,則誠有之。計南卷八千四百有奇,臣每加翻研,夜不交睫,篇多期逼,未免疏漏,是臣學識闇淺,罪何所辭! 即情弊固萬不敢出,亦惟有束身席藁,恭聽皇上處分而已。臣半生砥礪,攻苦自甘,迂拙之踪,舉朝共悉。倘或幸徼寬宥,勉効桑榆,則聖明格外之鴻恩,非微臣所敢必矣! 比因寇警塞道,邸報稽遲,星夜馳奏,尚恐延誤滋罪,並乞聖明憐察。臣無任戰慄待命之至。緣係奉有"丁進等着作速回話"之旨,爲此具本專差義男蔣忠齋捧謹具奏聞。

貼黄:右春坊右庶子兼翰林院侍讀掌司經局事,今差出臣蔣德璟謹奏:臣於崇禎六年秋,蒙聖恩命副左庶子丁進典試應天。緣正考丁進被參事尚未結,致蒙皇上查卷,着丁進等自行回奏。除程中葆等關節事情,原不曾假冒臣姓名,歷經南北疏參,與臣無涉,不敢贅陳外,臣各卷批詞並不敢一字妄誕。幸蒙聖鑒精詳,毫無塗削,臣不勝感服。緣臣奉差益府中途,奉有"丁進等自行回奏"之旨,臣係副考,理合據實具奏。

崇禎九年三月初二日上。本年四月二十八日奉聖旨:"蔣德璟同有衡文之任,批詞雖無妄誕,豈能辭責! 着降三級照舊,該部知道。"

【校記】

① 此題原無,據卷前目録補。

② 本篇此句前原缺,題據卷前目録補。

敬日草卷二

論 表 原 對 評 解 言 懺 說

精一執中論壬戌六月選館。

中之統開于堯舜，然堯之授舜曰"允執其中"耳。自舜演爲精一，而且析之人心、道心，以剖其秘。夫心則安有兩哉？界兩心而取一中，非中也；去人心以控道心而膠執一惟微之脈，又非執也。帝王之執與拘儒定不同，而帝王之中，則亦愚夫婦所不言而同然之中也。中即在心，而心無可執。故善言執者，第握心之極環應而無方，而不必守中之名，調停以求適，此精一執中之指也。夫中者，四虛之謂也，四虛則無耦，而曰危曰微，何哉？蓋心一而已矣，人心此心，道心亦此心，危在此，微即在此。黃帝謂之"綿綿若存"，周公謂之"無聲無臭"，而孟子直謂之"幾希"。幾希者，微乎微乎，可以觀中矣。中無兩端而有其兩端，中無萬變而有其萬變。兩端萬變者，錯綜流徙之形，而無兩端萬變者，淵渟谷應之紐也。聖人曰：吾欲執中。何處尋中？得其一即爲中。吾欲得一，何處覓一？精於中即爲一。而精豈易言哉？思之儵而游也，神之旁而梦也；介乎側者，黑貂綠黛之群，而煢乎下者，象恭孔壬之黨也。此猶其粗也。若乃右墳典、左索丘，前凝後丞，上都下俞之候而己以爲道心者，賢士大夫或以爲人心矣。即賢士大夫以爲道心，而反之獨覺或以爲人心矣。於是一事也，甲可而乙忤；一人也，朝蹠而暮夷；涇渭原可溷流，芝艾亦無定味，將孰從而辨之？而又安得所謂中而執之？則亦闇於惟精之本矣！

聖人之精，蓋自清其心始，是故喜怒哀樂之未發也，視聽貌言之有官也，聲色既刬，氣質俱澄，人心固空，道心亦化，獨存其所爲幾希者，炯然內抱。其爲脈固甚微矣，而其咨警憂惕之意，轉覺甚危。其危者，洪水撼之不動，四凶訌之不動，即以地平天成之安償之而亦不動。而其微者，則千古一微而已矣。是之謂一，是之謂中，是之謂執。執者執其常精常一之心也。而説者曰聖心無執，執即爲子莫，則又不然。夫天則有斗杓矣，斗杓旋而四運鱗次各有准也，疇斟之哉。夫心亦人之太乙也，令人主以模棱爲中，則或挈其斗杓而去矣。千世之禍變未有烈于堯舜之時，即舜之身，而其眩亂震撞未易處置者又莫如父子君臣之際，然而舜游之而刃解也。堯起潛邸，年十六爲天子，晚而得舜，授之執中。至舜所閲嘗艱險，風雨弗迷，蓋親以其心試于危微而始發爲精一之論，其致淵矣。

或曰：商周以上，中統在君相；漢唐以下，中統在匹夫乎！又非也。萬川一月，萬心一中，一代之治自有一代之中，而特其所爲精一者，或不能如聖帝之粹，是故其原委繫于學而又非以金華講篆爲學也。欲泝堯舜執中之心者，請自清其心始。

復見天地心論館課。

知天地之心者，可與觀心矣。知吾心之有天心者，可與觀天地之心矣！天地之心何從而見哉？以其氣見之。氣之漸人，猶之水之漸魚，而人不覺也，又何從而見之？説在坤復之際已。論復者曰：剥落之餘，杳寂莫朕，形色之後，爛熳相忘，惟陰盡陽回之時，萬物未生而天地生物之心機倪畢露，若以至日之封爲天根爲氣母者，是則然矣。吾直本天心于元，而以復之見爲人心陰陽消息之大關。蓋天地無心，以生生之仁爲心，所謂元也。是元也，天地有之，聖人有之，凡人亦有之。特凡人終日營營，不能見耳。即見之，而電光石火，旋發旋迷，不得爲地中之雷，即不得言復。聖人會于復，而恍然曰："此其雷在地中，俄然而開千蟄萬翕者耶！純坤之下，微陽忽動，是正乾之大始，而人人剛明震厲之知者耶。"自其從天而動，謂之无妄；自其從剥而反，透地而動，謂之復。於歲爲冬春，於月爲晦蘇，於日爲亥子，而於人爲喜怒哀樂未發之交。而所爲元者，始可得而言。

何者？心之元即天心也。夫天心則仁也。剥之果，本自函不盡之仁。復之仁，亦自留不盡之果。一念回陽，根種俱現，天地之心，真若炯然在我者。而要其見亦自見而已，則其所謂復亦自知而已，自知之復不見之見也。天之行陰氣也，不用于物而用于空，而陰之乘陽也，則無息而不伺復之。一陽即《乾》之初九也，過此則坎矣。陽稍升而一陰已伏其下，是以聖人危之，是故先王以一念之見爲關，而以休頻獨敦，防遠防迷，念念之保持爲閉，使聲色臭味不得肱天心之篋而奪之以去，而通乎晝夜，止載一未發之中以行。日日見，日日關，日日閉，即日日至。其於世也，孤陽之生，君子獨而小人衆，而修身下仁以待其亨，而又非一人一日之力所能制也，必朋來而後无咎。蓋所以持天治剝之權微矣。

雖然，其曰七日來復，何也？非七日以前有無陽之天地也。日，陽象也。七，陽數也。復之一陽，止于坤上爲六，爲往；動于坤初爲七，爲來。六反爲一，則以爲七日而已矣。然而無剝上之果，則亦無復初之仁，寂然不動，真息內含。天地萬物未有不冬不晦不亥而能反其根者，而況於人乎！故善見心者，能即吾心見天心，而又不于復而于坤復之際。

大人正己而物正論萬曆己酉鄉試卷(原缺)。

人君之道必須先存百姓論壬戌會試卷(原缺)。

君子周而不比論丁卯散館卷。

空洞無際之中[①]，和平之福終必賴之，故又曰和而不同。夫和者，六氣之宅也，柄世者以和圉朝野之神，雖不分周比可矣！

是日，內閣以予卷第一進呈。詰朝，魏瑠矯傳旨云："首卷內夾一紙，大不敬。"又傳同館馬之騏爲門戶，二卷皆當削奪。予聞信，即募小車擬載母馳歸。而內閣張公，同鄉也，爲出公揭力救。揭云：

大學士臣黃立極、施鳳來、張瑞圖、李國槽等謹題。臣等今早辦事閣中，文書官李應詔等捧御前發下庶吉士試卷二本，其第一卷內誤夾一白紙，已經聖明拆覽，閱其名，知爲蔣某也。臣等不勝驚懼，不勝駭異。竊思本日遵奉欽依，庶

吉士散館，臣等齊集文淵閣中發題，及諸士卷完，彙齊糊名，臣等照前復集，公同
閱卷，反復商確，數次披尋，見本卷文理優長，字畫清楷，而後敢恭進御覽。不謂
卷後未經繙閱，至謬實片紙，上瀆宸嚴。夫考試期於清嚴，而題奏貴乎恭慎，乃
本生既已錯誤，而臣等亦多疏失。日月照臨，罪何可逭？然新進之士，未諳朝
章，已蒙聖恩作養累年，偶失簡點，尚冀天慈，始終憐宥。至於臣等愚昧之咎，則
踧踖以俟嚴命，不敢概希寬宥也。謹將原卷二本隨揭上進。伏祈聖明裁鑒施
行。臣等不勝悚切戰懼之至。

　　七月十四日題，十五日奉旨："蔣德璟偶失簡點，念係新進，姑不究。"當矯
旨時，同館李君雍來、朱君滄起適在坐，報至，大爲余懼。余曰："罪不至死。苟
不死，何懼？自有命在。"而張公遣人來云："凡門戶斷不能救，若大不敬尚可救
也。且稍遲至明朝。"余之得免，張公力也。馬丈既削，而一時同得罪者，楊君
方壼、閃君中晨、劉君石霞，相與飲泣，不敢言。楊君語余云："子知禍所緣乎？
坐五月間事也。"記各衙門釀金築偓祠時，公卿臺省爭先獻媚，獨詞林無舉者。
五月間己未、壬戌、乙丑三科庶常適在館師所，突有一官捧緣冊至，館師曰："奈
何？"或應曰："孔子亦獵較。"余張目不答，楊亦不答。余徐曰："此與獵較不
同。"遂散。明日，百官紅袍拜偓祠，車騎肩摩，同館有來詢進止者，余曰："彼紅
袍也。吾黨未散館，青衣不便。"故庶常遂無一人拜者。楊文云："捧緣冊及詢
進止之人，皆璫人也。"以此得罪。因附識之。

農戰而天下無敵崇禎甲戌武會試程。

　　聖王治天下，其道不盡出於富強，然未有貧弱之天下而可以爲治。夫貧富
強弱者，天下之形也；飲食飽煖、爵祿功名者，天下之情也。形日敝而不足則用
捄，捄貧以富，捄弱以強，雖帝王亦受其必窮。情日生而有餘則用藏，藏富於衆
貧，藏強於衆弱，雖氓庶不憂其不給。聖人察天下之情，即以得馭天下之法，故
不言富強而可數百年無貧弱之患。迨其季也，人多欲而忘本計，俗好勝而尚戰
功，然師其遺意，修其遺制，權本末趨舍而以法操之，其効猶足以霸，而其道仍近

於王。尉繚子曰："修吾號令,明吾賞罰,使天下非農無所得食,非戰無所得爵,農戰而天下無敵矣。"

聞天有五材,兵居其一;民有九職,農居其一。食者,天下之大利;戰者,天下之大害。世有百年可不戰之天下,無一日可不食之天下。然司徒、司馬並列,《周官》、《箕疇》八政始之以食,終之以師。古聖人未嘗觭爲緩急者,何也?生與死相因,利與害相倚。兵猶火也,不戢將焚,故聖人以水之道治之。水行於地,君子以畜眾容民,而後乃有執言之利;水上於天,君子以飲食宴樂,而後乃有涉川之功。是農戰之所繇昉也。而且於雷得壯,於坎得險,於離得威,於坤得任,土之制於艮得正殺之武。謂五材之用,皆兵之用可也。於園圃山澤,知無遺地;於臣妾轉移,知無遺人;於化治阜蕃,知無遺力。謂九職之用,皆農戰之用可也。生人之事非一,從其所好,疇不思趨?殺人之事亦非一,聽其所畏,疇不思避?苟不能使天下之人盡出於農,而欲使天下之人胥習於戰,是不能治所欲而專與之治所惡。天下無有故,司徒氏之教曰:五人爲伍,五伍爲兩,四兩爲卒,五卒爲旅,五旅爲師,五師爲軍。大軍旅帥其眾庶,小軍旅巡役,治其政令農官也,而非即治戰者,節制之訓歟。司馬氏之教曰:凡令賦以地,與民制之。上地食者參之二,其民可用者家三人;中地食者半,其民可用者二家五人;下地食者參之一,其民可用者家二人。軍政也,而非即治農者,稍人之準歟。然則農戰之言,非尉繚子之言,而姬公之言也。

蓋聖人之治天下如治其身,善養生者第令明作晦息,朝饗夕飧,無伐和,無愆候。則量腹而受,自足以榮其五官;帥氣而前,自足以衛其七尺。是陰陽之所不能患,而罟獲之所不能驅也。有不然者,非努拏之太酣,即方術之雜進,近以小喜,遠以大害,恒至潰臟列胾,不復可捄,其所爲食之道先失也。故益生之事愈多,而耗生之途反愈疾。然則草萊之闢,過量之肥甘也,初似滿志,終歸荒飽,以養人者,害人也。鹽鐵之征,起瘻之金石也,乍似得力,毒亦中之,以求食者,害食也。聖人知天下謀食之民,其力足以窮山罄海,故必約束之,使一出於農。知天下務農之民其力足以越陌毀阡,又必裁制之,使一出於井。嗜欲過而爲血氣,血氣過而爲戈矛。食之窮,戰之漸也,《訟》之所以繼《需》也。養賢必先於養民,養民必先於自養,爵之名,食之實也,《頤》之所以繼《畜》也。故聖人聚天下之農使盡肆於戰,而即散天下之戰使盡歸於農,因使天下能戰而可以無戰,恃農而不以病農。下無饑寒之隱憂,上無富貴之倖想,而乃知深耕易耨之天下,即親上死長之天下。王者無敵,非貴其百戰百勝,貴其不戰而嘗自勝也。

且世之所須於戰者有二,治内寇與治外寇而已。藉令熙攘之衆,盡棄弓矢而荷櫌鋤,賣刀劍而買牛犢,將萑苻之鄉胥爲黍稷,即不言戰可矣。唯是夷狄之禍,振古於兹,勢不得不出於戰,而戰又恒足以廢農。然治外之法,亦止有二:無事則歌《采薇》,有事則歌《六月》。柳依而往,雨雪而來,歲一踐更,即出入守望之故事也,故緩則無久戍之患。比物而賦,成服而行,其車三千,即丘甸田牧之恒出也,故急則無調募之患。至若《甫田》、《良耜》之什陳於《天保》、《清廟》之餘,亦既軼岐豐而上之矣。乃風則亂以《豳風》,雅亦系以《豳雅》,頌亦系以《豳頌》,若刻刻弗忘漆沮之舊者,弗忘降種教穡開國之所受也。故於載纘武功得用暇焉,於十千維耦得用整焉,於芼土之烝俾知生其共焉,於寡婦之利俾知生其愛焉,以治内而内寧,以治外而外靖。是惟農爲能戰,亦惟農爲能無戰。即《江漢》之我疆我理,《常武》之不留不處,農也者,終始於戰者也。

蓋嘗執天之道,盡人之事。天下者,一五行之天下也。養則從其所生,戰則從其所克,乃唐虞六府之修,獨繫穀於木土之外以尊其功,而又合五行之克,總歸一穀之生以專其政。穀之時用大矣哉!戰之事逆,故宜以順動養之。事順故恒以逆成。功不足以生萬物,無所貴戰;才不足以化萬物,無所貴農。易,逆數也。不克則不生者,天之道也。故始於乾戰,終於坤養。弧矢之威,脱於遇雨,耒耜之利,勇於風雷久矣。夫戰之道寓於食,圖書其示象,而井田其效法也。然則農戰之言,非獨尉繚之言、姬公之言,而包犧之言也。禹治水治土,益治火治木,其功施皆足以飽煖天下,至合兩聖人之明德而班師振旅,不能驟施其治於有苗,戰之不恃決勝於敵也。如此甚矣。兵農之制,大聖人之不得已而微其用,以教天下也。故修廢舉墜可以霸,備物致用可以王,曲成範圍,神而明之,可以與天地參矣。

擬上御平臺召輔臣部院等官詳詢宣

大邊事，并核各邊鎮兵餉，仍諭蘇節郵困及

虔誠禱雨，以軫民依謝表崇禎二年。崇禎癸酉應天程。

伏以廟算綢繆，治外得御夷上策；淵衷節愛，勑天具率作先幾。洞頑懦于列眉，既删宿痼；軫凋疲而蒿目，更禱甘霖。共依下濟之清光，交遜旁周之睿照。驤騰邊腹，喜溢股肱。臣等誠惶誠恐，稽首頓首。

竊惟虞政先養民咨牧，亦憂猾夏；《周官》均力役寶農，尤貴有秋。是以古之中興，念常兼到。選徒差馬，威爽迅若霆雷；勞雁魃蟲，焦劬先於卿宰。凡爲天驕之叵測，隱有民瘼之相關。惟我二祖之隆，蓋以四夷爲守。延袤置戍，起開原至嘉峪，而宣、雲尤爲近畿；肇域稱臣，從東羯暨西羌，而要荒莫不飯命。狼歌獒譯，奚煩表餌之羈盟；蚪奮蝀騰，但覗聲靈之濯赫。國以雄富，民亦阜安。至于山節澤符，英蕩通於赤縣；然而鷺埭駃使，屬禁凜若丹書。以故野不知官，郵如無客。間下勸農之詔，尤深憫旱之誠。苦蘖至露坐日中，宮闈皆親作蔬食。瑋哉虖！固宜天人協應而夷夏襲休也。

自貢市議起，國體誠尊，顧講折歲增，民脂寖耗。金出而馬不入，雀鼠之穴無踪；邊惰而卜亦衰，蛇豕之巢自鬬。於是插思兼領，因而邊亦游移。戰款雖紙上之爭，戎馬總棘門之戲。鼇更未易，刷汰誠難。推各鎮以皆然，亮積習之已久。若夫携琴友鶴，相沿爲皇華四牡之容；畢雨箕風，若委諸田家五行之偶。非不奉行故事，要之粉飾太平。賴發新型，爲提濃寐。

茲蓋伏遇皇帝陛下，斗魁獨握，天鏡高懸。籠三庭五翎之邐，聲名施及；洞八政庶徵之窾，皇極用敷。蓋畢情形若寫階前，而凡緯經猶運掌上。直起中天巍煥之色，不盡侍臣記注所書。比以插賞之驟加，致煩聖心之過計。特垂召問，親簡章疏。謂遼賞既已移宣，而卜賞仍以歸插，馬價逾三十二萬，新賞復八萬一千，合之無已太奢，長此將安（下原缺）

原　詩　館課。

情者,性之子;性者,天之就。有性即不能無情,有情即不能無詩。非古有詩今無詩也,然而今實無詩。蓋夫子雅言《詩》與《書》、《禮》參,而孟氏曰《詩》亡而《春秋》作。及觀子夏所稱經夫婦,成孝敬,厚人倫,美教化,動天地而感鬼神,則詩中之《書》、《禮》也。明得失,哀刑政,鄭濫、宋、燕、衛趨,齊辟,則詩中之《春秋》也。大哉,詩是之謂真詩!是故其人不擇卿相,其胸不傍書史,其法不局四聲而宮商叶,其材不綜萬有而丹青潤,其旨兼《書》、《禮》、《春秋》之用而意象深微,思議路斷於經外別爲一宗。故妙在於涵泳反覆,徐而識其性情之所以然。自鄭康成以注禮之學箋詩,已是夢境,而或並小序而臆去之,則夢中之夢矣。《三百篇》而下,漢有蘇、李,魏有曹,六朝有陶、謝,唐有杜、李、韋、韓,明有李、何,皆詩之雄,其餘不可勝數。微論於子夏所稱奚如,而如曹瞞父子顧出而霸騷壇,可歎也。此孟之所謂詩亡也。

夫詩何嘗亡哉?古之人不言詩,而詩生焉。今之人競爲詩,而詩亡焉。是故郊天之詩,《生民》爲質,至《練時日》而巫矣;廟祫之詩,《玄鳥》、《那》爲玄,至《房中》而杳矣;朝會之詩,《卿雲》爲華,至《柏梁》而褻矣;巡狩之詩,翕河爲允,至《瓠子》而費矣;頌美之詩,《康衢》爲淡,至唐葭而飾矣;諷刺之詩,《椒聊》爲微,至《五噫》而露矣;贈別之詩,《烝民》、《梁山》爲奧,至《河梁》而淺矣;達生之詩,《蟋蟀》爲裁,至《龜雖壽》而放矣;羽獵之詩,《吉日》爲允,至《上林》、《長楊》而佚矣;閨怨之詩,《白華》、飛蓬爲厚,至《團扇》而輕矣;從軍之詩,楊柳、雨雪爲恤,至《鐃吹》而夸矣;都會之詩,《商邑》爲壯,至《三都》而蕪矣;宮室之詩,《斯干》爲艷,至《景福》而腐,《靈光》而詭矣。此皆後之工於詩者,而況下此者乎?

然則詩遂亡乎?曰:不亡也。古之草木鳥獸,今之草木鳥獸也;古之筆舌,今之筆舌也;古之情,今之情也。以詩言詩,則明沿宋膏,唐拾晉馥,魏倚漢規,揚雄步長卿之蹤,宋玉衍靈均之製,皆襲也。取青媲白,用料使事,皆借也。無故而呻喜,不得已而應酬,皆贋也。不情之詩也。以情言,則情之所至,悠然而動,涣然而興,皆性也,則皆詩也,蓋亦循其本。古之人薰染於聖教之久,一念而孝敬、人倫、教化、刑政得失之致,隱躍心目間,以爲天地鬼神之性原與人性通,故其性治而情亦治。漢猶鄰古,差有可觀。而所以情其性者,則晉唐爲甚。晉以老、莊成運,一變而趨淫靡,《子夜》樂府,不異平康。唐以詩取士,如今之時義格套既熟,不復知聖賢爲何語。後之詩沿此兩派,而舜、皋、周、召、尹吉之意亡矣。而欲其呼吸之間動天地而感鬼神,豈不遠哉?聖門惟商賜妙悟詩,洒子貢謂:性不可聞。而與師乙論聲歌,則曰:寬静柔正者,宜《頌》;廣大疏達者,宜《大雅》;恭儉而好禮者,宜《小雅》;正直而静廉而謙者,宜《風》;肆直而慈愛者,宜商,皆以治性也。夫詩者直己而動者也。知所以治性,而後可與之言詩。作《原詩》。

前代取人之法孰優對_{館課}。

以六廉而已[②],管仲祖之,而峻蔽賢下比之罰,其効至於匹夫有善可得而舉,有不善可得而誅,罷士罷女無容身之地。於戲,足矣!此周公之法也。士之以對策高第也,自晁錯始也;以粟拜官,自錯之議始也。置五經博士弟子,二千石察可者令詣太常射策甲乙,自武帝始也;郡國舉孝廉,計口不滿十萬,三歲察一人,二十萬以上,歲察一人,遞有差,亦武帝始也。三公、光禄而下,歲舉茂材、廉吏各有差,不稱并坐,自光武始也;尚書令之總選舉,亦光武始也。儒者試經學,文吏課牋奏,試之公府,覆之端門,年未四十不得舉也,自左雄之議始也。雄以救世可耳,而置行揄文,頗開千古之俑,然選察號爲清平。他如袁盎以兄任,汲黯、蘇武、陳咸以父任,則今之恩蔭。李廣、趙充國以良家子,則今之武舉。黄霸、薛宣、朱邑、邴吉、趙廣漢、尹翁歸之屬,繇卒、史、書、佐吏發身,不可勝數,則今之吏胥。當其時,賢良與廉孝兼蒐,掾吏與儒生競奮。公卿繡鴐,既籠高賢;州郡辟除,亦多雋異。兩漢得人之盛,幾與成周比。

(上原缺)小人果於爲君子;而浮蠹之代,中才利於爲小人。不問其設何

科,呈何面也。而議者遮曰:使諸葛亮、王猛處此,必當別作爐鞴以收拾天下之
人物。其亦迂矣! 天之精神聚於俊傑,俊傑之精神聚於人主。是故以賢能、孝
廉取,則以賢能、孝廉應;以進士取,則亦以進士應。非有異士也,特借其名以爲
進身之梯,而所爲審功能、定誅賞者,則自隨其後。不然,雖周、管亦奈之何哉?
伊尹曰:"堯見人而知,舜任人然後知,禹以成功舉之。"皆異道而成功,然尚有
失者。又況一法建而衆弊生,而欲萬不失一,其有濟乎?

　　高皇帝神聖,洞觀萬古,兼採獨斷,立爲薦、科、貢三途,蓋不知幾考慎而規
之。然初意本以倣周,而後之沿行遮近於宋。何哉? 自臨川、新會後,薦書寥
寥,舉宇宙皆進士爲政。而號爲歲貢,則癃老之明經而已。外此,則武舉、貲郎、
掾吏而已。士莫大於教,教成而後可取,今以癃老秉鐸矣。兵者,國之存亡,今
以債帥建旗鼓矣。貲郎捐數百緡於一日,而出爲丞簿,所饜不啻倍之,是以窮民
代償矣。尤可恨者莫如掾吏,士既不教而用,於當代典法無不面墻,勢必取辦吏
胥。於是内而部院,外而方面,掣肘於舞文之奸,不可究詰。至其隸郡邑者,則
直以本土之人爲穿於本土耳。三考滿限,復博一官,而其官於民最親亦最漁,蓋
舉宇宙又惟吏胥爲政,而民安得不窮? 國又安得不耗耶? 高皇帝法具在,果爾
耶! 夫歲貢、武舉、貲郎、掾吏四者,皆人之所甚輕,而天下因之以不治。所關甚
重,奈之何其輕之也? 前代之法,既無所不備,而前代之弊,亦無所不極。此愚
所謂失在人而不在法也。柄國者誠取國初之三尺而憲章之,雖絜隆堯舜可也,
何必規前代哉? 謹對。

金谷序蘭亭記評_{館課}。

　　史稱王逸少作《蘭亭禊序》,或以《金谷序》擬之,比於石崇,甚有忻色。今
讀崇序,遠不勝王,而其人亦徑庭,何得擬也? 夫逸少晉之人傑也,以王書掩耳,
自東厢坦腹,已超然烏衣郎之外,而其經國之略,頗見於與殷浩、謝安諸書。當
浩負盛名,與桓溫不叶,既以和内外箴之。及將北伐,再以書止,不聽,復戔會稽
王阻之。所謂蠲廢虛遠之懷,以救倒懸之急,而誚當時無有深謀遠慮、括囊至計

者,此其識何減婦翁郄太尉也!當與安石登冶城,舉夏禹胼胝、文王旰食爲規,至其發倉監督耗盜官米之弊,曰"重斂以資姦吏,令國用空乏,眞可誅窮",則陶士行之憂勤也!謝萬都督豫州,誡之曰"食不二味,居不重席,古人以爲美談。濟否所繫,實在積小以致高大",則祖士雅之幹濟也!至《蘭亭序》中所稱"一死生爲虛誕,齊彭殤爲妄作",與劉越石答盧諶書何異?當其時,士大夫遠譯莊、老,近慕阮、嵇,以區區江左,天下寒心之時,尚相與爲孟浪放達之致而不悟,而獨詆以爲虛誕,以爲妄作者,惟逸少與越石兩人而已。石季倫雖自詫俠骨,不過財色之雄。如以粉黛數人之頭博惡客一觴之侑,令人髮指。而其報也,亦遂以珊瑚、綠珠之故而殺其身,得無爲金谷魚鳥所笑?而以之擬蘭亭,不亦異乎!

夫山水之樂,惟仁智有之。自竹林後,而故爲賭碁、落帽之趣以點綴其間。蓋江左之風,中人藏腑,莫能免者。季倫僑好不足言,即逸少偕其子姓流連於茂林曲水之外,亦自是竹林習氣,其所指述亦無以異於金谷,而其人則遠矣!吾獨惜唐太宗嗜書,至引御史蕭翼百計竊《蘭亭記》,而其稱制爲羲之傳,僅以"字聖"歸之。今人亦第知其籠山陰之鵝、書戢山之扇以爲雅談。楊用修所云"以小技而掩其立身之大節",良可歎也!故因評二序而詳著之。

金谷在河南縣界,元康六年崇送征西王詡置酒處,詩以姊夫蘇紹爲首,而蘭亭盛行於世,不具論。

小學大學解

學無大小,《小學》即《大學》注腳也。今人將《小學》止做訓蒙書,不知捨《小學》外,更無別學。試取二書對勘,如《小學》第一立教,首以胎教爲言,自胎至生,自少壯至老,自帝王胄子至士民,內外男女,無人不學,無日不學。此即是明明德。第二明倫,第三敬身,則自父子、君臣、夫婦、長幼、朋友,以至心術、威儀、衣服、飲食、酬應之詳,無不備悉。雖皆明德內事,實即此是親民,而格致誠正、修齊治平一以貫之。第四稽古,則舉堯舜、文武、箕子、武周、夷齊、孔孟、曾閔、南容、蘧伯玉、老萊、樂正子、少連、顏丁、冀缺、文伯母、共姜諸嘉言懿行爲龜鏡，即此是止至善。而別采漢唐以來諸名賢言行爲外篇，即傳引《康誥》、《盤銘》、《淇澳》，旁及舅犯、《楚書》之指，而三代上下數千年、學士大夫大概具矣。張横渠謂：“教小兒先要安詳恭敬。今出男女，從幼便驕惰壞子，到長益凶狠。”邵康節戒子孫曰：“親賢如就芝蘭，避惡如畏蛇蝎。”伊川曰：“人於外物，事事要好，只自家一箇身與心，却不要好。”止此數語，大家試聽一番，能不猛省？胡安定在湖學嚴立條約，以身先之，復置經義、治事二齋。經義齋則擇疏通有器局者居之，治事齋則人各治一事，又兼一事，如治民、治兵、水利、筭數之類。故其弟子散在四方，皆循循雅飭，言談舉止，遇之不問知爲先生弟子。吾黨今日雖在筍江堤上，其實內治身心，外經世務，皆分內事。頂天立地，尚欲置身三代以上，而謝漢唐宋人不如，亦足羞也！

或曰：古八歲入小學，於洒掃、應對、進退及禮樂、射御、書數之節日薰月陶，已具有聖賢根器，故長大易以成就。今童幼即學作對，稍大教作八比，記竊時義，圖取科第，了不知身心爲何物，而欲高攀古人，不已遠乎？是不然。即如筍江有李文節先生，居官居鄉，視《小學》所采諸葛武侯、陶太尉、王沂公、李文靖、司馬温公、吕榮公諸君子何多讓焉！且不獨文節，即邑中虛齋蔡文莊、紫峰陳督學、儀庭黄文簡、匪莪何司空、省菴林司徒數先生，未嘗不從時義起家，而皆近標一代，遠鼎千秋。吾黨耳目所聞見，非異時異地也。

或曰：《大學》童而習之，老猶紛如，何況《小學》。則又非也。夫數先生不童而習《大學》乎？紛者自紛，非《大學》咎也。且前輩於《小學》最先着手，其能出而命世，則亦《小學》功也。從《小學》入《大學》易，從《大學》徑入難。楊文公所謂“童稚以先入爲主”是也。故朱子纂定此書，以補《大學》一段入門，而省菴林公爲之講解辨難，尤有功於名教。至我皇上，特與《孝經》同頒學宫，令學臣命題課士，以附四書五經之後。大哉！於古帝王造士育才意深遠矣。

或疑《孝經》與《小學》先後？曰：《孝經》先，夫孝弟爲仁之本也。從《孝經》入《小學》易，從《小學》徑入又難。且夫五經皆夫子所删，而《孝經》則夫子之志也，何以後也！愚少時有仙佛、《孝經》，欲盡攝二氏歸吾儒爐冶中。而社中黃布衣作《兩孝經》,讓菴林先生又有《續小學》之舉,可謂得堯舜來相傳心法。雖然,有《孝經》以配五經而六,有《小學》以佐四書而五,而又不率則奈何?曰:有高皇帝之《六諭》與《律》在。《律》者,高皇帝之《春秋》;而《六諭》二十四字,則堯舜之精一十六字也。歸而求之《六諭》有餘師。

既 濟 未 濟 解

天地間治亂循環,只是一箇"既濟未濟",纔既濟即有未濟,纔未濟便有既濟。人能於既濟保濟,於未濟求濟,持此心也,便可主張宇宙。然而聖人不憂未濟而憂既濟,何也?且《既濟》六爻皆得位,其德優于《泰》而反多戒辭;《未濟》六爻皆失位,其象甚于《否》而反多吉辭,又何也?未濟則思,既濟則怠。未濟如平地一簣之進,既濟如爲山一簣之止。故存一既心,即既濟爲未濟,聖之罔念作狂也;存一未心,即未濟爲既濟,狂之克念作聖也。聖人於《既濟》"初吉終亂",而系之曰終止則亂止,即爲山一簣之止也。人心之神與造化之氣日相往來,心一止則一切止,紀綱廢墜,釁隙萌生,何所不至?到不如未濟時汲濟,而有必濟之心,雖未出中,而有必出之勢。故《既濟》六爻無一吉辭,《未濟》六爻二、四、五皆言吉,而五爻象言吉者三,甚矣!聖人之喜未濟而憂既濟也。即以伐鬼方言之,《既濟》之三曰憊,曰小人勿用;《未濟》之四曰貞吉悔亡,曰震,曰有賞于大國。事同而爻異。或曰:既濟貴無事,未濟貴有功。非也。或曰:《既濟》以三應六,患在外;《未濟》以四應初,患在內。亦非也。使果有外患,即既濟之世安得不用兵而可以無事爲福乎?以無事爲福,正所謂終止則亂,偷安釀禍者之爲,而謂高宗爲之乎?蓋同一伐鬼方也,在《既濟》則爲憊,在《未濟》則爲震。未濟之時,上下同心,憂勤惕厲,其象爲震。震,動也,懼也,臨事而懼,未濟者必濟矣。震所云恐致福也,論功裂土,自是開創帝王駕馭將相真手段。既濟之時,上下驕惰,小人乘之,方且借用兵爲冒餉冒功之地,其始猶謂之憊,其終必至于亂,如漢武帝、唐玄宗晚年,醞釀出許多事變。故曰初吉終亂。而《易》取象于高宗者,正以高宗撻伐成功,有不僭不濫,不敢怠遑之美,而戒後世之喜邊功而用小人者爲致亂病根也。

何氏《易詁》曰：從來小人、夷狄同爲陰類，而夷狄之禍較遠，小人之禍較近。故作《易》者于用兵後以小人勿用戒之。使小人得操政柄，其禍且深于鬼方。得其指矣。凡《易》于小人，或決之使流，或孚之使消，或止之使爲興，或包之使爲魚、爲瓜，或畜之使爲臣、爲妾。而獨于《師》之上六，《既濟》之九三，直曰小人勿用。勿用者，斷不爲用也。《師》外順內險，《既濟》下明上險。陽剛方陷，陰柔乘之，故《師》以爲必亂邦，而《既濟》以爲初吉終亂。此在平時猶不可，而況于用兵乎？今之水西安氏，即古鬼方也。地方千里，忽入版圖，議者謂東失遼左，南得鬼方，亦足相補，然而自黔用兵十餘年來，亦云憊矣，若以東奴及流寇軍興計之，其憊有不可勝言者。以《未濟》之震而有《既濟》之憊，識者憂之，其亂本安在？

史氏曰：吾讀《易》而歎聖人之憂世深也。《易》首《乾》，係以龍象，君子也。終《未濟》，係以狐象，小人也。龍稱其無首，所以神君子之用；狐戒其濡首，所以醒小人之迷。總以爲世道治亂計而已。然而狐曰小狐，龍曰群龍，以群龍制小狐，又何患焉？蓋聖人之授君子以權又如此。程子於《既濟》曰：聖人通其變於未窮。夫惟未濟，故未窮；既濟而止，則窮矣。爲君子者，不可一日無濟世之具，不可一日有既濟之心。

心 性 陋 言

向與石齋黃先生論心，謂阿難徵心，與吾儒不異，只欠戒懼一着。石齋亦以爲然。惟於天命範圍之說，尚疑鶻突。其實"天命之謂性"，一語括盡千古學問源流，即猶龍、靈鷲擺閃不得。

或曰《中庸》言性不言心，《大學》言心不言性，卻被佛家籠罩，說得精深，而吾儒復自諱其精深以與之。王文成謂"自割臥榻左右間聽其鼾睡"是也。惟以天爲帝釋，而近日天主教復別奉一人爲天，其荒誕皆不待辨。楊公澹摘佛藏中《般若》、《維摩》、《圓覺》、《法華》、《楞伽》爲五經，作《疑諍》，而以禍福、壽命、地獄、輪迴諸說爲六朝譯者惑世誣民之書，其見甚偉。然亦不必辨，蓋佛爲下根人説法，不得不爾。高皇帝直以陰翼王度收之，自是神聖心量，眼界在韓退之、歐陽永叔、程、朱諸大儒之上。

《學》、《庸》喫緊處皆歸到慎獨上，且理會獨在何處？慎作何工？不須爲曾、思心性强作調停。

堯言天，言中，言敬；舜言道，言心，言命，言教，言一；禹言止；皋陶言脩；湯言性；傅説言學；至文、武、周公更無別指，只是提掇一番。千聖萬賢，醖釀許久，始得一孔子出來，宜其苞天括地。

三代士大夫將學作穿衣喫飯，信手拈來，如《詩》中天載天命、帝則物則、小心彌性、宥密緝熙，諸篇唱歎咏歌，吞吐奧妙。雖至周末列國，亦知切磋琢磨、屋漏爾室之學。今却不同。曰今亦未嘗不學也，王文成見人鬮罵，甲曰：爾無天理。乙曰：爾無天理。甲曰：爾欺心。乙曰：爾欺心。文成指示門人曰：此便是大家講學。佛言心性，老言心性，便是途人甲乙撈摝盡處，露出根蒂。

佛家微言，不過戒、定、慧、空、寂、虚、無數字，然"定"本《大學》，"戒"本《中庸》，"空"、"慧"、"虚"本《論語》，"寂"、"無"本《易》。法界平等，即是堯舜同人；釋伽瞿曇，不過能仁純熟。其餘神通廣大，則漆園之寓言、重言、巵言而已。《法華合論》云二十八品，皆喻言是也。誤認爲真，皆即狂勞顛倒華相。

佛經教皆鳩摩羅什所譯，秦王姚興奉之最謹。什既病死，秦亦旋滅。今人誦經圖作佛，真是磨甎作鏡。

《易》在洗心，却説出吉凶同患；孔、顔、禹、稷本空洞，却説出饑溺繇己，天下歸仁。此吾門大願力處。薛文清曰："年年成就無窮物，本體何嘗減一毫。"聖賢作用，任他三千、大千，磨頂施臂，總於此下自注衙官。

老氏五千，瞿曇數萬，竟有何物，當他原本。黄石齋曰："五千、數萬，祇是貧兒；曰儉曰慈，是他財本。"愚謂：此財本元在吾一貫寶藏中，如何剽竊得去？

《易》曰閑邪，孟曰閑聖。聖人有邪可閑乎？惟閑於無可閑，正聖人幾先之學，亦即是脩道之教。孟子放距甚嚴，然猶寬一條爲放豚歸路。故《易》以閑邪爲龍德，德博而化。

天德不可爲首，方是六龍。孟子以孔子爲千古羣龍之首，亦以己爲戰國羣龍之首，亦因楊、墨塞路，辨非得已。若實欲反經去慝，只消"旦氣"兩字下大衆頂門一針。

是日會于一峰書院，黃布衣先生講家之本在身，謂：身外不須添出心字，即《大學》脩身爲本之指。黃靜谷先生講"尚友"章謂：孟子當時如楊、墨、告子、儀衍輩皆非友，直取堯、舜、禹、湯、周、孔爲友，看末章道統自見。皆名談。莊元肅丈講"善人"、"即戎"，亦極得周人兵農練習法。惟七年、五年、三年、百年諸竅繁處，不知當作何推算？管、商、蠡、種尚拿得富强漸次機括，何況聖人，決不將歲月浪作指中敲推也。戊寅三月廿二日，德璟識。

蔣道宗揭儒佛小品十條，而名之曰《心性小言》，愚總其微旨而名之曰《吾道自足》。知吾道自足，則固不必研焉鑽焉，舉而架於吾道之上，亦不必諍焉，麾而等之于簧鼓之云。卿自用卿法，吾自用吾法。"吾道自足，何用他求？"此八字程子之言也，即是講之微旨也。黃道宗論善的主宰，古今同宗；論善的作用，時代異宜。千古性善匯於此矣，友道極於此矣。愚因是慶幸堯舜之得友也，百揆元凱皆是也。又慶幸尼山之得友也，門下則有七十二賢，鄉國天下則有老聃、國僑、蘧瑗、叔向，諸大聖大賢，此兩得朋，千古福緣。孟子生於戰國，吾道孤矣，宜其艷羨狂士，曰"古之人！古之人"也！孟子而外，鄉國天下善士儘殼了。予甥洪子題其門曰："讀聖人書，友天下士，快哉！"莊道宗講"即戎"章中有"所用非其教，所教非所用"刺時弊，嬋矣！五行陣法更詳。而蔣先生必欲求七年一竅，敢代答者：此章教民除却攻殺不道了，何也？古人寓兵於農，每年農隙，無時不訓兵法。此章若曰安得箇一代循良七年久任，先固人心于平時乎！孟子教孝弟忠信，可使制挺撻人。先進曰：一個賢守令，勝十萬甲兵。子曰：民信之矣。《易》曰：悦以犯難，民忘死。即此意也。炤故曰：此章論教戎於攻殺擊刺之外也。然否？文炤識。

責　志　懺

萬曆四十三年　月　日，某某謹以清酒名香獻懺心神之前。

環少也知學科第而已，不知有賢聖之學也。即知之，以爲賢聖去人自邈，不待學，而反以學者爲僞。嗟乎久矣！其身之不肖也。禀弱性浮，易誘難專。讀蘇子，見其天韻生動，因欲學蘇子；讀韓子又欲學韓子，以爲氣勁而節峻，雄奇獨出，誠能至於是焉亦足矣。及再讀陽明子，而始知吾性命之所在也，聖人之可學也。愆累之多，悲恨之至，而求一出脫之也。嗟乎！余之志不亦雜乎？余之學不亦晚乎？陽明子往矣，學無明師，其誰相予？予竟得爲聖人乎？陽明子初以立志教，繼以立誠教，最後以致良知教。夫待陽明子而興者，凡民也，而遂不興者，愚不肖也。陽明子之言具在，非明師乎？過時之學，非人一己百，未之敢望，而猶作輟焉，可不大哀乎！猶恐見其言而慕，不見而忘，靜追而慎且訟也。交事接人，而其宿業鈍根，不呼復出，故盡剖其腸胃以誓于神明之前，而使之不敢自欺且以欺神。其辭曰：

道晦學誤，人放其心。有言性命，目爲腐憖。及至阿鼻，既慄且懗。始知賢聖，立教淑人。亦以自淑，證位高真。余幼癖顛，恃才妄作。狂躁狷刻，剛直自若。師友不非，多疢寡藥。業障萬端，以罪爲樂。氣退心慈，愁悔激怍。拔根不猛，沉迷如昨。推輖蘗芽，由志隳落。所以良知，明滅相搏。既雜復惰，心徒焚灼。禀告明神，自今以始。盡洗瘡瘢，裸浴慧水。醫狂以謙，梏躁以止。逐狷以寬，囚刻以恥。功行默施，勿干福祉。父有詔言，長在心耳。德遠龍山，皆有哲子。勿負所學，二子是似。責重愧深，非鳳則豕。何以希聖，俾親見喜。百拜明神，陰牖其勇。日進一日，志力精聳。泲除蝥賊，助成根種。天觀地察，心誠誓重。有負神期，伏聽誅恐。

筍江社申寧儉説

環向有戒侈諸約，同年林讓菴先生作《寧儉説》行之，一時奉爲指南。予懼久而渝也，再撮五要，以申同志。

一、省柬費。前輩相訪，率用單帖，即京師諸公，惟初次用全，後即用單，有吉慶則用單紅。體既簡雅，意亦親厚。今泛用全帖，是疏之也，概不宜受。

一、省宴費。古人以四簋爲敬，至天子則用八簋爲最腆。今羅列水陸，幾至數倍，非禮也。司馬溫公與文潞公作真率會，酒止數行，食止五味，惟菜不禁；每召客，共用一東，不待促。蘇文忠“三養説”曰：安分以養福，寬胃以養氣，省費以養財。大是今時藥石！至如蛙、鱔、鰻、鱉、石鱗諸物，皆他處所賤，吾鄉顧貴之，而膳夫又以僞者、斃者充庖，尤可哂也。宜盡斥不用。諸宴會合坐止五簋，即大饗止用八簋，勿効何曾輩所爲。

一、省饋費。古人相別贈芍藥，相招贈當歸，相慰贈萱草，相蠲贈合歡，物輕情厚。即《東坡集》，如酒、筍、花、魚、茶、墨之類相餉皆有詩。李文正當國，值生辰，趙司成用二帕，魯學士止用一半枯魚爲壽，亦留酌賦詩。劉忠宣父爲御史，餉楊文定止一茗一蜜。王端毅餉内閣止一羊毛口袋，曰可盛米。皆千古美談。近日幣盒套俗物既難繼，意亦非真，宜盡洗之。間有贈問，止用一二小物，務極輕省，以成君子道義之交。

一、省僕費。古人不知其主視其僕。凡僕謙樸，其主必君子，其家必興；僕侈肆，其主必非君子，其家必替。歷數古今，錙銖不爽。且衣裙無等，體既凌夷，縻費無從，勢必欺騙，累主累身，皆非福也。何如概從儉約，以成主之名，且可自爲身家之計乎？願相戒勿復爾。間有不悛，徑爲去之，仍罰其主。

一、省邪費。凡釋道二教皆勸人爲善。佛經曰：人事天地鬼神不如孝其二親，二親最神也。道經曰：求仙以忠孝、和順、仁信爲本。人欲地仙，當立三百善；欲天仙，當立千二百善。此真佛老之教也。若崇飾土木，廣誘士女，則佛老之罪人也。按律，婦女入寺觀神廟燒香者，笞四十；住持不禁止，亦笞四十。若有刁姦因誆騙財物者，充軍。妝粉神像、鳴鑼擊鼓、迎神賽會者，杖壹百。師巫假降邪神、書符呪水、妄稱白蓮等會，爲首者絞，爲從者各杖壹百、流三千里。愚民不知，多誤犯之。吾黨宜預相曉戒，不獨爲衆省財，亦以造福。

【校記】

① 此句以上原缺。此篇及上兩篇題均據卷首目録補。

② 此句以上原缺，題據卷首目録補。

敬日草卷三

策　問　考　議

理財策_{崇禎戊辰會試。}

　　司國之命者財，制財之鑰者法。法非獨爲財設也，而財特亟［法］。財猶水，法則火也，水得火而化，財得法而生，非生於生而生於節，亦非生於節而生於蠡。常蠡則常節、常生矣。今耽耽言生，籠萬區以入而疊日耻；鰓鰓求節，設百關相掣而戹反漏。何哉？法非不密也，而賣法者多也。自遼餉、殿工、陵工三大役，一切衰世苟且之政迅行如風雨。然上與下交罄，而中飽迺甚，竟委壑不可問。皇上深惟國准，嚴諭用人理財大計至虐，召對疇咨，可謂千載一期已。迺愚謂：人與財表裡，財非人不運，而人非法不靈，則有高皇帝成憲在。其急當蠡者四，其似緩實急者六，而加派、那括、捐俸事例盡可罷。何者？事例至販爵而賤矣！又户與工分部，與藩司分疏，竅太多，飛海乘之，且彼應募者豈獨癉一進賢哉？有代之償者也。俸日捐，鍰日括，吏未嘗不富也。兩庫交相那，其究必兩枵也。若加派，則海内蒼生無窮之累宜不崇朝止。

　　然則奈何？曰：冗員可蠡也。近登極賞計京中文員千八百有奇，濫矣！而武員至六千二百，亡論歲耗米鉅萬，即紵絹可勝攽乎？且天啓初錦衣一二品纔二十人耳，今倍七焉。官旗萬七千，今幾倍三。文思院官匠七百，今幾倍五，近雖汰，十未三也。終日想一牓，叢怨固自難攖；萬物必有消，漸除亦當不覺。謂宜聽其自首，徐與肅清，則財且不貲。詭餉可蠡也。嘉靖初，京營軍月支米僅八萬石，今倍三矣。以此推，列鎮宿兵六十萬，關内外宿兵十二萬，東江宿兵十五萬，名似多，十未當五也。欲清餉，必先簡兵，隊分斯鸛鵝可數。欲簡兵，必先汰將，費減而貔虎

22

始肥。謂宜練出單枝，痛除影射，則財又不貲。姦没可釐也。計三大役歲入當累千萬，迺出果權入乎？餘幾何矣？即餉遼之艘，以折色交、以折色收且放者比比也。腰鶴儻可輕齎，稷蜂不免陰芘，試核之，則財又不貲。鼓鑄可釐也。計省直鑪轉歲息當七十四萬，迺子果權母乎？羨幾何矣？即稅契之輸，以千百收，以銖黍解者比比也。壯鼠之啜汁雖奢，君魚之謝脂亦少。試核之，則財又不貲。

合此四不貲者，即謂之錢流地上可已。凡此皆今急著也。迺所謂似緩實急者何？愚言之則迂闊也。且皆明言之明知之而莫能行也，不言則竟無以易。其最要曰釐屯。國初衛屯碁列，當征發則取諸額軍而足，無增募也。饟亦取諸屯而足，無年例也。年例自正統十二年始，然僅予遼十萬、宣府十五萬兩爲糧料耳。嘉靖末增八十萬，今遂至三百餘萬。而遼、黔、東江二百萬之餉不與焉。其弊皆起於無屯。近畿輔屯矣，遼屯矣，即未大效，已效矣。誠特勅督撫，以屯委之，如操七屯三之制，一兵給五十畝，而顓其責于部將，以所墾入抵年例，多寡爲殿最，臺使歲一覈報司馬，據以題陞。非有屯功不得虛叙，即撫道殿最亦因焉。廣之，則餘軍可屯，豪有力可屯，皆得拜官有差，仍世其業。又廣之，則鹽商可屯。如以永樂中二斗五升之例招之，誰不負耒而趨塞下者哉？屯既日開，例金日省，此真高皇帝所謂養兵百萬不費民一粒米也。次則釐鹽。自鹽司有轉運六、提舉七，而淮居其半，近增課疏滯不遺餘力，然竟百餘萬止耳。諸蠹胥一頂首七千金，何雄富也！必欲如霍文敏三策，以復洪、永爲上；即不可，則劉晏可師也。唐淮鹽課僅四十萬，晏爲之，遂得六百萬。然鹽貴輒減價，又盡罷諸道榷鹽錢、舟稅錢，此豈獨晰旺閉晴雨之候已乎？次則釐鈔。鈔自宋交楮始，元更造至元鈔當錢，而明特峻其權，至禁民不得以金銀貿易，示必行。然初千貫直千金，成化後三千貫僅直四金矣。豈龍文易泡爛乎？然以亡用之桑穰而神之，使與金同價，何可廢也！次則釐茶。茶自唐稅始，宋迺市河西易馬，而明尤資其利，至誅戚畹私販示至公。然初金牌四十三面，納馬萬四千餘匹，正統後金牌停而馬坐減且不堪矣！豈信符遂高閣乎？然以不盡之菁蒽而推之使與龍爲媒，何可不復也？又莫如釐馬。自高皇帝種馬行歲課騍馬一駒，後間歲一駒，蕃息至宣、正間無所容,始散之充束彰衛間,盛矣!正德中,王濟開買傣之議,於是責駒而致種,然猶有遺馬也。隆慶中武金發變賣之端,於是化馬而爲金,然猶存半馬也。至萬曆九年而盡矣。今馬以寄養大耗金,亦別借中空,而諸邊官牧之法廢,尚仰兌于周寺。於戲,舛矣!夫世即乏才,何至出張萬歲、王毛仲輩下哉?而本之尤在釐軍,使軍盡可用,亡待兵使,軍盡難用,亦亡庸軍。今衛所尺籍,長子孫坐豢,而更覓百萬之亡命以爲兵,恬不知怪。高皇帝有之乎?王文成在贛,亦獨練衛所及州縣機快樹奇勳耳。誠令各道將,盡刷老羸,優其鋒銳,處處可成一軍,人人可當一面,又奚取此駢枝也?

此六者,皆財之大者也。它若撫賞之冒也,漕河之糜也,運舟之營截也,班軍之詭寄也,京攬之積穴、外解之積逋也,涓人之以天府爲外府也,官吏之家於官也,更僕不勝數。堯舜在御,一釐百釐,何容計哉!議者又曰:水西可撫,撫則黔且省百萬。然其皋深矣,非以勦爲撫不可。議者又曰:長山島可移,移則東江亦省百萬。此其見誠偉,然蓋套與覺華非扼一而守又不可。愚未敢深言之也。愚所知者,高皇帝令甲而已,如法者上,不如法者下,又甚而賣法者誅,斤斤不少假焉。而今幾弁髦矣!世以爲敵在湮,而愚獨以爲姦在借。何者?法故在也,獨所謂借法以遂其私者,游法外,惠法中,可究詰乎?世非盡曾史也,一游移而博不貲以去,雖蹈水火猶赴之也,矧亡害乎!然則國即憂乏財,此輩何嘗亡財哉?管子曰:王者不求之人而求之令之徐疾,其樞在法。愚謂樞在法斷未有不求之人者也。夫戶樞未有能自運者,故理財與用人原非兩事,而用人之人則自歸之皇上。試思高皇帝創制定律爲萬世規,當時謹持其柄不啻握風雷于指臂之內,而其節躬持心,防奢抑欲,所自範於法者不啻三尺也。皇上誠寤寐憲章,蓋亦循其本矣。管、韓之法意主刻深,高皇帝之法道在振舉。愚故推而爲十釐之議,以佐仰屋之所未及。若《山高》、《乘馬》、《輕重》諸指,尚置不談也,而況計然、桑、孔輩,又其下者哉!

止欲策戊辰武舉會試。

欲,與義敵者也,敵不在敵而在心,故丹書以義欲貞勝爲凶吉。然欲不能勝義而能敗義，義敗則欲勝矣。義莫遂於忠孝，忠孝之氣穿釜絕鑹，不可嚮遏，而欲能止之。士之喑雷咤風，雄入於九軍莫能當也，而欲又止之。何欲之權之重而敵之？伏于內者陰突而難制也。欲不止，心不可治；心不治，氣亦不可治。故治心之學於王將相皆急。而世顧恕將，以爲弋以死而窘以生，以投石飲羽之雄而繩以於陵、首陽之行，就使一瓢一薇亦何濟閫外事？因是有使貪之說。大略本釣有三，權若餌，上中魚者，然而實非《六韜》指也。夫魚可餌，蛟龍不可餌，豪傑固一代蛟龍也。將以貪餌士可耳，主以貪使將，將而錢虜也則可，不然，不亦輕天下士哉？執事於《龍韜》舉三將，曰禮將、曰力將、曰止欲將，而以止欲爲嚴翼本論，則愚扼腕久矣，請極言而毋諱。

　　夫今天下亡將也，直賈豎子耳！手未彎繁弱牘而奏之司馬、足未列鵝鸛札而置之行間者比比也，此猶其下者。四海之大，豈無專若孫、吳，奇若良、信，大若方召、尹吉其人？而呈身非黃白不靈，送媚非瑱環無色，職方一胥史足制其七尺，不必圻父也。要津一赫蹄足襁其千緡，不必頤指也。令孫、吳諸公而在，舉兩袖而覬一官，衆唾之矣。而且爲之解曰：雁門非市租，亡以椎牛饗士也；曲逆非四萬斤，亡以誑楚也；雄州非嶽祠釀金，亡以伏契丹；青澗非銀的銀鼓，亡以壓元昊、縛明珠也，古亦未能無欲也。嗟乎！此與於欲之甚者耳。夫古用之以運天潛地，而今以使鬼通神；古用之以畫閣銘山，而今以投谿填壑，而猶借古口實，斯亦古之辜人矣。且今之欲又非止市租間金軍實之可數也。大要以兵爲外府，非影占即科捄耳。三軍方擬其胸而剚之，而尚望其仗劍磨盾，洒掃龍庭也耶？

　　執事舉趙奢、霍去病、李愬、曹彬爲鵠，而深有惕于皇上召對時誦岳忠武“文臣愛錢，武臣惜死”二語。蓋天言乍震，萬蟄俱醒矣。愚謂愛不獨文也，武之惜亦根愛，且以愛爲惜，且以惜成愛，然實未嘗惜，未嘗愛，而皆歸之文吏何也？凡惜死者皆返顧其家者也。家擁金穴，身膏原野，爲之乎？且一阿堵耳，文以鉛槧博，武以軀命博。文方坐大于俎樽，而欲武於鋒刃之間，塵甑明潔，非情也。故武之情，從愛根生也。愛愈重，惜亦愈深，故曰以愛爲惜。惜逾深，愛亦逾巧，故曰以惜成愛也。地當絫卵，猶爲腺膏血之謀，急迺抱頭，衆遂攫金錢而去。究也王鈇難買，天畢不疎，捨馬革而就藁街，傾雞肋以赴司敗。向之愛皆安歸乎？即謂之未嘗惜、未嘗愛可。而執事謂其敝緣文，文復緣武，何也？嘻，愚不敢深言，第自守把而上，上下考，左右遷，則竊悉其狀矣。諸文吏皆千佛名經人也，豈其不居圍憂而私是徵？亡亦示之惜，而後相習爲愛，露之以可欲，而後敢於伸其欲乎。世無淮陰，無故而登之壇坫之上；人非定遠，卒然而艷以燕虎之稱，胡爲也哉？惟武非真武，故其勢不得不輕；勢既輕，故其求不得不重。而後迺遇以矗人，其實非矗人，一精細之逢掖也。題以國士，其實亦非國士，一互市之都養也。嘻，可怪已！

然則奈何？曰：進退關中樞，殿最屬督撫，糾薦歸省臺，非草野可與知。亡已，則太公止欲之訓在。太公曰："禮將冬不裘，夏不扇，雨不蓋；力將出隘犯塗，必先下步；止欲將軍定次迺就舍，炊熟迺食，軍不舉火亦不舉，以知士寒暑勞苦饑飽之審，而士始爲之鼓喜而金怒，好死而樂傷。"孫武子曰："上下同欲者勝。"惟止欲者能同欲也。故人忘其生。黃石曰："貪者豐之，欲者使之，蓄恩不倦，以一取萬。"惟止欲者又能使欲也，故人効其死。而如以文爲藉口，則愚有以衷之，武不能止文，文能止武，即文不欲止武，而武反可止文。其不易止而急宜止者二，曰止款，曰止例。款與例皆欲藪。愚言止非迂也。自隆慶中，順義封貢成，塞下安富可六十年。虜利款，邊將尤利款。而今蠢動者，盡款虜也。賞日增日挾，日講（下原缺）也，龍德也。而史言極欲，則意存遵晦且勠塞天地，而後食其豐報。諸將有能犁寧宮之塔，銘長白之峰，東縛奴酋，獻俘闕下，而且西鹹虎敦兔，西南鹹安奢，東南取海上之鯨鯢而剪滅之，則雖拜汾陽不貲之奉，如所稱天子萬歲，將相亦百千秋者。嗚呼，豈不瑋哉！丹書曰"義勝欲者昌"，此之謂也。夫兵陰也，義陽也。以陽治陰，故無死門。吉甫之嚴翼，迺歆御受祉之根也。故將者，國之司命而治心者尤將之司命。心治，則忠孝之氣穿釜絕鑼不可當，所仰酬神聖拊髀之思者，將在此已，又何有群醜哉！

代加賦崇禎癸酉應天程。

問：古賦用量入爲出，未聞量出爲入也。六府則土穀惟修，八政則稼穡爲寶。惟重農故輕賦，輕賦故民樂生，而《豳頌》作焉。兩漢最近古，唐宋初造斂亦自輕，然則加賦起何代歟？士大夫輒詆桑、孔，乃桑、孔曾加賦歟？今之鹽運師鹽官，事例師鬻爵，榷關師算舟車，皆祖之。而今加賦，則桑、孔未敢爲也。遼事十六襏於此矣，雜項有額內額外，田畝復一加再加，且帶徵預徵，帶買召買，催檄如雨。入者敲脂拷髓，扼四海窮民之吭奪之；而出則如糞土泥沙，茫不可詰，即士馬未嘗宿飽，其故何與？關外內營制新定，兵既縮而餉反增。薊門之虜已歸，而餉反四倍於舊。津、登、東江十餘年耗千餘萬，絕未嘗見虜，亦無能飛一舸越彌串而東，稍窺金蓋者，僅齎叛將以投奴。夫四海忍莩以奉邊而少有益猶可謝也，不爾，何以誅諸無告挺而走萑苻也？皇上憂民之誠，踪追堯舜，旱則步禱，饑則發金，計吏則面賜疇咨，且將舉籍田盛典示重農，近復免斂商、罷事例，念加賦非得已，而求可代加賦者，盈庭未有以報也。夫帝王理財，不外生節，誠熟籌可節爲窮民加賦之代，真治安至計，幸指切悉心以對！

　　賦民非得已，民安之；加賦非不得已，民疑之。詭於不得已，以蒙非義之疑而爲之者，以爲民暗弱無能辨抗，一里胥夜呼而足，又衆易鳩也。起而視秦、晉、豫之民，迺能爲盜，蔓及江南北，多帶牛佩犢，不可縶鞭，則亦疑之矣。猶且諱其原曰荒，曰潦，曰流賊，叩之則皆里胥夜呼之人也。然則加賦何以不罷？曰：非得已也，賦不加則新餉安代？夫加賦之可代者多矣，請悉數古賦因商其代。

　　春秋譏初稅畝，曰去公田，履畝而十稅一也。譏用田賦曰以田爲率，斂民而賦也。非加賦也，然且譏之。三代無論，漢十五賦一，文、景三十賦一，又數賜除，而貫朽粟紅，其富施于武帝。東漢因之。唐田百畝輸粟二石。宋二十或十五賦一。蓋其初洞深民隱，斂皆從薄。即桑、孔於鬻爵、鹽鐵、均輸、算舟車、榷酒一切作俑，然未嘗加賦，而卜式猶欲烹之。於戲！加賦真弘羊罪人也，古惟五人耳：漢靈帝畝十錢。唐代宗畝十五錢，又有地頭錢，復以國用急，苗青而徵，曰青苗錢，即今豫徵。德宗增兩稅錢，復有召僱、和市之科，即今召買。宋徽宗令輸免夫錢，秦檜密諭諸路暗增民稅，復預借一歲至再三歲。五人而可師也則已，不然，寧不寒心。

　　自遼氛起且十六年，耗封樁可千萬，若再加畝及雜項派耗一萬萬有奇，奴未誅則關寧必守，關寧守則登津東江三鎮、畿輔諸新兵皆不得撤，省直預徵、帶徵、帶買、召買、舟車之運皆不肯鬆，則加賦終不可罷，而墨吏、蠹弁、點胥囊亦加飽不願罷。然則奈何？曰可代者有八，即新餉可節者三，舊餉可釐者二。舊餉年例萌於正統，至萬曆末而極。新餉爲遼填坑，極於天啓，至上初元而縮，近營制新定，關寧兵不十萬，馬不能五萬，較戊辰加縮矣，而餉金二百五十餘萬，米、豆百七十餘萬石，復有折豆、皮襖、葦席、運價、草價四十餘萬金。反增何也？可節一。薊舊餉四十二萬金，耗矣，忽增新百五十萬；密、永、昌舊餉八十萬，忽增新五十餘萬；通、津各十四萬，登島八十萬，而皆未嘗見虜也。登則齎寇，島尤捕風，可節二。津運之弊如部疏所指，截留、帶交、越卸、虛捏，難更僕數，一爬梳則百七十萬之本色，除士馬入口，非烹贓即泡腐也。可節三。度七百二十萬新餉，裁爲戊辰四百八十萬之局，民拜賜矣。舊餉固不易裁，然以市賞綜之，卜酋未領者十五年，贏金六百萬，非卜被逐而插求吞，則豈有圖窮匕現之日哉？累經駁究，如鞫尾閭，聊以殘貨竄胥塞鈇鉞而已。可清一。插自有賞二十八萬，又奪卜賞八萬六千、敖賞二萬，怵矣！別有市價三十二萬，久無馬易，僅與邊蠹瓜分，故王司馬裁其半，而加插賞八萬九千，復有拱兔萬九千之賞，歲餘六十七萬餘金。盡歸插手，不如飽戰士；使淪奸腹，不如赦窮民。且明旨不云乎："既無馬，則半給亦虛費。"炳如燃犀矣！可清二。

　　其可代者核有六，生有二：三營軍十二萬耳，而餼于下糧廳者，並錦衣、光祿、文思及各監局匠役二十五萬有奇，計折色及布花、外食、本色三百餘萬石，耗漕米四之三。事例罷矣，而十餘年飛海跳澗，攫官易於爛羊，即輸庫亦轉手那兌，茫如蝛鬼，耗戶工十之八。僉商罷矣，即以草場言，皇上特減草料三萬餘金，猶歲發五十餘萬，比者意外之蕝譴及巡青，而馬嗅草實絕少，即有之，骨亦日高也，耗太倉十之七。水衡歲入九十餘萬，貓鼠銜尾，開銷立盡，耗節慎亦十之七。錢法初行，母萬金一歲子可八千，今僅十一耳。南北銅商負金趨，懸欠無算，甚且有公鑪私鑄者，耗廣泉、廣源十之三。甲乙諸庫自金花百萬外，悉輸本色，鋪塾不貲,陳積既歸不堪,奸解尤多可恨。駁參勾換,害總在民。業有量行折徵之議而未決也,耗瓊林十之五。是六者,皆核之太者也!以類推,指不勝屈也。

若生則屯鹽爲大,而功令屢申,如風吹醬。其故何哉?責成寬而賞罰晦也。且議屯則曰失額,不知初額八十九萬餘頃,獨蜀失六十餘萬耳,各省直至溢六十餘萬頃,則土固加闢也。議鹽則曰邊引輸粟變爲輸金。不知邊鎮百四十餘萬之引固在,且邊商未嘗不輸粟也。蓋嘗溯而求之,屯之誤在餘糧,鹽之弊在餘鹽。洪武中,每屯二十四石半爲正糧,給本軍,半爲餘糧,給本衛官軍,皆盤收上倉。自洪熙而免餘糧之半,是舉屯而捐其半也。自正統並免正糧之盤收,則軍遂以屯爲私物,典賣紛出矣。今誠復正餘糧之制大善,不得已則舊屯宜嚴撥給、清占、賣核、徵收、那支也。新屯如天啓初所開雙白二港、四當口、何家圈諸處,推而沿薊、沿邊,拋荒沃壤多可墾耕,宜廣激勸,緩起科,禁侵牟也。兵屯即營田,昔人稱營田之利甚於屯田。近關外亦行之,而以奴不時至爲解。宜通責督撫及道將務必行也。商屯即中鹽之屯,近邊商不過僉報土著及積攬之人,多易糧票,與官攢兌支,無復墾土,宜責邊郎專課本色,歲以所入芻粟報部,漸減部運爲殿最,而峻鹺司超綱越掣之罰。它如均民用水,補助屯丁諸議,犂然具矣。夫欲行而不行,雖黽錯、棗祇背秬腰鐮無所用之。誠以樣田紅牌明示諸司,而令五月報苗,七月報實,十月報子粒,如國初所申飭,歲終較所收多寡爲殿最。仍立邊倉積穀,一切邊臣鍰贖及士馬空月工作撫賞之羨,悉易粟入倉,歲一報,亦以漸減部運爲殿最。如是而屯乃可行也。昔大寧七衛耳,屯收至八十四萬石。何福在甘肅積穀尤多,使盡如何福,則九邊之粟豈止千萬而已哉!

洪武中,正鹽開中于邊,餘鹽以官鈔收之,私煎賣及夾帶者並絞。自鈔法廢而無以收餘鹽,則餘鹽將安歸乎?因令本處召商納課解部,又預知其必多携也,而先以割沒徵價,是明許夾帶也。且正引費多行遲,旁引復費少行疾,於是兩淮之退引、贗引,藉口積引,百計營求疏理以十綱銷之,臺臣以三綱銷之,幻不可盡,而正引反壅矣。今誠復餘鹽官買之制甚善,必不可則量蒸積引,盡收餘鹽,開邊中納,合淮商而均派之。商非本色,不許邊中,引非邊中,不得行鹽。計歲行可三百萬引,課且不貲。重本色則邊屯自興,絶旁引則正引自行,增邊引多開中則私引亦自少矣。若浙鹽亦更增新引,齊鹽則酌增票價,粵鹽行四省而課獨嗇,又每引少則千斤,多餘萬斤,宜亟行減斤配引之法。長蘆鹽亦有踰八百餘斤者,皆當嚴加盤掣。惟閩、陝行地差狹,滇、蜀撈辨亦易。大抵以禁私販、卹竈丁、清草蕩爲主,而要在慎擇鹺官。夫郡縣糧數萬以上,必揀甲科,今鹺使之雄,手笲百萬,最下亦數萬,而其官乃以處鄉貢貲郎及左遷何哉?欲鹽不壞不可得也。管子用齊渠展一隅耳,得成金萬斤;劉轉運用淮,歲課六百萬;楊文襄在陝,用靈州二池,亦增課二萬七千餘金,皆得人之劾也。此兩者,生之大者也。

外此則茶、馬。茶在蜀賦百萬矣,今密于陝而略于蜀,非制也。則碉門、筇連之間,恐難以枯株解也。馬在冏種十餘萬矣,今棄于官而販于商,非制也。則通州苑、順聖川諸區,似尚可以駿骨收也。夫粟生于土,滷生于淵,茶生于巴西,馬生于冀北,皆天地自然之利也,棄之不用,而惟民是誅,則亦當事之計左矣。誠設誠行之,豈緊代加賦?將正賦亦可量蠲。

高皇帝曰:"善治財者,生財阜民,不病民利官。前代理財竊名之臣,徒事掊削,得財有限,傷民無窮。"其臨諭糧長言:"百千萬畝之田,皆天覆地合,風雨露雷,長育五穀。官有倚二稅爲姦,麥方旗而徵夏稅,穀始秧而促秋糧,窘民箠楚,必有天災。"蓋嚴民諄惕如此。今箠楚之加,竟在二稅之外。而所稱理財竊名者亦豈易得?高之治簿書期會取精辨而已,下者迺爲窮民梳櫛。故民之畏吏甚於神,畏衙前亦甚於吏。而外苦火耗,内苦鋪墊,中苦抑勒。如近臺臣所陳:里甲行戶,隔提窩訪諸苦,千徑萬蹊,害十百於加派。非去而之盜,何以得免?痛乎,民之無聊也!故重守令急矣,進而司道、中丞、御史以迨戶、工、治財之官,皆宜精揀廉能,明核功罪。其要領在銓曹,而指歸在務農貴粟。貴粟者,貴其志也。粟則樸,樸則少貪;粟則重,重則難徙。神農曰:雖有石城湯池帶甲,而亡粟不能守也。今天下生死于粟,然皆賤粟而貴金錢,銅穴琄塢,握者中飽。於是茶馬屯鹽悉以折色爲平準外,而卧鼓枕弓之戍不毛之地,土不喜稻,馬不戀賚,所飽者折色而已,加賦者亦加折色而已,而欲二三田畯驅婦子于祁寒暑雨中,挦拾其尺秉寸穗,以豢恒河沙之游惰,必不能矣。故賤粟者,大盜之竿也。

皇上旱則步禱,饑則遣賑,藩臬至親賜臨問,館閣欲先歷推知,蓋已深得勤民之本,度加賦亦且報罷。而愚以貴粟進者,聊推廣漢人務農之指,不獨為農人而已。明春上有事于籍田,方尊地寶,薦天農,宮掖獻其種稑,公卿進其班耦,使海內知三推祈穀,德意甚盛。而帶牛佩犢之衆,亦相與歸農。嘻,此執事所稱《豳雅》、《豳頌》之世也,旦暮遇之。

軍　馬崇禎癸酉應天程。

問:井田、軍馬之制,兵家雅宗之,迺有謂春秋前可行,後世不可行者,以為驅農畯、田駟而戰,即赤眉、黃巾未易當,矧匈奴。然軒轅之蚩尤,周宣之獫狁,皆強敵也。且《周禮》所臚軍政、馬政,大略徒起法於人,車起法於田,四時講武,蓋無隙不練軍,而孳馬之法尤備。以故宣王一起而王旅比於飛翰,神駿誇其龐阜,南北征討,赫然中興。謂非祖武所貽歟? 高皇帝監古定畧,立衛所軍,不別置兵,又皆屯田,不別置餉也。內外寺、草場,種馬孳息如雲,至宣、正中,畿內不能容,始散山東、河南馬,苦饒不苦少也。其法全在教練軍士之律,欽定馬政之榜,實采周制而加詳,可縷指與? 今衛所存而軍政弛,種馬革而馬政荒,以致募兵販馬,繁費不貲,公私交困,非策也。祖制猶可復歟! 夫軍不練,甚於無軍,馬不孳,何從揀馬? 不練不孳,溟涬嘗敵,猶無臂而格干將也。諸談奴插戰守方略非不具,然終苦指梅杳難着手,亦還顧士馬何如? 皇上寤寐憲章,於三大營銳精釐刷,新定各邊鎮營制,復發十萬金市駿西陲,解到茶馬親賜臨驗,冀旦夕觀犁庭掃穴之盛。諸士其究綜初制,以佐安攘。

軍馬之政,本於黃帝,握奇阪泉涿鹿之戰,其用至貙兒可以當軍,雕鶡可以當馬。而總之變化於井田,後世莫能窺也,師其意以治軍治馬而已。治軍主練,治馬主孳,其法則六鄉六遂各以井邑丘甸出車,合為十二,以更番迭用,稱六軍。而鄉遂有國馬,則民自牧,聽調發;十二閑有公馬,則隸于較人圉師,為官牧其馬。上善似母者曰種馬,次戎馬、齊馬、道馬、田馬,下乃駑馬,稱六馬。蓋五良一駕。其練則鄉遂師以歲時登衆寡，簡兵器，修卒伍，蒐苗獮狩則王執路鼓，候執賁，將執晉以教坐作進退、疾徐、疏數之節，辨鼓鐸、鐲鐃、旗物之用，斬牲以狥，而誅其後者，建表銜枚，致禽如敵。它五兵、五盾、六弓、四弩、八矢之法，下逮射人、羅氏、服不氏、司爟之官，莫不分局課能使之，火射、近射、車戰、野戰，不戒而習。其孳則春焚牧通淫執駒，夏攻特，秋臧僕，冬講御。夫齊飲食，簡馳驟，教服御，書齒毛，時醫藥，釁厩治厇，適其寒燠。又爲之頒牧地，禁原蠶，祭先牧馬祖諸神，蕃息之方，纖悉精具。以故灕迆數百年而宣王奮興，馬如游龍，士若虓虎，淮蠻獫狁所嚮廓摧者，其初制善也。世不察其營綜之密，而第以賦井爲美，則豈有驅農畯田駟而可以試不測之淵者哉？

　　善師黃帝與周，莫如高皇帝，而今大非其初矣。軍不用諱而豢兵，馬不用變而輸銀。兵無以勝軍，再行調募。銀不能生馬，又費買俵。比且關外聞警則調登，登兵造叛復調關，三營不能軍則徵邊腹，中州偪流賊復摘三營。邊索馬則輦同金，復兌同馬以出，同索馬則輦茶苑馬，復市西寧馬以入。至勤重瞳親賜臨驗。嗟乎！國初軍馬皆安在？議者曰：周制不變，故易爲力。今軍制廢而軍亡，馬制變而馬亡。而實未嘗亡也，且其志固不在戰，急則聊卸罪曰無兵而已。予客兵，又不即至。因以不即至，卸罪聊曰兵無馬耳。馬至而聽其賤之餒之，蹐損接踵，因以蹐損卸罪。客兵馬，不幸戰而敗，又以客卸罪。一切安家、行糧、器甲、舟車、齎送之費，皆諸道分受之，而掌中之餉自如。蓋自三方布置來相襲爲行師弢秘，而環海蕭騷皆不復顧，按之則繪人木駟罷腹如昨也。

　　然則奈何？曰：即以軍馬責之而已。責之，則必核初制。國初軍皆食屯，計內外四百九十餘衛，守禦屯牧三百五十餘所。除錦衣諸親軍外，通計軍三百十三萬有奇，而宣慰、招討、各土司軍不與焉。蓋轉周之寓軍於農而寓農於軍，兼采漢南北軍郡國兵、唐府兵法，且爲定教練律曰：騎卒必善馳射、刀鎗，步卒必善鎗、弓。弩射以遠可到、近可中爲試中，鎗以進退習熟爲試中。衛所官輪班領軍赴御前試驗，中者賞，否者官降革有差。官舍比試，非閑騎射不許襲，再比不中充戍，而峻逃伍占役之刑。斯時也，家習鵝鸛，壘布罷螽，有事則伍兩不異家丁，而揮千即爲長子，軍盛矣！今衛所固存，即屯地亦無能挈而走也。國初馬皆官牧，已令兩太僕民牧山、陝、遼、甘，苑僕八寺仍官牧，通計馬可五十萬，皆名種馬。川陝四茶馬司三年則番族火把藏等納馬萬四千，而御馬監及各都司衛所馬貢、市夷馬不與焉。蓋取周種馬之名，用較人之實，兼采漢唐苑監、宋保馬、茶馬法，且爲定孳生榜曰：兒馬加料令臕壯，騍馬令依時群。蓋定駒兒馬一配騍馬四，騍馬一歲納一駒。都縣苑監官提調養户，報寺印烙。少者買補，不者官吏決杖，管馬官痛治加等。其京衛將官馬令自養，軍士馬令就草場放牧，而罷民馬草之征。又申蕎麥稭、黍酒糟、米泔餕飲致落駒之禁。是故圉皆非子，澤悉渥洼，軍行則小戎品其驕騰，而九逸恣其麈麇，馬盛矣！今同種雖廢，苑種猶存，且牧地亦非沓而難清也。

計今日急着，則軍首京營，次邊鎮，通及省直，馬首同寺，次苑僕，兼申茶禁。京營有總督非初也。洪武爲五軍，永樂爲三營，于忠肅爲十團營，嚴嵩爲仇鸞地始設戎政府一之。趙文肅謂失分府分營之意，其或追榆木之變，以軍未及歸衛爲三楊咎。然軍不練即更營制亡益也。今之弊在認操作練耳。夫操，兒戲也，練則必遵教練律，材膽技藝，選師分演，精欲貫蝨，熟必掇蜩，總協出不意，調隊參較，用忠肅法行之，而大要以練兵書爲主，重器練手，重甲練身，囊沙練足，鴛鴦、三才練陣，盡斥花刀花鎗之套。其賞罰或教場行臨，陣事或談笑陳刀斧威。其論功重全勝，輕零斬。即鸇勤不得冒世襲，贋級者斬而佐威信。必行者在同甘苦，雖下卒器食親經較驗，夜無終寢之席，晝無不吐之哺。且言今人喜用現成兵將，故債驕難制，若親加選教，情義孚，恩威洽，真如臂指，可謂得練三昧矣。即推之邊鎮、省直，皆可通行。

吳時來言：每鎮軍六七萬，關營城寨三百餘處，枝官百員，零分隱占，與無軍同。故海弊於擺海，邊壞於擺邊。宜合一鎮軍，分將聚練。忠肅言：自永平山海至豬圈頭，宜簡驍鋭分四屯，無事不守關，專訓練，有警照分地策應，而以輕健耐走、知地里、便藏伏者爲緩急使。楊襄毅、戚繼光皆言擺邊之非，備多力寡，止留墩哨守望而并力衝區，可法也。王靖遠選甘州卒五萬留屯更番，省輸運。

葉盛在獨石,官給牛種,摘不任戰者令耕。馬永在漁陽,散遣老羸聽農,市取其庸,倍給健武。梁震在大同,遇虜人即率勁兵出口搗巢,虜牽內顧,不敢久掠,可法也,皆練邊也。王文成平虔盜,罷遣狼兵,專練衛所,不足則益以州縣機快。陶家軍練三百,戚家兵練三千,所向無前。崔文敏言:民貧爲小盜,聚然後大,宜練鄉兵,責州縣自守,鄉嚴則縣靖,縣嚴則府靖,推之天下皆然。陳文端言:幽冀多沉鷙慷慨民,團社角藝,懸弓矢馳獵爲樂,略倣周田賦出軍,三丁籍一,農隙操練,八府可得勁卒十萬,有警調集屯列要害,如宋料河北義勇故事。可法也,皆練腹也。此責之總協、督撫、道將而足也,不練而請調募者罪。

若馬則非盡復初制不可。古魯衛小邦,一考牧則騋牡駉牝矖目權奇,矧萬乘哉!宣、正中兩太僕,馬溢二十餘萬,畿內不能贍,始散濟、兗、開、衛間。即隆慶初種額猶十二萬五千也。未幾議折其半,萬曆初遂折其全,而馬無留種矣。還以徵銀僉買,又歲發各邊馬價,撫賞四十餘萬,餘貸戶、工緩急,而岡無留金矣。一馬之買,官耗三,民耗七,俵解寄養,愁蹙萬端,而兌營兌邊,反利其速斃,於是公私之金與馬俱盡。金甌全盛,天駟無光。夫革種者曰種爲民害也,今民害反倍于種。又曰變馬爲金,不患無馬也,而馬無種則少,金別那亦空。國與民交困,而天下事幾不可爲。嗟乎!祖制可輕變哉?故復洪武七年官牧之制,盡設牧監,是爲上策。復洪武二十八年民牧之制,是爲中策。倘官民牧皆廢,真無策矣!漢太僕領未央諸令,橐泉、承華諸監,又設牧師北邊牧馬三十萬。唐張萬歲置岐、豳、涇、寧八坊,牧七十萬。王毛仲領內外閑厩,牧四十三萬。蓋皆以官牧得之。惟王安石命戶養一馬,十戶爲保,縶維乖性,無復生理。種馬雖頗倣之,而搭配課駒,駒復生駒,利獨無窮,若官吏貪恣則官吏罪也,于馬何辜?馬端肅曰:騍馬十萬,即隔歲一駒,十年得駒亦五十萬。嗟乎!令種馬而在,今豈止以一縑易一馬哉?若苑僕則酌復廢寺,舊八寺,東起鴨綠,西亘松潘,皆古燕、趙、秦、晉戎馬之場,上苑萬疋,中苑七千,下苑四千,化荒陂爲馬海,其息甚富。且申禁典牧不得別有差署。今僅存平涼苑寺,餘以司道兼攝,既無專官,種復誰問乎?即天啓末,平涼萬五千之馬,未五年而亡其萬二千。姦藪尚恨逋誅追賠寧當少假。楊文襄黜卿寺不職,清草塲十三萬八千頃,定苑額,補恩隊,考摯生,馬遂十倍於舊,可法也。若茶馬,當更復金牌,舊齎金牌招番納馬曰"差發",我賜茶曰"酬價",實制吐番、斷匈奴右臂之策。上馬百二十斤,中馬七十斤,下馬五十斤,化枯枿爲龍媒而體亦尊。且嚴禁私販,雖貴戚亦伏重誅。今既停止信符,僅以委官招易,茶多低假,番亦忿驕。近復歲徵京馬千五百疋,而茶課僅二千七百餘金。倘不嚴緝私箧,番馬必至短劣。文襄奏復金牌,嚴隘口,勘茶園,招商買運,不煩軍民,計四年遂易馬萬九千。而李文正議嚴收良茶,頗增舊價,令番族樂出良馬。可法也。此責之內外寺及青屯、茶馬諸御史,其給營騎操者,以責撫鎮,而馬可摯也。不摯而請兌買者罪。

居常怪奴一臊羯耳,插亦淫酗,得此兩顱亦何足漆?而繇今觀之,叛登小將鋌而走險,尚嘻唔未即擒縛,則豈奴插之能哉?盈庭戰款且勿空談,第望其士氣,相其馬骨,而安危成敗之數可知也。期而操,操而列陣,鳴礮震空,不問知其無有也。其有閉營習戰,士怒而馬騰,惟恐敵窺者,此則封狼居胥之人矣。皇上聰武威斷,遠駕周宣,誠妙簡傑俊,一以高皇帝初制督之,而又久其責任,信賞罰以隨其後,不三年,必赫然改觀。夫法祖,大孝也;練軍而省冗軍之費,摯馬而節販馬之緡,大利也;兵不調募,馬無俵買,京運漸汰,田賦漸鬆,四海熙然,有遂生之心,大仁也;可戰可守,轉弱爲強,東掃長白,北拓大寧,西蕩河套,內靖反側之潢池,大勳也。何憚而不爲?千古來都燕,獨我明與黃帝耳。黃帝誅蚩尤,我逐蒙古,開闢寡三焉。故本軍馬之制于《握奇》,而以周《吉日》、《六月》之詩爲中興祝。

薊寧策崇禎甲戌武會試程。

問:九邊惟薊於神京最近,宣、雲次之,遼又次之,然洪、永中薊未稱鎮也,直以大寧、宣、雲並列外邊而已。即大寧徙,而三衛猶爲藩籬,亦不憂薊也。薊自嘉靖中虜入古北始重,然其時猶患虜,今更患奴,並三衛爲奴用矣。夫以薊獨當邊則薊孤,以宣、雲兼備奴則宣、雲亦棘,而奴顧往來我大寧舊地。議者謂,恢遼不如先恢大寧。似矣，然豈易言歟！徐中山盪掃殘元，手築山海、居庸二關，若豫爲今天塹之計。它若鄂國取開平，曹國擣應昌，宋國定金山，涼國直抵捕魚海，皆出大寧。而成祖文皇帝四犁虜庭，則大寧、開平外數千里皆六師飲馬處，何其瑋也！今諸將不敢越邊牆一趾，且坐聽其飽掠而歸，又何懧也！豈今曩果不相及歟？儻謂兵不如，則曩僅衛所軍，而今加以募兵、調兵，復自認精鋒兵；謂餉不如，則曩僅屯糧、鹽糧、民運，且未有京運，舊餉也，而今加以新餉；謂法不如，則功皋之綜稽較曩亦加詳加愍，賞溢罰必，業曉然與天下共見，而蒙瞆如昨也。其故何歟？皇上神武天縱，同符二祖，銳意廓清，諸士其推本洪、永中經略薊、寧、宣、雲之詳，及一切訓練鼓勵實用，明著于篇，以掃積年頑懦之氣。

　　國家都燕，蓋與軒轅涿鹿並，而功倍之者三：驅逐胡腥大於蚩霧，一也；中山、開平諸名將，皆風后、力牧之儔，縛王搴帳若飆捲籜，而繼以文皇帝潛邸之再出塞，親征之四犁庭，使遼、金、元殘裔莫不稽首承鞭，於是女直兀良籍入衛所，和寧賢義屈爲臣僕，雪恥除兇，上快千古，二也；直薊之背爲大寧，左遼東右宣、雲，列鎮置戍，崇建親藩，並號外邊，而山海、居庸二關則自一片石至金水口，皆中山王十餘年經營修築，爲內邊，層巒峻隘，兼天地王公之險，三也。三者黃軒未有也。當洪武時，燕尚稱北平都司，乃其經略已全注于薊，而所以治薊者，尤首注大寧，大寧外即兀良哈屬夷（下原缺）章皇帝寬河之役，皆以三衛潛通虜，直出大寧勦捕，遂生縛渠帥。而六師非復舊時比，下之則且燒荒而已。舊制令各邊遇秋高，遣官軍出口數百里，當虜出沒處，乘飆縱火，盡爇野草，以絕胡騎，名曰"燒荒"。于謙、馬文升亟申之，以爲得制虜要害。即北虜款貢後，每兵馬出燒，虜皆遠竄，並額賞亦省。而久之邊將飽佚，瞆爲故事，今使奴千里趨大寧，曠日持糗，野苟無草，拐子馬可坐殲也。且奴誠至則諸將鼠伏，固也，奴歸束去，朔庭一空，而猶守處子之智，僅以一二尖夜爲解，寧復有人色哉！猶且委曰無兵。愚以爲，苟如今之兵，即更招百萬，更定經制，更認精鋒，猶無兵也。且誤以操兵爲練，則雖更練十年，演套彌熟，遇敵乃彌生，猶之不練也。復謬委曰某處餉多，某處餉少。苟如今之餉，即再加畝、加派雜項，再留節驛，再發帑，再那囥，使盡如關內外鮮衣怒馬而嬉，猶無餉也。且亦以稽兵餉、勘功罪爲叢，而兵不增，餉不減，罪日積，功亦日謹。則雖重設閱部，更遣觀容，亦無奈此頑懦。何也？蓋亦反其本矣。

夫高皇帝得聖之威者也，規模雄遠，籌算精詳，以三百餘萬之軍藏于衛所，以八千九百餘萬畝之賦藏于屯，以本折三百餘萬之民運、百二十萬之鹽引藏于邊。何如雄富！而今皆昧若塵土，反別求所以勝之，此大愚也！膏肓沉錮，猝不可醫。執事欲師其意，行訓練鼓勵之實，而後商恢復，則亦有說於此：請於兵勿言汰，而言選。汰則譁，選則勇者能者奮矣。兵之驕以勇與能爲恃也，拔而優之，所餘羸駑何能爲？可漸汰也。勿言募，而言還。募則騷，還則原伍自在，原糧自在。計軍萬人，其著伍者半耳，餘悉充各官薪水、紙張書記、塘撥輿隸、巡綽雜繇、奔走，耗占不貲。宜先省官，次清役，盡攝還伍，而萬人始有萬人之實也。勿言操，而言比。操則混，比則勇者、能者又奮矣。因以一教十，以十教百，分曹角打，閉戶投超，如唐中丞之鎗圈，俞武襄之棍訣，一切利器，各揀明師日夜省課，久則情洽氣揚，藝高膽壯，枝枝皆成勁旅，而合之斯可以無前，非徒聽黎明一礮聲爲搏沙之戲而已。又勿言增餉增糧，而言賞。增則援爲例，後不可裁，賞則時其勇與能而低昂之。如李抱真之課澤潞，种世衡之教青澗，而舉軍皆奮矣。勝者賞，負者自芒刺，而賞之權仍在我。四者皆訓練之實也。

高皇帝兵律曰：領兵官承調遣不策應誤軍機者，守備不設失陷城寨者，殺傷降者，擅殺平人及被擄人口冒級者，縱軍擄掠者，皆坐大辟無赦。諸介胄不讀律耶？而敢以身扞三尺者，何也？豪傑滿眼，豈少嚘唶之庸奴，特在按律行之，務速務必，而後貔虎熊羆踴躍而出也。文皇帝軍令曰：交鋒突陣透出敵背者，斬將奪賊旗者，本隊已勝猶能捄援別隊破敵者，受命能出奇成功者，皆爲奇功；齊刃前進首敗賊者，前隊交鋒未決後隊向前殺賊者，行營時擒得姦細者，皆爲頭功。紀功官即授以牙牌，立行陞賚，未嘗驗級也。惟量賊之多寡、捷之大小差次重輕，不預爲令。自成化中行算級之賞，而黠弁始以贋級爲奇貨矣。冊勳延世，結慘彌天，而真能搏賊者反多爲所掩。楊博言：軍能堵拒犯炮火矢石坐收保障乃全功也。割級攘合營功爲功何足録？戚繼光不許割級。即得級必計級行賞，衝鋒得十之六，銃手得二，割級與劉營各一，而贗者立斬以狥，差強人意，然不如專論奇功、頭功之爲當也。

洪、永中無世錦衣，即外衛世官下封拜一等，非身經百戰不可得。今但上功次，幕府尚薄外衛不爲，而緹騎之堂幾無坐處矣。得之既易，因悟赴鬭爲癡；見者亦灰，惟覺攫官可艷。近如北樓血戰，驟報雄經，而西城逗留，橫披蟒賜，尤使人邑邑長太息耳。非嚴核功罪，裁以太阿，恐無以抑僥風而伸猛士之氣也。

洪、永中用兵行糧無折色。即永樂北征，餽運至三十七萬石，王世貞以爲物力豐厚，未有能繼。而今關內外米且歲百七十萬石，復以折色二百五十萬恣其出入。薊、密、永昌、登、津，皆數倍於舊。欲其見金不攫、攫金不驕，不可得也。軍令曰：各軍夠夥，該管官常川點閱，有過用及遺棄者，並該管俱斬。本色尚不許過用，矧折色哉！而日敲四海窮民膏血，以奉點弁逃伍、姦委猾胥，竟不得一戰之報，可痛也！

今兵將既利折色未易縮，則且鏨其甚者。而本色之湮爛、乾没，力爲篦梳，庶餉有實兵，兵有實餉，而凡束伍、練兵、屯田、種馬可次第舉也。四者皆鼓勵之實也。訓練與鼓勵合，而後可以恢大寧，並可恢遼。雖然，遼差緩而大寧急也；微獨薊，即於宣、雲亦急。何也？金破遼，元破金，皆從宣入，無宣是無薊也。曩惟無大寧而興和、開平俱廢，故有獨石之徙。大寧復則奴不得入宣，宣猶有險可憑。而雲中川原平衍，闌入尤易，無雲亦無薊也。曩惟無大寧而大邊、二邊不守，並東勝亦棄。大寧復則奴不得近雲，是大寧可護薊兼可護宣、雲，宣、雲固而薊益安於泰山。故曰復大寧急也。今自遼廣沿邊至河套一帶，款貢舊虜，慴奴毒焰，部落丘墟，奴騎縱橫，處處可入。而幸其戀瀋陽棧豆無大志，我亦聽舊地之墟而不敢問。令中山諸將軍見之，寧不髮指！夫都山者，盧龍之鎮也。左醫巫閭，右太行，其水皆内入朝宗于海，固天所以障中華也，何故而棄之朵顏？顧使奴得而旅之哉！三王驅之，三公廓之，六飛再駕，貽燕良深。讀永樂中專守大寧、開平、興和等處邊境可永無事之諭，則何嘗棄大寧？而寬河之師以三千鐵騎搗穴，先驅駐蹕會州，宴饗文武，賦詩慰勞，其一時籠蓋之氣爲何如也！戚繼光鎮薊十五年，雅志恢復，而值長昂方盛，又適受北虜款貢，時未可爲。今三衛既亡，卜插皆斃，百萬市賞盡留以飽戰士，真千載一機，所不砍奴還報，盡遼廣大寧以爲封，更何待哉！涿鹿故都在嬀州，即今保安，與朵顏聯壤，軒轅逐蚩尤處也。"日中必彗，操刀必割，先神先鬼，先稽我智。"軒轅行兵之書也。師軒轅莫如我祖，敢以是佐《采薇》治外之猷。

　　金入遼，元入金，皆先取大寧，旋從大寧入宣入薊。予在闈與大司馬張公鳳翼言頗詳切，司馬亦以爲然，而邊將頑懦如故也。己巳、甲戌、丙子，奴皆從大寧入宣、薊，不復取道於遼，蓋陰用金元故智，以遼距燕稍遠，而宣、薊捷也。念之可爲寒心。

奴寇策崇禎甲戌。

　　問國家外禦狡奴，內芟流寇，用兵已有年矣，迄今猶未奏蕩平，其故何歟？禦奴不外戰守，芟寇兼施勦撫，比其説人人知之。迨奴警驟聞，輒膽怯一戰，藉口其勢不敵。古有破拐子馬于步刀，殲長勝軍于鋭斧者，何獨奏捷歟？戰不足則議守，而守更難言。邊長易示以隙，稍不戒則夷騎闌入，如頃從膳房、得勝諸邊口侵掠內地，其受禍可鑒也。豈守亦藉戰，徒憑陴堞仍不謂善守歟？以當寇則敢言戰矣。寇之强，不奴若也，乃流毒徧五省，而今復逸于秦，往來飄忽，何遂莫制其命歟？勦之法未可尚用，宥脅散黨，政以竟勦之局；而輕用撫，則反不能撫。如朱雋之平宛賊，張詠之定蜀亂，亦有可師者否？説者曰：急靖內寇，而後可尚力東夷。其論固當然。潢池之警，躡奴釁而起者也。我誠有以創奴，何遽不能剪寇？抑制勝之權宜握，而緩急之數不繫于敵歟？諸士抵掌談兵，籌此必審，其各據所見，詳剴敷陳，以襄廟堂安攘之計，毋泛毋襲！

　　有勝將，有勝氣，將有必勝之氣，則凡可以制勝之才皆乘其氣而出矣。用兵之患，莫大乎氣奪，氣奪者賞之不歆，怒之不汗，雖衆百萬，猶衆蝗也。是故不能戰必不能守，不能勦必不能撫。言守與撫，無必勝之氣而能濟者，古未嘗有。今天下全盛,又遇聖天子勵精修攘,赫然建中興之業,宜若無可憂者。顧外患奴,內苦流寇,邊腹交訌,迄無寧日。計奴猖獗且十七年,而戰不成戰、守不成守猶昨也。流寇奔突亦六七年,而撫未成撫、勦未成勦猶昨也。奴從膳房、龍門、獨石入宣,從得勝入雲,從茹越、鬧泥入晉,已復飽掠出口。巾幗環視,無能攖其鋒者。援師既不肯前,主兵亦不敢尾,責對狀則交相咎。流寇從秦入晉、豫,入楚、蜀,已復出棧入秦,牙纛高懸,無能收其焰者。受降既已,止兵再叛,茫無應手。規卸皋則,又交相咎而皆無足咎也。

識者歸其咎于才,愚獨憂其氣。今談禦虜者曰:戰不足,守頗有餘。非也!彼原無欲戰之氣也。其矜言守者在藏拙,在就佚,在利豐糈,聚而處百雉中執薄呼之,飛乙游丙,若數潛鱗,一掠陣則兵窮。坐虎帳哆口龍豹,使人望之庬若神驪,一交綏則將窮。窮則不得不拙,拙則不得不藏,此其隱情也。新餉七百餘萬,盡爲遼設,金帛米豆,輸若湧泉,竭九州物力以贍一隅爲財數(藪),吏士佚樂無健鬭心。且也,增餼增糧,索馬索械,若驕兒啼與乳,恐後有十年之守則有十年七千餘萬之派。於是舊軍棄伍而投新,他鎮覬覦而比例,而尚冀其出萬死以破奴,不亦舛乎!可痛者獨潢池赤子耳,既苦新舊之遞征,復逼旱荒之洊困。又見爲兵之樂,兵可以爲賊之利,何憚而槁項於新安、石壕之下,故其起而爲流寇者亦勢也。其勦而撫,撫而復叛,則亦無真能勦之氣足以讋伏之,而相與爲苟且結局之計。

是故欲滅奴決以戰爲主,欲靖寇決以勦爲主。能戰能勦,而守與撫在其中矣。奴雖熟女直,非完顏種也。其殘忍嗜殺固天性,即輦掠歸巢,棄地不顧,非阿骨打、吳乞買比。喝竿越次立,又非其父哈赤比。而貝勒孤山、嬖只娥夫之屬,亦遠無妻室、兀术比。奴何以不可滅?往者董山誅矣,王杲誅矣,即叫場他失與哈赤三世皆我遺俘也。何有喝竿?何以不可滅?而輒藉口曰其勢不敵,何也?若流寇則益非奴比矣。其斬木而出則寇也,賣劍而歸即民,編伍而戰即兵耳。顧以爲寇則驍,以爲兵則老,是非兵之能不若寇也,以寇遇民若梳,而以兵遇民反若櫛,是寇之害尚不若兵也。寇何以不可勦也?往者鄧茂七二年誅,滿四一年誅，劉千斤、藍廷瑞三年誅，劉六、趙風子四年誅，師尚詔僅四十餘日誅，其雄鷙皆在今蝎子塊、嚷天紅之上，何以不可勦？而坐聽其往來飄忽至六七年，何也？且不欲戰亦已耳。奴去則掩降夷難民以充牛鹿之級，而援帥奉詔賚犒華溢，絕不向奴覷馬鬣，僅糜五十萬餉以歸。得無爲麻、鮑諸叛將掩口？至五省特設督，又自有十餘撫鎮，糜金錢尤不貲，而僅以其民予寇，以其寇予鄰，鄰亦復束手，而輒効反脣之稽，又何也？

愚故曰：無必戰必勦之氣也，誠欲戰，則即戰是守，不必別議守。何也？今之守非守也，實無奈奴何，直以埤堄爲藏頭之褌而已。《采薇》曰："豈敢定居，一月三捷。"倘不能謀捷而謀定居，並亦不能守也。能守者必戰。誠欲勦，則即勦是撫，不必先議撫。何也？今之撫非撫也，亦無奈賊何，姑以牛酒爲吞餌之鈎而已。《胤征》曰："殲厥渠魁，脅從罔治。"倘未能散脅從而縱渠魁，宜其不能撫也。能撫者必勦。戰之説，岳鄂王、劉太尉其的也。郾城之戰，飛先遣子雲領騎兵貫陣，自以步兵用麻札刀砍其馬足。順昌之守，錡無日不戰，純用步兵以銳斧直入叢馬中，碎其鐵浮圖，則決戰之効也。其用步則虜馬劼，非刀斧不挫，故以步勝騎也。錡夜斫虜營，因雹奮擊，女直自亂，則以夜勝晝也。岳家軍數千，錡兵出戰僅五千耳，則以少勝多也。飛每休舍，課將士注坡跳壕，皆重鎧習之。錡分五千爲五營，迭出迭入，莫不披靡，則以銳勝惰也。皆戰奴勝局也。勦之説，朱車騎、張忠定其的也。黃巾據宛城乞降，雋不許，乘勝逐北，斬二萬餘級，賊遂解散。龍猛軍攻陷數州，詠勒鈐轄力戰大破賊。則主勦之効也。雋兵少不敵，因攻西南以致賊，而掩其東北，則其算奇也。鈐轄憚詠軍令，曰："觀此翁所爲，真斬我則其律嚴也。"王繼恩軍恃功剽奪，詠悉擒其吏欲斬之，而分兵鄰州，遂省關中糧運。則其膽壯也。皆勦寇勝局也。以擬今日，何不可爲？

而談者以三路及三方爲前車，則又非也。三路之衄，未可戰而戰，馬上之催誤之也。三方之設，日言戰而無可戰，經撫角紙上戈矛自誤也。當廣陵驚潰之後而能守，故以守爲功；當灤、永、宣、雲城堡屠陷之餘，而託言守，則守適爲罪。且奴渡三坌，徑撤錦、寧，直闖雁門、紫馬，非畏關內外不攻也，彼將襲遼金元故智，先取大寧，次宣、雲，然後從紫荊、居庸入燕，果爾能不膚粟？故今之必戰，非獨廟堂討罪恢疆之志，實諸將士臥薪磨盾之秋也。李文達曰：宿大兵不解，民困供億必逃，民逃則軍乏興。今無論守而潰，即山海一帶緘於丸泥，而民加賦終不罷，兵加餉終不精，無異括脂膏、塞智井也。《傳烽歌》曰："千賊上，爲大舉，各路協擊；九百下，爲零賊，本協自當之。"而列三策："以十萬師問罪，暫勞永佚，上也；以五萬一當匈奴，令不敢南牧，中也；以三萬完繕收保，待虜來乘隙摧鋒，下也。"其所求十萬，非多募也，薊自有三萬，選京軍班軍三萬，南兵一萬，九邊各抽一二枝，各三千，居中團練爲父子兵，隨賊向往，是每鎮嘗有十萬而無增餉之費。近奉"練兵二萬駐近鎮專破奴"之諭，雄謩獨運，實得上策。然各鎮現兵亦宜嚴責團練，勿仍擺邊自分力。而餉百萬亦可商，要當使爲經久，而已解遼環，曰：致遼民，任世鎮，以遼民衛遼土，遼仇可報也。客軍數雜，不能自成一軍，帖付地主，故心志不齊。誠以遼任遼，使自戰守，九州物力可紓也。推之宣自當宣，雲自當雲，奴至則關外擣其吭，關內扼其腰，宣、雲各戰其地，遼兵可無調也。如此而奴始可滅也。

若流寇固不必盡勦，而勦不力，彼固不晏然受撫，狼牙薦眼，饑復嚙人。且昨撫纔四萬衆耳，偶反噬，秦遂不支。假令如成化時遣回流孽百四十萬，何以處此？項襄毅與馬端肅議曰：賊自叛逆來，殺一伯三都指揮，若縱之，稍不遂意，即又叛，終爲陝患。前後三百餘戰，遂剗石城之險。丘文莊曰：將士不能討賊，反殺民爲功，故民甘心從賊，日益衆。宜榜文開諭，許殺賊贖罪。鄧茂七之亂，張楷設伏斬茂七，復立賞格，能自首者貸之，相擒殺來降者與克敵同賞。賊遂潰散。王文成於橫水、桶岡、左溪、浰頭諸賊，皆出不意，搗巢數百，勢如破竹，沉幾曲算，暗合孫吳，遂蕩數省之氛。汪應軫獻"弭盜六策"曰："間賊黨，用豪傑，開糾告，扼險要，明賞罰，分首從。"而請令盜起處不即撲滅致流突，則兩處鎮巡官以下悉坐罪。如是而流寇始可靖也。此所謂制勝之權也。

然則寇與奴孰急？曰奴急，寇亦急。寇無大志，然腹心之疾，不治將深。奴遠在瀋陽，然蠶食逼處，不即滅未得高枕也。寇知奴外侮，益鶩然羈靮之外；奴所用多我中翁,亦知寇内壘,益闖于垣牆之内,其勢並急。而我則奴來纔急,退即緩;寇聚纔急,散即緩。奴緩則急寇,寇緩則急奴,緩急之數皆繫于敵,而無確然必勝之籌,此愚所謂舛也。故不咎其才而咎其氣。夫氣者,將吉凶之本也。有人將得一人氣吉,有家將得一家氣吉,有國將得一國氣吉。今以國將而未鼓先竭,漫以無動爲大,即不稱復借孟明子玉爲先容,然則奴與寇當何時伏誅,兵當何時得解耶? 始計曰: 主孰有道? 將孰有能? 天地孰得? 法令孰行? 賞罰孰明? 夫惟法令行、賞罰明,以作其氣,而將之能始出。今皇上既嚴勅督撫合勤,度赤眉、銅馬旦暮掃清。且深燭邊帥蒙瓵,大有所更易,壁壘頓新,聲靈震濯,度喝竿首亦且懸藁街,越裳黄耇望氣而知中國聖人審矣。天地之氣,升恒方始。愚請誦《元戎》、《師干》諸詩,以對揚有道之盛。

策海上(原缺)[①]

策 海 下

曰: 責將是矣。而嘉靖末以胡梅林、唐荆川之督撫,俞、戚、湯、劉、盧之將,加以川、湖狼土之雄,與王直、徐海犇角於海,猶勝負半也。至於用説客,用内間,而後可圖,然已譎矣。今諸將益非曩對,且賊日益,奈何? 曰: 今賊亦非曩對也,曩挾倭,今皆潢池赤子耳。誰不有父母妻子墳廬? 其驅而賊非得已也。彼未嘗不欲撫,而特不信我之撫;我未嘗不可撫,而特無能以勤爲撫,故撫亦不成。何也? 彼之不信撫者,懲魁奇也。使受撫皆如袁進,釋甲久矣。而我猶必以勤爲撫者,我既無以示之以信,又不能以勤示之以畏,則雖復再飛颺,再焚劫,千罪萬罪歸于博一官而止。諸人見爲民之無以自庇也,而爲賊之可以得官,則日趨而之賊,一賊就撫,一賊旋生,此劉誠意之所以策方谷珍,而海上事不可爲矣。

然則議勤乎? 曰: 勤非三省會兵不可。然天下方以全力注遼,遼急而閩差緩。無已,則有五焉。愚以爲,宜先散其脅從。正統中,汀鄧伯孫之變,尚書金濂揭牓立賞格,能自相擒殺來降者,與斬敵同賞。懸金列級,信如四時,而許反正者給牌聽歸勿問。於是降者相繼。可法也。梅林許徐海居沈家莊也,既間其書記葉麻,復間其黨陳東,俾相鬪;其圖王直也,與其親信王漵、葉宗滿輩連牀臥蓋,賊之姬侍左右,無不在圈套中。百計而誘之來,來而健將勍兵,周羅密匝,非空拳試也。可法也。戚將軍《新書》,於練兵法無不破的,而俞武襄《劍經》,先教棍法,以用棍如習四書,刀牌、鎗鈀、狼銑諸技,如各習一經。其言曰:練兵必先練膽,練膽必先教藝。藝精則膽雄,膽雄則兵强。且練兵必先練一人始,其一人已精,以教十無難也。可法也。閩兵閩船,昔稱長技,故賊深忌之。沿海一帶,如長樂之松下,福清之南盤、後營、沙場、澳口,莆田之崎頭、石壁、吉了、莆禧、三港口,晉江之石湖、深滬、祥芝、福全、圍頭、東石、石碙,惠安之崇武,南安之石井、營前、蓮河,同安之澳頭、劉五店、官澳、神前、烈嶼、金門、水頭,海澄之砧尾、赤石、林尾、雙嶼、長嶼、海滄、月港、斗米,漳浦之鎮海、赤湖、陸鰲、銅山(下原缺)

京軍考館課。

京營之制,洪武五之,永樂三之,景泰十之,弘治十加二焉,嘉靖復爲三而以戎政府一之,蓋四變云。五之者,高皇帝析翼元帥府爲中軍及左右哨、左右掖而五,曰五軍,籍留守等四十八衛之衆而訓練之。衛以五千六百人爲率,内取千人,令所隸指揮等官領赴御前試驗,餘以次輪班,而定教練之律。凡騎必善馳射及鎗刀,步必善鎗及弓弩,射以十二箭,内六箭遠可到百六十步或百二十步,近可中五十步者爲試中,弩以五箭遠可到爲試中,蹶張以八十步,劃車以六十步,鎗以進退習熟爲試中。中者賞,不中者官住俸降職有差。又令京營士馬之數,按月開報,家無丁、中有父母、若單夫隻妻者,諸存恤優厚。平居番上宿衛,有事則簡師命率分統以出,事已而休。制至善已。永樂初,兩都並建,各置五軍都督,而北獨增至七十二衛,仍結營團操,又以龍旗下三千胡騎,司寶纛令旗立三千營。後征交趾,得神鎗火箭之法,令演習,立神機營,是曰三大營,營各公、侯二人爲之帥,計京師宿軍可四十萬,於安定、德勝二門之外設大教場操演。而河南、山東、大寧、中都諸軍又歲以班操至,可十六萬,春秋番練,如三大營。其在畿內衛所軍,復得二十餘萬。當是時,天子神武,法令峻核,六師虓虎,鷹揚之氣,真足控九圍、筈四夷而扼其命,度越漢唐矣!曾未三十年而己巳之變,京軍已不能受甲,于忠肅始于三大營中精拔驍銳,分爲十營,以大小八陣法團操,有管隊,隊五十人,二隊有領隊官,二十隊有把總,二百隊有都督,凡十都督,各萬人,而以本兵董之。遇團操時,出不意調一二隊點閱,第呼其把總、隊長姓名,即各領本隊卒以來,驗其識認與否,較其藝精熟與否,使之耳目相習,經絡相關,有警則量賊勢多少,多則合營皆動,少則調一二營,皆原領官統以行。而團營外仍次第其精壯,以備緩急。蓋雖稍變初制,而救時急著,故非得已。天順初罷,八年而復。成化初再罷,三年再復。至弘治時,稽其籍,則已減軍七萬五千七百有奇,而支糧如故。於是選京衛勝兵八萬,班軍春秋各四萬,共十有二萬,分爲奮武、耀武等十二營。其不任者使住營備工作,曰老家。時劉忠宣柄兵,愛養士力,諸占役頓減,而修乾清宮軍夫亦奏減十之五。與于公均社稷臣哉!正德六年,復於團營選精銳爲聽征人馬,屬之東西兩官廳。嘉靖二十九年盡罷之,遂復三大營,更三千爲神樞,而特設戎政廳總其事,督以勳臣,協以樞臣,巡以臺省。已又命以新募兵四萬分隸神樞、神機二營,而將領自副、參、遊、佐以下可五百八十有八員,今相沿且八十年矣。計每營分屬各二十七衛所,各有戰兵、有車兵、有城守可十枝,備兵各一枝,又有標兵二枝,合三十五枝,枝各三千人。並選鋒合之,可十二萬。歲以二、八月上操,以五、十一月止,月以初一、初八、十五、十六、二十三、二十九日合操,餘日分操。車千二百輛,馬二萬一千二百五十匹,歲行閒寺取州縣寄養馬烙字爲款識,五日則行工部王恭廠取火藥三千餘斤,中鉛子三千、小鉛子三萬,歲當用細火藥六萬斤,靡者二十四萬斤。歲犒賞銀萬八千兩,仍有綿布、寶鈔之賜。而班軍自大寧防薊外,春秋僅四萬人輪操耳。

夫以二祖之聖,盡制曲坊,儘可以千年不可敗,然不三傳而四十萬之眾,以于公之忠、景帝之任,而僅得十萬之用。未幾而以敬皇帝及劉公之賢,而僅得八萬,且以肅皇帝之威,銳意釐刷,而兵籍存者不能加團營之數,又益以募兵而始得十二萬，而十六萬之班軍至縮而爲四萬，且隱占侵冒者尚不知其幾。於戲，難言哉！隆慶中，趙文肅疏言：相嵩爲仇鸞地，因特鑄戎政印，括內外兵授鸞，非是。且曰：以五府外別立一廳，則盡失太祖分府之意。以十餘萬衆而統於一弁，則盡失成祖分營之意。而欲分左、右、中、前、後五營，倣舊制各擇一將統之。上韙其議，以本兵霍冀異同而止。

今祖制既難盡復，且當去其甚者，則軍籍宜覈也。京軍涣處他方十之七八，一住操輒鳥獸散矣，脱遇緩急，安能號召乎？此一大病根也。向有議於城外分立營房，大善。亡已，且令各營將核其籍貫、住址，在宛、大者彙爲宛、大，在良鄉、通州者彙爲良鄉、通州，在真、保等處彙爲真、保，各一册，隨行各州縣核實，籍之於官，以便徵發，而影射者亦易清也。

則操練宜實也。御前試驗之典廢，而驗不如式者，該管官亦不聞降級，僅以寅而入、辰而歸耳，僅以某日調火器，某日閱射藝，以定本爲格套而止耳。于忠肅出不意調隊，較爲得之。且以車戰則莫如佛郎機，以凌空則莫如追風炮與蜀之飛石，或刀斧，或鈎鐮，皆當妙選名師，以一教十，轉相倣授。自古用兵無秘術，第使之著著歸實，而秘在其中矣。

則糧料宜綜也。京軍十二萬耳，月人米一石，而今至二十四萬石，何也？且春操則有火器，小糧千石，秋操又有行糧七萬石矣。除折色外，凡許在軍及近添各兵歲耗米二百八十萬。各軍收操在營，食糧在衛，治兵者不知餉之多寡，理餉者不知兵之有無，下糧廳但憑衛所執結支放，而奸猾猫鼠莫可究詰。宜勅倉場、協理兩大臣徹底磨對，通計營衛之數，如洪武中月一開報，然後照數坐派。至在京五草場，歲買百五十萬束，束十五斤，加耗三斤，虛冒尤甚。非責成倉場及巡青科道不可，而飽騰始可期也。

則營將宜體也。諸將樂外鎮而憚京營，以爲苦海，至視與王官等。而樞部亦以爲闒茸之藪，於是見在者思脱，未來者不前，奸宄乘之，窟穴其中，而營務遂不復振。似當爲內外遞任之法，妙簡才望，責以分操，隆其體貌，必在營歷俸三年，練兵有効，方許外擢，而外歷久者，即與內推，更番迭用，務以重京師、彊根榦而止,而激勸迺可行也。

則軍苦宜卹也。營軍悍久矣,然悍于官而弱于吏胥,即以月糧言,有票錢,有買廠錢,有季兒錢,有領馬錢,軍日貧,馬亦日斃,又有買補納椿錢,而科尅以充饋送者不與焉。嗟乎!此一石米穀幾何敲推哉!猶未也,軍既散在遠地,每遇放糧,重繭待哺,而部胥故改限期,使難守候,多托本管代領,於是通同買頭,一罟瓜分。又防秋口糧,各營總每以歇操之日始放,利于侵尅。幸而軍多虛冒耳,不然,安在其不饑也!

則捕馬宜減也。三大營額車十二萬,馬僅二萬,而捕營軍僅萬餘,馬乃至五千有奇,何也?或曰夜巡追緝馬不厭多,然何曾有跨馬下夜者?第聞營中各衙門有大馬,書辦有小馬,即水夫、菜戶皆有馬,甚且一書辦而占五六馬者,其僅存瘦弱則皆日走長安道,爲人僱募者也。查《會典》止三千四百六十匹。宜以漸裁減,不許領補,歲亦可省二萬餘金也。

則班軍可罷也。自十六萬而七萬浸至四萬,而今索之無一有也。歲費十餘萬金錢何哉!且其到者,利亦皆歸之奸旗債主,而各書役爲之尾閭,投册、收庫、領糧、查點,皆有常例,迨其領糧,一折於劄付官、衛總,再折於債主,十不得一二,展轉饑寒,相率赴溝壑耳。前科臣彭汝楠查扣虛軍大糧銀可五萬八千餘兩,見貯職方司,而擒治把棍王南等。近科臣李覺斯亦查扣二萬金。至有謂宜折班價而募近兵,或折其遠而存其近。皆明知其無益,而以祖制爲礙,然牽虛名而叢實害,智者不爲也。

則隱占宜清也。勇士四衛營,捕管及匠役、門軍多占據至三。備兵營則皆袖手之長班、高坐之富人。劉侍講定之所謂"民之膏血變而爲金銀以惠奸宄"者也。豈不令人長太息哉!至廣寧告警,舊督臣陳良弼請發帑三十萬,一日而散犒賞十萬,旋置軍器六萬有奇。天啓四年春,科臣疏尚存十三萬七千餘金,今皆安在?嗟乎,不可問矣!

此八者,皆今之急劑也。雖然,營之分終勝於合,何也?聚則難御,而分則易以爬梳也。且古獨淮陰多多益善耳,能使十萬人如左右手,此豈可責之紈綺視肉之夫，而況利器亦不宜久假者哉。故復高皇帝初制，如趙文肅議上也。永樂中用公侯六人，亦當時諸將習兵可用，今皆黃口耳。無已，則于忠肅十營之法在，舉而行之，是在廟堂諸君子。而或以爲變祖制，則今迺襲嚴嵩、仇鸞之制耳，與二祖時何與哉？

東　事　議

誠治[2]，則溝陌必縱橫，地網水櫃必密布，榆棗必雜植，自足制虜騎之驕嘶，豈獨省餉。兵誠練，則千人而成權，萬人而成武。李抱真雄澤潞僅二萬，韓、岳破兀术僅數千，所向無前，豈必多？城既築則備分，備分則力怯，非率然之勢，首尾輒應不可，而所謂核餉者則寧遠某別駕之囊，現以餉金被讒京捕，而某倉官之包米數百石，誑草數千束又見告矣。四者寧撫身設，誠行之，中外倚之，愚亦心韙之。即奴所遺參、貂直六千金，猶籍諸朝，皭然可信，而顧鰓鰓爲賣實之論，則以喇嘛一遣，其意蓋用范希文與元昊書及种世衡遣青澗僧王嵩棗龜爲信之事，而實不然。希文之書責元昊也，非招降也。世衡間野利，亦會元昊乳母白姥爲螫，而野利左右蘇吃曩者竊元昊所賜刀以與世衡，故得行其間。然自仁宗密詔招納，元昊稱男，再易書稱臣，而韓稚圭猶持不屑也。於乎瑋矣！雖然，元昊男矣，而使宋呼之曰兀卒，譯曰吾祖也；即臣矣，而歲以二十五萬爲齎，亦安在西賊膽破哉？

夫宋則安敢望明也。上英武同符二祖，日有一重門限之憂，近已撤回經略，聽寧撫便宜調度，且大發帑金亡算，若佛郎機、銃炮、盔弓鉅萬，分給關外海外，此真黃沙金甲斬樓蘭還報之秋，所不滅奴朝食者非奇男子也。然則搗巢乎？曰：難言也，顧士卒可用與否，不則三路之轍耳！竟守乎？曰：孫子曰："久暴師則力屈財殫。"中原内虛，且安知其不以一師縻寧遠，而一戳中右、一擣山海，何以支之？毛師可援乎？曰：毛帥之不能援寧遠，猶登萊之不能援毛帥也。且毛帥本居皮島，旋退居須彌島，距鐵山已百八十里，復退居雲從島，朝鮮所云：不進入遼而退入鮮，是豈能辦賊者哉？然則方金納之款奈何？曰：可斬也！不挑釁乎？非也！使未還而兵已東，兵東而使再至，侮我明矣！我直彼曲，神人共憤，何釁之挑？兵不競亦陵，彼無日不伺吾釁而動，何挑之慮？為今之計，莫若盡洗游移，決意戰守。飛鶉可射，不必泮甚之甘；拐子可殲，不假虞干之舞。自非然者，間中之間，徒爲狡奴所簸弄而已。而究之則在久任，誠使寧撫爲數十年之圖，而捐全遼以與之，雖欲不與奴爲存亡不可得矣，則庶乎其濟也！謹議。

京 商 議

京商有二，其一如殿工、陵工，諸商領價鉅萬，誆賺十九，大抵皆衙棍捏名，非真商也。其一則户、兵、工僉商，最可憐。僉商者，非商而橫派爲商，無故被僉，立成傾破。富者百端賕脱，黠者兩舌仇扳，甚乃搶地呼天，投繯赴水，欲控無路，思竄無門。咫尺禁庭，黑冤乃爾，真天地間怪事也！予癸丑居停蔣家，曉起見副兵馬持名柬邀之云：“僉市磁。”其人面如土，即自入圄扉，傾産五百金飽之，得免，遂爲竄子。迨官京師，晤同年巡光禄太倉及巡青諸臺諫，必言僉商之苦，皆噸蹙無奈何。夫僉商墊銀，非制也，使京民不敢富而敢貧，敢逃敢死而不敢訴，非所以愛京師也。萬曆十年兵部條議，曾奉有神宗聖旨：“這商人爲都民患苦，節年屢經議處，困累如舊。既根究弊源，措理停當，依擬著復召商舊規，今後永不許更派。其諸存恤事件，却要内外各衙門著實行，有不遵奉的，在内著司禮監，在外你部裏嚴加禁飭，仍與科道不時訪聞參奏。”當時京民豐盛，尚蒙寬恤，而今輦下千金生理俱屬外省之人，其足以自立者僅勢家與各衙門班役而已。查祖制，有一項錢糧必有一項外解銀兩，間或召買，隨即給價，初非累民，《會典》可考。比因外解拖欠，京庫匱乏，該監惟知内供是需，按數取盈，有司亦不問緩急，嚴刑督辦，借貸完納，官得其一，民耗其十。及至領價之時，衙棍既恣爲延捱，債豪復橫相逼勒，萬不得已，多方請發，前債未完而後票之催比復至矣。年復一年，害何底止？此豈聖主惠養京民之意哉！宜亟復祖制，召買應用錢糧，著内外各衙門從長計議，永免僉派。不惟國計不匱，而以解都民倒懸之苦，所關宗社大計非淺小也。宛、大二縣民有哀揭，採其可行者如右。

户部錢糧數目：

御馬倉、中府、天師菴草料俱屬巡青。

御騘口飼法駕馬匹之需，歲計草二百二十三萬九千九百九十餘束。

御馬倉每歲計四色料六萬八千九百九十餘石。原係北直、河南、山東三處應解錢糧。近京召買，上納價銀，隨辦隨給，初非累民，此祖制也。約用銀二十七萬餘兩。巡青衙門所轄，有部司監督，在場有大使、副使、官攢、庫秤，歲給工食，經紀客販，易爲置買。因外解拖欠，京庫匱乏，僉派京民墊銀買辦。內有山陵、神馬監。支領者每草十束，領賣多亦不過二百餘文，約費庫銀伍錢，合無折給價銀，本監自買應用。

明智坊、安仁坊、西城坊、北新廠、臺基廠俱屬巡青。

京中原設五草場，爲營軍支領。軍居外鄉，出草處最多。每草十束，領賣多亦不過二百餘文，約費庫銀五錢，五場歲約用銀七萬餘兩。官無實草，民多虛費，倘時歲荒歉，暫折價銀給散，來年豐稔，仍著收買支放，亦可小蘇。

犧牲所草束喂養牛羊兔隻，太常寺經管，有部司官催比。本所立千戶所等官七員，官軍三百餘名。合無該管官督同本所官收買，責令壯軍包鍘。屬巡青。

象房草場，畜養象隻，錢糧合無該管官督同錦衣衛千戶等官、馴象軍丁收買應用。屬巡青。

其內外供用庫酒醋麴局、司苑局、寶鈔局、織染局俱屬巡視太倉。

各壩馬房、內外牛房俱屬巡青。俱可類推。歲約用銀四十五萬餘兩。督官召買較之僉商辦納，歲約省庫銀十萬餘兩。

兵部錢糧數目：

內府惜薪司紅蘿炭、筏柴俱係上供烟爨之需。紅蘿炭出易州，工部提督官一員於易州，由廠置買督運。筏柴一名順柴，出馬水口一帶山中。初係官軍採運，後因邊腹多事，官軍告累，改爲徵銀解進，召商買辦。每歲十廠，每廠官價銀一千二百兩。商辦民炭每歲十三廠，每廠官價銀二千四百兩。內有各衙門支領者，每炭六簍，領賣多亦不過二百四五十文，約費庫銀七錢，而實則各官支領不能得半，皆爲衙蠹乾没。合無内進用者，收買備用；各衙門支領者，不妨折給價銀，亦兩便也。在内監有總理、卯官，下有掌班、管事、炭頭、經紀。欽置炭園、柴廠，歲約用銀四萬三千二百餘兩。該監自辦運用，較之僉商辦納，歲約省銀萬餘兩。

工部錢糧數目：

内府惜薪司每歲商辦民柴四十廠，每廠官價銀一千四百餘兩，設立外四廠：紅蘿廠、南廠、北廠、西廠。每廠民炭七廠，每廠官價銀二千餘兩。每廠民柴六廠，每廠官價銀一千一百餘兩。各衙門支領，每柴一槓，領賣多亦不過一百四五十文，約費庫銀四錢，亦可依兵部例折給，歲約用銀十四萬八千餘兩。該監自辦，較之僉派商辦，歲約省庫銀五萬餘兩。

光禄寺錢糧，行户先給預支銀兩，買辦各色等物供用。查祖制，凡本寺供用牲口、果菜等物，上林苑監四署進用，不足民間買辦。《會典》可考。在寺有典簿廳，四署等官各有所司。在監有提督，總理西監、涼樓、逢七、川廊、雞房、醬房、廟户等官。各司供用，合無將預支銀兩付典簿廳，照數查發。内監錢糧，内監收銀，伴當做作人等自買供用。四署錢糧，署官收銀，督寫字、做作人等置買應用。歲約用銀五萬餘兩。以一人之事，分給衆役辦之，較之僉派行户辦納，每歲約省庫銀幾千餘兩。

以上内外各項錢糧，每歲約用銀七十萬餘兩外，衙門錢糧合無比照紅蘿炭事例，督官召買。内監錢糧解銀，該監自行辦用，民不擾而事易完，較之僉派鋪商行户辦納，歲約省庫銀十七萬餘兩。

捄荒議庚辰九月。

從來或苦水或苦旱、苦蝗，未有同時而南水北旱，徧地蝗蝻如今日者，且當奴寇交訌之時，一面賑荒，一面催餉，誠爲兩難，然總以救民爲急。考《會典》災傷及預備倉款内，祖宗德意最爲詳備，即盈廷條畫，如開倉、平糶、通商、施藥、養孤、瘞胔、收贖、捐助、緝奸、察廉、蠲征、緩派諸款，皆合古今名奏議行之。而皇上復發御用金錢三萬及存留養親二款，内云"開具所犯罪名奏聞，取自上裁"。則雖死罪尚可贖，況戍乎？倘酌論情罪輸贖，或本或折，重者萬金，輕者或千或百，暫寬一人，以活百萬之饑民，在法既伸，應手亦捷，而貫索之内，亦或因以小蘇乎！若事例開納，丞簿、尉目，親民之官似不宜以貨得否，此外，惟在賑卹得人、務速務核兩言之外，别無奇策。高皇帝曰："歲荒民饑，若俟奏請，道途往返，饑死多矣。著令有司發倉賑貸，然後奏聞。而賑濟官遷延者誅。"所謂捄荒如捄焚，欲其速也。嘉靖中，令各撫按嚴督守令及時捄荒，貪酷害民者即時具奏處治。大約以荒芊多寡與盜賊興止爲郡縣殿最，又以郡縣能否爲撫按司道殿最。自今九月起，麥熟止，登計全活之數，定爲等則，嚴行黜陟。而按祖制，備荒所設預備、嘗平及社倉之制，向來各地方積穀銷歸何處，其撫按查盤積穀實數，分别總撒，填注職名。年終奏報之例果否著實申飭，務以重農貴粟爲主，以三尺行之，所謂核也。倘撫按郡縣各辦出一片真心，安在富青州不可復再哉！至寬征，則萬不容已。今秋成既苦無米，則冬春益當湧貴，明年漕運殊爲可憂。即不量行蠲緩，勢亦不行。郡縣畏功令不暇顧饑民，饑民貪性命亦不暇顧功令，其究有不忍言者。且自古及今，未有歲括天下二千萬以實京師，而又歲括京師二千萬以實邊者，況邊又未必實乎！似當令各邊（下原缺）

【校記】

① 此篇原缺，題據卷首目録補。

② 此句前原缺，題據卷首目録補。

敬日草卷四

序

重修翰苑題名錄序館課。

是錄記歷科鼎甲及諸庶常官翰林者，起洪武之辛亥，訖天啓乙丑，凡八十有二科。余既以次增修，作而歎曰：

瑋哉！詞林之盛，前古未有也。古揆地惟所授，今鼎鉉黃扉非詞林之官不簡，補天碩輔皆木天中人，一也。唐宋中外吏得更進入詞林，每有除授，號爲一佛出世，今三年一舉，或間科一舉，而數常溢于瀛洲，聚十五國之鳳麟相與稱前後輩，翱翔槐廳鰲島之上，如列真紫府，左右帝宸，二也。高帝首闢文華堂，特選翰編吉士分置，近侍中書傳餐。成祖拔二十八宿，開文淵閣，盡出中秘書讀之，大官供膳，月給內帑鈔，數召見應制賦詩，大而心箴乾爻，小而咏鷹規虎，皆親承日表，造次格心，士一釋褐而稱天子之私人，累資積望，不離冷局，輒躋公輔，三也。三者皆古未有也！乃上之所以重是官，與是官所以自重者，則亦可得而言。上重之爲異日，而士自重即在今日。異日用之，今日豫之。豫者礱磨須之，用者操券責之。蓋不用之用，大非一官一能之比，而其難反有十百者。於諸司亡所當問，亦無所不當問。凡天地之賾，霸王之辨，民生吏治、禮樂兵刑、財賦漕河、九邊四夷之詳，詩文古近之體，千端萬縷，博考窮蒐，見爲無簿書徵發，而當其始進時則有館閣諸宗工爲之師，退而自相師友，務爲身心經濟之學，以之備顧問、儲絲綸，而豫啓沃調燮之具，勞苦甚於諸生百執不論也。是故憚勞易惰，衙門淡易苟，體面高易忽，才易露，薪積易躁，慎是五者，而後可以爲天子大臣。

嗟夫！古之莘巖、隆中，亦諸生而已。令人人不失諸生之味，天下宜可治。

今題名具在，其卓然樹立者皆其能以諸生不變塞者也。二百餘禩，詞林之盛，夫亦自爲重者重之，而豈第以上之重重之而已乎！諸君子誠深體（下原缺）

應天府鄉試録後序

崇禎癸酉秋，上命臣德璟副左庶子臣進往應天典試事，録成，臣當序末簡。敬拜手颺言曰：

盛哉！高皇帝豐芑之詒也。詎今二百六十有六禩，以癸酉試者五矣，而文候日新，蒸霞漱玉，蓋環寓內鮮肩南國士者，即臣等操斧入蕊淵，瑞葉不勝採也。幸甚！然而實不勝懼。往者文體嘗飭矣，大率糾士而止，今且並糾主司以風厲天下，務挽浮詭遝之正。迨奉上特諭，推明祖制右德之指，綂小學、社學入庠序，綂童儒應鄉會試，以核德行，責主者，不稱并坐。而令精簡孝弟廉讓之士，冀異日當官不貪不欺，收得人之効。蓋與聖祖初詔責實求賢之意合。天鐸重宣，隱鶺伏鸞，刷翅矯首，宜無不奮矜自愛。而臣竊思之，臣所衡者言也，若德則安從徵之？昔周之隆日，以三物埏埴士，士小學後則比長閭師而上亡非師，一年际辨志，三年际敬業樂群，後亡非試参性行，然後麗經察賢能，然後論秀。故其士畢專精結轍，惟六德六行之知，以餘力工六藝而已。今於藝僅麗書，遂略其五，而所試鉛槧亦僅書，並略其十七。非士不古若，則隋唐後試士之制驅之也。聖祖心洞其然，故制雖沿不廢，而立社學射圃卧碑，頒《大誥》，屬民讀法諸牖坊，密豫大要，做周司徒而加愻。即庚戌畿內首科，特召勳臣基，佐以學士同濓輩，臨諭鄭重，計就試百二十三人耳，强半入縠，又未赴南宮，悉授官。至所獎拔南雍士，不啻優龍劣豹也。八紘爲罝，雲風翔涌，則制未嘗不古若也。夫士可古若則咎制，制古若士不古若則又咎士。而臣迺從盱衡尺幅中欲逆射其覆而券之，臣未能自信，敢遂信士？則安得不懼？

雖然，臣所恃者，皇上作人之心。陸贄曰：士含靈惟上牖致，如玉在璞，抵擲則瓦石，追琢則圭璋；如水發源，壅閼則汙泥，疏濬則川沼。以吳季札、言偃之賢而無以作之，僅能自拔于上國，以禮樂淑身而已。即顧、陸、王、謝，非不美也，猶爲閏朝所掩。而有高皇帝以作於上,則濠泗之間,屠釣雄駿皆能與五臣十亂爭烈角勳。然則士待作直春蟄待雷、秋稼待雨已哉!將欲作之,必固貴之。今皇上則貴士矣,貴壯行因貴其幼,貴得賢因貴其師,悉本憲章爲薪櫎。士迴思見貴者,云何而安得不自貴?且苟不自貴,則無怪乎賤之也。賤之則曰貪欺。嗟乎,臣子而名貪欺,尚忍言哉!

　　是役也,臣從臣進後,合諸臣稽首盟天,弋題筮經,聚廳遴閱,庶幾無負功令。即醮士亦祇奉明諭,薰浴申之而致最者三。古東西京未聞百司並建、兩極雙懸者,矧帝鄉復以都稱,而雍司成外兩學使分較猶不遑,北未有也。王氣匯淯,靈傑之富,耀乘連城,士必不負地。周三歲獻賢,能書鄉不數人。漢守相不舉孝以不敬論,不察廉奏免,然口二十萬,始歲察一人耳。今就試士六十倍於庚戌,而得百四十八人,簸汰雖嚴,以方周漢寬矣,顧動歎乏才何也?且天下事未有難於入轂者也。初試經,二三試今古,即夙慧非殫心力彌年載,不能令移以當官,寧不恢辨而遂舉其身,光於日月,壽於翼翼,所取天壤固甚奢,區區博臚瑣亡已懵乎!士必不自負。皇上神摹天藻,巍焕莫及,至綜緯名實,側席旁求,期得人毗中興。而江南賦最,江北鰥最,江南苦漕,江北苦河,湖海時苦盜,蓋幾迴環宵旰中,數者治則治亦居半矣。士桑梓宜必習,習宜必可治,度不忍負聖天子。昔聖祖嘗召諸生詢騎射,最以文武吉甫,且曰:“謂稷契不復生,方召不再出,是薄天下士也。”甚至思馬周能効常何致一周者,不愛爵賞。士誠將相科自負,猶薄馬周不爲,而使臣愧知人之明,顧不如常何武夫乎!臣安得不懼!願諸士之進而以稷契、方召許身,退亦不失馬周,以逭臣等冬烘之誚,則臣幸矣!

　　臣幼侍先臣光彥于留計,猶記其時物阜風醇,士大夫解炫縟內憚清議,斌斌質有其文,至所呴童子勿欺之訓,俾世清白無遺羞,蓋癙寐識之。今獲奉上使,高皇帝鐘鼓實式靈焉,其敢自竇越以辱簡命且忝庭聞也?故既與諸臣交矢慎公,而更祝士異日如此。

武　舉　録　序

崇禎七年甲戌秋九月,復當會試郡國武士。司馬奉明旨,遵辛未庚試功令,申飭加愸，而併四場爲三，業分圍遴技勇、馬步、射中，率乃鑲院咨韜略。上命右庶子臣德璟、右諭德臣四知，偕都給事中臣兆龍、臣自裕，主事臣胤樓、臣之屏往。臣閩海迂疏，硜硜守文墨，尠効敢言兵？既期逼，弗敢辭，飲冰是懼。謹合同事齋祓籲天，蘄蒐真材，爲國干城，浹辰始得士百二十人。復掄其尤者恭進睿覽，候裁定，且行臚傳宴賚之典，甚盛遭也！故事，臣宜有醻言。

臣聞先正言，天生材惟文武二用，國家求相於文，求將於武，亦惟二科。議倣唐宋武科，酌會殿二試例示鼓舞，而我皇上實始行之。然臣竊觀高皇帝所器待武士，原不異文。至舉太公授丹書，仲山甫式古訓，召虎矢文德，謂三代士文武兼備，而後世拘一藝爲陋。以故其時庠序之儒觀能射圃，公侯之貴聽講辟雍，斌斌乎一洗隨、陸、絳、灌之偏，而後始漸觭重也。文士固左武，迺武亦自居負，間或借文以蓋其虛。責弓矢則逃諸方略，繩方略則委諸權任，曰：“夫固介冑遇我。”然則進而遇以國士，當安所藉口？上誠心知之夫，夫名彎弧射策，非真能彎弧射策也，故先以刀、石、弓程其技勇；又知純拔技勇不必盡能技勇也，故仍以騎步、論策，廣其蒐羅。合兩科新旨，質皇祖器待武士之意，若出一揆，而後知上之真能將將也！

迺臣則有自懼二，且爲多士懼三。辛之役，閱兩試始得當，臣碌碌遜前人，實慮萬分一負特遣，臣懼一也。奴氛棘且十餘禩，坐聽鴟張，曩介冑無足涊齒，今士則安委乎重瞳，品其甲乙，伸眉埒于儒英，倘登壇而使長白之山、混同之水猶爲逆羯逋巢，即陳九賓奏第，顏無迺益厚？漢馮唐舉一魏尚以當頗、牧，則人主改容，爲復其雲中守，今舉百二十，而不能盡當魏尚，安用掄（下原缺）

武闈二錄合刻引

近科試闈，累經摘發，稱畏途，而武場尤甚，辛未之役其前車也。甲戌復當試，環業先期求差歸省母，差既定，會有大力謀負之趨，予友文公湛持曰：“子若不得歸，資且及子，奈何？”因爲筴必歸甚悉。予持之堅，然竟不得歸。臨試力辭再三，而當事業以其名上矣。既被命，念迂疏私自危，鴻寶倪公謂予：“第謹遵功令,亡他慮。"幸同事宮諭印巖張公、給諫本潛盧公諸君子皆共矢潔慎蒐,簡精審獲,藉手告成事。放榜後,司馬以前茅二十卷進御覽,上手拔第十二名陝西潘子爲狀頭,以第一名京衛侯子次之,復傳取五卷入覽,而拔第五十九名宣府甄子次之。臚唱宴賚,一如文殿試故事。當是時,奴酋闌入宣、雲,插酋部落壁賀蘭山邊陝,而流寇奔突山陝間,以是廑上宵旰,故於邊士特加意示鼓舞。在廷諸臣無不相顧歎服,拜手頌聖神文武,前掩百王,而璟等亦始以得遉於庚爲大幸也。

兵部舊刻《會録》,今奉旨並《登科録》梓之。諸士既節其要合刻而請予言,則嚮所揭三懼之指具在,夫亦求不愧科名,以副中興右武作人之盛,慎旃哉!

甲戌長至,晉江蔣德璟若椰書于桂坊。

<h3 style="text-align:center">武經七書序閱試。　丁卯四月序二。</h3>

《武經》非經比也,其微言亦頗見於六經,自宋人名尊之,昭代因頒諸武庫,以習介胄。而七書幾與六經並行,蓋千古兵法挈是矣。

凡宇宙事,無不可以筆舌得者,獨兵不易談,昔人譬之水與奕然,以爲水因地制流,而奕之變至千局不相似,其幻在呼吸,其慧在彼己,其因敗爲功、出奇制筭,妙在於不可典要,而所謂八陣、六花、陰陽、五行之説,則皆古之筌蹄而已。自黃帝阪泉之役爲兵家祖,至於帥鶡鶹以爲幟,鞭貙豹而前驅,勢若神鬼,無容摹測。太公而下,一何其列眉抵掌也!計其人,皆胸有成書,不得已而見之於兵,然俱有不輕用其民之意。夫惟不輕用,是以一用而無敵。而後人者,徒執紙上之玄機以當變態,其爲術固已疏矣。

且夫意固不盡於書,韓淮陰囊沙背水,法所未聞,顧曰:"此自兵法,諸君不察耳!"而霍驃騎、岳少保之用兵,無非法者,乃皆不肯學古兵法。何哉?夫善《易》者不言《易》也,神而明之,存乎其人耳。國家恬嬉習久,靺韋跗注,哆口輕裘緩帶之風,猝有警莫可仗者,輒思鷹揚諸君子。迺説者謂:即諸君子在,亦不能行其書。而愚直謂之無其人。夫債帥呈身,非錢神不靈,固也;兵符市租,一切仰面文吏,固也;即監軍、道廳,足制其命,況進而督撫職方,而欲斬寵姬狗貴臣又可得乎? 亦固也。豪傑藉口夫豈無人,而特無奈趙括、劉秩之多。蓋自遼氛來,杖鉞如雲,登壇寡効。即奴子傾國入鮮,而關、寧、登、津,連雞相顧,未敢爲鼓行擣虛之舉,異日所自詫者謂何也? 私謂今諸將日談兵而不知兵,當事亦日求將而不知將。孫吳董事霸王不足言,如周文、武於太公,唐太宗於李靖,反覆辯論,各數萬言。黃石公以其書授子房,與漢高帝躡足借箸,若師友然,審之真而用之決,而後蛟龍雲雨,惟意所如。不然者,徒以其書爲羔雉而已。世常笑以口舌得官,而兵者國之司命,亦第寄之君相所不知之人,其有濟乎? 故是書者,諸將相固當精求,而聖主尤不可不進講也。

或曰:《六韜》、《黃石》多借名,安得經? 不知經者政以經世耳! 文武經緯,本自表裏,即以翼六經無不可,矧敬義之訓,與千里求賢、祖祖下下之指,何必減詩書哉? 遂序而傳之。

雷州府志序 家君原稿。

雷入秦漢,始爲中國,然絕徼,中國猶蠻之。唐宋常以其地處朝賢,快一時之忮,而實闢鴻荒千百年之氣色,則自寇、李、二蘇後,山川始有聞,而人亦稍自通於上京矣。蓋大江以南,吳、楚、閩、粵百道之脈至雷而盡,然利朱崖者不能隃雷而有之,恒借爲咽喉,故雷重。雷之北廉、欽與交人界,其南渡海爲瓊管包黎岐,恒有警,故制府巨臣往往開和門于雷,以爲經略交黎之雄鎮,而雷又重。

余不肖分部海北南,既履疆,考圖籍,見宮詹黃公佐《粵志》,心韙之,然志雷頗略。而雷故自有志,闕焉不修,是泯雷之重也,圉臣謂何? 於是命司理某董其事,聘南海韓孝廉某授簡,閱再月而成,斐乎一家言矣! 夫今志猶古史也。古列國乘,《檮杌》、《越絕》而外,雖子男之微亦有之。然其指歸于不虛美、不隱惡,而故行其峻,有不獨南史、董狐而止者。古之史,世而專,故得伸其筆與古於君卿之上,甚至以七尺殉三寸而亡所避。今之志,皆驟以其是非寄人者也。寄習是非,人患阿;寄不習是非,人又患蒙也。且譁而佐以旁之人。而志之凡例別有數十種，若以是非爲其中一事然者，宜乎南董之不易造也。

雷故儉紕，鮮可書，乃陽秋具矣。雖然，不佞有進焉。自穆廟罷貢葛之役，而葛戶始蠲；自今上罷採珠之璫，而珠母稍還。以三邑荒涼疲瘠之地，無足當五羊之下駟，而朝廷之南顧而軫者，乃更在它部上。爲司土者，其於宣上德而滌民咨宜何如焉？而世率輕雷僻小不樂至，至亦少循良効，余甚羞之。比者，交黎之變，皆起於將吏，非夷罪也。墨將越交劚佳木，而四峝鴟張；墨吏佐熟黎兵鬭生黎，而五指魚沸。賴當事不以余不肖，俾入欽撫定之，而黎之役雖不能止，頗有全活。至粵西狼土兵過雷，所在驛騷，余力言于制府，阻其未發者萬五千，而已發者召土知州入和門，諭以威德，故雷獨不被其毒。一雷也，以交黎重，亦緣交黎擾。使處置得宜，則亦晏然無事而已。此亦當世得失之林也。余既樂觀志之成，以爲文獻粗足徵，而顧（下原缺）

鄒南皋先生理學要語序

璟十歲，侍父江山，即知有吉水南皋鄒公海內偉人也。比釋褐，介吾師匪莪何公及同年友須彌劉君將取大，以家諱歸。然每讀《願學》前後編及《會語》、《講義》諸書，未嘗不著蔡奉也。公門人峽江曾使君飭吾泉兵政，暇選公《論學要語》，授何師長公舅悌刻之，而屬余令更摘集中補其未備，且見箴，日來教，有“一日不可不讀《名臣錄》”之語，得無與金谿所謂‘外說爲主，天之與我者反爲客’相似乎”？璟言下猛省：夫天與我則天命之性也，率是性，即爲大人，求之外，反失赤子。此集義、義襲之分，金谿所異新安以此。然遲之三百餘年，得姚江而其說始伸。姚江復得吉州諸君子推明之，迨華亭當國，爲之表章，而其道大行。迺至今日，而良知一線幾明滅矣！非良知有明滅，而學者以良知爲客之過也。自羲堯至涂人，天之與我，寧復有二？然而以爲主，則首出庶物之聖人；以爲客，則物交物引之而已矣。客之不已，漸且奴之。故孟子以爲失其本心，而姚江諸公反覆剝折，不啻距楊墨、斥佛老然者，蓋皆非得已，非好辨也。

鄒公之學，實本金谿。如云“終身結果，繫最初一念。此一念即是配天地、並日月、質鬼神。一眞百眞，一不眞百不眞"。讀《易》至"復亨剛反"曰"不反則神不入"，至"金夫"曰"躬吾躬也，千劫萬生，秉靈毓粹而來，奈何見金遂不有躬?"又曰："肯安心時時是父母未生前，越妄搜求，越參證，時時是父母既生後。"蓋皆從"先立其大"一語參入，以是窮而夜郎，達而銓諫，久錮岩壑，驟長臺端，而公所性終不加損，迥眎姚江，眞無怍色矣!

余又觀記公二事：公初糾江陵奪情坐戍，江陵敗，攻者蠭起，公獨不苟摘，晚乃特疏其社稷功，可謂無我。當建酉鷗張時，公倡首善書院于京師，或以闌迂沮之，未幾而改爲璫祠。嗟乎，使人人誦述孔子，何至又奧節甫爲伊周，然後知聖賢之坊世遠也?

姚江《傳習錄》出其門人徐日仁、錢德洪手，予最愛其與顧東橋、聶文蔚諸公書，以爲孟子後一人。使君所纂，亦多論學書而義語合篇，尤有前賢未發者。璟無似，少知慕學，漸泛濫於詞章經濟及二氏者，蓋亦有年，近始悔無得手處。故一聞使君之教，遂不覺捨其外而反求之。且介使君追師公，以附于文蔚聶先輩懸像而拜姚江之義。

林宗伯友清堂集序

城東偏稻畦菘圃中有數椽焉，則大宗伯平菴先生之居也。水樹環匝，野色疏淡。入其門，見清源三台，似屏似笏，幽翠親人。先生曰："吾愛其境之清而又與清源對，因名吾集曰'友清'，子試序之。"某某謝不敏。

夫清在境爲山水，在人爲緜夷，公方進而友稷契，恐緜夷非比也。且山水自嶽瀆外，靈奇不可枚舉，夫孰非吞吐於公筆墨之下者，而第言友清已乎? 即就清源言，巖洞之勝可三十六，而取名于石泓一勺之泉，何也? 或曰：是泉也，發于山下，行于地中，匯于江海。從西洞天望海，不過軒檻前一墨池，而此勺水已化爲濯天澡日之觀。故世之名清源者，能名其清，莫能名其大。公之所以取而與之友也。夫水莫大於海，山莫大於崑崙，然而公諱其大者，而第取其清者，則公之所以成其大，蓋可思矣。

公自首童子試，連領閩解，掇高第，數爲中秘冠軍，科名甚盛。公不言才。居身廉約，闇然儒素，而遇有所感憤，輒抗章。如萬曆末言賞罰是非，天啓末言脩省四要，爲諸蒙臣祈寬政。迨事今上，言時務，於官貪、民窮、兵弱三致意焉。復以敦簡靜、戒繁苛、劾獻替，皆通達國體，有賈、陸風。公不言忠。上罷庶常之選，特掄推知入編簡，首命公教習，爲千秋曠典。公陳六議，磨勵甚具，而易號詩爲講章，用習啓沃，實洗從來雕蟲之陋。諸賢多矜奮稱國器，公猶懼無以當人師也。有而弗居，成而弗恃，悶然進而毅然退。當魏璫時，引避南中數載，聞仲兄喪，即解官，比滿尚書考，不待報，輒引疾去，中外仰之如祥麟威鳳。而公與伯兄光禄先生，芒鞵筍輿，日散步丘壑間，遇者不知爲兩名卿。蓋其家庭間，自相師友如此。內友光禄，外友清源，退而友縣夷，進而友稷契。世人第知公之清，而不知公之辭其大者，乃所以成其大也。若其詩文苞孕經子，杼軸百家，出機而入法，澤於道德仁義，藹如也，則原泉放海之緒餘而已。

某少服膺公，迨綴班行之末，嚴事公最久。竊因讀公之集而泝之以附於緣瀾測海。又私歎神祖壽考作人之盛，一時館閣名賢，收火居之權以自歸，而吾鄉如文節、文忠數君子，與公後先蔚起，其□□乃爾，夫豈縈張我清源而已？

上方召公，有非常之拜，王百谷而長崑崙，在此行矣！先生曰：「子知我，毋寧使我爲稻畦菘圃中人，長爲清源作主可也！」

少保大學士楊先生集序

吾邑自丁未後，二十餘年而拜四相，李文節始之，史少傅、張少師、楊少保繼之。張、楊二公復同時在閣，與史公復同在家，三孤鼎立，猗歟盛哉！璟丙寅謁除，則少保方視院篆，教庶常，實取大焉。己巳使歸，而少保已歿，爲悲悼久之。長公孝廉刻少保集，命余序，小子不敢辭。叙曰：

文以氣爲主，然哉！古亡論，自余讀昭代館閣諸公文，劉、宋、解、楊而下，以及文節，大略有二派，其一春容和粹，如惠風慶雲，妙極舒卷；其一沈雄博大，如壯濤峭巘，力擅欲吞。而氣皆得之天授，有非人所能爲者。數尺而恒具萬里之勢，百千言而若一言，無留行，亦無滯覽。故觀其氣以知其人，且以知其世與其遇。遇不必論也，然凡氣之所之，世運應之。世將盛大，必以其氣予人；既以其氣予人，則所以作其遇者必奇。而其人之情性與其人，亦往往如鏡攝形，無不畢肖。以余所身事四公及福清葉文忠徵之尤信。文節、文忠之文業行世，蓋春容和粹之意居多，而吾師則沈雄博大之文也。以其文未有不遇，遇未有不盛世者也。神祖，久道之聖也。今天子，中興之聖也。閩五公前後綸扉，皆稱命世。而公遇尤奇，蓋上親以其名拜告于天，卜之金甌而枚立焉。本朝所未嘗有，而究竟乃有。與文節同者，文節在閣僅六月，公亦六月；文節真清真任，卓然以三代自期，然與時不合；公端嚴簡重，無一切依阿巽愞之態，亦與時不合。然正惟不合，而所謂氣始嶄然露耳。不然，二十四考，何足言哉！

逎予尤爲公扼腕者，天啓末奸璫以生殺讐一代，公戇勁自守，不與通，故屢推不報。至殿工邊捷，貲擢不貲，公詞林三品，即例當賞，而内削之，不得與，別署之四品埒。公常語予曰：“我固當削。”且以襖詩課予輩。而璟詩有曰：“我願水心人，捧劍上天子。一揮當塗高，再揮混同水。”當塗高者魏，混同江則奴酋也。公甚喜，然私戒予曰：“勿太盡。”迨予授職，璫以大不敬矯傳，而張公上揭力救，公亦過相尉勞，二公實生我，安可忘！而今猶以詹翰賀捷公疏爲公咎，嗟乎！彼豈知公疏出何人之手哉？文節家最貧，而以賕誣，公見排於璫，而以公疏誣，其得謗時局又同也。公何憾焉！

公既受上特簡，召對者五，雖六月堪足千秋。惟年未登艾，素彊亡恙，而邊騎箕尾，以比列星，則知公者皆以未竟其用爲恨，非獨門墻矣！孝廉文行有父風，方妙齡魁于鄉，異日且竟公之用，故予更爲公喜，而稍窺公之人與其遇，以論其世如此。若夫公剛大之氣，自塞兩間，不獨文也。

漕撫奏疏引

治心存於中而治言、治事出焉。古賢公卿之所以事其君，蓋必有要矣，其志日月，其行珂雪，其動雷雨，然而穆然不自炫其象，而萬物歸之。何哉？精於自治，而其心足以見於天下也。

善乎！漕制府蘇公之疏也。曰：欲安民先察吏，欲察吏先自察。夫未有不自察能自治者。漕臺賜履半神州，跨江絶淮，泝河越濟，綱紀四瀆之水，外縮溟渤。自宋司空、陳平江會通既成，部穡萬二千餘艘餉京輦，而淮實扼其吭，稱社稷咽喉。諸屬部道而下，鶴膝犀渠之長，延亙七藩，察決爲難。然公下車未浹年，而威惠宣流，凋恝色起，更墨易窳，聲形不張，而人人自得於望景晞光之外。從遼氛來，詐官冒餉，走險若鶩。奸弁劉魁軰，乘寧遠棘，持經撫咨取淮餉六千緡，公曰：遼中丞暮春四日受事，而咨署朔日，贋也。且篆文不類。條十疑鞫之，立伏，並得其戶部、應天二贋檄，一舉而省國蠹萬八千餘金，吏士驚歎以爲神明。鳳泗爲帝鄉湯沐，去歲苦旱，繼苦潦，又繼苦蝗，赤地千里，而徐幾其魚。公身痌民瘼，爲海、徐、贛、桃諸州邑力請命，得改折。會清河口淤，漕艘逗淺，則冰夷爲政，公帥多官禱之，雨輒應。而督兵并力挑瀹，復募船盤剥，不逾期而達津灣，以飽神京百萬者，公力也。

管子曰：形不正者德不來，中不精者心不治。正形載德，萬物畢得，翼然自來，通昭四極，是故功作而民從。公自勝帶入仕，高潔淵粹，孝友之至，孚格神人。至撫浙時定亂兵，縛妖憝，吳越晏然，愛深微管。既即家拜淮上之節，有旨竣限令受代，蕭然單車，以懋大勛。今且晉尚書，召督京庚，爲樞衡地，然公欿然自若也。蓋治心之篤，口不形而上下信焉。昔汲長孺不刑一人，高枕而淮政清，然猶爭士也。劉轉運於漕績著矣，然猶才吏也。若公真可謂大臣已！

公嘗教某曰：仕如築垣，務謹其基。蓋即精於自治之旨。某服膺不敢忘。比道淮，而親見所以治淮者，以爲三代而下有古賢公卿風者，公其人也。遂因公命序而書之。

張給諫奏疏序

堯舜朝有疇咨，無封事也。高皇帝朝有封事，無票擬也。其時晝日三接，都俞一堂，敷政用人，頃晷而決，亦無待召對也。故唐虞史臣，僅以其所面可否者，筆之爲書。而國初自大庖西萬言外，奏議鮮有傳者。朝上書，夕超拜，其鼓舞顛倒之妙，蓋得堯舜之精而用之。上起自潛邸，不兩月，收縛奸頑，神謀獨運，識者以爲賢於堯舜。而余同年張君慎之，首應耳目之選，所條陳輒報可。其大者，如舉高皇身心如兩敵之言，以瀹聖學；糾動搖中官二兇，以快人心；臚遼黔兵食勸撫及禦插戰守機宜，以定廟箕；究通夷，核撫賞，折馬價，以釐積蠹；皆被的石畫。而召對之典，實自元年六月始，記注起居，亦自慎之建議始也。一時中外士大夫，推爲法筵龍象。惟上尤心器之，業再加級視事，表魚水一班矣。昔人稱避人焚草，然韓稚圭在諫垣，集其疏七十餘章，曰："焚之無以見人主從諫之媺。"司馬君實三上書不納，以付范景仁，曰："若奏而不通，又復焚草，則與不言何異！"兩公皆有深意。今上躬覽手乙，於讜言無不嘉行，從諫之美，類高皇帝。而慎之爲順之于外，曰：斯謀斯猷，我后之德也。即《書》所稱，何以加焉？

大中丞世父，向在臺端，負謇諤聲，而慎之復以夕郎顯。拜前拜後，余不獨艷其家世，而私爲中興賀有人也。

馬還初掖垣封事序

上慎重賜環，於銓部疏廢籍百四十餘賢，而獨吾閩黃幼玄宮允、馬達生給諫首蒙召用，蓋異數云。先是，幼玄三疏救華亭，達生特疏糾監視，海內高其名，以爲中興真君子，而上實心念之，以故雖用它皋去，而旋有不測之收。余既私爲閩幸，又竊知群臣材品久入神聖燭照中，次第彙征，日可竢也。當達生被覈兵馬之簡，所關軍國計最巨，一切恩怨咎譽盡度度外，而最難者邊鎮兵實縮，馬實空，餉實浮，驕卒猾弁，鳥鼠同穴，即催檄雨下，無可報，報亦畫餅。余每見達生手劈眼搜，瀝盡心血，而無奈其攢眉何也。所條三十八議，裁官裁餉，汰金三十餘萬，而總以簡練爲主。

記司馬楊公脩齡將入秦，嘗以勸撫下詢，余謝曰：某不曉兵，粗曉書。士不熟舉業，不可試；兵不熟擊刺，不堪戰焉，決也。果可戰，則勸撫惟我矣。戚少保練兵，拔麤朴，去游滑，刀鎗棍笐，各選明師以漸教演，親若父子，義則師弟，大略一營得十人百人，合爲勁旅，所向無前。不汰兵兵自精，不汰餉餉自省，不定營制制亦自定。蓋以練陰行其汰，而後知增兵增餉，調募紛沓，廣設加派，樂輸房號、名邑，括窮民以誤封疆者，皆不求其本之過也。逆奴三訌，兜鍪如雲，化爲巾幗，説者咎其不忠，余獨傷其不學，譬如白曳子弟，久習奢懶，遇文戰膽顫可憐，而以爲志不向上，苟矣。間亦認操作練，譬之指晒爲讀，於攻苦一途，絶未夢見在。而謂兵不可練，不尤與于不練之甚乎？

達生核九邊情形既審，尤嚴取與，無敢以環璜嘗者，與余飯，一蔬外無長物。其門如水，嚮同年同觀政，第目爲端人長者，寧知具大作手爾爾！其謂監視暫設，原比監察例，不比撫鎮例。嗟乎！今且比總督例矣。各邊有内總督，而真總督之責輕；京營有内總提，而真督協之責輕；兩淮有内總理，而巡鹺御史之責輕。外若見爲掣肘，而其責借之以輕，則未嘗非臣下之利也，可不深長思哉！

館丈王公癡仙讀達生封事，以詩代序，而幼玄和之曰：“人從破冢出，舟向沃焦經。”今兩賢身出沃焦矣，而天下事正在漏舟中，安忍袖手？吾且以長年觀之。封事凡六十餘上，不具論，論其大者。

十　書　序

奇恣者亦僅埒儒家之莊周、驪衍而已[①]，一洙泗攝之而有餘，何以闘爲？舉天下習經義應舉，名若尊朱，而自姚江一派，則皆爲陸爲王。即或以禪疑王、陸，而晦翁晚年已自有章句支離，不求己而求書之論。且曰：“天命之性，本無儒佛。”則並佛亦囿天命中，而真晦翁出，真羲、堯、孔子亦出矣。故姚江《定論》一書，足爲考亭功臣。彼株守其章句者，未得晦翁之深也。善乎黄先生之言曰：禪學亦有南北宗，神秀時勤拂拭之偈，似朱學；慧能本來無物之偈，似陸學。然禪家未嘗爭勝，而朱、陸之徒爭之不衰，釋身心而鬬齒牙，居廊廡而評堂奥，嗟乎！其亦可以退然反矣。閩學自將樂龜山始，蓋親得二程爲之師，而晦翁其門孫也。當時延、建間名儒輩出，入明而《四書》、《詩》、《易》純用朱，《書》用蔡沈，《春秋》用胡安國，四海之内皆稟閩學。而吾泉虛齋、紫峰、紫溪、九我數先生，復自爲温陵開山賢聖，蓋泉學於斯爲盛。而先生又能網羅前聞，斷以獨解，使四子六經更無賸義，豈不難且偉哉？

吾師匡我何公，嘗疏薦先生于朝，而余從弟爲其家倩，悉先生内行澹穆静遠，居然有道君子。嘻！講學若先生者可也。故余直以先生爲可繼道南一脈之後，而序其書之大指若此。

五經蠡言序

明以尚經取士，士鮮兼經者。然自聖門子夏、商瞿、左丘、公、穀之倫，皆僅名一經。漢景、武後，經師輩出，然一人猶不能獨盡其經，多以相合而成，且每詔五經諸儒講異同於石渠、虎觀，稱制臨決，其難如此。而後世如鄭玄、王通、顏師古、孔穎達及宋大儒程、朱諸公，顧皆兼五經，論譔甚富。何聖門之難而後世諸儒之易也？入明而楊公慎、鄧公元錫特號博雅，楊間拈同異，鄧則戛戛乎深矣。家君子授諸子各一經，余幼得《易》，不解，更授《詩》，旁通《書》、《禮》、《春秋》，習其訓，故亦復不甚解。最可商者，如《易》必拈占，辱以卜師，《書》訂《武成》，《詩》掃《小序》，《禮》多以漢駁古，《春秋》乃舍左而徇胡，皆今古疑府。它如金矢非贖鍰，巳日不必非干支，嬪虞非濱姓，戡黎非文王，遜荒非奔周，騶虞非獸，鄭衛非淫，周公居東非東征，履帝武爲高辛，玄鳥非卵，孔子非不知父墓，魯郊禘非成王，賜周正爲子爲寅，許止、趙盾之獄蔽罪與否，滕子不書侯、季札不書大夫非貶，更僕未易數。思向名儒洞了三代以上事者，一爲發覆，而得許君夫賡《蠡言》，讀之起舞曰：異哉！夫海非蠡所測也，然一蠡而海之性已盡。五經學海也，千古挹酌無慮萬家，而竟不盡者何也？漢唐爲經用，而宋自用也。爲經用患拘，自用患戾，皆經功臣，而宋人於漢，今人於宋，則皆自以爲忠臣，然後知經之大於海也。

余友黃君幼玄，精十三經言，向寄《易黃圖》京中，余出與同館讀之相歎伏，以爲揚子雲不能作。甲子之役，漳有顏君茂猷以《五經》二十三篇得雋，而夫賡復以是書行於世。何閩之多才哉！夫賡學博而行方，以名魁里居，捷户修不朽之業。異日出經術經世，必有卓然自表者。即爲飲海之長虹，運海之大鵬，其可無言蠢矣！

合刻兩孝經、古庠篇序

黃季彖先生纂《禮經言孝》諸則，附《孝經》後，爲《兩孝經》，福清葉文忠公序而行之。復纂《禮養老》諸則爲《古庠篇》。銓部林公授予，謂："二篇皆可傳。"予讀卒業，歎曰："真可傳也！"

上古之時不名孝，無非孝者；人人老其老，不名養老。自有虞氏以孝聞，因爲上庠下庠之制詳于老而厚于親，蓋始明民。而三王祖之，於是有東西序、左右學、東膠虞庠之名，爲三老五更割牲、執醬、執爵之禮。於戲盛矣！管子掌老、掌幼諸政，猶三代之遺焉。漢晉以後不師其意，而弟取桓榮、王祥、于謹之人，奉爲更、老，天子下拜，説者以爲其禮是，其人非。而愚則竊有疑者。讀《文王世子》、《西伯養老》二書，孝不過寢膳寒煖，養老不過田里樹畜，無具文也。孫奭解《孟子》謂："衆鳥不羅，翔鳳來集。"惟其誠心質行，真足以感盪四海，而後仁人以爲己歸，而所爲庠序膠學之養，意亦如今之鄉飲酒與賓興歌《鹿鳴》之禮，間一行之。故帝王之養老與孝合，而後世之孝與養老二。夫未能事家中之老，而能事老、更，天下不信也。

璟少讀《孝經》，心怪孝有經，慈獨無經何也？嘗以叩先君，先君曰："夫子志在《春秋》，行在《孝經》。《孝經》與《春秋》皆不得已爲憂世而作。"嗟乎！使天下各親其親，各子其子，何以孝名爲？而又奚事安車蒲輪、設杖授几，做受繩從諫一二語爲太平觀也？然則黃氏二書，其亦猶憂世之志也。夫今儒者諱言佛老，然佛説人事、天地、鬼神不如孝其二親，二親最神，是佛《孝經》也。道家謂求仙當以忠孝仁信爲本，是仙《孝經》也。父母未能事而佞仙佛，此正仙佛之所麾棄，而猶號曰儒，使吾夫子見之，更當何似？此《春秋》所以繼《孝經》而作也。或謂《孝經》不宜兩，然皆采《禮記》，自可爲經。而於《古庠》解期頤曰："頤，養老也，亦老者自養也。"好學好禮，庪期稱道，不亂老者，所以自養也。善哉！黃先生自道於學與禮也深矣！

刻既成，而屬先生八衮加三之辰，又浙中適有觀察劉公伯淵者年滿百，登隆慶辛未進士，今且六十有八載，天子下所司，將行更、老之典。其斯天地順而四時當之世乎！璟小子既序二書，而並以爲先生祝。

四 書 大 意 序

邑大夫繆君手纂《四書大意》成，余讀而愛之，曰："偉哉編也！吾因之而見先聖賢之意焉，因之而見學士大夫所以推明良知之意焉！"良知之旨，不自姚江倡，四子先之矣，是即書中大意也。大意主于致知。而自姚江後，如龍谿、海門諸公，密授一記，廣接三根，日射珊瑚之林，雲披琉璃之殼矣。君爲海門先生高足，既已妙關知鉢，弘闡心珠，亡論當世諸名宿，即單辭片藻，探盡龍宮，裁以獨照，蓋匠心微而證眼高，余於君夫迺愈知學也。聖人以知扼千萬世之命，千言萬語不脫一言，而讀者茫然。自漢儒解經，止通字詁，於大意殊不了了，然而游泳其中，猶可以聽深淺之所造。至宋人而遂逆駕於其上，愈精愈析，漸入枝碎。蓋於四子之意若大伸，而異同亦起矣。當時如青田、永康，已有諍論，不獨鵝湖之辨而已。

君本家姚江，親印良知之指，飽參旁撮，彙爲此書。剪諸見之稠林，通百家于注脚。夫豈緊應制之寶筏，即以化鈍爲聖猶旦暮也。而余竊有商于公，古人善觀書，得其大意，而禪家亦輒問西來意如何？夫欲得不盡言之意，定不於書中求之，悟者第指庭前柏一株而大意了矣。木人解語，非關舌也；石人眼裏，詎可栽花？其無以是書爲第二月也哉！某讀海門先生《聖學宗傳》，服膺久矣。因公之刻，而就正公者如此。

讀 史 偶 見 小 引

評史記者，亡慮數百家，幾無漏義。而衷一先生《偶見》之書晚出，迺多所未發。如禹葬會稽，舜葬蒼梧，與輼車而歸驪山者異也。秦、項皆爲漢驅除，故皆稱本紀也。漢能救周之文，非但革秦也。女帝自高后始，然惠帝紀不宜少也。共和秉政爲桓、文之漸，魏其、武安拜相，爲新莽之漸也。開吾閩之洪荒爲武帝功也。禮樂書之不詳漢，以叔孫綿蕝，延年樂府非古也。治河之不可不治渠也。班孟堅分平準爲食貨之陋也。崔杼目中無晏嬰也。陶朱之智於全身，愚於全子也。屠岸賈爲靈公報讎。嬰、臼於趙義，於晉未爲忠臣也。蕭、曹相信，賢于平、勃交驩也。留侯椎秦，先陳勝一著，爲高帝謀，又先高帝一著也。季札之讓，非泰伯比。孫武斬宮嬪之妄，非穰苴斬莊賈比也。侯生在唐雎、毛、薛之下也。緹縈女子，一疏而除萬世之肉刑，其活人大於扁鵲、倉公也。司馬長卿一不遇，犢鼻備作，以爲斯世具眼不如一當罏之婦也。皆別標意匠，拔理懌懷，而要於遇不遇之間三致意焉。先生十獻而刖，夷然安之，再薦於朝而若不樂也。於讀《伯夷傳》見其微已。

余以年家子幼見知於先生，而弟瑗其季堉也。謂此書不可以不傳，因撮其大指，副諸評林之次。

鑑杓序

作史難，讀史亦不易。自余在著作之庭，見所纂實録，皆采科抄章奏與起居注兩者。而科抄多漏略，十僅得三四，起居自文書房傳諭及閣揭外寥寥，即欲有所刪潤，以諸曹掌故與邸報參補而已。又一二載筆，际爲爛朝報不經心，其高者胸臆爲政，間規時局所嚮，行其高下，至於百十年之久，文獻俱湮，而野史與之錯行于世。繇今思之，古今史殆未可盡信也。當上初年，數召對文華、平臺，幸與同官持不律侍御榻，言動必書。一出殿門，惝怳若夢，互相舉似，已不無撈雲捫日之疑，矧其它乎？而士大夫顧從蠹簡斷編，懸斷耳目之外，故其精則可以功史，而其敝也亦嘗爲史所愚。

余友吳比部田年，自其尊公惺初先生與福清葉公讀中秘書，以古文辭著，比爲柱史，所至有聲，而比部弟昺繼之。客春，比部以使事歸，暇取涑水《通鑑》論列，名曰《鑑杓》。如言舜柴岱宗乃巡狩，非封禪。太公無《陰符》，子房亦未必有黃石異書也。明爲荊、聶，陰爲紅線，聶多費一姊，荊多費一田光。魯仲連義不帝秦，多却聊城一書也。漢光武赤伏符，倣赤帝子。子陵臥隱，陳希夷睡隱也。佛入中國，被佞佛者搊捲一番，佛殊不願中國之入也。楊關西却暮金，妙在子孫步行蔬食也。順帝寵乳母山陽君，李固能立令出宮也。華歆以狗續龍，當付狐狢噉盡也。孫權稱臣曹操，非三分也。魏徵斌媚無忠骨，寧爲良臣，不爲忠臣，無以謝建成也。高力士爲田令孜輩作俑也。皆於定案之外，卓有平反，而徑刪元不論，尤爲卓識。若比部，真有功于史矣。使之探金匱石室之林，當勝余董遠甚。而余更有商者，昭代皇戚既秘不可闚，諸稗史、通紀、傳信諸書尤多舛陋，易誤來學，試以實錄爲綱，而合鄭端簡、王弇州及吾師何氏《名山記》之類，成一部明書何如？余不敏，病未能也，請以竢君子。

破邪集序

向與西士游，第知其曆法與天、地球，日圭、星圭諸器，以爲工，不知其有天主之教也。比讀其書，第知其竊吾儒事天之旨，以爲天主即吾中國所奉上帝；不知其以漢哀帝時耶穌爲天主也。其書可百餘種，顓與佛抗。而迹其人，不婚不宦，頗勝於火居諸衲子，以是不與之絶。比吾築家廟奉先，而西士見過，謂予："此君家主，當更有大主，公知之乎？"予笑謂："大主則上帝也。吾中國惟天子得祀上帝，餘無敢干者。若吾儒性命之學，則畏天敬天，無之非天，安有畫像？即有之，恐不是深目高鼻一濃鬚子耳！"西士亦語塞。或曰：佛自西來，作佛像；利氏自大西來，亦作耶穌像。以大西抑西，以耶穌抑佛，非敢抗吾孔子，然佛之徒非之，而孔子之徒顧或從之者，何也？

未幾，當道檄所司逐之，燬其像，折其居而株擒其黨，事急乃控於予。予適晤觀察曾公，曰："其教可斥，遠人則可矜也。"曾公以爲然，稍寬其禁。而吾漳黃君天香以《破邪集》見示，則若以其教爲必亂世，而呕爲建鼓之攻；又若以予之斥其教而緩其人爲異於孟子距楊、墨之爲者。予謂孟夫子距邪説甚峻，然至於楊、墨逃而歸則受之，而以招放豚爲過。今亦西士逃而歸之候矣。愚自以爲善學孟子，特不敢似退之所稱"功不在禹下"耳。且以中國之尊賢聖之衆，聖天子一統之盛，何所不容？四夷八館現有譯字之官，西僧七王亦賜闡教之號。即近議脩曆，亦令西士與欽天分曹測定，聊以之備重譯一種，示無外而已，原不足驅也。驅則何難之有？李文節曰："退之《原道》，其功甚偉。第未聞明先王之道以道之，而輒廬其居亦不必。"予因以此意廣黃君，而復歎邪說之行，能使愚民爲所惑，皆吾未能明先王之道之咎，而非邪說與愚民之咎也。白蓮、聞香諸教，入其黨者，駢首就戮，意竊哀之。然則黃君《破邪》之書，其亦哀西士而思以全之歟？即謂有功於西士可矣。

孟子闢楊、墨，唇焦意闌了，乃歎曰："君子反經而已矣。"韓明先王之道以道之，即吾反經之旨也，無邪慝者。大明中天，燬火自熄也。天主以前有回回教，幾塞宇內，今消滅不知何處去了。太史公既以不治治之，而曰矜，曰受，曰哀，曰全。春氣盎然，吾家天香子聞之，可蠲杞憂矣。文焰僭評。

龔孝升却寇小序

流寇蔓且十年，自秦、晉、豫、楚、蜀，以及兩直隸，受其毒比比，蓋甚於鄧茂七、劉千斤之禍。說者謂無佳將，而予獨謂無佳守令。守令誠佳，能使其民不爲寇，即寇至，不患寇也；能使其民化爲兵，久之兼能化寇爲民。晉陽、朝歌、渤海、潁川其著矣。於今則有龔孝升。

吾向識孝升於闈牘，以爲雄深雅健，有大受器。及見其人，裁弱冠，神觀甚聳，讀其文其詩，皆益奇，不謂能擊賊乃爾！當流賊三犯蘄，亡慮數萬，黃、九間勢且岌岌。孝升夜枕戍樓，身當枹鼓，妙選鄉勇，與諸紳弁同卧起。自舉礮中賊，俘馘尤衆。蓋三上功幕府，稱全楚長城云。余素持練兵議，謂將練兵如士子練書，書不練，必不可角雋，兵不練，必不可摧堅。以至於急而調募，借無兵無餉爲逗遛推卸之題，甚且殺良冒功，奸欺百出，皆起於兵之不練，非得已也。而練法當以戚少保書爲主，其初必先選將，次選教師，次選兵，分營分藝，親與較對，如父師子弟，朝夕訓課，恩信孚聯，因而以一教十，以十教百，少則愈精，多亦益善,乃可飆舉而無前,非如今之演操納(吶)喊,坐費硝黃而已。孫武子教宮女,能以戲爲兵,今人反以兵爲戲,可歎也!孝升三捷,第以練鄉兵取勝。繇一邑推之,天下亦如此矣。上方特簡循吏,需次館閣,而令諸生習射,備文武才。才如孝升,何必言君家渤海,即進而三代以上其可,孝升勉之!

衆山皆響圖序

一峰書院之會,偶論山水仁智,璟因扣二雲曾公曰:"仁不樂水,智不樂山乎?果爾,則仁智之見竟同日用之百姓乎?"公曰:"非也,仁者見仁,智者見智,特百姓日用而不知,故君子之道鮮耳。"予爲躍然。《易》曰"一陰一陽之謂道",非以偏陰偏陽謂道也。山水爲天地陰陽,仁智即吾心,山水苟無觸,非山水,則亦無攝而非智仁矣。故凡有成山成水於胸中者與山水遇,如以真山真水與圖畫遇,但憂圖畫之山水未能盡如寸心,不憂寸心之山水不能包裹天地也。故夫子推言動静樂壽以見吾心生生之易,富有日新,無所不具,而彼不山不水者,雖置山水之中,貴若王公,賤若樵漁,均之日用不知之百姓而已。夫子生長海岱,游展之廣不待言,大儒若周茂叔、程伯淳、朱晦翁、陳白沙、王陽明皆酷愛泉石,晦翁至欲以木作華夷圖,刻山水凸凹之勢以雌雄筍相入,度一人力足負之,出則自隨,其於游攬,若天性然。世第見千巖萬壑僭釋占多,而不知其爲吾儒有也。旨哉!子之以山水歸仁智也。

季弢黃先生遠源洙泗,近襧姚江,於理學早已成家,而雅有游癖,鬻負郭田,携一琴一奚,自吾鄉清源、鯉湖、石竺、福廬、武夷外,若廬山、采石、棲霞、牛首、惠山、西湖、兩洞庭、普陀、天台、雁宕諸勝,搜奇剔險,嘯卧忘歸,魂骨既清,性靈絕出。於是入剡參海門先生,雲棲參蓮池,五乳參憨山,白鹿洞參四賢,作蜩人釋菜山水之間自求師友,居然諸君子于喁鼓吹,非直了向平一段緣起也。予尤愛其《登接筍》,云:是筍拔地千尋,去天尺五。浸假百日銷煉,俗滓盡矣。再三月聖胎結,再三月大事到手,僊佛正自不難,獨吾儒學作聖難耳。雖然,作聖亦豈難哉?有筍不登,登復求下,即仙佛難爲導師,矧吾夫子?若先生者,雖徑蹊而至可也。先生今年且逾八，神王腳輕，能樂能壽。是編尤多微言快論，廣以五嶽不爲多，縮之四壁不爲少，衆山未嘗不響，而先生之琴冷然自如也，斯之爲仁智之遊。

曹貞吳頌言序

予鄉以使事入盱江，則聞益藩輔國將軍常茫女、縣君德貞，許字儀衛副王家子，其子八歲殤，縣君幼即誓不再字。及筓往舅姑家成服，脩婦道甚謹，盱人歌詠之。璟爲言于當事："此奇女，宜巫旌。"而縣君年裁三十許耳。比復得丹徒吳公九見之姊，姊許金沙曹生，年十四而生殤，即力請于父，奔夫喪，哭甚哀，殮已即還父家，趺閉一室，斷葷血，禮大士，誦經五十年一日也。課二弟，以己未、戊辰連舉進士。凡與其弟遊者，皆知有姊，呼曰吳貞姊。或曰貞姊不女不婦，宜呼爲曹貞室，室即婦也。陳眉公先生曰："在吳稱貞女，在曹稱節婦，宜兼署曰貞節。"而香山何公直謂之大士現身，其詩曰"不願再榮華，不願有兒孫"，非大士乎？諸公之言美矣，備矣！

蔣德璟曰：以爲姊緣弟名，未緣夫名也；以爲婦緣夫名，婦其名未婦其實也。然則奈何？古者女子之字也，其姓從夫，其名從父。《春秋》書紀伯姬、鄆季姬、宋共姬之類，皆名以父姓，而共姬獨稱謚，《公羊》曰："其稱謚，何賢也！"《左氏》曰："君子謂宋共姬，女而不婦，女待人，婦義事也。"蓋以逮于火爲過。而夫子賢而特書之，至刪《詩》於變《風》，首衛共姜自誓曰："母也天只，不諒人只。"《傳》曰：天謂父也，言其父母不相信也。然而皆以謚顯。《列女傳》書楚昭王夫人漸臺事，亦曰"貞姜"。《易》曰："女貞不字，女言貞，婦言節。"夫人也而謚之貞，猶以女待人之義格之也。吳氏姊以夫則曹，以父則吳，以不字則貞，宜書之曰"曹貞吳"，以附于共姬、共姜、貞姜之列。難者曰："彼二姜一姬者，則既字矣，吳未字也，奈何？"夫貞則不字之稱耳！惟不字，故稱貞字，而矢靡它，則節之而已矣。雖然，未盡也。貞吳非獨能婦也，更能爲子，世有女而老于父母之膝下者哉！曹娥、饒娥死孝矣，未若生孝之愉也。更能爲姊，魯義姑姊抱兄子而棄其子,聶政姊欲名其弟而死弟之旁,皆非比,獨辛憲英教其弟敞差相似耳。而予更爲貞吳幸者,及其父母、二弟皆異人也。父母壯其志而成之,共姜之父母不如;二弟能自成名,又能名其姊而布之,憲英之弟不如也。其舅姑又能籍其子所宜有之粟以歸之。爲貞吳者,名枯情枯,第取曹氏粟以當夷齊之薇、蘇武之雪,而其身其心則在净土蓮花之上久矣!然則謂之大士現身,奚不可也?

令甲,節婦年非五十不旌。環祖母吳太恭人二十一而寡,九十六而始旌,蓋以先受家君封故。雖恨其晚,而猶幸其有百歲之壽。若貞吳與益縣君,皆以童稚抗志,與日月爭光,終身處子,千百年一再見耳,此豈可以常格論者?予故並表而出之,以見國家風教之盛,而並以告采風之臣,使早爲之表章,以附于《春秋》特書之義。崇禎丁丑春,史蔣德璟書。

讀遵巖先生集

歐陽公識蘇子瞻,置第二,子瞻推重歐公不翕口。吾鄉王道思先生識李于鱗先生,置第一,而于鱗譏毀亦不翕口。論者以此定兩人優劣。非也!使于鱗之文果勝道思,如子瞻出永叔一頭地,即毀之,於師見薄而於文示公,猶未爲過。今舉世厭于鱗文,即元美奉之最恭,而晚年已有異議,大約取《史》、《漢》語,輔以贅牙而已,非真漢史也。即元美弋獵五車,於今故亡所不綜,辨史才高,而六經之學似亦惘惘。故學元美者,入門甚便,去古彌遠。道思先生嘗云:"學馬莫如歐,學班莫如曾。吾正是學馬、班,豈學歐、曾哉!第其所學,非今人所謂學,今人何嘗學馬、班,止是每篇中抄得三五句《史》、《漢》,餘皆舉子對策與寫柬寒溫之套,而曰學馬、班,亦可笑也。"此語直爲七子傳神。然元美淵富,故不易及,亦自成其元美。故予嘗私論明文,以金華、北地、晉江、太倉爲四大家。而爲晉江者,非沉酣經術,釀深力厚,獨立間架,未易下手,政恐逗入策套寒溫蹊徑耳!若于鱗,不足論也。

陪京漫咏序

尚書可泉蔡公爲操江時,實舉今奉常心可先生於陪京之邸。蓋距之若干年,而先生以吏部郎起,改南樞部,晉光祿少卿,再入陪京。過縣褐之門,則思縈明發;拜賜環之寵,則義激冲朝。間以庀公憂國之餘,暫寄登臨贈送之叶,剸情結籟,微寫天倪,釀采舒雲,無煩錦匠。一洗綺人之讕瑔,居然大雅之風華矣!某每觀盛世之文,輒求作者之志,以為道有屯泰,氣易涸盈,稍露筆區,無取玄澹。而奉常自為吏部時,屬富平與新建忤,嶷立自遂,橫觸權鋒,嚴譴則六月霜葅,放歸亦廿年冰冷。先生於詩,溫妥幽適,無怊悵之懷也。迨富平再秉銓,即特疏白先生,薦起駕部,旋奉恩詔,連茹同升,虬龍比肩,天衢高騁。先生之詩,繫念君親,風矩清蔚,無奢壯之態也。夫松筠不迎寒而代翠,芝蘭不離谷而損芳。詩雖一班,略具梗概。以今河清鳳儀之世,駿駬群賢,所謂中興之炁色,畢逗拜賡,豈獨江左之山川,偶供點綴者乎!

先生有子擎甫,三冬二酉,一斗百篇,淵博方楞,不敏實兄事焉。敬因公漫詠之刻而序之,以見尚書家學之盛,且為公卜異日不朽之全。

雲麓存稿序

傳曰:桂實生桂,桐實生桐。信然哉!余讀《紫璇存稿》而悲,已而幸焉。幸者何?為君之有子也。君妙年聯第,徊翔辟雍、郎署十餘年,出守京口。格韻雋朗,才氣酣快,與人交饒恩意,人親樂之。而春秋鼎盛,健酒亡恙,四應刃游,其行誼篤,其孝友嫻任發於天性。宜若可以不老,而竟不及老以歿,可痛也!方君病信至,不自謂當盡,人亦無敢以中道疑君。而君之子爔趣馳去,業已當試期,謝不返顧,竟得奉君之訣。與其母夫人拊弟妹甚於君,又能輯君之詩文于殘筍亂簡中而傳之,此吾所以為君幸也!於戲!君孝友之報也。

物之壽者,莫如詩文,出于人之心與手,而眉目肝膽皆賴以存,雖百千秋猶將見之,而借者不與焉。故詩而借王、孟,賦而借班、張,文而借空同、弇州,索然而盡。而寫真之筆,律呂神明,即自為紫璇,無不可喜。蓋吾取君之稿而讀之,怳然如挹君之語笑,見君之肝膽鬚眉,而以為殊不死也。人子不能予親以年,而能予親以大年。夫大年者,即親之心與手而存矣。一以為虎賁,一以為麝臍,桓表長崎，遺札如新。於戲！君其不死也已。君嘗入余夢，若在水晶簾上行，蓋於余爲范荀交。而又幸君之有子，故於桂桐之説三致意焉。雲麓者，君爲吉安公廬墓處也。

林爲磐年兄筍堤集序

有醇儒之氣，有名卿之氣。醇儒之氣邃，其辭莊；名卿之氣傑，其辭偉，似有兩派。然如《詩》、《書》所載，《禹》、《皋》、《益稷》、《文王》、《蒸(烝)民》諸篇，莫不内緯心性，外綜世務，名卿即醇儒也。三代下，陽明子蓋庶幾焉。余與爲磐先生私淑文成有年，而惟爲磐實身見之。嘗刪輯《傳習録》與薛文清《讀書録》、吾鄉蔡文莊《密箴》爲三文合刻，反證身心，期在實踐。而於筍江社中，揭旦氣之學，每拈《易》諸卦作一貫寧儉諸解，聽者亡不心醉也。愚尤愛其序予詩曰：“《易》首龍，《詩·二南》皆首鳩，龍神而鳩拙，不可無龍，尤不可無鳩。”予終身誦之。又如“《孝經》者，《中庸》之祖；《小學》者，《大學》之翼”，實先得聖天子表章二書盛指。至程子作《定性書》，爲磐以《定情書》發之；真西山作《夜氣箴》，爲磐以《旦氣箴》發之；陸子静在白鹿洞講義利，爲磐以小人喻於害發之。皆足佐佑六經，鼓吹千古，即使程、朱復起，薛、蔡同堂，亦當引爲英朋畏友，矧其他乎！

然一入仕而司南計部，謝去韁差，在職方教練兵將，具有機略。在銓選以進賢退不肖爲己任，而超然塵濁之外。出都僅兩篋琴書，蕭蕭自異。即今栖録園居，蒔菜數畦，與諸郎孝廉存茹兄弟摘啖其根，且分啖，余詫香甚也。其神澹，其度舒，骨堅而識敏，幾於合醇儒、名卿爲具體。而予直一言蔽之曰：善養浩然之氣。夫浩然之氣，則自旦氣生也。陽明子謂聖人無夜氣，予謂今人亦少有旦氣。使旦嘗如夜，旦旦嘗如旦，安在其不浩然也。嗟乎！當吾世而繼文成者，非爲磐誰屬哉？文成、文莊，皆嘗歷官銓部而文清遂以外寮直文淵閣，然未獲竟其用。竟之是在爲磐，余且從山中矯首觀之。

筍堤者，濱大江，有怪石拔地如笋，左右千年榕十許株，黝翠參天，江山幽美，中爲在兹書院，即爲磐廬墓讀書處，而余與布衣黄先生偕諸同志從之遊。

天尺樓詩引

夏杪，偕林丈爲磐眠裴洞，翌日心甫令君至，相與趺孔泉石上，酌之香冽，似使君清也。泉湧石罅，僅一髮，而以名吾州，異哉！遂禮蜕真、選勝、巢雲、彌陀，歸宿醒未解，而得令君詩。既捷其信腕，洒香冽復似泉。既而得《天尺樓初集》讀之，微獨泉也，其高净昭曠，頰臨五濁似裴洞；其幽拔孤靚，不傍書史似巢雲；其迴瀾曲徑，風松謖冷似彌陀巖。廣之則清源三十六洞，遠之即武夷三十六峰，其象皆可舉似。人謂令君入閩而攬閩勝乃爾，不知自其十歲作《夜坐詩》，則已有“百尺樓頭吹玉簫”之句，蓋直取皖山川供性靈揮洒。而因以之兩都，之浙，已乃入閩，游屐所到皆可攬，微獨閩也。其得閩深者，幼即從尊大夫刺史入漳，再入汀，閩世爲公家并州，故其山川亦若入令君之詩而倍有神色。閩何幸私公哉！

詩家恒言窮易工，不知達者偏工。《雅》、《頌》皆卿大夫筆也；鬚縻易工，不知閨閣偏工，十五《風》多婦人筆也；遲暮始能工，不知英妙偏工，李百藥、高達（下原缺）

東厓詩序

靈筆真手與肉人不交，然而肉人不能爲靈，望其靈而未有不伏而氣下也。天下之技，靈與肉而已矣。其肉者壺耳也，屬鼻也；而靈之至則作飛鼠使鼠遠避，作鶴飛而復歸，作山水小龍雲霞乍生，作騏驥院六馬而奪生馬之魂。一二畫筆耳，幻變乃爾。若詩，則亦心與境之畫也，而變有大焉，千萬劫不可窮。然試使肉人爲之，自言其心而不能，欲言其耳目之所得而不似。而區區取粉本殘瀋，非詩也。

自吾與道圭、直夫、擎甫、舅悌諸子，以詩取大於匪莪先生，而太穉方弱冠上公車，負磊落姿，其詩則已葳蕤儁挺，如鵷雛決起，顧盼而唳蒼昊矣。今且十年，而瀹采益奇,扶幹彌勃,怪或別風淮雨,壯必奔星宛虹,迨不顧世有肉人與其眼而望之者,竟未有不氣下也。記京中,太稺臥爲磐邸柬吾詩,輒句驚人,顧盛推幼玄。而友人楚王六瑞、吳鄭謙止亦盛推太稺。諸子者,皆所謂靈筆真手者也。其無肉人交也固宜。

捕鯉亭三草序

余既題闕令君《桃源索隱》已,復得《捕鯉亭三草》,讀之驚歎曰:"讀《索隱》,若身入桃花源諸洞,讀詩,又若置身諸洞外而吞雲夢八九也。其屈、宋之雄乎!"楚屈、宋爲騷賦祖,即《詩·二南》亦多楚江漢風,宜楚之善詩也。嶽有六,楚得其二;洞天福地百有八,楚得二十一。靈傑所鍾,宜楚之多異才也。遠者勿論,即近如石公之超逸,伯敬、友夏之澹深,汝止之清古,皆可仰攀衆妙,頻屈時賢。而令君奄有之,其韻高,其蓄富,其才縱橫六朝三唐以上,意在境前,而因方遇圓,各極才人之致,可謂能用詩歸而不爲歸用者。《闕山》曰"何處人天無我在,蓮花認得是前身",分明爲闕山説法。至《郎當草》曰"二十四尊何所在,惟君身是古阿難",則又爲二十四尊説法矣。若《餘仙草》謂"年來平等無窮事,欲畫南華第一篇",旨哉,其令君自道乎!

令君初至溫陵,間與余上巢雲、南臺,曰:"此何減我家桃源?"余曰:"古有治縣而一縣皆桃花者。舉溫陵皆公桃花源,不必武陵也。"公爲莞爾。所署"捕鯉亭",用《南陔》中語,又以見公至性云。

南　參　引

直夫之幔亭參大王峰,之鵝湖參大義、新羅二肉身,爛柯參奕,釣瀨參釣,虎丘參石,慧山、金山參泉,靈巖參館娃宮,烏江參繫騅樹,而最飽者西湖、秦淮之水。既歸,以詫余曰:"嚮別子詩謂'善財此去是初參',今於五十三者,十未一二也。矧末後彌勤閣一著耶?"夫直夫藻韡蘭蕊,所參直山水耳。因而寄之酒,漏之於詩,出其奇幻豪快之致,以與無情之山水角而不敢暇,似善財乎? 不也。

雖然,真山水亦安在非善知識?

記余困石桃時,直夫渡海相訪,雙趺塔磯,了《楞嚴》一大部,夜有蹲虎若聽講。然直夫之山水,皆直夫之一部《楞嚴》也云爾。善財以發一念心清淨,爲真見文殊,正不關見不見也。則善參者亦不關參不參。吾且取百千萬億山水,一二山水內各一直夫,以觀其携藻轜、挾蘭蘂之躍而出也。

張伯羹詩引

余友張君伯羹,名家子,年最少,藻艷雄秀,於五車無所不漁獵,而詩亦拔近家之外。嘗與余酒間拈韻,晶光激射,磊砢多奇,一座遜不如也。詩者,思也。思授意,意授言,言妙而自工,意盡而不得不止,斯之謂詩。學士喜言盛唐,近復交稱中晚,然皆兩端優孟耳。唐宋不具論,大要合而爲篇,離而爲句,摘而爲字,莫不寫其心之所之,而法與味久不復朽。第取今人詩與並觀,而今之與唐宋,亦不異唐宋之於漢魏,漢魏之於三百篇耳。雖然,今人才定勝古,何也?古以詩賦爲羔雉,童而習之,老當益工。然其可不朽者代僅數人,人僅數首。而今盡濡首八比中,何暇及詩?其才高者制義之暇,與通籍者政事之暇,以游戲爲之,而皆能含漢吐魏,揄唐簸宋,家空同而戶元美,試與古人角其才,不什伯哉?

余嚮與大白、太稺、直夫輩稱詩,皆諸生也,亦遂次第得雋。當今此道不得不推伯羹,迨超乘而上矣!夫其能舉業者必能詩,真能詩者必可經世出世,請與伯羹交進之。

小賦自序

子雲曰:讀賦千首,迺能作賦。則子雲前賦家當繁行,而今之著者厪荀、宋、賈、馬、枚、孔數家外,寥落迺爾。古賦之佚,罪豈獨秦炬?德璟幼饒賦癖,注選者三,稍闚作者之志已。遡周迄明可百首,核格掄華,矩楷罷備焉。《三都》體識頓下,浪剽雄名,唐宋遂無漢則者,獨元美《玄嶽》繹響,平子、何、李抑其次矣。已伏追惟班、張聖于賦,皆有京都之作,而皇代兩京耦建,陵廟、宮室、堞洫、倉庫、百司之署煥乎同觀，前古未覿，且沂祥長發之土，暨鳳陽中都、承天興都，兩真人龍飛之所肇者，置留守崇護之。核實則兩，豔名且四，拱天維地，尤爲盛譚。而二都之什，廑辱於桑生，斯足概賦派之亡已。

璟之先中都湯沐子，十五從家君曹南都，弱冠偕計而北，縱觀燕、淮、吳、越、齊、趙之墟，慨然覽古，而承天大誌諸書，亦嘗蒐羅其一二，私竊賦《三都》以附班、張之颺漢，而又有不敢爲班、張者。二子身爲漢臣，章先朝之汰德以媚時王，頗陰乖風人懷西之指。故今所著賦，務闡明風，歸諸雅頌焉。賦《四都》未成，先出小賦數種。數種者，余舞象時所臨摹，壯夫不爲也，以受砭于今之爲子雲者。萬曆辛亥七月書。

序中陛紫觚館詩

中陛聰明十倍余，其於書不苦讀，過目輒了大意，下筆縱橫若不經思記。乙巳從膝下入甌，予與弟同坐車中，度括蒼，遇巨石仄立，車倒，幾縶崖壑間，弟大笑起，以爲奇，時方四歲也。在甌署最久，予曉起爲授書，自吾伊外，膝下時以讞牘、文移、啓劄課璟，俾習爲吏，日不暇給。夜分侍酒退，諸事粗畢，則中響與弟輒來共嬉，以占對窮余，間至十百，而弟酬答不窮，穎異多出予表。惟府君尤奇弟，以爲璟與瑗異日皆必佳，而予謝不如弟遠甚。比膝下分部海北，渡海征崖州黎，予單騎馳省，至則已破黎奏凱歸，相與侍酒，敲文徵詩如東甌時。久之，膝下歸養，復與響及弟讀書石桃，而弟年已十五，始通《春秋》，未數月，遂了《春秋》，諸宿儒退避三舍矣。

既與余相繼入仕，以膝下未及見爲恨，而兄弟亦各天，然詩筒不乏。及同官京師密邇矣，顧不暇作詩，詩亦遂少。予最愛其在東鄉云：“宦癡寧勝巧？壤薄不傷清。”在進賢《和黃貞父》云：“玉版千尋竹，羅溪一堤柳。利物有餘芳，不在蘗與久。”和予云：“客意偏驚春意駛，臣心終願主心閑。”喜予入進賢署云：“握手倐酬三載夢，開尊還對九秋花。”以逋賦復任再到壇石山云：“山靈來問我，曾到玉京無？”皆有古意。子瞻稱子繇詩爲“秀語奪山綠”，弟詩似之。而又有別子繇詩："念子似先君，木訥剛且靜。寡辭真吉人，介石逈機警。"尤肖吾弟心性。甚矣，弟之似府君也。

紫舺有龍食亭，弟舊下帷處，署詩以識不忘，而予復舉括蒼、甌雷、石桃諸舊游交相勗。《詩》曰"夙興夜寐，無忝爾所生"，兄弟識之。

莆作人錄引

山陰祁使君以名家子弱冠高第，行部壺公、何鯉之間，其潔珂雪，其韻霜松，而其神含光之劍，赫然著老吏稱。顧尤加意文學，能知人。甲秋之役，所舉士有爲五經二十三篇者，以七篇射覆得之，而其一聯第猶未姻。蓋使君之在吾牓亦曲江探花云。既一再視郡邑篆，與試期直，多所甄拔，因梓其尤，以風琪桂璆蘭，郁郁乎具矣！

夫莆文獻之盛與吾泉實相甲乙，鉅公碩人肩背相望，此其於文字如蘂泉瓊池之在日月之宮，挹之而不知其盡也。然自一經使君手，而奇若益出，其文與其人亦若益以異。士顧所鼓謂何耳！雅言作人，擬諸飛躍，以飛與躍爲作之象，而詠之曰豈弟君子。若使君者，庶幾豈弟也哉！漢吳公之識賈生，文翁之遣相如，守事也。仇季智群子弟于黌，揚文義課，其有通明經術者，顯之右署，貢之朝，令事也。使君，李官也，於守與令皆攝，而加意作人若是，此所謂要路在前而精勤不倦，韓魏公之所以稱遠器也。魏公起家亦李官，故以爲使君最而並爲莆士賀，賀其得賢師帥焉。

吳會元聯捷稿叙

南宮第一人之文，與國運徵應微于氣志。宣、弘以前不具，論嘉、萬。壽主在上，所選首多名世。一壂于丙辰，而遂有遼左之事，至椓人爲政而極矣。上聰聖神武，洞徹今古，龍文鳳藻，咳唾皆成典謨，宜其有河清鳳儀、璽出之瑞爲之開先。而初元曹允大應之，又三年而得吳駿公。二君皆以昌明淵博之氣爲六經之文，其際世人纖綺怪奇夷然不屑也，而好奇者卒莫之及。駿公方弱冠，爲余倩周元立首拔士,元立直以天下士期之,可謂得人。余尤服其才,以爲使江都、眉山降而修制舉之業,恐亦未能遠過。然非有其才,復有其學,則亦不易優孟耳。

余獲以筆扎侍平臺、文華間,伏見聖天子作人德意甚悉。既幸兩君之文能乘運而出。而元立自弱冠通籍,奉其尊人銀臺公之教,風操高潔,超然俗外,又能以駿公爲國家鳴中興之盛,皆可喜也!

朱竹齋詩藝序

《詩》自三百篇外,騷祖屈左徒,賦祖宋玉、景差、荀卿,皆楚産,宜楚詩獨工。而至以詩爲八比,以八比効詩,則前輩諸公皆難之。蓋詩惡俳、惡腐、惡俗、惡語録,雖毛、鄭訓詁之雄,亦與風雅無與。而宋人復竊毛、鄭糟粕以解《詩》,其去《詩》逾遠矣。今之學者顧竊宋人糟粕爲八比之詩,何也?予少受《詩》,以諸兄弟各受一經,難延師,因自取《詩》本文及箋疏讀之,頗有悟入,而不能不以宋人狗時好,恒用爲歉。

比讀褐公闕侯朱竹齋而爽然失也。侯於書無所不闚,才無所不詣,騷賦樂府,一代名家。而至於經義則抉理精運,局廓豎義雄快,蓋以屈、宋之風藻寫周、召、尹吉之機神,徑是一部楚詩,非復八比酸餡習氣。夫迺知本文中具許境界,即吾心手中,亦自具許靈通。而人自取其俳者、腐且俗者、語録者,使風人雅致橫爲所掩,而漢宋諸大儒訓詁亦坐受八比之累,可歎也!如侯則真能詩也矣。侯有《郊廟博議》、《桃源索隱》諸刻,皆淵奥,而比與予言《書》,以益陽先生《尚書正》相質,多前輩未發。乃《詩》亦有可商者,如《頌》存三恪,《風》別九野,《雅》列三垣,變兼七緯,及《大明》在亥,《四牡》在寅,《嘉魚》在巳,《鴻鴈》在申之説,四始五際,何處推求?九夏六笙,果否殘缺?向與黃石齋先生一再商略,具伏其識,然尚苦河漢,侯其有以發吾兩人之覆乎?昔人以《二南》爲“南國”,石齋以爲“南風”,試諷誦《二南》一番,欣欣解愠,良有袗衣鼓琴之意。侯爲政於南,而《二南》之頌聲作,《羔羊》、《甘棠》,稱具體矣。然則侯非獨以八比爲詩,且以詩爲政,聖門所謂深於詩者。若不佞,則安敢言詩!

中陛紫觚館制義引

中陛三齡侍先大夫南都，即誦詩餘百首。五齡入東甌，偕予眠，夜必受一唐詩，醒而喉中隱隱有聲，則悉能識之，且變化出之矣。以是大夫奇愛之，惟余自以爲不如也。余既先著鞭，輒謂人：四海一子蘇，殆且勝僕。而今春，遂摩霄去。雖然，科名其小者，每觀柳起居書《家誡》凜然，而先君嘗誡諸子曰：子弟有一易二難。幼而習過庭之範，左、馬、程、朱不購而具，甚有舉素士力積之久，夏戛而後得之者，而呴提間輕得之，一易也。其父析薪，其子荷之，未足名肖，不者則弓冶荒矣，難一；而且衆的集焉，偏或求多，不見才則以不見才少之，見才則又以見才少之，邃詣實學，人未心挹，小瑕薄怠，率已攝目，其作人作官之難，倍於素士，難二。是二難者，吾蓋日飲冰焉。

弟內凝而外朗，年少而有老成人之度，是又殆勝我也。弟勉乎哉！吾祖赤山公以真豪傑隱于俠，而大夫於黎之役有不殺功，恨不少延，見汝成立耳。吾與若其交勉之！紫觚館諸草皆予手定（下原缺）

研　草　叙

予弱冠從兄中黃社中，得徽從君文，私服膺之，以爲必即發，必即大發。而徽從竟數奇，以明經高第與兄先後升胄雍，迺其長公儼甫遂于今秋領閩書。余友曾公霖寰語予曰：“徽從吾師也。當馮景貞學使較泉拔冠軍，擬入彀數矣，所教授生徒多以文章顯，顧乃得之長公乎！”曾公於文章崢嶸高雅，爲一代名家。其在粵所選首多元魁，士林宗仰之。予意其別有師授，而顧乃得之徽從也，良快。

比讀儼甫《研草》，則干莫之光，上射牛斗，而其結想玄，其鬭筍捷，其一段行雲流水之致，復超然筆墨蹊徑之外。家學淵源，洵非偶矣。前輩新都楊文忠少師登第後，其尊人始成進士，而吾閩翁宗伯青陽，上有轉運公，今則賴元式太史，上有廣文公，皆服官政未受封。以际徽從橋梓何如也？余侄雷圖與儼甫交善,余爲序其簡端,並質之尊公徽從,如新都後先通籍,當首肯否?

林存茹制草引

本朝早達如楊文忠年十二,楊文襄年十四,蔣文定年十五,李文正、費文憲、張文忠年十六,皆舉鄉試,多聯第爲名宰輔。吾泉三鳳如王道思先生亦以年十七舉,而近周元立、楊康侯皆早貴聯第,康侯年纔十六耳,尤爲曠事。今秋以十七舉,則吾年姪林君逢泰也。閩人艷之,爭傳誦其文,以爲骨秀度舒,天分既高,學力赴之,居然有名家之致。比讀其後場,閎博典暢,通達國體,非經生呫嗶語。已而接其人,則肅括而靜深,才慧不形,淵光自出,見者心醉,目爲異人。余始悟早達諸君子,其前生皆自仙佛中來,造物以福澤賦之,先以神識予之。少而名成,老而功遂,皆若其所固有,非偶然也。

林自朝列公以弱冠舉,歷事五朝,爲世達尊,而銓部爲磐先生繼之,與宮諭黃太稚先生同舉,又皆弱冠。予戲拈"跨竈"語與銓部共發一笑,知宮諭得快壻亦以冰玉爲色起也。一堂相對,皆早達君子,恐楊文忠諸公未曾有,豈非其尤盛者與!雖然,士當爲未止此,君其進而求之!銓部、宮諭自有餘師。

王維瞻制義引

相文者,相其神而已,神欲靜,又欲動,靜不極不能動也。記余石桃下帷時,空山寂歷,木石爲友,靜矣。讀書四更燈欲燼,胸中泰華蟠千仞,覺指下筆端蠕蠕欲舞。故文不論肥瘦脩短,惟神動,則觀者之神亦急與之遇。如吾維瞻,真其人也。

維瞻之文,玉立霞翠,無所不淵令,乃其精神挺動,嘗有長劍倚天之概,摩霄直上,自不待言,而取大於松溪翁令君之門。令君雅有時名,所拔士如君與張君無聲,皆惠名碩。神之相遇,良在聲氣之表矣。近世如曹允大、張天如、楊機部、李太青諸名家文,雋古之氣,掩映一時,而學步者多不免優孟,所謂掇膚殼而遺神理,彼不知諸名家皆從六經八大家中烹煅,非僅以八比尋行數墨而已。如維瞻則真得之子瞻，蓋子瞻曰："吾如萬斛之泉，隨地而湧。"吾請以是評維瞻之文，且以相維瞻之神，而爲異時大受之券。

徐文匠稿序

詣有膚奧，機有深淺，才有慧鈍，合三者相天下士，宜無不効。而才特難，詣與機可以人至，若才則非天不至也。鸞鳳九苞，驊騮千里，蓋生而有之，其它雖珍羽駿蹄，以百倍之巧學之而不可得，其天異也。

自家觀察與中丞觀我先生同舉進士，且同門稱莫逆，而中丞以《易》魁其經，海內奉爲宗工久矣。比臬使雲林代興，以典練名家，而吾文匠起而大之。其文雄奇廓落，理邃而氣灝，多或千字，少僅數行，莫不極性靈之致，讀之而恐其盡也。九苞千里，其斯爲天下才，殆無得而相焉？退之爲衢（徐）偃王碑，稱其朱弓玉研之瑞，以爲徐之聞孫，世世多有，豈不亮哉！文匠今從臬使署中吞吐今古，文益英快，允大駿公之業，行且超乘而上。而余更爲文匠喜者，才之用在文爲珠貝，在世爲津梁，以是文出而用世，業恢恢餘地，而復昕夕名父之下，圖書小暇，采風問政，於異日尤大有益。然則文匠之才，天固私之，而其所以私文匠者，又不緊區區以文雄世而已，嘗試觀之異日。

【校記】

① 此句前原缺，篇名據卷前目録補。

敬日草卷五

序

太子太傅宗伯黄公八十壽序

治若渴[①]，求賢若不及，十年來揆地易置可三十二相，古未有也。舊臣不效，新臣復然；射覆不效，廷推復然；詞林不效，它曹復然；甚至外臣不效，內臣復然。似舉天下鮮可相，相亦鮮盡其用者。公雖未及相，而所以卜相之法已窮，則不得不思公，且安知不以非龍非彲而發之夢卜者。公曰："夢卜亦不到小子。"璟乃進曰："公誠不祈相，相亦不足爲公重。顧天下尊奉公如喬嶽元龜久矣，可第已乎？公雅志匡濟，所評許若魏弱翁、李贊皇、張江陵獨有才相之目，而以趙營平無踰老臣，馬新息老當益壯之語，爲真能憂國，與碌碌富貴者不同。公豈忘之乎？且夫世之盛也，三壽之朋聚于朝；而其衰也，九老之英聚于野。與其爲綠野之耆英也，無寧作朋。"公輾然曰："吾聽子。雖然，三代上諸君子老矣，已不稱老，天下亦不知爲老也。其君臣皆大年也，貴年也。三代下諸君子老矣，人亦老之，吾將逃之而從赤松子游，奈何？"曰："隱則爲赤松，出則爲伊、吕、畢、召，其致一也。"

於是吾師少師張公暨前輩大宗伯林公、大中丞蔡公，皆公門人也，聞余言而善之，曰："吾欲祝吾師近於諛，子以天下祝吾師又何諛焉？試以子言進之。"德璟稽首謝曰："主臣，小子何能爲役？"抑上皇壽節與公初度先後皆在嘉平，實古帝王君臣同壽之徵，庶幾以祝公者，更効華封人之祝堯，其或有當也。

南京右都御史莊公壽序

名公卿之得于天，其必有所本矣。本之山川，則《崧高》之《雅》曰"維嶽降神,生甫及申";本之人主,則《蒸(烝)民》之《雅》曰"保兹天子,生仲山甫"。爲天子生也者,以非一家一國之所能當也,故推而上之;爲嶽生也者,以并非人之所能當也,故尊而神之。

吾清源靈秀甲區内,北歊武夷,南漱巨海,與金粟自爲賓主。千百年來,所挺淯名公卿項背相望,而獨御史大夫陽初莊公,世廬於清源之下,説者謂有甫申崧降之應云。余謂《崧高》之指玄,而《蒸(烝)民》之義大,請言《蒸(烝)民》。傳曰:天視周王政教光明,故安愛之,爲生賢佐。我神祖以睿聖御極,多歷年所。當萬曆初元而公篤生,遂迆連掇巍科,迴翔銓地,蓋前後典選者十年,而以忤魏璫坐錮,士論偉之。比今皇帝復以睿聖御極,當崇禎初元,而公起自田間,尹兩京,綰銀臺,賦政納言,可謂兼美。及晉貳司徒,於屯、鑄、漕、餉諸大綜稽,精心勁骨,出以松筠之操,蠹胥墨吏,若負冰雪,即中涓亦憚其方楞,惟上尤心器焉。故十年中,諸卿執多以譴去,而公獨超然是非之外,且特授以留都紀綱雄峻之任。天子是若可謂孤擅,而本之則《雅》所稱"天視政教光明,爲生賢者",其意專以保天子而已。

自漢以御史大夫與丞相、太尉爲三公,國初因之。至命湯、鄧上公遞領臺左右,號亞相。其後迆稱吏部、都察院,與内閣表裡。而權漸移之北,然其在南者,與北頡頏,率多名臣,如王端毅、張簡肅、海忠介最著,而王、張皆復召入北,故南之御史臺於開國爲創始,於後爲對峙,而在今則南於北較重,北於南亦較難。何也?參《天官書》,天皇隱勾陳中,將相執法諸星,以次環列,猶旒紞抱聰明然。故天明則日月不明矣!好察之世,典察者無以伸其察。繇此思之,南差易而北難也。南自内外守備及參贊外,急莫如操江,而御史大夫提衡其上則重諸御史,以距長安遠,多放濁,喜旁侵郡國權,爲江南北吏民所苦。雖間有賢君子,然如麟角矣。而皆受繩約于一人,則又重。自流寇擾中原,蔓及滁、和、浦、合,天塹爲震,而南計樞猶作殿上爭,議者復盡汰諸曹卿貳,飾省官名,豐鎬鼓鍾,益自寥閴,獨御史臺稜稜,則又重。然而所爲重,則在人不在臺也。端毅以臺長領參贊,兼督巡江,事權固不易;再若簡肅鈐束各道,不輕言笑;忠介梳排弊垢,奸貪震懾，皆今日砥柱巨手。惟公戀哉戀哉，其鼎之哉。《烝（烝）民》頌仲山甫曰"夙夜匪解"，曰"不吐不茹"，公實有焉！曰"袞職有闕，惟仲山甫補之"，則公異日事矣。

公舉萬曆辛丑，同籍有會稽商公，並時長南北臺，又皆有壽母。而淄川張公且自少司寇登政府爲首揆，一牓盛遷，海內艷之。公其遂進而淄川乎哉！十月六日，公初度辰，阿咸給諫任公先生授簡余，謂宜有祝辭。記璟先觀察與公同官浙，稱肺腑交。叔氏復綴公辛丑籍，而弟姪皆莪莘之末。璟自弱冠嚴事公，尤習觀立朝大節。故輒本崧降之自于名山以張我清源，而於《烝（烝）民》三致意焉。爲天下祝，非僅爲公祝也。

<h2 style="text-align:center">壽御史中丞東里王公序</h2>

今寓内名臣，則有吾漳御史中丞王公云。公自丹陽令高第，入給事禮、兵二垣，抗言國是邊計，皆社稷閎議，以資望連擢奉常、通政，避璫氛不赴官，徘徊子舍者久之。而遇神聖御天，始從左廷尉超拜中丞，佐御史臺。屬監視諸璫，藉查核，越糾内外文武臣，而宣璫王坤遂糾及内閣，廷臣無敢爭者，公獨以越職彈治之，且並責閣臣失職。上震怒，召對文華，親賜詰問，廷臣無敢捄者。公神色不撓，詞直氣壯，天威爲霽。諸君子相顧驚歎，謂公："閩海儒生，迺能于雷霆下作魏鄭公舉止耶？"是時，璟與同官倪宮允玉汝各具疏捄，且上，公聞而急阻之，而璟亦逡巡已，第撮疏中意爲序贈別。甚矣，璟之懦也！未幾上用它皋斥王坤，盡撤監視，蓋雖鐫公官，實默采公言。而頃何給諫黃如獨從廢籍舉公可督撫，中外喁喁，卜公且大用矣。

戊寅夏，公春秋六十加五，里門士屬予祝辭。予謂公之壽自在天下，試取天下事與公筴之。今最患獨璫復置耳，之邊急民急而流寇不與焉。流寇即流民也，十年來，州有九躒其六，其禍甚於巢、角，而吾顧置之以爲非民皋也，民不得不爲寇；寇不得復爲民，皋皆坐墨吏與猾帥。而廟堂上似峻實蒙，似專似掣，有以毆之。假令得王文成爲督撫，陶魯爲監司，妙選守令將士，以三尺鞭其後，可唾手定也。惟民苦遼餉，戊午後，遞加九百萬；復苦勦餉，丁丑驟加二百八十萬，此千二百萬，萬曆前有之乎？舉三季衰亂苟且之政，無所不爲，而竟莫究其尾閭。長此安窮，恐不獨中原歌萇楚、嘯鴇鴻而已。公向疏“遼自有兵，不須調發；遼自有餉，不待搜括”，而折熊經略“有兵不練，無田可屯”爲非。令早行公言，萬方可無驛騷也。自喝竿席捲兩遼，東吞高麗，西併卜插諸部，直大寧、開平、河套至賀蘭山，皆爲奴有，與薊隔一墻耳。環往在武闌，策薊、宣最急，而今猶以重兵孤注寧遠，何也？亦曾聞金入契丹、元入金之路乎？公向疏請以五萬屯山海，三萬屯薊，仍各一萬屯津、屯霸、屯通，而徙遼民内地。今薊、津、昌、通、宿重鎮如公指，獨惜遼不徙，使淪腥羶耳。令早行公言，郊畿可無再震也。雖然，猶後也。根本則公所糾璫疏具矣“古帝王用文武治天下，未有用刑餘者”，二祖明訓，上固心知之，而直以太阿在握，操縱自繇。丁卯撤，辛未復遣；乙亥撤，丙子復遣；今遂用總督體，盡護諸將，而文武吏亦奉頤指惟謹，求如壬癸中水火相參更不可得。嗟乎！尚忍言哉！公謂“患其爭，尤慮其合”，今合矣。冒兵冒餉，索蔭索陞，外臣借内臣爲利，内臣借外臣爲功。蒲伏包苴，絶無羞報，識者以爲甚於崔、魏，以崔、魏時猶自愧其小人，而今且明居爲君子，其究有不可勝諱者！上異日必大思公言，公言行而天下復快覩登極初政，媲美二祖中興日可竢也，何憂奴寇？故愚以撤璫爲急也。

　　吾友黄宫允石齋、魏給諫倩石皆與公同時以忠諫廢，故予前序稱“漳三君子”，今宫允業蒙召，數犯顔抗章，爲撰地所排，而聖主顧深知之，且夕爰立。而公與給諫負海内名，皆必大用。用公之身，行公之言，即公所以壽天下之年，何必稱棗指椿，然後爲公佐酌哉！公奉親孝，事別駕、方伯兩兄友，平情率物，旁通内典，疑若坦然超世味之外，而可以爲爭臣，爲大臣，衆囂不驚，萬乘不懾，斯古之博大真人哉！愚肉人也，姑以名臣如魏鄭公者名之，而以質於倩石先生。

通政使台石周公壽序

　　吾邑橋梓之盛，則大銀臺台石周公、子吏部君元立，大光禄冲漢林公、子工部君泰曾,而光禄又有弟大宗伯平菴先生,一時袍笏蟬聯,稱盛事云。今夏天覾節,爲銀臺公七裘,元立方典選,先期累疏乞歸省。上廉其清勁,特慰留久任,元立杜門請假甚力,而會失當事意,用小誤中之,上始有旨許歸。蓋元立受知于聖主者甚深,而念銀臺倚門久,故其詩曰"負主忘親爲一官",已得請,復大喜也,故其詩曰"便有青山迎馬首,新翻白雪入驪歌",其望雲着鞭,际高官不啻脱屣矣。

予既與銀臺交相慶,而因穆然于公父子、君臣、天人之際也。公年二十餘,連舉乙未;元立弱冠,亦連舉乙丑,其掇科早同。公在計曹十七年,歷推監司不報,最後始參楚藩;元立理潤州可八年,歷舉異等,且當推擇爲翰林給事,最後始入銓,其轉官遲同。公自楚歸養,復七年始再起,歷粵、蜀、淮、揚四政,而至尹應天,長納言,貴矣,一裘一葛,蕭然寒素,見者不知爲九卿也。江南奧腴區,元立居之,潔若慧山中泠之泉,予嘗再入其署,見隻鶴苦饑,牀上書塵厚不掃。比入銓,尤介挺,即要津不敢以私進,無論苞苴,其清白同。是三同者,公父子自爲師友,而當元立上公車時,公以觀察使入計,携與偕,親爲釋褐。比元立謁選,則携眷入應天,公解銀臺,則携眷入潤,兩署聚歡,不異家園,可謂宦途之最適也。世有如公父子者乎? 公事神宗久,其時易,事今上淺,其時難,而尤莫難於銓部,蓋前後以墨敗者數矣。元立初拜命,即語予曰:"人不負銓,銓必不負人。"是故鐵石其心,松筠其操,以進賢退不肖之手而出以詞林之風藻、臺諫之脊梁,所抨糾侃侃,疏數十上,天下偉之,小人忌之,而上顧獨知之。知不能勝忌,忌亦無以勝知也。世有知人若聖主者乎? 有是父必有是子,有是君必有是臣,故公之父子君臣皆遭其盛。而吾以歸之天,又不直歸之天而歸之人,人則公之自致而已矣。《傳》曰"天非人不因",《詩·小雅》於天人之際,言神聽者再。《伐木》曰"終和且平",《小明》曰"正直是與",而皆曰"神之聽之"。可使神聽者,其人必天之所福。

公與光禄暨先觀察同時爲部郎、方面,均以正直和平爲天君子,而璟事公尤久。公采弱息字元立時,璟猶諸生也。公與之爲諸生,今見公猶不異諸生也。其道淡温,其神淵浩,其韻冲夷而高遠,手不傷物,目不连眯,動不過則,言不過辭，外寬而內明，仁蓄而恕施。蓋吾夫子所稱銅鞮、伯華、老萊、叔向、蘧伯玉諸君子之行，公庶幾備焉。神之聽之久矣。天以元立報公，又以泰曾報光祿。且宗伯方當大拜，相與爲隔屏列戟，疊笏襲貂。而兩公以龍馬之精神，坐受其福。天道無親，恒與善人，豈不亮哉！此余所深觀于天人之際而退焉心服也。公與弟青鳩隱君最友愛，隱君居紫帽山椒，結巢于樹，掛船于壑，有谷口子真之致。而公在城市爲迎霞園，時相過從，予輒參預其間，奕戰詩敲，忘其形性。今復得元立歸而効嬉戲于公前，而諸孫以瑤環瑜珥佐之。此之爲樂，即三山五天竺何以遠過？而後知公之得于天者奢矣！雖然，非公自致，其孰致之？故予又不歸之天而歸之人，以爲公壽。而復以詩迎元立曰："陽明忤瑾時，年亦三十許。願子崇明德，勳名猶餘緒。我有筍江漁，相待巢深塢。"公讀而喜之曰："君知吾父子。吾爲君引大斗自酌且酌君。顧不侫老矣，古翁壻偕隱者有梅福、嚴光，顯者有王文正、韓忠獻，於君何似。請以吾子從而後也。"余謝不敏，請從公偕隱，而歲以筍江之魚爲公壽，壽且無疆。

陸兵憲壽序

　　上明習天下事，於畿省特重監司之選，而瀕海備兵使者爲尤重。昆陵天隨陸公，繇春官尚書郎奉璽書來治兵吾泉。泉瀕海國也，縮轂莆漳，稱奧區。公下車甫數月，提衡文武吏士，聲靈赫濯，海不揚波。適是秋孟中元，爲公覽揆辰。諸邑大夫李候輩圖所以介公壽，而授簡於余，德璟謝不敏。已念閩爲公世宇下，而余家於公則世講也。公門載笏琳，地望不待言，以余所知，則大阮宮保司馬公與群從中丞、光祿其最著者。宮保、光祿皆以藩臬爲德於閩甚久，而公繼之，閩席公家覆露若鄭之世有緇衣，而公家視閩山川若其庭戶，視閩父老子弟不啻若并州也。當先觀察守甌時，中丞司李嚴州以事入甌，雅有矜契。比宮保以方伯提調閩闈，余弟瑗卷已入彀，因謄硃小誤，賴宮保片言而定，遂獲與公同舉南宮。余守官詞林，則宮保方旈京營之重，時過從無間也。公家世余從兩度代言獲窺一班，而公復按部吾泉，視宮保、光祿在三山益密邇矣。無寧茲則公大父聚岡先生以宿學名世，其講箋閩士世習之，故閩之于公世宇下也。而余家受知，實在邑子之先，故祝公宜莫若余。

余少讀《詩》，請以《詩》祝。《七月》曰："躋彼公堂，稱彼兕觥。"疏曰："美豳公禮教周備，爲民所賀慶也。"公春風風人，德意蒸藹，遇旱，帥諸大夫步禱，有田畯至喜之風，民以有秋。維三老朋酒斯饗，其以介眉于天乎！請舉三老一觥。《閟宮》曰："宜大夫庶士，既多受祉。"疏曰："繇魯公威德遠被，御事得所，故使享其永年。"公簡飭車徒，立標比試，俾貝胄滕英投超自奮，清紫巖巖，至于海邦臺灣、淡水莫不率從，諸大夫奉要束惟謹，有作朋之美，可謂宜矣。其以燕喜爲兒黃徵乎！請舉諸大夫一觥。《蓼蕭》曰："爲龍爲光，其德不爽。"箋曰："言天子恩澤光耀被及己也。"宮保方以圻父握十萬貔貅，擁扈社稷于內，拜世錦衣之賜，而公句宣于外，爲東南海上長城。異日者，貺以彤弓，宴以湛露，其奏《陔夏》爲顯允光乎！請舉《陔夏》一觥。是月也，於神蓐收，於律夷則，天子命將選士，簡練桀雋，專任有功，則公大小阮實當之。

諸大夫曰：未也。《豳風》咏七月者七，觀火于天，用警授衣，豫也；觀鵙于鳥，用佐垂裳，忠也；觀螽于野，用戒室處，慈也；觀菽瓜于物，用辨老幼，儉且孝也。蓋一月而忠孝慈儉之美備焉。中元其天地之中乎？昔天隨生自言常採杞菊，蓋以密緯真炁爲大年地，而坡公不知，顧以井丹蔥麥之設擬之。今公建和門之節，羽葆盈階，鼓鍾列庭，火棗金桃不異籬壁間物。然而公恒自托于昔賢杞菊之好，然則公其古之有道者與！繼自今，大年未艾，勳名亦且未艾。吾閩世托宇下，其操兕觥以躋公堂爲公家壽者寧有諼哉！諸大夫皆曰善，遂書之錦而進之，而更爲宮保効一觥致遥禮焉！

黃封翁雙壽序

壬戌之役，余幸從同郡黃子芝仲後舉禮部，旋辦事大司農，隸司湖廣，稱四同。芝仲之爲人也，直而温，寬栗以信，久而彌親。而家在莊江海上，爲予祖姑倩我渡陳司寇之鄉，以是稔聞太公賢，蓋芝仲實式似之云。既覃恩晉太公紫微郎，芝仲再以皇華省覲上壽。丙寅仲夏七袠加五，而太孺人林亦加一。其姻柯君以璟之辱在猶子也，謂宜有言。

　　蓋余聞諸莊生云，藐姑射之山有神人居焉，能使物不疵癘而年穀熟。庚桑楚之居畏壘也，三年而畏壘大穰。世或詫爲列眞，非也，是皆古之隱君子。人貌而天，天倪與游，而造物亦若以善氣應之。於今則太公其人。太公者，封官也，然故隱君以封官而躬隱君之行，是故莊江之人無不社祝。公長者，與童叟偕，褐衣徒步，無封官相；與悍少年遇，攘臂奪海塘，退舍避之。或以爲是善守雌黑，公不知也，曰“吾安能撐撐焉爭機智，取造物不祥”。爲課子如師，拊孤姪如子，友鄉三老如弟舅。其丰度安詳，迫之而不能使之怒，而其含弘謙退，使人望之而疵厲之氣爲之默奪，於以迎和型讓、止沸息氛，眞有同受其福者。前輩雅言：“立朝以人莫不知爲賢，居鄉以人不知爲賢。”而超然塵外，與鄉人爲姑射、畏壘之遊則無若封官宜然。而賢士大夫常有，而賢封官不常有者何也？其所以期其子者薄也，其號榮，其奉厚，其於文法吏議皆所不及，可以無所不爲。而士大夫力不能盡禁，則闇然代受其名而不得辭。故封官之賢不賢，非封官受之，而其子受之；又不獨其子受之，而風俗醇醨之端與所謂善氣父兄、惡氣刀兵所以中人之故，恒必縣焉，其非細事也！若太公者，雖以爲姑射神人，爲庚桑子可也。

　　柯君進曰：非獨太公賢也，太孺人亦列女。蓋繼母之難久矣，芝仲有兄瘵，母爲躬哺浣濯，再寒暑無倦色。而所以字芝仲者，甚於其弟叔，此古曾、閔之所不能有也，而芝仲有之。王文蕭以士大夫而遇賢父兄爲難，予尤以子而遇繼母爲難，若黃子者，蓋兼得焉。是以卜黃氏之未艾也。於是汎夜光之斝，爲《大椿》之歌：“金柯兮雲架，干霄兮若木，歲八千兮爲夏。”爲太公祝。又進而爲《蕙草》之歌：“宜男兮芬蘭，樂只兮木槵，長修褉兮忘憂。”爲太孺人祝。則又爲《鳳池》之歌：“小鳳兮一佛出世，宮錦兮螭砌，奉眉駘兮千歲。”以爲芝仲祝。遂書之，以開八袠之觴。

封太僕寺卿林翁雙壽序

　　太常少卿林公，既以殿工晉太僕，封尊人中大夫如其官，母楊孺人進稱淑。

明年戊辰爲上崇禎之元，而太僕奉册中宮，詔頒吾蜀，便道上兩尊人壽。於是太公八袠，太君亦七袠加五矣。逢五與十，於稱觴期尤重，且大年也，而又偕老，丹顏並渥，黃髮交華，不祝鯁而良，不策筇而健，孫曾繞膝，纓緌溢階，里人望之若僊童所稱“揖木公、拜金母”然。猗與！是遵何修而致此？則余雅聞公長者也。少有大志，博通群書，天性孝友，恤孤恤煢，尤重然諾。貧時授太僕書，夜分不輟，及令浮梁，訓以清白慈惠，而太君申誡之曰：居官以字民爲本。太僕奉命惟謹，遂成循吏。既抵封給事中，顯矣，蕭然不異寒素也。余未及事翁，交太僕久，私以爲翁真能自壽，而太僕又雅能壽翁。

今夫世之樂宜無封君若也，然能樂者鮮矣，以有其子之意於其胸中故也。翁於家若華胥，於里若畏壘。貴爲天子耳目之父，而與田更褐父還往無間以成其適，一能壽；萊婦鴻妻，相將大隱，始而負戴，繼而蕭珮，若道家所稱劉綱、樊夫人之屬，熙然各得也，二能壽；養生者無以生，爲故曰忘精神而久生，翁開爽豁達，陶陶遂遂，無焚和滑耀之累，三能壽。而太僕之壽翁，則非徒壽翁而已。當遼氛方棘，兵餉不貲，竭海內百川之泉以填關門之尾閭猶苦涸。太僕在兵、戶垣，痛加糾駁，手披目數，洞如觀火，即樞輔孫公亦心折焉。勃管爲政，一時省臺諸公或以株連駢擠，或以材捷超拜，鮮得脫者，太僕獨不詭不隨，侃侃自如，而亦不至傷國之元氣。嗟乎！此豈易言哉？以祿養易，以善養難。使其父母有貴人之樂易，使其身爲君子而不貽以貴人之憂難。此所謂壽，獨交梨火棗之爲珍，鳴金石、佾鼎茵之爲豔乎哉？公既在容臺，會正卿缺，代司夷夔禮樂之事，三殿告成，新皇帝龍飛，一切郊廟、陵寢、社稷大典禮實靈寵之。詳練潔恭，神人胥協。今且槐袞在望，而自以使事歸，曰：“吾陟岵倚門之思久矣。”夫翁與太君方爲木公，爲金母，而又奚以膝下宮錦之一舞班爲？雖然，唐崔郘爲太常，大閱四部樂，自導母輿觀之，人以爲榮。夫猶母遺也，太僕兼有父，固當勝之。此行御之輿而北，以觀闕下四部之盛，不尤愉快乎！

於是同井諸大夫皆曰：善。太僕起，離席再拜，敬謝客，書而藏之，歸以侑康爵。太翁覽揆之辰在仲春十有三日，楊恭人則孟秋三日也。於八千春秋甫百一云。

封御史中丞張太公雙壽序

西甌龍舌洲之上曰考亭，蓋朱紫陽倡道之區，而天湖寒泉則其編《近思録》處也。南宋延、建之間，不減洙泗。如羅仲素、李愿中、胡康侯、蔡季通、真景元諸賢，繼起林立，然本之道南之一派，實自將樂楊中立始。今且五百餘年，其人猶樹惇抱朴，多躬行慥慥君子。而能以程朱一脈爲世司南，則張太翁其人云。

太翁以子貴，封御史，三封而至御史中丞，貴顯矣。然不以子名，起家明經，司鐸沙縣庠，卓然以理學爲己任。大要在與人爲善，而以如見如承，到處參倚，攝入本體，爲證悟門。延、建學者皆師宗之，户外屨常滿。當是時，中丞公已舉進士，官大行矣，公適有金華諭之擢，遂投牒歸。已拜柱下封，夷然不異寒素也。言本經術，行禀坊表，辭受取與，一介必嚴。道氣春風，益然眉睫。每舉明道先生對神宗及徐答王荆國語爲誡。以故中丞在臺最久，聲亦最著。出按浙，首請卹臨海方正學及平陽吴寶秀于朝，風采凛然。會以疏薦人才，忤權宰，指螫去。權宰敗，得賜環，再按宣雲，糾滴水崖失事諸大帥，飭邊吏，嚴武備，毛酋遂縛，魁惡謝罪。捷聞，晉一級。旋有廠庫之役，督三殿工程，慶成，再晉一級。而太翁暨徐太君皆進封，蓋異數云。

太君亦古孟光小君之儔也。翁事父母孝，太君侍姑范九十三齡，朝夕如新婦。翁事諸前母兄謹，太君迎伯姒舍中，歲時奉之。已未從至學舍，蕭然苴藿，煎茗庀蔬以佐函席，實得翁刑于之教爲深。

於是明年上崇禎之元，太翁七裦加七，太君亦加三矣，合之可百五十歲。而中丞公奉册詔出使，便道爲壽。余謂壽則尊生家言備矣，吾儒所不談。自夫子叙年譜，十年遞進，至于七十，而究歸忘食忘寢不知老之將至，以爲學蓋得天行之健。而當時所奉爲仁聖者，亦第云不厭不倦云爾。夫誠不厭不倦，雖參萬歲而成純可也。翁自七十後，益以聚友講習爲急，從元正至歲除如一日，庶幾夫子忘年之景焉。余每尚論諸儒，先以爲龜山先生首開閩學，而晚年一出，或以柳下援止爲譏，羅之《尊堯録》，真之《讀書記》竟未盡當年之用。僅李愿中二子試吏,旁郡更請迎養;蔡有子沈,胡有子宏,傳父學而亦未盡其父之用。以視翁,果何如乎?悠然而進,翛然而止,以其鸑鷟鴻冥之氣,一官籠之而不可,而其所未盡試者,一中丞肩之而有餘。於戲!此亦向儒先之所未擅也。道家者流侈言三千八百,則幔亭其著者,然即使以雲裯霞襗施之銕佛障而呼其鄉人曾孫,亦與華表鶴何異?與其爲幔亭之幻也,何若考亭?且夫婦父子之外,亦別無所爲木公金母、九天畫堂之人也。中丞今且鶱用,而翁與太君各以百年之身,坐享千秋之業,其爲九天畫堂也大矣!余且登二亭之上,歲賦《南山》。

薛封翁暨趙夫人六衮序

正、嘉間,亳有名臣曰考功西原薛先生,以詩文名天下,與北地、信陽及吾鄉王道思相頡頏。而當武廟南狩,抗疏極諫,幾叵測。比大禮議起復,撰《爲人後解》及辨,據經傳,禮大詘,新都指坐廢,凡再直諫,再拜杖,稱真靜臣云。去公舉進士之科百有八年而爲天啓壬戌,孫大年始成進士,來牧吾邦,剔蠹詰姦,案無留牘,鄉約月課,精敏不懈,能聲四馳,士大夫相與慶考功之有後,而間從侯得太翁、太君偕六衮狀,又莫不色歈也。於是甲子之六月舉太翁觴已,冬十月復舉太君趙觴,而屬余效一言。

蓋亳之先有猶龍氏云,其言以致虛極、守靜篤,歸根復命,爲秘密藏,長生家祖之。考功既以文章氣節顯,退而求之性命之學,遂有味乎其書,而解之曰:“此即儒所謂盡性也。盡性之外,別無長生。上聖、列仙之道一爾。”故其學以復性爲鵠,以喜怒哀樂未發爲奧,以能知未發而至之爲竅,而以《陰符》、《參同》爲非黄老之指。夫善言長生,則莫考功若矣。漢人以黄老治世,原本烹鮮無爲之教,而考功有曰:“鳳之集也,恩不加而百鳥從。聖人之作也,仁義未施而兆民附。夫天不言而信,不言之信,所謂百姓皆曰我自然也。”故善言治,又莫考功若。余因是而悟性之妙也。窈然未發,垠堮莫闚,而治身理世,皆其自足,因以爲松、羨,因以爲卓、魯,松、羨、卓、魯之用若岐雙轂而竟不出乎環中,則黄老與吾儒亦一矣。

太翁生猶龍之鄉，少淑考功復性之訓，業已窮二酉、析五際，有哲祖風。而其大者，幼孤事母孝，以母節旌于朝，稱能子。拊弟如身，合爨分甘，髮種種猶蝸鬖時也，稱能昆。課令君以義方聞，延友資師，稱能父。情虛德充，薰人如春，嘯月則咏華胥，沐蘭而朝太乙，稱羲皇上人。而間以其才解梦奇中稱智囊，蓋得猶龍之精而不見迹。而太君佐之，如金母之與木公也。太翁以考功之治身者隱于亳，而令君且以考功之治世者顯于天下。美哉，何貽謀之遠也！令君謁銓時，以恩詔爲考功請，業特晉奉常，旋中格，一時閣部臺省頌考功章數十上，而名益香。異日薛氏未竟之業，待令君而大。而太翁、太君於是焉被明月，珮寶璐，陳五花之寵，誦天人自然之經，相與尚羊乎青鹿之上，使亳人以爲猶龍氏再見者，吾儕小人，且占真炁之紫而奉一觴焉，則自今新甲子始。

洪太公九十序家君命作。

壺餐羹梪，食飲之末，君子不恩焉，而古號俠瑋昭大誼，輒以輕捐膺奇報，秦繆公、趙宣子、簡子實然。爰絲從史盜侍兒，活絲吳圍中，然彼其銜恩咄嗟抽腸而隳膽者，猶細人也。伍大夫、韓王孫，毅烈昭日月，至躑躅一女子之進食而讎千金。士當隙阨流瑣，嘯天窄地，用人色笑爲怒歡，刺終身骨，然後知雄梟之藏於販屠者多，決不可皮相。而君子捐所輕於卒然之間，損俠而仁奢，曠識大度，有隃人者。

蔣子曰：嘉靖季多盜竽，蓋尤多俠隱云。先王父赤山嘗行稼永春，置酒西湄樓上，荷秸者魚登矣。最後一人入，驚奇其貌，手觴之三。亡何，倭躁粟閧，大酉呂尚四護永春粟達海隒，而聲舟中曰："吾乃觴赤山三者也。"當王父西湄高會，慷慨歌舞，豈逆審桀盜在旁哉？而是時，龜湖龍泉洪翁挈家避倭永寧，城陷就縛，洪有妾某，刃在頸矣，酋咤曰："非洪某某邪？"而巫縱歸之。翁不自意何許人也。或曰：是鄉以五通會飲若者。五通會者，龜鄉神社也。觀旅若林，翁無知不知，下榻爲交賓驩，酋其□。嗟乎！士固不可侮。假異時惜濁醴一斗，不俛以八口擲鼓刀者？余大父識呂酋於牝黃之表奇中，而翁於惠校博卒食報者，壺餐羹檽之力也。君子揮產而戾情，泛席而哀困，非苟望報也，將其衷有不忍獨焉。傾醪於水，眾未之酺，其悅乃倍於烏程、竹葉。人輯其澤，天鑒其慈，不必言已。計翁所食飲何翅十百人，董一人以酉報，尤非翁所樂言者。故幸而得當以再生其軀，庇其孥，而數十百人未酬之私，則天陰爲之代。余王父兩孫皆起家進士，翁之子從龍出于刃下之小妻，復與兒璟同偕計。而翁且閱兩壽主而躋九十。非夫皇覽不恝、惇□得全者歟？翁益純潛寂、咀寶華，繼雞窠而齒□□，將天之報翁也歲未央已！

太常倪公壽序

壬戌之役，某從館丈迪之倪君游最驩，因以年家子得侍奉常公京邸。是時公爲御史，前後視長蘆鹺政、督遼餉、按順天，以平錦州蓮妖上功幕府，旋晉太僕少卿。坐忤璫削奪。今天子登極之元，特起太常南京，典秩宗事。而迪之晉少司成，會上幸學，賜坐講《易·泰》象，賜宴，賜大紅織金紵羅衣二襲，稱曠典。蓋南北相望，並拜恩綸，一時學士豔之。

於是夏五二十二日，爲公攬揆，同館昆弟謀祝辭，皆進而稱曰：煒哉虖，公父子蓋尤在君臣之際云。往者，勢星竊曜，楊、左摧其鋒而不勝，以身從之，用鈎黨錮公，乃迪之亦以庶常隱隱鱗羽，久不授官，於卦當《否》，儉德辟榮之日也。天開神聖，手剪巨憝，徵愷聘元，公父子踵登華貫，於卦當《泰》，拔茅征吉之日也。然則公一家出處正與《否》、《泰》對，亮非偶然。而某更以《泰》象求之。聖天子於財輔天地饒有奇能，而所賴諸君子者實深。蓋嘗私闚鼎革之候焉，爾時群奸盤踞，環以禁兵，其威術百振、瑾，而一旦以唐堯入帝之年子立其間，潛惕躍亢，機權互運，此豈商高、漢宣所能彷彿？今朝講召對，天地真無日不交而猶似未交者何也？且夫河清鳳儀，猶曩時事，比如郊學命駕而風霾頓消，皇儲命名而前期甘澍。天地固爲之協應，而上下志乃若未同者何也？在《泰》之五曰中以行願，而二以中行尚之。夫惟有中行之二，而後有行願之五，是故志可通而民可左右也。用馮河者非銳於絕險，而慎於濟川，凜若奔濤怒浪之生于足下然，而解者顧以馮河爲賈壯,則亦非艱貞之指已。故欲濟川者必用舟楫,欲濟泰者必用中行光大之人,而後相與爲財成輔相,不勞而食其福。公自起家閩上杭,爲循令,爲名御史,爲同清卿,嘗曰:"正直忠厚,偏袒不可,吾寧鳳而不鸇。"故西臺諸奏議皆理識兼勝。神宗末,孝端上賓,公疏謂:"母儀既邈,坤柄漸恐旁落。"而其後果有翼坤請封之事,人稱其蚤見。及移宮一案,群議鼎沸,公謂諸臣不當居爲功,言者亦不得執爲皋。而於李可灼紅丸,責舊輔不宜賞奸,畫然千秋定讞矣。癸亥內計,協掌河南道事,護特善類,時論推允。若公者斯中行光大之人也哉!

某進曰:余家閩,更習公令閩狀,其蒔若子,其課若師,邑三老至今思之不翅桐鄉、單父也。近流寇剽上杭,汀諸邑希完郛,民居具燼,而公祠獨巋然靈光,不戒之孚豚魚格矣。故今日欲壽公,則閩一日之俎豆皆公之年也。雖然,猶小也。公於楊、左同年,左復同井,所不身從者天耳,天留之,而中興召用之。公之年又皆天與君所遺之年也。公今雖圖南旋,且裝趣而北,以長年而利涉大川,使世道之泰三不至於陂而六不至於隍者,又皆公之年也。且迪之方以經術師天下士,一橫經而前,一黼扆之席,異日者勳業未可量,則又皆公之年。而公孫業舉應天矣,三世顯庸,耳目無兩,然則吾黨之祝公也,詎巧曆計哉?

迪之前再拜曰:"不佞何敢言。乃所稱述家君子庶幾具是。"是月也,蕤賓紀律,景風和扇,公方偕豐鎬諸公卿觴咏于鳳臺雨花之間,而迪之從闕下瀛洲拜舞上壽。於是諸舅弟既相與推本公父子君臣際會之盛,復暢迪之坐講《泰》象之旨,以爲中興之世,而欲求其佐天子以財成輔相而左右民者,莫公父子若也。遂書而進一觴,致遙禮焉。

封侍御晉源倪公開八袠序

史德璟曰:於越蓋有二倪云。其一史氏玉汝也,丱角知名,下筆妙天下,與人交歷落見膽,風素高楞。其一爲柱下史賦汝,魁岸有器幹,負運斤手,無復盤錯。兩人皆奇男子也,而柱史差長。柱史有父晉源先生,實太史父瓊州守季弟,根孝篤行,有古人風。瓊州貴時,封翁善病,先生色養五十餘載,稱能子,且代兄以子稱能弟。早補博士弟子員，朴淡無驕貴容，第五之名不減驃騎，而竟以諸生老，意豁如也。鄰富人娶其婢爲妾，暴殤，悍少年意陷之，先生力白得免。富人感泣，以金酬，不受。家有荒莊，傭人居而火，一病嫗幾燼，先生聞而疾趨，冲烈焰負之出，鬚麋爲焦。傭居者自咎詒累，以子女留券，不受。族戚中爭産者賄左祖，峻色拒之，亦不受。於是環上虞亡不高倪先生者。先生既以賦汝貴，就養祁門歙邸中，日問平反，暇即嘯咏自適。屬黃山事起，奸人遞銜璫指魚肉歙，兇焰薰赫，歙人人自危，揭竿爲變，奸人跳之它郡，而所遣市猾皆擊殺，勢若燎原。賦汝神色自若，單步馳赴其衆曰：“若遂亡三尺耶？胡一不忍遂至是？”衆皆納刀再拜曰：“倪侯吾父也。”立解散。當是時，賦汝上急公，下憂亡告，中抗權氛，骨勃氣王，膽智橫生，即群奸百螫之不爲動。會新天子起龍潛，事漸釋，賦汝乃得弛負入計拜今官。然先生益誡勗也，曰：“作令難，御史尤難。兒以難令者難御史，其可以是。”賦汝益侃諤著風采，盡白黃山冤狀。而玉汝典試江右，還相與快堯舜誅鋤共驩之用，而惜元愷未盡登，爲宣言諸君子之所以當召者，撥雲驅翳，星斗相賀，兩倪君傑然獨出矣。嘻，皆先生之教也。自瓊州爲名刺史，先生承之，俾諸子姪奉其弓冶，以有樹立，是豈易言哉！

今年穉孟先生開八裒，兩倪君珥小子璟曰：“子習我兄弟，宜有辭。”德璟拜手稽首曰：“瑋哉！年，先生所自有，洒新元所紀爲禎者具是已。數年前黃河清于蘭州，鳳儀于具茨，麟生于莒，皆中興瑞朕，而孰有國寶若兩君者哉！青嬰孕珠，禹氏産玉，珠玉之光，照射萬乘。而沴所自出，則所以母六氣而王百物者安歸乎？夫先生，亦倪之青嬰、禹氏也。《禮》：天子父三老，兄五更，饋酳于太學，記其善爲惇史。有如先生策鳩筇入輦下，觀兩君金馬著作與夫繡衣鷹斧之盛，而上召賜袍笏，若于伯龍百餘歲，自稱神堯外臣者，憲老乞言，非先生誰當焉？”璟既心艶君父子兄弟之賢而美，其爲國禎者如此，維越君子以爲衷也。屬兩君睇宛委之雲，拜而進之。璟亦從客次與兩君酌大斗、賦《南山》焉。

封給諫林翁壽序

今言路獨給事、御史，而給事尤重。自漢東方朔、劉向、蕭望之之倫以材俊名儒拜，然猶加官也。唐制勅有不可，給事輒批勅駁奏塗歸，重矣！然猶隸門下省也。宋中書進草，給事得畫黃，至決獄，遣使申冤滯、瞽奇撓、詳論命令，然猶與諫院爲二也。而今制兼之，於天下事無所不當問，而無所隸。與六曹相表裏，而常足以持其後，使之瞻顧而不敢肆；於侍從特親近，而所襃誅足以爲邪正消長，理亂之所從出，故高皇帝命其官曰"元士"，復曰"士源"，以其爲國是之源也。宋人指公論爲國元氣，氣不虞不伸，而虞其伸之過，至舉國之元氣以供其驅使。故元氣爲氣之源，而源士之氣又與氣之源相乘，爲春生秋殺，而天下受其委。前輩陳尚書壽在諫垣最特立，然不喜矯訐，曰："吾父戒勿作刑官，若言官尤甚。"尚書之父之戒其子則高矣，然有激乎言之耳。使言官不輕是非，刑官不輕出入，則於元氣宜益培，而區區言勿作者何也？

玉融林君益謙以進士司理長沙，迎其尊人華谷翁就養郡邸，數問平反。比召入，需次禮部郎，而當新天子龍飛，簡入兵垣，翁輒舉培元氣爲戒。故自君治刑，罷奇請他比，平亭疑法，稱文亡害。其在垣，紀懦帥，覈漏奸，侃諤著風稜。而宣雲之役，插酋内訌，指畫尤中綮，未嘗劾一切鷹鸇搏擊，曰："吾父培元氣之教云爾。"夫氣之在天下，猶其在身也，凡身中五官之用皆氣，而源不存焉，源則氣中之元氣而已。尊身者滋其源，可以友松、羨；治天下者護其源，可以侶華胥。源一也，小而在身，大而在天下，出而爲周、孔，處而爲安期、偓佺，總之以元氣爲命，而能以身之安期、偓佺，普而爲一世之周、孔者何人哉？出處異，則其勢固不得兼也，則吾以歸之翁之授其子。蓋世所稱封君，名爲官而身實隱，身隱而道有所寄，以行在用不用之間，公、卿、大夫、士、庶人之際。《元命苞》謂：三台起文昌，抵太微。而泰階六符之説傳自黃帝，曰：上階天子，中階諸侯、卿、大夫，下階士、庶，三階平則天下治。封君於下階，則士、庶也；於中階，則受卿、大夫之封也。可以其道自寶而證安期、偓佺之業，亦可以其教施於子而行周公、孔子之事。而況諫官所操人倫國是，關天下安危不小，使能用其父之教佐天子以溫養元氣爲第一義，六符正而泰階平，則其父即鳩筇鮐背，尚羊一丘一壑之墟，而所壽身以壽國者侈矣！不用之用，詎其燀乎。翁少孤，奉母孝，待弟舅友。補黌宫弟子員，中年傷臂，輒棄去，躡乎若存之根，而游於不累之圃，登八袠、閱六朝而不老也，自非偶然。而余以給諫知翁，又以翁之戒給諫者盡翁之爲人，翁大年且未艾哉！

明年己巳秋七月爲翁初度，同井諸公以今秋舉賀而屬余爲酌者先。余第見太史望氣三台，問司命主壽有非常景光，若南極老人朝北斗者，斯翁稱觴之旦也。給諫其以不汙之枝，歲歲馳青鳥而進之。余輩之爲元氣賀者，其亦將未艾矣。

林太公壽序

廣成子言：抱神以靜，形將自正。而黃帝以用之不勤、發之不勤者，用而不費。聃氏所云：治人事天莫如嗇也，形嗇而全，神嗇而堅，以治人則循，以事天則專，可以尊生，可以盡年。而復以勤行爲上士何耶？聃氏之勤與黃帝之不勤，即吾儒之勿忘勿助而已。故其心若無心，而常有嬰兒之色。

予於鄉得兩林公焉，大司徒省菴先生、都轉運潛江先生也。司徒舉進士稍晚，所歷銓部、奉常、銀臺，兩賜存問，爲理學名臣。轉運弱冠即舉隆慶丁卯，三爲令，一爲州、爲郡、爲鹺使貳，居官可三十年，通籍且六十四年，再奉恩詔，晉爵一級。而其孫爲磐君亦弱冠舉，旋成進士，歷戶、兵、吏三部，以稽勳予沐，爲轉運壽。二公者，昆弟行也，又生同丁未間，相過從若列真之翱翔于閬苑也。隆、萬之際，吏有樸心，其治猶近古，而轉運爲景陵最著。邑苦賦，陰廉諸尺籍，手定之，即豪右不少假。又苦水，嘗一夕身當怒波，督民吏築堤，得不潰。比爲湯溪、新興、池州、山東，皆壹意清約，絕苞苴，省共億，興學校，平獄訟，蔣民如子，上不爲崖異，下不効婾阿，拾級而登，急流而退。而最難者，尤在不攜家，退食蕭然，脫粟一飽之外，無它營綜也。老氏曰：愛民治國能無爲，儼若客，敦若樸，曠兮其若谷，少私寡欲，百姓皆曰我自然。公政有焉。蓋公去景陵久，而余友劉宮講士徵、王給諫六瑞猶誦説不置口，用是知公一班。及獲以年家子事公，舉道家之言與公程而蔑不合者，杜機無郛，與物爲春，姑射之居也。其臥徐徐，其覺于于，可書可奕，不迎不將，壺丘之淵也。守雌存一，輔以良藥，方回、邛疏之餌也。安時處順，解勃釋煩，穆然與道爲友，而聰明不衰，步輕神澤，行年八十加四，而有嬰兒之色，籛鏗之具體也，而總以靜與嗇得之。仙寮吾不知，知其爲有道必矣。有道之人無富貴。楊無子孫相，並無壽者相。雖然，無之至也又不如有而無之之至也。公一切有，而其心一切無。世所無者，或見其子不必孫，或見其孫不必貴，或見其孫貴不必身貴，而公皆有之。貴而驕，富而侈，子孫貴而盈，三者天所概，而公皆無之。此吾所以爲有道也。且爲磐不獨貴，其德業復不媿公，在戶辭羶，在兵詰戎，在銓登進名賢，表揚忠節，擒治奸贓發假單，立鑽刺簿，銓蠹一清。識定神凝，世其精白。而其在南都時，嘗作《遙祝圖》，左溫陵，右金陵，祖含飴，孫遶膝，數千里若共歡笑，以寄其望雲之思。在京師竣典選事，即疏乞省侍。其篤孝如此。昔萬石君歸老課子孫，稱醇謹，然未聞有佳孫也；虞升卿祖爲吏，尚寬恕，以公卿期其孫，然養不逮也；而陳長文至于公慚卿，卿慚長，視公祖孫何如哉？林之先有類者，年且百歲，以少不勤、長不競爲聖門所與。蓋與用之不勤之指契然。披裘拾穗，田庚褐父事耳，若公與司徒迺可謂治人事天有道之士也。

　　臘十四日爲公覽揆辰，同井諸子令史氏修祝鯁詞，敬述其管闚於公者，質之司徒，而顧公如廣成之壽，以長觀爲磐之嚮用于朝及諸孫曾之繼起，小子亦得歲登堂問道而効一觸焉。幸甚至哉！

王封翁祝言序

　　誕辰爲壽，在昔未標。君親之年，何日非愛？自近代懸弧之典既重，而人子稱觥之祝倍深。莫不貌椿寫桃，譬山指海，韻鏗鐘石，采溢綈緗。綜究其端有三不易，青箱之業，非襃封不顯；斑衣之舞，須偕老始歡；且夫封官之處鄉，亦如吾儕之入仕，惟德高夫月旦，迺名徹于天衢，兼兹三徵，蓋亦鮮矣！

　　吾莆斗南王太公者，淪秀玉雞，禀精九鯉。少披墳典，發百氏之笙簧；天與慈祥，作千家之纊稷。行善以耳鳴爲貴，釀粹則眉宇皆芝。待舉火者多，庚桑之畏壘大穰；置閒田不問，馮驩之劑券俱焚。而林太孺人實克相焉，以至石梁雙搆，千里誦休；玄冠入夢，九天申睍。昌後之讖，徵在象賢。不其瑋歟！

於是開美丈以循令高第，用覃恩封矣。復衰開蘭二邑及四方士大夫祝言，授簡不佞曰：史其序之！某拜手颺言曰：美哉！夫饋漿撰杖，《禮》惇憲老之文；華黍陔蘭，《詩》標戒養之志。矧夫皇綸交賁，孟案長齊，鹿門之隱儷高，太丘之星適聚者哉！周孔之教，以立身揚名爲大，此名教之所尊也；黃老之家，以木公金母並稱，亦願力之必至也。人子願其親爲木公爲金母未必希，而能以身顯其親之名於不朽，斯亦庭幃之蓬島，宮錦之羨松已。開美妙年飛鳥，兩地歌棠，潔若珂霜，朗猶淵鏡。爲兩尊人祝且未艾，敬書以附華封之後。

賀封史黃翁六袠序

同館太稺黃先生，天下雄奇博雅不群之士也。丙寅夏，以避瑙餤假歸，爲王父襄事，居兩年，而當上登極之元，始來授職。用覃恩，封尊人翰林編修、母謝爲孺人。明年中秋，公春秋甫六十，余輩從闕下爲太稺壽，而修祝辭走數千里上壽于公。蓋余與鄭道圭、張子發及太稺皆同井，又踵入中秘相友善，故習公爲深。請先談公宜壽三，而後及其所以壽者。

黃帝曰泰階，天之泰階，上階天子，中諸侯、公卿、大夫，下士、庶人。三階平則天下治。平者，太史公所謂色齊也。今神聖中興，便殿暖閣，日麈召對，而太稺以才推擇，珥筆立御榻旁，出則典兩制潤蕭皇猷，可謂親見堯舜。公於是時爲外臣，則巢、許也，辟之靈蓍在林，威鳳在野，而其祥光自見於外，三色齊矣。且自一推封而儼然以下階當中階之貴，巢、許有之乎？一宜壽。華人祝堯，稱富壽多男子，富則天之祿而已，而世誤以鍾鼎當之，遂有哂清白吏爲愚者。公自祖藩參東石、父崇左相觀石兩先生，皆高標勁節，不名一錢。吾師匪我何司徒所云東石爲前呆，觀石爲中呆，而太稺爲後呆者，雖戲論，亦實錄也。呆，泉音駃也。藩參至太稺五世矣，不富於鍾鼎，而富於道德文章，三仕而三祿于天，是之謂富。且公五男五孫，又皆優龍劣豹，負材名不獨太稺也。是之謂多男子，而授之職。二宜壽。古人之壽其君父無一日不可，而無以生辰爲壽者，唐宋始盛行之，人主至自以其日錫之嘉名曰某節。而節孰有佳於中秋者乎？是月也，日月會於壽星，蘇子瞻謂中秋之月，雖相距萬里，陰晴無不同者。今閩距京遠，而自月天子觀之直尺五耳。公試取太稺之起居注而讀之，無異梯雲而入廣寒也。取大官之酒，與太稺所上之宮錦，偕謝夫人酌而拜賜，無異搗玄霜、奏《霓羽》也。於是焉而縱觀于大海之濤，亦無異廣陵也。故古以中秋月爲端正月，而余以公之初度與中秋月會爲最佳節。三宜壽。

三者皆人世不數得，而公之所以壽，有進於是。其事父孝，拊孤姪，慈善之根也。家門蕭穆，旁無媵侍，一容膝地，雙趺宛然，琴書魚鳥而外無它營綜，靜之宅也。課子姓嚴，即太稺貴，門猶如水，當道時造門，輒避匿，投刺亦不報，敦若樸，曠若谷，恬之居也。是三者，又公之所以壽也。人亦有言：下壽六十，中壽八十，上壽百千歲。而《禮》稱六十曰耆，指使、宿肉、杖鄉而養於國。則六十者壽之始，而廣成、赤松之發軔也。彭祖曰：入道當食甘旨，通陰陽，處官秩，長在世間耳。仙人如雉化蜃，更守異氣，何足多慕？古帝王所事三老、五更，亦必取有道夫妻、男女完具者爲之。世第知有道之難，而不知夫妻、男女完具，得全于天者爲尤難，而況有奇男子，能以其貴貴之者哉！然則公之壽，以之入道，則可不羨仙人，以之進而中壽、上壽，備五更、三老惇史之選，則所稱有道而身備福者，舍公其疇能當之？

諸君子皆曰：善。遂藉其語獻之公，而更偕太稺引滿，望月進一觴焉。

曾太公壽序

余以使歸，爲老王母壽也。間從同志五君子言《易》甚驩，而五君子者，獨爲磐林子有王父鹾使翁，大雲曾子有父封武庫翁。二翁弧矢之旦又皆在臘，鼓鐘朋尊交相祝也。封翁生後三日爲元正，前三日爲聖天子萬歲節。曾子既呼嵩上壽君，再希觵壽親，與《豳風》躋堂稱萬壽及春酒介眉壽，忠孝二指合。

德璟拜手颺言曰：孝哉曾子。雖然，皆聖天子之賜也。往逆璫銜天憲，枝黨呼嗡，回霜變露，大雲業以治行高第徵，令稍鈞奇衒達，已籍青瑣，而大雲抗弗屑也。當時予鄉推異等，獨大雲與漳盧君。盧既錮而擯大雲使丞郡，意尚叵測。自飛龍起潛邸，掃除巨憝，收召名賢，於是拔盧銓部，而大雲自計曹擢武庫且大用，復以恩晉翁如子官，稱大夫矣。大雲今者奉五花之誥，七襄之錦，上之膝下，且相與望闕下而虎拜焉。一杖履、一觴勺，皆中興錫類也，其可忘君之賜？

不佞復進曰：未也，吾以券之於天，天其猶張弓乎。封翁自曾大母來，兩世以孀節著，尊人帶河公，事節母尤篤孝，至籲天損十齡與母。大雲郎武庫時，業上疏三得旌矣。繇今觀之，節孝者光日月、照竹帛之事也。繇當日觀之，黃鵠不雙，孤雛反哺，荼蓼之境，豈堪入目？而詎料一再傳遂有聞孫能封、能旌、能臣、能子，改淒局爲華闋如是乎哉！惟節孝之人，挹不足於前，而後封翁父子注有餘於後。天報施善人何如也！世恒言天道遠，而自璟家及曾氏徵之，黍銖不爽。蓋老王母亦以節聞而封旌備焉。皆君賜，皆天賜也。其可忘天？而本之天與人交相成，吾又以券之封翁父子。封翁少讀父書，既數奇，棄繻不就試，隱谷口，墻東有子真君，公之致己課大雲讀，輒舉先世節孝爲晜。大雲貴，間入官舍視治狀，曰：“無隕家聲。《羔羊》大夫，節儉正直，是師是式。”而自其受封，風素朴淡，無一切貴人父習氣，蓋葆天者甚完。迺大雲爲邑、爲郡、爲部，氣勁而行芳，饒幹濟爲一時望郎，海內名流慕好之。君家子輿有言：“大孝尊親，次弗辱，次能養。”而推之仁禮義信强樂，以爲居處、事君、涖官、信友、戰陣，皆禀於孝。若大雲其庶乎！夫養不足言，迺昏柷之候，疵俗潔身，可謂弗辱矣。事君忠，涖官敬，朋友信，居處莊，而又能爲國治兵，使國人稱願然曰幸哉有子，可謂能尊矣。大雲鄉用未艾，其益味塞天地，橫四海之指而進之不匱，將所爲尊者亦未艾。此吾所謂善成天者也。道家有五臘，十二月之臘曰王侯，其日當祈年益壽，翼日爲小歲。而元日即爲天臘，惟王與天介以景福。公生其時，除舊迓新，終則有始，當與天行相環無端，而更北鄉稽首萬壽曰：“外臣閱六朝，兩逢多曆之主，嘻，請祝聖人其鼎嘉萬而三乎。絳興人四百有四十五甲子，師曠知其年，今餘年加一矣。更二十六年而爲期頤，扶笻以觀聖天子升恒之運其可。”

於是諸與大雲友者皆曰善。古天子父老兄更，異日者行憲翁而記其善，以爲惇史。遂廣《豳風》之詩,酌大斗無筭而退。

周封翁六衮序

事父者承意,事君者儀志,事天亦然。天以陰爲權,以陽爲經。陰恒居空,陽恒居實。天之貴陽而賤陰,猶帝王之任德而遠刑也。天少取陰以成秋,帝王少取陰以立嚴,而其德總歸於生。使秋多於春,嚴奢於愛,世寧復有生理哉?是故爲天生人者,天必右之;爲君生人者,君必思之。張釋之、于定國、徐有功其著也。陳尚書壽之父常戒其子勿作刑官,懼其輕枉人也。親之愛子甚於愛人,然而以枉人爲其子懼,則夫子而能活人,其親必喜,其後必封。其親以子之廣其愛也,親亦必壽。余於長洲周封翁知之。

翁有子璵沙而材,既連舉進士,拜比部郎,奉廷遣出讞江右,環十三郡八十州縣,慮囚二千有奇,雪冤豁滯,多所縱遣,餘或稍具生路,亦拈出爲異日地。每一郡録竣,以矜疑名姓登奏,更疏一通歸報翁,且曰:"曩跽別膝下時,翁實命之。書生手寸管握生殺關,無臆決,無衆隨,兩垂白桑榆延照,藉此行矣。某上畏簡書,内凜廷訓,求可對君若父。每當静夜,燈熒如燐,而於定案中忽致之生,覺華幢寶筏一時現前也。守官貧,無以壽吾翁,藉手諸爰書其可。"余聞而大賢之。

且賢翁善教也蓋有三焉,教之事君,教之事天,教之事父。翁之事其父也,卧起溲腧,身爲杖掖,既籲代積疴,尋中暑毒,癰瘣股間,引錐自觸。其事繼母,遠在京師,忽心動馳歸,獲視母含,精感萬里。以斯示子,可教孝矣。子生而仕,古誨之忠,今導之富,使海内無賢士大夫,其坐無賢父兄者强半也。翁矜氣誼任俠,赴人之急,産日落,氣顧益豪。當比部食貧時,輒曰:"我不憂貧,憂汝它日貴,忘今貧耳。"既貴,勗之慎毋忘牛衣時,此豈世俗封官沾沾自喜者?不以富而以仁,秋官之庭若春臺焉,德施江右其小也。聖天子神明天縱,治亂用重,本求簡孚,而法吏承風,五疵乘之,甚有同事而輕重異例,一人而前後換律者,皋陶事舜,定不其然。以比部權好生之指行之,天下嘉師,可無冤王鈇可措也,可教忠矣。《易》之言刑也，明象雷電，赦象雷雨，議緩象風。高皇帝建法司名貫城，象星，皆受命於天之仁而出。而聖人直曰仁者壽，則不仁者之府辜于天必也。天扶陽而抑陰，繇此觀之，翁之教子，翁之所以事天也。三善備矣。

今天下金氣驕而五穀衰，夷氣驕而中夏弛，北司氣驕而南司退然爲之下，皆陰長徵也。而復欲以刑勝之，其可得乎？善哉！翁一舉念足以壽世，舉世之壽壽翁，壽乃翁所自有耳。翁以今九月周花甲，江右、吳下交觴上壽，而比部先期竣役還里見翁及王夫人，問平反畢，拜舞爲樂，旋驅車入報。對君若父，庶幾無負哉！秋官夙稱西翰，昭代名臣多起家爲郎，近且有改秩臺諫之命，所廣翁教者不止此。而比部有四弟尤競爽，孝友相師，所倡和《並蒂海棠詩》不減二謝。翁愉快且未艾矣。翁所居茂苑洞庭中，多隱君仙客，若鳥瓜鱗脯，方外事不足言，余第以翁之教還爲翁與夫人祝而券之天。

封太孺人孔母陳氏七袠加三序

同年給諫孔公方拜吏垣，爲黃門領袖，風采翕然，所抗言皆天下大計，當上指。而念其嫡母太夫人陳家居，疏請迎養，上特賜温俞，趣限還朝，蓋異數也。太夫人以明春孟既望設帨，春秋七十加三，諸年舅弟謀稱觴，而使史氏璟劾酌辭。

小子謝不敏，則嘗誦法吾夫子，而見所刪十五《風》，獨共姜以《柏舟》得録，及春秋二百四十年間所嗟稱者，惟魯公父文伯之母而已。《柏舟》風操，感動千秋。然自天只數言外，不聞其有子。敬姜既失穆伯，節不愧共姜，而所指引內而王后、夫人、內子、命婦，玄紞紘綖，大帶朝祭之服，外而天子、諸侯、卿大夫朝日夕月，朝考晝講，夕序夜庀之事，上陳王霸，君相吐握，下人之美，以穀似其子。言論風旨，居然賢聖，非獨足爲母師也。繼此則孟母仉氏截機之訓，於立名廣知三致嗚焉。鄒魯之間，文學其天性也，然至如敬姜、仉母之爲母，閑於禮而不以節名，富於學而不以文顯，使其子爲名卿亞聖，疑於才足以掩其夫，而造物亦若故扼君子之年，而俾之擅古今笄黛之譽。豈三代三物之教，自鄉師閭胥以至匡撢媒調之人，耳目薰染，雖其婦人皆無不曉孝敬、習禮樂而然與？將亦如卉木之芝桂，鱗介之龜龍，有未易數數者也。

孔自先聖後，代有門人，比給諫與兩大行巍科鵲起，其道大光，而太夫人早失贈翁，茹荼畫灰所以課給諫于成者，蓋幾三十年而始有今日。節似共姜，賢似二母，而給諫遭遇聖天子龍飛，拔置首閶，止輦受言，有不止如孟夫子及公父文伯之所際者然，則太夫人之祉勝二母多矣。天下山莫長於泰山，水莫文於洙泗，木莫老於闕里之檜，春莫盛於火樹星橋之元夕。而太夫人之觴適展一日，泰岱洙泗又皆闕里几案間物也。給諫奉五花之綸，進而稱膝下千春，旋奉太夫人之車入而就大官之養。觀夕郎批勑畫黃，避人焚草，所以靖獻于上，與上之所以簡在之美，豈不亦吉祥善事，相顧而愉快者歟！君子謂是舉也有三善焉。迎母，孝也；聖主體下情予沐，無《北山》四牡之思，仁也；諗母而歸，將母而至，得壹意營職，忠也。以仁成孝，以孝移忠，太夫人之年行百千秋未艾矣。遂書之，以當火棗蟠桃之祝。

李母鄒太夫人九袠序

司馬泰寧李公既晉太保青宮，而太夫人鄒亦五封而階一品，於令甲稱一品太夫人云。夫人以今冬長至之月稱釐，海內士大夫豔頌之。吾鄉在朝諸君子授不佞簡曰：“是宜有祝辭。”不佞嘗讀《易》至《坤》，而得所謂安貞之吉，無成代終者。意《坤》之代終，莫著於以母代父而成子名。及觀《列女傳》，首舉母儀，如鄒孟母、魯敬姜諸人。其人皆風徽擅千古，然亦不少概見。蓋母成子之難非多歷年所、歷試諸艱不足以當之，而其子非杰然名世，亦無以掩映於其母。則自鄒孟母子外，求其兩相成而名益章者固亦鮮矣！而況能待其子之杰然命世，而身享大年以觀其成，此豈易得哉？

司馬公崛起閩西，自大行拜給諫，以特勑出勘皋撫，持三尺，忭當道意，坐補外，旋召入太僕，洊至八座，爲帝喉舌，而總京營爪牙之師，距登第裁十許礦耳。公逡逡不自安，時念與其母苦茗青燈、雞鳴課讀時，若曰皆母夫人之教也。竊聞之,夫人曉字義,解詩書大指,事尊嫜以孝聞。贈公負才名,數奇入辟雍,因縱游四方,於家庭若逆旅,夫人安之,顧獨拮据閫政,備嘗劬瘁,而課司馬兄弟最嚴。所授書,皆耳提手授,置之機杼之旁,若父師焉。夜丙而寢,未辨色而興,洛誦而後與之食。使就傅,歸則更以塾中書課之而抶其媙不能應者。師友之供,則皆治鍼挫纑之餘也。以是司馬丱角偕其兄飀于庠,而司馬遂蠁用,雲蒸龍變,以有今日,本之皆夫人教也。

三代而下,母子之灼然者,如韋逞母號宣文君;崔象母通九經百家,號義成夫人;崔寔母博覽書傳,自是崔氏代有美才;柳仲郢母熊膽和丸,賜諸子永夜習學。四母者,似夫人之課其子。至若趙元珪母杜秦姬,守令修敬,執子孫禮;虞潭母武昌侯太夫人,司徒王導而下就謁養堂;趙隱母,值上宴,以安興臨觀,宰相百官迴班起居夫人;張齊賢母晉國太夫人,天子手詔存問見,而以老福稱之;蘇易簡母,召入禁中賜冠帔命坐。五母者,則今日司馬之所以榮其親。計其年,亦夫人上下。而公每以不得御興如諸母輦入宮禁受公卿之起居,奉天子妃后之褒寵以爲介介,不勝睇雲愛日之思。則夫人更詔之曰:《雅》有之,夙興夜寐,無忝所生。而《蒸(烝)民》則曰:夙夜匪解,以事一人。夫惟能事一人者,斯無忝所生。移孝爲忠,將在此矣。且夫公卿、諸侯、大夫之孝,與士、庶人田里之行豈有比哉?吾老幸善飯,無怠簡書。司馬是以恪共官次、靮掌不遑。自遼氛來,三岔河與京師隔一重之限,所最急莫如兵。乃天下兵政久弛,而京尤甚。司馬一入壁壘,而三營五百八十六將軍無不灑然變色者。此其爲輂轂鏮鑰,何啻長城?

今日者鸞紙在封,魚軒在御,棨戟在門,冠蓋在闉,玄纁在笥,兕觥在尊,夫人之名在管彤,而司馬之名在麟閣。是真向諸母所不能兼,而古者《陟岵》、《四牡》之詩亦不必作也。倘所謂兩相成而名益章者歟!世雅言西崑、南嶽爲女上真,儒者所不道,且其旨《坤》固具之,如象所贊三無疆,而括以安貞之吉,其爲年也,巧曆可計乎?夫《晉》之下體《坤》耳,而其繇曰:"貞吉,受茲介福,於其王母。"況無成代終,備有坤德者哉。

諸君子曰：善，是可爲夫人觴，請咏司馬之堂祝焉，而以三無疆之籙束武夷君。

蘇母黃太孺人壽序

給諫在蓼蘇君既奉使偕勳臣持節封岷王妃鄧，而給諫實齎金册以行，龍旂先道，光動星槎。因便道子舍，爲黃太君壽。太君繼也，而賢，事贈公，稱能婦。贈公少煢孤，以不獲養爲恨，太君爲潔蘋蘩佐豆登之虔。贈公有王母遺，相依爲命，太君爲豐饘酏佐匕箸之甘。贈公負文名，家雖貧，喜客，客至即浮白，不問竈冷。太君拮据佐讀佐饋，宿火割春，備極瘁劬。贈公御家莊，太君婉嬺，案眉如賓，終身無迕色。間有族侮，困衡不自得時，以天道人事寬譬曙大體。而至拊給諫弟妹不異己出，延師課之，脩脯加腆。比給諫黌序有聲，負笈日衆，户屨常滿，咄嗟索辦輒立應，嘖嘖梱内有賢母矣。給諫既貴，太君誡之曰："我家儒貧清白，吾素也，勿登枝輒捐其本。"至飭二弟尤謹，曰："勿遽作富貴容，鉅吕舞車上，令人側目。"蓋食貧茹淡，習而安焉。

自唐宋來，給諫號爲雄要，望其焰不可嚮邇，而蘇君清約如諸生，未嘗以氣加人。間有封駁，忠厚正直，一時以君子歸之。而其家居萬山中，恂恂有萬石風，人不知爲夕郎子弟，則皆太君之教也。不佞嘗觀史，賢母不乏，而獨難其繼。他不足論，即如閭纘、薛包、王祥、王延、歸鉞之母，以子故慈矣。然而見移于其子，非若太君之自成慈也。魏孟陽氏、漢穆姜氏之子以母故孝矣，然而見移于其母，非若給諫之自成孝也。鄭休妻石，存其小叔，九年之中三不舉子，過于噉名，又非若太君之有給諫兄弟爲子且自有子，渾毛裏而忘其名也。其兩賢者，獨趙盾、翟方進、羊祜母子及程氏文季姜耳。然羊母賢矣，不聞其壽；翟母壽且見其子丞相封侯，而漢制無受子之封；趙姬以晉文公之女身下叔隗，子下盾，可謂至難，而不名爲繼；惟季姜前後八子，恩育若一，年踰八十，内外冠冕，爲時艷稱，太君庶幾似之哉！

於是設帨之辰，給諫帥弟妹奉觴曰："先夫人中道捐，藐諸非母何恃？是觴也，先夫人所以酳也。"太君酹諸地而後舉曰："老婦一以先夫人爲師，今日之有珠翟，先夫人之賜也，敢不拜嘉？"進曰："父子食貧久，母實成之。是觴也，贈公所以昏也。"太君再酹曰："以先君子施及，未亡人敢不拜先君子之賜。"已而客觴給諫兄弟曰："善哉！君母子之際也，母成其慈而不名慈，子成其孝而不名孝，是將何名哉？"夫無名，名之至也。德莫貴於自然，自然者，天之所不能概而巧曆之所不能窮也。給諫且還朝，以侍從久次，旦夕大用，而太君徐觀其成，如翟母、季姜之爲年，豈不亦吉祥善事哉！於是鄉諸君之仕于京者以余言爲善，既相與祖使節於郊，而書而張之錦幔，致遙禮焉。

孫 母 壽 序

春闈得念先文，獨奇之，比見其人，妙齡美風表，識敏神嶷，坐而言於天下事，灼若淵鏡，心知爲國器也。與之酒，謝不飲，亦不肉，曰："母有誡言，持已久。"而數推其弟曰繩才，又心知爲孝友。比謁選，會侯官令缺，閩人爭欲得之，而掣籤迺得番禺。侯官、番禺皆省會劇邑，番禺尤倍，念先意不慊，爲途修將母難也。余壯之行，而上以覃恩賜首科進士封贈，贈其父某公文林郎如念先官，封母張太孺人。余適當制，念先捧而歸進之，母爲一開顏云。太孺人既爲諸子畢婚嫁，留里中。念先之官，特以潔廉任職稱，然時矯首向宣雲曰："吾親舍其下。"

於是庚午中秋，太孺人開五袠矣。宣姻戚吳君士赤、麻君三言輦走使數千里介余郡司李唐公，命某修酌者辭。唐公者，與念先敦世講，習其家世深也。余惟母子之肖若範冶然，古今子而賢未有不本其母者，獨母之道通於令，令於邑稱父母，夫子以國僑爲衆母，而南陽人以杜母之教以及于國天下，斯真能壽母者哉！余既已復於唐公而副諸彤管，俾念先諸弟誦太孺人前，以慰念先白雲之思。

馮 太 君 壽 序

泉山川得東南旺氣，文獻近益鼎盛，士大夫多賢且壽者，女君亦然。若余祖母貞節吳太恭人及吏部馮開三先生母楊太宜人，其年之最高者也，而德皆有聞。

余祖母長楊太君十歲，太君年亦八十加六矣。當八十時，而爲天啓甲子，先生方以司封予沐，吾鄉葉、史、張三相國，黃司馬、蘇司寇及同銓諸公，皆有祝辭。未幾先生以忤璫奪職，優游子舍久之，而會神聖起潛邸，言者推轂先生，且大用，先生意若弗聞也，曰："吾有母在。"而其弟益左相，亦請於王以使歸，爲太君壽，蓋至月二十五日也。

不佞璟則謂：壽，太君所自致，而吏部兄弟之壽太君更有出于茵鼎歌鍾之外者。太君爲州守文源公女弟，督學商澹公姑，貴矣，而歸贈公，以儒食貧久，茹茶簪蒿，挫鍼治繲，備椎布操臼之苦似鮑少君桓；其課吏部讀，機聲與吾伊相畣，俾克自奮，似柳仲郢韓；迨吏部貴，迎養尤溪、婺源署中，儉慈示寶，沃瘠示規，似魯敬姜及崔玄暉母盧。《易》曰：受茲介福，于其王母。夫必有受之地而後介福從之，請即謂太君之壽，壽以太君。吏部爲循令，爲計部，爲天官，所推擇海內賢豪，刀尺清允。葉相君以爲陳長文、裴叔則、山巨源一輩人，請即謂太君之壽壽以吏部。且馮之先有野王者，與其弟聖卿並知名，有大馮君、小馮君之頌。今吏部既爲天子操進退之柄，而藩相光輔益邸稱賢王，其使歸也，出邸中所賜上尊而進之，諸孫詩書與韜鈐交顯映也。請即謂太君之壽壽以藩相及群子姓。未也，當昏枘高張時，士君子無得脫者，即以璟不肖倡庶常不拜贗祠，一進卷而詆爲大不敬，禍叵測，賴張相君及內閣力救得免。吏部之奪職，固也。而太君不以爲戚，更以爲慰，此其識何讓古女師？今循陔之愛既伸，而賜環之報且至，名位當益重，太君行自宜階恭、淑而至夫人，其年亦當自九十而至期頤百千未艾，其爲盛美可巧曆計乎哉？

是月也，於日狼駿，於風廣莫，於律黃鍾，於曆建子，子三微宗，黃鍾六律祖也。天子帥三公九卿迎歲大朝賀曰亞歲。而《歲時記》謂宮中以紅線揆影，至後日輒長一線。《玉燭寶典》曰：黃鍾管長，故以履長爲賀。《女儀》曰：婦子常以長至進履襪舅姑。所云陽升于下，日永于天，長履景福，至千億年，助養元氣之義也。太君以至後稱觴，日長一線，是添屋之籌也。吏部兄弟率其婦子獻履，是踐長之慶也。而於是焉，奏雲和之瑟，拂八琅之璈，加戴勝之冠，上傅璣之珥，

113

簡交梨火棗之甘，近而爲石窌，遠而爲瑤池之祝，是西崑南嶽之年也。嘻，斯可以壽太君矣！《易》六十四卦，卦必有一爻，得位者爲主，《乾》九二，《坤》六二是已。得乾之主，福在丈夫；得坤之主，福在婦人。太君於馮，余祖母於蔣，皆卦之得其位者也。夫是以獨受子孫之報而子孫亦因以滋大。獨璟無似，愧吏部多耳。

先觀察與吏部遊最驩，余復從鉛槧之役，而祖母之觴則吏部偕諸君子實舉之，故樂効一言以侑康爵，且令兩姓交相賀無疆焉！

何母唐太夫人壽序

雲間何公半我自解褐則疏其母唐孀節于朝，特予旌矣。比郎駕部，以恩封節母爲太宜人，旋從客部出督閩學，復遇恩晉太宜人稱恭，而奉綵輿之閩就養。公入則舞宮錦膝下，出按部試八郡士，心手敏異，目數行下，無漏義，無佚材，一切贋經貌子、詖淫邪遁之言批削殆盡，文體士風翕習變動歸諸爾雅，閩人相慶得師，更爲公慶得人也。合二慶而上之，太君良喜。

於是太君且開八裘矣。閩士大夫不敢以承筐入桮柶之內，則謀史氏某修祝者辭。某竊謂諸大夫頌公以得人也，乃太君之壽，天人合焉，而本之則拜其賜于天子。在禮，婦人無外事，有善不出閨門。而今制有旌、封兩者，旌自以婦名也，封以夫與子名也。古無旌，即梁尊高行，宋表女宗，魯號母師，旌矣，不盡以孀旌也。古無封，即齊封辟司徒妻石窌，漢高帝封許負，明雌封矣，非以夫與子封也。今令甲頗采唐宋制，而封則不得旌，旌亦鮮兼封者。獨太君先旌後封，而璟祖母吳得先封後旌，舉國家風屬婦人，兩盛典一身備之，無論古，即近代亦希矣。記壬戌從公籍末，公旌母時，璟以祖母既封格于旌爲慮，公壯璟曰：「第具疏，盡孫子事可耳。」祖母獲旌，公片言決之也！公既能持母節，揚聞于朝，又能奉魚軒象服而易以太君之號，純孝不匱，微天子錫類弗及此，故余以得君爲公慶也。

山澤之婦，行義多矣，然節不必旌，旌不必封，封且旌矣，及子之身而御輿數千里，覽觀山川，食觀察使之祿，受法膳，上尊之，奉門墻桃李之歌舞，此高行女宗母師與石窌明雌之所不能有也。即班大家之子陳留長耳，猶賦將子東征，渠敢望太君百一哉？惟天假之年，是故閭可表，史可書，五花之誥可賁，養堂可安，官邸可游，茶於前而薺於後，樹嬰杵奇男子之節於夫，而享西崑南岳諸女真之籙於子。瑋哉！人果不可以無年也。夫太君之年則天也，老子曰：天猶張弓，高者抑之，下者舉之。當贈公沈痼目廢也，太君十載食貧，長扶藥餌。迨掩鏡而矢未亡，晝則奉重闈桑榆，夕則課貌諸膏火，此亦下者舉之之時矣。得公起而學即爲名儒，仕即爲名郎，爲名督學，固天所以舉太君也。閩學使夙多君子，自不佞幼所耳目，若耿、饒、熊、岳四司馬，沈司空，鄭大司徒，皆以秉鐸知名。而耿之識鑒，沈之器量，鄭之風裁尤著。公實具體，以故諸士經品題無不意得色奮者。泉人文甲寅內，就試八千，不浹月已於事而竣，則曩諸公未之嘗有，而後迺堅昆之珸、青嬰之珠舉入神爐鐵網中，世以得人歸公，不知其原於太君之教也。太君淑其子于成，母實兼師。公奉以周旋而師八閩之弟子，則夫爲弟子者與其父兄，人握千百秋之籌以贊無有害之眉壽，豈爲踦哉！

諸大夫曰："善，子言君也，言天合人也，又本之教，母道章矣。"自今以始，從淑而進夫人，以受君；從八九十而期頤，以受天；而書太君之教可旌可封于金石者，以受女史。若吾人亦第相與爲群雩則雨、群嘯則風之人而已。

山海頌圖引

大中丞華亭沈公，節度全閩，連以海上功拜上賞，晉三品服俸，世官錦衣。比邵武蓮寇竊發，復遣偏師討定之，山海清廓，威惠著聞。八部文武吏民相與望節樓，廣袞衣之賦，而屬初秋星河後六日，爲公生申之旦。閩人擷部內奇勝爲十圖詠壽公，而授史環弁其首。

蓋詩人言壽，必取象山川，百川王，海、五嶽則三公也。維閩有三山，世以九仙、烏石、粵王當之，亦有小五嶽，以中鼓山、北武夷、南梁山、東玉華、西太姥當之。而吾莆泉，若鯉湖、筍江、清源、紫帽、萬安橋諸勝，苞孕其中，大海環其外，於九州爲雄秀。然自十餘年，天吳蠡涌，沿海數千里，浙粵上下，無復寧宇。公爲之馘劉香、降謝胤、駕馭紅夷,而海民始安于海。諸郡邑奸民倚山謀嘯聚,間有瘡痏,立行涮搔,而雲際嶺上通江右,幾爲逋藪,公爲之縛其渠帥查華十等,俘斬無筭,而山民始安于山。繇此觀之,閩之所以有山海之樂,而山海亦得以自見其奇勝者皆以公,公造福安可量!即推之宰天下,宜無不若閩者。而閩人顧第取其部内之山川而以觴公,不亦隘乎?雖然,公春秋方富,太夫人戴勝而就萬鍾之養,髦猶綠也。閩人持山川壽公,公持閩山川之壽壽太夫人,度高堂必色喜。繼此而勳封未艾,則今日實始基之,即謂閩善祝可矣。

公前後同事凡四直指,而今直指爲鯢淵張公,風采獨著,且與公同井最歡,聞是圖而善之,因命惠安李侯次其詩爲閩風,以副《豳·七月》、周《崧高》之什。

張直指山海圖詩引

禹甸九州,經標山海;周墉四序,紀列職方。惟閩雖僻在天南,於今實奥稱勝壤。自直指鯢淵張公,金輪持世,綉斧采風。身坐冰壺,如在清源武夷之上;照同玉燭,嘗周山箐海島之間。遂迺影動星河,風生臺閣。指顧而墨泉變潔,盤礴則櫽褫掃塵。蔓翳支峰,悉歸濯赫;逋妖降西,交凛澄清。伯紀乖崖,斯爲濟美。蓋至無諸八部,均依掌节之菁葱;豈獨忠惠萬安,獨洗鏡虹之霜月。適聞還朝之近,真有卧輒(轍)之殷。威鳳雖已高翔,行愬庶幾且止。丹青徒寫,歌舞難酬;薄讚文昌,用存惇史。

王郡侯擢興泉兵憲序

令甲,郡領州縣,道領郡,皆統於中丞御史。郡職牧民,於郡務無不綜督,而諸道職治吏,專以糾官邪、振風紀而已。其自按察分部治兵者曰兵巡,則合古觀察、團練、採訪、處置諸使爲一,於權寄彌崇。故昔人言郡,則先寬静;言監司,則貴嚴能,各有當焉。郡二千石秩滿稱職,法當得監司,然不必即在其行省;即在其行省,不必即臨其郡。舉嚮之折腰而事者而身爲之,舉其爲寮者手版稱下吏,而其士民與山川風土亦皆貌習情信,不出户而知,不移麾而到,斯真宦海之勝事，而古者賜金增秩之寵所不能加也。

　　東莞王侯，自計部出守吾泉，滿考以最聞。會興泉兵巡闕，兩臺爲特疏超公代之，而啓事業有別屬。於是泉士紳日夕徬徨，力祈于當事再補牘，極言公治泉及泉必當得公狀，久之始報可。蓋泉人之言曰：公治績不勝書，其距者尤在海。自海若化爲潢池，沿海窮戶赴之，巾黃眉赤，魁酋百千，焚掠之慘，首被漳，繼泉，繼莆，旋及浙粵下上。而二鄭泉人也，特雄鷙，然雅以周處、戴淵自命，堅求撫。泉人急，亦爲力請撫，當事不決也，一壘而撫鎮逮矣。公逎畫撫之利，擔撫之局，散撫之黨，措撫之餉，以上兵道蔡公、海道徐公及臺使者，事始定。而鍾斌、李魁奇輩旋撫旋叛，己巳之夏，郊外盡甲。中丞熊公移泉乘城守，公簡械繕楯，相要害，築銃臺，扼溜石、鷦鵠犄之，分士紳人數雉自守，復微得內應奸囮，悉磔諸市，城得無陷。其冬以計授鄭，使鍾縛李，明年復使鄭圖鍾，而柑橘洋之役殲鍾遂盡。十年來海上欃槍旬始之氣，縱橫多在泉，至公而廓然一洗，泉安得無公也！微獨泉，夫莆中鍾毒慘矣，莆安得無公！微獨莆，環閩海寨遊二千里，安得無公！故公之晉閩臬而領興泉，興泉人福也。其部泉，則尤泉人福也。公何有於泉？雖然，公安忍忘泉也。愛召公者及其棠，使召公再聽斷於棠陰之下，必喜龔渤海教其民賣劍得牛，賣刀得犢，課口一榆百薤五十葱。使之晉其秩，而觀樹畜之成，亦必喜自久任之說，行議加俸秩，不易其地。若公不易地矣，又即其地遷，與久任何異，而名復見爲甚芬，聖天子所以惠顧遐方，鼓奮循吏之指，不其盛歟！

　　然則何以祝公？曰：公今治兵，請言兵。夫祖制無兵也，有軍耳。軍無餉也，有屯耳。自周江夏置衛所于陸，置水寨于海，表裏周設其將，即指揮千百戶，其屯守征哨皆軍也。嘉、隆末始募兵，而軍廢爲石人，今并兵亦大類芻馬矣！賊至，即以民予，以地予，以將與器予，盡以兵予。亡論勢當撫，即不撫安施？而又號之曰兵，又曰驅其民以豢之，而并以飽諸將曰餉。賊欲撫則故難之以爲利，而美其名曰降。復假降酋攻賊，而攫其功以歸將曰勳。勳矣又自知其一無可恃而恃人也，復鰓鰓然爲尾掉之憂。蓋兵既不治，其勢固必出于此也。此皆公治郡時幾扼腕不得爲，且於不得爲中幾費手爲之，而始得此廓清之滄海，今舉以聽公矣。夫治兵不在多言，有比試官舍、教練軍士之律在。將練則懦漸强，兵練則詭漸實，而官軍練則兵可漸汰，餉亦可漸省。天下人皆能言之而莫能行，何也？以情面與紀綱角而踞其上也。今天子銳意法祖，修復兵屯諸舊制，又隆方面之選，遴臺省才品優者治郡，其尤者始爲監司。而公自郡而超得之，且在舊賜履之域，國家所以襃寵公者何如哉！公治兵効，而遂開府閫，以長有吾泉，泉之福其益未艾，此予所以祝公也。

邑侯葉公、李公輩授簡不佞某爲賀，敬申泉人之祝以復諸大夫，而更爲泉人自相賀。

簡司李奏最序

簡使君以進士司李溫陵，滿考上其績，臺使者咸報最。郡三老聚而稱曰：使君之清，泉司李以來未有也。爲之賦《緇衣》。士大夫賡之曰：信。其同年中翰黃子芝仲、考功林子爲磐適在里，語某曰：“是吾籍之賢君子也，史宜有書。”德璟謝不敏，因相與綜公治行而書其大者。

蓋司李之難溫陵久矣，耳食者率委之地脈，而頗不盡然。夫屋漏者，耳目之藪也。期名期實，自古不能兼，此有餘則彼不足矣。幸而腰與鶴之兼得，世固有之，然不足爲君子道。且夫地亦何常之有？古之處脂謝潤、歃泉賦心，皆以地而名益顯。而溫陵固負海瘠陋之地，非有象犀、珠玉、晶瑪、文綺之厚也，其君子敦禮讓，而小人曉詩書，無大髁髀煩奏刀者。且今司李視宋差重，稱繡衣耳目，自所部平反而外，於史評得與聞，而以其間守二千石，攝百里，風聲所攝，迅若承蜩。此亦足以爲政，安在其瞿然而難之也？蓋使君至而溫陵人呼爲“簡佛”，君聞而笑曰：“里語云：‘肉亦不得喫，佛亦不得做。’嗟乎！世寧有喫肉之佛哉？”記使君在燕邸，僑儳練公祠中，蕭如也。居陋而神恬，言行謹樸，深爲吾師淅川彭公所器。既入泉，依然措大，幾不辨阿堵爲何物，盡卻一切常例及適館之以粲授者。余山居久，每相過，置任棠之水而已。潔不近名，方不刻下，持三尺嚴而不爲圭角釜崎之貌。士大夫相傳語，以爲真君子。而意獨務平反，至解一錢之獄，全活甚衆，於兩造尤蠲省。間有猾胥豪黨，雖不曲貸，然鸞鳳之韻，受者顧安之。會紅夷闌入，海上增兵，治糒及衛所月餉之發皆原封，不名一錢也。一再攝郡邑符，以拙催科爲苦，曰："吾課而殿獨此耳。"嘻，此其所以爲佛也！

令甲，外吏才德出衆或廉能無間言，滿一考御史奏聞旌異，吏部行撫按綵酒齎賀，待不次之擢，君實應之。於是三老前曰："使君非獨才也，庶幾太上之德焉。廉與能其緒也哉！"在宋以司理起家，如趙清獻剖贋印之疑，錢宣靖雪同州之冤，忠獻、獻蕭二韓公精審決斷，受知廊廟，皆徑躋兩府，爲世名臣。於今則使君其人，顧（下原缺）

中丞張公入蜀序

國家雄峻之職，則內給事御史，外撫按最重。給事御史綰言路，於天下事無所不得問。而御史出按郡國，曰代狩，奉三尺紀綱百吏，遇兵興輒得監軍督將領進退，課核功罪，事權與撫埒，然不必身有功；其以才望超拜中丞，建纛出鎮撫，專矣，然不必即在按部之地；且父子同朝，古今盛事，傳龜襲紫，亦間有之，然不必皆居臺諫；即臺諫必積資久始遷，未有御史僅一差，給事未一期，而以功超示異等者。而乃今得之永寧張公父子。

公起家庚戌，官大行，拜御史，出按蜀，監其軍。蜀賊平而擢廷尉銀臺。復即家起撫蜀。厥嗣長公慎之起家壬戌，亦官大行，給事兵科，以叙蜀功及發墨相事，特旨加都諫銜褒寵之。遭遇甚奇甚盛。小子某獲以年家子事公，蓋嘗游紀群間，知爲真御史、真諫議，而尤爲蜀賀其得真中丞。當藺酋初發壁也，其氛不可邇，公叱馭長驅，旋受監督查覈，更置將領之命，與今制府山陰朱公同心協力，晝夜拮据，以故解重圍，復渝城，俘馘渠魁，獻諸闕下，而至搗藺之役，舉千年巢穴而洗之。蓋雖以直指行事，已儼然諸軍節度矣！奸璫爲政，賞刜不予。會上登極之元，始下詔叙公功，加二級，予世錦衣。而慎之適署兵垣，綜三案事，亦異遭也！

公今者真節度西川，川人無不鼓舞相慶者。岷峨之山，瞿巫之水，蠶叢、魚鼻之草木，無不熟公貌而色飛者，此於蜀宜遊刃。而某竊誦聖天子所褒公制詞，則謂張之先忠定詠亦再爲益州矣。公於姓與地，何脗合也！忠定平李順之亂，公亦平奢崇明之亂，其定變同；其再至亦同。而以今之蜀與古之蜀提衡而論，其措置亦相似。蜀，齊州西一陸海也，其民安田野桑麻之業，稱樂國，然三面臨夷，多土酋，易動難安。諸縣道分土而治，遠者數百里，谿隧嶮塞，林莽互合，居民老不入城市，上官積數十年不至其境，政教壅閼，左道因是相煽嚇，故其民亦易與爲亂。故治蜀之要，大抵寬於馭民夷而嚴於治兵與課吏。昔者秦之封板楯也，盟曰：“夷犯秦，輸清酒一鍾；秦犯夷，輸黃龍一雙。”知過不在夷也。漢光和中，計曹掾程包言：夷本無惡心，貪猾吏激之耳。誠選明能牧守，自然安集。故課吏嚴則夷不復反也。李文饒作籌邊樓，按南道與蠻相入者圖左，西道與蕃接者圖右，曲折咸具，又料擇伏瘴舊獠與州兵任戰者爲雄邊子弟，復築杖義、禦侮、柔遠諸城，而維州降。故治兵嚴則夷更爲我用也。且非獨夷而已，兵戢而吏循，民自不擾，而後修農政、興文學、敦風俗、篤孝義，若蜀人所奉忠定戒民集者，斯於蜀思過半矣。宋人主倚忠定深，至因使諭曰：“好謂張益州，渠在蜀，朕無西顧憂。”而忠定猶謂前一任未也，近應稍稍耳，止一信五年方得成。蘇子瞻則以公用法之嚴似孔明，孔明與忠定遺愛皆到今。嗟乎，嚴而見愛，非信其疇能與之哉！上方精核名實，行久任法，尤注重督撫，知公威惠在蜀，故以節畀公。而蜀信公久矣，又何加焉。異日公政成，而奏《中和樂職宣布》之詩，俾白狼王輩傳告種人，歌詠漢德，公且入佐天子，而慎之以真諫議爲中興耳目之冠，屏風隔坐，光動朝端，斯又忠定所未有也，猗與煒哉！

兵部郎寇君、劉君爲公同井，艷其事，而使小子効祝辭，故既爲蜀賀其再得公，而更推公君臣父子遭遇之盛，以爲宋張益州不如。《易》曰“在師中吉，王三錫命”，公實當之。《詩》曰“召公是似”，給諫有焉。遂書以爲公賀。

送都察院左副都御史東里王公歸里序

御史中丞閩東里王公，以宣府監視瑠王坤疏詆撲地，因抗言内臣越職、輔臣失職者再,上特召對文華,面賜詰問。公心誠氣和,應對詳朗,無懾容,無懈色,內閣九卿臺省同入對者人人遜不如也。震怒為霽,翼日遂得鐫籍以歸。

於是史臣蔣德璟拜手颺言曰:“媺哉!君仁臣直,蓋兼有之。”而因愾舉廷之無人也。寧縶舉廷,即璟具疏捄,逡巡不敢入,璟愧死矣!夫上固聰斷明辨不世出之主也,其遣內臣,明知違高皇帝豫政典兵之禁而援成祖,而成祖實不然。按永樂中有內臣李興,齎勅出勞暹羅王;王琮,出封真臘王;鄭和,賞賜西洋古里、滿剌加諸王,皆遣往要荒。如高皇帝遣而聶慶童往諭西番,以茶易馬之事,未嘗預政典兵也。夷狄叵測,不忍遠煩廷臣,而以內臣供海外驅馳之役,是體群臣而賤內臣莫如成祖,而可據以為例乎? 間惟令馬靖往甘肅巡視,却來回話,則亦緝事傳命之類,事竣即回,非監軍也。李進往山西採天花為民害,即勅御史鞫問,械送京師,而諭都察院以自昔閹宦弄權、傾覆宗社,一尊高皇帝遺誡。當時繩御之嚴如此。惟鎮守始于洪熙,監軍始于正統,神機火器之有監督法司之同審錄,皆始正統。京營之同整理,始于景泰。子姪之有封拜,始于天順。至正德中八虎而極,然皆旋踵誅削,獨劉永誠姪聚尚世伯寧晉耳,而魏忠賢遂援以封公。忠賢不足言,即寧晉恐亦當議鐫也。東廠不知起何時,西廠始于成化。內教場之設及邊功冒叙皆始正德。大抵洪熙濫觴,二正滋蔓,與成祖無與也。所惜者上與肅皇帝皆從藩邸入躋大寶,盡撤各璫,再號中興,而今顧舉忠賢之覆轍而踵行之,而廷臣亦無力爭者,至累煩諄諭,費許筆舌。亦心知此遣之非,而猶恃威福在手,別有操縱,此則隱憂之大耳! 漢宣帝用恭、顯,其後以殺蕭望之。唐玄宗用高力士,其後迺有李輔國,馴致中平甘露之禍不可挽救。皆英主開端,後世効尤,以至此也。細綜開闢底今,有用內臣而亂,未有用內臣而治者。二正以來,司禮漸重,喉舌之地,業翕張不可問。而復假以兵馬、錢糧之權,布列要害,其所抨糾,又立為之逮繫芟斥,以快其志,揚于大庭,明示堅信,以張其焰。而外臣之氣日靡,且相與擣蒜燒葱,以保富貴,天下事尚忍言乎! 夫外臣之不肖固自有之,然必謂四海豪傑盡不如一刑餘,亮皇上必不忍也!

皇上既嚴譴王公,而明以好題目歸之。知題目之美,則不美安在? 苟內臣用不効，而不撤歸，亮皇上亦必不爲也。公行矣，當噤蟬暗馬之世，爲鳴鳳飛鴻之舉，雖不求名，名自千秋，公無得辭。而内臣既撤之後，皇上必思公、召公，幸更思所以報皇上者可也。璟友黄宫允石齋、魏給諫倩石皆公里人，三君子相繼去國，中外惜之。而璟獨知皇上真堯真舜，必有召三君子之日。因撮小疏之指贈公，且以志媿。璟亦且尾公而歸矣。

賀惠安李父母三地同春八閩特薦序

華亭毖軒李侯治惠，以循良異等爲閩冠軍。莆人借署莆，莆治；晉人復借署晉，晉治。三邑之父老子弟交爭界上，竹馬與籧篨相踵也。臺使者特薦于朝，則晉人哀興歌以際史氏曰："嚮晉有南海葵孺李侯，賢大夫也，今雲間李侯復然，稱前後李其可。"余晉人也，頗詳晉事，於是晉諸士進曰："侯遇我有禮矣。自士以文章交變爲環瑱，富思勝貧思，及閩州邑相沿久也。侯至而陽鱎逆卻於數百里之外，士始知自貴。"坊里進曰："侯斸我有恩矣。自侯至，未嘗以尺繒寸錦下一檄追嘑者，魚米之直，先期發，發必倍差，其徵糧取正課而止，無羨耗也，亦無敢復影射者。"鞿韋諸君子進曰："以歲之不時，庫乏見鑼，餉累詘矣。侯請于上臺，便宜給散。微侯，孰與飽我？"諸以兩造質成，交角稽曰："侯作天牧，惟明克允，一據案輒了數十牘，亡不片言破的也。直者意得，曲者心泚，鍰笞少而平反多。"蓋以馴鷫舞鸞之心，而行其破柱燃犀之手，即古人難之，非獨今世矣！

且微獨晉人也。惠人曰："夏穀湧貴，侯用富青州法，發廩粥饑，易陳爲新，民不告匱。"且微獨惠也，莆人曰："莆民亂後，侯實撫之。馬戶逃竄，侯實蘇之。除壺公山勺水外，不耗莆一絲也。"又微獨莆也，侯向嘗令慈谿、令襄陽矣，慈、襄皆巖邑，游刃若運風斤。襄有汪、劉二給諫，慈有直指應公，談及侯，皆以爲下車而邑大治。今薦侯高第，即應公也。合五邑之頌爲頌，而侯之爲令何如哉！

晉人曰："未也，更有難者二事：自軍興來，司農仰屋，行桑、孔所不屑之政，如再加派外樂輸、房號、溢地諸名目甚廣。而房號爲甚，墨者覬不貲矣。侯一切界黨約，使自實，不假皂胥，法簡而稅大省，民是以和。自俞、徐二贓波及，閭右中家以上鮮得免者，騷然繁費。侯曰：‘俞産罄矣，徐産在也，奈何以無辜赤子代之？’盡罷不征。君子謂此二事所活不啻萬家，其利溥哉！”

於是史氏采之而推本之曰：“諸人士能名侯爲令，未能名侯所以也。”夫内重者外輕，欲寡者萬物不能移也。《易》言君子，必言陽剛，其人而陽剛者，雖使之爲回互、爲漁澀，而性不受。侯定識勁力，開胸見膽，造物實以君子賦之，是故其必爲君子也。若燧必熱，若冰必寒也。間語余：“世間貴有崖，貧有極，獨富無岸際。苟欲富，未知其所底也。捐七尺爲所不知何人地，吾哂其愚。”然而，以今之世觀之，必欲袖清風以入選佛之場，恐侯亦自哂其不可矣！雖然，侯固言之，此自關造物事，且亦何曾見官負人乎？此余之所以信侯爲真君子，而其所以辦爲令者，其源本或出乎此也。侯今且合浙楚報政矣，聖天子疇咨循吏，高者拔入館閣，次亦給事、御史，誰其居侯右者？余固以侯之政卜之，侯鳳毛斌斌蔚起，而季郎素心甫弱冠，則余癸酉舉士也。其本房爲笑瀛郭君，有文名，嘗以十卷來，余盡乙之，郭君驚謂余：“此功令也。”余曰：“功令斥偽奇，不斥真奇。”因再以三十卷來，而素心與焉。蓋篤行嗜古之士，異日必當大伸。則余又以素心而知侯之必有後也。侯署晉數月，晉人以即真請且拜疏，而爲近例所格。然晉距惠一萬安石梁耳，衣帶水何分彼此，侯何必爲晉私？而惠亦豈能私有侯哉？前李侯葵孺入銓後，開制府淮上，近方以地卿召拜。繼之者是在今日。於是晉人曰：“子知侯，其言也信。”維惠人、莆人，皆以爲衷也，曰：“行哀襄人、慈人之詠歌而布之，以副《甘棠》、《緇衣》之末。”

惠安毖軒李父母署晉政成序

雲間多賢君子，其仕閩則今大中丞雲升沈公、直指鯢桓張公、惠邑侯毖軒李公，同地同時，爲閩中盛遘云。沈公以文武才廓清海寇，受上賞，世錦衣，稱名節度。張公按閩，盡釐宿習，清望凛然，稱真御史。李侯治惠，以廉能著聲，當事爲移署莆、晉，皆如其治惠，稱循吏。三君子，皆雲間也，而適皆在閩，故閩人交稱之。至李侯來往三邑間，圖書蕭然，無復長物，於積案積蠧，爬梳殆盡。士民服其才，尤服其守。蓋雖百里之寄，而賢之者與兩臺並，亦足見斯民三代之公矣。侯治績難更僕數，業具余前序與諸公頌言中。

而吾友讓菴林公獨以信概之曰："侯有憂民之色，而無矜己之言，心在民爲至治，心持己爲真學。侯惟能確然自信，故上下交信，觀於信而知王道之易。"旨哉言乎！夫王道，信而已矣。孔子言令蒲曰："恭敬可以攝勇，寬正可以懷强，愛恕可以容困，温斷可以抑奸。"蓋千古今（令）譜備此。比三年而入蒲境，則又善之曰："恭敬以信，信誠制治之寶也。"雖然，未易言也。夫子初治魯，魯人畏之，子産初治鄭，鄭亦畏之，久之而始有"袞衣章甫與誰嗣"之歌，信之難也若是。乃李侯署晉纏六七月耳，其始至也，民習訟遇侯而心折，士習逢遇侯而色莊，吏胥習玩習賄遇侯而膽落體顫也。甫匝月而交相信曰："侯真廉真敏，心直言直，人不忍欺，神亦可質。"非獨三邑士紳信爲真君子，即海內當共信爲君子也。侯其得古聖賢出治之本者歟？本者何？自信是也。《中庸》言獲上信友沂諸誠身，不賞不鈇歸之屋漏。未有不自信能使人信，亦未有不自疑遽能自信者。有憂民之色而無矜己之言，此其所以得信之端委也。漢晉令甲：士不經宰縣不得入爲臺郎。唐宋非兩任縣令不除監察御史。令與臺諫相表裏。而蔡君謨則謂：天子出政教、行德澤，使之速致而均被者，以相始，以令終，遞爲貫連，動必交濟。則令與相又相爲本末矣！使天下之令無不賢，使天下之民無不治，且進之而臺諫，而卿相，亦宜無不賢。則令之賢不賢，實天下之人才、吏治、民生、禍福、治亂一大關鍵也。擇令可不慎？而爲令者可不勉乎？吾獨怪中原流寇蔓延數省，非苦無佳將，特苦無佳令耳！令起家受邑符，即際己邑爲外府，至署他邑，則以他邑爲外府，又甚於己之邑。舉天下邑皆令外府，而欲民不爲盜，不可得也。嗟乎，安得盡如李侯者而令之哉！晉、莆、惠皆閩孔道，而晉、莆當道府治所，文獻甲寅內，其難與支縣相百，侯向又嘗令襄陽、令慈谿，襄亦附郭，慈亦巖封也。歷三邑，攝兩縣，而能使人信，且與兩臺並稱，即推之天下可矣！故曰：觀於信而知王道之易也。

　　侯舉崇禎元年進士，且十年始報最。諸邑父老子弟相率拜舞，而吾邑丞、簿、尉諸君，受侯教植深，求余言爲侯賀。余謂諸君：第求如侯之信而足矣。雲間有陳眉公先生及吾友何半莪、馮五玉諸君子，請以余言質之。

【校記】

　　① 本句前原缺，題據卷首目録補。

敬日草卷六

世家　傳　行述

漢前將軍假節鉞董督荊州事諡壯繆侯、
明勅封三界伏魔協天大帝世家

公蓋昉萬曆而稱帝云，不書王，宋封也，且以帝蓋也。不書亭侯，操表封也，即以漢壽指巽公非漢也。公於道家稱玄武大帥西臺朗陵鹹魔上將，釋家稱護法伽藍，削不書，疑也。公之局結于荊，實昭烈進漢中王之歲。而前將軍鬚盪寇拜。其入明，高皇帝盡削宋元號，特因之。迨我神宗皇帝，晉帝協天，再加三界伏魔，於法得並書者。探其志在漢，而於本朝尤大顯，且令甲也。德璟夢寐之中，累承神遇。私念史壽以虎臣讚公爲未盡，而俗所傳軼事多詿舛，又累著靈異，精誠噴薄，旁貫日星，有非人天所能闚測者。生爲名將，升爲烈神，世固有之，迺若三雄鼎峙，以孔明之材猶云操難爭鋒、權不可圖。公獨氣吞之，至叱權爲貙子，而操且以天下義士奉公，幾欲遷都以避其銳，三分中未有也。解之先，有風后者，以相顯於黃帝，而公以將顯於漢，數千年獨兩人耳。公既好《左氏春秋》，其所剖心陳力，得孔子尊正統、誅亂賊之意。而其爲神也，禪祖、天師皆借之以張其法，今祠廟之盛且與學宮、仙佛埒。上而后王君公，中而學士大夫，下而黃冠沙門，以及紅女嬰孺，遠在綏要之外，亡不虔事公者。公若以一身化億兆身，驂三教之用而應之，三教中未有也。於戲！豈非所謂浩然而獨存者耶？於是作公世家，剗陋斥誕，歸諸信史焉。

公諱某，字長生，更字雲長，解梁寶池里下馮村人也。世爲河東著姓，或曰關龍逢之後。生而神勇，顏如渥丹，美鬚髯，好《左氏春秋》，諷誦略皆上口。嘗避地涿郡,而桓侯飛者,涿人也。昭烈亦以帝冑家涿,有大志,公與桓侯皆萬人敵,委質事之,爲禦侮。三人者,朋友、昆弟、君臣之義遂定。中平元年,從討黃巾有功。初平元年,從起義兵討董卓。二年,從依公孫瓚,瓚表昭烈平原相,二人皆爲別部司馬,分統部曲。當是時,海內大亂,梟豪蠭起,名流英雋,擇主小差,究之且不臣漢而臣賊,如荀彧、周瑜輩不可勝數。獨公以二虓虎夾真龍於魚服之中,周旋艱險,畢志授命,蓋其識與臥龍合而更先之。昭烈與二人,食同席,寢同牀,恩厚比骨肉。而稠坐中,二人者終日侍不去。

建安元年,昭烈再領豫州,使公守下邳,還屯小沛,已而俱奔操,從破呂布,還許。是時操兇桀蟠踞,且篡漢,適獵罷衆散,公勸昭烈殺之,蓋又與博浪椎合。嗟乎!令昭烈從公遂殺操,而奉獻帝以令天下,誰敢動者?或曰:操未易殺也。公從羈操所可四年,其年昭烈襲據徐州,公復守下邳行太守事。操東征,昭烈奔袁紹。公未知昭烈所,權就操拜偏將軍,禮遇甚厚。及顏良攻東郡,公策馬刺良於萬衆之中,斬其首還,紹諸將莫能當者。操大驚歎,以爲關將軍神明也,即表爲漢壽亭侯,重加賞賚。尋封操所賜,拜書告辭,而奔昭烈於袁軍,操亦不追也。公羈操所可七月,尋從昭烈依劉表,屯新野。十二年,昭烈始聘諸葛公爲軍師。十三年,表卒,操定荊州,昭烈自樊過襄陽,將南渡江,別遣公乘船數百艘會江陵。操追至當陽長阪,昭烈斜趣漢津,適與公船值,得濟沔,共至夏口,與孫權併力破操,遂收江南諸郡。

十四年,權表昭烈荊州牧,用魯肅策,以荊借之,共拒操。昭烈拜公襄陽太守、盪寇將軍,屯江北。其年,權進妹昭烈固好。十六年,昭烈用龐統策,入益州,留公與葛公、桓侯、趙順平守荊。十七年,公與操將樂進拒青泥。十八年,統卒昭烈軍中。十九年,召葛公、桓侯、趙順平西,而公獨留荊,督荊州事。權遣魯肅屯陸口與公持。昭烈既定益州,賜公金五百斤、銀千斤、錢五十萬、錦千純。公聞馬超來降,牋與葛公,問超人才可誰比?葛公報曰:孟起兼資文武,雄烈過人,黥、彭之徒,當與翼德並驅爭先,猶未及髯之絕倫逸群也。公省書大悅,以示賓客。公嘗中流矢,左臂疼痛,醫曰:鏃毒入骨,當破臂鑱骨去毒,然後可除耳。公便伸臂令劈之，血盈盤器，而對諸將割炙飲酒，言笑自若。

二十年，權遣諸葛瑾從昭烈取荊州，不許，權怒，置長沙、零陵、桂陽三郡長吏，公盡逐之。權大怒，(下原缺)則樊圍自解，操從之。先是權嘗為子乞婚，公罵辱其使，及攻樊，權遣使求助之，勅使勿速進，又遣主簿先致命於公，公忿其遲，且已得于禁等，罵曰："貉子敢爾，如使樊城拔，吾不能滅汝耶！"權嗛公輕己，僞以手書謝公。而呂蒙險賊也，當魯肅在時，議以操尚存，宜輯公與同仇，其為漢與吳慮，甚忠，而蒙反之。會公取權湘關米，權遂自將，先遣蒙襲公。操亦遣徐晃等救仁，而身至摩陂，公前後皆大敵，撤圍還。權邀公臨沮，及其子平死之。

異哉！權之為操用也。令權與公犄角進，操可滅，漢可再興，而權不欲也。雖然，昭烈武侯委公以與操權，而不為之繼何？恃權也。其恃權何？以為權方患操，利公破之，必不背同盟，為操出死力。於戲！若操者，可謂巧於用權已耳。睞者謂公拒吳婚，失脣齒，夫權不以婿字昭烈耶？余獨恨天耳！天假鳳雛年入蜀，則臥龍長在荊，公將兵，臥龍籌幄，百操、權何施？況呂蒙鼠輩哉！昭烈有一龍一鳳兩虎，而皆無年，故曰天也。然公歿而精忠血丹，仇亦心讋，權以侯禮葬玉泉，操以王禮葬雒陽，昭烈復招魂葬萬里橋南，廟食徧天下。於戲，偉矣！景耀中，追謐曰壯繆侯，子興嗣。

興字安國，少有令問，諸葛深器之，弱冠為侍中、中監軍。卒，子統嗣，尚公主，官至虎賁中郎將。卒，無子，以興庶子彝續封。俗所傳斬貂蟬，秉燭達旦，延津馘醜，華容釋操，皆非事實。而《辭操書》如日在天之上，心在人之內。日在天，普照萬方；心在人，以表丹誠。及"生好人、行好事"大篆十二，雖傳疑，自足存。

李謫仙傳弱冠作。

謫仙既已題蓳字說，則愀然序前身事，而浮犀觥曰："觸汝，為我作佳傳，傳當取周公及屈原，蓋皆用宗室故。"其取周公者，以從永擬流言也。永璘之叛，罪浮殷監，尋陽之讟，厄配狼跋，然而雷風剖匱，姬遇獨奇。至其與三閭，心符迹契，而世哀三閭忠，莫能明公者，僅以詩酒奉之。公即霓蓋風駟，萬歲東華，亦豈願以虛名掩大節哉！作《謫仙傳》。

謫仙者，唐之王孫也。其先隴西成紀人，涼武昭王暠九世孫，緒唐牒，爲玄宗皇帝族叔祖。隋末徙西域條枝，神龍初，父遁還，客巴西，而謫仙生，故又爲蜀人。十歲通詩書，長隱岷山，州舉有道，不應，出居襄、漢之間，南游江淮。至楚，留雲夢三年，去之齊、魯，居徂徠山，與孔巢父輩爲沈飲，稱六逸。天寶初，客會稽，與吳筠善。筠徵，隨至長安，得召見，爲翰林供奉。頃之不合去。北抵趙、魏、燕、晉，西涉岐、邠，歷商於至洛，游梁最久。復之齊、魯，南浮淮、泗，再入吳，轉徙金陵，上秋浦、尋陽。天寶十四年，安祿山反，永王璘節度東南水軍，夜逼登舟，辟府僚佐，賜五百金。棄去，亡走彭澤。璘敗，坐繫潯陽，宣撫使崔渙、御史中丞宋若思驗治，以爲罪薄。而若思軍赴河南，遂釋囚，辟參謀，上書肅宗薦公才，不報，尋辭去。當是時，公年五十七矣。乾元元年，竟以璘事長流夜郎。或曰，以汾陽王救，流夜郎。於是泛洞庭、泝峽江，至巫山，會赦，憩岳陽、江夏。久之，復如尋陽，過金陵，徘徊於歷陽、宣城二郡，依當塗令族叔陽冰。代宗立，召拜左拾遺，而公醉解矣。

公之轍跡，幾徧海內，駿馬美妾，所至二千石郊迎。志識雄傑，風標霩霩，故足以友列真而師萬乘。而其觭之使不獲伸者，乃在於煬竈之婦寺，竟拓落以老。於戲，人耶？天耶？始太夫人驚姜之夕，長庚入夢，故生而命曰某。少爲益州長史蘇許公所賞，比相如。喜縱橫術，擊劍任俠，輕財重施予。入長安，賀賓客奇其姿與詩，薦于玄宗，徵就金馬，降輦步迎，如禮綺皓。草和蕃書，並上宣唐鴻猷一篇，帝大嘉異，賜七寶牀食，御手調羹曰："卿布衣士，名爲朕知，非素蓄道義，何以及此？"入直金鸞殿，訪國政，潛草詔誥，人無知者。性俠酒，日與酒人縱酒長安市。帝坐沈香亭，屬欲公爲樂府，召入，酒極醉不知人，拜舞頹然，頓首曰："臣醉。"帝即遣二閹掖扶，注水頮面，研墨濡穎，前張朱絲欄，太真妃捧硯以寵之。十律歘就，更無加點，鳳跋龍拏，無不精絕。亭中木芍藥繁開，帝乘照夜車，太真妃步輦從，遽命李龜年持金花箋宣賜，宿醒未解，立進《清平調》三章。龜年約調按歌，太真持頗黎七寶杯，酌西涼州蒲萄酒，笑領歌辭，意甚厚。帝調玉笛，倚曲媚妃，妃飲最懌，斂繡巾重拜。自是顧李翰林異諸學士，賜宮錦袍，數宴見。當是時，閹力士貴幸甚，公侍宴沈醉，引足令脫靴，力士恨耻之。異日太真重諷前調，因摘飛燕語激妃。帝嘗三欲命官，妃輒捍止，亦會同列害其能，讒帝，浸見疏，賜金還山。公益鷙自適，歎曰："千鈞之弩，一發不中，則當摧撞折牙，以求息機，安能効碌碌者，蘇而復上哉？"蓋益肆情性，放宇宙間矣。永庶人敗，事連公，當法，汾陽王子儀以舊恩請，得減死。初，公客并州，識汾陽於哥舒翰所，曰："此壯士，目光如火。不十年當擁節旄。"爲脫其刑責而獎重之，翰因署汾陽牙門將。其神鑒如此。

公始娶宋，生女平陽、子伯禽。娶劉，劉訣。至雲夢娶許，許，高宗時宰相圉師家也。又合于魯一婦人，生子曰頗黎。終復娶于宋。間携金陵昭陽之妓，世號李東山，而煦書以爲山東人，何耶？

德璟既論次公出處大者，而廣乩所以傳命之意曰：公于氣似魯連子，于神似東方生，于韻似謝太傅，于酒似阮步兵，而于憂國嫉邪之志似屈左徒。今夫明皇故叡武人也，晚迺甚於楚懷王。楊氏之恣百鄭褎，高氏之專十靳尚，而胡羯之桀狡倍秦。二主者弄於女子小人之手而不寤也。原與公疏屬同；負異材同；初被殊遇同；能用鄭者尚也，能用楊者力士也，殺儀之諫，飛燕之刺，二艷弗善也，遭內嬖同；子蘭、上官、張垍皆憸夫，困同列之謗同；放江南、流夜郎同；沉而死同。所微點者，尋陽一著，蘇子瞻僅辯其不從反耳，而未盡也。而微勝者，原內持於姊嫛，外嘲於漁夫，憔悴以從彭咸，而公老於山水觸妓之間，而又有學道者爲之优儽，公較愉矣。雖然，其志似原，何也？夫捧研脫靴，人以爲狂，公豈狂者？畢文簡嘗以王佐期公矣，夫其氣固逆蓋之，而憤焉欲默有所摧，冀以跆抑禍水，損斥驕璫，感動左右。而帝耄，僅以方外客之，可謂不知公者。今試讀公《雪讒》、《遠別離》、《蜀道難》、《枯魚過河泣》諸篇，幽人鬼語，參差悲壯，穆然有《離騷》之旨焉。直騷痼於潔而公隱于放，要其志並争光乎日月矣！

讚曰：壽莫久於立言，樂莫高於證仙。公兼之矣，榮淪奚問哉！人謂神仙塵身世，而公千年惓惓，以憂國嫉邪，避永庶人，私附於姬公、屈子，上真之貴，忠義如此。公道骨雲舌，超然極表，賀監題以仙謫，子微賞其神遊，草創大還，授籙高師，夢寐山圖赤斧矣。元和末，海人見碧霧中跨赤虬而去，而降於白龜年曰：“上帝令掌箋奏于嵩，已百年。”殆水解者耶？道書曰“東華上清監”，又曰“騎鯨捉月”，與乩合。嗟乎！此又三閭之所不希也。

大司寇蘇公傳

上神聖起潛邸，悉逆璫與妖姆交通狀，以次伏法，收捕其親黨，而簡吾邑石水蘇公爲大司寇，治其獄。公親奉宸斷，手定爰書，條璫姪僞公魏良卿、姪倩左都督楊六奇等，客氏子都督侯國興、弟都督客光先、姪錦衣指揮使璠等斬戮各有差，而戮逆璫及客氏尸。復題蠲萬工部爆懸坐贓，釋方御史震孺、惠給諫世揚、李戚畹承恩等于獄。他株累得末減三十餘人。而除錦衣刑具如腦箍、烙鐵、一封書、鼠彈箏、攔馬棍、燕兒飛諸名色，皆焚棄，天下快之。至定虎彪案，以爲殺人者應抵死，攫官者宜褫官，尤蔽厥辜。當是時，巨慝翦除，天日重揭，識者以聖主威斷，賢於舜之罪四凶，而惟明克允，公實贊焉。

公舉萬曆壬辰進士二甲，授戶部主事，出守彰德。內艱，補汝寧。未任，擢江西副使，改督學。歸，薦起卿南尚寶，晉太僕少卿，擢僉都御史。撫浙，進侍郎兼憲職督漕。外艱，起南刑部侍郎，改督漕，入爲尚書，督倉場。再加官銜，改今官。

公郎戶部時，使過山東，見飢民，以賑卹請。人或疑出位，公曰：“飢渴繇己，豈異人任耶？”出榷滸關，稅額外多縱舍，行商德之，爲樹碑。丁酉典貴州試，心動，聞母病，馳歸，母幸亡恙。彰德爲古鄴地，喜格鬥，公剖《善惡報應圖》、邵康節《孝悌歌》曉勸之。趙藩祿入多不時，往往與守閧，郡庭如市，公悉用邑解原封，先時分給，天潢誦義，臺使舉卓異第一。在江右，端模範，絕干請，規條一倣吾鄉蔡文莊先生，文體士風，翕然丕變，所拔士姜公曰廣等皆知名。有舊輔三以牘至，且介同事同里爲請，公正色不納，旋拂衣歸。士大夫相與攀尼不得行，然竟不曉其故，公亦不言也。家居七載，三徑數椽，頤神墳典，辰起至寢室問父眠食，退課弟及諸子書。學粹行高，海内宗嚮之。既薦起南卿，偕李本寧、焦弱侯諸公，嘯咏佳山水間，澹然自遠。在冏寺，核俵解，清牧場，蠲落地税，馬政一新。

而自撫浙以後，所綜畫軍國大計尤俊偉。台區水兵王元、尤成者，以朘糧毁總哨署，旋擁入郡城焚屋放囚稱亂。公疏黜大帥王良相、參將楊維垣，而密授計張副使師繹擒梟之。建夷之變，部檄抽兵援遼，有訛言山東兵每兵以五十金募者，寧區兵陸敬、趙鳳輩引例要厚犒，海道鄧參政持不可，遂大譁，毆把總，血盟不散。公念譁兵衆，未可驟問，密檄定海令顧宗孟諭以禍福，且曰："部檄能滅奴者殊死皆赦，若急散而聽調征奴，則前罪可貰。"於是以二人領兵，行過慈谿，復勒犒賞，至餘姚，踰城挾邑令勒犒數倍，至壩上，與新兵競，擠溺水五人。司道議欲誅之，公曰："未可動，動必生變。"俟其登舟，迺聲餘姚擾民之罪，獨捕敬、鳳二人梟示。衆兵聞之股栗，迄至京無敢犯者。昌國哨官蔣良忠，逐哨總王翼覬代其任，嗾兵樹幟，以保賢能爲名而拒代者施應奎。或言宜暫用良忠，令戢亂，公曰："如此則唐卒自立留後之勢成矣。"檄副帥張可大之昌國觀變，而令團總把總楊懋忠出不意縛良忠杖殺之，並擒亂兵洪辰等正法。廢弁賈祥因遼陷媒用，誑部言有舊家丁五百願歸招集，併募兵二萬赴援。部給劄，止令招集家丁。而會鄒御史募兵金華，祥遂私刻票亦稱欽差，且許人自備盤費，抵津優給，衆隨至杭者萬餘人。公懼生變，遣其壻把總鄧應科諭曰："若欲招兵求官，一二千足矣，萬人何爲？且途中食安出？"復密令營中舊兵語應募者："汝輩真騃，世有無餉而可以招兵者乎？汝且問賈參將，餉在何處？"於是衆皆悟散，惟饑民二千餘隨行，公量給行糧，又豫令通判楊墧齎餉先馳之鎮江、淮安、德州三要路，次第散給，兵迺至京，而疏祥額外多募之罪。凡四定浙變云。至降海寇王鍾、王錦等，擒陳藩、吴老等於甌，而沿海悉安枕矣。它疏減織造，停織監，軫火災，表章先正方公孝孺及吴公寶秀求卹録，劾權璫李實不得以屬禮凌有司，皆其大者。李實即陷吳撫周公起元於死者也。

　　將移鎮,而妖賊葉朗生之變起。朗生湖州人,妖醫馬文玄高第也,聞山東蓮賊反,其黨丘太虛等舉事,以攻白蓮爲名,而徑于湖城中先問豪家索買命錢,亡民駭竄,湖守杜公喬林急捕朗生,飛報幕府,公即檄水兵乘夜鼓行,復發一虛檄,營兵三千繼之。詰旦兵至苕,衆訝神速,人心稍定,因以次捕誅。而文玄猶挾宦家子陸鍾奇逃松江,馳檄江南合捕,吳越底定,不至爲鄒、滕之續,皆公力也。揚州老庫金久不會,璿一旦借大工爲名搜括二百萬,而屬連司且八十萬,遣璿胡良輔、劉文耀守解。公再疏言:“銀之得於傳聞者即千萬無難,銀之入於鞘解者即銖兩不易。輸財終事,不敢言勞者,臣子所以忠君;用一緩二,不盡取盈者,朝廷所以恤下。”僅搜挖河銀十萬、康鹽院丕揚加罰遺銀六萬四千九百、食鹽割没等銀二萬六千、各商逋欠銀十一萬以應。猶不可,則那解正項十刀,而下季即爲扣除,揚賴以紓。奸弁劉魁等乘寧遠急,持經撫咨取淮餉六千緡,公曰:“遼中丞暮春四日受事,望日始加巡撫,而咨署朔日,贋也,且篆文不類。”條十疑鞫之,立伏。並得其戸部、應天二僞檄,一舉而省國蠹萬八千餘金,稱神明焉。

　　鳳泗爲帝鄉湯沐、陵寢重區,水旱蝗相繼,公下令捕蝗、通商、平糴,復力爲海、徐、贛、桃州縣請得改折。會清河口淤,漕艘壅淺。清河口者自淮入黃運道也,河水一石其泥五斗,恃淮流壯迅,激河而盪之,謂之以淮刷黃。自淮弱不能與黃角,清河淤墊,橫亘一灘,漸集漸壅,父老謂黃河倒灌,其患叵測。公檄募民兵撈濬,復多撥剥船起運,且親禱金龍神,大雨三日夜,淮遂暴長,而十餘里之淤頓疏。於是七千四百餘艘不逾期遂達津灣,以飽神京。上疏封金龍及平浪二神,因條五議曰:急回空,早催徵,備船袋,輪水次,改淺船。而淺船以杜奸旗攬貨之弊,尤爲喫緊。

　　故事,外督漕,内倉場,事權相表裏。公既入督倉益明,而添設督餉部臣于津,其人墨而狡,輒借遼警以截漕爲辭,而以帶運遼糧抵補。蓋奸旗有大蠹者四焉:漕艘米既侵盜,無可入倉,一也;漕糧入倉,累經核晒,爲費不貲,而遼糧例不晒揚,二也;遼糧例無尖耗,而漕糧每石外有耗米七升、尖米四升二合,一截則皆入其橐,三也;津募舟往遼鮮,一舟輒二百金,四百舟則八萬矣,既誆米,復誆金,而齎一空單以折色授受于海外,為官為軍皆驟飽,四也。以故不截不止,其賄最重。又故為尾幫觀望,漕之遲阻皆繇於此。而遼鮮方報糧到,旋以枵聞,莫可窮詰。時璟在京,目擊心惡之。公尤洞其弊,連疏以職掌力爭,略曰:"查萬曆四十七年至天啓七年,津門截漕連尖耗計三百七十八萬有奇,自天啓三年起每年始有帶運遼糧三十萬耳,即抵還尚少二百二十餘萬,皆成泥沙矣!且臣督倉方十月,而津已八截。始猶有帶運可抵,餘更何抵乎?遼餉自遼餉,京糧自京糧,豈可專以截漕為事,致根本坐困?"其語絶剴切,當事亦明知之而不能盡用也。京軍月糧額放折色兩月,部臣緣內璫劉應坤請,遂欲少放折色一月,公復力爭,謂:"太倉升合,非溯江渡河不能入庾,多放一月本色二十八萬,倉廩益虛。請勅計臣恪守祖制兩月放折之舊。"皆與時忤。復疏言:"錦衣衛官旗,萬曆末僅萬七千餘名,自逆璫與田爾耕亂政,增至三萬六千餘名。文思院匠官册載僅七百餘名,今三千餘名,歲多支米二十五萬石。鴻臚帶俸序班,册載僅百七十三員,今五百二十七員,歲費俸米四千有奇。官俸非漕糧比,外解止蘇、松、常三府三萬餘石耳。且册中如魏、田、客、崔諸姓皆奸黨,清汰當不俟終日。"上皆立行之。

既改刑部,疏辭有"品望端澄,明允夙著,爽鳩正席,倚毗方新"之旨。因會鞫魏良卿獄及侯國興,俱決不待時,光先、璠、六奇發烟瘴永遠充軍。至五虎崔呈秀等、五彪田爾耕等,呈秀窮凶極惡,爾耕、許顯純怙威噬人,最為可恨,宜正刑書,餘各遣戍,而奸弁張體乾以詛咒誣陷劉鐸,亦擬斬。復罪狀魏忠賢曰:忠賢挾先帝寵靈,箝制中外,交結客氏,睥睨宮闈。其大者如嗔怒張國紀,則立枷而殺數命,且連縱鷹犬必搖動乎中宮。私憾成妃、裕妃則矯詔而革封銜,至摧抑難堪,竟甘心于非命。言官死杖,大臣死獄,緹騎四出,道路驚魂,告密一開,都民重足。生祠遍海內,半割素王之宮;諛頌滿公車,如同新室之世。至尊在上,自命尚公;開國何勳,數分茅土。尚嗾無恥之穢侯,欲加九命;叠出腹心之內黨,遍踞雄邊。至于出入禁門,陳兵自衛,戰馬死士,充滿私家;此則路人知司馬之心,蓄謀非指鹿之下者也。天討首加,寸磔爲快。客氏妖蠱食月,翼虎生風。輦上聲息必聞,禁中搖手相戒。使國母痛懷于憂憤,致二妃久抱乎沈冤。且先帝彌留之旦,詐傳廕子。尚以儉一爲嫌,私藏見籍之贓,絕代奇珍,皆出尚方之積;通天是罪,盜國難容。若崔呈秀,則人類鷗鶃,衣冠狗彘。誰無母子?而金緋蟒玉,忍不奔喪;自有親父,而婢膝奴顏,作閹乾子。握中樞而推弟總鎮,位司馬而仍總蘭臺。總憲夙仇,迫爲池中之鬼;銓郎乍嚇,驚懸梁上之繯。凡逆豎之屠僇士紳,皆本犯之預謀帷幄。選娼挾妓,歌舞達于朝昏;鬻爵賣官,黃金高于北斗。假山冰泮,遊釜魂銷,雖已幽快于鬼誅,仍當明章于國法。其餘魏良棟、鵬翼、魏志德等,及崔鐸、崔鏜等,或赤身狙獪,或黃口嬰兒,濟惡而玷賢書,無功而攖世爵,均應投畀,大快群情。遂磔忠賢于河間,尸呈秀于薊,尸客氏于市,魏志德等發烟瘴永遠充軍。蓋與振、瑾之誅同稱快云。

於是清廠衛羅織之獄。李承恩,寧安大長公主子也,以擅用龍袍龍盒,爲叛僕誣首問斬。公謂據律僭用違禁龍鳳紋,杖一百,徒三年。即使承恩不在八議之條,亦無死法,況世廟之親甥乎?得改徒。方公以御史監遼軍,不宜比守邊將帥例,惠公亦不宜引交結近侍律,皆得免。萬公劾逆璫築墳僭擬皇陵,矯旨廷杖,被亂棍箠死,復坐贓三百,江西楊巡撫追解京矣。公請令原解官領回,還其家焉。

上新舉召對盛典,召公見文華殿,令部大臣各陳所見。公疏言:刑官舊爲清曹,稱西翰,如王守仁、何喬新、王世貞輩多爲名臣。近選人趨羶途,爭避刑部,其視刑部甚輕,故屬官志少振作。宜倣成化間尚書董芳言,令本部辦事進士同各司問刑。天選時,戶、刑、工三部均選有才品者,優與陞調。各司到部未一年,不許借差回家。錦衣衛慘刑宜汰,而以防內侍預政,蠲租飭邊爲第一義。謂漢、唐、宋盛時,主德英明,決無所謂張讓、趙忠、田令孜、童貫者,決無所謂稅間架、開官市、放青苗、手實者,四夷稽顙,亦無所謂輸歲幣、講獻納者。又引劉忠宣對敬皇帝有曰:"但得事事如今日,與臺閣議當而行,久之自治。《中庸》言:不息則久。至于博厚高明,配地配天,爲皇上望。"皆得溫旨褒納。方嚮用,而公力以病請，因賜馳驛歸，蓋異數也。

公諱茂相，字弘家，別號石水。其先光州人，徙晉江。曾祖春，祖璟，以子士潤貴封御史。父士潛，累封都御史。三世並贈光禄大夫、柱國、太子太傅、户部尚書。公幼穎異有器度，爲鄉前輩趙公恒所知。督學王公世懋、耿公定力試奇之。辛卯舉于鄉，連第時年僅二十六耳。通籍四十年，乞休沐者七，家食二十五年，難進易退，始終完節，有古大臣風。封翁家教嚴，公奉侍恭謹，不啻石建事父奮也。父在時，禄盡歸親，囊無私蓄，與諸弟推産分甘。妹氏死烈，爲置孤卵翼，視弟姪無異。雅嗜圖史，不喜徵逐宴會，門庭蕭然，尤喜奬借善類，至不善避之如膩。嘗教璟曰：「仕如築垣，務謹其基。基厚則高不墜。」又銘座右曰：「與物無競，遇事有爲。」故自閱四朝，士大夫忤璫者身危，媚璫者名汙，而獨超然評論之外，非偶然也。其學以宋儒爲宗，以鄉蔡文莊、李文節爲榘，而於本朝名臣言行尤慕嚮之，嘗緝爲《寶善編》。他撰述如《先覺要言》、《讀史韻言》、《正氣編》、《教家三書》、《浙漕户刑章奏》、《除妖公案》、《定亂紀略》、《東征行稿》、《保約全書》暨詩文行世。有弟茂杓，戊午舉人。三子：文昌、文燾、文燿，而昌、燿與余友善，世其家學。

史氏曰：明蓋有三璫云，振、瑾暨忠賢而三，汪直輩其小也。然皆啓朱邸入纘之兆。景帝以郕，肅皇以興，今上以信。而忠賢則我皇實手芟之，宇内稱聖焉。考司寇表，讞振者俞長洲士悦，讞瑾者劉鄢陵璟，讞忠賢者公。斯亦千秋快舉矣！璟道浙淮及在中秘觀鼎革之際，頗習公行事，嘗取《寶善編》衡公，鮮不合。公真大臣哉！故著其大者于篇，俾後之君子得有考焉。

王太君家傳

同年莆王君開美與晉江蔣子德璟相與，言其母而泣也。蔣子母先王太君一年卒，太君小祥，則某且免喪。讀太君狀輒泣數行下，曰：「『孝子不匱，永錫爾類』，其開美之謂乎！」已又羨開美曰：「子有封翁在，若某則天之鮮民也，何敢言？」蓋久之而始能次其狀爲太君傳。

　　太君林姓，十五歸封翁，婉娩相莊。甫三年而翁失父實齋公，又明年失伯兄文山公，外侮乘之，太君事姑何最孝，謹佐翁當戶拮据自衛，心血幾枯。舉開美兄弟，以乳哺兼操作井臼外，繰盆，紡車，茶苦萬狀，率自十指出。食取橘粺，衣取紉綻，四十年一日也。伯姒黃亡子，既媚居，聽外戚搆雀角，蠚間骨肉，失姑懽。太君推誠事之，歲時爲其外戚贈問，授禽授賄無慊也。復裝遣其女歸林，至傾篋不足，爲脫耳璫佐之，以成翁友居。嘗未辨色而起，匡坐簾屏內，竟日不移。喜慍不形，間課諸兒讀，以成翁教。開美連舉進士，出宰開化，御板輿之官，太君甘藜藿久，即既貴不改食貧時，以成開美廉。

　　比開美以治行高第拜諫官，歷刑、工、戶三垣，有廠庫、城工、巡青、京營諸役，端潔慎敏，夙夜在公，爲中外倚重，然每睇閩嶠，指白雲曰：“吾親舍在其下。”間侍上經筵者一，奉召對者三，賜燕、賜扇及禁中瓜菓珍奇，輒念兩尊人。嘗語某曰：“子向嘗以召對瓜桃上之母，而吾母顧在萬里外，吾獨非人子乎哉！吾同垣如齊馮君禎卿，奉其父母入都，身爲老萊綵班之舞，袨韡上壽，拜君賜曲跽進之，人倫最驩也。而吾閩以遠不便迎，又吾母善病，微獨嘗君羹不可得，即以不佞斤斤守一官王事坱埌，雖分俸爲母帨辰壽亦不遑也。吾尚得爲子哉？吾自己巳別母，母齒猶有存者，差池至甲戌始得以益藩冊封便道歸省，而齒則已盡矣。乙亥春以王言不宿絕裾報命，冀即歸奉母天年。嗟乎！而安知絕裾之日，即爲吾母子終天永訣也。痛忍言！痛忍言！”某聞而悲之。

　　嗟乎！某亦一御母京邸耳，吾母以王母吳在歸，代先觀察溫清。某亦隻身之官，與開美各不忍攜家，曰留侍母也。憶當時望衡對宇，蕭然如兩髮僧相憐也，已而相慰。而今兩人母皆安在？痛乎若母，吾母能不傷悲乎！然而封翁方優游杖屨，以名德祭酒於鄉，行千百秋未艾。開美事翁驩，即太君在九原宜無不驩也，復何憾？獨某鮮民之生，百身莫贖，爲恨恨耳！

　　太君得年僅古稀，有子四人，開美其仲也，諱家彥，與余同壬戌進士，今爲戶科都給事中，以前開化、蘭溪二縣最，及刑科覃恩再封翁如其官，而太君稱孺人。

　　史某曰：余嘗當直，爲開美草制，知太君盛德類古母師也。古人觀人之賢，必泝其所生。有封翁與太君，宜其有開美。顧猶以太君不少留，如虞潭、趙隱、蘇易簡諸公之母，輦入宮禁，受冠帔賜，爲百官起居，則人子極思，天實怪之，異日所不朽太君寧有量乎？開美括太君平生惟寬靜兩言，具坤厚德，其斯爲三。無疆之繇，嘗試以王氏之後占之。

女 芮 傳

璟次女芮，字于周，爲今廣東按察使周公維京次子廷籠婦。六歲而結言，二九而嫁，嫁百九十日而歿，實天啓甲子六月十九日也。方病痢時，父與其夫徬徨，醫藥不効，或以鳳尾濃湯進之，盡二缶，日未午脈遽絶，然辭氣治，問曰：“心微不快乎？”曰：“快。”而夜乃誦《般若多心經》，已唄阿彌，已令侍者皆唄，父與其夫亦爲念數十聲，心怪之，彊沃以獨參，遂長往，無它言，春秋僅十九爾。

始女在母，其父夢芮良夫來謁，鬚垂至地，因名芮。嘉卜曰：而夫必良。爲簡美對。既失母張，與姊幼齔相依，以是父尤僑憐之。繼母有婢悍而抗，父覺之，爲榜百逐去。女天性篤孝，拊弟燿、燨，提抱不離手。曾王母吳太恭人、王母陳恭人尤愛之，曰：“周且有佳婦。”比歸，而兩家交慶也。七日後，修布衣操作之業。眉案相賓，大爲姑陳淑人所獎重。姑時齋亦齋，或歸父家亦必齋，曰：“是日吾姑齋也。”憲使方備兵于潮，從姑之署中，可三月，憲使柬其父曰：“新婦孝謹，資性醇和，拜德門蘋藻賜不小。”已自潮歸，屬父有祖喪，病毁，女憂形於色，輒曰：“女於父亦子也，顧不得長侍父，恨女身矣！”而豈知其父之撫而哭之哉？於戲！天固不可究耶！女賢也，婦又賢也，內外宗曾王母而下，舅姑而下，莫不共以爲賢也，而一刹那間竟已歟！豈天故摧善者而奪之歟？其急携之净土，而不使之留種于人間歟？於戲，酷哉！而廷籠則曰：“是有異，卺之夕，婦夢大士遺明珠六，曰：俾爾兩人和美若此珠。復曰：俾子爲子之姑何若？婦曰：善。”蓋今而知憲使元妃卒時，年亦十九，亦以六月，所云“俾子爲子之姑”也。而稱伉儷者月僅六，其六珠之繇乎？若是，則女可瞑矣。廷籠總角負奇才，且跨竈，以是爲良夫徵。

父曰：須福女龍施，梵志女首意，龐居士女靈照，皆投身菩提，立轉女根，然猶未字也。女芮跡規德曜，志棲法喜，不痘不胎，絃寶池之聲以滅，異哉！西方不無，夫將以觀自在爲導師，視五濁若蟬蛻矣！復何悲？

祖母九十八齡吳太君行述(原缺)

府君行述(原缺)

母陳恭人行述(原缺)①

童真子熺小述

童真子生而靈異。其生也，父從何氏館馳歸，則大父觀察府君方偕日者郭生測土圭定時，甚喜，然以爲魁身，因皈許真人，稱"真奴"云。乳者不良于乳，幼頗黃瘠，其母輟弟山奴乳乳之，神始王而姿穎。特奇慧，曾王母吳太恭人、太母陳恭人皆寶愛之。太父素嚴重，諸孫見輒竦立，兒掀簾直上膝捋鬚，大父喜曰："真佳孫也！"三歲，母朱及姊楚嘉、芮嘉教之誦唐詩數十絶句，及一家人所生直禽，默識不遺。四歲偕兄燿讀《大學》，遂了《四書》。以次讀《詩》三百篇，竊覽父架上子史，過目輒曉大意。問父曰："父誰生？"曰："祖也。""祖誰生？"遞推之，曰："始祖。""始祖誰生？"曰："天。""天誰生？"曰："道。""然則道誰生？"其父無以應也。而身酷惡熱，即極寒必掀被，以背靠牀欄取冷，父心慮之。自此遂偕父寢，枕父臂，叩天地古今佛僊事，天趣湧發，多不可思議。五歲，父將偕計之京，兒語兄曰："當拜別。"即下拜四，旋走入輿中立，輿不得行。其於孝友慈祥蓋天性也，見殺生大痛之，斷不復食。六歲，父泥金報至，肅客如成人。其占對不思而得，如"犬吠客、虎跪僊"，"八士四乳、一佛千眼"，"虎兒出於柙、蛇龍放之菹"，"見其二子焉、作者七人矣"，"男女鑽穴相窺、日月容光必照"及"牡丹、雄黃"，"李白、楊朱"，"岐伯、方叔"，"宰我、王爾"，"灌夫、馮婦"，"雷公、風后"，"白頭翁、蒼耳子"諸對，皆奇妙驚人。

七歲做《詩經》作四言古，始作破承，偶試"歲寒"二字，即曰："萬榮不能媚人之時，必有孤存於其歲焉。"見者歎伏。一日會客，舉凡上山果海錯諸物，爲二十餘破承，應聲立就。八歲能屬文，父嘗舉李文節幼時狀元宰相破云"名魁天下之選，身近天子之光"，兒曰："此狀元破耳，'近光'二字尚未出宰相面目。"因自破曰："名魁天下之選，身格天子之心。"伯中黃以爲絕勝。九歲作《武王論》、《周公論》、《紂論》，多翻千古之案。因遂定開創、守成、中興諸帝王、妃后、將相、儒隱、僊釋、奸賊高下，爲荊川《史編》過於繁，李氏《藏書》過於愎，而謂胡元之變天地再混沌，以盤古與明高皇帝爲開天二大聖。又曰："盤古開古今千聖百賢，黃帝孕育古今千聖百賢（下原缺）響空瓶。《龍井》曰："問心鐘處忘潮息，洗耳瓢間足鉢緣。"《釣臺》曰："二分垂足狂難禁，五色支天怪自供。"曰："前山皋羽曾分席，當日牛牢不墜驢。"牛牢亦光武同學，累徵不起，以此媿子陵。而吾閩謝皋羽之墳正與子陵對，用事甚工。又曰"悔從橋上逢呼履，誤落人間費掛冠"，"鳶站終然迷薏苡，蛟嘗原不餌琅玕"，皆人所未道。

乙亥正月二十六日，父自衢分道之建昌益府，而遣兒從江山別道先歸，拜大母膝下，蓋自是始與父異寢云。兒奉大母最孝謹。其夏太母殁，偕父誦《楞嚴》、《圓覺》、《法華》諸經，兼持《往生呪》，過目成誦。是秋，偕姊丈翁正于之清源，神氣飄飄，有"偶來山上乾坤小，却訝人間歲月疏"、"睡到邯鄲皆彼岸，詩題雲夢即吾廬"及"洞裏三台催我去，難教東海問歸漁"諸律句，又和退之曰"舉目數群生誰念，本來貴漸近自然"，父訝其不倫。中秋前後，徹旦不寐，數叩從兄卿采門縱談，又私作語錄，研極性命，皆從夜半悟後起草，自行自賞，若欲合聃、佛、周、孔爲一身者。又數稱王文成以爲本朝第一人物，願學焉，餘則姑舍。是矣其言。詩喜退之、子瞻及近名家黃石齋、倪鴻寶、黃東厓諸公，而深哂李賀輩，以爲淺薄不足數也。一日送友，詩有"身世浮緣疑稷雪，古今才運厄箕星"，父偶見而乙之，且責之曰："汝年幼，當且了功名事，而輒言身世浮緣何也？"兒退語其兄曰："吾固知大人惡此種語，凡吾詩文不使大人見者以此也。"拔貢之役，本不必赴，父與母力止之，會正于與諸友相約行，謾逐隊去。既抵福州，竣初場而病，吐瀉並作，復力疾完末場，交卷被擠，頓僕，賴正于與友林爲玉掖出，間兩日,遂不起。蓋乙亥重九日未時也,距生萬曆丁巳五月二十二日巳時,得年僅十有九,尚未冠,聘蔡未及婚也。痛哉!

卒之旦,父家中夢大母陳恭人紅袍拈香告天,兒在其側。而彌留時指其被云:"堯、舜、禹、湯、文、武、周、孔在此。"又語正于謂:"大人欲覓《文徵》,將刪補之,當市一部歸。"且呼其兄而絕。尚友賢聖,舉念父兄,氣爽神清,無復怛化,兒殆不死矣! 其詩文隨手輒書,片語隻字皆有意義,在京中多爲友武進吳方思、順天王典持去,餘散失不復存。既歿,遍簡笥中得賦四首,記、序、銘十首,論、表、策十八首,詩二百四十首,語録二十六則,它《讀史》、《韻乳》、《掇奇彙》、《書選雋》若干卷行世,及九歲後經書舉業文字可千餘首藏于家,其稿多父所未見。而手抄程墨房稿百餘首,刻畫尤工苦,父始悔知兒之晚也。

兒名熺,字晦之,一字濟之,自署曰然潛氏。其卒也,完真而去,因稱"童真子"。

八公山人曰:兒有宜壽者六,不宜壽者四。姿表温粹,神敏而静,無輕佻習氣,宜壽一。詩文綜究五車,雄恣萬狀,然自珍惜,不輕示人,非身後無從發觀也,潛心易始,宜壽二。事曾大母、大母、母有至性,朝夕巡省,愛慕深篤,友兄弟如一身,即群從不異同胞也;與人交,謙默和藹,粥粥若無能,宜壽三。父每早朝歸,開戶見兒空房獨卧,蕭然自足,饑或忘食,寒不知綿,衣敝履穿,相安澹約,宜壽四。常稱政刑不若德禮,造次無疾言遽色,以治家治世皆治身内事,深於黄老,宜壽五。十九年中不殺生,不犯色,慈祥高潔,夜氣清朗,宜壽六。然而才思太巧,精神太費,視聲色貨利太輕,通三教性命太早,則亦非壽者相也。或曰:是且必仙。吾惡乎徵之。雖然,莊氏曰:"察其始,本無生也。"謂童真子未嘗生可也,未嘗生,則未嘗死矣。吾身事顔左史桃陵、林郡守震西二先生,皆以上德躋大年望百,繇今思之,亦旦暮間事耳! 而兒立德立言,遂可不朽。謂"莫夭於彭祖",而童真子爲壽可也,又何憾焉? 崇禎乙亥九月晦日,父若椰書。

【校記】

① 以上三篇原缺,題據卷首目録補。

敬日草卷七

記

樂清縣東塔山鐘樓記家君命作。

余守甌之五年，蒙恩擢分臬豫章，臨發而樂清士李應鏘輩前請曰："前東塔山與磐石衛爭鐘，實我公折獄。是時師生、武人千百爲群，各負其是，而鐘在磐石武人之墨守，幾於坐勝，微公督之貼鑄不兩完也。雖然，鑄難須也，諸生業別購得之永嘉深谷中，亦泰定間物，其音礌砤，其理貞堅，因築樓于東塔山之脊而棲之，公不可無記。"余猶記辨鐘時，兩造鬨不解，密敕人摹鐘陰，得"靜慧院"三古篆，知非東塔及磐石有也，一笑而散。於是以鐘歸磐石，而令衛官軍捐金佐諸士鑄，各意得去。夫器以久爲貴，與其購也，賢於鑄也。遂記之曰：

按志，東塔山高二百五十仞，峰形象筆，稱文峰。讖曰："青龍角，財富足；青龍聲，邑井興。"熙寧間葛令逢遂移九牛山之塔于其巔，而樹鐘焉，以爲之角與聲。紹興丙子，景雲晝蒙，明年王梅溪先生射策第一，相詫青龍之應云。明興，道韻熙洽，益斌斌多儁起。若吳恭毅、高襄簡、侯方伯諸君子，地靈人秀，克繩芳武。嘉靖末而鐘亡矣。父老曰：亡于兵。是以有磐石之爭。余笑語諸士曰："夫以熙寧來數百年之文運，盡舉而委之宋之一蠹迫，諸士視鐘，微太重乎哉！"雖然，其在古有之，夏之龍筍簴，殷之崇牙，周之璧翣，皆爲鐘設也。自黃帝鑄十二鐘以和五音，虁典樂教胄子有笙鏞；辟雍，文王之學也，有賁鏞。古先王於樂未嘗斯須去，而學尤急。《釋名》曰：鐘，空也；空受氣多，故聲大。《白虎通》曰：動也，陰氣用事，萬物動，成八音之數，金爲長，金之動物，鐘爲大。夫鐘者，樂之君也，律之本也。然則鐘又焉得輕也？且夫世之花宮琳宇，以奉金姿者衆矣。方石淥池，侈之曰帝獻而圖，樂鑄鏄刻，獸鐫蟲符，玉律而雜金風者，僅以當奈苑之鸚鵡車而已。試以東塔之鐘與茲樓也絜重，而論其不賢于伽藍之記也者幾希。乃爲之銘。銘曰：

維樂有山，館御靈圃。厥東東岑，西耦天柱。謝監未章，葛君斯作。梅塔主者，設業設虡。呪松千根，樹銅九乳。青龍夜鳴，喬雲晨覿。梅溪先之，以闢來許。睠言遺音，載懷擊拊。列雋子來，守爲若主。乘岨挺基，干霄發杵。鯨魚欲吹，鸞歌鳳舞。豈緊佛栖，維儒亨土。勗爾莪菁，克光鐘鼓。

重建周宣靈王廟碑　家君原稿。

甌故有開元寺，在文廟之陰，左掖爲周宣靈王廟。歲久傾圮，湫隘不治。拓而新之，自郡別駕沈君始。沈君爲余言：“某以事至開元寺，過宣靈廟，初不知何祠，夜夢入一神宇，神金冠絳衣，色若重棗，某前叩，神起座，類見接者。醒而問左右，以宣靈王對，視廟宛如夢中，心異之，以語於衆，衆遂採木鳩工，子來若靈，使某亦捐俸佐之，今觀厥成矣。願得守記其緣起。”

余聞之，儒者多不言鬼神，然鬼神何嘗無也。《易》言彌綸天地之道，必先言鬼神之情狀。逎其所指鬼神，不以形體爲物而物曰精氣，不以魄降爲變而變曰魂游，則其狀可知已。精虛化氣，精逎不散；魂游化漠，魂逎不滅。不物之物，無變之變，此天地間之真鬼神也。人非神不靈，神亦非人不依。而神之接人又往往不覺而於夢。夢者，人之魂與魄交，而所以合於鬼神之道也。然亦惟志氣清明者爲能有之。高宗之夢帝賚也，帝真賚之也；孔子之夢周公也，周公真見之也，聖人之夢也。他若齊景公夢五丈夫，鄭簡公夢黃能，虢公夢神人執鉞而立西阿。或夢而吉，國以昌；或夢而凶，國以亡，神率先告之。而歐陽公與丁寶臣夢入黃牛廟見石馬隻耳尤奇。寶臣既判陝州，而歐令夷陵，入廟逎相與驚歎，以爲隻耳馬亦前定，況其大乎！明有官，幽有神，官聽於君，神聽於天，皆天地間善淫之司命，而有司法之所不及，神能陰毗之。故神之見夢於有司，非第求新其廟貌而已，特以其福善禍淫之意假之有司以信，而士庶人亦相與慕義，不敢爲非，此則《易》所言鬼神之情狀可以質而無疑者矣。

按記，宣靈王周姓，名洪，字仲偉，新城緑渚人。母汪，夢龍浴金盤而生。天性孝友，膂力舉百鈞，亦異人云。然記所載不同，一謂汪搆危疾，聞徽婺有顯神，促宣靈往禱，宣靈行次衢，聞母訃，摧裂僵逝于舟中，以孝死。一謂宋端平間胡元雲擾，屠僇中原，宣靈奮布衣，謀聚義兵北伐，會有撓其計者，宣靈憤恚，以忠死。嗟夫！死孝死耳，死忠亦死耳。宣靈死而殉母，則可以教天下之爲子者；如死而殉君，則（下原缺）

清源書院記

二雲曾使君鎮泉之五年而移節莆，臨發與銓部林公爲磐曁不佞璟會士紳于一峰書院，證文成之學。而新使君陸公適至，又宫允黄公幼玄亦自漳赴召過泉，因偕郡守孫侯、司理區侯、邑令戈侯再會，登歌《鹿鳴》、《南山》、《泮水》三章。宫允起拜曰：“周行示我矣。”銓部曰：“基我邦家樂得賢，實繁今日。”黄布衣曰：“美哉！長道之順也，小大從公，匪怒伊教。”於是璟颺言，以爲《雅》言周行，《魯》言長道，周禮盡在魯矣。

泉夙稱海濱鄒魯，自紫陽倅同安，道始有聞。入明而吉水羅文毅以抗疏左遷，復相與講明正學。其後吾邑蔡文莊、陳紫峰諸鄉袞，斌斌蔚起，而近李文節、林司徒、何司空繼之，泉學爲盛。然文毅特市舶謫官耳，非有泮林鸞旗蹻馬之華足號召也。諸先輩雖爲桑梓君宗，亦不聞有當道身爲之倡聚一堂而商朱、陸同異，爲聖門究任仁指歸者，有之自曾公始。

公生文毅之鄉，少游南皋鄒公門，稱入室，其學以良知爲的，以弘毅任仁爲家派，清真寡欲，萬物不能移出。而爲政壹意奉公，鋤強植懦，心力周澈。屬海寇劉香蔓毒三省，公獨決筴遣將入粤，破殲之功第一。復密擒嶺後山寇，弭亂未然，爲福於泉甚大，而公絶口不言也。曰：“此小醜耳。”王文成有言：除却良知，别無事功氣節，矧區區哉！蓋與余輩談學而神王也。筍江、紫帽山水之外，獨有性命相商，若不知酌水之爲清，拔薤之爲烈，蕩山海氛祲之爲奇者。即而际之，一虀鹽措大，絶無色味之醲釅，而其憂國傷時，熱腸激論，忠義之氣往往形於眉睫。嗟乎！此乃公所以爲學也。今海内學人不少，然其行常不如其學，而不學者其學又不足以爲政，於是學與政分途，而三代上真儒之効不復見于世，其流弊遂有不勝既者。聖主嘉意本教，近於小學社學，特諭申飭，而日御細旃，與講臣咨諏治理，德意甚盛。夫朝廷之有文華，即州閭之書院也。上日講而下諱講，何歟？獨必如曾公迺可講耳。文毅在當時，既不聞賢士夫與游者爲誰，諸先輩賢矣，而又不遇知學之使君。則夫以余輩而遇兩使君與諸大夫，揚扢于一堂之上，恐亦文成後所不能多覯也！銓部雅言旦氣，而宮允與余嘗爲《榕壇問答》，皆與公任仁旨互相發，乃余輩之所以重公者又不獨以其講而已。《鹿鳴》、《南山》之詩，必遡德音，曰孔昭，曰是茂，而《泮水》直曰克廣德心，至獻馘獻功，皆受成釋奠於學，蓋學之用大矣。公有德心廣之，是在異日哉！

書院在郡治北，以近清源，故名清源書院。舊祀一峰先生，即文毅公倫，成化二年進士第一人也。左爲公講學處，諸士民因築堂奉公，誌不朽云。公諱櫻，江西峽江人，萬曆丙辰進士。董其事者，耆民吳養正、余梓等，例得並書。

萬安橋鼎建鏡虹閣記

崇禎戊寅春，萬安橋新建鏡虹閣成，晉江湯侯、惠安李侯以其事諗史璟，曰是直指張公意也。公按泉，從橋，謂架江海雄勝爲九州冠，而腰有小嶼，嶼有城尤奇，城内舍稍庳隘，宜有高閣以稱之。時李侯方自惠署晉，公遂捐俸俾擴新。未幾湯侯至，因合筴躬行營表，各佐俸百金，即舊址爲廳事，上增三楹爲閣，高出睥睨，旁爲耳房供燕息，翼以迴廊，甸僕厨從各有寧次。木巨而堅，垣甍言言，一切購募皆际民間平值，董以土著之好義者，不遣胥，不持檄，費省工倍，閣竣而民不知，郡人美之，爲之賦子來。

君子曰：是舉也，具三善焉。泉，水國也，夾以兩江。筍江絹西北水入海，有石筍、順濟二橋；雒陽江絹東北水入海，有萬安、烏嶼二橋。皆鞭石潛犀，力相伯仲，然而萬安獨顯當時，至進圖爲神宗嘉賞。而故老相傳，謂忠惠揆日鍬趾，皆預檄江水之神,以至輦石懸木,遇危險輒得神相。址石所絫,蠣輒封之。王公慎中謂:賢者之所爲,人樂其成而賴之,險盡爲用矣,其功在封守。斯三者於法皆宜書,故曰一舉而三善備也,然而封守大矣。若夫枕雙陽,面滄海,峰巒環匝,潮汐噷噓,禽魚卉木之觀,煙蜃風虹之態,登眺之美,則不可勝書也!昔諸葛武侯所至治官府次舍,橋梁道路,藩籬障塞皆應繩墨。一日之行,不改其初。公觀風度橋上亦暫耳,而即圖久遠若此。計是閣與橋終始,則公亦當與忠惠並傳而兩。侯又能承公德意,於二邑界協恭共濟,下不擾民,上不耗官,幾於古所稱不日成者,宜乎有子來之賦也!"鏡虹"公所署名,蓋取虹勢亘天,水光如鏡之義。而公之風采赫濯,澄清山海之槩亦具露一班矣。

閣坐乾向巽,建於春正月十八日,成於三月十五日,廣三丈,高二丈六尺,深三丈八尺。張公諱肯堂,華亭人,天啓乙丑進士。湯侯諱有慶,長洲人,崇禎丁丑進士。李侯諱沾,華亭人,戊辰進士。而當戊辰之歲,有雷電從閣址起,繞城三匝,裂雉堞者三,實爲鼎新之兆云。記之日爲四月既望,適兵憲武進陸公鄉正以入賀復任,而鍾祥劉公彥來爲郡,偕郡丞陳侯頤達、別駕虞侯國鉉、節推姜侯應龍,樂觀厥成,於是石之役尤屬意,均可書也。董其事者,貢生蔡嗣銓,嘗以千金助邊,詔旌其門曰"忠義"者也。諸生吳其泓、張廷薦皆附橋人,亦有勞,得附書。

德化縣新建翀霄塔記

蓋朗寧林侯治德化之三年,而鳳翥山始有翀霄塔云。山舊有西南兩塔,稱始何?堙久而興,故美而始之也。志以龍角鳳光爲譽髦登進之應,又曰:"水畫丁,羅簪纓。"以是侯首建塔,次濬溪,溪禬丁有尾矣。特書塔何?塔重也。侯捐俸百四十鎰,百以塔,四十以溪。而塔力鉅,別募三百鎰佐之,溪則塔之餘也。既成,署學傅孝廉王君某帥諸生謁史璟記。

按嘉靖中有緒侯者建駕雲亭於龍潯山之上,王道思先生記其事,以地靈爲人才之輔。而環家大夫令江山時,嘗築九清、鹿溪二梁。及建牙海北,則亦有起秀塔之役，其意與林侯合。然竊以人才者，士之所自砥也，山川何權焉？天有所域，人自靡然而受之，間欲以意與之衡，又不能移山走水，奪旮陋而易以菁華。則其勢始拱，而待之有司，有司之權行而山川之權遂輕矣。然而非真循吏，視其子弟若吾階蘭芝，視其山與水若吾几案間物，而必欲爲桐鄉樹千百秋不朽之舉，則亦相與晏然坐以聽之山水而已。

吾郡於閩爲神皋，文獻甲四海，獨德化居萬峰間，自丁同卿以秉銓顯，它一二右姓外，聞寥寥色，議者謂鳳翥於方直巽，宜筆峰，若戴雲五花繡屏之秀可攬也。且夫丁溪在宋時嘗一夕雷雨，篆溪爲丁，有徵矣。兩者實待侯而辦，而侯遂身肩之不煩公私，未浹歲，具告成績。今試梯鳳翥之巔而望，澄瀅如練，一從一衡者溪也，蜿蜒屬於塔之椒者雲龍橋也，與浮圖巋然相對，如龍之交。逞其角而出者駕雲亭也，寶鐸鳴風，水雲萬頃，若唐人所詠雁塔曲江，爲一品白衫題名宴櫻之處。而遠近之色以其秀環而映者，九仙諸名山也。於戲！不其韡與？蓋史所載，如辰陽長宋均、蒲亭長仇覽，率以興起贊序爲美，而召父在南陽行視水泉，開通溝瀆，起水門堤閘數十處。林侯猶漢循風也哉！

侯潔修矕然塵表，家傳令譜，稱廉能，而長公光第，讀書署中，歸遂發省解，得山川之助爲多。余且見邑人士之繼起也！塔始天啓癸亥七月，竣於甲子五月。高七十五尺，周倍之，凡五級，翼以扶欄，内層爲堂，容數榻。莆司李祁公彪佳以查盤至，嘗登而落之。侯諱大儔，鄉進士，隆安人。王君諱大覺，及司訓王君國禎皆晉安人。諸生周開年、林棝實董塔役。而可其議者：巡道前大參詹公士龍，永豐人，丁未進士；今大參楊公公翰，溧水人，甲辰進士；郡守沈公翹楚，慈谿人，己未進士；署郡司李簡公欽文，新喻人，壬戌進士；例得並書。

寺　碑　記

銘曰[①]：佛恩一子視三千，心如瑠璃燭無邊。香雨旁注甘露懸，我皇在宥亦如然。誰邕皇仁作天禄，示現功德不唐捐。有赫璇宮帝座鼉，佛日再曉霑人天。八龍兩鴿蓮花前，芳祠並峙寶界連。宰官護法也安禪，長傍珠幡結大年。

擬司禮監碑文代。

司禮監既新修，因樹石本監署中爲某公碑，而徵記於余，且曰掌印王公等皆荷聖眷，簡掌各衙門印務，而某公爲最，恩廕屢頒，千古曠典，宜銘在景鍾。余不文，辭不可。

竊惟天垂象，聖人則之，內宰四星，在帝座之西，自周漢以來，世難其選。明興，設監十有一，而司禮特爲要地。凡朝廷大典禮及在內監局司庫，在外諸司章疏圖書，靡不與聞。其公廳庫藏內書館並各作房，則專設提督一人董之，出納綾紗、紙劄、筆研諸物，印造五經書史，成造制勑，勘合精微，而監官典簿爲之屬。其文書房則顓備傳宣聖諭，掌發章奏。故有南北司房之分，皆參密帷幄，口御天憲，於權寄甚親且重，非恭慎小心，克副上旨者，鮮能勝其任而愉快。以今觀王公諸人，忠孝性植，共矢匪懈，拱扈龍袞，蔚若列星之衛北辰。而公所以敬承于內，自今皇嗣登寶位，大婚鹵簿，陵工、殿工，無不畢力勖勤，丕著成績。然猶遜不自居，曰皆聖天子威靈所變化也。美哉，公之名於是爲烈矣！從古宮府本自一體，而司禮實關天下安危。然其下者能階天下以危，而其上者亦未必能與天下以安。今之赫然一新，華夷戢服，雖我天子聖神文武，世德作求，而非公其誰左右之？語曰："人貌榮名。"豈有既乎天壤間可不朽者？獨名耳。富貴福澤之盛在一時，而名則在千古，久於川嶽，光於日星。故古之帝王卿相無不以名爲寶。而求之禁掖之內，惓惓爲不朽計者鮮矣。夫寧知名不朽則富貴福澤亦與之俱不朽乎？天子既褒公勳，光寵翕赫。而余所爲頌公者，則尤羨公有千百秋之名，而非徒一時之盛，爲世所艷稱而已。

諸公曰：善。遂勒之石而記之。

曾 使 君 碑

兵使者峽江曾公鎮泉且四年，司銓以公資望，疏移鎮楚，再移蜀，上皆不許，有旨令別推。泉文武吏民始聞公它擢而懼，走兩臺攀留者數千人，相戒斷橋閉關尼公行,繼聞而喜,以爲聖天子睠閩深,將久任公,非真知公,不爲閩借公久也。相率立"再借亭"於海上,已復就城東搆亭,而謁余記。余久焚筆研,則副將鄭君芝龍暨黃守備得陽輩固以請曰:"比者海上之功,公指縱也,史宜大書。若它惠政,可特書。皆史職也。"余謝不敏。

蓋嘗讀國僑"學然後入政,未聞政學"之論而疑之。今言學者,本傅説言仁誠一,本伊尹言天言敬脩,本咎繇言止言幾,本禹至周、召而性命大彰,數聖人於學則學祖也。其於政則即以政學,或終其身守一官不易,或一身兼數器而不辭,淡不標廉,照不炫智,斷不尸勇,極而至範天圍地,財成民物不居功賞,堂皇之外別無壇坫。饑溺相對,即爲導師。蓋直以仁天下爲學,以雲行雨施爲龍德,而非不雨不雲如尺蠖然可以題之龍也。然則政與學果有二歟? 余嚮耳公名,咸謂趙閱道、包希仁一輩人,比見公神志清明,直內方外,開顏見膽,和氣盎人,知公真聖學。久而習公政,其眎貧僻窮丁,不異孩抱,逼欲起之溝而肉之也。悍少年倚豪門鴟宄,捕治不少貸,亡敢居間。其黠者,飾羸狀求哀察,麗簡乎亡能蓋也。海舶珍奇若珠琥象犀、哆囉沉檀之屬,卷握可富,唾若糞土,即贖鍰麾不復顧。清源茶飫外,亡別物也。四載于茲,舉部內大夫、士庶胸中,各有一使君師保之臨焉。以故泉吏治爲八閩最,而衿紳亦爭濯磨習氣以儀式。公暇則相與談任仁之學,廩廩德讓,還鄒魯觀矣!

諸將軍曰:未也,海寇自鍾、李授首後,劉香最桀,蹂躪三省,沿海無寧歲。公推心決筴,遣舟師南入粵,鏖戰破焚之,降其殘黨無算,香父北走浙,亦遂解散,海數千里不復波。而羅溪山賊謀竊發,公先期密檄擒定,四境安堵。非公曜力夫惟能將將是以用命? 不然者,百熊虎渠能爲乎? 余曰:諸君第知爲將,不知爲學也。囊陽明子嘗用之矣。神武不殺,本在洗心。不洗不能藏也,不藏亦不能神也。故曰齋戒以神明其德,要歸之無欲而已。無欲則仁,仁則雖殺不殺。兵行而民弗知,飲至而心不動,可升可沉,無伐無悶,斯之爲聖人之學也。比西北流賊披猖,蔓延五省,聖天子至避殿減膳,以罪己詔百官。公發憤請帥鄭將軍北討,忠義貫日月之氣,使頑懦人無處生活。嗟乎! 斯世有公一人正不爲少,而況有聖主震動之于上者哉！公一介不取亦不與，故久不遷，然再遷而再不許，則聖主知公深，且爲閩借公之久，異日大用，公將自有屬。而泉人相與尼公之去，幸公之留，以私爲一隅地，則亦過矣！南皋鄒先正有言："頂天立地只靠一心，心净即肩頭自竪，脚跟自定。"國家氣運全繫我輩，公取大于鄒，故能以政爲學，章章如是。而趙清獻聞雷鳴，書柱礎曰："一聲霹靂頂門開，喚醒從前自家的。"余每聽公之言，輒誦此詩以當先醒。（下原缺）

莊方伯碑

先生諱應禎，字希周，惠安霞曾里人也。弱冠舉嘉靖丁酉，十年成進士，授紹興推官。外艱補袁州，晉刑部郎，改尚寶司丞，出爲廣西參議，部左江，晉湖廣驛傳副使，改備兵漢黃，晉廣西參政，部蒼梧，再晉按察使，廣東右布政使，歸而樹德於鄉。鄉人思之，既祀於學宮，復勒之石。蓋先生故寵籍，歲輸官課，有司議額外增編，下户苦不支，洶洶告急，公力請蠲之。部檄取北鎮布，屬兵燹，杼柚久空，機户惶怖無敢應，公亦爲請命得免。而役之大者曰留公陂，晉惠合流，霖溉可萬井，爲洪濤齧，久不修。公言所司，捐金先之，畚築告成，兩邑均拜賜焉。昔孫叔敖作期思之陂，而雩婁用瞻；秦開鄭國，漢作白溝，而關中號爲陸海。乃至一鴻隙也，天帝以爲龍淵，童謠託於黃鵠。此豈小事？而公以鄉先生爲父老子弟造不貸之福，使之奕世生稻粱，長禾黍，而歸其賜於公，較當官者不尤難乎？即鹽布之供，所蠲無幾，然波民間即鉅萬矣，宜鄉人之久而思也。

先生孝友仁篤，慈惠温恭，奉兄姊，拊甥姪，具有恩意。若乃懷恬砥節，介志正辭，獨秀風塵，激貪勵競，其概有足述者。袁州爲分宜桑梓，稍脂韋立致臺諫，公被臺薦五矣，耻濡權門，蕭然自遠，以得冷曹。比守尚璽十年，與分宜子聯案，復補外，且得粵西，斯固直道之劾也。其在江左，却墨吏瓶中暮金，平冤獄，定貴縣五山諸徭。在楚，值景邸内徙，供億嚚煩，策馬馳列郡，綜畫明辨，且條郵政八議，疲薾爲蘇。而黃麻當汴、汝之交，長江下接潯蠡，劇賊出没，尤難治，公簡將練卒，擒其魁巨，江漢清焉。蘄世子橫於部中，捕治其人，即世子祈免不可。其在梧，故事，諸經費取辦商儈，務爲節省，不浚求。又故無廨宇，捐鍰肇造一新。在廉訪，覆靖藩奏訐之獄。在粵東攝司篆，清出納，謹持廉約，有吳隱之風。可謂正直鞠躬君子矣！

公生正德，卒萬曆，皆己卯。卒二十餘年，而孫毓慶舉辛丑進士，繼爲粵西右方伯，所歷官多公舊遊地，清白世其家。而公之夫人洪百齡進一，親見其孫貴顯，故尤爲鄉人所頌説。且信天之可必，以爲仁人真有後也。公孫以覃恩晉公階通奉大夫，不佞某備員綸坡，實草制，習其行事，故於惠人之請而序次如左。其辭曰：

維惠多良，襄惠傑立。方伯鵲起，秉心淵塞。蚤翔皇衢，素絲恥墨。權氛設羅，義不受弋。避膩就凉，長離振翼。洊敭外服，啓跡彌清。悍藩斂手，賕吏解纓。揮羨却潤，抗志謝榮。風尊雒社，德尚庚桑。枯農色飽，窮戶體輕。孝友爲機，睦淵爲緯。詒厥槐萌，奕葉增翠。乘箕者神，誦輿者愛。衛鼎晉鐘，摛光剖粹。史作銘詩，以副金匱。

雷 廟 記

雷廟者，雷州陳刺史之廟也。而以雷額者，雷胎也。雷州故梁陳間曰南合州。州七里英靈村民陳鉥無子，事捕獵，家有異犬九耳而靈，將獵，卜其耳動之數爲獲獸多寡，未嘗差爽。一日九耳俱動，鉥喜必大獲，集鄰戶十許家共行。而犬繞吠叢棘中，日西不出，因相與斬棘入，得巨卵，圍尺餘，殼青碧色，怪之。良久，雲雨暴至，四埜昏沈，雷劈卵開，見一兒，兩手有異文，左雷右州。鉥遂禱于天，以爲子男。陳大建三年，男拜本州刺史，有善政，殁而威烈，常爲霹靂擊陰過及物之毒于民者。州人就其村立廟，塑雷神十二軀，應十二方位，有冠、劍、刀、鉞、輪、鼓、電、火之飾，如奉真雷焉。梁乾化二年秋，颶作，忽失二大樑，落英榜山中石神之西，疑若托風雨擇地而遷者，因移廟于其山，自是益靈異。往往見幢蓋音樂直入正殿，龍爪印地久而不滅，虎盜放生雞羊，輒震死。如此類者甚多。石神亦遂爲廟中土地。

予思雷行天威之吏,無地不有,而此獨以食其州何哉?且而寄其神於卵中之人,以赫濯於世,又不可曉也。然古固有日月入懷,鳥卵沈水,皆化男子,則陳氏之說固有之。《河圖帝通紀》曰:黃帝以雷精起。而季路之勇也,或云感雷而生。又在陳氏之前已。瓏言:今年春雷起,有物如鳶突入人家,擒一人跪之通衢,鞭背者三,而碎一葛戶。人欲免於雷,勿恃櫜萐、飛魚而可。噫!此神之教也。

神諱文玉,洪武中盡革宋元王號,改封曰"雷司之神"。其名州者,唐貞觀八年始也。萬曆甲寅除夕。

禮闈小記

崇禎元年戊辰,禮部當會試,以考試官請。二月五日丁酉,命下,大學士施公鳳來、張公瑞圖爲考官,予叨與同考。是日午,儀部主事高公有聞,以幣至家,行二拜,即報謁,亦二拜。初六日戊戌入頂門謝恩,小飯闕右門趙內官家,出東板門,易吉服,候大主考同宴禮部。主考上坐,史官及給諫對坐,部屬旁坐,宴甚盛。遂迎入院至公堂,與提調監試揖,即鎖院入簾。予房在西第三間。晚,同年合飲,爲傅公冠、劉公必達、李公紹賢、張公四知、謝公德溥、朱公之俊,共七人,皆同館。

七日,會經堂會揖,出聚奎堂揖主考。遂分經,予得《詩》二房。各房交相訪,午下,《詩》六房會題同飲。八日會揖,用襯衣,自是早揖皆襯衣。是午,二主考遍視各同考房,扃諸役房內,吉服偕詣聚奎堂序坐,四圍嚴鎖無漏處。故事,主考上坐,同考翰林年深二人爲領房對坐,餘皆傍坐。揭《四書》、《論語》爲十籤,得"述而"、"泰伯"二章,《大學》爲二籤,得"聖經"至"治國"章,《孟子》爲三籤,得"上孟"。各房《四書》各擬三題,上之主考,主考復每題摘其三,納筒中,授領房何公吾騶闔之。《大學》初得《帝典》,曰"克明峻德",予私語傅公曰:"上初登極,東西虜警。'克明'二字如何?"傅公遽宣言之主考,即易以《康誥》全章,又犯"克明"二字,因再易"身修"三句。《論語》抽"唐虞之際"二句,

"上孟"抽"國人皆曰賢"四句。《詩經》六房合二十四題，則主考信筆用其四，他經亦然。

遂擺宴，諸刻印匠皆在堂，予輩督之不停手，坐達旦，疲甚。刻版僅三副，二鼓刻始竣，印六千紙，黎明始竣。其用黃紙書題納筒，裹以黃袱者，當進呈。擊板揭簾，大宗伯至，立簾下，距丈餘。執事者以筒授宗伯，捧而出，不交一言。禮部提調官領題出，散諸士，予等乃揖而退。十一日出二場題，十四日出三場題，皆如之。

十二日卯至十五日酉，初場卷次第到，予房得卷二百八十四，內南百三十一卷，取十一；北卷百十卷，取七；中四十三卷，取二；共取二十人，備卷六人。中卷有四皆奇，而扼於額，乃別房有中卷五十而取一者，似不均。二場卷十六日至十八日次第到，三場卷十八至廿一日次第到，然去取則二十內已定矣。九日午後大雷雨，晚，《詩》六房同飲。十日，六房及魏都諫復飲。晚，七同年飲。十一日，魏及吳都諫過飲。此後卷到，各齋心披閱，不復聚飲矣。

十五日，主考索卷急，以四卷先之，餘亦續送。廿一日定批，又互批，廿三日盡送主考看詳，批定名次。廿四日交落卷與掌卷官中書裴公君賜、田君佳璧，是午填草牓。廿五日各房交相訪，外廉送墨卷入，各房以所取硃卷細磨對畢。午刻，主考復徧視各房，扃各役房內，嚴鎖如出題時，與同考吉服出聚奎堂，知貢舉禮部二公、監試二侍御皆入序坐，主考同禮部四公上坐，二領房、二侍御對坐，經房各一榻，手拆墨卷，彌封同硃卷，送大考填姓名于卷，副考填姓名于紙。隨填隨刻，以第二十一名爲始，填畢又自二十名逆填至第一，防爭也。予首卷曹君原擬第三魁，而《易》黎卷、《禮記》張卷皆佳，兩主考連日擬元不決，臨牓定曹冠軍，予出榻力辭。蓋各房多欲得元，而予念前科有以爭元獲戾者，宗伯孟公紹虞曰："人爭元，公顧遜之耶？"施公曰："此吾鄉名士。"張公曰："此公事，不必爭，亦不必讓。"予遂以卷授提調監試而退。擺宴坐達旦，四鼓填卷畢，隨填備卷，予手六備卷，甚惜之，猶不忍批倒也。

廿六日戊午早，揭牓，先具黃箱二，各裝題名一冊，主考、同考望闕五拜三叩頭，進上與懿安皇后，朱箱一册進中宮。而京師人以報榜希厚利，先賂印匠，多印名紙藏衣間，伺啓闈，疾馳去，予竟不得一册。既放榜，則曹君名大壓時流，予幸逭冬烘之誚，遂馳歸謁母陳恭人。廿七日禮部送宴，入朝謝恩。

是役也，予焚香求真才，凡落卷必五覆。又七同年，時相過評驚爲快。而與李公紹賢連房，朝夕尤還往無間，以爲國家取士之典最慎重，其防衛嚴密，除鬼神外毫無可測。而以求士之故，優異主司，我輩忍自菲薄，非人也。初七日下馬宴，十一、十四、十七，俱有大送小宴，廿四日上馬宴，計二大宴，三大送，三小宴，皆折價。又房中米、麵、酒、果、器物纖悉具備，而每日送程亦不貲，它費尤鉅，皆禮部事。各房給諫，有帶副都御史銜，部屬有帶太僕寺卿銜者，古未有也。然行坐皆在史官後，亦創見。

泗州基運山小記

泗州與盱眙縣夾淮而居，相距五里許。度浮橋，從州城外沿淮北行十里，渡小河即基運山也。山一片皆漫土，嘉靖中始改稱基運云。易輿以馬，入御碑亭，佳氣葱鬱，古柏萬株，數百步爲紅門，旁即祠祭署也。世襲奉祀朱自讓來迎，引入殿前，行五拜三叩頭禮。殿前豎石闕四，石獸十六，石馬六，內臣控馬二，朝臣十四，殿內三黃幄置神座：德祖玄皇帝、后居中南向，即高皇帝高祖也；懿祖恒皇帝、后居東西向；熙祖裕皇帝、后居西東向。其陵寢、神宮、御器一如孝陵及天壽制，殿門後即熙祖陵，所稱萬歲山者也。高皇以世湮遠不輕祖，故斷以德祖爲肇基，而德、懿二陵經兵燹亦失其處，故止于熙陵寢殿行望祭焉。

龍脈西自汴梁，繇宿虹至雙溝鎮，起伏萬狀，爲九崗十八窪，從西轉北，亥龍入首，坐癸向丁，一大坂土也。殿則子午，陵前地平壠數百丈，皆高數尺，繞身九曲水入懷，從御橋東出，與小河會。又前爲汴河，其左爲陡湖，爲二陳溝。又前即泗州城，有塔。又前爲大淮水，水皆從西來，遶陵後東北入海，而淮水灣環如玉帶，皆逆水也。又前即盱眙縣治，米芾所書"第一山"也。山不甚高，然峰巒橫亘八九，與陵正對，即面前案山。又前二百餘里爲大江，而陵後則明堂，九曲水遶玄武。又後爲影塔湖，又後爲汴湖，又後二百里爲黃河，又數百里爲泰山，大約五百里之內，北戒帶河，南戒襟江。而十餘里明堂前後，復有淮、泗、汴河諸水環遶南、東、北，惟龍自西來稍高耳。陵左肩十里爲掛劍臺，又左爲洪澤湖，又左爲龜山，即禹鎖支祁處，又左爲老子山，自老子山北至清河縣，即淮黃交匯處也。陵右肩六十里爲影塔湖，爲九崗十八窪，又右爲柳山，爲朱山，即汴梁虹宿來龍，千里結穴，真帝王萬年吉壤。縣令孫徵奎云：大水時，殿前可一尺。其山較泗州城中地高可丈餘。惟御碑亭前築堤稍斜射，而東一帶人家蔽塞案山，似於明堂爲礙耳。午飯祠祭署朱君所。因與瓏、熹酌數巡而歸。

謹按圖説稱：熙祖世爲句容通德鄉朱家巷人，生宋季元初，至元間因亂挈家渡淮至泗州，見其風土醇厚，居焉，泗人社會常推爲祭酒。居泗凡三十八年，一日臥屋後楊家墩下，墩有窩，遇二道士過，指臥處曰：“若葬此，必出天子。”其徒曰：“何也？”曰：“若以枯枝試之，必生葉。”亟呼熙祖起，祖故熟睡，道士乃插枯枝去。十日後，熙祖侵晨往驗，果生葉。因拔去生枝，別易枯枝。前道士復來，心異之，見熙祖在旁，因指之曰：“必此人易去。”遂語祖曰：“若有福，歿葬此當出天子。”語訖忽不見。元致和二年丁卯夏，熙祖歿，因葬焉。甫封土，即自成墳。

仁祖年四十六，冬十二月携南昌、盱眙、臨淮三王及曹國長公主遷於鍾離東鄉，至盱眙之木場里，淳皇后見一異人，修髯奇貌，黃冠朱衣象簡，授白藥一丸，神光燁燁，使吞之，遂孕。明年天曆元年九月十八日，太祖高皇帝生，聖造戊辰壬戌丁丑丁未也。遄葬期甫歲餘耳。將誕之夜，紅光燭天，里人起呼朱氏火。及至，無有也。舍傍故有二郎廟，時聞空中語：“亟徙去。”至曉，果徙東北百餘步。高皇帝甫生，淳皇后抱浴池，歎曰：“家貧乏襁褓具，奈何？”忽紅羅浮水上，因取而衣之。今傳爲紅羅障，其生處，常見五色王氣，世名明光山，有紅廟在焉。廟在盱眙縣靈跡鄉，距縣百二十里。及高皇帝龍飛，定鼎金陵，追尊四代，已建仁祖淳皇帝陵於鳳陽，因命皇太子至濠泗，祭告祖考妣於泗州。然未識玄宮所在，時向城西瀕河憑弔，歲時遣官致祭。

洪武十七年甲子十月十二日,宗人龍驤衛總旗朱貴從軍于外,年老始歸,即畫圖貼說,識認宗派,指出居處、葬處,備陳靈異始末。貴故偕熙祖北渡者。上即命皇太子至泗修建陵寢,號曰祖陵。命禮部製造三祖考袞冕冠服,瘞殿後。每歲大小二十六祭,設祭田一百四十九頃。僉選人戶三百一十四戶,因授貴奉祀,四品服色,子孫世襲管理署事。當貴面奏陵圖時,恩賜田宅、鈔錠、金帶、衣服等物,寵賚有加。令置祠署於貴先人所居之稍北,其東南即熙祖舊屋基。特賜奉祀官,世爲葬地。及貴子綏襲前官,高皇帝召入謹身殿,賜膳一卓,復賜御前子鵝肉,諭以莫嫌官小,與國同濟。而楊家墩者,宋保義大夫楊浚、大理寺評事楊聃墓也。命改遷於陵西之黃崗里。復諭戶部免守陵戶役及一應雜色差糧。嘗曰:“濠泗實朕鄉里,陵寢在焉。人民理宜優恤。”諭署民曰:“鄰近荒田儘力開耕,永不起科,不屬有司衙門。”諭署官曰:“你衙門裏無刑名造作也,不刷卷。”嗣是文皇帝駕過泗州,詣陵祭告,賜金飾鞍馬、鈔錠,田地四十四所,並服役百戶内侍等官。又命朱貴子綏,諭泗州降有功。駕渡淮,仍以令牌召綏至營賜坐,溫語移時,賜父老牛酒慰勞焉。

列聖承統,皆遣重臣祭告。景泰時以不雨;弘治時以大風傷陵樹;嘉靖時以陵前山石墜,以基運山從祀方澤;以皇嗣未生,以脩陵工完,皆遣重臣祭告。萬曆二年七月十四夜,大風雨損壞殿宇門墻,及湖水衝激東南角岸,命南工部郎郭子章脩理並砌石堤,二十年復命南禮侍曾朝節、南工部郎沈演、周詩再築護堤二道。然陵窩稍低,前後土頗高,似不須堤,且諸水朝宗,一望瀰闊,亦非堤所能障也。況舍其右而偏左,又有鋒刀尖割之形乎?今秋七月二日大水,泗城幾没,廬舍皆壞,民悉走盱眙山阿,至初冬水始退。而陵殿前亦幾一尺,賴按臣設法防護,得無患。則堤不足恃明矣。朱自讓即貴十世孫,舊爲粵幕,以鴻臚序班,改今官。其人亦醇謹。崇禎辛未臘二日,侍講蔣德璟謹記。

游宫市小記

京師有三市:廟市者,都城隍廟左右街也,以朔望及廿五日;燈市者,上元燈節也,以正月十日至十八日在東華門外;宮市者,皇城之内,紫禁城之外,以每月初四、十四、廿四日,諸士紳多行觀。

　　崇禎元年臘月二十四日上萬壽聖節,朝賀畢,從會極門即左順門。過文華殿,出東華門,循玉河而北,計護皇城紅鋪内三十六、外七十二云,至東上門而北,即宮市也。其繁麗不如廟市,然諸貨亦畢集。直北行復轉西,爲北上東門,過北上門即後宰門也,曰玄武門,後爲萬歲山。山凡五,如列屏,而中稍高。出北上西門,有兩坊甚壯麗,一曰“先天明境”,一曰“太極仙林”。二亭金碧尤輝煌,一曰“炅真閣”,一曰“䏌靈軒”而中即“始青道境”,蕭皇帝建也。循始青而北,曰福静門,又北爲冰窖,轉西爲陟山門,則鑿冰納窖甚多。小憩槐樹下觀之,登二亭望西海皆冰。遂至遼后洗妝樓,僅空山耳。度橋,即坐小橇行冰上,以一人曳之,行甚馳。穿橋有二坊,一曰“堆雲”,一曰“積翠”。遠山而北,登岸觀龍舟甚敞壯,舟闊三丈六尺,上有樓,樓有龍牀、龍椅及后妃六椅,其下窗楯尤鮮麗,旁小舟甚多,俱藏于船屋。循海北而西,爲雷霆洪應之殿,又東爲内教場。又東爲五龍亭,中曰“龍津”,東曰“澄祥”,西曰“湧瑞”,又東曰“滋香”,又西曰“浮翠”,惟中亭獨出數丈,餘亭如手、如驂、如雁。而内殿宇尤聳拔,其門曰“福海壽岳”。又西南爲“香津亭”。入仙芳門、昭馨門,又北爲虎圈,過牡丹園,可數千本,皆稻草束之以避凍也。過芙蓉亭、承華門,又南爲飛霭亭、金鰲玉蝀大橋,過橋尚多勝景,未能及也。折而西爲永亭門,遂出西安裏門,爲十庫,爲西華門而歸。同遊者,兄中黄及同館王宫講昆華也。宮市自東上門至北上門止,餘皆西苑勝處。

天寧寺小記

　　天寧寺在章一門外,甲戌浴佛日,招傅幼心、林可任、中陛弟齋寺禮佛。寺塔隋物也,能放毫光,其影倒入法堂,甚奇。行徧僧廬,僅兩牡丹始花耳。予庚戌與弗棄兄宿其中,見牡丹甚艷,云例獻東宮,尋其花,無有也。大接引佛高丈六,甚靈顯。庚戌祈子,夢有携兩小兒穿百補綵衣來,謂予曰:汝子也。壬戌祈科名,夢王母賜予荔支一大盤,皆緑羅袍,而以四紅者壓其上。是科選庶常,爲

館元。與三（下原缺）

報國寺雙松小記

同館文鐵菴宮允請假歸，予偕倪丈鴻寶、鄭丈大白餞報國寺。寺在宣武門外可二里，建於成化乙酉，以丁亥竣工，蓋憲宗爲皇太后祝釐處。初入東廊，懋禪悦菴，則鴻寶、大白先在，因讀鴻寶送鐵菴扇頭詩，有“杜宇鷦鴣訟不已，木人土佛道俄分”之句，甚警異。少選入寺後總聖門禮佛，兩傍名畫百二十軸，皆天堂地獄變相。僧云宫内送至寺者。登大毘盧閣，可三十六級，爲王母及母兩太君遥祝畢，閣外通廊環行一週，俯視西山，若在襟袖，宫闕城市具在。因中旁精舍一枝繁花，或云梨，或云杏，甚艷。遂行觀成化劉公定之碑。出總聖門右轉入僧房，有海棠一巨叢，其幹十數，大可數圍。出過後殿，多松樹及核桃。再出過正殿，則雙松怪甚矣。雙松偃蓋，皆數百年物，東者高可三四丈，有三層，西則僅高二丈許，而枝柯盤箏，低亞橫斜，其蔭數畝，虬角龍髯，披拂鱗皴，其最脩而壓地者以數十紅架承之。因移榻其下，梳風幕翠，一庭寒色。且語鐵菴曰：“松字十八公也，十八年其爲公乎。”一笑遂別。

滿井小記(原缺)[②]

劉園、王園、資福寺游記

上林劉丞園在平則門外，左爲資福寺，右爲王瑙園。甲戌四月十一日，劉君邀同湛持、書田、朗城、瓊圃諸公觀牡丹。出城遇頂進香婦女，跨驢揚鞭，數百爲群，自四月朔至今未絶也。數里入劉園，入第二門，編籬爲徑，草樹蒙深。過小橋，橋右有石喉通古井，時久旱，汲井水注之，淙錚可聽。旁立數石，亦奇。中扁曰“適適園”，左右各有徑，有“晴好”、“雨奇”二扁，中搆一亭，曰“斗墅”。兩旁皆花圃，深可數畝。牡丹艷開，千朵競麗，大者方六七寸，目不暇接。圃左右復翼以廊，垂楊高梧，涼陰惠風泛人襟袖。而右廡尤美，前雕欄，後曲水，真勝界也。圃後爲高臺，臺高可丈餘，前列七石，皆太湖物。登臺則樹色參天，濃翠環擁。日向午,張帷幕其上,花香撲鼻。劉君請余臺名,爲名曰"太乙臺",用卯金事也。

循臺而下,小憇待湛持久不至,因同諸丈入王璫園。園不如劉,惟兩海棠古甚,不減報國寺二株也。其外多白楊,蓋璫瘞處。惟麥圃寬闊,一二農人荷鋤其中,差不俗耳。

旋入資福寺,列柏成行,可數百株。寺雖荒廢,亦勝金碧。入三門,皆禮佛,最後爲臥佛,丈六,足根大可三尺許。有捨履者,履小不能蔽一趾也。殿門有董玄宰、王非熊二扁,董曰"眼前佛國",王曰"智燈長焰",字皆遒美。

而日過中矣,歸小飲斗墅亭中。劉君出家樂侑之,作《芍藥題緘》一齣,未闋而湛持至矣,遂共飲於右廡,演《白太傅青衫記》。畢,循行左右圃與牡丹別,而蘋果實亦離離大如梅矣,湛持摘分甘。久之,遂歸。

書田云:"園本鄭戚畹養性物,劉以五百金得之,恨不移向城中。"予謂:"城外爲佳,蓋不獨園與花之美,其一道垂楊使人如在江南山水中,而西山亦自親人,爲無城市氣也。"牡丹自唐武后後始盛,天寶中始重之,謂之木芍藥,即太真所賞太白《清平調》三也。《本草》牡丹一名百兩金。譜以姚黃爲花王,魏紫爲花后,芍藥爲相。而《后山談叢》云:廣陵芍藥有紅瓣黃腰者,號金帶圍,而無種,有時出則城中當有宰相。韓魏公守廣陵,一出四枝,在坐王岐公、王荊公、陳秀公皆入相,鼎甲而四也。可任深于禪理,望之知是再來人,其令蒲圻,環邑樹皆降甘露。因對奕小酌,折木芍藥各一枝爲供。再移尊塔下,低迴久之,各拈王字韻作小詩。

建 溪 石 小 記

建溪一身皆石也,浮者爲鼻,沉者爲腹,峭者爲足,秀者爲眉目,翠者爲蓮花,狠者劍鍔。每逆一灘,舟穿亂石中,篙師繰丁急與之角,着着應手,手微鬆即與舟俱碎。而兩岸多小翠石,兒輩因乘間掇之,凡得百四十八枚,如豆,如瓜子,如鼠矢,如蜂,如柿核,如蚶,如蚌,如石榴,如瘦木,如祖母綠,如猫睛,如窰變,如螺，如端硯眼，如丹砂，如黃蠟，而以龍鱗鱸爲冠軍，紫玉腰次之。使米襄陽見之，便當入袖，而遇高僧有道者，即捨以爲供，亦無不可也。

記紫雲雙塔游

淨師從紫雲寺住持清源西洞天，以予喜石，捨洞石見供，佐以乳泉一缶，曰：吾往來清源、紫雲間甚適也。紫雲有東塔殿，吾師派上人舊址，詹司寇題詩林禪榻處。雖數楹，然以附塔陰涼，可暫憩。遂約黃公季弢、林公爲磐與予茗飲其下。而盱江鄧君應瑞者，徵君潛谷先生曾孫也，遠來訪予，僑于寺東偏，因邀共坐。啖蔬菓甚香潔。

晚鐘鳴，起踏月遶塔禮數巡。林公曰：“偉哉塔也！當其願力所至，架石插雲，鬼斧神鞭，不可思議。吾黨立地作聖，肯辦如此願力，不愁不到塔尖。”黃公曰：“亦全在塔根。聞塔下尚有巨石兩層，合上爲七。無此兩層，即萬仞安頓何處？”予曰：“塔尖高，塔根實，亦更在塔心。有塔心方有塔身，八面許多玲瓏，中間只是一箇。”黃公曰：“此心合下便具七層，老僧初下手時，已具全塔在胸中，不是逐層做去。如吾夫子志學，就合下有從心地位也。”予曰：“塔有尖，心恐無尖。百尺竿頭，更有進處。”因舉“無所住而生其心”扣淨，淨曰：“心無住，塔有住，即心是塔，元來無住無生。”復舉“一切有爲法”偈，淨未答，林公曰：“有爲無爲，總從心造。造自梁武帝，是有爲法，即有漏因；造自老僧，是無爲法，即真功德。”衆爲豁然。

時有吳烈婦楊氏卜日就義，林公舉似曰：“此是真願力。”予曰：“渠看得金剛偈透，將死生作夢幻泡影觀，纔能從容爾爾。此即是真佛，丈六金身非佛也。佛皆吾儒所有，只吾儒説出成仁取義，既足主張名教，亦與佛理關通，而徒以一切夢幻泡影空之；則塔亦屬有爲法，雖造自梁武帝，與造自老僧，其爲人天小果一也。”林公爲之启齒。已復舉退之人其人三語，曰：“退之實孟子後一人，陽明又退之後一人，皆真造浮圖手。”黃公戲曰：“李文節有言：未聞明先王之道以道之，而輒廬其居亦不必。”予曰：“壇越孫應作是語。”因哄堂一噱。既自東塔出大殿,庭月如畫,復繞西塔數巡而歸。

　　按志:紫雲寺,唐垂拱中州民黄守恭故宅地捨爲寺,即黄公始祖也。東鎮國塔,咸亨中文偁禪師以木爲之,凡九級。咸通中,倉曹徐宗仁以佛舍利鎮塔中。宋天禧中,改爲十三級。紹興乙亥災,淳熙丙午僧了性重建。寶慶丁亥復災,僧守淳易以磚,凡七級。嘉熙戊戌,僧本洪始易以石,僅一級而止,法權繼之,至第四級,天竺講主作第五級及合尖,凡十年始成。其上有鐵香爐、銅寶蓋,於塔八角以鉽鎱上鈎之,頂作沃金葫蘆,煐煐若黄金色。每層中爲塔心,環轉空洞,層各八龕,龕供石菩薩一尊,兩壁刻二大神像翼之。外遶廊簷,護以石欄,圓廣一百七十二尺,高一百九十三尺五寸。凡大柱四十,大小梁各四十,大斗百九十二,小斗四百四十,枅四十,大栱百有十二,小栱八十,皆巨石爲之。西仁壽塔建於梁貞明二年戊申,先是地踴者數尺,俄有神僧浮海,止於寺,適閩王審知於大都督府造木塔,塔成,沉而湧泉,夜夢一僧曰:"塔沉而湧泉,泉者,泉也。可移鎮泉州。"王怒,斬僧,白乳高湧數尺。王覺,以物色求之,泉人云:"有風和尚,去矣。"王乃以木植浮海至泉建塔,明年成,號無量壽塔。宋政和甲午十月十日,有青黄光起塔中,高侵雲,須臾五色,質明乃滅,因賜名"仁壽"。紹興乙亥災,淳熙間僧了性再造,復災,僧守淳易以磚。紹定元年僧自證始易以石。頂藏金銀諸寶,規制如東塔,而圍廣殺五尺,高減一丈五尺五寸,壯麗聳拔則相伯仲也。蓋嘉熙元年始竣工,實先東塔十年云。二塔及蔡忠惠萬安橋皆爲海內冠。丁丑仲夏十九日,德璟記。

袖清源石小記(原缺)[3]

記圓通菴舊遊家君口授。

　　許家巷有山紫而橫,曰橫山,一名桃梨山。山麓有古圓通菴,供養吳真人諸像。萬曆己卯,余偕王孝廉乾開讀書菴中,湫溢甚,獨其脊小葫蘆頗靈異,欹則必雨,巷人占焉。予三日一對壘,論文竟,即飲。母氏吳太恭人以其日從福全餉酒不厭,更赴酒家貰酒徑醉。嘗一夕雨,臥階前,巷人遙見火光,驚護之,亡有,則赤毫光也。族猴三過菴，自縛梁上，更縛牀竿，魔嬈之。予與同寢，猴三内，魔亦内，外亦外，嚚不止，予無覩也。試與乾開祝神前，神而魔奈何？猴三指其鼻及足。覗神，鼻、鞾果壞。因舉神火之以煖酒，且曰："二生異日貴，必新神。"而是時晉江令梁公自强丈田過乾開，坐定，問同窗爲誰？乾開以余對，因呼出之。梁公目余曰："菴中三進士，蔣當後勁。"時余儒士也。將歸，轟飲，於神腹下忽得古銀，償酒進恰如其數。

明年庚辰，乾開成進士，乙酉，余舉順天，壬辰亦成進士。而乾開子寅揆偕余兒璟，己酉復同舉，旋皆成進士。今去讀書之歲四十有四年矣。古君子能自顯於世，雖其微時游釣之處不忍忘，況余家福全濱海，入郡必經橫山居，往來八十里之中，田園雖薄，賴以共其屝屨。而是容膝數易地，得吾二人爲之主，亦有非偶然者。既葺而新之，因記以示後人。乾開名三陽，官南京工部主事。梁公名必强，瓊山人，甲戌進士，在余瓊管部内。前進士廣東參議蔣光彦記，男德璟謹書。

重修福全家廟記

福全在泉州晉江東南偏八十里大海之郭。洪武廿年丁卯，江夏侯周德興始築所置千户。璟初祖旺以功超武德將軍、千户所正千户守御。又五世祖當天順癸未，千户祖伯輔始即正寢東建家廟，坐干向巽，面際洪濤，左環百雉，右仰元龍，印石浮前，鳳髻峙後，規制特爲伉敞。距今百六十餘年，圮矣。璟祖母旌節吳太恭人暨觀察九覲府君屢議修，而木巨猝難易。天啓壬戌，璟初入翰林，旋奉諱歸，祖母命璟曰：'汝父志也，勿復緩。'乙丑，遂構堂寢新之。凡用杉百四十株，其巨者叔千户學深舊購得六，兄琯得三。積穀但以待，故易爲力。凡用瓦、砌、硐、磚二萬二千有奇，竹、藤、皮、鐵、灰、油稱是。凡用梓工四百八十二，巧工百有十八，漆工五十有四，小工二百五十，費可百三十金。璟括篋僅百金，釀三十金佐焉。自堂祖基爲厢房，爲廳事，爲方臺，爲廟門；樹坊，周垣繚之，葺舊而已。既成，弟瑗復舉進士。於是小子璟諏四月庚辰④，大合族，奉始祖妣入廟，以列祖有功德者祔，而觀察府君與焉。餘悉祧，蓋其嚴云。

時宗子德榜襲職入京，璟支子也，於禮當于祫爾，迺受胙旅酬，颺告于族曰："吾蔣宜廟者四，廟之興與吉會三，子孫宜保者五。古廟制：天子七，諸侯五，大夫三，皆祀及太祖。諸侯，太祖始封也；大夫，太祖始爵也，故百世不遷。吾祖自壽州始，爵于泉，一宜廟。古卿大夫皆世官，有圭田采地，今無世矣，其初皆緣庶人起，其後不免以庶人繼，故朱子祠堂之制，諸不得廟者，作室以祀，曰祠，本朝因之，著在《會典》，千户雖武，得從公侯之後，世官世禄，於古則子男也，二宜廟。《禮》：祖有功，宗有德。吾祖從高皇帝舉義旗渡江，戡定天下，世有武功，鎮佑兹土，及先君觀察用文顯，有德於交黎甚大，生祠歿碑，俎豆幾徧，三宜廟。程子言宗子無法則，朝廷無世臣，然無世臣則亦無宗子，雖宗法亦不靈，今宗子世其官，得行宗法以尊朝廷，四宜廟。五世而建，十世而修，建者生申，修者亦生申，一也；建于天順⑤，修天啓，二也；建而瓜瓞始肇，修而泥金薦至，俾餘祖母吳以百歲太君坐觀子孫會之通籍於朝，三也。三者可謂吉矣。宜廟則廟不已，廟而吉則廟尤不可已。保之在子孫，於是以五約申族衆曰：核祭田，守祭器，謹祭日，恪祭儀，奉宗法即國法也。高皇帝酌《周禮》三物八刑之旨，而爲六諭曰：孝順父母，尊敬長上，和睦鄉里，教訓子孫，各安生理，勿作非爲。大哉王言！建天地而質鬼神，真蔣氏世守宗法也，慎保哉！"於以歌"孔惠孔時，勿替引之"之詩，以交勖而退。

工始於乙丑正月初六日，告竣三月念九日。董其役者，叔學瀾也。又七年，璟特節封藩，便道歸省，合族於廟，始爲記。崇禎辛未中秋，十世孫德璟記。

展 祖 小 記

璟甫十歲別福全，從先府君之江山，爲萬曆癸巳，蓋七年而爲己亥，自南京歸，以髫入泮。又十年爲己酉，叨薦于鄉，再至福全謁祖。海人餉大魚可數千斤，放之。戊午春，從府君樹綸恩坊，適關帝廟鼎新，燈拜甚盛。甲子、乙丑，弟瑗復連第。乙丑，璟奉祖母吳太君命，鼎新祖廟，因奉主入祀。凡間數年裁一至，至不數日，然夢寐輒在赤山、蓮嶼前也。己巳使淮邸，歸省，吳祖母方以節蒙恩特旌，而府君亦以璟、瑗官再晉階授誥。

庚午，曾孫鳴雷復登賢書，禮當告廟，於是辛未中秋既望，率弟瓏及姪雷行。是日雨間作，四十里過橫山，飯許家巷圓通菴中，從兄斗之子堂衡以酒迓，爲飲數巡。菴前小廊即府君讀書處也，墙瓦不治，因捐貲命僧脩之。廿里經龍、𪿈二湖，龍湖大於𪿈，夾道左右，相距數百丈，而雨漲瀰漫甚遠，過此即沙崗矣。沙崗古脤地也，以樹髡蕩爲磧，風舞沙飛，行不辨路。余甲子嘗立石碑五，爲行旅指南。十里山頭，掌所篆宗子德榜偕群從迓，遂以燎行。月漸皎，諸父老相勞苦爲慰。十里福全城西大士菴，族人皆在，遂入城。自菴至家，燈火甚盛，月明如晝。十七日，同宗子謁祭家廟，即出北門，謁始祖武節將軍諱旺墳，在乳山，可十里，前臨海，以深滬聖殿爲案，三台山環之，後高，園地直長數百丈，形家名曰“倒地木”。其盡處亦有三台，左則龍、𪿈二湖赴海之腋，永寧姑嫂塔峙焉。遠望雙陽如二筆，右則大乳、小乳山，連亘擁護，相傳兹穴爲“金刀剪芙蓉”云。墳左數百武有大王菴。小酌遂行。二里許爲坑邊，謁三代祖武節將軍諱勇墳，亦佳穴也。舊苦風沙，萬曆辛亥、壬子間，璟募衆蒔草爲蔽，近墳諸地遂得藝場圃，耐風沙。歸會族燕于家廟，旋飲兄斗酒。十八日，禮關帝廟，出北門謁四代小宗祖上岩墳、五代祖鈍菴下岩墳，二墳相距不數丈，皆眠弓案，後枕大海。上岩面對雙陽，下岩則雙陽在左，皆有情。行里許爲坑尾，謁二代祖武節將軍諱正墳。相傳祖當永樂時，以事逮赴京卒，妣（下原缺）

石 鼓 小 記

癸酉二月五日丁卯當祭文廟，前一日百官例當瞻拜。予約鴻寶過鴨洲宅同行，鴨洲出《倉庚圖》戲示，且下榻小酌，予謂不如攜之滿井。因以小肩輿循皇墻而北，過西海子，春雪初消，潆漫泓淥，塵土爲净。海子舊名積水潭，聚西北諸泉流入都城而匯于此，從皇城後入西海，出玉河橋與通州合遠。

頃之，抵國子監成賢街，易吉服，並馬入，至廟門下馬，監生六人迎入廟，階下四拜，因往戟門内觀石鼓。左右各五，其石高可二尺五寸，圓徑二尺許，形如鼓而頂微圓，四面籀文，世傳爲周宣王獵碣，初在陳倉野中，唐鄭餘慶遷置鳳翔縣學孔子廟，而亡其二。宋皇祐間向傳師求得之，十鼓乃足，然其一頂窪，類臼矣。大觀中徙開封，置辟雍。靖康末，金人輦歸燕，置大興府文廟。元皇慶初移置今所。本朝因之。第搨者甚多，久之恐遂並無字，似可庋之高閣也。記壬戌春予初釋褐至廟，遇同年文湛持云：此鼓非周宣王物，直後周宣帝耳。予曰：後周才子無如庾信，駢偶之文豈有此風雅？且籀文甚古，決非三代以下所辦。適門人方博士廣德延西厢小坐，則館丈綱存司業具三席爲午飯。綱存以陪中堂徐公玄滬演禮，故令方門人來，因酌數巡而別。

鼎建福蔣世室記

德璟既重脩福全家廟，奉祀始祖武節將軍，以高祖果軒公、曾祖赤山公、祖贈中憲大夫浙江温州府知府敬齋府君、父廣東參議江西副使兩晉階中議大夫九觀府君入祔矣。顧自吾父舉萬曆壬辰，奉大母吳太恭人居郡，念欲建小宗祠，而歷官中外未遑舉。迨吳太母年垂百，吾母陳太恭人亦八十矣，猶時命璟兄弟竟父志，璟謝不敢忘。崇禎乙亥冬始得地於肅清門内節孝里，距銀杏宅僅數武，遂與弟給事中瑗捐俸鼎建。

外爲祠門，作小耳房二。内爲天恩帝賚堂，奉中憲、中議二府君暨吳、陳二太君，後爲基瑞堂，奉赤山公暨留曾祖妣。而設始祖行主，遇冬至袷祭拜焉。置神厨二，兼藏鄉、會、殿諸試卷録，遺書，衣物，祭器。上爲寶綸閣，攬清、紫、雙陽諸勝，奉歷朝誥勅制書，尊君賜也。閣後爲龍眼古樹。繚以周垣，左右通巷皆有井，發覆得之，右尤深冽，爲銘其幹曰“福全蔣井”。井之外即璟敬日新宅，亦有龍眼樹，森蔚相望，如華蓋焉。其後即八卦溝也。里人謂樹與井皆唐宋遺，即舊屋亦莫詳所繇，久迺自圮。以丙子長至興工，初動土時有三鵲、五鈴鴿飛鳴盤繞之瑞，萬目詫奇。越明年二月落成，八月葬我吳太君，始卜吉九月壬午，偕兄瓚、琯、弟瓏、瑗等奉主致祭禮也。

按《禮》：別子爲祖，繼別爲宗。解曰：別子謂公子，若始來此國，或身自起爲卿大夫者。赤山公自福全卜郡宅，中議居之，且起家名進士，以有中憲之褒贈，則中憲爲始爵之祖。又曰祖有功，宗有德。始祖開國勳尚矣，雖世官，然自赤山公始大，凡晉、南、惠、安、永諸邑田廬，皆公手營，毅才俠識，實范少伯以上。中議每曰：子孫即百科第，安敢望吾祖布衣也？其功在垂統。中憲以英雋蓋世，開詩書府。而吳太君矢志《柏舟》，身兼創守，親見子孫曾通籍于朝，封旌並錫，海內稱母師焉，其功在立孤。中議事節母孝，令江山，築九清、鹿溪二橋，司南庾，榷杭關，守溫州，建牙南瑞，雷廉瓊綏交定黎，寬仁廉勁，所至見思，凡爲生祠六，名宦三，鄉賢一，而全活欽交四崗、崖黎多港等三百餘崗，陰善甚博。其功在不殺降，且非獨功也，德尤盛焉。陳太君佐以柔淑，上媚嚴姑，下字《鳲鳩》以儷德顯。蓋三世而具千萬年之澤，於法均百世不遷，特廟宜矣。署世室何？《傳》曰：周公稱太廟，魯公稱世室。言爲世世室不毀也。吾蔣胤自周公，且今之藩臬大夫，古侯伯連帥職也，稱世室不亦歉乎！

禮既成，謹書以示子孫，而交朂曰：懋哉！世德作求，以介景福。即與清、紫諸名山同久可矣。祠坐辛向乙兼酉卯，費可六百金，璟、瑗各庀其半。而董役者瓚兒鳳焜，篤孝開敏，並書勸焉。諸圭田儀物具如左。

華陽三徑小記

三徑自吾家羊、求事。稱華陽者，以在玉華宮之陽也。初，觀察府君擬移宮當巷，陳太君亦欲稍廣宮制，皆未果。崇禎丁丑臘，芳鄰蔡君以其館與予小齋近，而與予宅相向，固欲歸予，然其地僅容膝，及堂軒數楹而已，而門在西偏，頗爲形家所忌。予既以善價承之，因循覽東偏，陳地數筊，有橘榴四甚古，久廢爲雞豚圈蕪不治。予友林公讓菴及弟中陛謂宜移門于東，且樹竹籬如華表狀蔽旁脊。遂剗其朽壤可八萬斤，以其餘築臺旁，立怪石，而植黃精、地黃、杞菊、管松、椿、桂、梅、竹、紫薇、宜男、長春之屬，復築小亭其前曰“敬日”，其徑曰“紫桂”，便門通別業曰“小東華”，於是三徑之勝耳目若驟新云。已復以移宮卜於神，曰吉，遂移數尺，舁更棟宇，比舊稍深廣，適與巷對，靈爽煥然。並葺旁諸小屋，計費可五百緡浮矣。

按龜山《白玉上經》稱十六洞天第八曰"華陽"，而《真誥》以爲洞虛四郭，有陰暉夜光日精之根照此空内，明並日月，東通林屋，北通岱宗，西通峨眉，南通羅浮，皆大道，間有小雜路，阡陌抄會非一處。吾三徑雖在陋巷，安知不隱巋其間耶！《真誥》又記：漢劉文饒用心仁愛，际民如子，晉東平守李忠祖母奚子多行陰德，恩及鳥雀，今皆在華陽洞中。吾祖母吳、母陳兩太君似奚子，先府君似文饒，又安知其不偕群真往來金堂石室間也？予雖愚，然少好道，故稱華陽而並識先德以見予志之所存。

工始於丁丑臘廿四日，竣於戊寅中和節。而予蒙召掌左春坊且趨朝，因爲之記。

觀　欹　器　記

右欹器在予姻友傅君子訒家，銅爲之，形如小鐘，圓上銳下，口徑一寸八分，高三寸八分，環口爲旋波紋。其下爲虯形，一角，或曰一角當爲天禄，額、睛、口、耳、眉、顀悉具，而角在鼻上。其腰兩旁系小銅耳曰欒，各寸許，平懸之，中虛，可受水三四合。其背篆"所光"二字。其簴方，亦銅爲之，四足，高可二寸四分，修五寸六分，廣四寸，内嵌空作芝草形，四周刻文爲旋波。兩旁立小銅柱二，高五寸，蟠以二龍，然非龍也。龍生九子，以形求之，疑當爲蒲牢、蚣蝮。《博物志》曰：蚣蝮，似龍好叫吼，今鐘上紐是也。柱中二小窪，即雙懸欹器處。

璟按《家語》：孔子觀於魯桓公之廟，有欹器焉，曰："此爲宥坐之器。"而《韓詩》、《説苑》及《太平御覽》皆以爲周廟。杜預曰："周朝欹器，至漢東京猶在御座。"《家語》注曰："宥與右同，言可置座右也。"《説苑》作右坐之器。或曰："宥與侑同，勸也。"《淮南子》作"宥卮"。《文子》曰："三皇五帝有勸戒之器，名宥卮。"注："欹器也。"《禮·宗伯》："以樂侑食。"鄭云："勸食也。"《詩》："以妥以侑。"《左傳》："王享醴，命之侑。"注云："助也，所以助勸敬之意，通作侑，右，其義一也。”

璟既與銓部林君爲磐就子訒築岩觀之，因試以水。林君曰：“其下銳而蚪首斜出，故虛則攲；得水及腰則正；滿則上盛，宜其覆也。故孔子曰‘明君以爲至誠，故常置於坐側’云。”子訒祖獻簡公堯俞爲宋元祐名臣，是器宣仁所賜，迄今且七百年，而能守之勿失，可謂世孝矣！其入泉則自紹興中，獻簡孫忠肅公察夫人趙氏携以來也。⑥廟尚巋然，如魯靈光，所藏容老玉佩，亦與攲器并存。祖武孫謀，遠迺益章，可謂世德。予上下千古喬木之家，如傅氏者殆不可多見也。“所光”疑“元光”，恐是漢武帝紀年，或擬周廟爲之。然扣之純作木聲，其色澤特黝古，要當爲二千年物。傅氏子孫尚世守之哉！世守之哉！崇禎丙子八月書。

《家語》夫子論持滿曰：“聰明睿智，守之以愚；功被天下，守之以讓；勇力振世，守之以怯；富有四海，守之以謙。”此損之又損之道。《説苑》引之，則曰：“高而能下，滿而能虛，富而能儉，貴而能卑，智而能愚，勇而能怯，辯而能訥，博而能淺，明而能闇，是謂損而不極。能行此道，惟至德者及之。”其指尤備。予友林君爲磐用《説苑》攲器語與金人銘並書座右，可謂善學聖人者。因各酌酒器中而曰：“捧攲器之物，珍於禹鼎湯盂；酌攲器之酒，嚴於賓筵妹誥。”遂各圖其形，歸而置之，以時省觀焉。德璟載識。

栖 緑 書 院 記

銓部林子爲磐題其書院曰“栖緑”。或曰是園也舊名“莎緑”，存名厚也；或曰倣裴晉公“緑野”，謙言棲也；友人蔣子德璟咏詩而得之，曰：是其在《淇澳》乎？《淇澳》咏緑者三，《爾雅》緑作菉，毛傳曰：“王芻也。”箋曰：“一名鹿蓐。”陸機（璣）以爲莖葉似竹。而《正義》非之，曰緑與竹蓋二草云。言緑竹所以美盛，繇得淇水之潤，衛武公所以德盛，繇得康叔之烈，其指甚遠。今林大父潛江大夫方以望百之年，縠子詒孫，爲海內師表。而銓部親奉庭教，以與諸君子切磋琢磨成其寶器，睬衛武公隔代而述康叔，能若公祖孫同一堂乎？否也。雖然，其爲緑竹之得潤則一也。

門人李君登卿、鄭君熙揆等進而稱曰：夫道猶水也，於家爲星宿，於世爲河海。有星宿必有河海，是固然矣，而爲河海者則每合千派萬支之水以成其大。今林夫子世之河海也，其神淵，其德全，人貌而天，其俯而淑吾黨，恕採而敬敷，舉能而導愚，若千派萬支之赴于溉瀁之波而不知其際也。夫子嘗以旦氣之學覺世，蓋有筍江書院之會，而兵使者峽江曾公題之曰“任仁”。仁在造物以雨露生物，仁在聖人以平旦生人。人而無平旦，則是天地無雨露，而物彙不復有萌芽也，將舉世而爲牛羊之世乎哉！是故任仁之仁，萬紫千紅總一春也。栖緑之緑，水碧山青，無非教也。識其爲無非教，而後知聖門求仁之學劾天法地之學也。陽明之良知知此，虚齋之《密箴》密此，曾公之任仁亦任此而已矣。

林子蹵然曰：仁則吾未能，任則何敢讓焉？方與蔣子勉之。抑衛武公之詩曰：“民之靡盈，誰夙知而莫成。”武公之成，至于如金錫，如圭璧，而其學得力于知。曰秩不知、郵不知、臧否不知，不知則謂之興迷，知則謂之有覺。吾黨一以有覺，交相勉焉可也。

院在城西偏，居室之北，左挹金粟，右擁清源，園地清曠，老樹嫩蔬，四時葱蒨，爲城市中洞福。而林子復題其徑曰“菜根香”，蓋取咬得菜根百事可做之義，其風操如此。於是蔣子與林子約：“子且出，其以旦氣覺一世而歸，歸而如裴公逍遥于緑野之上，使蔣子得從而學圃何如？”林子曰：“敬諾。”

記舟峰雷薦亭事

舟峰南有林公墓，即齂使潛江公父也。右爲林洞，是多怪石，森峭萬狀。齂使率其孫吏部爲磐君築亭於此，以攬山川之勝，而寄其終身之思。亭甫成，而雷從石起，二匠人方椿灰，驚墜山下，無幾微損，即亭上一瓦一木亦不動，衆咸異之。時崇禎辛未三月七日也。爲磐君謂舟峰千百年湮鬱之氣，再經開闢，條着靈異。而璟以爲齂使祖孫孝思所格，《易》雷出地，豫取殷薦祖考之義，故名其亭曰“雷薦”而記之。

封御史馨齋黃公棚菴祠記

距同安南六十里爲深青驛，驛東偏有祠，則里人以奉封侍御馨齋黃公而名之曰棚菴。蓋取武當山寄梅於棚，棚化爲梅之義。以封翁在時，數從鼎渼來僑居郵亭，而菟裘復在蓮山之陽，相望不數武，亦如梅之寄棚然。則又以封翁慈祥豈弟，與深青田更褐父相疑洽如家人父子，迨以子芝仲貴，兩受中舍御史之封，宜岸然有以自異，而翁之與田更褐父遊自若也。海氛內擾，相戒勿犯黃封翁廬，而翁亦避之。蓋鼎渼十二而居深青十之八九，翁忘其僑，深青人忘翁之僑，畏壘幾於大穰，亦如棚之化爲梅然。然而稱棚不稱梅何？則猶封翁善與人同之指也。

蔣子曰：觀於鄉，知王道易易，詎不信哉！庚桑楚尚矣，三代下若陳潁川平心率物，曉譬曲直，退無怨者；王太原敦行著信化盜，不復拾遺；田子春入徐無山，班行條教，遂成都邑；管幼安廬遼東，會井爭汲，爲多買汲器置井傍，各相悔責；元紫芝居陸渾，不爲墙垣扃鑰，觴詠陶然，不言而信；陽亢宗隱中條，有奴都兒化其德亦方介自守。諸君子皆當囂漓之世，陶以太古，默返真淳。是故所飲之水即爲醴泉，所蔭之木即爲交讓，而所游之村巷即爲華胥。以今封翁思之，即一變至道何棘也？余向銘封翁墓，謂得賢士大夫易，得賢封君難。以其介公卿庶人之間，往往於車上僎，以爲其子累。若封翁者，真可置之潁川、太原諸君子之列，而惜哉不可復得矣！

芝仲天性孝友，遇人無疾言遽色，即之穆然，而外和內朗，淵乎似道，余心嚴事之。其所至尤有風愛，蓋得之翁教爲深。《語》曰：不知其父際其子。子如芝仲，雖謂翁不沒可也。深青當泉漳孔道，五方雜處，號爲難馴，予既以深青人知愛敬翁，信王道之易，而更以有芝仲爲翁喜也。武當之棚梅，其後必大，予且觀之！芝仲以崇禎癸酉臘葬翁蓮山，明年春始築祠，題曰“深林一枝”，前堂後樓，各三楹，左環小屋，右爲于野亭，廣若干尺，深稱是。而鼎渼在文圃山下，相距十里許。鼎渼者，翁世居也。芝仲既貴猶居之，而時來往公祠下，以寄永思。

讀廬墓記

寧州王先生信者，關中孝子也。侍父疾，衣不解帶，迎醫禱神，重研劬瘁。父沒，廬墓寢凷三年，夜必燃燭焚香，環墓行百七十步，以斗頂土作塚。未祥，不啖菜果，不飲茶。未大祥，不用醬醯。未禫，不肉不酒，不見室人。既闋，猶遵孟獻子比御不入之禮，不復寢。既祫遷主，始出門。又越數旬吉祭後，始入室。旋立家廟，定祭儀、墳禁、祠禁示子孫。迨喪母，母憐其老，彌留時泣戒勿廬墓。然其守禮益嚴。自院道、郡縣皆扁而旌之，貢入京師。德璟適閱廷試卷，異其才，置高第，於是閣部臺省知君者多稱述焉。

辛未臘，璟使還過靈璧，而君爲其邑學師，則長公祥既魁于鄉，次子鳳亦以恩選知名當世。蓋天所以勸孝者章矣！於是讀《廬墓記》而書之，特曰：周地官司徒以六行教鄉，及師保教國子，皆首孝禮，內則后王，命冢宰降德，子事父母先焉。以是爲教之本也。周衰教廢，入兩漢始還古，然其見於史者獨萬石君奮、江諫議革、薛侍中、包孝謹最著。而其後以廬墓顯者，南北朝有劉瑜、法宗、庾黔婁、司馬暠、王延，唐有元德秀、褚無量，宋有徐積、孔旼、毛安興等。安興材九歲耳，廬墓如成人，尤奇異！計數千年來，王侯將相何翅千百，而篤禮廬墓不滿五十人，豈不難哉？蓋璟幼讀《孝經》而疑之，以爲子之孝當倍於親之慈，而慈無經，孝獨有經，何也？其亦興於中古，聖人有衰世之意焉。而自薦辟行，此意猶有存者。迨科舉之制興，於是場屋士子以名利相講究，幾不知古禮爲何物。父子尚爾，何況君臣？於戲！此世道之深憂也。夫事有本末，忠孝本也，名利末也。得其本則末隨，趨其末則本末俱喪。故行孝弟、脩仁義，雖簞瓢已足以自樂，而造物未嘗不豐爲之報。而鶩名矜利之人，使其幸遇亦不足談，一有沮困，躁悶無所容，與鑊湯爐炭無異。斯亦賢愚之最曉者矣，而世顧以彼易此何也？家大夫少孤，事吾祖母吳篤孝，即既貴，常長跽奉巵酒爲歡，子孫則之，不敢實隊。故余見王先生輒下拜，以爲三代上人，而遂特書之以勸世之爲人子。

【校記】

① 此句前原缺,題據卷首目録補。

② 此篇原缺,題據卷首目録補。

③ 此篇原缺,題據卷首目録補。

④ 以上原缺,據《蔣氏族譜》補。

⑤ 以下原缺,據《蔣氏族譜》補。

⑥ 以上原缺,據《晉江縣志·雜志》補。

敬日草卷八

贊　題卷　跋　書事　告文

金陵遥祝圖贊

子壽其親，孫壽其祖，則有貌其祖與親於山川、日月、松柏之間以致其祝者。若遠而無從貌，而自爲之貌以祝，古未有也。從金陵望温陵可百縣旬，於尺幅之中，而左爲清源、金粟，右爲燕磯、雨花，宫闕嵯峨之狀，使三千里縮爲几席，而以其身携其稺子，睇雲而稱一卮焉。烟樹若相語，香嬰之氣若相聞，宫錦徘徊蠕蠕欲動，古未有也。微哉！職方林子之思也。

林子既以畫圖上之王父轉運大夫暨封翁主事公以代鞠脊，而其友德璟爲之贊：

身官吴，眼在閩。高雲下，八眉春。魚袋翟冠玳瑁筵，欲往從之氣僶僶。高堂曰：嘻！汝天衢，潔廉任職百不須。呼來劍孫飴與餔，三世金緋四世娱。遊子再拜膝下雲，南飛一曲半空聞。

封給諫華谷林太公像贊

謂公隱耶？緋衣犀比，爲貴人容。謂公仕耶？雲骨霞姿，爲逸民蹤。少孤事母，致愉傲舞，萊綵潁封。晚課夕郎，朂廉誠寬，爲世鸞龍。自楚署歸，吉祥止止，拜命益恭。諫坡超人，公曰無激，元氣是邕。長者之言，壽者之相，六朝喬松。石竺蟠桃，列真游戲，一笻相從。高山仰止，詔爾後昆，來燕來宗。

黄季弨像贊

以筍江、南臺爲主，以鵝湖、匡廬、天台、雁宕、武夷、普陀爲客，以閩道南一派爲友，而以新安、姚江爲師。且爲之覿人而不見迹。其體輕，其神奕，其年在申、伏、轅固諸儒間。進之爲卜商，爲衛武，之二公，皆望百，而公欿然不自居，不杖不輿，曰："吾聊與野人爭席。"蓋嘗聽公之琴，而公亦錫予以白石，曰："以當二十八宿何如？"而予益之爲三百六十，請以當《易》也。順風拜公，示我物格。

題 三 鳳 真 蹟

三鳳者，余祖姑丈王參知慎中及梁吏部懷仁、蔡尚書克廉也。嘉靖丙戌、己丑間，三公以次弱冠登制科歸娶，海內艷而稱之。參知既壻余家，與曾大父赤山公最驩，書問無虛日，故余家所藏墨爲多。而尚書有子奉常心可先生及孫擎甫世其學，故其書藏家亦多。惟吏部年位與後皆不如，余所見僅此六詩耳。書亦秀絕，與尚書競爽，而參知筆力峻峭，居然南宮父子，詩與文尤高千古，即此亦其碎金矣。自前丙戌距今業百餘年，而數札猶完好，疑爲神物所愛護。又得擎甫裒而什襲之，以存其祖而並及祖之友，可謂慈孝之用心，且使後人得以覽觀前輩所爲一時三鳳者，其流風餘韻，掩映如此，固不獨蔡氏帳中之寶而已。

四友二老圖詩跋

神宗皇帝之壬辰，舉士三百，而先君子觀察與焉。閱四朝，爲今上庚午，而在朝者獨太子太傅太宰長垣王公、太子太保大司徒淄川畢公、太子少保大宗伯湘潭李公、少司空烏程沈公四人而已。沈公倣唐香山、宋耆英遺意，命工爲四友圖，各自爲詩及贊。未幾，李公旋卒，明年夏沈公以南大司寇遷，則王公亦謝事歸，而北僅畢公一人。其秋，今大司空鄒平張公起領南臺，於是南遂得其二。沈公因復爲二老圖，與四友圖而六，而實則五人而已。又明年，德璟使還入都，以年家子侍畢公，因得捧觀二圖，而竊歎神祖作人之盛與今皇帝求舊之殷也。神祖御曆久，駿德純禧，百王寡儷，計數十年來鉅卿碩輔皆萬曆十六科之人，而壬辰爲日方中，故其人多淳茂瑋傑，久而彌顯。而我皇上起自潛邸，蕲鋤瑠逆，求治若渴，所拔召皆神祖之遺，至壬辰一榜，則周官六卿遂居其五，望實並蔚，爲世麟龜。而在外若督川貴五省之師少傅山陰朱公,在家閣臣若余邑少傅史公,蒲州少師韓公,以及諸名公卿尚比比也。倚(猗)與盛哉!

同年之名,蓋自唐始。間惟貞元韓退之榜艷稱龍虎,及宋太平興國張乖厓榜自侈得人,然至於敭歷之久,四十餘年而猶紆紫橫玉,相與翱翔于廟廊之上,爲聖主股肱腹心之佐,則三百得五,已覺爲多。而香山之九老皆退居不仕,耆英之十三老獨文潞公留守西都仕耳,且亦非同籍也。貞元及興國二榜同籍矣,又未必老而同朝,委蛇詩酒,有衣冠圖繪之華。繇此觀之,則茲舉豈獨熙朝之盛事,而實千古同籍之曠談也!古之大臣,有勳勞于國,則其君爲之畫麒麟圖雲臺、凌烟,進而五三之代,至爲之審其象于巖野,貌其名于詩書,而大約以求舊爲主。伊、吕、畢、散,皆百餘歲猶都卿相,可謂上瑞。迨其後也,而第使之優游蕭散,以香山、雒下老,其亦異于古之君臣矣。而香山猶云"除却三山五天竺,人間此會且應無",潞公復以元豐之燕爲遠勝會昌,視今五公之仕而爲此會此圖者何如也?

璟辱譜末猶子,既快諸世父之舉,而更以用舊之美爲我皇頌。蓋庶幾三代之遺焉!謹書以識其盛。崇禎壬申重九,春坊中允兼編修知制誥年家子晉江蔣德璟謹跋。

題黄慎庵宫諭書後(原缺)[1]

題太史雷老師書後(原缺)

書楊文恪題祖母貞壽詩後

文恪與先觀察少應童子試,名相甲乙,因定交。而文恪先貴,然衿契甚歡也。比同官金陵,爲璟祖母吳太君貞壽詩,風格高華,字尤遒美,兼有唐人王、韋、虞、褚之長,璟家世寶之。元補輯公鼎甲對策及諸手澤刻石,而此詩在焉。既以見元補孝思,又爲先貞壽表章,比於國風《柏舟》之義,良不朽也。詩凡四律,其四曰:"當年藝苑結交驩,若母真同吾母看。"蓋實録。而石刻僅存其三,因附識之。

題桂封翁卷

欲知前世因，受者是；欲知後世因，作者是。因之指與儒因才老司契原合，要使因之權常在我不在天，常在作者之日而不在受者之日，言作即不必言受，言積亦不須言報。言受言報，諸賢聖爲衆人説法，非得已也。

念奇桂先生早窺鵝湖，晚悟鷲嶺，遺言七十二字，幾證菩提矣。藩參公爲余言茶字之夢，猶若追子舍永訣，而以期未盡展爲恨。而不知先生已含笑于真宮淨土之間，猶之雲芽乳花之一啜也。董仲舒曰：孝子於火，如土事火。土者天之股肱也，其德茂美，不可名以一時之功，然而皆並美於火，孝之至也。余于藩參公亦云。

題薛水部永思卷(原缺)

書鏡虹閣圖後(原缺)

題桃源索隱册六則。

今人未必不勝古也。善卷辭舜天下，逃之枉山，至今武陵人知有枉山與善卷。漁郎逢桃花林，林盡水源便得一山，至今不知山何名，漁郎何姓也，漁郎賢於善卷矣。或曰：漁郎黃道真也。然乎？山再尋迷不得路，則以桃源名山，又非也。此索隱之所爲作也。倘必以緣蘿爲門，花源爲庭，穿石爲堂奧，沙蘿新湘爲亭榭，而水心爲後户，則安知高靈、金鶴、焦林、大蠟諸洞之非漁郎之所入，而爲此斤斤也？袁石公《花源注》自是一幅輞川，迺褐公又重開生面矣！

山水之隱顯，皆時爲之，而仙與人各争其半。仙欲使之隱，人不能顯；人欲使之顯，仙亦不能隱也。以謝永嘉伐山搜勝，力無所不窮，顧咫尺不知有雁蕩。而張邈邅扇笠小憩，乃能知武當之必顯。何哉？桃源前得漁郎，後得褐公，自是山侯當顯。第未知葉少蘊所稱山無雜禽，惟二鳥來往，尚似晉宋時否？

《真誥》言：諸洞天各有日月，忽然起滅，不緣穴竇。虛空之內，石階曲出，高真上下，亦不緣五門。然自余所至武夷、羅浮、匡廬、麻姑、支硎、句曲、嶧山諸勝，曩稱翳密，近多展露。將貞白所謂時移事異不復可准耶？肉人喁喁耳。有異人者，以雲海爲胸，以芝術爲糧，以排閶闔、抉鴻濛爲氣，而其足目與手又皆足以赴之，即神仙亦引讓焉，於是天地之奇始畢吐。

武陵有桃源，余溫陵亦有清源，兩源差可耦。然褐公能於桃花源深處得許奇異，其言語妙天下，而余不能於清源西洞天外更有開闢，余愧矣。

二酉爲穆王藏書處，亦曰秦人藏書處。意秦焚書時避秦者挾書偕隱，且爲藏之名山，勝孔壁、汲冢遠矣。褐公曰：秦焚書，楚捄焚，人知罪秦，不知功楚。此誠篤論。而相傳昔有樵入石室，取書出，皆應手灰滅。然則孔壁、汲冢又何以能獨存也？禹登宛委，得金簡玉字，知水泉之脈。仲尼登泰山，見七十二家字各不同，又能識龍威丈人洞庭禹書。兩聖人有書癖，亦有書緣，惜樵夫非其人耳。王烈得抱犢山石室兩卷書，僅諳數十字，以示嵇叔夜，盡知之。及將叔夜往，顧失其處。叔夜無書緣，樵夫無書癖，恨不使褐公與余見之！

趙季仁三願：一願識盡世間好人，二願讀盡世間好書，三願看盡世間好山水。鶴林曰：盡則安能？第身到處莫放過耳！大約觀山水亦如讀書，隨其識趣之高下。而吳立夫則謂胸中無三萬卷書，眼中無奇山水，未必能文。則夫世之讀盡書、看盡山水而不能文者比比也。惟有褐公之文，始有桃源之山水，始可讀秦人二酉之書。八公山樵蔣德璟題。

書閣試東事戰守款議後

此璟謁除初試也，試在東閣，與前輩姚公崑斗、同年李公雍來，而予居第三。然二公詩文皆不見賞，獨予卷謬爲閣中所推，乃知骰子選都不論文也。雍來謂："子鄉有政府，何以都不相見？"予謂："璟選館已叨第一，榮進素定，古人以師德及門爲恥，何以見爲？且第一亦何足重？"此後屢試皆見抑，獨散館進呈，不得已以予冠軍，予亦都不復見。

書閣試理財議後

是日予適病，强入東閣試，叉手便成，都不能工。然閣中以前見抑爲歉，而館中諸君子亦詫曰："蔣八公乃第三耶?"序出，乃第一。予方以文字不工爲媿，而忽居上，此又不可曉也。

書閣試武經七書序後

予於試不起草，隨手寫就。同年李君雍來同榻，常戲謂："子胸有成竹乃爾。"政府李公續溪每愛予文，私語雍來曰："今館中須是蔣君領袖，聞其下筆輒掃將去，何減子瞻!"予聞而媿其意。然是日序出，復第二，其首則雍來也。同鄉政府謂予："以避嫌，故抑子。"予謂歐陽公拔子瞻，亦只是第二耳，且一、二何足道? 而閣中君子輒以驕稊士大夫，何哉?

三殿鼎新賦丁卯七月閣試序二。

三殿者，皇中建三極殿也。初爲奉天、華蓋、謹身，肅皇帝仰則天垣，遠紬禹範，爰錫嘉名。我皇御籙中興，實鼎新焉。在《易‧鼎》之象曰"君子以正位凝命"，蓋與《書》"維皇建極"之指合，瑋哉虖! 誠北辰之鴻緯，南面之盛觀也! 七年中秋，落以斯干之雅，敬拜手稽首而獻賦曰：

溯維幽燕闢基，黃帝四千餘年，明迺繼之。昔剪蚩尤，我驅蒙古，天昧再開，王氣雙吐。當時所爲治城闕、繕宮室於奉天，出治之地尤三致意焉。蓋已高蟠龍虎，上憲觜陬，籠二儀以爲官，枕萬歲而不渝矣。柏梁之厄，盛極而然。今皇帝遹追祖武，堂構是肩。顧諟殿基，作而詔諸中外，曰是成祖宅中之區，而肅祖以疇錫福之所延也。歸會峙其旁，正陽當其前。東西文武，左右弘宣。冠帶萬國，龍冕九天。列聖陟降，其可後焉? 於是命司空契元龜，欽天練日，營繕經初，圭臬揆景，殷爾競趨。發帑則神廟封椿之貽，醵俸則千官邪許之呼。蜀楠吳磚，灣石荆銅，山祇川后，獻瑞効功。爾乃神木輪廠，黑窰治璃；臺諫糾敏，匠石究奇；百司雷運，萬輦雲飛。曾未幾時，而皇極門殿已煥乎其巍巍矣。惟中與建，兩殿踵成。如彼太乙之宮，前有天乙，後有鉤陳，是曰紫微帝座。三辰倣曩規而增麗，浴濛汜而俄新，恢當陽之寶勢，快神孫之高門。若夫雲栱星桷，重楣飛昂；蘭栭藻井，螭桷鳳窗；金扉玉鋪，丹陛瑤瑒；岧嶤博敞，蔚駁煒煌；窊窴莫際，艶翕有光。固三殿之所同，羌難得而備方也。

有兩班文武進而稱曰：斯舉也，蓋遲之三十年，而成之不日。乘蠱用幹，在鼎元吉。當寶頂之晨安，馳露布而生色。敢賦周詩，上壽千億。於是尚寶陳案，教坊奏《韶》。錦衣設幟，光禄授肴。黃麾朋扇，杖鼓排蕭。仗馬馴象，羅擁蟬貂。鞭鳴簾捲，玉衮以朝。然後七舞入，九曲湛，稱制賜瀝，山呼者三。其或册拜椒掖，封遣桐圭。臚天人之賢儁，受重譯之航梯。禮成郊廟，典舉耕蠶。頒春小歲，獻至日南。升恒進千秋之鏡，熊羆叶百堵之占。莫不晴熏春羽，日射天香；劍舄花生，穆穆皇皇。

於是屏宓妃，却玉女，咨夔皋，訪箕呂。解網除眚，吹律回黍。貌言視聽被其思，歲月日星瞀其序，雨暘燠寒五行帥其官，食貨徒師三德修其鹽。若是故庶徵應五福，綏而世爲竹苞松茂之主也。昔堯有塢宮，舜有總期，儉德雖章，大壯非時。秦漢諸殿，通光臨華，神仙增城，門千户萬，則汰王之譏也。若衛歌楚室，魯美靈光，則又諸侯之事也，安足爲今日頌哉？帝錫斯疇，肅祖命之；肅祖錫疇，來孝追之；光啓中興，不亦禕歟！天子曰：嘻，是於疇曙其八，抑樞在極乎。夫皇極者，即堯舜允執之中，而建之即平康正直之衢，三而一者也。吾將坐華殿之上，燭以玉燭，風以景風，使東至寧宮之塔，西至松套，南至鬼方，解辮面内，莫不來同。雖黃帝阪泉之兵亦可不用，而穆然治天下以崆峒。

書閣試三殿鼎新賦後

璟少喜作賦，既久爲之，甚厭駢襞。是日入試，則同事者多以三殿賦題預擬。予謂：“小賦何必爾？且奸瑒爲政，方欲以殿工序賚，有識者定不以此題試。”吾儕既入，則果殿工也，一揮而就。然閣中亦多喜予賦，而復抑之。雍來謂予曰："賦中'屏宓妃，却玉女，咨夔皋，訪伊呂，解網除害，吹律回黍'諸語，當事恐奸璫見之不悦耳。"然魏璫不識丁，亦未必爾也。是時妖媼客氏離間中宫，多市美姝蠱惑先帝，而魏璫緹騎四出，屠戮名賢，故予賦中及之，因以爲諷。

書丁卯七月散館第一進呈卷後

是日，内閣以予卷第一進呈，而内夾格孔紙一帙，予既忘取，閣中諸老讀卷亦忘之。詰朝，魏忠賢矯傳旨："首卷夾一白紙，大不敬，削奪。"報至，予適對同館諸丈小酌，諸丈曰："適報者何也？"予盡一觴，曰："奉旨削奪。"館丈朱君滄起、李君雍來爲予失色。予曰："何足言？因此得奉老母歸，殊快！"即募小車，擬載母陳恭人馳歸。而内閣同鄉張公二水遣人來，云："勿亟行，且有公揭力救，尚可望也。"揭稱："本卷文理優長，字畫清楷，諸卷無出其右者。"且自引疏失之罪，始得旨姑不究。然璟意却以削奪爲美。古人恥不與黨人，身且不顧，何有一官？其時同得罪者楊公汝成、馬公之驥等四人，魏璫敗，尋亦召歸。楊公語予云："子知禍所縁乎？坐五月間僞生祠事也。"魏璫戀恩祠之建，掌院合三科庶常議助工，至有以"孔子亦獵較"爲言者。予曰："此與獵較不同。"楊公亦默不應。及祠既建，京官吉服趨拜，予倡諸庶常曰："彼吉服耳，吾庶常尚青袍角帶，不宜拜。"遂無一人往拜者。楊公謂其時持簿釀金之人皆璫耳目，故及於難。然都與義命無與。士君子遇明夷之世，不詭不隨，盡其在我，若濟不濟，則天也。魏璫敗，而向被削奪之人概以忤璫爲名，予却羞之。聊記于此。

庶常給假歸，俟下科偕新公散館，例也。近科始有赴館銷假先散者。予自壬戌秋聞先君諱，奔歸里居五年。丁卯，同年李雍來約，引新例先散。予私念奸璫用事，方以出山爲悔，且一授職即當主考，一部試録如何着手？因托病力辭。每烈日穿朝赴館，讀書課文，以青袍角帶還往長安東西門，班役怨咨，誚予愚拙。予屢空，常晏如也。間東林兄讓菴及舍弟中陛曰吾有七練：以馬練髀，以塵練眼，以街道溝練鼻，以詩文練腸，以貧練骨，以長班走館練性，以立定脚跟練品。惟於吾母恭人，魄不能備甘旨。吾母顧安之。時長跪膝下獻一觴，相樂也。當日附瑠媚子,權寵燭天,豈復知有揩大哉？未幾,聖主龍飛,冰消瓦解,望予輩引手,不啻涸鱗窮獸之號于人,而業已無及矣！予既授職,以避北畿典試,遲不即到任,或又笑爲憨。然其典試者,後俱不免,始服予先見。

題魯千巖墨竹

晉人不識竹,云是有節萐。然竹時見,萐不時見也。玉局老人寫竹,多成棘,妙而不真。使舍妙求真,與篾材何異？予在京師苦無竹,每從友人馮禎卿索畫本懸之,以當真竹。取"渭數虯在吾座右"足矣,固不必効子猷斫籜移鞭,費一番安頓也。

西湖魯孔孫携竹入閩,數爲予作琅玕千尺勢,予甚愛之,戲謂孔孫:"吾武夷、玉華、清源間,是此君閬苑,一旦入子袖中,良善。慎勿經葛坡(陂)使作蛟龍飛去!"孔孫曰:"吾手在乎?"曰:"在。"遂徑去。

題溫州林生孟春卷(原缺)

書江山舊吏毛應麟册

予計偕過九清橋,橋尚巋然。諸父老置酒其上。予得句云:"父老有心,去後嘗爲東道主;湖山如筆,分明畫出宰官清。"座上傳爲嘉話。因念築橋時予在署中,雙鸛來巢,爲作《二鸛賦》,膝下忻然曰:"孺子可教也。"今且四十年,而橋亦圮其大半,惟彼中諸父老相念不減桐鄉耳。爲之惘然。

書　朱　貞　孝　事

貞孝名德貞,益府輔國將軍常茫第三女。祖鎮國將軍翊鍾,益昭王之子,宣王潢南之弟也。有賢名,嘗彙《仁孝皇后訓善内訓》、《章聖皇太后女訓》、《古列女傳》、《女孝經》、《女誡》諸書爲《女教大成》行世。德貞幼淑家訓,八歲許儀衛副王廷卿應襲長子重賢,十歲而重賢殤,德貞聞訃,即素食縞衣,繡大士象皈依,晝誦《蓮華》,晚誦《金剛》,如默有禱。及笄,求姻者接踵,始跽告父母曰:

“女王氏婦也，自重賢死之日而志決矣。”父母怒責之，曰：“咄咄怪事！渠殤且十年，何預汝家？”辭色厲甚。德貞志益堅。母夫人諭之曰：“美事也，世情所難。佳麗人果鐵心腸耶？有初鮮終，恐貽笑罵耳。”德貞誓曰：“必不得爲未亡人，不可爲人，不如死。”三日不食，彊之食，閉戶自經，遂無敢復請婚者。

天啓辛酉秋，德貞年十八矣，值重賢忌日，先數日叩父母爲製服，啓益王廟辭，義不回轅。廷卿聞而駭，使妻李造府懇辭。德貞見姑，拜且哭，剖心英決斷不改移，止姑信宿，視若母。自爲櫛沐，姑亦感動。遂以八月二十九日，益王遣內監伴送登門。德貞乘素車，衰絰執杖就位，舉哀設奠，自製文告重賢曰：“共伯蚤死，共姜守義。之死靡他，《柏舟》矢志。世有升降，心無古今。聖經垂訓，女史有箴。嗟未亡人，誕育宗室。八歲許婚，實有定匹。云何不幸，夫也遽殤。我雖幼小，默念綱常。祖王好賢，父母樂善。《內則》熟聞，芳規習見。宮闈綦縞，永謝鉛華。堅持節孝，光我國家。茲及笄年，當以死決。籲天叩閽，庶幾監察。逝不改適，從一而終。僉曰孔臧，稍慰忡忡。登子之堂，設子之位。寫此血衷，傾此血涕。甘執婦道，事我舅姑。他日同穴，其無愧乎。”君子讀此文也，曰：“與《柏舟》詩並懸日月矣！”

輔國知廷卿貧，妝送一如長女，且爲置產供朝夕備祭祀。於是益王表之曰：“貞女完人”。郡縣上其事兩臺，以年未及格，先行獎勸，而引淮藩宗女隆姬例，歲給贍米五十石。

鄒公元標曰：“知善知惡者，良知也；爲善去惡者，格物也。禮，壹與之齊，終身不改。未與齊而改，雖從俗，亦不爲惡。然婚始納采，二家告天地祖宗，召諸族戚，實有定匹，是可改乎？”此義極精微亦極明白，惜乎舉世不知，而八歲女子知之。其一點真心，有目不知有色，有耳不知有聲，身枯槁不知有世味。使爲偉丈夫，任道履危，深造建竪，當不知何似？古以節殉夫不少，彼皆伉儷情深，事變偶逼，慷慨就死易也。縣君何情之有？止此幾希之性不可磨滅耳！齊女嫁衛，至城門而衛君薨，保母曰：“可以還矣。”女不聽，遂入持三年之喪。畢，其弟立請曰：“衛小國也，不容二庖，請同庖。”終不聽。衛君愬於齊，兄弟皆欲與君，女終不聽。事與縣君頗類。然在國稱女，在途稱婦，入國稱夫人，不可返猶不敢亂也。若縣君在可改不可改之間，而斷斷不改者，格其不正以歸于正也，是良知也。國家功令，於民間節婦必旌，旌必五十待巾材則然耳。若縣君大貞大孝，極奇極難，天潢淑媛，可以例拘耶？德璟奉使建昌，即與當事言宜亟旌。而貞女年方三十有二，於格尚早，不知此一年足當人千百年也。貞女嘗割股療父，旰人稱爲貞孝。然割股世多有之，故予於貞獨詳，而以麻姑與貞女爲旰二絕。

告鄉賢文（原缺）

告祖母吳太君文

孝孫德璟謹偕兄弟稽首，累封太恭人、特旨旌表、九十八齡祖母貞成吳太太夫人。璟中元夢我祖母步登高山，璟趨掖之，呼酒奉從，已復抱我祖母直上，甚喜也。又夢我父觀察九覲府君乘傳自惠安至，鼓吹輿損甚盛，書籍布地萬卷，皆以賜璟。因念我祖母矢節立孤，開我百世，有大功德於蔣。璟等兄弟承休席芘，叨官禁，近陳情既不獲遂襄事，又已逾期，罪狀萬千。比以吾母陳太恭人之喪，哀痛骨立，幸留殘喘，而一夜中連得二夢，仰知祖母眷顧諸孫之深與我父以書香授璟之意。且若示璟等襄葬吉辰，遠來護送祖母者。迴環追憶，感愴良深。謹卜今丁丑八月丙申朔巳時，奉祖母于晉江縣一都蘇安仙景山，與贈公敬齋府君合葬。而先期以七月二十六日壬辰長孫瓚致祭，七日諸孫琯，八日璟，九日瓏、瑗，各致祭，其夜辭堂。即以朔亥子交發引，未時反主行虞祭禮，僉謀大吉，庶幾仰藉鴻慈，可幸無憾。伏惟鑒佑！崇禎丁丑秋七月已丑，孫璟謹告。

初擬十月朔乙未與八月朔二辰，因夢遂卜于祖母，得八月信者八，再卜之，神有前生陰騭之語，若字字爲祖父母發者。兄弟叔姪僉同。又幸得姻友林銓部讓菴相與諏定，而有奇合者五。先贈祖葬萬曆癸未，相距可五十五年，所留壙石失其處，璟徧求之不得。忽一老翁謂幼嘗傭工，記似在東隅，一掘得之，時已黃昏，喜鵲驟噪，一也。山枕紫帽面天馬，左右屏帳，砂水環抱，頗稱勝地，而壙久亦懼有意外，迨朔子夜開一竅，煖氣蒸人，比璟、瑗先馳視，則垂珠數百，晶潔如玉，置少香炭，焰大起，堪輿家以爲從來未見也。璟身入其中者三，而鵲亦驟噪，二也。祖母生嘉靖乙未，而所奉邀祠后土、題主爲大銀臺台石周公、光祿勛翀漢林公，皆乙未進士，陪者爲讓菴林公，則生乙未也。三公名德，海内宗仰，又皆有令子。以三乙未而爲六十年前乙未襄事光重，三也。族姻以祖母百齡受三封一特旌，爲列葆羽燈火，有"天褒四錫"、"人瑞百齡"、"大節格天"、"陰功裕後"及"子孫曾四經科甲，封旌壽百歲恩光"諸駢語，風日晴朗，還往五十里甚都，比事畢入門而後雨，已洒驟風，四也。先觀察府君卜地時，地師鶴山夜夢一少年面青白而瘦，謂吾地已受命于神，明日審視，須共獎成。其日觀察邀之登山，地師即曰："不待觀，必吉壤也。"觀察幼孤，不識父面，歸以問祖母，祖母曰："少年即汝父。"觀察泣，遂定穴。比築石桃丙舍，上樑時，祖母方肅拜，而聞地中鐘鼓自鳴，皆以爲吉兆。今其葬也，夢中實授之日，生而神明，歿益靈異，五也。獨痛祖母以百歲之人，爲七十八年孀幃之守，八十三年而始與贈公同穴，其間茹苦含凄，何可勝道？雖幸而見子孫曾玄之立，而先觀察僅登古稀，諸孫輩才質駑庸，無以仰章盛美，則不孝之罪，百身莫贖矣！書之以懺璟等，而且以勗諸子孫。

告先室張氏文（原缺）

【校記】

　① 按本卷凡原缺篇目，題均據卷首目録補。

敬日草卷九

志銘　奠文　誄

禮部右侍郎兼翰林院侍讀學士淅川
彭老師暨配段宜人墓志銘

小子璟成進士，實出淅川彭先生之門。先生頎然玉立，風度高潔，嚴取與，慎言笑，負匡世器，積資望久。且嚮用，念封公老，疏乞歸。久之再晉少宗伯，力辭不赴，則以奸璫在事故。蓋天啓數年間，早退安貧，超然繒繳之外，身名具美，獨吾師一人。屬神聖御天，方擬以撲席召，而先生已矣，而又亡子。悲夫！嗣子頤暨壻全鉉節緘狀數千里，屬璟志若銘，曰遺命也。小子某忍辭！

彭之先，江西新淦人。祖文釗，避地淅川，五傳爲懷雒公壽，壽生光先，累封奉政大夫、右春坊右庶子兼翰林院侍讀，配全，封孺人，贈宜人，是爲先生父母。先生幼弱，三歲不能匍匐行，懷雒公顧奇之。稍長，試高等，餼于庠。庚子以第六人舉河南，甲辰成進士，選庶吉士。丁未授簡討，己酉直起居注，庚戌同考會試。辛亥予假，甲寅丁全宜人憂，丙辰起右春坊右贊善。戊午冊封唐府永壽王器坼妃劉氏，再予假。己未擢右諭德。辛酉預修《兩朝實録》，轉左。壬戌擢右庶子，同考會試，復予假，旋丁封翁憂，自是不復出。甲子擢禮部右侍郎，協理詹事府事。乙丑充《實録》副總裁，會推内閣，列名第三。丙寅以原官回部管事，再辭免。計通籍廿有四年，惟讀秘書時差久。辛亥後，居官不滿三載，視人世華競地若將浼焉。而當奸焰之薰天也，每聞慘殺削奪狀，及諸稱頌功德，以爲世界翻倒，憂憤不自勝，遂病癇。又上哭封公，中哭段宜人，下哭子，癇益甚，發時多讝語，激烈不平。而有以逆祠册醵金者，擲地大言曰："吾寧死，不忍見世間作如此事,無污我!"遂不食卒。蓋丁卯八月十三日。延十日則龍飛潛邸,天日重光,而惜乎不逮見也!

天性孝友,執母全喪,痛毀不自勝。徒步走巖壑卜窆,負土成壠,未窆前一夕,停櫃野次,慟極,藉苫寢,忽夢中如推覺者,則幃帷前火起,遽呼撲滅,得亡恙。里龍巢寺爲宋歐陽文忠讀書處,舊有祠廢,宜人命新之,祠未就而宜人殁。後每過祠下思母,輒涕零。將免(下原缺)神,浩然獨往,辟如大鵬威鳳,不受筊籠。使幸而遇今堯舜,佐中興之理,必有可觀。而一發憤于媚子之狂泉,齎志長往,痛哉!平生亡它嗜,獨嗜書。遺書數千卷,所著《蒼雪齋詩》六卷,文二百五十篇,而在京殘書兩籄,遠不能歸,璟爲藏之,以待嗣子之立。銘曰:

猗吾師,謂窮早貴,謂達早歸。辭雲鶩霧,不侶虬螭。自古寧有貂瑁祠?長歎一聲壓九圍。 池叢園,終四壁立,身爲星辰,名書天笈。茲謂不没,餘幻非實。峨峨斯丘千萬年,藏有烈香魂。元淑之旁,哲人安翔,琅墦桂厢。小子銘,維永傷。

書　　後

房師彭公,拜少宗伯四年,竟力辭不赴。蓋奸瑁之焰,萌于壬戌,熾于甲乙,至丁卯而普天皆香火矣。師自壬戌歸,意主待清,遂絕春明之夢。識者以爲其道似伯夷,而恨亡子,故卹典幾格於例不得伸。同門諸兄弟爲合力具疏,特下部覆,始得請,蓋異數也。善乎大宗伯桐城何公之言曰:"在奸瑁時,政以不拜官爲高。使拜官,則卿相久矣。然未有四年山中之侍郎,三召而不應者,彭公一人而已。"故小子以吾師之三疏,賢於中書二十四考。聖天子既借師以愧當時之頑懦,而閣部諸公不以其貧與無後,而吼爲之請,皆盛德事。宜書以示彭之子孫,使有考焉。崇禎二年閏四月謹書。

志既成,因念兩年來重趼數千里,一再往返,敝衣羸形,義氣激發,以成厥事,皆師書辦杜友李也。漢南陽有李善者,奉其主最知名,豈聞其風而尚友耶?從者李耀亦恂恂曉大義,皆可嘉。因附著之。

贈中憲大夫詹事府少詹事兼翰林院侍讀
學士岱華王公暨配恭人顏氏墓志銘代。

　　宮詹王公以母顏恭人訃聞，得賜路費、金幣、乘傳歸。而先是壬戌秋，公父贈公卒，業卜兆龍山里陳氏之岡，至是，命水衡廣其塋制，以恭人合，仍諭禮臣祭視。令甲加一壇，蓋用講幄恩，稱異數云。宮詹將以某年月襄事，具狀屬余志若銘，其詞絕酸痛。余與宮詹同籍、同官詞林，即不文，安忍辭？

　　公諱鳳鳴，字儀之，別號岱華，以宮詹貴封翰林院簡討，再贈詹事府少詹事兼翰林院侍讀學士。世居巴樂磧東岸清溪鄉。曾祖景亮，祖漢武，皆有隱德。父台，別號葛溪先生，娶于汪，生三子，公其仲也。王氏世以貲雄，至漢武任俠中落，台復拓之。而念世田，更亡以詩書顯者，始課公伯仲學。公少岐嶷，從長壽劉君授《春秋》，已復從同邑汪君授《詩》，補博士弟子，與邑孝廉楊鳳翥、楊惟柱等締交友善。公獨嗜古，博覽強記，一成誦終身不忘，尤好《騷》、《選》、《左》、《國》、兩司馬及當代典記，隨叩響答。其爲文流麗典嚴，含咀經史，以是頗輕其曹偶。然曹偶多售去，而公守諸生自如。既數躓，益奮。嘗館夏山寺，貪涼坐臥石上，久之濕客其右拇，已遂浸淫兩膝以上，達肘指，劇痛不任攻苦。於是宮詹嶄然露稜角矣，取牀頭書授之讀，曰：“葛溪公志也，吾不任，以待孺子。”及宮詹妙年魁南宮、入中秘，而公然後喜可知也。間入京邸，諸與宮詹遊者前爲壽公，謝不敢當。每婆娑驢背上，訪精藍別墅及碧雲香山之勝，暇取導引方及稗官小品爲下酒物。性鯁直，喜面折人過，自是亦務爲含忍。

　　既歸，縕袍方履，蕭條簡寄，躬課僮灌園取食力，嚴取而儉施。或謂封翁：“胡自苦迺爾？”公曰：“吾與爲汰也毋寧約，且以是成吾兒約耳。”葛溪公有田廬遺公，不斥一畝，不增一椽，自宮詹服官十許年，公與中子皆僦舍居，待糴而炊，不異也。即有以橫至者，實之若弗聞也。而獨隱於酒，渝兵變，適飲賣藥李生家，亂卒入，無以辨，又不良于行，亂卒舍之。亦會宮詹遣迎，乘間出郛。而顏恭人方在家，與兩婢走匿鄰舍，翳竹下，鄰婦挽之入，不肯入，則鄰人已乘間攫其家具盈室矣。恭人從竹間微得之，亟謂鄰媼曰：“吾家虛無人，任而取，不爾亦爲叛卒有。"以此安鄰媪，意俾無它。遂偕公之西陵僑居。公恒指膝示客曰："是中有祟，令余蹇然；亦有神，令余不及于難，□□而寧虞，其以西陵已也。"公素友愛，既失伯氏，心甚傷，每數呼季："劍麓君何時返里？"而竟以櫬返，宜宮詹之痛不欲生也！

恭人文學顏公之孼女，六七歲失其母蔣，而顏公家法嚴，出入必局，常寶愛同産弟，間市餅餌，於壁外呼之，必待父歸啓戶迺受。顏公殁，女兄弟選所取，恭人獨取書樻及畫玩數事。既歸公，安田間操作，雅有少君、德曜風。其課宮詹，吾伊達旦，昧爽則操一缶餼餼之，或乏絶，至忍餓終不令子知。即既有婦，視婦如女，亦不令任井臼。天性樸素，既貴，澹然如田間時。惟善病，厥之病，遂終其身云。公生嘉靖甲子八月朔，卒壬戌九月二十八日，厄花甲一籌。恭人亦甲子，生十二月十三日，卒丙寅九月三日，得年六十加三。子即宮詹君應熊，癸丑進士，娶湯；次應熙，廩生，娶范，續聘黃；女適長壽庠生唐來儉。

余讀宮詹狀而悲之，至追叙深山寒檠，父子相對時，嚴冬午夜，長風撼空簷，冰如垂綆，脛如冷鐵，擁絮而屬腹藁，晝無賸昝，夜無賸窬，以爲公非獨父也，深於嚴師矣。蜀之先，如明允于子瞻，大類公然，皆不于其身于其子。迺恭人之教，以視蘇母程夫人胡讓焉？宮詹方以經術行，業名海内，所樹當不翅玉局。公雖身不遇，而焚九京之麻，其可無憾也已！銘曰：

巴有三峽明月尊，吐爲碩儒氣孤騫。與造物游尊足存，翕而後張道豈屯？良史入直紫花墩，寶出堅昆河火敦。酒人相偶養華根，乘化翛然騎雲奔。龍山若斧帝封魂，雙玉不昧偕千春，高岸深谷視碑文。

封通議大夫户部右侍郎古岡靳公墓志銘

寢疾[①]，身自浣厠牏，奉侍備至。父卒，母李及元配聶復相繼卒，家益落，公困不竟學。比舉司寇兄弟，日夜以鉛槧督之，曰："予若之前車也。"司寇既成進士，筮仕版曹，公曰："羶地也，勿以貧故變塞。"司寇在部九年，未嘗一問錢穀事。董代大農，視草而已。出督齊學，公曰："子忘昔寒酸時乎？"司寇盡謝竿

牘，蒐奇拔滯，東人信服。自齊臬移遼左，時奴焰方張，或謂宜力辭，公曰："行
也，賢者急病而讓夷。"司寇捍遼三年，得亡警。及左轄山西，羨金盡留之庫，著
潔白聲，則皆公教之以也。司寇宦轍所至，自三韓危邊外，公皆與太夫人俱。及
解畿輔節歸，起南大理，公年望九矣，司寇堅不出，公曰："金陵佳麗，吾且寓目
焉。"遂偕行。至則問平反幾何？會熟審，矜疑者四，爲加一餐，曰："不負此一
來矣。"公喜爲善，尤喜與人爲善。每聞子若孫吾伊聲，忻然忘倦。親故子弟材
者，必勉勵成就之，間令子若孫延與定交。憐才好士，常若不及。然惡口實文學
而集詬無節者。嘗問司寇曰："讀書善邪？惡邪？"司寇曰："善。"公曰："如某某
武斷，某某貪殘，非不列儒紳也，可謂善乎？夫讀書者，虛位無定名也，令居約潔
修自好，得志能忠君愛民，甚善。不者，逆揣他日華要，美田宅，報睚眦，即窮搜
二酉，亡所用之，此特以書爲濟惡羔雉耳。"蓋公聰明曙大體，議論常依名理，以
是司寇敭歷中外，遵奉惟謹，至所積俸未嘗啓函，悉上之公，公亦不啓函，悉以賑
貸施舍，如程家白潭，傅家三橋，康溝、太溝二河，皆公修建。而張陽市之渡口所
謂萬福橋者，易木以石，且別濬一渠殺其勢，役尤鉅，人稱爲靳公橋云。公丰骨
聳秀，隆準疏鬚佛眼，眉毫長尺有咫。晚摩百八珠，顓意禮佛。聞善惡事輒引阿
彌陀佛讚歎之。久則諸事不分，第拈此四字而已。臨化念佛數聲，無所苦，亦無
所囑，端坐如生云。

　　蓋某讀吾師狀，而審世之有真人也。方外士茫杳不可問，若榮啓期、林類年
且百歲，行歌爲樂，然以帶索拾穗之人而委之，一往一反之運，自其固然。而公
身爲封翁三十年，之官而受命世之鼎茵，居家而作航世之津筏，老而益王，貴而
彌謙，有大美而不尸，化而不怛，少病、少愁、少寐，殆有如古之真人者。即爲仙
爲佛爲賢聖，亡能定之。公千里尋父，父至，祝："異日汝子亦如是報汝。"而吾
師爲之顯融光大，備福備名，於世寡二。《雅》稱："孝子不匱，永錫爾類。"蓋天
所報公者奢已。

　　公諱文登，字質甫，別號古岡，四封而至右司徒。生嘉靖丁酉八月一日，卒
天啓丙寅十二月十三日，得年九十。配聶，累贈淑人，繼配婁，累封淑人。子五：

長即司寇，諱於中，戊戌進士，世所稱習魯先生者也。於端、於莊、於純，俱庠生；於厚，廪貢，婁淑人出。女一，適高藩，聶淑人出。司寇娶壽官劉公天叙女，封淑人；於端娶張大鵬女，繼周鳴遠女；於莊娶廪生周有道女；於純娶高思賢女；於厚娶張本女。孫男五：滋昂，廪生，娶教諭王無忌女；滋晟，廪生，娶兵馬吏目白嘉慶女；司寇出。滋旭，娶韋思任女，繼劉祐女；於莊出。滋宣，娶廪貢宮粲然女，於厚出，爲於端後。滋曦，聘廪生胡儁女，於純出。孫女五：一適文華殿中書舍人王胤永，司寇出；一適生員胡似寅，於端出；一字陝西按察使王君順行子某，一字廪生馬瑞徵子某，於純出；一字御史何君出光孫某，於厚出。曾孫六：冠秋，聘廪生高九皋女，揚秋，聘生員胡宗文女，滋旭出；雙元，聘廪生張昌祚女，朋壽，聘山東副使梁君廷棟女，滋晟出；望秋、興家俱幼。曾孫女二：一字王世祥子某，一幼，俱滋旭出。銘曰：

青龍兩靳，西始大也。發祥自公，與吉會也。得父泰山，從子于官，天性快也。被月珮璐，人之龜龍，天之松桂也。身壽者相，心香界也。黃鼠投懷，知其不害也。教在槐衮，澤在津梁，公猶以爲外也。西方不無，倏然蛻也。君子峰，丘罜如，帝所封，百世之下，過嵩者必拜也。

朝列大夫山東都轉運鹽使司同知潛江林公墓誌銘

朝列大夫潛江林公，舉隆慶丁卯，歷事六朝，閱後之丁卯又四年爲八裦加四，其孫稽勳君爲磐抗疏歸養，晨昏杖屨，孝敬備篤。蓋又七年而躋九裦。稽勳君用資望積次當典選，逡巡曰：“吾愛祖父日，安問一官？”以是獲操藥际含榮哀無憾。而小郎逢泰遂以總角舉今秋。人謂稽勳孝宜昌厥後，乃公所貽燕孫曾者深矣。

公諱雲龍，字以升，別號對陽。其先自九牧徙莆入泉，枝派雲衍，而分居笋江者爲淳菴公傑，娶于顏，生坦吾公福，贈雲南新興州知州，即公父也。坦吾公幼孤，從母移居城西奉聖里。稍長，不知父墓，朝夕向笋江號泣。如是者數年，一夕夢老父告曰：“上帝監汝至孝，將錫汝貴子。汝父墓有結草爲記。”覺，馳至墓所，果有草記，立發視，得父誌銘，即今笥江書院後一抔也。書院今爲稽勳講堂，寄永思焉。坦吾公娶陳宜人，生三子，次即公。將誕時，夢神人呼龍起者再，因以名之。幼醇謹不凡，坦吾公嘗試以對，曰“踏雪老翁雙鬢雪”，公兄梧芳早慧，即曰“步雲仙女一頭雲”，公應聲曰：“何如‘步雲士子一頭雲’也。”坦吾公大奇之。梧芳竟以九歲殤，而公日益崢嶸，嶄然見頭角。坦吾公遣從壻陳公仕行學，陳服其精進，每歎曰：“祇恐阿舅先吾着鞭。”公遂以甲子入泮，丁卯上公車時，年甫二十一耳。陳姊夫舉庚午，果後一鞭。既累試南宮，庚辰陳公成進士矣，公輒數奇。癸未遂謁選，得邵武諭，戊子同考應天，量移廣東陽山令，丁陳宜人憂，辛卯補湖廣景陵。甲午以坦吾公憂歸，丁酉再補浙江湯溪，滿考贈坦吾公文林郎如其官，母陳爲孺人。辛丑擢守雲南新興州，進贈坦吾公奉直大夫，陳孺人爲宜人。丁未擢貳直隷池州府，癸丑擢山東都轉運鹽使司同知。未幾歸。蓋歷七政三十餘年，今上己巳恩詔進爵一級，稱朝列大夫云。

公爲人清介靜慎，爲善不倦，而喜自晦斂，若不欲人知，其遇人退然，嘗有以自下。乃觀其行事，則出之凝定，其義有可畏，而其守有不可奪。在景陵時，邑居襄漢下流，苦水，水輒没田，糧差賠累。適值大造編審，陰廉諸尺籍，手定之，盡豁水鄉世累里役，別僉頂補，即鄉紳不少假。城外有東西二堤低薄，水嚙城，人民居墊溺，至編蘆席城上。公募工修築，堤外植柳，久益牢固。又改建學宮，掘地得吳道子所畫孔聖像，從此景人文日盛。又拔名士鍾公惺冠軍，胡公承詔、李公純元輩皆高等，一時稱得士。他循政難枚舉。御史上其狀，而景紳李公維楨、周公嘉謨、陳公所學尤盛推轂，以爲楚吏之最。余年友劉君必達、王君鳴玉亦景人，嘗語璟曰：“公異人也，即其妾党氏葬青山，曾降乩自署‘吾一縣母’，至今祠公山側，党氏亦俎豆不衰。”

在湯溪，則璟先君令江山，與公同事最歡，皆以廉平慈儉爲政，不欲示赫赫名。然特多陰善，遇荒旱上臺檄各縣煑粥賑饑，公謂：“煑粥固一法，然多有未便。”乃計饑民一日食，先給三日之米，聽其自炊。三日復一給。而先君則以單車行各村，發倉面給，剃眉爲驗。二邑便之。諸聽斷尤明決，以殺傷告者即時親驗，便完一案。先君亦然。當是時，吏治馴樸，多忠厚長者，而公與先君尤爲上下所信重。

在新興，僅土兵二百多羸弱，羅夷時出行劫，有三土酋驍健善戰，與玀交通。公授計土舍王世選殺之。酋親屬蠭起，將殺世選，有欲縛世選以解變者，公叱謂："世選殺賊有功，而我驅出與之，是代賊報仇也。"密以弓兵護世選歸其父鐵爐關，酋竟不敢動。滇五衛屯糧俱隸新興，以九龍山泉爲灌溉。公在州五載，田疇豐熟，五衛既飽，民亦阜康，臺使者交章薦焉。

在池州，專飭江防，申嚴營哨，盜賊屏迹。操江丁公賓疏薦者六，至以節鉞重寄許之，知公甚深，然公絶無先容也。諸具池紳鄭公三俊、丁公紹軾、孔公貞運贈言中。貳齊餼駐濱樂僅數月，一切掣鹽陋規毫不染指。會南倉院中蜚語，以老論免，公浩然曰："吾於楚見洞庭，於越見天目，於滇見金馬、碧雞，於池陽見大江、九子，於齊見東海、泰山，吾願足矣！且吾一琴鶴博七地去思，夫復何求？"歸而稽勳即以乙卯舉，年亦二十一，壬戌遂成進士。信乎循史之報也！

公素嗇嗜欲，居官不携家，退食飯脱粟外蕭然自得。既喪蔡宜人，絶滕侍聲色之娛，扃坐觀書，間與大司徒林公學曾、憲副傅公道唯諸大老過從，觸奕竟日。尤曉華扁方藥，能自却病，杜機守朴，深於太上。其訓稽勳以清、慎、勤爲三寶，而稽勳事之，尤盡祿志之養。在南都，爲遥祝圖使歸，值封翁之變，以孫代子，聚順無方，歲取名公歌詠進之膝下，刻曰《政壽録》。晚喜讀《易》，手評二程及楊氏《易傳》。聞稽勳在筍江發旦氣之學，欣然有當也。老而好學，如虞淵之光扶桑更照，何論炳燭？庶幾衛武公其人哉！嘗一赴大賓席，後概辭不出。而最愛小子璟，語必移時。嘗曰："惟静可養德養身。"又曰："夜卧不覆首，言少欲也。"小子實服膺焉。乙亥，有蓮蘭之瑞，自賦詩謂"祥應孫枝"，今秋孝廉果應之，而稽勳猶以公不迨見爲恨也。孝哉！璟春初侍公，見其骨勁步輕，耳目聰徹，私計當百千歲未艾，而竟止是，又不勝猶祖之悲矣！雖然，公豈死哉？於人爲達尊，在天爲星辰，公固長存！

配蔡宜人，理學名臣虛齋先生孫女，先葬石門山，公自爲誌。其地負乙揖辛，坐南安縣某都，公所自擇也。子一，即稽勳封翁、贈吏部文選司員外郎諱光肇，娶參議黃公德洋女，即稽勳母，封太宜人。女一，適參議張公冕孫庠生而光。孫男六：曾渡，庠生，娶主事蘇公守一女，早卒；次即爲磐，今爲吏部稽勳司郎中，諱胤昌，品高學粹，世所稱讓菴先生者也，娶知府尤公拔子庠生萬蘭女，贈宜人，繼同知韋公孚獻子庠生際甲女，封宜人；潢昌、熙昌，俱庠生，早卒；潢昌，娶李公楨姪女，以烈殉；環昌，廩生，娶通判何公夢駿孫女；奕昌，庠生，娶尚書陳公道基孫女。孫女五：一適環叔州同知光範子庠生德瑋，一適布政莊公懋華子庠生嗣珩，一適布政楊公道會孫庠生士㻋，一適尤公萬蘭子庠生道亨，一適知府柯公岳瑞子廷煌。曾孫男八：逢震，廩生，今爲曾渡後，娶兵科給事中傅公元初女；逢鼎，聘按察使陳公亮采子庠生兆琳女；逢泰，聘知州黃公彥孫[②]左春坊左諭德黃公景昉女；逢元，聘環弟兵科給事中德瑗女；逢漸，聘環婿吏部文選司主事周廷鑨女；俱稽勳出。逢謙，聘左春坊左庶子黃公國鼎孫女；逢隨，未聘；俱環昌出。逢賁，未聘，奕昌出。曾孫女三：一許按察使李公栻子日焜，稽勳出；一適楊公道會曾孫庠生正樞，潢昌出；一未許，環昌出。公生嘉靖丁未十二月十四日，卒崇禎丙子二月十三日。稽勳將以是冬十一月初七日奉公與蔡宜人合葬，而使小子銘。銘曰：

翼翼朝列，率履自躬。生嘉仕萬，門高于崇。是三聖世，爲公初終。七地風愛，遺芄斯濃。退老于家，維衆父父。行則考祥，言則惇史。里表庚桑，人歌淇斐。貞固淳龐，元黿是緯。雖近期頤，人以爲少。與列真奕，疑坐天表。孫曾篤之，後禄用綏。銘昭于遠，萬世之貽。

贈奉直大夫工部虞衡司員外郎劉翁改葬墓志銘

賡台劉公葬玉泉鄉，在天啓甲子，則吾師少司空何公志而銘諸幽矣。比崇禎庚午，其子爾龍君復遷三十八都田寮，而自紀其改葬之故，曰：“程子所稱五患，玉泉有三焉，吾不得不遷也，非惑陰陽家爲後人規福也。”以石授德環使書之。余讀司空文，莫贊一辭。無已，謹撮其大者。

　　公諱廷焜，字子曦，世居祥芝，徙萬安橋南。數傳爲時遠公，生台巖公弘寶，舉萬曆丙戌進士，選入翰林，出爲給事中，歷左右都諫，出參政浙江，以工垣時論治河事謫尉惠來，卒贈太常寺少卿，即公父也。太常與先觀察同己酉舉，其清風高節不減古人。璟諸生時嘗過萬安橋，偶憩廡下，太常以年家子延之入，則葭牆苔几，稍出蠣酒爲供。公時衣褐寬博，對客蕭然宴人子也。及壬戌見公京邸，則爾龍君已官水部，貴矣，公徒步行燕市中，褐寬博猶故也。十歲從母洪入京邸，與太常諸同舍同年子會文輒穎見。已歸受室，甫三日，解敝縕令紉綴，無怍色也。其事太常最謹，太常既坐意外謫，家四壁立，復遘母及伯子喪，慟不欲生，公寬譬百端。己酉鄉闈之役，屬太常病，不忍行，固遣之。竣場即馳歸，操藥浣溲，累旬不解帶。比喪，哀慕若終身焉。遇忌晨，或觸手澤，涕淫淫下也。母性卞峻，時有譴呵，長跽受之。產故薄，母老猶績，公舌耕奉菽水，忘其荼苦也。諸兄弟雖析箸，然持門戶繫公焉賴？女兄弟孀而貧者，即乏必周也。其課爾龍兄弟，扃斗室中，盡却外囂，以收放心爲主。每呈一義，痛删駁不啻嚴師也。戊午同試于鄉，而爾龍得雋，不色喜，曰："孺子有天幸。"比偕北上，爾龍聯第去，亦不色喜，曰："此先世餘慶，慎毋以一第爲榮。"而當未放牓前，忽作嬰兒啼，未幾母訃至，正悲啼日也。其在黌宮最有聲，試皆高等，然棘闈輒躓，既久餼，當貢，會覃恩，謝不受封。念爾龍少年起家，入京邸省侍。屬有殿門及城壕之役，裁省不貲，及荆權差序及，以羸力辭，皆公指也。其訓爾龍保身居官累千百言，精詳懇惻，無世俗溫飽習氣，而竟客死。於戲，豈非命哉！

　　然公卒而清白之誠爾龍奉以周旋，既再起爲虞衡，以估保橋省運石費數十萬忤瑙削奪。而當今上登極，再薦起原官，以刷節慎庫積蠹，偕巡視下獄，幾不測，上廉知爾龍，特寬之。而公亦再贈如爾龍官。制詞有曰："學窮涯際，體備中和。所夙夜奉以終身，實前賢敬之一字"，又曰："逡巡退讓，繩尺方嚴二程禀；訓子大中，元定收功於仲默"，蓋實錄也。而學使者采鄉評，進與太常，並祀鬐宗。於戲，公其不亡也已！世衰學喪，仕耻言貧，當官苟苴，居鄉裘馬，以爲固然。公父太常，子工部，其身故不賤而清白若是。余又以論劉氏之世，皆當於古人中求

之,而公尤人情所難,是宜銘。銘曰:

公初葬時,卜泰上六。得吉而遷,不疑何卜? 既固孔安,以慰風木。

其生卒年月子姓,具司空志中不復書。

贈奉直大夫吏部文選司員外郎華宇林公墓志銘

崇禎三年春,吏部稽勳清吏司郎中臣胤昌言:臣祖父雲龍,原任山東運同,今年八十加四,僅生臣父隻身。臣父先歿,尚寄淺土,願歸襄葬,事焚黃,且省侍祖父。許之。先是天啓乙丑,稽勳爲南考功,業封父戶部主事,請假歸爲壽。而轉運翁以朝列大夫在上,三世金緋,同井艷之。未幾封公病,稽勳得身治藥餌、眿含,誠信無憾,同井復共稱述其孝,而猶以公年未配德爲真宰疑也。已稽勳副郎文選,覃恩晉贈公如其官,故復稱贈公。

公之先莆人,永樂中徙泉,世居笱江,數傳至淳菴公傑,傑生福,贈雲南新興州知州,配陳贈宜人,始移居城西,即朝列父。朝列舉隆慶丁卯,歷官三十餘年,清白有惠政,及見後之丁卯,丁卯後又數年矣,而聰健如少壯,蓋異人也。娶于蔡,爲理學名臣文莊孫女,生公。是時朝列已上公車,逮兩爲令,爲州,爲郡,爲轉運,什九在外。公時奉州守之命,省父官舍。時奉朝列之命,侍大父子舍。跋涉如織,相勞苦也。事州守及陳宜人,生盡養,歿盡禮,有遺產,盡推與叔亡難色。朝列居官不携眷,惟圖書數卷自隨。公事蔡宜人于家,尤得歡心。其歿也,哀毀骨立,宜人彌留,亟呼曰:“兒大孝,天必祐汝。”而今者應果在稽勳,亮哉! 幼力學攻苦,以鮮兄弟,獨拮据家緒,傳經諸子,課督甚嚴,尺步不得闌戶外。故六子皆夙慧,有黌序聲。稽勳年十三,督學試高等入泮,公喜曰:“吾可息肩矣!”迨釋褐計部,將迎公就養南都,公以朝列年高,不忍離膝下,惟勑“居官能喫菜根香,何事不可爲”。既受封,益持儉退,即冠袍罕御。人或謂:“公今獨不可鶹鶹其衣,連車騎,交守相,修貴人父容乎!”公謝曰:“吾不欲効齷齪者,上點父而下累兒。”此所志也。

天性沉靖寡交,即親朋酒鮮酬應,惟課兒孫學,捷戶著《四書人物考》,及刪定《兒說》，俾知嚮往。衣無紈綺，居無管絃，抱朴杜機，薄身厚志，望之幾於木雞。而祖墳被豪盜葬，顧憤發誓不共戴，直之官迺已。嘗曰："居官當念念君父，居家當念念祖宗。"即兩言，具忠孝全體矣！司空何穉孝先生壽公詩，推本太古之世草衣木食，即黼黻龍蟲之人迺如此，而淳樸澆散，白日風霾，華要恣睢，幾不可問，獨以公爲天倪至人，願學具茨之拜。而公伯父大司徒省菴先生在南銀臺時，嘗與稽勳坐，值公寄信至，發觀之，戒勿以家計爲念，惟取領絹、京筆二物而已。司徒喜曰："父教廉乃爾，何患子不成立耶！"其祭公，謂可不歿者三，未可歿者四。可不歿者以福善測天，未可歿者以上有朝列、下有稽勳兄弟。而璟謂處賢父子之間，能自以隱君著其於述作，儘可無憂，公固自不歿也。璟以年家子事公，嘗燕見，角巾道衣，蕭然俗外。又善稽勳君文，行相切劘，故知公爲深。公之易簀也，無他語，惟呼稽勳曰："吾能代父以子，而不能自爲子，爾董事爾祖，如我在，復何憾！"今朝列方千百歲未艾，而稽勳兄弟孝謹篤至，公其含笑也已。

公生隆慶庚午七月二十六日，卒乙丑七月三十日，年僅五十有六。配黃氏，戊辰進士貴州參議德洋女，封安人，再封太宜人。六子：長曾渡，庠生，娶主事蘇公守一女，蚤卒；次即稽勳，壬戌進士，娶知府尤公拔子庠生萬蘭女，贈宜人，繼娶同知韋公孚獻子庠生際甲女，封宜人；潢昌、熙昌俱庠生，蚤卒，潢昌娶國子生李櫔女，以烈殉；環昌，庠生，聘通判何公夢駿子幼濂女；奕昌，庠生，聘尚書陳公道基孫琪符女。女五：一適德璟叔州同知光範子庠生德瑋，一適布政莊公懋華子庠生嗣珩，一適布政楊公道會孫庠生士璉，俱黃宜人出。一許尤公拔孫庠生道亨，一許知府柯公岳瑞子廷煌，側室出。孫男四：逢震，廩生，今爲曾渡後，聘副使傅公道唯孫知縣元初女；逢鼎，聘按察使陳公亮采子庠生兆琳女；逢泰，聘知州黃公國彥孫編修景昉女；逢元，聘德璟弟知縣德瑗女；俱稽勳出。孫女二：稽勳女許按察使李公杙子日焜，潢昌女許楊公道會曾孫邦樞。餘未艾。墓在南安縣三十四都石門山之原，坐乙撝辛。稽勳將以庚午十月朔奉公葬，而屬小子璟志若銘。小子不敢辭，銘曰：

父貴而躍,子貴而亢。素風既昏,推波激浪。公獨尊潛,道高德上。一洗沐冠,與葛天杭。其行珠玉,其名龍象。峨峨石門,永安厥藏。嗟爾來茲,是式是放。

誥封宜人曾母陳氏墓志銘

德璟直起居時,讀南武庫郎曾君大雲《節孝疏》而異之,知其家世有內德。比草封翁及陳宜人制詞,又知兩尊人成庫部深也。庫部磊落有大節,令臨川,治行異等,以不附璫左遷。璫敗而名大重。既含香畫省,兩尊人偕老再受封,封翁就養陪都甚適,而宜人訃至,深以不獲訣爲恨,且夕徬徨,重跰營窆夅地。久之,左方伯蔡公善繼來視泉,師善形家言,因爲指法石山吉壤。方伯者,庫部諸生時所受知也。於是持白封翁,考卜告吉,遂以崇禎三年冬十一月九日葬宜人,而屬史氏銘。璟從庫部譚《易》,稱畏友,且申以嘉姻,何敢辭?

按狀,宜人處士陳公子秀長女,而庚辰進士仕行姪女也。幼嫻女師訓,歸封翁,方食貧,籌燈佐吾伊,內政精辦。封翁父曰廩生孝子魁,魁父一誠,舉嘉靖辛卯而殀,一誠父諸生澤亦殀,孝子母吳、大母李皆忍死樹孤,以節婦稱,今皇帝所旌節孝三者也。孝子痛其父早世,兩孀母再矢《柏舟》,孺慕甚篤,至籲天損十齡爲母益算。宜人佐封翁事孝子,如孝子事其母也。事孝子母,如孝子也。孝子以母病,請代母,果益十年,而孝子殁,宜人操藥視含,亡不慎也。亡何姑李亦坲。蓋來嬪未踰年而連失舅姑,更三年之喪,二窆中裝爲落。然其奉吳王姑愈恭,昧爽笄總問寢安否,手調食飲以進,夜侍坐順適其意,使之忘寡忘獨且忘老也。王姑以望九終,敬哀盡禮,使孝子九原之下可亡憾也。

封翁既廢書,課庫部讀。宜人丸熊勞之,延知名士與切劘,至輒款留,抱薪立竈間,疏齏胸末,咄嗟而具。其治生釀酒,收進營綜,纖悉盡出十指,與鳴雞爭旦。封翁御家嚴,宜人佐以婉娩,隱若水火濟、辛甘調者。庫部即未貴,曾氏已隆隆起矣。戊午己未,庫部聯得雋,迎養臨汝署中,衣不加綺,饌不加籩,務以儉約補廉。聞堂上敲撲聲,輒戒無煩刑。以是庫部得壹意脩單父、中牟之政,臺使者奏薦皆第一。乙丑上計，且擬殊擢，而瑙焰方燀赫，庫部慨然曰："此豈志士伸眉驤首日哉？"當事惡其異己，特擠為寧國同知。當是時，頌瑙勳德、築生祠掇高官者如鶩矣，識者以同知為賀也。間感憤欲銳有建白，孺人止之曰："無為也，盡言招過何益？待清而已。"未幾量移南計部，予沐歸，拜兩尊人膝下相慶也，於是葬孝子夫婦。而宜人喜曰："吾乃今始有以婦矣。"復自出庫部歲時之奉所節縮數十金葬處士夫婦，躬自祭掃，以其餘立祀田，曰："吾乃今始有以女已。"聞有詔旌其王姑、曾王姑及孝子，更與封翁交相慰也。

庫部曰："丁卯春別吾母之官也，意殊不欲行，母實趣之。且微察母神王健匕，忍絕裾耳。詎虞此日為永訣乎？吾所以悲也。母鞠吾兄弟，口哺胸乳，且劍且襁，旨蓄茶苦，匪母何恃？今漸有執爨者矣，諸婦抱子，漸有保婢負矣，有如母勞劬者乎？微獨不如母勞劬，且漸忘之，此吾所以益悲也。"於戲！永言孝思，曾氏子有焉。然曾在洙泗首稱孝，得授《孝經》，直以三千鍾不泊為心悲。今祿養善養，宜人兩食其報，而封翁方大椿難老，復何嗛哉！宜人臨革前夢其姑要之行，覺而曰："吾得事先姑于九京，想亦如地上相朝夕耳。"遂瞑。

生嘉靖乙卯八月三日，卒崇禎己巳正月二十四日，年七十有五。初封孺人，再封宜人。封翁諱仕際，累封奉政大夫、南京兵部武庫司郎中。男三：英龍，娶黃愛吾女；化龍，己未進士，即庫部，娶庠生郭四維女，贈宜人，繼娶陳道大女，封宜人，卒；元龍，側室出，宜人子之如己出，娶黃鍾鼎女。女三，孫男八，孫女九，其字璟子煌則庫部第四女也。墓坐甲揖庚，在晉江縣三十六都，即蔡方伯所手定羅經者。銘曰：

一門而節孝備，孝則不匱，五葉而貴也。一身而慈孝兼，女憲是詹，以拜龍縑也。有夫大年，有子高騫，得天者圓。近郊蔥鬱，水宗雲術，維上善斯宅，以綏仍昆。靈貺來甄，視此貞珉。

封文林郎瑞超傅公墓志銘

崇禎甲戌春，上大計郡國吏，而浮梁令傅君訒以卓異高等留部，垂列清華矣。未幾奔封翁訃，予馳唁之，則子訒擗踊甚哀，曰："孤獨不得訣吾父哉！疇昔之夜，父見夢曰：'吾平生攻苦不遂，晚猶喜讀書，有論著二册，汝其梓之。'孤驚窹，心怦怦動也。詎知茲夢即遺命乎？痛哉！"予謂："子有重隊在，無過毀。"既歸，重繭卜地，得南安縣三十一都土墩山之原，將以崇禎丙子八月二十五日葬焉，而請予銘。予嘗身事翁，又先君子與翁父觀察公相善也，交三世矣，敢辭？於是讀公宗譜，作而曰："美哉傅氏！明德遠矣。"蓋自宋迄今七百有餘歲，而傅復大，則公介述作之間。

公諱爾鰲，字孟驂，別號瑞超。其先孟州濟源人。始祖魏國公思進顯，太平興國間五傳爲中書侍郎獻簡公堯俞、正議大夫公君俞。君俞孫察，宣和中以宗正少卿使金不屈死之，是爲太師忠肅公。夫人即趙清獻公抃女也，避地入泉，遂爲晉江人。諸子姓多賢，而中子太傅公自得，生文敏公伯壽、忠簡公伯成，爲名公卿，簪笏蟬聯，與宋祚終始，稱鼎族云。文敏七傳爲新昌司訓鑑，又四傳爲古遺公增，增生贈慶遠府同知公弘鉅，鉅生雲南按察司副使朋台公道唯，娶趙宜人，即公父母也。

當舉公時，觀察業薦鄉書矣，四彌月，偶曬席庭中，席忽飛騰入雲，兩鳶隨之，而風日顧恬霽，祖母胡宜人大喜曰："此瑞徵也。"稍長，姿格魁梧，神觀邁爽，賦質頗魯，然篤志力學不休。九歲從觀察之樵陽，已從令興寧。十七娶張夫人，始揮家政。嗣此觀察移崇寧，補瑞安，貳慶遠，守南康，擢滇憲副，以至謫姑蘇司馬，皆公弟若濟常從宦遊，而公銳意進取，視一第可拾致。又與張夫人拮据當户，不辭勞瘁。觀察居官廉慎，四壁蕭然，在崇寧時家有胡宜人之喪，相距萬里，即衾襚不能辦。公從祖伯求槥，未即許，一慟仆地，祖伯憐而聽之。倉卒誠信克襄大事，以無貽觀察憂。迨弱冠，補弟子員，才鋒颷起，與陳自公侍御、莊九微司成諸名士及予兄中黃爲筆研交驩甚。所許可多奇中，自負能知人。而試輒數奇。其課子訒，旦夕冀成立，每奏文輒喜，即不工憂形於色，督令數改，必得當，勞甚於夏楚，夜分焚膏，間至忘寢。乙卯與子訒同應閩試，業見賞於南安令趙公時用，竟報罷，而子訒高選。公益奮曰："小子幸成名，甚善。吾春秋方富，向不欲以貴人子止，今顧以貴人父止耶？丈夫行自貴耳！”然終不自得。會有所不可，遂謝衿韝，頹然自放山水間矣。

戊辰子訒泥金至，即以首科覃恩封公，而觀察尚無恙。三世袍笏，焜燿一堂，公始開顏曰：“吾拜封不足喜，所喜吾父見孫，吾獲以子承歡於父。”而誡子訒曰：“汝祖歷官八地，家無長物，兒爲清白吏子孫，勿改樣也。尤須涵養德性，心上用功。”以是子訒五載浮梁，冰霜勁苦，數椽半畝，不加舊日，而民譽蔚起。予與銓部林君爲磐時嘲之曰：“縣令貧乃爾乎？”子訒謝曰：“祖父之教也。”兵部曾君大雲奉其尊人，合諸封君爲翼祺社。公入白觀察，觀察喜曰：“父尚健，然倦遊矣。而第往從諸大夫後，勿作嬰兒態。”公長跽曰：“政惟大人，宜如嬰兒也。爾鰲且學老萊子嬉耳。”間就忠肅祠左構小樓，予爲題曰“築巘”，而讀書其上，入奉温清，出娛文史。布衣淡飯，浩浩落落，無一切奢亢習氣，里中推爲祭酒。而天不憖遺，觀察既逝，公亦繼之。宜子訒痛不欲生也。公彌留無它語，惟以母趙宜人在堂爲念。顧張夫人老，奉姑不替，而子訒左右之，孝友篤至，公復何憾？

公生萬曆乙亥三月十一日，卒甲戌二月二十六日，花甲僅週。配張夫人，温州府知府張公國謙子世綱女也，封孺人。有子三：長即子訒，戊辰進士，娶梧州府知府陳公喜策子庠生鍾嶼女，封孺人；次元獻，娶南京國子監監丞黃公居中女，先公卒，未嗣，俟子訒子爲之後，皆張夫人出；元廣，側室黃氏出，殤。女四：一適右都御史陳公用賓子户部員外郎夢璿子庠生爲臯，一適太僕寺少卿郭公如楚子舉人煒，一適雲南副使李公際寅孫達生，一適袁州府同知史公延昇子庠生鳳達。孫女五：一適吏部稽勳司郎中林公胤昌子庠生逢震，一許舉人黃公日昇子中有，一許璟子爌，一許户部雲南司主事吳公澧子朝樞，俱子訒出；一適庠生黃公驪佶子聯英，元獻出。餘振振未艾。

所著有《癡隱子》，其言曰：“天生人爲男子，優之也。一墜地未笑先啼，啼夫爲男子難，爲有文男子難也。吾悲夫以啼破笑，尤悲夫忘却啼爲世笑也，自命曰癡隱。蓋惟癡故不自知，自疑爲龍，自疑爲虎，而乃今知其非龍非虎也。晚矣夫！千尋之松，其根本深入重淵，其枝葉扶疏可蔭萬人，而獨中央卷曲，癭如蠹如，爲喬松累，無亦剷其癭，剔其蠹乎？此予不能忘情於無用之用，而思以文之也。"《序翼祺社》曰："吾儕藉子成名，歷盡辛酸，始有今日，令今日忘却本色，將曩一經教子之意謂何？江南佳果無如荔橘，兒輩夏之荔，吾儕冬之橘也。始無不自辛酸來者，直到甘時猶帶辛酸，所以稱絶品也。吾儕能如橘中叟，則是處皆蓬萊矣！"語多可垂。於是德璟爲之銘，銘曰：

前有觀察後浮梁，如松偃蓋處中央。始雖卷曲晚肪香，化爲道叟橘心藏。飄然往驂忠肅旁，攲器無恙柘有光。跨馬如鶴氣清狂，鶴歸何所水雲鄉。以開厥後大且昌，我最其迹公不亡！

明封御史鄉大賓馨齋黃公暨配郭氏、林氏兩孺人墓志銘

璟與黃子芝仲友也，蓋自壬戌同籍始，已復同觀計部政，且同司。芝仲端潔冲粹，余心儀爲君子。而其封翁尤能爲德於鄉，家居海上，近予祖里福全，海上人過予，必稱黃太公長者也。芝仲將以崇禎六年臘二十六日葬公及兩孺人于安仁里蓮頭山之陽，而並祔其兄焜於前麓。謂余曰："子知吾父，子宜有銘。"余時以典南畿試歸省侍，兼程北馳報命，舟至劍津，念公窆期邇矣，即未獲與執紼之末，銘其可辭？

公諱蘭芳，字時薰，別號馨齋，同安坂漢人。世爲莊江鼎族，系出光州固始，唐臨漳路總管文藝，歷蘇、漳、潮三郡，三娶而生三派，漳產者曰漳派，孫興嗣，八路大提點，居龍溪石漢之篁坑，代有顯者。自篁坑遷屠龍坂者曰薛，自屠龍坂遷莊江者曰余塘公。三傳而爲俊仁，有七子，五曰纘昌。纘昌生質宣，質宣生子潤，娶于王，始嬉於嗣，側室陳先舉一子，即公也。子潤公恬約退讓，銳意經術，以身不竟儒，有弟能文復夭夭，益督公兄弟讀。

公生有異表，機穎沈迅，與中表王大參道顯同事蘇紫溪先生，先生甚器之。顧不甚喜帖括。年二十五而父捐館，叔復繼亡，公撫孤姪，持門茶苦，遂棄舉子業，獨課芝仲。從襁褓中提耳之，人莫不迂公者。已王、陳二母、郭孺人及伯子

焜繼殞，産益落，多外侮，公捷户授經，忍唾安之。乙卯，芝仲始舉于鄉，而叔子眺及所遺孤姪亦相繼入泮，公始稍色慰，顧益恬泊自持，絶聲色靡麗之娛，謹戢子弟僮僕，無預人事。壬戌泥金至，手札戒芝仲曰：“一第無足喜，第同里中手額曰‘是其家世爲善者’可喜耳！宜益自砥，無忘先德。”芝仲謹受教。邑大夫每以賓筵請，公輒辭去。甲子受中舍封始一應，後竟辭不赴。即郡縣庭，無封翁迹矣。

天性孝友，不競錐刀，恂恂處後，至所然諾，不啻身事。事無鉅細，苟未得當，常夜十數起。子潤公喜壯遊，嘗貸息於龍關，遺券餘百金，一往視息，山中人見所持竹笥爲公父物，多感泣，公悉折券不問。祖海塘有魚蜆之利，族人衣食其中，强鄰欲奪之，兩造十數載不決，族益窘，祀田稱貸，莫肯受券，公質私田充之。迨事白，而族苦懸糧，多棄室廬他徙，公爲就祭塘中經紀，其歲入祀事孔修，餘以佐輪輓，並爲書香筆研費，族不苦賠累，而竄者且藉是有恒産，得無瑣尾去，皆公力也。他若泊阜岡市之役，悉禁子弟不得爲。有族借名索舟人束薪不與直者，還其直而詰責族子，用是惕息。點少年修郊族人，恣掠海塘，苗蛤一夕盡。會得芝仲登第信，公置不問，曰：“毋令當道逆吾淺也。”寡營嗇嗜，盃酌不濡口。夙興夜寐，爲諸子先。處閨閣鮮媟語，對僕御無褻容，而與人披肝膽，言笑坦夷無城府。以故事有糾紛，得一言立解。居恒不飾輿馬僕從，即封綸再錫，晨起群坐閭右，間徒步行里中，驟邁之不能知爲封侍御，即知爲封侍御又無不相顧歎息者。生平喜物色知名士，多奇中。逮貴顯，則不復以一刺通。即王大參中表，同社尺牘往來，然居家不數謁，甌越近地，或從臾一往，不屑也。妻舅郭別駕高涼，以書見招，爲一趣裝。時同里胡拱柱公守惠州，握手道故甚驩，郡人咸詫，謂守有重客。公曰：“吾非以鄒緰來者。”即鼓棹去。晤舅氏於神電邑邸，數日辭歸，往還西湖白鶴間，竟不爲故人一信宿也。自芝仲官中翰以及臺使者，公每以節儉正直傳勑如初第時。每奉使，必問途所經止，舍某地，所與游何人，節郵却餽幾何，爲色喜，不輒怫然曰：“吾年七十餘，藿食所需幾何？而用損生平溷我乎！”

祖姑適謝者未婚而烈，祖嬸陳以純節著，公歲時列祀家廟，著爲譜。陳外祖父母弗嗣，置祜祀之，仍購田宅各一區，令其族爲主祀，無若敖餒。祖姑及姑蚤喪，家不能自存，公弟中表而子孤甥以及甥之子。族屬親朋待舉火非一家，即素未識面，無不倒屣應者。海氛初燬，携家避山谷間，賊率相戒無犯。己巳撫局再變，迺鳩集勇敢，出奇禦賊，四鄉賴以免。其秋芝仲出視茶馬，方按部關中，便道歸省，戀戀不忍行，引大義趣之。已而芝仲見擠，量移昭武，杜門求終養，公聞貽書慰督曰：“聖天子綜核名實，常切責貴近臣不能稱上指，二千石兢兢營職，亦足酬恩遇，多閉閤不視事非也。吾步履方適，且來視汝。”五月已戒裝仍中止，未幾寢疾，僅再宿，遂不起。芝仲奔歸，而林孺人亦卒。於戲！宜芝仲痛不欲生也。

林孺人繼也，生芝仲者元配郭孺人，靖府左長史前別駕喬登公妹也。父偉矩，母彭。彭知書，每引古訓課諸子女，孺人慧能解母意。于歸時，舅已登賢書，而孺人獨晰大義，兢兢婦道事。二姑出，簪珥佐費無吝色。舉伯子稟既弱，次痘殤，再姙芝仲，即謹起居，節飲食，有胎教。芝仲甫六歲，而孺人坳。封公方以事入郡，馳回大號一聲，嚼茗羧迸碎，仆地移時迺甦。林孺人慈孝，撫芝仲兄弟尤有恩意。芝仲幼嬉奇拗，孺人曲煦濡之，季母謂母曰：“姆胡太驕兒？”孺人笑曰：“是有慧根，毋抑之，將自馴耳。”既就外傅，公課讀嚴切，每見重足立，孺人必豫爲擁護。及既舉晄，而伯子病，病亟，寢之中堂，躬爲伺飢飽，哺啜扳扶，浣滌糞惡，備極難堪，數月不懈。病良已，閱歲復病，母調養彌篤，伯子訣曰：“母實生我，我不能生報母，吾不瞑矣。”晚持齋素甚虔。丁巳三月，天行熱，誤投補劑，遂至彌留。芝仲呼籲無從，漏下二鼓，覺咽喉間有微息，迺引勺水注口，漸嚥，遂能發聲，達旦而愈。言初昏時魂飄飄不知所適，旋若一婦人掖以行，風疎疎出腋下，卒投之清冷之淵，迺蹶然起已。爲公置媵，而爲芝仲兄弟拊諸子女，雖古芒慈、趙姬不能過也。

芝仲謂余曰：“吾所甚恫者三。先王父易簀時，會郡試士，王父强父行，時王父病未劇也。父隨禱於曾大父，弗許，不浹旬而視含無憾。曄也迺以一官棄吾父乎？遠慚黔婁，近愧吾父，一也。吾母郭生我時，即幼昧無能知，猶記吾嬉而仆地，故號泣不起，母病跌迺起，曄今迺不能憶音容百一也，二也。林母愛我兄弟甚於所生，既失吾父，猶幾幸養母餘年，以酬顧復，母今安在？使曄不能忘先贈母也，其忍忘封母？三也。"於戲！閔矣芝仲之孝也。抑非獨芝仲，其父母兄弟於孝友皆天性有之，黃氏殆將未艾矣！

公初封徵仕郎、中書舍人，再以上登極恩封文林郎、監察御史。生嘉靖壬子五月二十二日，卒崇禎辛未六月十一日，得年八十。郭、林孺人皆以芝仲再贈封。郭孺人生嘉靖甲寅九月五日，卒萬曆庚寅六月廿五日，得年三十有七。林孺人生嘉靖丙辰三月三日，卒崇禎辛未九月十四日，得年七十有六。男三：長曰焜，先公卒；次即芝仲仲曄，天啓壬戌進士，江西撫州府知府，前廣東道監察御史中書舍人，娶生員陳時章女，封孺人，郭出；叔晄，太學生，娶生員柯楚女，林出。女二：長適蔡文選，郭出；次許周繼椿，側鄭出。孫男二：初復，未聘，曄出；初壯，邑庠生，聘廣西參政葉公明元孫太學生喬女，晄出。孫女五，俱曄出。而公所撫姪日煒子初震亦邑廩生。墓負癸揖丁，去所居及公父道山之藏各數里而近，公所喜爲樂丘也。銘曰：

得賢士大夫易，得賢封君難。以其介公卿士庶之間，官不敢問，子亦無權。孰是柱下而備少微之行，下與田叟褐父友而上與義皇眠者？吾將尸而祝之，使之鄉爲畏壘，而於世爲葛天。吁嗟，黃公庶幾有焉！峨峨斯丘，藏千萬年，過者式之，是爲封御史黃及郭、林兩賢母之阡。

贈中憲大夫廣東瓊州府知府雙梅
陳公暨配贈恭人朱氏墓志銘

德璟母家涵江陳，爲温陵甲族。自高州守腆以名宦，督學琛以理學，御史贈光祿少卿讓以直諫廷杖，世稱三君子。而今瓊州守舅氏二何先生繼之。吾友宮允陳君明卿，素少許可，獨推舅以爲學問經濟，名利冷而忠義熱，蓋庶幾撮三君子之美。然舅輒愀然追溯曰："嗟乎！先贈公之教也。"稱贈公者，以舅貴贈承德郎南京户部山西司主事、晉中憲大夫廣東瓊州府知府也。元配朱，亦贈安人，晉贈恭云。母系出高州，於贈公爲從子，於是甥孫璟謹以聞於母者紀其世，著其德行與其教，以識其葬。

其世曰：縣始祖碧溪公若濟卜居涵江而大，至高州公有弟曰琛，琛生南樓公良節，督學、光禄舅弟也。督學爲虚齋蔡先生高弟，得《易》宗，故南樓公善《易》，稱諸生祭酒。如林方伯一新、丁郡守自申、江苑馬萬仞皆及門致通顯。而身獨老子衿。舉三子：有恒、有懷，最後公也。朱恭人父應時爲贈副都御史朱則文曾孫，故仕族，有家範。

其德行曰：公三歲孤，母韋携就外家養，因廢業，比長復喪母，毀疚不自勝，既不省父音容，值諱日泪涔涔下，間摩搔母笞處嗚咽欲絶。恭人尤以不及事姑爲恨，昕夕櫃前焚告惟謹，伏臘蘩藻，亡不精辦。伯兄恒困諸生久，公拮据佐讀，傴僂肩隨，不敢齒雁。雖貧，每袖致甘鮮。恭人時益以它供，事嫂如母。仲兄懷卒，爲罷栖罜數年，拊字遺孤，不翅毛裹，恭人實襄焉。江苑馬中表也，最重公，携之德慶州。已辭歸，至羊城，同旅病疫，公傾身治療，夜睫不交，月餘憊甚，竟不忍去，人以爲難。里濱海多颶，時没賈人竹木，惡少争攘之，公且叱且嗬，跡其主擁護食飲之，以爲常。古刹壞，或攫其木石，公曰："向檀施者誰？而忍攫爲？即難復，寧不可歸諸僧衆耶？"與里族遊甚騳適，獨於豪勢家嶽嶽不肯下見。有急難即捐橐，重趼不辭，恭人佐之。析箸時僅一飱，割以哺鄰嫗饑，即竈不黔無愠色也。其教瓊州也，曰："吾父兄陃一第，所析薪非若誰荷者？"出南樓公遺書課之，更賃衣市古文奇字示之，曰"世寶也，以遺若，賢於球刀"，時稱説古版築飯牛朋及家三君子，令興起。瓊州稍長能文，輒袖而質諸名輩，一不當戒以夏楚。間脁姪孫伯英與瓊州相攻砥，其後伯英亦舉進士、郎水部，皆公教也。瓊州兒時，嘗負薪米冒雨凍濕，方入門對竈燎衣，公就燎課讀，絶不効憐惜態。恭人則時取兒敝衣細茸，或密毁身中褕紉綴衣之，母子相持泣也。公殁時，瓊州裁舞象，幾廢書，久之有以"儒冠之誤"姍瓊州者，恭人憤且泣曰："天下寧有儒而誤，即誤亦儒也。三君子不以儒顯乎？若父所誦説版築飯牛事，儒竟陃乎？"督瓊州讀益勵。比水部以癸卯先舉于鄉,而瓊州試數困,恭人又輒和色相慰藉也。古母師奚加焉?惜也,其不逮見瓊州之成也!

其葬在晉江縣安福山,坐申向寅。以崇禎三年三月二十日亥時合窆。公諱有斐,字爾仰,別號雙梅,生嘉靖丙申九月十日,卒萬曆丁亥六月十三日,年五十有二。恭人生嘉靖辛丑十月十一日,卒萬曆戊申六月十日,年六十有八。男二:長即瓊州舅龍可,天啓壬戌進士,娶貢生張獻琛父學孔女,累封恭人;次肇可,甫冠而夭。女二,孫男三,婚嫁皆士族。

德璟既誌公與恭人,而歎陳之多聞人也。三君子尚已,水部性豪舉,古文辭尤可觀。公雖布衣,其風誼寧出薛汝南、元魯山下哉?舅與督學皆綵南計曹榷淮,前後競爽。而在瓊,以介操定力聞,樹立方未艾,知贈公之教深矣!是宜銘:

困其獨,豐厥詒。再世儒而茶,孰使薈之。書當寶,身當師,名竟成,有斷機。人天誦誼帝綸垂,養雖不逮後禄綏。史銘幽,告昭兹。

廣西柳州府知府還庭黃公墓志銘

先中議游北雍時,吾鄉文簡黃公實為司成,有國士之遇。最後公以大宗伯家居,相酬往亡間也。泉鼎甲自公破荒,名位崇顯,風操高峙,海內望之如祥麐威鳳。顧恂恂靖退,無富貴容。而長公還庭先生偕其昆季,修下帷之業,蕭然寒素,又能自以循吏顯。蓋世有清德,為衣冠圭表云。

還庭先生諱淳中,字嗣真,久為諸生祭酒,應明經,辟入成均,當得官,棄去,用任子授南京前府都事,遷中府經歷、戶部員外郎、刑部郎中,皆在南。擢守柳州,中蜚語,就調都門病卒。公在柳甫五月,無可點者,其政廉平,率因土俗設教禁,動以禮法。際大祲後,瘡痍未起,壹意與民休息,庭可張羅。即兩造,出片言立剖,手傳爰書,吏無敢舞文高下。又能勸課人士,親題甲乙,諸經指畫,為文詞悉有濾度可觀。旱則帥寮屬齋沐步禱,甘澍應焉。柳人謂當遠繼河東。而以不善周容,為同官下石。去之日,父老攀轅不忍釋也。其在南諸貴胄多紈綺習,時過從,浮白擊鉢為歌。公獨衣故衣,虛澹自守,退食揵戶作咿唔聲。其治錢穀,櫛垢抓蠹，繁瑣不避。治刑名，則多所平亭，據律推情，劑以平恕。蓋歷中外五政可十年，靡不能其官，而食貧如故，自文簡所遺一頃數椽外亡所增。可謂素範貞暉，有光家授者矣！

少學《易》，文簡奇其聰悟，改授《春秋》，於微言多玄解，試必高等，然入棘輒數奇。最後丙午，爲房考侯官高令君所拔，復乙去。癸丑始以貢詣辟雍肄業，四方名雋多就質者。念文簡春秋高，趣駕歸。侍易歲而文簡薨，年已踰艾，猶嗚嗚孺子慕也。兄弟八荀，析産惟均，不以冢嫡故取贏。而於施予不少恡，嘗捐貲佐吳烈媛之死，及宗戚中貧者待以舉火，里人誦之。自科目重而明經絀，公迺舍而就胄恩，以得建二千石之熊隼。然資格所拘，竟齎志長謝，堪爲扼腕！

而予謂公可慰者有三：文簡佐秩宗，抗疏建儲，忤旨乞身。嗣兩起正卿，堅辭不就，且再列甌枚之卜，嚮用矣，然未及貤三世榮，以爲恨。公甫除服，即間關陳請得之，以繼文簡爲孫爲子之志。近世豪子弟狹邪武斷，即廬兒橫不可問，識者以爲甚於海上之萑苻，當公時固未聞有此，而漁藻蠹林，紉芳蘭畹，蚌藏玉隱泉中，若不知爲貴家者，有以成賢公卿佳公子之名。鄧伯道、元紫芝字弟篤矣，然身竟亡子。公取弟之子子之，取弟之孫孫之。兒無常父，衣無常主，而竟自有子，天之報公，曩賢不如也。嗣子既奔赴數百里迎櫬歸葬，復以志屬余，而弟、姪兩孝廉與偕來，若不勝連枝之痛，又以見公孝友之素。斯三者公可無憾矣！

公生嘉靖己未十二月二十一日，卒天啓丁卯八月十五日，年六十有九。文簡諱鳳翔，隆慶戊辰進士第二人，世所稱儀庭先生者也。始祖賢，二子，長應，永樂甲申進士；次惠，生性，性生廷文，廷文生封編修繼宗，廷文、繼宗皆以文簡贈資政大夫、南京禮部尚書，公所疏請也。母薛亦追贈夫人云。元配郭氏，知府郭公良璞子太學榆女。男三：兆胤，娶脩撰莊公履豐子太學喬申女，側室潘氏出，先公卒；儲胤，髫年承嗣，娶刑部尚書陳公道基孫官生汝臨女；廣胤，聘長樂縣知縣潘君藻女，側室許氏出。女一，適舉人留君維相男庠生景爃，側室陳氏出。孫男一，志邃，嗣兆胤，未聘。孫女一，許四川憲使賴公廷檜孫庠生貞遇男承笏，兆胤出。

文簡在日，嘗爲公卜佳城于晉江縣三十三都雞籠山下赤塗之麓，負坤揖艮，儲胤等將以崇禎庚午七月八日葬焉，而虛其右待郭安人。德璟獲事文簡及公，且與兩孝廉稱奕世之好，敬次其狀爲志，而系以銘。銘曰：

維文簡，厥後昌，龍下食，雁成行。維柳州，地緒驂，學珪璧，人杞楠。脩幹豐顙，氣霜以嚴。道無淄磷，途有椎銛。羅池遺芳，其愛不没。子孫之思，視兹幽刻。

河南布政使司右參政遵巖王公配孝節蔣淑人墓志銘

遵巖王公卒於嘉靖己未七月，後六十年而爲萬曆己未，配蔣淑人始卒。海内誦公之文，以爲其人在獻吉後、元美前，幾邈若異代，而不知其配之歸存也。今淑人已矣，哀淑人更追弔公，有深悰焉！

公幼擅奇童目，年十八舉嘉靖丙戌進士傳臚，始冠，詔許歸娶，爲士林美譚。授戶部主事，改祠祭，出主辛卯廣東鄉試，轉主客員外，改考功，轉驗封郎中。以忤永嘉，謫判常州，擢南京戶部郎，再改禮部，出提學山東僉事、江西參議、河南參政，復以忤貴溪内批報罷，年方三十三耳。公初娶陳，繼以淑人。淑人家爲泉世官，父曰武節將軍福全所正千户繼實，與璟曾大父赤山公繼勳兄弟也。武節善用兵，嘗別將兵捕倭，擒大酋吳平，破走林鳳諸賊帥，以雄傑顯。而配李，則浙江參政李公汝嘉女也。淑人頎而慧，父母寶愛不輕字。公母李太宜人聞其賢，聘之，母未即許，淑人曰："此嘉姻，何待卜？"遂許委禽。公大喜，爲遣二妾待。其來歸，當是時，世方以道德文章推公盟主，當道屏干旄，望廬順拜下風，四方徵言問字日夕無虛晷。既才高，八面酬答，又好深湛之思。而淑人年十六入門，能曲當其意色，上奉姑，下撫幼子及媵御，旁治賓客，機悟明敏，綜畫精辦，自姑迨族黨，亡不賢新婦者。公尤相莊，即冀缺梁案不啻也。

予曾大父以布衣隱于俠，嘗割奩佐淑人嫁，而與武節皆負知人鑒。物色大司寇陳公道基於微時，以淑人姊妻之，陳公遂亦連舉進士，爲御史，一時二女並乘龍云。武節子千户鏡，才而傲，失郡守熊意。熊又嘗丐文於公不應，釋憾鏡，幾失祖官,曾大父捐千金贖之。公大賞歎,以爲范蠡、朱家之流,書問數百紙。蓋公以淑人故善吾蔣,而蔣當中葉不賷墜者,實公、淑人力也。

公捐館時,年僅五十有一。淑人甫三八耳。痛不欲生,强起治喪,以次婚嫁諸子女,割腴田充祀,復築祠奉公父祖,以竟公孝。而冢子康,元配陳淑人出也,夫婦蚤世,遺腹方呱,淑人拊育勤閔,俾克成立。公有弟太僕少卿惟中,爲當道脩郤,事急,子姓悉避匿,淑人排難解紛左右,次子衣得無蕩析,以竟公慈。間取贍田之羨,賙貧賑急,傾困不辭。問遺姻戚,歲時周摰,以竟公仁。此非獨有婦節,居然有母才矣!老而喜西方,與予王母吳太恭人及郡諸太君修靈鷲山瑞像,且以其贏繕清源路,曰:“是公半嶺讀書處也。”復爲公舉瞽宗之祀,曰:“未亡人藉手報九京,此耳。”於戲!此豈閨閣兒女子所辦哉?淑人於中外孫無所不摩撫而愛,某父子與少司寇丁公啓濬尤深,丁公語某曰:“外曾母賢而愛我。”故其葬也,與其孫曾謀擇於竹洋、壠頭二山而後從事,竹洋遵巖公葬,壠頭則陳淑人葬也,遂與陳淑人合窆,相距不數里。

某既采其孫曾狀,兼以所聞於王母者叙次如右,而哀王姑不幸三也:青年掩鏡一;有男而殤二;稱未亡周花甲,當旌未及旌三。然而得遵巖先生爲之歸,足千萬年不復朽。而諸孫曾生致養,殁致思,復相與扶服襄事,不異毛裏,即遵巖先生當含笑,矧淑人哉!

先生諱慎中,字道思。二子:同康,國子生,娶都御史丘公養浩女;同衣,庠生,娶僉憲張公峰女。女五:適户部侍郎莊公國禎,封夫人;適憲副陳公儲秀子國子生孚衷;適户部侍郎顧公珀孫庠生應蘭;適户部侍郎黃公養蒙子庠生鳴銓;而淑人女適刑部侍郎洪公朝選子庠生况。孫男四:士檄;仕棟,潮州府通判;學儼;仕柱。曾孫男八:學夔、胤震、胤符、胤鎬、胤圖、胤纘、胤嘉、胤謨。康、衣、檄、棟皆前卒。今襄事者承重夔及儼、柱、震、符也。淑人生嘉靖丙申年正月五日,卒己未年十一月十八日,年八十有四。壠頭在南安縣三十四都,負巽向乾,其葬也以崇禎辛未二月二十七日。銘曰:

先生之文,兄子瞻,弟元美,銜官于鱗。淑人之人,行懷清,禮鍾郝,才冼夫

人。其可以爲命世偶也,後死而持其門。以迪來昆,孰云不辰。文如不磷(下原缺)

封太孺人贈恭人劉母沈氏墓志銘

誥贈中憲大夫陝西按察司副使左龍劉公之夫人曰恭人沈氏,楚孝感人也。劉公諱體認,字某,爲澴名士,以萬曆癸未四月某日卒。後三十有六年戊午七月朔而夫人卒,以天啓甲子九月十日葬于縣東赤土坡之原。夫人有子曰應遇,字玉庸。德璟庶常時與玉庸及其鄉汪子用貞、雉王子癡仙相善也。玉庸在户部廉句稽冊庫,強毅精敏,大農倚重之。晉郡守,疏留;晉少參,再疏留。久之而當今上登極之元,玉庸疏糾奸瑺,且爲楊應山白冤慘狀,天子韙之,已遂拜憲副,撫治商雒。而子禧亦以其秋魁北闈,一時濟美,名動京師。然玉庸每過余,未嘗不潸然念其母也,曰:"吾所以有今日,以母也。吾少與兄麟下帷,母望之如歲。已府君即世,王母周亦圬,兄復圬,母胸春瀕絶者數矣。夜燈熒熒相弔也。兒讀,機杼佐之,不中程不得寢,少媮,即涕洟訶曰:'未亡以貌諸,忍死期異日耳。今若此,當何望乎?'某兄弟負霜在背也。歲大饑,食指頗繁,索逋尤棘,或請伐松輸之,母曰:'是先人所樹也。吾子之未立,忍毀巢乎?'晝夜偕婢辟纑,佐以環璣,不浹歲,子母盡償,一切不以累貌諸也。某署齊東鐸,有妻喪,母携諸孫來,督孫讀如其子,且詔以孝友、澹約、陰行善之指。即嚴冬猶績,手龜不言病,曰:'君子能勞,後世有繼。孫子識之。'既令永寧、靈寶,屬桐封,供億不貲,間有誅求,與瑺抗,幾不測。母聞之,曰:'勉游,爲民請命,當如是,勿威惕。'迨靈寶再煽亂,奉檄往,母急遣兒禎至,戒無輕殺,幸全活無數。丁巳春,秩滿得封,緘一綺爲母壽,母屏不御,曰:'幸不寒,焉取是楚楚者?且無庸祝,爾爲良吏,我受千家祝實多;不者,詛亦多,寒不勝栗也。'凡某所以有今日,皆母以也。迺母最難者,事吾王母。王母之母劉病瘻,母迎與偕養,而性卞急,啓處扶掖,非母不懌,蓋十八年一日。其卒也,母方震,親爲盟舍,卜兆葬焉。王母之女弟,歸于王,家落,亦延養于家。歿,棺衾之,其子感泣,願隸廝養以報,拒不可,復贈婚資遺之，曰：‘吾不忍王爲若敖也。’凡母所爲，皆王母意中事，顧爲此極難耳。王母患河魚疾，侍湯餌夜不解衣，即洟溺不藉他手。比歿，哭之加於府君。其事府君也，有如賓之敬，佐讀佐喪，具鍾、郝禮法。其喪吾伯兄也，嫂湯殉焉，哭之哀。或請白有司旌，母曰：‘從一禮也。守禮殉夫，死自甘，非釣奇也。且此自采風事，何必請。’幼通《內則》，曙大體，尤善施舍。嘗出粟易金，誤縮十石，再夕綜得狀，馳與之，其人猶鼾鼾臥也。鄰有盜松就執，設他辭，曲爲解。或盜竹，扃戶潛縱之，戒家人終勿露姓名。蓋母性識明而多善積皆此類。而今已矣。於戲！生而未能養，歿而不獲視舍，而又不能使母墓中之石不朽，其胡以爲子？子其銘之！”

德璟曰：“孝哉劉子！然司馬董公、修撰余公所爲狀若表具矣。藉手其可。”夫人父宗朝，母余氏，澴望族也。生嘉靖壬寅正月二十日，得年七十有七。子四：應麟，庠生，娶湯，以烈蒙旌表；次即玉庸，舉辛卯湖廣，累今官，娶楊，贈恭人，繼沈，封恭人；應通，禮部儒士，娶程，繼張，應适，庠生，娶留，繼胡。女三：適楊洪濟、夏鼎、訓導周道南。孫男十三：襘，庠生，爲麟後；禧，舉丁卯順天第六人；禎，廩生；祺、禔、禠，皆庠生，遇出。祐，庠生；礽、機、䄂、䄟，通出。梢、袑，适出。曾孫男五人：善長，禎出；葉長，爲禔後，祺出；道長、仁長，礽出；嗣長，機出。《語》曰“子孫視汝，霤復其處”，信哉！夫人事姑孝，宜其有劉子也。然戒輕殺一言惠尤博。當靈民據老君原時，當事議用兵，君力陳十不可，因計降之。及礦賊爲逆，五道會勦，君計禽其魁，而力止搜村兵，俾反側子數萬自安者，夫人一言之力也！是宜銘。銘曰：

女也而奇男不如，矧有名駒，用高厥閭。孫踵起，孰詒此？活人者封，母食其庸。家有留松，紫泥褣褾。玄丘風燿，湘靈是照。維劉來茲，勿忘母師。

明南京巡營衛總明孺王翁暨配戴孺人合葬墓志銘

余甲戌典武闈，舉進士百二十人，南畿王君爾繇其一也。是時上方患奴寇，拊髀思名將帥，新行臚傳奏第之典，鷹揚宴與瓊林並，而爾繇以高第擢拜吾閩礁山守備，迎母戴夫人就養甚歡。未幾母殂，爾縣哭之哀，乞歸守喪，格于制不可得，則遣其弟奉櫬歸，與父明孺翁合葬，而走使謁余銘。余亦有母陳恭人喪，哀疚中對《蓼莪》不忍讀，安能文？既及祥，爾縣再使趣之，始能録其狀如右：

按王之先，蘇州崑山人也。始祖某以功封南京羽林左衛指揮，五傳而有浙江都司欽者舉嘉靖壬辰武進士，嘗却屬弁暮金，著清節。生四子，季曰羽石應祚，即翁父。羽石公幼聰敏，甫成童，補府庠知名，竟以數奇隱於詩酒。而翁與兄某繼起，兄亦入府庠，不得第，翁因投筆曰：“吾祖武可繩也。三尺劍，安事寸管？矧有《七書》在。”遂以萬曆癸卯、壬子、甲子三舉于鄉，從粵制府標下征黎有功，紀録咨送京營戎政（下原缺）

明國子生仰虹賴公暨配李孺人墓誌銘

先觀察入北雍，則與賴公仰虹、張公及洞同舟車還往最歡也。張公因以長女字賴公之子久徵，而次女字小子璟，稱姻婭云。先君既貴，數念二公吾布衣交，皆當世長者，然張公遂就選人，從光禄出貳高唐，鬱鬱不得志。而賴公竟不肯仕，故猶以賴公爲高。

公諱其頤，字考養，仰虹其別號也。先光州固始人。始祖有允用者，縣惠安徙晉，世居晉之金谿，數傳而爲篤齋公某，生毅菴公某，代有隱德。毅菴公生虹山公統，即公父，舉嘉靖乙卯，歷廣西上思州知州、思明府同知，娶御史陳公儲秀女，生二子，公其長也。幼不好弄，稍長侍父粵西，下帷之暇，旁及爱書，郡丞甚奇之。比郡丞以內艱歸，及除服謁補，卒于京邸，皆公萬里護喪，人稱其孝，而自是外侮內貳漸多故矣。陳孺人殂，幼子年裁十四，公抱弟泣曰：“天乎！以二孤愁遺也。弟吾身也，忍有異际！”然群小利其貲，惎之，公即聽析箸，讓腴取瘠，有薛包風。又拮据爲弟婚聘，友愛備至，而族黨豪猗齗者亦漸心折。因決筴游太學，與先君論文對壘，謂俛仰可入彀，竟數奇。益發憤枕籍圖史，丙夜吾伊。晚屏居山麓廬父墓，遇緩急，多所施舍。嘗曰：“殺身成仁吾未偶，己立立人吾未能。若利人之事，無辭爲之。”又曰：“義與利同體，特用之異耳。善用利則可以孝親，可以敬長，可以濟人及物。不善用亡論利爲怨府，即假仁假義猶利之深，君子不爲也。”以故自奉薄，而祀先、燕賓、賙族無幾微恡色。素簡静寡交與，間喜臨池，於鍾、王諸家，下及文、祝，心慕手追，然不輕拈筆。持身嚴悊，言動必程先民，而最近情，能容人過，非意之加，情恕理遣。每稱讀聖賢書，如曾氏三省一段殊未能精進，下手彼繁稱胡爲者。先君推爲長者，不虚也。病瘅，謝醫藥不御，曰：“脩短天也，即華、扁亡益。”斯達於天人之際矣。

配李孺人，南安望族李公某長女，年十九歸公，警敏通書史，能屬文，事尊章尤謹，待公二女兄及幼弟特有恩意。凡公孝友睦婣、外捍内戢，内贊爲多。乙酉公得奇疾幾殆，籲代甚篤。自是朔望必焚香沐拜，然不效里中貴媪作佛會，曰：“吾自禮佛耳，福田在心，豈區區諷遺經能昇天界？”其明悟如此。籌燈課子，使背熟誦然後已，不即加誚讓曰：“吾堇一子，終不以姑息掩義方也。”其課諸孫又能代公以祖矣。

公生嘉靖戊午正月十六日，卒萬曆己未五月十五日，得年六十有二。孺人生嘉靖丙辰正月二十四日，卒天啓乙丑十一月十二日，得年七十。子一：久徵，庠生，娶張氏，與璟爲僚壻，四川按察使張公治具子允藻女，即高唐公也。女二：一適文恪楊公道賓子太學錫縉，一適廣東英德縣知縣許某子毓琅。孫男三：機，邑庠生，娶湖廣茶陵州知州李公楨子太學日燫女；檄，娶雲南楚雄府知府傅公履階子庠生棣女；槃，娶浙江海鹽縣知縣謝公吉卿孫庠生廷馼女。孫女一，適四川叙州府同知辜公志會孫庠生胤瑋。餘未艾。墓在某縣某都某山之原，負亥揖巳，即公子久徵所卜兆也。

久徵清醇謹樸，不忝象賢。記與余己酉同在三山待牓，余走叩其門，方對奕，而余幸得雋，愧於先之。然竟以諸生老，復未及葬公與孺人而卒。而諸孫機等迺能繼其志以襄大事，又能哀其父所纂大父母行略，介吾外弟學翀乞予言圖不朽，可謂孝矣！予以先大夫之石交也，與吾友壻之好也，敢辭？故遂志其略如右，而銘之曰：

爲循吏子，負親萬里。爲孤雛兄，義等分荆。賓于上庠，抗志松篁。達不求官，退能自完。女士克相，惟德之尚。手課子書，佛而不愚。以能偕隱，與鴻曜近。有子是似，有孫代子。不匱者孝，不磨者教。奕世皇之，百禄攸宜。

奠翁紫璇文

天啓三年癸亥閏十月乙卯，紫璇翁公以病解鎮江守歸，卒于杭。訃至，其友蔣德璟爲噩泣。越臘之既望，而其孤吉煁扶櫬歸，德璟親執綍北門以入。於戲！紫璇真死矣。哭之慟，數日惘惘，不忍作奠章也。天可諶乎？紫璇宜不死，竟死耶！夫以鎮地倒日之略，而不能振其形，規曾摹閔之範，而不竟食其慶。悲哉！

余與紫璇，定交己酉。同籍閩書，遂締姻耦。愛子君倩，弱息君婦。各競綠鬢，相期黄耇。記與宗禹，聯鑣北馳。寢則昵枕，飲則角蠡。風檣雪轎，如葉隨枝。君迺先雋，彌敦素嬉。既官閶門，遲我游趣。支硎虎丘，五宵同鷔。及郎度支，燕邸相顧。日纆名膠，游從無數。晉刺京口，小舟尾至。貽我郵符，侑我沉醉。幸殿藥珠，君喜翠轓。急足入京，見朂忠誼。俄余奔喪，飛舸留面。唁慰洊加，情隆親串。豈謂握岐，遽成集霰。英骨乍灰，狀懷長卷。於乎哀哉！

吉安扶櫬，君孝感幽。不謂君魂，亦杭是哀。睦婣任卹，百禄宜遒。爲善增懼，爲惡安尤。哲孤至性，聞病迅趨。吮痛視含，匝月有餘。況聞桐鄉，旄倪攀車。象賢何憾，遺愛堪書。疇昔入夢，損贈鶴袍。音徽如昨，天際翔翱。臥水晶宫，亦足以豪。未竟之業，敬朂兒曹。

蘇太翁哀辭

誥封都御史仲齋蘇太翁卒，厥胤石水先生方以撫浙功晉右司徒總漕運，驟聞訃，即移鎮上疏乞奔喪。上褒公定亂擒妖，勛勞懋著，留候代。蓋自公開撫于浙，定寧台昌區三兵變，及戢募兵廢將賈祥萬餘人之擾，破降海寇數百人。最大者亡如妖賊葉朗生等一案，即陪畿東南悉賴底定，不獨全淛也。妖就縛後，公迺得代馳還。諸君子以爲公忠孝文武之全，而推本于封翁，於是爲封翁誄其辭曰：

帝賚鉅卿，治心緯材。三立醇貫，爲國斗魁。必有闖先，詒穀黙培。如河朵甘,如珠月胎。維蘇之萌,奕葉熙隆。顯考侍御,式闡徽風。厥伯臬憲,以直見豐。於穆封翁,隱豹伏龍。文閟弗施,以貽其子。政鬱弗登,維家之理。脫粟大布,名官貌士。邦君頻廬,後雋問禮。行共御峻,嗇倪杜機。子姓於黨,若懾嚴師。著爲家話,五屬元龜。克開司徒,以禹以虁。司徒鳳峙,妙年通籍。典計守郡,蔚著清白。出振楚鐸,入驂囧席。秉鉞全浙,手定凶逆。叛卒梟竿,舶盜崩角。實稟翁教,大邑厥學。翁聞曰嘻,代我報國。季復鵲起,高魁繼躅。三綸天譽,八裘地真。胡不慭遺,奪我靈椿。朝虛憲者,鄉失達尊。問天可贖,人有千身。嗚呼哀哉!

吾閩封君,如翁實少。司徒忠孝,人倫師表。蘭芝盈階,世禧佛了。安知净土,非翁臺沼。於戲哀哉!

先甫視翁,實年家子。小子少時,司徒見許。頃奔父喪,道出賜履。喑次謂予,望雲心跂。馬妖陡起,危在吸呼。淵機毅箅,實仗司徒。東南百萬,微公其屠。總漕簡在,以儲捩樞。天道與善,世德實難。如翁象賢,翁寐孔安。小子銜恤,棘人博博。拜我封翁,倍切辛酸!

祭忠臣兵部左侍郎尊五王公文

嗚呼痛哉!公真死耶?其死而千萬世生者耶!記去冬璟因票擬忤旨乞歸,公慰予謂:"且出,再了得數件捄民水火,歸未晚也。"今春初予以迂戇爭鈔法桑穰,及急罷練餉召買收民心,復請急守居庸諸疏揭,皆公素共扼腕而壯予力行者。比予蒙先帝矜放,因聞山西大同之變未忍遽去,公遣材官持令箭趣予,且曰:"言路詞林諸賢方連章相留,可濡滯乎!"是時公登陴晝夜巡守不下城,忽箭衣大帽出城握別,且曰:"賊不犯城則已,犯必無幸。吾自分死耳,恨不能終事吾父!"又曰:"舟行不若陸,兄其慎之。過莆見吾父,爲言兒方盡忠不能盡孝也。"嗚呼!別公曾幾時,而公果以忠死耶!痛哉。

公抗賊城上時,中數刀,自經不殊,或勸公引避,公叱曰:"吾恨不能殺賊,何怕一死?即不死,何以見蔣兄!"予聞斯言,心膽俱碎。嗚呼!公臨死尚記有去國孤臣乎？公死而孤臣尚生，此所爲仰天痛哭，憤恨欲絶也！

公與予同籍二十三年，別即相思，見即相慰，善相勗，過相規，非經濟不諲，非名流不親，非道義不顧視。入其堂，寒儉如書生，僮僕皆有饑色，然公絶口不言貧也。其在戶、刑、工三科，及巡京營，條畫兵食大計，洞徹原委，精審無二。及以吏垣起家，單車涼踽，沿途至京，無一人識爲都諫者。遇邪正紛撓，正色昌言，壁立如山，然公恂恂不示峻也。爲司卿，疏京邊馬政，務復舊制，中外推石畫。在戎政年餘，寢食城上，前後可八月，夜嘗徒步周巡，鼓勵軍將，先帝數稱公清苦勤勞，公亦不言瘁也。部議晉一品世蔭錦衣僉，公聞之，亟語予：“城守何功？果爾，不羞殺人耶？”予爲擬駁下部，而先帝猶特批襲錦千三輩，公復力辭，竟不許。予素敬事公，以爲當今經濟第一手。公亦最知予。然予入直後，則足迹不及予寓間。逢佳節，吾兩人以一果一茗相餉，澹然如水，亦不知爲親疏也。計公在閩前輩，其彭惠安、林貞肅之流部。嗚呼！古誰不死？如公死而骨愈香、名愈烈，斯乃爲不死乎。又何恨焉！

公橐無長物，別予時僅寄參數片上封翁，又以俸數緡葬其次子婦，曰：“婦賢，可憫也。”嗟乎！公俸餘止此耳。封翁教忠有素，知公以身殉國，必當甚慰。而造物亦且以公未盡孝思，爲封翁增喬松之壽。有三郎，皆醇篤博古，爲文章奇峭拔群，必能世公之家而大之，公俯仰間真無憾矣！公死十餘日，而予門人吳將軍三桂、黎中丞玉田領關內外兵大破斬闖賊數萬，恢復神京，其亦公之英靈有以陰相之而然乎！而新天子方褒卹公忠風示海內，公其跨箕尾歸而翺翔鯉湖、幔亭之間，當遠勝華表之鶴也。生芻一束，稽首告公，公其饗之！

崇禎十七年八月初九日，眷年弟晉江蔣德璟扴淚拜告。

【校記】

① 此句前原缺，題據卷首目録補。

② “子庠生……黃公彥孫”：原無，據本卷《華亭林公墓志銘》補。

敬日草卷十

花磚詩 自天啓丙寅至崇禎己巳。

將出山呈同志

久隱真忘白與玄,霜趺但覺釣磯便。除官笑似書生好,愛國疑同漆室偏。前代軍容曾得擬,中原民力不堪言。風雲命世知多少,誰把雙拳去補天?

七夕仲兄餞于烏石,是曾大父田廬,乘夜三十里楓亭,四弟携熊掌同醉賦別

授廛俄屆百年餘,幸守先疇愧蠹魚。四代桐孫行稼庚,一門雁字惜襟裾。感時何限憂終隱,乞巧雖多拙自如。寄與石桃猿鶴侶,荔陰相待注農書。

蕭　家　渡

初虎坐,亞虎臥,中虎欓奇腰額大。四五掉爪各森橫,腥海蛟鼇盤萬箇。我來戲爲山君祝,借得衝風過江腹。豈寤精誠默地通,六帆齊發疾於鶴。吳山渡頭再迴首,五虎全身似龍肘。山川有靈不易酬,肯把詩書負君友。

宿信州夏文愍玉芝堂

琱梁畫拱深如海,八百房櫳芝化蕾。四碑飛白御亭前,忠禮龍額今仍在。當年鼉鳥準朱宮,縣官十萬構龍嵸。背堞孕溪地軸窄,蟠螭刻獸鬼工窮。蘇綱炙手手可熱,況復門前鋪金埒。未必香冠遂誤身,直爲套河空灑血。君鄉下石何人哉?三受降城竟不回。自古功名多如此,應知此恨劫難灰。

中陞上進賢任,待予武林,一見欣然,
連牀兩日夜,同祝王母千秋

湧金月吐白雲秋,萬頃湖光翠欲流。釣取雙魚交水若,隨風一夜透泉州。

其 二

百年燕翼詒蘭砌,三世龍函答柏舟。此日斑衣交舞處,夢回無限悵羈游。

文文起翰長留飲青瑤璵賦贈

三徑斜通半畝池,檻前雙柳盡垂絲。地如閬島棲真處,人是華山穩睡時。
肯把時名分豹霧,甘從雲壑斂蛾眉。與君不淺滄洲興,長理釣竿醉豈辭?

惠山泉亦名慧山,示燿、熺

清已人墨,香起人醉。冷醫人熱,是名泉慧。以慧成福,是名泉惠。盎疊如
雲,日億千計。是三尺泉,不見通閫。源從何生?普供一切。我觀至人,居心天
際。雲垂雨興,孰知其契?是第一義,不落第二。

飲鄭峚陽館丈逷園

解褐投閒膽自雄,且將幽適寄墻東。四時花發琴蒸合,數徑雲生屐齒通。
龍自安潛觀易始,鶴疑入定與僧同。五年虛踐武夷諾,尊酒相看一夢中。

其 二

逷園何必不鑾坡,正恐長安減嘯歌。隔院聞鐘聲澹淼,小山抱膝氣嵯峨。
家傳諫草高名妬,悟入禪宗法趣多。最羨王唐千里駕,交情重得兩經過。毘陵唐
荊川與予鄉王遵巖二公交契,每約武夷相訪,予與峚陽亦然。

金 山 寺

中冷(泠)稱第一泉,予癸丑坐臥八晝夜,汲者尚多,顧不如慧山耳。今遂
成眢井,異哉!潮至稍見井底,潮落則黑深於慧十倍而無一勺然,審其必與潮通

也。迺慧僅三尺許,而日汲千甕。水行東南數十郡,雖使鑿江爲泉猶不給,則又何也?係今觀之,慧之與金豈特一二之間哉?滄桑之感,爲金解嘲。

慧井千方挹不盡,金井十繘智無聲。金似巢由慧似禹,通寂異用自弟兄。金鼃渴飲長江水,不應井乳解他徙。不然調水符惱人,如珠避貪畏見髓。名山孔竅本來通,兩泉一派何彼此。膚寸自可潤天下,神功不妨斂無始。相傳山似碧蓮莖,應潮浮落亮有以。我欲驅出洞龍雲,再漱甘津兼洗耳。

壽菴老人詩

金山絕頂有留雲亭,吾鄉李文節留題處也。亭孤受風,一老人趺坐,散髮披肩,不言不視,再叩之,第念阿彌。問姓名不答,微云“壽菴”,然其指頗宗禪,異而禮之。

五濁安足言,高引良未易。肉人則已矣,賢傑猶名墜。古今同趨盡,誰能揮宿累? 老人不知年,髮垂風任吹。孤趺浮玉巔,八面不受庇。頹潮氣似蒸,眼簾心亦睡。荒亭誰與依,有海嵐江翠。微詞示觀空,可觀仍非至。下視人世間,萬殊總虛偽。神仙未肯學,何況空中戲。我亦蟬蛻人,見此欲生翅。會當謝鳳笯,舉身日月界。

妙 高 臺

臺奪三山妙,江臨兩岸高。高偏受月壤,妙在聽風濤。過檻帆疑鳥,鄰空背是鼈。蘇公留賞處,遺墨手重搔。

露 筋 祠

在高郵南三十里,其神或云鄭荷花,或云蕭氏,莫詳何代。紹聖中米元章碑云:“王化渙猗盛江漢,叔運熽猗人倫亂。一德變熽昭世典,情莫轉猗天質善。楚澤緬猗雲木偃,煒斯囷猗日星建。”字甚奇縱。兒子燿、熺亦作詩,燿詩曰:“天將千秋壽烈女,一半功蚊半功嫂。”熺詩曰:“尾生孝己爲太過,愚夫愚婦是不及。"燿年十一矣,熹少一歲,皆有意,予和焉。

謂四大假,露者其誰? 我本不死,四大蔽之。上鳶下蟻,異蚊幾希。此白鳥咮,是女導師。

花而荷花,花中之佛。女而荷花,女中之雪。生荷花中,坐荷花上。海月淮風,雲旗供儳。

漂 母 祠

母怒王孫曰:"大丈夫不能自食,吾哀王孫,豈望報乎?"兩語盡王孫矣。之項之劉,旋復亡去,難自食也。假王固陵二罜,望報也。王孫真國士,恨爲母闚耳。今二祠並列淮祀,所以報厚千金矣。

母識王孫,鄭侯不如。蕭諕其末,母了其初。一怒名成,非獨進食。黃石警履,機亦伸抑。

總漕蘇石水年伯招宴天斐宮君子堂,時有大司徒之命

環堤翠積晚烟浮,制府尊開古榭秋。水樹含香薰武帳,旌幢卷日照高洲。帝鄉鴻雁多安宅,禹跡蛟龍近穩流。此地從來饒傑俊,知能拊輯抱先憂。

其 二

身提四瀆半乾坤,手妥全漕報至尊。共詫金龍來應禱,不須璧馬更尋源。舳艫雲擁疇功峻,劍履班高寵命温。卿執即今誰砥柱? 回天夾日可重論。

九日清河口阻風,禮金龍王祠有應

肯使風吹帽,南風也向祈。久知龍可仗,真覺鷁如飛。月報長淮曉,霜侵老鶴歸。潘輿粗得坦,不敢慕輕肥。

九月十七夜宿望宿店在宿遷北六十里。

虛素委所遇,久冥瓊與茅。孤邨黃無際,野店風梢梢。橫木拒敝扉,敗牀積

鳴鞘。勞尾安濁流，倦翮甘陋巢。一宵何足言，念此井地抛。暮埃起平楚，耕桑化蝗蚓。官稅何從有？民髓空推敲。始癙管商貴，彌苦虎冠虓。屯牧未易舉，且冀列樹交。

宿郯城是問官郯子處

道遠車馬愁，華燎破林暝。河柳猶含綠，園塿臘生稜。地偏幸非衢，雲鳥古風孕。徐州城新魚，入沂迺通徑。人驢額偏稀，矧復理牀甄？捕蝗兼逃水，四郊餘秋潯。遼餉普天悲，茲區尤懸罄。土風父老陳，庶徹上官聽。

新清店小麵入沂界。

霜榻無一物，厄酒富行色。方丈同飲河，徒爲梁膏賊。東望馬陵山，戰場雲猶墨。柳柯代棟柟，麥供倍黍稷。豈必異江南，浩歌氣自得。

過費張詒白館丈招飲

平蕪所少五，水山雲田木。我行蒙羽間，忻焉足心目。白雲冠連巘，煙樹匝脩澳。麥隴翠長滋，柳鬢霜猶沐。況值同心友，別久驚會倏。間道豈夙期，妙因遂私卜。高風追澹言，衿契諧濠濮。賢聖靈區多，之子舍清淑。茲行真不虛，五少得其六。侑我黃花厄，贈君丹荔肉。二物凌歲寒，香味同孤郁。

臥冰處在沂州北三十里沂堂舖，孔明及王祥故里。

昨發高駟亭，今涉伏龍里。沂水何湯湯，遺芳亮不毀。相傳臥冰河，冰裂出雙鯉。以茲堅苦節，晚遇何軟美。虔刀豈虛授，吾慕即丘子。

其　二

天經無隱怪，安得龍鳥工。象耕而鳥耘，不異石言東。漢魏空噉名，曾閔非所衷。埋兒尚可爲，忍凍詎莫蹤。忠孝難假人，識真貴其終。

陪尾山泉林是泗水源在泗水縣南五十里,有黑虎、豹突、珍珠、響水、紅石諸泉甚奇。

雲皋起吉氣,靈瀆吐虛牝。星宿崑之腰,泉林岱中腎。泗泉五十八,拔地如霜筍。陪尾冠禹標,川上竚尼睠。珍珠細於珠,虎豹壯於隼。響水尤奇湧,百眼聳樓厴。其沸高尺餘,一一水晶粉。噴石作蓮華,映林結雲錦。萬冬不復冰,放海豈有朕。地脈訝龍翻,聖雄亮天展。反觀悟混原,迥然發深省。

謁闕里恭賦手植檜高三丈許,斜植如龍勢。

至道超元運,手澤真炁攝。孤幹老龍形,橫斜無柯葉。神明封焦根,雲飇衛堅鬣。左旋閱終古,三榮應千劫。治亂覺先幾,適與時中叶。澀官笑秦松,生厨腥堯薙。始窹素王力,兩儀配炭業。

謁孔林賦子貢手植楷高二丈餘,巨石護之。

檜爲木中聖,楷亦木中賢。聖木涵靈變,賢木守貞堅。環林三十里,異植難指拴。大地萬年内,梁木得其全。九龍及五老,前後擁蔥芊。橋山徒羽化,終謝洙水權。黄帝陵相距十里。

陋巷顏子井

厚地河輔海,高天斗侍辰。杏壇既帝制,陋巷亦朱宸。威神開珤殿,孤楔鬱璘豳。下有顏樂井,百尺清且潾。品泉宜最壽,長汲雅非貧。俯視千世子,颷忽若埃塵。

自獻縣之河間十里曰蓮花店,智橋七八甚閎麗,云是璿築

水至舟未具,梁成漲已枯。木石空金漆,其下通車徒。浮埃蔽天閶,白日不敢呼。借問檀施誰,子來寧假符? 慈航度群魔,戒足惟顧厨。大力迴山海,水亦

走天吳。但祈龍睡足，取次捋頷珠。

白　溝　阻　雪

愁雲荒日馭，累靄蓋冰端。客幌傍村薄，天衢近輦寒。五鯖香欲噢，一鶚炯
誰看？未必長如此，聊將信馬鞍。

明月照積雪館課。

雪裡千山曉，寒光得月添。分明連玉宇，空闊浸銀蟾。寫性同虛白，流暉見
潔嚴。不須燃太乙，自可對緗縑。

其　　二館課。

桂明千里夕，絮繞萬年枝。一片清輝外，高天不夜時。粉娥初度鏡，銀燭更
臨池。獨有大東咏，長庚知不知？

梅雪雙清館課。

梅爲玉友雪爲茵，各自風姿迥有神。天上花明能瑞歲，人間香發獨先春。
光分珂月成三影，色晃瑤池似一身。我亦素心同不染，凌寒相對轉嶙峋。

麗澤軒呈雍來、晦中二館丈

瀛洲縹緲玉河東，槐柏蔥菁鳥語中。公會晝完無一事，閒過別院看新公。

其　　二

房櫳星布自西東，卿相號書盡此中。風味即今猶本色，休將名字愧諸公。

送劉日都同門司理建州

武夷九曲雲千狀，有峰六六水清漾。花驄到處問平反，暇即施袮紫霞上。
仙掌擎來玉女蓮，畫舫橫當鐵佛嶂。閩中風土殊不惡，況有百城折腰諸。有時
行部入溫陵，霜劍便當清海若。看君此去龍爲馬，曾孫竹馬幔亭下。

至　後

聖節早朝大雪,時皇極殿新成。

日爲虎拜初添線,雪入龍墀大作茵。玉覆千貂香仗曉,花生萬樹御觴春。乍成輪奐光周典,共聽簫韶近帝晨。自是豐年先表瑞,長將金鏡賦天申。

携酒訪周伯瑾京兆松筠寺,遇過、
阮二國手對壘,兼呈潘匯蒼年伯

入春風轉勁,載酒叩禪扉。殊覺齋供好,漸於塵事違。棋逢敵手快,唄起宿心依。長安行寺徧,不減看花歸。

送柯同年令新寧

宮柳含清雪未消,仙郎分手夜迢迢。不禁曉月雙鳧遠,却望晴雲五鳳嬌。澤國魚鹽多負海,春城烟雨半通潮。投香酹水前賢事,豈藉催科答聖朝。

題龍泉瀑布爲都諫楊封翁

懸泉出煙杪,勢如銀河落。蛟龍歠爲珠,千仞垂瓔珞。青天雷雨聲,丹嶂波濤作。真人噉其津,呼龍或飲鶴。臨崖咽幼雲,過礀拾靈藥。嵩少多天朋,相從瀑布樂。

小除夕報國寺別周伯瑾之應天,
時次公元立進士,將携家謁選

帝賜麟符典舊畿,雙籐乘傳有光輝。六朝烟水供青案,一篋琴書擁翠微。卿月班中人自迥,雨花深處吏初稀。携家更有丹雛鳳,早晚階前舞錦衣。

其　二

遠心元自耽丘壑,此地彈冠豈偶然。蘭若相從真況味,椒花明日各風煙。鼇坡自愧官仍隱,牛首遙看島是仙。莫道長安塵易淄,繇來砥柱屬時賢。

丁卯元日早朝

新殿朝元笏影重，簾開朋扇拜真龍。帽貂遠向天衣舞，輦象高將寶頂籠。春入御溝先解凍，風傳僊樂早聞鐘。隨班百鳥翔空久，自識皇家瑞氣濃。

玉河春水館課。

春河半落天河水，無數春暉出御溝。堤柳晴含波鏡渌，宮鸎閒浴雪花浮。千杯雨露承金掌，萬派朝宗繞玉樓。聖澤從來深似海，自疑身到鳳麟洲。

賦得春雨綠窗紗館課。

窗外玉河春雨綠，一夜霏微百花足。東風紅紫盡萌芽，掩映綠紗如始浴。宮鸎話濕深枝裡，簷燕御泥掠風起。雲歸畫棟遂成霖，誰信三農已甘美。紗如輕烟雨如絲，春在龍樓十二時。

恭送三王之國館課。

授寶三藩並，分茅兩月連。叔行天派貴，帝穆國恩偏。鶴蓋交雲幄，龍旂接畫船。當年神祖意，次第得俱圓。

其　二

行蹕分周邸，離歌動舜絃。午門目送後，各自指山川。節費三疏苦，輕齎眾口賢。維城今鼎足，長護五潢天。

三王之國，効唐體爲應制奉送詩閣試。

漢社同分日，周邦咸喜時。列藩尊叔父，先帝睠連枝。鶴蓋面恩並，龍軒目送遲。河山三帶礪，秦楚兩壎篪。行幄公卿護，天舟雨露私。更傳蠲冗疏，令德總堪垂。

賦得日華承仙掌閣試。

高掌擎天闕，朝暉晃帝宸。光浮朋扇色，影傍袞衣春。湛露晞金旭，仙莖遠寶輪。侍臣同捧日，長賜一杯新。

五雲詩爲道圭丈壽二尊人，道圭齋曰五雲居

雲五色，禹爲主人舜爲客。百工相和讚光華，八風修通榮河帝。友風子雨日以扶，起自崑崙石出膚。金柯玉葩漸紛郁，彌天遂爲聖世符。聖世河清復儀鳳，天瑞人瑞相推桐。天瑞五雲人瑞誰？之子出岫自驚衆。家有太公鬢尚綠，自至瀛洲看蓮燭。闕下親携五花歸，館中同効一尊醁。五色雲，非雲非氣起崑崙。但願千年香雨潤，長將五色晃天門。

爲章岵梅大行壽母

兒如東朔身南真，外修世法內玉晨。乳分鍾郝桑鳩均，天與鳳毛羽詵詵。一命覃恩遂太君，繡雉珠翟梨花春，人間難老帝協宸。兒今錦綵舞膝下，坐聽雲璈未央也。

寄懷劉須彌年兄司理韶州

法星行春梅嶺外，如坐曹溪七寶蓋。生佛不須演佛衣，但看平反即三昧。使君攬轡豈徒然？要使泉（下原缺）

［題 原 缺］

（上原缺）一貧安汝久，無迺臥苔錢。孤憤真拚死，虛懷肯護前。時枰當局轉，邊羽厝薪燃。聖主方謀蹇，終當許碩連。

送 唐 四 尊

當年山啓擅人倫，畫省含香接後塵。共說平反清積案，更參方略掃黃巾。歌棠難寫千門愛，騎竹猶繁八部春。父老一錢休再選，惟携冰蘗謁楓宸。

舟 峰

城似鯉魚石似船，滿船山翠與江烟。不知江海船多少，獨立高峰幾萬年。

後　望　海

混含元氣正蒼然，寧數中千與大千。八月潮生何處長，諸番舶過果無邊。
蓮花到處沙間石，龍爪行時雨外烟。且喜干戈都洗却，乘槎徑至閶風前。

壽趙中丞六十

節使懸車耇未秋，開尊恰對菊香浮。名家牀笏皆清貫，弱冠朝簪已壯遊。
花甲不妨參洛社，生申長自記袁州。謾誇丘壑真堪老，聖主方當側席求。

［題　原　缺］

(上原缺)春當上巳好，上巳春已暮。却笑六朝人，多被流觴誤。

寒食後臥痾京邸，陳雪灘丈以高麗菜刁酒見問

階前曬藥雨忘收，擁火春深尚敝裘。龍叔敢言醫盡拙，維摩幸有佛相憂。
菜分夷種從誰得？酒待君開不再謀。臥憶高粱游事好，何緣脫却臂鷹鞲。

其　二

秤煤沽水也生涯，一枕支離萬事賖。請劍莫疑枯坐久，攤書倍覺壯心加。
風飄曉霧常千里，春到清明未百花。悔別家園空癡想，山中豈少棗如瓜？丁卯二
月望、三月朔皆大霧。

滇南奏捷志喜閣課。

漢帝象昆明，鑿池習水戰。旌旗照石鯨，嫖姚未一箭。皇家神武非漢比，
露布宵傳自萬里。象陣橫驅狐兔奔，洗出妖氛見烟水。安家夷婦安家妹，烏
撒水西互角犄。滇巢先搗黔氛豁，遵義王師遙色起。我聞六詔古要荒，百年
郡縣有沐莊。帝德從來綏日域，餘威真可射天狼。獻俘五鳳猶未足，行縛奴
兒懸大纛。

送黃絅存太史冊封襄府郡王妃。

仙郎持節大堤城，雲映芝泥下帝京。禁裏新頒金鳳墜，風前高捲紫龍旌。
武當積翠侵車入，漢浦神珠近珮明。若過隆中應訪問，當年何處是躬耕。

送余武貞太史冊封周府

乘傳分桐使節尊，還勝當日訪夷門。周王孫子周家似，雪苑風光雪賦存。
射策龍頭居上客，浮槎牛渚見天孫。玉堂近覺晨星少，早晚還珂對紫墩。

送蘇在蓼給諫冊封岷王妃，便道子舍壽母

親攜金冊出龍樓，詔賜王妃寵命優。千里祥雲隨玉簡，三湘翠色擁珠斿。
孤忠自許眉山後，上醴遙開紫苑秋。歸及高堂稱兕日，承歡更羨錦衣遊。

送陳自公督南畿學

驄馬衡文道自尊，江淮賜履盡吳門。六朝珍藻珠爲苑，千里畫圖錦作村。
霜峻六條兼鳳隼，星臨乙杖變鵬鵾。莫言桃李公家物，網取真才報國恩。

送陳雪灘館丈典試浙江

蘇堤佳處押珠簾，人是峨眉舊子瞻。坐挹湖光當硯北，親飄桂蘂落峰尖。
東南材藪天疑擅，奎斗星精地偶占。遙想飛來千片石，也班玉筍作莊嚴。

送倪鴻寶館丈典試江右

彭蠡匡廬多秀異，星文劍色久煙埃。百名龍虎真司命，一代風雲豈借材。
太乙應隨銀榜發，長庚高照蓰珠開。落霞陳氣從頭洗，爲報狂瀾已障迴。

送李太虛館丈典試湖廣

□□近當黃鶴樓，儠郎擁傳氣橫秋。文同禹貢金三品，香采離騷桂一舟。

衡嶽雲開綠綵筆,洞庭珠現透青油。知君胸次吞雲夢,更有新詩紀勝遊。

富川何封翁初度

何公膝下雙兒子,其一刺史一柱史。柱史新携五鳳雲,一尊上壽歌山紫。蜚英院外花如雪,綠鬢重封團寶纈。前稱五馬後稱驄,何必安期蒲九節。因君爲問廣陽島,中有何方長不老?

郭都諫父母

日華如丹月如錦,雙飛紫鸞雙上飲。幾年裘褐伴商芝,此日鴻寶開淮枕。夕郎湛露浥金莖,和得瓊漿下帝京。到來一奏方諸曲,坐聽商山碧玉箏。

遼錦大捷擒奴賊五十九名,
聖駕御午門獻俘恭記閣課。

露布高宣五鳳開,奴雛縛自錦州來。王師六月歌同凱,聖武三朝氣始恢。告廟鼓鐘瞻日馭,環樓劍舄象星迴。從今徑掃黃龍府,始信中興制勝才。

感秋十八首

神策班高擁紫微,公侯伯似半天飛。一門五等薰天貴,咳唾千家盡錦衣。

其 二

禹伊周孔尚鬚眉,聖輔真當媼相爲。九服颺功難繪日,惟應到處築生祠。

其 三

西湖俎豆改蘇堤,十萬金錢撫按題。從此普天驚落後,助工未足又私齎。

其 四

官府同心兩戊辰,恰同日月再生申。絲綸本自尊中旨,堯舜執中豈誤人。

其 五

戀恩祠築拜千官,吉服相邀破土還。昨日親王雙上表,元臣功德滿人間。

其　六

月照椒風似廣寒，藍田丹穴也堪彈。倪天聖德元無點，笑罵何妨博美官。

其　七

魚童開府出行邊，工戶堂中八座專。預政典兵明訓在，南司愧謝北司賢。

其　八

雲從島上哆橫行，百萬飛輪飽健丁。一部西游水滸記，無將冤魄染金莖。

其　九

番子千尋調事行，一般黃白到公卿。最憐鷹隼都無舌，漫向閽尻作意鳴。

其　十

頗牧銜符出禁中，同朝盡論錦州功。惟餘血戰遼開府，匹馬南嘶謝北風。

其十一

西華門內惜薪司，懷刺紛紛也不癡。牢石充宗真線索，更從寧府訴恩私。

其十二

聖躬珍攝萬幾殷，私自身持虎豹關。奉聖夫人宮內久，特恩猶自憶孤孱。

其十三

鼎成三殿勢如虹，兩載經營本尚公。漫笑千官陞賞溢，匠頭新晉左司空。

其十四

乾清居起仗天綏，湯藥相環叩太醫。欲問元勳南面處，公然指點背金獅。

其十五

寧錦敘恩又殿工，小加九棘大三公。魏家穿鼻休相負，免使膺滂笑反弓。

其十六

太傅三公仍部屬，掌科七品帶中丞。一宵御史腰黃遍，惟有蟬魚眼似冰。

其十七

鳴騶雙棍籠天街，扁鵲般俚各晉階。自古公卿豈有種，門官不用瞭牙牌。

其十八

涂公寧國定何人，驟向徐家膝席陳。蕉鹿夢中元未醒，應嗤此膝再難伸。

從歸極門入思善、隆宗二門至乾清問安

起居萬歲到乾清，一片袍紅照殿明。聞說先天纔七月，莫教飛燕學身輕。

其　二

金獅鵠立兩詹詹，翻手寒霜覆手炎。不學長庚容易近，輕教雙手汙靴尖。

中秋同元立小酌，時聞聖躬稍平，能出觀燈，用韻

天護宸旒自霍然，一尊交慰月同娟。秋闌轉挹西山爽，院冷遙分御苑烟。敢托憂時橫問月，相傳罪己巧回天。蟾宮小試乾清步，爲取恒升祝大年。

授官早朝謝恩先兩日璫矯旨大不敬，賴閣捄得免。

宮鈴猶警夜，陌燭遠薰天。月浸千門水，風分內閣煙。秘書薪久積，中旨卷驚傳。憐才原聖意，終不試狂泉。

其　二

安命誰能鑄，昔賢百不愁。及門輕師德，吾道信靈脩。前輩吹螢費，九關奧突憂。許身雖稷契，未敢薄巢繇。

八月廿四日三殿新成，恭遇登極，入侍班中極殿志慶，是午雷

龍飛潛邸叶昌辰，恰及工成寶座新。三極雲雷開瑞色，千秋堂搆待真人。姿星日表天將聖，手握河魁氣已春。幸列御廉香滿袖，不知苦焄在金輪。

重陽元立過酌，時謁選司李鎮江

險忘佳節負黃花，尊酒因君發興加。雙闕橫秋臨露掌，西山分爽到冰衙。珥彤虛詫金蓮燭，攬轡真乘銀漢槎。浥取茱萸同一醉，長安如此未輸家。

送楊通政之南

臨辭丹闕抗孤忠，千古綱常一疏中。仗馬豈知鳴是鳳，霜鷹自覺氣如虹。

銀臺暫借中丞節,瑣闈交傳爭士風。莫道雨花堪久戀,狂瀾百折待君東。

送孟宗伯予告

班高北斗方聞履,道抗東山已乞身。天意卜枚留異日,皇心惜別渥師臣。周官禮樂中朝重,梁苑風光小隱春。惟有鑾坡瞻侍久,空從嵩少望嶙峋。

戊辰秋丁再分獻文廟,呈劉天如館丈

聖廟趨蹌帝闕同,叨分丁獻兩秋中。環橋禮樂觀三代,詣位簪袍踵上公。聲奏簫韶雲乍遏,香分葆佾露初濃。我皇味道高千古,非獨西雍祀典崇。

扈從圜丘同印渚、培元、瓊圃三館丈作

乍遣飛廉清御道,新懸瑞旭晃金輿。龍成五采天垂象,雲簇三成帝步虛。曲舞猶傳周禮樂,衣冠不數漢車書。皇儀晬穆渾餘事,知有玄心對玉除。

其　二

十萬旌旗十里中,千官候駕繞壇紅。初元日月三靈護,長至星雲百福同。午陛香烟連碧落,櫺門高燭報皇宮。壇外高掛巨燈,與正陽及皇城燈三竿相對。懸知天意長甄眺,直取華胥囿八風。

己巳元日早朝歸,邀擎甫小集,步黃太穉館丈韻

履端天上慶,下直日邊來。泛柏傾初釀,燒梨撥宿灰。披衣中夜慣,珥筆小璫催。幸有新年假,春郊同訪梅。

其　二

長安見汝慰,佳節況過逢。交澹殊經久,官清也御冬。身香天乍染,歲穰霧仍淞。戊辰臘月十一、十二日俱霧淞,著樹如雪。堯舜如今少,羞稱邴曼容。

十三日皇極殿進春朝賀,呈李印渚丈

節近元宵景倍妍,身依華蓋聽鈞天。兩宮春案祥雲扈,京尹進春兼進懿安皇后

及中宫春。當殿龍燈曉日懸。皇極殿中大珠燈三層。乳鴿言鷺迎淑氣，棚鰲綵燕角芳年。天容遥映重瞳霽，自覺光風滿大千。

二月四日蒙宣文華殿記注，喜傳皇第一子生志慶

入直方承天下濟，傳呼喜見日重輪。千秋曆數歸元子，三極禎符會早春。祝比堯封兼壽富，光分姒幄啓繩振。累朝命嫡如今少，自是中興覎聖神。

三月九日承天門頒皇儲誕生詔，恭紀

璇題銀牓下龍銜，拜舞新恩萬國覃。日際方升離照兩，海觀重潤泰階三。共傳虹渚輝元壼，最喜睢洲兆百男。聖主繇來饒雨露，幾迴裁取始知甘。恩詔兩經御裁始下。

大兄中黄授官歸賦别，兼寄中陛弟，時令進賢

一官聊得慰親顔，華萼相看鳳闕間。但下八甎便對酒，每披千簡共消閒。詞林風藻沈涵似，御苑烟光領略還。寄語惠連春夢好，徵書早晚到廬山。

和中陛别中響韻，時中響自進賢歸，伯兄中黄亦自予邸歸却寄

入直距天丈，天言近書掌。平臺便殿間，月常三四往。泰階奏符六，震索快明兩。神聖日都咨，萬象春駘蕩。迫真堯舜堂，追笑魏崔曩。當年何狂泉，醉盡俶與儻。頌功希速化，拜祠媒上賞。余獨不授官，寒松孤偃仰。時賢目爲癡，神癡心勍朗。中興氣始紓，亦羞優孟倣。却潤畏言清，探賾困未廣。常恐居下中，空負大小蔣。念汝社稷器，猶淹百里長。春江水迢迢，春塘夢罔罔。王母年望百，持家尚健紡。弟兄各一方，思鄉長慨慷。身自鄰蓬萊，意迺游泱莽。但侍含飴娱，豈戀雲母幌。脊鴒先後歸，益豪詩酒黨。令伯亮可師，睇雲發遐想。

閏四月十一日喜雨,和練任鴻侍御韻

天勤聖禱尚愆陽,忽得甘霖殿閣涼。萬里雲催花浪起,九霄露灑麥枝香。
懷人咫尺梁間月,臥病支離肘後方。却怪桑林經歲久,不將帝德度成湯。

再次韻,時皇太子以十四日爲晬日命名

百日祥光啓少陽,前期時雨送新涼。歌成雲漢天爲格,浴罷龍池水自香。
潤物真能蘇萬槁,洗兵便可遍多方。侍臣近識天顔喜,賜得宮中荳蔲湯。

送何半莪學憲入閩

臨軒特勑部無諸,絳帳長驅使者車。學士共尊山斗似,海濱猶帶魯鄒餘。
中興木鐸鄉三物,吾道朱衣太乙書。從此龍門天際迥,盡羅杞梓滿階除。講筵上
特問《周禮》鄉三物之教。

送黃元眉按茶馬

秦封百二擁花驄,兼領川湖節制同。番部金牌三尺峻,唐家雲錦九邊雄。
峨冠久挾清霜氣,攬轡遥生紫橐風。前輩文襄多石畫,可能持此報重瞳。

送鄧銘韋侍御按鹺南淮

鹺臺行部五花驄,遥綰東南四履雄。百萬淮當天下半,九邊歲仰海王中。
車携琴鶴身威鳳,字挾冰霜氣貫虹。此去望塵多解綬,非獨劉管課輸工。

送黃鶴嶺侍御按楚二月以言事召對,忽傳皇儲誕生。

抗章幾欲捋驪珠,堯舜何心咈復俞。共信寒松天爲護,誰知勁草帝偏扶。
乘驄遥指三湘遠,鳴鳳還推一代孤。從此楚天迴望處,可能更補袞衣無?

送張少司空還里,兼懷令弟晦中館丈

主恩其奈杆三投,特撥群囂賜勇流。直道元爲軍國計,老成忍遂壑丘謀。

兩都聽履名俱邵，全陝行邊氣尚秋。論定終當歸袞鳥，即看北斗作天喉。

其　二

玉樹聯翩記壯遊，一尊長得散鄉愁。名園每愜同人趣，前輩真懷報主憂。賜對文華常近榻，拂衣野渡已橫舟。懸知春草多佳句，可似挑燈和子由？

題傅寄菴宮諭五世像

祖復祖，孫復孫，人五世，貴一門。三稱侍郎兩太史，尚書宮寀拜褒璽。山溯崑崙水朵甘，稽首王休發玉函。六朝天子栽培久，人物門第大江右。冠袍闊韡意貌殊，各自崢嶸堪不朽。君不見，商家霖雨佐中興，版築一朝作股肱。君今橫經聖主幄，説命三篇効嘉告。重瞳迴顧多恩私，説固有孫我所學。祖武孫謀百代繩，非徒曳履見雲仍。從此調羹雙手在，始知鼎鼐有傳燈。

次韻門人方士心投贈，士心南陽人，捷禮闈，未殿試

家近龍岡勝足依，書來雁足惜分違。期將名士繩家武，猶向青山養釣磯。莫道耆齡容易擲，況當聖主古來稀。君看抱膝當年客，一出能將炎鼎輝。

其　二

平臺便殿幸瞻依，尺五天顏願不違。珥筆真同披舜典，彈冠各自起磻磯。千秋事業非虛借，一代人材肯遂稀。相最原無溫飽志，長令鍾萬挹生輝。

士心讀予鸛經寄和

童稚趨庭解作詩，偶來雙鸛不鷗疑。人歌集魯音爲好，我愛馴郊羽可儀。隸事五車空自富，娛親一笑豈堪垂。因君痂癖重翻定，未覺新伊勝舊伊。

己巳六月初十日召對平臺記注，蒙賜瓜桃，
是夕上齋宿文華禱雨，翼日連得甘澍，恭記

烈日揚鞭入禁中，濡毫近立袞袍東。金龍扆外天香裊，一陣涼生殿閣風。

其　二

雲漢桑林罪已深，親傳御帖儆朝簪。青衣帶角空文具，直矢精虔格帝心。

其　三

嘉瓜選出上林尤，兼賜銀桃迥不侔。却笑漢宮窺牖客，空從瑤水記三偷。

其　四

側身下詔遂齋居，出宿文華露禱初。俄頃感通真異事，連朝霖雨足耰鋤。

其　五

高帝曾從西廡宿，神皇步禱自郊宮。憂民一脈真堯舜，傳與萬方舞蹈同。

敬日草卷十一

使淮詩己巳。[①]

皇極殿臨遣冊封淮府己巳六月十六日。

寶極親傳赤社恩，身隨御節出中門。姬桐玉葉千秋寵，漢冊金書百字尊。高廟本支黃帝似，名藩詞賦小山存。微臣攬轡皇華外，更矢周咨獻九閽。

楊柳青夜行

新漲月中行，迎船浪自鳴。亂螢沈浦色，過雁曳雲聲。簫鼓傍村發，琴書匝夜明。最憐官緯子，辛苦事于征。

自瀆流順風至靜海縣口號

下水貪風便，上水盼風送。豈敢希鄭樵，兩適不顧衆。風與水俱非，天心亦自動。此間河伯靈，微誠如可貢。三更過楊柳，亭午瀆流口。使緯兼使風，鳴湍衝鷁首。五十里洄淀，不風豈易走？舟人發甕慧山香，再拜北風時掛檣。

過臨清懷曾大父赤山翁

曾大父隱于賈，起家鄭州臨清間，節俠好施予，有范少伯之風，王公慎中所歎服，以爲才足濟世、智足隱身者也。閩距清淵七千里，念當年跋涉之困，慨然追述，寄示中陛。

我祖萬夫特，大隱隱然蠹。萬里歲一行，千金坐自觚。古人似朱家，同輩推張底。天幸亮陰扶，神謀多奇濟。慧眼得未曾，俠囊時徑洗。麥舟何足數，槐堂真弘啓。恨不如鷄窠,少延觀戟棨。先子常有言,慎勿忘根柢。朝簪雖不乏,譬麟得餘體。自昔創垂人,疇非茶開薺。三復綿瓜詩,對揚首重稽。

題徐節愍表忠卷,爲同年丹山計部父

鼓死城摧天曀昏,氣撼霓虹賊可吞。同日妻孥十四口,盡隨張許作英魂。阿兒萬里收遺骨,晝泣悲風夜咽月。忠孝令人淚自垂,有赫天褒炯不没。古云死有重泰山,名在丹青人在天。君不見遼陽經撫徒泥首,何如公家義僕尚凛然。王師今縛逆安至,刺血酬公公應醉。

舟至東昌戴家灣,閘阻,漕弁不得行

輦下漕弁搖尾犬,此間狼噑天欲搴。百里河身握掌中,未到例當先把淺。自言身作奸旗久,貿貨折乾無不有。薄糠覆土堪自欺,作意遭風復誰咎。天吴方便與衝沉,却勝在家置百畝。白梃如雲君不知,我家揮使揚眉時。但入通灣頭自搶,如今尺水君安之。小須兩日待揮使,後幫販米方謀醉。

舟次赤城,荆門人砥瀾自滕至賦贈

長河連嶧岱,兩岸隔滕徐。翠匝涼浮野,烟橫影入湖。土風猶寧母,漕客半吴趨。共説新官好,蓬門夜不呼。

重陽後一日登北顧山絶頂

金焦雙髻長江帶,凌雲亭出烟鬟外。隔岸鐘聲了不聞,滿林月影在杉檜。我來登高仍避客,掃月徑醉佛前石。却憶卧龍抵掌時,坐見飛潮一天碧。

元立自蘇松行縣歸,邀入司理署中,
兒燿、熺亦入飲,署在北顧山腰

訟庭如水照嬋娟,山色凝秋枕處圓。翠石黄花雲積徑,疏燈净幌鶴銜箋。

兩家話別初同榻，四郡觀風半在船。不盡清尊賒月久，一肩更有惠山泉。

陳芝臺宮允餉二菊有五色並柑酒，賦謝

正思汎菊補重陽，名苑分遺畫鶡香。種自太湖歸墨客，身兼五色作花王。浮尊綠蟻堪沉月，噀席黃柑早飽霜。萬卷丹鉛知已遍，就君猶擬乞珍藏。

弗棄兄署篆崑山，約于振衣鎮一集，夜分舟俱至

十年夢天末，兩棹迎夜半。月芒吐波心，水樹明秋岸。相慰鬢還綠，相賀官俱換。本色任清酸，論心各蕭散。憶昔計偕時，曉夕同誦貫。苦趣既交嘗，飽溫豈肯籌。吳都古腴表，山水何燦爛。吏胥羅綺驕，無迺作貙犴。聞之況守鐘，高擲真鐵漢。聖治方中興，勗哉冀黃贊。酒酣東亦白，有懷百未泮。雲濤遂渺然，餘月空聞喚。

蘇州得曹旭海侍御書寄謝，時按江北

法星行部五花驄，況是帝鄉四履雄。六傳初驅淮浦月，雙魚遙寄茹江風。中原襟帶寨帷近，大禹車書攬轡同。水木因君思轉切，不堪極目送飛鴻。予祖壽州人。

十月四日登釣臺步葉少師韻

直向孤雲兩結亭，西湖輪却釣趺青。料求山水非凡地，盡撇公侯作怪星。十九泉疑曾下汲，半千人忍獨爲醒。前峰恰對閩皋羽，一道霜風透畫舲。江清百丈杳難攀，猶似羊裘下釣間。渭叟原非魚作餌，將臺今已鳥空還。千秋姓字留雙碣，兩越烟霞富一山。愧我一官成小草，虛將蟫史點朝班。

璟九歲從先大夫令江山，今三十餘年矣，頃以使淮道浙，而江山程日和、毛元敬、華祝、華衮、國標、文燦、文烽諸友遠相迎勞，感其意作詩

每貯江郎夢寐間，長煩父老遠追攀。因君倍憶童年事，淚落萊衣竹也斑。

其 二

舊部瞻悲追峴首,先公魂魄愛桐鄉。故人已盡惟孫子,猶把郎君當小棠。

中陛遣吏俟予信州,發函乃八月二十四日,已月餘矣,約以竣差事,始入進賢

本期重九諧歡笑,十月裁開八月書。愧我歸心偏後雁,憐君傲骨久懸魚。吳門載酒應留醉,梁苑分桐且曳裾。爲報瑞蓮亭上菊,黃須滿意照霜除。后山詩:節近花須滿意黃。

初到饒宿南天寺

一馬雙童畏簡書,小留僧榻聽鐘初。行厨漫設王家醴,候吏驚傳使者車。風送鳴樟清旅夢,月臨定幌證真如。淮南詞客縣來美,未敢傍人賦子虛。

持節封金華王禮成

公姓分茅開十葉,皇家授册及初童。盈階冕玉迎仙仗,近案爐香問聖躬。地控匡彭形自壯,親均晉魯典終隆。惟慚才藻鄒枚減,猶點賓筵醉雪宮。王年十四。

璟以十九日抵饒,次日行册封禮,次日宴,廿二日即行,在饒僅二日,王貧甚,例有磁器賜,皆却之,賦謝

盟心元不慕肥輕,擔取湖光兩袖清。贏得貧王深道好,也添絳帳一莊名。

吳家坊道中在鄱陽、餘干中途。

春野汎爲湖,冬湖縮成澗。草石露湖身,鳴驪行葭亂。彭蠡足下輕,康郎望中幻。使當春漲時,壯濤豈容棧?即此見滄桑,不須麻姑盼。遠火靄微林,寒汀落孤雁。廬山恨未登,留屐來方徧。

龍井渡即事寄中陛。

割盡黄雲圃又青，千林烟翠雨初經。茅村數點前山外，漸近弦歌側耳聽。

潤坡公館得中陛信，將入南昌謁臺，
余夜馳八十里赴之

渴得連牀對子由，又傳消息入洪州。長驅不覺星河曉，欲縮平林路轉悠。

携眷入進賢署喜賦，同中陛

眷屬相看不異家，官清猶自富黄花。當軒高掇雙楓翠，枕石孤飛一案霞。縣譜知從趨鯉得，詩才遠比蠹魚加。須江也自厨無肉，酒盡何妨□□□。令江山食不二味。

署中賦得並蒂菊

獨殿群黄最壓場，雙標瑞盞出金緗。艷疑魏紫三冬秀，駢似隋珠一蚌藏。聯萼已將階映錦，黴蘭更主夢生香。花前不厭幾迴醉，留與壇山説五郎。中陛行五。

得魏瑶海中丞書賦謝

節使聲靈聞鼓角，中原形勝攬江湖。霜飛全楚千山爭，月炯清秋一榻孤。怪屬受拴歸銕柱，通犀賜帶照金符。功成繡袞朝天日，曳履應知奉帝俞。

其　二

禮闈親得侍宗工，盡拔珊瑚鐵網中。持世文章歐九似，立朝聲績鄭公同。珠簾畫棟烟雲近，虎旅霓旌指顧雄。却喜連枝稱下走，栽培猶自費東風。

得范玉坡侍御書賦謝

鳴鳳方高鴉鶚群，神羊更典斗牛分。驅車真洒三江雨，持斧長開五老雲。正色陽秋推孟博，論心憂樂景希文。即今堯舜疇咨切，補袞還期答聖君。

至東鄉大雪,是早男淮生,中陛馳信相問却寄

一堂五代見高玄,添得孫枝大母前。兼快豐年時玉下,虛稱老蚌小珠連。
舊邦湯餅論交厚,勝地江山入夢圓。試聽啼聲差自慰,征騑應耐雪霜偏。

中議府君宦遊凡六生祠,余過東鄉,
中陛亦有祠,戲題中陛前令東鄉。

中議三方六俎豆,阿湖初仕已棠陰。傳家弓冶無它術,惟有懸魚譜外心。

其　二

門對桃花漾曉霞,楮筇騎竹遠千家。雪中老圃爲誰綠,自是當年解種花。

貴溪院中見王覺四館文作壁上朱竹題後

誰將朱筆寫寒梢,火裡蓮花雪不交。若使丹丘鸞鳳見,便應一色作高巢。

紅橋道中鉛山北二十五里。

叢薄銜霧林深午,寒畦胎綠明遙塢。風遞閩山青無數。

鉛山振衣亭侍母翫月,夜夢得前四句,覺而成之

一年明月幾迴圓,圓或不覺任高天。兒子好事犯霜出,移酒月中併月煎。
戲拾瑤石娛大母,爛煮魚菘置我前。欄外池陰冬青下,落葉滿地霜侵瓦。隨月
不妨席屢移,醉倚寒颸倍瀟洒。猶憶石桃中秋夜,兄弟眠月衣不卸。此樂依稀
似十年,憨負山中舊蘭麝。明日長驅入武夷,直向幔亭梯月歸。

崇安君子亭待月示燿、熺

桂花滿院月初上,蟾影高從樹角看。料得月宮真瑞葉,也應馥郁似人間。

其　二

度關殊覺故鄉好,玉版石鱗不論錢。巒壑瀠迴春萬疊,寒柯何處不嬋娟。

裴村望武夷

靈山古道傍，外若泯奇險。惟有大王與獅子，稍露頭角藏千點。隔村一水
界仙凡，影落群峰黝復澂。不知九曲六六尖，神工何地施斤剡？仙人掃霧待我
游，身負簡書意空艷。接筍峰頭石鑰懸，有分終期結羅广。

大　橫　道　中

溪緣山轉馬緣溪，鳥道螺旋望欲迷。坐看危灘三百六，不貪飛舸舞前谿。

茶　洋　蛇　頭　灘

人落漲痕石面巉，雄灘飛沫濺輕衫。漫言柁鐵舟如紙，建溪諺：紙船鐵柁工。
只信冰夷扈御函。

水　口　始　食　蟶　蠣

下閩富海腴，賤蟶稍喜蠣。東石與雛陽，脆美奪鯧鱖。挑柱難久鮮，施舌苦
希繼。惟蠔有三時，鹹石盡可藝。寒冬或炙房，樽匕娛兄弟。一別度四霜，眼無
生龍荔。石桃既就荒，金粟想奇鬐。矧茲小蠡族，口腹何遑計？前夕武夷麓，昨
朝劍浦汭。山水似故人，食飲漸鄉例。行半天地間，始知閩可世。念昔有高人，
視官如蜩蛻。出處亦何常，大抵時爲帝。白雲堪自怡，言尋采芝契。

> 自三山到大田驛八十里，中隔大江，取道靈山峽口，
> 截流峻急，然水僅數里，癸丑後福清葉少師始改從吳
> 山，流稍緩而水面幾十五里，然陸行省二十里矣，近
> 有議復峽口者，給諫林君益謙以問余，余曰水峻不如
> 緩，陸長不如短耳。是日渡蕭家甚穩，迺作此詩

峽口亂流如奔馬，薄午風高不可下。吳山平展水面寬，非值狂飆失者寡。
少師本是濟川手，移渡計周桑梓厚。慮始臻成宜晏如，安得異喙紛身後？五虎

山頭五虎蹲，江心高坐鏡中身。不知倚棹談何許，已是蕭家彼岸人。

將抵家，諸兄弟相待萬安橋，遂夜馳拜王母牀下

歸時向臘別時秋，不覺金門久滯留。三閱玉春陪豹尾，五承天語注螭頭。長安鶴料疑詠朔，子舍芹香未報劉。且喜大年今健粥，相從堂下卷朱轓。

聞京師捷音

神京吉語萬方歡，共詡天威虜膽寒。笑殺女真無拐馬，驚傳儒將有登壇。遥知旰食煩當宸，便擬長驅縛可汗。投筆封侯非異事，橫將寶劍掌中看。

次韻答門人蔣羽公見寄，時有奴警

久直金鑾捧御烟，壁魚字飽豈能仙？請纓每擬終生策，借箸誰明圯上編。天府長楊從竭澤，神京無恙更憂邊。知君不淺匡時抱，萬里風期滿彩牋。

賦得山川出雲奉別何匪莪師司空陪京

雲之出，澤與山。雲之行，地上天。扶飛龍，輦時雨。得天樞，潤帝礎。二色爲喬五色景，鳳翥鴻驚下無影。神功膚寸起旱枯，去住何心動復静。吾師通籍五十年，十有八九鏡山巔。進即抗章退講學，醉月岩外無餘田。天意豈容名世老，龍興雲從非草草。直待作霖遍九州，然後歸向鏡山無不可。

讓菴丈招同姚石嶺令君譙李氏園

倒影波心火樹寒，千枝當得兩千看。移船似帶星河轉，印月真同水鏡安。入座蓮香薰八面，干霄塔勢卓雙丸。不知解阜風多少，自覺涼漪滿畫欄。

同讓菴丈遊瑞像巖，坐一片瓦聯句，中響弟亦至

拂紅先選勝，蟻綠兩浮尊昌。穿日天疑瓦，眠雲地破痕。參差石勢落璟，蒼翠

樹聲吞。鳥道迂幽迤昌，蟬秋報遠村璟。千峰霞外舉昌，北斗袖中捫。獻果山精到璟，供花老蛻蹲瓏。癡朋貪信宿昌，愚谷畏醫喧璟。羅漢朝方晚，相將扣洞門瓏。

次韻姚令君從清源過巢雲彌陀巖諸勝

品巖三十六，移酒徑殊多。花繞裴家石，泉鳴漢代蘿。懸星燈樹曉，待月管絃和。鳥道夜深過，飄然下卷阿。

聞鄭酋討鍾斌之信，同張伯羹作得斌字

十年海舶半黃巾，天厭欃槍漸向馴。元朔受俘身羶李，深冬破浪眼無斌。漫嗤債帥謀家似，却倚降魁報國真。安得銀河來洗甲，此生長作釣魚人。

辛未元日春侍王母吳、母陳酒，懷中陞，時入計京邸

高曾一百七十六，遶膝孫玄遞起居。五世兒觥承木鳳，三重翟茀照金魚。

其　二
梅羹鶴飯不嫌清，椒酒桃湯次第行。獨有長安初度客，今朝應自醉金莖。

五日立春偕兄弟飲石桃墨獅

當窗吞秀巘，選石得方臺。一躡雲梯上，千叢火樹開。勁烟遙直斗，高爆忽先雷。驚起棲烏聽，橫空有落梅。

其　二
耽遊靈運似，履險伯昏忘。穿荔高行酒，燃花細引香。舞衫傾月艷，歌扇度風長。一嘯丹霄近，真堪俯八荒。

十四夜偕六弟飲清源絕頂鐘樓

樓壓巖尖萬仞懸，敲鐘鳴竹答諸天。星橋掛漢花交雨，霧壑衣緋樹欲然。石簇芙容□外拱，月明江海案中圓。分籌角醉忘歸去，不辨人間更有仙。

上元偕同年邀羅天樂直指瑞像岩，旋登清源

鷲嶺乳泉移仗入，鳶冠綵幰逼雲行。千層燈火星河曉，萬井烟光水鏡生。佳節恰當奇勝賞，真仙似結宰官盟。笙歌一道家家月，爲報三台色已平。

予歸次錦田，幼玄丈邂逅，贈二詩甚奇，不能和也。
辛未春幼玄抗疏蒙恩鐫級，次前韻却寄

雌蟬鳴不得，賴爾拔芳塵。累牘天爲動，高言衆所津。沉疑翻古案，濃寐唤今人。墨妙重瞳顧，□回雪後春。

其　二

香珠也還丹筆常篩千案積[②]。素心盡刷五羊羶，瀧頭流水清復駛，無數梅花對香几。相思折取一枝來，萬樹宮駡滿人耳。

得中陞東鄉書却寄

宦情各天夢，家音數行快。新政敏且廉，寸絲羞不掛。分俸佐母甘，封鮭爲破戒。先子昔令衢，其地亦瘠隘。不辨肉與絲，所堪獨羹虀。貞白遺千秋，陰善聞上界。汝今筮仕初，妙年遂清邁。普得吏民歡，不負名父派。京官困鞍馬，縣官疲迎拜。苦况略相當，吾尤壓詩債。風塵白日黃，擧世葫蘆畫。念彼鳴鳩詩，臨谷垂深誡。

上巳詩丁卯，館課。

棗浮太液池，桐乳桃花水。不向水傍行，餘瀾染人指。

其　二

騎馬出門去，塵欲高於柳。何處可祓除，銀河千丈藕。

其　三

我欲水心人，捧劍上天子。一揮當塗高，再揮混同水。

使　還　詩

將之九鯉湖，先一夕宿何嶺麓

月照嵐無痕，坐深袂自濕。流㵎日夜鳴，寒螢猶未蟄。環何翠四圍，一徑萬仞入。窑紅遠峰燒，稻早餘穗拾。農夫不悟僊，澹然安樵汲。寧知洞福間，別有真官邑？搔首問何君，九鯉詎當十。

第三潈珠簾作

銀灣濺爲珠，兩簾顆玉㾕。珠怒風雨飛，珠閃電光挾。一瀉百萬斛，蛟螭不敢攝。試撤珠簾歸，烹芝佐清歊。

第一潈雷轟僊跡與瓏、熺聯句

石現巨人跡，天開狂客茵。灘雷堪濯足，湖月欲生鱗。九潈泉中霸，高僧世外民。酒睟丹竈熟，枕借玉牀伸。院鼓遥催夢，樹燈裁識春。范鵬初欲歃，漢鯉久藏身。髓石淘成竅，鼻龍擦作皴。連環輪地肺，一線接天垠。始窩神僊宅，長將日月鄰。微誠盟道久，倘許問漁津。

僊　迹　石

僊無跡，跡有僊。僊人已乘赬鯉去，所餘指爪尚劃然。雷轟石上，丹穴百千，小者螺甕大者鯢，桓深百綆淺一拳。星穿地漏，竅複臍連，竪起應成玉華洞，深落疑藏珠母淵。石樽可泛牀可夢，當日九真兄弟燒丹采藥醉復眠。一朝聯袂鞭龍起，千岩萬壑空雲烟。我今雁行少君三，相望三方北與南。何時同認雙趺影，滿取湖香坐漱酣。

常思嶺葉少師賜塋留題

新聖方求舊，蒼天不少須。山藏劍履古，烟鎖桂松蕪。廿載中書重，三朝一柱孤。何當國士意，寂寞托生芻。

蕭家渡舟中瓏、熺聯句

晴旭漾洪波，惠颸媵輕棹。蹲虎殿後驅，馴龍導前哨。潮定馬斂嘶，帆正人舒皃。客戀分鄉闕，江靈庇忠孝。長年巧不施，伸足睡一覺。

其二

天册候氣尊，星槎容膝大。官津乍以移，使者用錢過。出興貪山色，舟子堪群坐。催詩鷗雙飛，掬水犀一個。指點岸樹青，停橈色交賀。

建溪舟度將軍諸灘與瓏、熺聯句

麤怪灘聲作，尖嵯石勢攢。大如象馬突，橫或鸛鵝欄。竹縴十夫控，楓篙衆手捓。捍溜身倒拒，挽逆足交蹣。路絶矜猿飲，山紆串蚺盤。衝渦軒戰版，出險羽降邶。水盡藏鋩劍，石多刺股癍。纔過方豁怖，叠鬭益驚看。一十三程遠，三百六迴難。天地開靈界，魚龍護使官。倚歌簫鼓静，送矚壑岩寬。敢道濟川利，私忻叱馭完。望雲遥寄慰，兩字説平安。

尤溪口晚步戲拾小翠石聯句

大石峰蓮簇，小石水晶圓。一粒須彌孕，五色女媧煎。星落分圭斗，浪汰出璣璿。叱群成羊幻，支機待鵲填。披沙各照乘，入袖不須鞭。漢掖藏鉤貴，蘇供禮佛便。拾疑八陣磧，養就百花磚。膚雲堪起岱，粟理任鑲天。氣猶龍腥帶，質將神髓剜。浮濱禹合貢，拜丈芾宜顛。將佐礪金用，寧隨精衞還。

劍浦驛夢中作，覺而成之

出門二十日，沓嶺復層灘。雲報重陔曉，風侵旅夢寒。小春林剰翠，雙劍氣猶丹。無限望鄉思，清尊漫自寬。

延津即目

水結深青皃，山饒茶笋毛。近溪城市濕，緣嶼屋層高。道派楊游古，民風蟋蟀勞。龍文長貫斗，千里作波濤。

自延登陸至大横驛次韻

車行始覺航雲低，柏粒茗香入望迷。顧問久承金殿對，狂歌猶憶石桃栖。乾坤真費神媧補，山海誰封猛將泥？愛國不妨投筆起，王孫休自戀春妻。

建　寧　道　中

寒薄何葱蔚，深冬積霧油。四時春占半，萬壑樹長秋。土沃官爭缺，溪香酒擅尤。更聞疏禁甚，長自苦私郵。

宿武夷冲佑觀得冲字。是夕卧無帳。

室依僊蜕起，帳借幔亭充。一覺無餘事，惟聞萬壑鍾。天香來木外，疏磬落雲中。虹駕如堪接，終期碧漢冲。

其　二

卧覺塵機泯，神清夢亦冲。如將九曲水，來枕五行中。丹竈雲晉漢，肉身色傲童。魏王留訣在，鷄犬也鴻蒙。

武夷游僊詩十二首

靈椿八百子仍僊，首闢閩荒萬朵蓮。携到堯羹洪水日，虚將遺舸掛岩巔。彭祖。

其　二

采藥想逢西王母，携兒殊勝魏夫人。僊班第幾君休問，玉女峰頭説法身。皇太姥。

其　三

南面烟霞百二里，半腰風雨十三函。秦皇好道空浮海，不遣青鸞此地看。魏王子騫以秦始皇中秋上昇。

其　四

二千男女幔亭中，親聽笙歌飲碧空。却哂淮王鳴吠蠢，浪隨龍尾看天宮。

曾孫宴幔亭。

其　五

骨换長留蜕骨存，黄轝高駐碧霞根。無端更作人王夢，也勝東方金馬門。

十三僊相傳瑞世爲宋真、神、哲三宗。

其　六

毛竹雙魚久證真，雲虚更有上虞人。漁郎空賜葫蘆水，不起天台一念春。

女真魚道超、道遠及孔、莊、葉三氏。

其　七

生翅行天學也能，但須有分許蜚騰。虹橋莫道風吹斷，畫炭爲梯儘可登。

吴公洞。

其　八

洞天不遠隔深淵，閉眼丹霄忽現前。神女誤教山虎試，白雲岩口正高眠。

其　九

下僊坐解上昇天，秦漢經今齒髮堅。若問琅龕真不腐，横空千尺禮金蟬。

張金蟬及徐仙諸蜕客。

其　十

誰知鬖跣是雷師，夜半拜章雲外歸。提起武夷抛掌上，小天星斗滿空飛。

白玉蟾。

其十一

七船架壑知何木，偶落一船衆壑香。疑是靈槎來度世，銀河泛去不齎糧。

架壑船凡七，萬曆丁巳落其一。

其十二

峰迴六六形爲偶，溪折三三數是奇。注罷參同通太極，分明山水見庖犧。

紫陽精舍。

天游觀僊掌峰上

水環山股萬山朝，袖拂星辰掛紫瓢。坐見行梯僧侣豆，始知接笋落峰腰。

上 接 笋 梯

雄石八九各千尺，連壁圍天數笏白。一笋逆通霄漢喉，三梯直掛芙蓉脊。梯盡雞胸蟻旋磨，絙窮龍背人度索。上有琪花瑤草與甘泉，飛僊時來飲更奕。拔地盤雲削不成，五丁仰觀舌亦咋。道人結窩絕頂居，運米馱杉侶重譯。習慣遂如掌上行，夭矯不煩鶴一隻。其初誰人發想頭，攀天無路不肯休。撇盡凡間生死計，橫穿日月半空游。我欲移此笋，徑接弱水流。不然化作青龍騎足下，覽遍三山並十洲。

九 曲 泛 舟

梯山不用車，撐船不用榜。山高灘與高，丹青非一樣。左顧慮右拋，前瞻疑後障。驚呼石某字，怪指峰何向。璧義橫爪天，石斧斜穿浪。巡囉鳥尾紅，窠巖鷹乳亢。茶壓北苑香，藥傾五嶽釀。虹橋落頗多，壑船掛無恙。一曲一峨嵋，九灘九雲夢。移棹各窈眩，近村漸夷曠。神工含孕深，聊可容睡相。念昔彭祖來，無諸遠未王。山以二子名，閩天寔開創。皇姥魏王子，控鶴豈虛妄。交觀黃檽間，無乃神仙葬。十三瑞世奇，十六洞天抗。何時鶴來歸？重結曾孫帳。

再入中陞弟進賢署中步舊韻辛未冬。

天涯各自不携家，豈料重來醉菊花。水石無妨安枕漱，房櫳祇有鎖烟霞。一雙銕漢官俱冷，五代班衣慶倍加。春色上林遙待汝，連鑣準擬醉京華。

己巳、辛未皆入進賢戲作

兩客鍾陵度幾宵，髮僧相對一時瓢。湖山佳處清如筆，畫出陶腰與沈腰。

其 二

胡威清也畏人知，壇石山頭桂滿枝。始悟相隨琴鶴累，不如清夜告天時。

鐵柱宮宮奉許真人,左有巨井,衛以石欄,欄方井圓,中有鑄柱。

江湖匯處幾潛蛟,一柱功成劍遂抛。稍現慈悲爲説法,已無妖怪伏深巢。

其　二

伙飛子羽未堪論,貳負終歸大禹恩。漫問龍沙五百事,長留鑄璅鎮精魂。

同門倪侍御賦汝招飲江西貢院

使星遥傍法星明,下榻欣從試院清。閣捲珠簾山獻爽,池披水鏡翠交橫。掄材舊借巒坡重,叱馭新傳豸斧名。此地自歸君世掌,好將甘雨洒匡彭。倪家世官,多在江右,而侍御弟玉汝前典試江右。

次搭水店得賦汝書距南昌九十里。

野店瀟然卧榻蕪,忽傳雙鯉自洪都。昨宵方賦滕王閣,百里猶飛御史符。迴憶交情中古少,應憐客況晚天孤。連枝況屬栽培手,更費東風起蟄枯。時中陛爲屬令。

炭婦鎮在南康建昌縣。

點炭成嬌聊試心,也勝羅什較吞針。彩鸞曾覓文簫伴,細向儇家叩淺深。

九　江　道　中

絶流排石齒,攢雪出林鬢。曲陌人攀樹,寒空鳥過湖。譏船關吏貴,夾籌舖兵癃。欲訪琵琶浦,蕭蕭月色孤。

辛未十一月三十日德安縣長至懷王母

千山長至雨,一枕九江風。遥想家園宴,白雲何處濃?

是夕宿通遠驛,携熻步入圓通寺

驛路憐香刹,廬雲匝多扉。卧鐘缺一耳,殘竈雄十圍。緩步客游美,高廊僧唄稀。猶言梁武日，佛子大輕肥。

經廬山下苦雨

名山緣豈齊，屢筮得新晴。鳥報雲峰掃，泉添瀑布鳴。重裘寒不礙，瘦脚險逾輕。且了舟中事，趣從五老行。

其　　二

寒霏似逗客，雨色忽烘晴。風帖魚龍靜，天空鸛鶴鳴。香貪石耳軟，凍逼雪柑清。寄與匡君道，肯虛攬勝行。

其　　三

夢入香爐久，欲遊豈較晴。稚兒剛好事，蠟屐已先鳴。醉壓千峰小，狂拋萬事輕。因思陶令笑，還踏虎溪行。

石　耳　羹

匡廬五百里，石耳甘且繁。威喜肉芝侶，甘多地芛孫。釀雲宜獨厚，得氣自成根。却晒嵇康髓，一堅不可吞。

啖　　雪

雪比金莖露，一花當一盃。入脣香自脆，蠲肺冷初回。漿化新炊玉，羹參五出梅。長將持作餌，生翅上蓬萊。

閏朔連雨

何因濟勝具，橫自逗行車。豈以名山好，顛公獨可廬。水貪康谷冠，藥愛禹糧餘。與結重來信，終當此卜居。

忽　　霽

雨雪俄交霽，問舟更理車。吾當從此去，僊豈愛其廬。千嶂雲開後，五芝石洗餘。果然天意好,隨地揀幽居。

東林寺曉起

餘雪封高巘,孤星炯遠天。竹松敲地籟,鍾鼓警晨烟。僧定猶馴虎,佛光更起蓮。但令心不雜,痛飲豈妨禪。

訪僊臺

石乳連冰嚥,松鬚帶雪噙。臨崖三萬尺,無復世間心。

廬山絶頂

月比下方大,江窺一線微。有霜皆玉筯,無石不蓮衣。

佛掌岩

佛身丈六掌三之,三洞嵌空小有池。欲扣洞門何處是,空摹天眼舊題詩。

天眼尊者和高皇帝詩有"聖主祥瑞合天基"之句。

題僧道見招梵樓

松濤萬壑,梵音半空。顚僊天眼,見者八公。

竹林寺

非竹非林豈有寺,兩門深處亦非門。天真不泄清虛字,除是當年三眼尊。

御碑亭

温良兩片蝨三斗,石上寫詩天上走。種竹耕雲顚不顚,肯分盞底沉砂否?

高皇帝御製群仙詩:朝耕白雲暮種耕。

題王陽明先生廬山四時軸後

伯安人中龍,留墨驚風雨。山精好扈將,莫遣六丁取。

天池寺夜宿

空山雪滿地，色欲凍星辰。怪壑僧藏塢，方池佛現身。人求三眼幻，石試小心頻。便擬辭家住，長跌寶樹春。

太　平　宮

鐵鐺百斛冰，浮圖百級藤。何如竹林寺，杳然無廢興。

宿龍池寺九江城外。

暝投湖寺宿，驚起水中龍。閣暗前峰面，烟蒸古佛容。緣疑香界熟，道覺世塵鬆。聊學高僧定，不知半夜鐘。

又用熹池字韻

山水供真趣，累心真可麾。遠公曾講處，此地即天池。塔落棠湖影，沙侵溢浦湄。澹然無一事，夢亦領清漪。

林羲菴關使招游景星湖烟水亭

飛閣臨無地，開軒八面湖。人如浮閬島，月久浸冰壺。揚子波連闊，匡山影入臞。僊槎閑自過，摘得景星俱。

渡潯陽江

江霧杳無際，輕風柔櫓過。瞿唐寒漲縮，彭蠡曉烟多。碧起平沙雁，春歸隔水螺。高皇龍戰處，氣色總嵯峨。

黃　梅　道　中

平皋饒遠澗，疏柳冒寒塍。爭渡人喧檝，絕流漁下罾。名山殿楚尾，佛國遡西乘。晚燒岩邊發，遙疑是慧燈。

楓　香　夜　行

供燎鋪丁困，揀酒郵官愁。肉人强作態，内對能不羞？我昔隱石桃，四更讀未休。五嶽起胸中，夢寐到伊周。烹蔬味之極，賒馬顧已浮。如何葵菫性，仍劾稻粱謀。四海未聊生，聖宸坐深憂。胡插東未滅，秦賊西不收。墨吏如湯火，斯民亮何仇？感此長太息，夜馬鳴秋秋。

小池驛題羅近溪先生茶池

羅公令大湖，遺愛歌誰嗣？車騎重經過，父老百里至。揮手謝壺漿，曰惟茶非膩。各爲一沾脣，傾餘聊取意。既積遂成池，瀰落峴首淚。大家作茶碑，供養風後吏。聖學與王政，眞儒理非二。單父豈驊虞，康衢難思議。奈何猴虎冠，不讀父母字。安得此池茶，飛洒被衆醉。

自黃梅至潛山禮三祖、四祖、五祖道場三祖在潛院山，
四祖在梅破額，五祖在梅馮茂山。

震旦六佛土，兩日禮其三。慈雲垂覆二百里，有草皆忍花皆曇。飯如香積散，人作印度參。我聞佛無去住相，鉢衣寧異小錫杖。黃梅之後有曹溪，南北二宗不相讓。達摩所餘葦與履，菩提明鏡亦非髓。了得當年面壁時，選佛場中無一侶。

青口驛憶中陛，時以徵逋回任

念汝飲冰久，蕭然度六春。地當衢處困，賦苦部催頻。竹馬重迎怪，圖書更耐辛。中興明主意，終不負清貧。

桐城姚石嶺令公弟戌生留飲，兼出長郎文見示

清源山上話浮山，空翠虛疑杳靄間。今日風塵眞促膝，兩家兄弟各開顏。

遊囊自詫漁雙九，姚君入閩遊九鯉九曲。瑞羽驚看鳳一班。却笑天花交散處，黏泥難得絮相關。席有梨園伎。

倪官允瓊圍留飲，兼侍尊人奉常年伯

朋好緣多特地逢，兼從少室拜高嵩。容臺猶詫青驄避，經幄曾傳白虎通。人是并州情自倍，交於同館興偏濃。爲貪群紀參乘久，不盡芳尊挹碧筒。

讀方蕭之職草諸刻，兼柬允大曹門人太史

攬心歸回薄，無詩心自緯。語出別有天，不傍書史乞。卑既摧鐘袁，高亦麾漢魏。始悟炯寸空，吐吞大千費。我友方與曹，詩才四海畏。其骨山人衣，天然色香味。斫桂必月中，下觀無百卉。於法有權寔，聊存臺閣氣。職緣詩而尊，詩豈職所既？置詩烟霧間，吸者亦矜貴。

泒河夜行

征人愁夜征，三困還三幸。曲陌太參羑，餘雪泥成井。人馬疲末衢，蹣跚如攀嶺。余幼則善游，就中別甘境。少月尚恀星，何況月千頃？少雪尚祈年，艷雪況深影。安步尚當車，顧稱使者騁。書生幸已多，言困文其冷。肉食慙莫酬，君父念空猛。所以有心人，慨然思箕潁。

下閘大風在巢縣。

風從何處來，夜半止還作。海濤卷地鳴，星河魄亦落。坐想山中人，閉簾理深酌。

望 八 公 山

山不高，儂則名。鷄犬化爲儂，草木看爲兵。怪許燒丹客，蓬萊何處行？
其 二
山自山，儂不名。鷄犬原非儂，草木亦非兵。淮王與苻王，花在霧中生。

巢縣湯泉_{在巢東十五里，凡五坎。}

福地近金庭，温湯涌碧汀。誰司陰谷爨，洗出凍雲青。八水功分佛，五源沸逼星。無私真宰意，長盥世人腥。

其　二

霜雪蔽天地，何因氣獨蒸？至人心亦爾，造化事偏能。草木常含潤，江河猶自冰。莫言神瀵水，妙有箇中凝。

曹瞞望梅止渴處_{在含山縣東五里。}

賺得空中梅，來抵三軍水。賺得西陵樹，來驕銅雀伎。賺得漢家荀，不復知天子。如何三馬共一槽，還賺諸曹不用刀？

烏　　江

一水兩蛟且奈何，到頭猶唱美人歌。休稱子弟多豪俊，恥作江東小尉佗。

其　二

本自同盟掃暴秦，依然封建不爲身。鴻門宴罷鴻溝割，赤帝從來肯負人。

含山水心亭

離水亭孤立，通橋不覺高。寒柯亞影怪，深柱架空牢。非島瀛終幻，脱雲月下撈。風霜吾耐久，況有火兼醪。

其　二

亭在水中央，不霜也自涼。空明分月白，滉瀁浸天黄。檻近疑無地，樹疏更遠廊。從他寒力猛，佳處肯虚償。

江都令君吴鶴澤夜話

求友材多楚，如君一代豪。胸吞雲夢澤，眼壓廣陵濤。肯効鳴琴俗，已拚借箸勞。風塵何足問,吾道屬虔刀。

黄元眉以狐裘見贈寄懷

有裘吉光潤,潤亦不關裘。北寒南自暖,相望日邊州。

其　二

俗人如狐黄,美人如狐白。謂白不如黄,眼羞孟嘗客。

盱眙道中雪

一色天何際,開簾雪入斜。豐年新報瑞,大地總飛花。夜作千疇月,寒清萬里沙。時將襟袖拂,來瀹乳泉茶。

泗州謁基運山祖陵

陵在泗北十里,即熙祖淳皇帝陵也。德、懿二祖陵失其處,亦望祭於此,稱萬歲山。嘉靖中始稱基運,配祀方澤。

開天靈勝結形奇,帝遣神人試一枝。遂有羲軒新日月,真從嫄稷啓豐岐。江河兩戒環龍脈,衮冕千秋壓殿碑。高皇帝以衮冕瘞殿後。當日神孫追王意,猶將望祭展深慈。試一枝事見陵碑。

其　二

九岡九曲亦尋常,來龍九岡,來水九曲。王氣原非地可當。默簡帝心歸曆數,難名世德有天章。出身亭長猶輕漢,遠禰玄聃更哂唐。稽首神休賡萬歲,松楸長自翠風霜。

宿州烹雪鬭武夷、匡廬二茶得冲字。

高人宜名香,貴琴宜皓腕。風人咏黄流,所珍在圭瓚。我采二洞天,霜芽各清璨。肉客未與分,凡水寧堪判?曉起千山白,皎皎簷間鸛。瑞雪俄厚寸,暉潔爛天漢。玉粃掠作山,銀麈堆爲案。盛以呂宋壺,逼以文武炭。初猶凍力强,漸覺溫肌泮。蟹眼翻素濤,龍團出珠汗。廬山濃較深,武夷香侶冠。自哂鼻舌間,難將雄雌斷。道家評洞福,恐亦非定案。雙美本自珍,和雪三爲粲。天地太私人,此歡勿外讚。

雪獅背燃柑燈

白雪柔成獸,紅柑點作花。肜將銀燭動,爪向玉尊爬。不夜常疑月,後凋更發葩。凌寒物尚爾,長取照藜紗。

獅上燈花如芝

燈草卓爲芝,矧迺雪獅上。異蕤凍彌豔,秀幹焚仍敞。薪火一以傳,冰霜若爲養。雪既六出祥,獅猶百毛長。橘貯瀛洲塵,芝成威喜象。四美亮可并,金莖宛在掌。嘉臘屬王侯,素心盟閻丈。何言各天孤,天在非非想。

歸德道中

兔園春信至,是雪報還非。列樹花疑勝,長川玉作衣。閨深牛獨早,雨足鳥新肥。鄉思經冬甚,因春更憶歸。

杞縣馬上示黎含中門人

寒皋萌漸綠,榆棗望中饒。鳥近田家啅,春迎野雪消。豐年欣婦子,薄賦美風謠。自是官如水,村村景色韶。

黎含中招飲孟宗伯園

名園似獨樂,勝地本高陽。竹石中州少,樓臺古月方。履聲鄰北斗,舄影上文昌。昨夜春風早,欲歸已澹忘。

滎澤渡河望廣武山。

賈魯河邊秋漲縮,漢王山下戰雲深。鴻溝官渡人何處? 惟有空山霜滿林。

黑馬汪遇劉天如館丈，時以典武闈得譴

太行風高晝欲昏，逢馬未下已聲吞。時艱不妨獨右武，官冷得放有殊恩。
觀軍數道並衡勅，誤國何人肯叩閽？夢澤湘川且抱膝，休歌芳草怨王孫。

牧野禮比干墓，入淇復謁三仁祠作

朝歌墓道太行前，直爲湯孫壓百泉。宗臣原不謀孤竹，屠客終須恥渭川。
稱師何礙夷當卦，備恪仍存頌五篇。翻憐十亂俱荒草，古柏寒香獨萬年。

湯陰院後三石甚奇，予爲名曰雲穿、
肉芝、秋笋，次瓏、熺韻

西伯演易區，迺有天然石。一竅當一爻，周天餘三百。神人縮行佡，雕鐫作
數尺。窗穴幻相環，雲霧染成液。凡卉不敢朋，相對惟竹柏。我行趙魏間，萬事
真過客。最痛岳家軍，千秋血尚碧。文箕遇紂全，妙用寧非易。試取入袖石，來
方睨柱璧。亦各時所丁，至珍豈異席。感此嘯歌深，下拜雅非癖。湯陰即羑里也，
岳忠武故鄉。

彰　德　除　夕

鄴城除夕似江南，簫鼓驚春客自酣。河朔梅香猶亂雪，東風桑早已催蠶。
辭家每憶鄉關繪，望闕方傳侍從柑。四十八年虛度甚，此行粗得洞天三。是役得
武夷、匡廬、太行三山。

壬申元日鄴署。

六街春采映晴朝，銅雀雄都景物饒。鸎管家家懸樣酒，鶯靴箇箇訪花椒。
香浮容甕千刁少，雲起重陔萬里遥。且喜帝宸今尺五，同將三祝捧神堯。

是日爲中陞弟華誕，時在進賢却寄

元日懸弧瑞色多，鳴琴況復布春和。宰官久已心如水，父老應將酒侶河。

傳琰真堪傳令譜,陽城猶自拙催科。遥知獨酌壇山處,也向京華引巨羅。

過磁承祝大參招飲,兼以理學傳見示

春入西河早,晤言愜所欽。人同僑肸坐,學沂雒閩心。滏酒香浮柏,漳渠柳釀陰。紫薇行部處,歌吹滿雲林。

望銅雀臺在磁南十五里。

餘香割盡懺難勝,歌舞猶貪月再登。七十二疑漳水上,欲將何樹向西陵。

登邯鄲叢臺

百尺荒臺頻紫邨,沁河如帶曳春藍。連城寶氣元衝斗,不敵苔娃一夢酣。

其　二

妝閣天橋那可尋,寒烟衰草半平林。着靴何處邯鄲女,染得當年騎射深。

其　三

西却强秦北滅胡,六王真讓趙先驅。雁門今日誰當虜,能取市租饗士無?

邯鄲風雷隆一僊宫即吕翁祠。

執有寧知本自空,神仙借此曉英雄。若言將相都癡夢,正恐諸天亦夢中。

其　二

破虜穿河蓋代才,凡心了處即仙胎。祇餘一點因緣在,猶憶佳人舊姓崔。

其　三

百年夢醒興俱闌,熟後黃粱已結丹。户外青駒去何處? 半空驚作紫龍看。

邢州豫讓橋見諸公詩爲豫解嘲

豫子伏趙橋,荊卿摘秦柱。所圖雖未伸,星虹氣高吐。子房偶下椎,祖龍面已土。解楊何人斯,橫欲方鐵汙。一死豈鴻毛,九鼎在君父。

人日真定院中喜瓏、熺得句,和之

漸近長安日,相看萬里人。山連恒嶽遠,酒泛滹沱春。剪綵摹宮勝,燃燈遶塔神。客中有佳句,差足慰勞薪。

穀日新樂縣次趙文肅先生韻

山接三關壓大荒,平橋流水自成莊。寒蕖森翳全宜柳,春鳥嚶關已拂桑。攬勝常停因訪古,憂時無計更懷鄉。前頭報道軍容出,百騎如龍黯自傷。

定州雪浪石次坡公韻

鑲天媧寶落天孫,帝錫堯封鎮北原。風掣電攝不敢翻,奎星雲章龍蛇存。大峙恒山小蓮盆,一拳巋然天地根。袍笏下拜石能言,神鞭曾叱遼金元。

東 坡 手 植 桂

物入賢聖手,不受鬼神侮。老桂化爲槐,龍火皴雷雨。雪浪浪淘石,常春春留塢。人俗生亦朽,名高骨逾古。禹桐孔子檜,肯與秦松伍? 百鳥尊鳳鸞,餘珍在毛羽。走馬元祐碑,低迴不堪去。

堯 母 陵

城內陵臺萬古碑,洪荒胎教獨伊耆。同時商馭兼周拇,祇恐龍門錯認詩。

其 二

帝德中天高巢燧,女師異代啓姜任。欲書彤管難名處,惟有如天説到今。

登定州開元寺浮圖

近俯中山遠太行,名州雄插地中央。星分昴畢當天界,日咫燕雲是帝鄉。寶相疑繁非想上,法身長現半空傍。家園春宴應知好,也憶登高此一方。

顓頊城大決風

濤鳴蓮花嶼，溪飛九龍灘。移來柳上聽，易水不勝寒。予家福全在蓮花嶼海上，建溪有九龍灘。

同黃絅存、馮鄞仙夜別石齋黃宮允

西清不肯住，東海且歸漁。風塵人自醉，天地氣終舒。名豈爭千古，貧堪賣五車。蚤知世如此，丘壑何遷遷。

其　二

神龍元不睡，橫欲探珠鱗。長隱真無恨，近前誰見嗔。干戈多疊報，水旱四方頻。前席終思汝，漫誇石戶民。

二月十二日經筵進講文華殿"舜無爲"章、《尚書》"后克艱"章。

丹地橫經春晝長，身依銅鶴惹天香。開編舜禹追千古，繞案夔皋集一堂。傾聽因知前席喜，齋心猶恐質疑忙。攀花漱水尋常事，即在深居見就將。

送李印渚宮允予沐省覲

法眷相過曾隔牆，重來未幾又河梁。名家具慶瀛洲少，講幄新恩驛路香。歸限元從明主賜，上尊分得老親嘗。武夷雲也并州侶，遊子因君更憶鄉。

其　二

十載行藏訝許同，金門真覺遜牆東。晝遊偏領家山美，晨省相暉綵袖紅。姑射雲深人未老，閒居賦就語多風。惟愁有石天思補，煉取還當費國工。

齋宿右坊祈雨，是夕雨，恭聞聖駕
自文華還宮，喜呈鵬洲宮贊

三旱三勤雲漢祈，親齋便殿側身時。百神圭璧煩明主，一夕蛟龍費雨師。際野桑田初放翠，穿林睍睆欲伸眉。携歸襆被應開醉，始信精誠奏格奇。己巳、辛未、壬申皆祈雨。

　　　壬申四月五日賜百官麥餅，宴于午門恭紀。嘉靖丙
　　　　申始賜麥餅，歷朝多傳免，距今九十七年矣

　麥秋四月帝穀先，奉先薦罷宴奉天。百年牢九再賜食，三千籩楄雲陛前。此節向稱不落莢，相傳浴佛供貝葉。蕭皇手柎月令書，止法周公無彼法。萬斤佛骨畀祝融，銀函金貌劫灰紅。天花罷雨大善殿，大善改築長秋宮。達摩西來意儻爾，退之遺表真行矣。薦新九廟合居歆，分酺千官各香美。當年名壽冠百王，神孫繼起做舊章。六朝重楄畫圖賜，故老咨嗟久未嘗。皇恩雨露一杯多，舜酒堯羹況似河。盈庭虎拜難名報，惟應魚藻答薰歌。

　　　　　送陳伯武給諫之南都

　夕郎近得南中好，却勝長安日守科。夜直不須將襆被，公餘猶可訪烟蘿。六朝遺跡雙甄指，八座停車一揖過。清議從來歸砥柱，更看封事欲如何。

　　　　　送丘鞠懷太史冊封趙府

　邯鄲陌上夾香渠，六傳雙飛出玉除。漳水猶傳河伯事，鄴詩重理建安初。開尊共抱西園爽，訪硯終嫌銅雀鋤。頗牧即今何處問？如君已是禁中儲。

　　　　　送鄭大白宮贊冊封岷府

　濱水黔山接九疑，宮臣建節導龍旟。三湘無限香蘭畹，寫入南征一部詩。
　　　　　　　其　　二
　谿山高處鐵銅關，我祖身經百戰還。聽説星官來鳳闕，徭僮歌舞出深山。

　　　　　送林益謙給諫冊封益府

　盱江帶礪接閩中，帝遣分茅出漢宮。同姓諸王推益邸，名家前輩訪南豐。傳觀諫草風徽聳，迎拜天書禮數崇。自此晝遊誰不羨，麻姑山外一關通。

又贈大白兼懷林讓菴、黃東崖二兄

開籠雙鶴解依人，清侶雲居五色身。鶴料知君相耐久，權安三徑不嫌貧。

其　二

到家剛好是中秋，舞綵相將記勝遊。我亦重陔縈夢甚，一官真不羨封侯。

顏同蘭都諫夫人刲臂療翁詩

君家家訓祖黃門，雲仍忠孝竹帛尊。名教薰陶及閨閣，誦詩篤禮素風存。自君出爲六垣長，留婦事翁代君養。翁病刲臂血淋漓，至性籲天鬼神仗。古來婦孝际其夫，儒者推美本刑于。君今身在萬里外，一聞此信自驚吁。上書爲言婦如此，不許臣歸安用子？聖主咨嗟不可留，同朝歟稱難舉侶。里媼奇孝亦尋常，況貴且少古誰方？姜魚唐乳未足比，直將七尺等昂藏。君歸子舍相勞苦，翟衣更向萊衣舞。大士一臂能化千，臂肉雖封香雲護。史書彤管風世人，各持此臂答君親。

送門人莊春侯督學入閩

閩中龍虎奮貞元，相袞初洗無諸村。詩書千載成洙泗，處處春蹂桃李言。君持三品不律管，去吹寒谷春光暖。山到武夷眼自青，文侶荔枝香無筭。大儀條教手曾經，況復璽書新換行。遙知八部觀風處，自有五星照使星。

即　　事

卓案鶴爭飯，衝泥馬濺衣。欲問官中況，長安一少微。

六月既望，拳攀宮傳、黃毅菴年伯遊米家園，園傍蓮花菴

蟬喧鷺浴柳垂陂，簾起花清雨足時。影落西山浮晚翠，泉通海子洗春脂。精藍近繞皆蓮土，公衮遙蹲即鳳池。昨日新晴方協禱，君王應賦卷阿詩。

喜　晴　戲　書

欲雨應雨晴應晴，天應我皇谷應聲。欲兵非兵將非將，三尺不靈風吹醬。莫道邊臣耳盡聾，天若肯恕雷兼風。

會極門捧勅即事七月初三日。

宣雲邊警近如何，齊晉潢池更弄戈。鳳沼不妨鄰午入，猶勝別墅賭山河。

其　二

腰犀掌扇氣崔嵬，右順傳呼左順來。酒飯口宣回奏後，罡風吹送入蓬萊。

其　三

黃袱封章出禁庭，文書傳旨口分明。幾番回語兼緹騎，盡日風霆了不驚。

寄贈蔡景運滇中丞，時受普名聲之降

高帝開天末，未臣悉内臣。昆明詔足沼，金碧雅非神。何物阿迷醜，公然螳臂伸。勾交橫損將，輕沐更仇憐。聖主方南顧，中丞甫特掄。清聞南詔久，威壓百蠻新。批吭開圍早，攻心悔罪頻。訴勞曾奉調，推轂豈無因。迎拜頭交搶，投生誓果真。降從息宰受，鞭指獒鳩馴。封事重瞳喜，銷兵異域春。三宣與六慰，弭耳看麒麟。

壽劉闇然封翁舊爲司訓。

八褰初開瑞笯明，兼將柏府綵衣榮。簪纓四代承天寵，雨露千杯賜帝莖。舊日絳帷多雪立，此時驄馬信風輕。枕中鴻寶燒丹法，好取堯羹薦老彭。

壬申七月十四日晚起偶書示熺

碧玉虯貪騎大馬，予友王覺四大馬爲名碧玉虯。紅鞍籠笑辟行人。故事，講讀紅鞍籠單導，官坊雙導。日供肉豈十斤鄙，管語勅日肉二斤，修寔錄六斤，宮坊日支二斤。歲計

267

料爲兩鶴貧。大白寄雙鶴。雨後煤稀教減竈，漕來酒好擬延賓。芳鄰邸報能分看，獨臥僧心已久馴。惟有重陔常在眼，經年誤作八磚身。

次韻送醫方德甫之寧遠

華扁孫吳可作朋，談兵得似汝醫僧。九邊知具一垣眼，十載真成三折肱。囊有不磨卿相字，身如無住水雲僧。好將京國活人手，分得刀圭起大凌。

大白寄雙鶴，馴玩久之，其一颺去，七月廿五日也

養丹纔見頂，孤起向天門。霄漢堪離俗，稻梁（粱）豈負恩。情深爲嘯侶，神王本非樊。料薄吾真歉，聊將愧乘軒。

其　二

憐汝常分飯，佳人念久要。騫雲雙翅快，求友寸心遙。上苑鶯堪伴，邊秋雁可招。不知今夜月，何處迹扶搖？

中秋日皇第三子生恭賦

環己巳二月四日蒙召入記注文華，恭遇皇儲生，壬申中秋以吉服入撦文淵閣，復報皇三子生，用識躬逢之慶。

重入金鑾報慶逢，天香況發廣寒宮。多男共佇坤三索，佳節真當月正中。累葉鐘祥文姒擅，連枝競爽武周同。遙知霓羽深宵奏，簇殿華燈照袴紅。

十七日御門吉服朝賀

金水橋南擁翠華，紅雲朵朵晃烏紗。龍顏添得麒麟喜，曉出親簪萬喜花。

其　二

日麗長秋百福新，星臨少海五潢春。我皇天保南山壽，省賦應蠲率土人。

爲陳謙茹狀元、寔菴吉士壽尊人參知雙壽

德里星占近善權，二方重奉太丘年。甘棠餘蔭留薇省，香蕚連枝上木天。

新賜宮袍裁舞袖,並携院燭照歸蓮。鹿門況有齊眉老,歲歲朋尊不羨佺。

八月廿九日買菊

皇都百不賤,惟有菊花多。曉市聯車賣,貧坊入室羅。赭黃添衮色,萬蔚飽天和。近節先支醉,聊成吏隱歌。

九月二日遙祝王母太恭人百齡,是日得家中及中陛應召途中二信志喜

孫玄遶膝奉期頤,獨倚燕雲眄武夷。情似牷爲將日愛,壽知奚子得天私。宮花遙對重陔舞,春草猶猜入夢遲。且喜平安青鳥報,滿簪黃菊醉東籬。李惠祖母奚子有陰德,壽五百歲。

其　二

征驂聞已過紅心,席上欣傳兩好音。日永瑤池娛鶴髮,天留青瑣答冰心。籌程難把千山縮,卜寓因爲同爨尋。得聚清華良不易,此歡應比在家深。

壬申九日蒙恩賜涼糕,宴於午門糕有棗亭、蘇子二種。

棗亭蘇子尚方頒,列鼎開筵帝闕間。照帽千緋光豹尾,銜盃萬舞動龍顏。珍分僊掌同霑露,高入蓬萊不羨山。無限天香將滿袖,歸鞭更插菊花還。

宴出即過朝慶菴與中陛飲,中響及熺皆在坐

揀得精藍待兩髡,欣逢重九摘茱萸。日傾綠蟻分天禄,秋老黃花滿帝都。六載貧勞憐久耐,一門安好仗陰扶。君恩既醉仍家宴,試門(問)龍山得似無。

次韻賀中冷冏卿九日恩賜百官涼糕宴四律

拜賜螭坳又頂門,親傳天語自臨軒。頒圖並簹三千坐,薦廟新嘗十二園。初八日霜降陵祭。内府乍分非凡供,舊章經輟見殊恩。題糕元是詩佳話,況復金莖沆露繁。

其　二

麥秋觴罷賦於皇，又報秋登萬寶香。聖主中朝行大酺，千官吉服作重陽。多男方美堯觀華，皇三子生將周月。禳直頻承舜總章。自愧蟬魚多素食，惟欣百獸協絲簧。

其　三

一怒天威討不虔，無從披甲但書玄。聲靈已讋東西外，典禮遥追洪永前。宮餌競誇蘇子樣，卿雲全映菊花筵。蓼蕭燕笑同歡賞，更誦車攻吉日篇。

其　四

蓬萊宮闕倚天高，此日登攀身壓鰲。八表風光歸御苑，三秋雲物寫仙璈。漉巾猶憶陶籬酒，橐筆虛披蜀繡袍。安得茱萸千萬斛，懸囊到處起民勞。

十日（月）朔上御皇極殿頒曆

入時聖主授，御曆大璿分。萬國尊元朔，三階捧瑞雲。句傳天語近，披覽睿心欣。搢笏同揚對，携香倍郁芬。細參壬遁注，新采泰西文。永樂欽定壬遁注六十七事，近徐上海采西洋曆定日月食刻。甲子羲和事，陰陽輔相勛。願將鄒律暖，長作舜風薰。

壬申長至後一日皇極殿朝賀畢，上易便服御丹陛看馬三百三十三疋。

亞歲首開三大節，五年垂拱一中天。履長温語無多字，吹琯便應徹大千。上傳制履長之慶與卿等同之。

其　二

黄陛當中御馬過，金鍐寶銙步鑾和。四夷稽首虞階下，親得重瞳一顧多。

十一月十二夜同五弟及熺月行得句

盆菊作籬供鶴卧，番瓶驟火聽茶鳴。經筵暫輟絲綸少，惟有寒蟾似客清。

壬申十一月二十九日同屈鵬洲宮允，范玉坡、
禹海若二侍御飲太康伯恭順堂觀梅，步坡韻

上林不學江籬村，暖窖蒸花早返魂。佳人得酒寒自退，孤蕾獨傲風雪昏。侯家百琲何不有，一出冠軍香滿園。地倚椒風供饞好，春回蓬島舞歌溫。銀燭影燒瓊粉瘦，寧事烘晴假曉暾。偶然位置丹霄上，格韻終不失衡門。縱使蜂蝶安得近，終如桃李悄無言。花前相對難形寫，爲君滿引莫計尊。

再　步　坡　韻

廟市輦花自郊村，酒澆火炙護花魂。高價一入五侯手，累茵重錦色亦昏。主人惜花仍愛客，華堂未足夜移園。香清無復金穴氣，觸密轉覺肉陣溫。檀心玉暈衝寒出，艷雪直射扶桑暾。雒人種花本好事，牡丹催發尤專門。中州屈宮允云牡丹冬亦可焙開，張亦中州人。春工雖費抖搜力，陰陽爲炭天何言。倚笛未忍醉歸去，更出杏液與上尊。

臘三月（日）郭太微侍御招陪
黃大宗伯賞梅，復步坡韻

室有梅花冬不村，佳人滿眼益驚魂。人似梅花花似雪，花迴雪舞月黃昏。飛香時點壽陽額，競麗不數金谷園。麝臍螺黵交熏越，珂月銀浪藏深溫。有酒百壺花九錫，參橫幾忘醉後暾。石桃入夢歸未得，大隱且向金馬門。花如解語花應笑，坐索鶴料何足言。汝家荔園熟最好，何不嘯傲擁琴尊。

送郡守顏太屏之鳳陽

家在壽州汗馬分，渡江開國舊從軍。故鄉鴻雁今何似，撫字應當屬使君。

送冒嵩少之南考功

若言吏部南偏勝，一樣津嚴獨不羶。身在冰壺成水鏡，地當花雨足雲烟。

六朝探古供遊屐,百里携家上釣舡。最羨鶴廳迎侍處,江鱘入饌正春前。冒揚州人。

門人方士心過小齋訪焐,留飲賞梅,同得聲字

移出卧櫳烘曉晴,霜盆得火倍鮮榮。新舍香藥成檀色,愛近詩人聽鶴聲。奪艷能先春卉秀,凌寒似映玉堂清。聞道君王親禱雪,花枝應傍雪華明。

臘二十四日萬壽節,以孝元貞皇后忌辰累年免賀,壬申禮部奏依冬至郊天儀易次日朝賀,遂得請,恭賦一律

昌辰皇覽際嘉平,展日山呼準慶成。郊天次日爲慶成宴。孺慕千秋推聖孝,風師一夜卷天清。前三日大風霾將朝忽霽。祥雲高抱虹樞色,淑氣先迴草木萌。但使康衢歌帝力,方知華叟祝還輕。廿七日立春。

癸酉元日同中陛弟早朝步前韻,是日爲中陛初度

履端晴暖泰階平,同侍宸旒禮樂成。導駕天香歸右掖,珮毫花影上西清。星臨仙仗宮緋麗,春入蓬弧御柳萌。紫陌風光多勝事,連鑣不覺馬蹄輕。

癸酉人日過中陛飲因憶乙卯雷州署中步韓退之韻亦此日也,率爾再次。

近承禁綵頒,遠想家餳弄。人日雪未曾,蕭然度一凍。燈市漸次陳,百珤多御用。韠貴効傳柑,先期戒驪從。我本簡出入,恒將太乙共。阿弟時守科,間日或觴送。呼鶴睨新丹,蒸梅發枯葑。聽鍾並轡入,雁行侍天縱。封駁爾孤騫,編摩我悾愡。春酒醉不辭,同介壽眉重。

二月五日雪後梅開,再步坡韻

貧坊惜炭梅哂村,二月纔迴十月魂。上高三雪應祈至,正月十三、二十七、二月初三皆雪。陡折春痕破脵昏。晚秀獨明太乙杖,早萎轉怪五侯園。實録起居炭多少,不然樹潋豈得溫。斗室深閉成處子,拒霜久矣漸向暾。松柏似遜天香色,

蘭桂方開衆妙門。我今與花作歸約,灌園長隱肯食言?海上桃熟萱又老,馳驅不去笑王尊。

吳斯椒過飲,各拈案上一物,得羊肚菜

燕薊冬菜少,珍者來自遜。一枚竅何多,身皺衣仍襞。中含雨露香,兼假鹽梅檄。的皪芝吐房,芳脆蓮舒苔。置之堯蓂間,百蔬不敢敵。錫傳虎眼名,石作龍鱗色。云何羊質蒙,羶號誰與滌?我聞永樂初,天花罷采摘。一物瑨尚譴,肯爲子孫的。今皇儉可師,事事做嘉曆。願推天花心,此曹束高壁。譬如菜中蠡,豈堪花九錫。朝隮氣漸零,食鮭味自適。與子醉春光,毳晶亦飽喫。

再賦得虎賁予鶴名,時得鄭大白兄謝世之信

寒齊無雞犬,雙鶴來自鄭。既快僉驥名,復憐嚶友贈。何寤雄別飛,影單空撫鏡。彼美亦何之,文章豈憎命。見此倍淒其,眠食加詢詞。虎賁尚可坐,矧迺清姿復。步月每傲寒,浴雨似宜性。澹然招麈間,百鳥推孤正。鳴舞偶隨人,意起忘天騁。時向梅與鹿,爲我訴貧病。頗喜三徑心,差不愧幽淨。隓蘭雲萬里,宮藜星一縈。君恩詞苑深,鄉夢春酒盛。安得借雙翅,決起拜家慶。鶴乎以臆言,相期海鷗盟。

長安上元燈市竹枝詞

東華門外禁燈陳,羊角料絲別樣新。五色更裁人物巧,琉璃光寫帝都春。

其　二

初霏時玉應皇祈,同慰年豐宴賞宜。大內連宵春喝采,紗燈聞取百孩兒。

其　三

珠胎寶母耀波斯,十日鋪排費輦移。無數貂冠行問價,猶言放假且忘歸。

其　四

歌樓舞閣接宮欄,火樹高垂不下簾。更有唐竿百尺戲,橫將崑子鬪輕纖。

滿井同鴻寶、鵬洲二宮允及弟中響、兒熺限韻二月四日。

卅尺神泉照畏佳,繘深猶礙井根柴。長翻玉瀷千年滿,似透銀河一線階。近輂真堪供洒潤,通漕元不費疏排。萬方雨露方同渴,不信蟠龍性果乖。

送祁世培侍御按部蘇松

韓雍正色方年少,季札觀風又勝遊。江南千里行春腳,別有冰霜一段秋。

其　二

酌得清泉洗懦頑,丰裁久已聳龍顏。吳都全賦無佳句,只少金山與慧山。

其　三

民力東南水旱重,八蠶再稻處脂濃。君如細向窮簷問,長吏何人是況鍾?

其　四

代狩嚴綸昨面傳,宸心頃刻布中千。高皇異日扶馮地,先與澄清答化權。

與熺飲花下作東崟陽

與菊梅居,與鹿鶴遊。菊冬不枯,梅春始稠。鹿以名呼,鶴以姓求。謂我野人,乞休未休。　報國松樹,淨業蓮池。豈不爾思,邇莫致之。君有慧山,我有清源。從子採芝,分我釣竿。

奉送宮傅黃宗伯予告

壁立靈光帝五更,滄桑閱盡漢公卿。匡時四海稱文富,避世千秋問老彭。疏入能將英袞補,身歸獨喜野舟橫。一番出處誰堪擬?愧殺棉花耐眼輕。

其　二

祖帳遙分潞水邊,高風還比賜金年。君恩元不薄疏傅,吾道無勞乞剡川。弟子立門多大老,精神滿腹似行仙。中興若問安車事,未許東山遂穩眠。

送馮楨卿給諫冊封德府,便道省覲

十二提封屏翰雄,又頒丹詔下梧宮。漢京舊列諸王表,齊客重陳大國風。

三觀春陰征蓋外，九河晴色畫圖中。還朝更遂藍輿養，却笑安仁賦未工。

同中陛出報國寺雙松別中響及兒熺歸閩試，時癸酉四月
二十七日也。記予己酉二月自溫州歸試，家大夫賜別詩有
"驪駒不惜今朝別，萬里扶摇壯此程"之句，因用前韻勗之

聯彎携尊有弟兄，天街送別不勝情。蒔花每向三春賞，閩賦俱將萬斛傾。
却愛懷中猶賸橘，誰知醉後已分荊。我家三酉承衣鉢，雲路今看第一程。先大夫
以乙酉捷北闈。

手生二核，臂生一癌，臥中適成，用間呻吟五月七日。

俄而肘生柳，浸將尻化輪。始知人世福，只在一經伸。學道師存牝，捨爻悟
列黃。少思勝寡欲，抖擻不關塵。

其　二

伏雞六根靜，定鶴一脛禪。鶴眠嘗一足立。即此超三界，因之曉大年。有桃
莫索米，念爪或驚鞭。惟應諸想盡，談笑看業田。

四月三日招楊悔菴公榖、家中陛遊
海淀衆香園，園爲戚畹李家

行遍香蘂院落深，牡丹猶自未勝簪。嵌空石筍迷僊洞，匝席波光漾客心。
字賜渭陽懸日月，閣圖慈慶比姜任。重來不惜歸鞍晚，更向梨花掃縟陰。國（園）
有神宗御筆"清雅"二字，又前高閣奉慈聖像。

四月十一日劉苑丞招同湛持、書田、朗城、
瓊圃諸官僚遊適適園觀牡丹，次瓊圃韻

無數名園近帝闉，看花冷覺素心馴。格奇已擅王兼相，《牡丹譜》以姚黃爲王，
魏紫爲后，芍藥爲相。種富何妨枕且茵。水石巧參空外色，笙歌難寫畫中真。侵眸
更有香山爽，迎着清光欲噀人。

浴佛日招林可任、傅幼心、家中陞集天寧寺，次可任韻

影落浮圖倒照堂，珠蟠層遶禮空王。齋鐺解作千人供，寶頂疑飛百道芒。塔能放白毫光。心靜常依選佛地，官閒時劭看花郎。連日作牡丹遊賞。聞君携鉢饒甘露，挹作能分大眾香？可任令蒲圻，樹皆甘露。

送王尊五給諫册封益府，便道省覲

帝遣分茅出漢家，身携玉節賦皇華。交傳諫草霜生簡，試望行旌錦作霞。路入旴江開兔苑，地鄰閩海過星槎。遙知舞向高堂處，好傍簫聲薦棗瓜。

其　　二

梧桐得閏歲添莖，況復高岡有鳳鳴。家在壺公朋綺角，人歸瑣闥拜聃彭。齊眉應慰春暉報，遶膝真誇晝繡行。細數還期知隔歲，將何入告答蒼生。

五日朔喜雨上本宿文華，四月十八日復移武英。

移花就雨長新萌，鶴也欣欣刷翅鳴。聞自武英齋宿久，格天元不係公卿。

其　　二

常時營礮大於雷，乍聽真雷動地來。五月櫻桃爛熳熟，不輸春盡牡丹開。

其　　三

欃槍滿地兵難洗，貫索飛霜案每懸。但使皇恩時雨似，爭教火宅不青蓮。

其　　四

步禱曾經濃澍酬，躬推況復事春疇。明昭應識勤民意，特與三農展麥秋。

壽錫山王封翁，時二難以未、戌連第

課得青箱並簉朝，鹿門相對正春韶。爭看匣裏雙龍劍，好得樓前兩鳳簫。宮錦即今裁舞袖，山裝猶自寶詩瓢。遙知慧水開尊處，歲歲金莖上餪椒。

壽馬訥齋侍御太公

河上僊翁柱下郎，少微高處照朝陽。大椿方長春秋莢，老柏真承雨露香。名注蓬萊馬皇父，丹分太乙禹餘糧。遥看歲歲宮衣舞，又見琅函出建章。

甲戌六月望同傳寄菴祭酒，黃絅存、陳贊皇宮諭，招文湛持少詹，方書田庶子，屈鵬洲、張印巖、許朗城宮諭飲朱成國適景園裏緑軒

納涼高揀樹，輦水曲通池。臺樹參差爽，軒檻廓落宜。離塵成別韻，湔套叶深知。長此堪銷夏，不妨席屢移。

其　二

清宷尋園僻，元勳送酒頻。成國、懷遠二公侯餉酒饌。園無五侯氣，酒學百花春。上御用百花酒。芳月生松眼，微風漾竹身。紅梅晚更淡，旖旎欲親人。

七夕獨坐，是夕熺過五弟飲

幾忘歡節屆，病起忽驚秋。恒雨渾疑漏，長河澹不流。高堂占喜鵲，山谷詩：慈母每占烏鵲喜。銀燭看牽牛。家況知應似，何心更遠游。

深、易二州守送酒却寄

一官何餘戀，酒頗竊英分。俸涼猶足供，未歸緣官醞。魏花珍苦稀，趙蟻久偏償。惟有深易間，香雪多姿韻。易於滄爲精，深較刁差近。美人退食餘，遠將發華間。清聖一中人，懦頑亦矜奮。胡騎昨朝入，紫居坊口壒。終縲請似狂，班毫投不韻。浩歌豈易測，眼中無狼糞。日月照萬方，寧愁小褣暈。一吸盡百壺，流馬希更運。韻字重用宜查。

七月二十七日同玄馭、元立、中陛、兒熺採蓮淨業寺

採蓮花，花胎鳳，丸紫放作赤城霞。採蓮房，房子圓，於珠内有天然漿。採

蓮柄，柄拗碧，玉筒針透香乳淨。持柄劈房花下飲，風來如坐冰鹽錦。西山之水清且漣，臨流淘盡長安潘。昨日平臺聞召對，吏兵頗汗絳侯背。獨將社稷憂至尊，誰橫寶刀去出塞？男兒身不畫麒麟，十頃蓮花也笑人。

爲倪鐵山侍御題畫

遠山青不了，古木隱孤寺。時聞風鐸聲，默領西來意。

中秋同元立丈過中陛飲，得意字

骨肉本天娛，刴連京國彎。爲具不厭頻，無復主賓累。京人愛中秋，葡蘋相贈遺。貧坊物物賒，頗饒酒與字。字囊百氏玄，酒緝數家粹。入門無雜客，倦即陪鶴睡。笙歌作閩腔，聊取醉翁意。

修月 八月十六日望月食，雨不見，是春二月十五日望食，亦雪不見。

月豈伽寶成，何凹容我脩？世少神媧手，石頑天亦愁。所幸食不見，兩食不爲尤。皇聖欽曆象，四家考異郵。分官看分秒，務究談天驕。雨雪偶霏微，空佇保章眸。嘗聞月主刑，失刑蠹見囚。天弓不直狼，貫索星苦稠。獄吏一朝貴，據案錢自流。九邊連中原，所在兵氣秋。軍容百十輩，寧數魚與仇。修月本無斧，測月亦非球。月食不令見，天意邈難求。曆法疏勝密，堯舜別有憂。敢告卿師尹，彝訓眹箕疇。時治曆有四家：大統、回回及李天經、魏文魁，各有月食圖，分數不同。上令禮部司官分督置測。

聞吳青門少傅予告却寄

輕辭上相出皇都，天眷難迴空谷駒。命世風雲心肯愆，中興日月手親扶。籌邊曾獻東西捷，分部尚憂南北呼。亦信延陵山水美，可將巢許換皋謨。

其　二

身坐鳳池冷似山，公餘謝客戶常關。人知無黨推光大，帝鑒孤忠起懦頑。名德四朝完却少，行藏吾道峻誰攀？即令天柱猶應補，未許囊中五石閑。

送大司寇瀏陽胡公歸養

公卿具慶古來稀，抗疏飄然辭帝扉。天護丹毫分策賜，人傳黃耇采蘭歸。
兩都正色名交戀，八座班衣願不違。祇恐蒲輪徵舊切，難容瀏水老漁磯。

其　二

中興方倚柱狂瀾，不易三公愛日驩。家在瀟湘雲易到，心懸社稷夢難安。
靈光獨表三能位，履道真尋八節灘。料得高堂青鳥報，鳳簫吹向袞衣看。

武闈將放牓呈同事

中興右武遣掄材，寸管持登選將臺。技勇兩場先奪最，韜鈐滿紙各攀魁。
書生自許投超筆，國士誰當拜信才？細爇名香齋籲久，明朝睿閱有親裁。次日以
前茅二十卷進御，上復坐名另取五卷，共二十五卷。

司經局到任戲題

銅符四閱甲申年，古篆分明玉筯全。一試泥度高閣□，閑將圖史討金蓮。
印係永樂甲申造。

其　二

貧坊冷局兼書院，身領三銜總是冰。當日南楊時造膝，前星倚作小凝丞。
司經局初開爲楊文定。

其　三

獨坐桂坊小放衙，教俳細樂出官家。歸來投帖完前輩，依舊開尊到菊花。

【校記】

① 此卷原目錄缺，依例補卷次。“使淮詩”下原注“己巳”，應是自己巳始。

② 此聯應有缺誤。

敬日草卷十二

使益詩自甲戌出使至丁丑戊寅。

奉使出都別諸同志

慵疎本合隱墻東，況復春暉在眼中。無夢不隨雲落岫，得歸真類鳥辭籠。衣看慈綫心難報，身借天書路易通。惟有缺□□□□，□□□□□□□。

武進士潘侯諸君郊別書勸

鷹揚宴罷錦衣歸，各自橫金意氣飛。試數徐常開國事，酬恩慎勿愛輕肥。

其 二

別酒河梁向夜分，不辭郊宿表慇勤。大寧近在黃華外，好仗雙龍去冠軍。

戚 畹 酒

釀王不能飲，却得杜康方。春早蘭花露，秋深佛手湯。椒塗金卤遞，麴價錦衣償。泉購襄城井，工傳窈窕娘。近聞宸賞最，別有格天香。

冒雨訪崇陽羮亭

爛熳春如海，香從何處尋。久懸明月夢，細論歲寒心。選友孤山淡，供禪一味深。何當風雨意，不許破詩禁。

其 二

鶴毛殊未老，直哢碧雲來。煙竹下龍食，春薊走馬盃。幽期謀荷篠，領取撥殘灰。莫爾貪珠樹，雲霄看爾材。

偕門人陳雲從宿上天竺雲東房，
夢中得後二句，覺而成之

眠雲嘯雨醉香曇，中印峰前結石龕。震旦三當佛土五，何須飛錫向西參。

虎　跑　寺

古鹿空山蛻角，老龍深鉢藏胎。隔岸潮音通處，當軒竺雨飛來。

上　天　竺

巖巒曲陌通煙井，香梵隨緣過市門。燒却精廬無限好，青山纔露法王恩。

其　二

火僧宅裡捨金蓮，認取花田是福田。祇恐雲樓老人笑，咒飛湖水洗諸天。

其　三

浪持花粉染蜂鬚，蜂蝶偏鍾佛性殊。自是髯仙詩解事，安排西子比西湖。

其　四

飛來峰後花自香，靈隱寺邊玉有肪。却憶韜光夜牀雨，木魚敲罷讚西厢。

送王昆華少司成之南

見君未幾送君南，御苑鬟深柳已藍。柱笏今將山水領，環橋兼擁李桃參。
兩都詞賦歸賓主，江左風華任吐含。迎得潘輿官舍好，同來北闕聽傳柑。

同館得文字送文鐵菴宮允

相過未煖袂仍分，坐聽初鸎似戀群。蘭薈何心辭靈瑣，琴書到處應星文。
玄黃滿眼終成部，私白行邊再典軍。無限蒼生龍雨意，莫將三峽臥孤雲。

寄諸葛基畫計部臨清

清河雄緊甲齊右，百萬漕艘一線瀏。治倉手筦神京喉，領兌兼振中州肘。

使君英妙不可當，解褐已拜尚書郎。臣心原似清淵水，酌得琉璃句亦香。嵋萊震鄰憂不細，漕河千里連燕薊。抱膝高吟梁父詩，長城自有臥龍裔。

騋馬行過阜城作

騎騋馬，騋馬不可騎。馬騋猶可騎，人騋那可知？驅車阜城道，枯顱懸樹左。驛卒前致言，蕭寧一尾瑣。眼不曉之無，身本充輿皂。服箱脰中凸，代鞭腹常槁。行年二十餘，妻女饑莫保。夜醉忿無聊，猛然思瑾保。自宮幸不殊，貪入稱火者。稍緣蟒衣力，潛侍龍孫下。癡黠藏甲鱗，小忠事梨棗。神聖御曆長，非時徒瘖啞。一朝鼎湖龍繼升，狼嗥鴟嘯氣馮陵。初驅元老同蕃武，旋蕲名流甚滂臑。天昏日慘莨弘血，公卿化作乾兒舌。搗蒜燒葱胡足言，譽禹賡伊不復屑。大家奏築祠百餘，一祠十萬殿不如。相邀稽首戀恩下，更拆辟雍射圃居。畫坐惜薪黃金屋，夜向乳嬰帳下宿。同心同膽息通知，一本一批臥聽讀。累朝珍寶偷無算，移入郿塢旦復旦。二十四鹽供奉殊，珊琥珠琪却不看。就中八尺沉香牀，冷笑高眠差已汗。兒拜寧公餘侯伯，廝徒占斷錦衣席。翻嫌五等尚齷官，乞得璽丞光照客。典兵掌賦布牙爪，羽翼已成四海小。心輕舉世無鬚糜，生妬倪天空窈窕。錮父沉胎意未毇，橫閉長門烏啄口。先帝彌留見無從，飲恨空齎客氏手。毒氛四塞人鬼怒，火發王恭黃結霧。天縱真人起龍潛，雷霆驟奮妖魂怖。入宮先斥魏家厨，登座肯遣尚公扶。李貞徐元談笑縛，大魚失水暗驚吁。私輪內帑舊偷鏹，躑躅無術施罔兩。半夜更換鹽局新，操縱神奇天地爽。詔許司香赴鳳陽，木偶直如弄股掌。行到阜城緹騎來，壻女相隨未忍回。自分貫盈欠一死，草草投環孤店裏。回思楊左百身哀，即使寸磔寧足喜？妖媼縛送懿安宮，公侯懸首西市中。破穴捲巢八十萬，輦琲搜珍半未窮。仆祠仍討碑名姓，紅本密交銓閣定。痛燒要典偽春秋，盡撤觀軍小梟獍。收召親賢鼎鑊殘，誅鉏黨與雪霜寒。九廟在天應含笑，萬方無土不彈冠。追昔漢唐末，利器淵先脫。高皇鑑前車，垂訓炯星月。太阿握至尊，小借容易奪。舌吐瑾已誅，眉顰保不活。振直腐鼠輩，名臭齎亦割。此曹何蚩蚩，相踵敗亡轍。周易誠履霜，殷詩示苞蘗。彎

勒謹勿鬆,深恐英雄忽。騎騠馬,騠馬不可騎。騠馬如可騎,君不見,阜城高掛
枯樹枝。

後　騠　馬

騎騠馬,騠馬獨安之? 萬驥千駬不中用,强牽騠馬官家騎。馬作人言君試
聽,駃騠雖多才少稱。假我珠絡與金羈,入地上天走不脛。君不見,京營十萬羽
林兒,薊門天險徒爾爲。關外使金如使糞,曾無匹馬向焉支。上谷虛憑紫荆隘,
雲中再聚板升夷。又不見,彌串茫茫鴨綠外,飽索津船徒尾大。又不見,苑僕夆
馬馬骨高,空向西寧問馬儈。騠馬生長天閑裡,毛鬣桃花竹批耳。山川悠遠騰
踏難,恩深肯愛沙場死。爲君東狩復西獵,穆王八駿争雄俠。碧蹄弄影疾如飛,
人言身有蛟龍鬣。駃騠低頭不敢覷,軟膝膏脣慘無語。蚤知騠馬足權奇,悔不
幼從馬醫去。夜半東來塞馬嘶,騠馬紛紛對棧啼。亦擬追風學脱兔,其如伏櫪
困連鷄。駃騠前訴無四足,鶴本乘軒宜使鶴。我是家家好眉毛,一食粗了百囊
粟。塞馬語騠馬,看我縱横馳原野。并代佳人杏子衫,馱向明妃青塚下。漢物
試齊熊耳山,胡笳浪振武安瓦。汝輩豈足汙齧蹄,徒壁上觀胡爲者。騠馬答,我
有戍樓一丸蠟。憑君驕舞得意歸,依舊鞍鞻整光輝。盡驅駃騠送司敗,我自雄
豪君莫怪。孟明子王(玉)豈異人,再賭慎勿笑封拜。吁嗟騠馬有如此,着緑不
堪矧著紫。君勿騎,君騎騠馬獨安之?

汶上夜行,時立春前一日

煙籠堤,月蘸水。不見春來痕,漸覺寒辭耳。春來河北似江南,家家露酒鬬
清酤。

新嘉驛次壁上會稽女韻

漢家金屋久灰塵,漫怪連眉誤一身。試憶君鄉浣紗女,何曾老伴五湖春。

其　二

嫁得寒鴉帶遠遊,鸞腮未拆恨空悠。古來多少如花手,繡出鴛鴦只兩頭。

其　三

金縷歌成更恨誰？瓊奴自比不勝悲。多情惟有庭前柏，解寫冰膚傲雪垂。

立春過兗州大雪，戲斅十一體

雪琅蔬瑤屑，律回春花應節。海粘碧霄，山橫素霓。綵交燕子翔瑞，迓牛人悅。匝林鶴氅成衣，平地梅胎編塎。前期君王宿武英，經旬齋禱精虔徹。但求同雲後三白連，庶幾春雨前千緑結。普天並做珠囊玉燭觀，深宮如取餉婦耕夫列。更蠲九百萬賦外之橫征，始信三五推籍田意自別。

孟　廟

嶧山分岱本宗尼，叢柏參天覆古碑。家習七篇懸日月，天留片石見鬚眉。異時佛老猶功禹，吾道農堯豈變夷。莫訝枯槐輸老檜，春來依舊長孫枝。廟有孟夫子石跪像，相傳孟母墓中物。

柳泉公館南距徐五十里。

滕柳濃垂眉，徐山高起脊。薄晚客行稀，輿人猛所適。驛榻荆苴黃，邸燒雪水白。鹿盧馬蹄間，不異潮與汐。何似石桃時，研露注周易。

藾　園南至淮三十里。

晚步騁南眺，涼飇送襟袖。寒塍鵝泳波，疎木鳥藏縠。黃塵雪未銷，枯柎春纔漏。平莽渺何極，念是我鄉舊。王氣鍾太平，祖武開延壽。山水岐崦雄，人物豐沛右。俯仰今曩間，無乃分富疚。避徭雁户多，劇驂使旌輳。饑人猶苦瘠，矧馬誰憐瘦。偶爲下車行，衆眉忽舒皺。彼如落架騾，我亦脫籠鷲。因悟乘除理，身勞心始秀。荷篠有餘愉，歸田事春耨。

鳳淮道中

江南行漸邈，瀰迤岡阜出。麥隴黃微青，煙井疏還密。雄鎮移飛熊，萬户仍置帥。營屯何參差,京陵輔且弼。頗聞民畏吏,貪看流寇逸。拾橡苦無餘,何況更梳櫛。

大柳樹驛次祝無功韻

星當天馭宜馬,地近金陵倚山。高帝開天輦路,紅雲猶扈往還。

滁州院中梅花盛開,移尊花下作

掃石花下坐,鬭風石不寒。花爲香流蘇,枝爲玉欄杆。縱橫三千尺,尺尺醉旖檀。我愛梅花似松柏,松柏無花傲寒夕。誰當霜雪獨揚眉,上下春風解點額。君不見賦手宋廣平,筆落雲煙心鐵石。

元日六合汪進士叔獻招飲

高皇家六合,兹區迺首善。分屯置貔貅,當衢集軒冕。煙井夾江稠,土膏近吳腴。獻春爆竹喧,繁華亞京輦。我本風塵人,十年八重繭。兩番守歲除,回首四朝緬。之子琅玕姿,情崖薄雪巘。華席列笙歌,雁行盡臨戢。小郎尤魁梧,十歲通墳典。家世萬石遺,鼎貴心逾藏。相對道味傾,非獨春歡展。勉矣樹彝常,餘輝光蘿蘚。

遊麻姑諸山歸,赴吳石枹大參招飲鄧園

秉燭還勝卜晝遊,況兼明月照高樓。三姑積翠延窗入,二水空濛帶郭流。品石輒奇輕下拜,窺園多幻費冥搜。知君見惜登山脚,任遍丹梯百不愁。

其　二

官已三年賒瀑布,客將一日了麻姑。看來山水逢緣合,悟得身心過眼殊。久住老僧寧免俗,若逢高士不關膚。羅公當日橫皋處,長領菁葱入畫圖。吳君言遊麻姑皆深冬,未曾見瀑布。

奉次益世子涵素道人贈韻

日月開熙運,風雲啓聖神。我皇既堯舜,世子亦天人。繼序思方永,下交

氣自春。恭承敦睦旨，彌渥講經臣。隆準含清粹，英言吐鬱峋。羽儀臨鳳翽，德器儼麟振。家稟芳規懿，天鍾睿質恂。詩書薰染久，忠孝發撝真。楚醴筵偏綺，梁園韻益親。堆山丘壑幻，架柱桂松因。遡學開玄幌，尊天捧寶綸。亭迴鸞鶴勢，槎泛斗牛津。雪賦殊難和，雲需豈有根。敢誇星是客，應快月重輪。省母欣便驛，荷恩愧陋身。古來茅土貴，總拜蓼蕭仁。永篤維城節，千秋景福臻。

贈龍虎山張九功真人

神仙孫耳世真官，獨領人天萬法權。備恪本承黃帝貴，傳衣遠比雪山專。宋潛溪序張爲軒轅子青陽氏第五子揮之後。怪將符劍行三界，實有龍螭守九還。試與宮中充提點，吹簫清徹玉宸眠。

其　二

自慳仙分更尤誰，二十四岩未一闚。絕頂曾聞封鬼洞，前山恰對放生池。黃庭注罷求嬰姹，白鶴騎行當鹿麛。看取兩千年內事，如何圓甪不商芝。

讓菴招陪二雲曾大參遊金粟洞

濃着春山淡着官，筍兜輕度最高巒。三農似喚隨車雨，豫洗山光一道看。

其　二

絕頂笙歌蹋白雲，洞中雞犬幾曾聞。道人驅得千年鶴，舞向兒童禮使君。

其　三

衣參雲霧樹懸星，火樹遙連塔月明。莫是山民燈代筆，千枝寫出宰官清。

其　四

有金如粟君應厭，化粟爲金定不貧。安得點金仙子手，將金布作萬家春。

送張伯羮兄秋試

青油行遍狀元香，試取三山勝畫當。共是譜中誰第一，月中天子與親嘗。

其　二

秋色似君佳句稀，綠芳深映馬蹄飛。乘槎徑掇支機石，更輦葡萄海外歸。

題孝婦卷爲林孝廉覲日母

百葉榴花結子時，旌書裁得上彤墀。有心種果終須熟，莫道忠臣不易爲。

其　二

嫁得詩郎似島師，盲姑付妾判身隨。却憐東海心長苦，風雨何情累有司。

其　三

半臂不仁竟使仁，雪霜凍盡姑生春。秦臺空費黃金築，那得階前有玉麟。

一峰書院舉似曾二雲公祖

良知何日不晶明，祇恐因循走利名。挺起脊梁高着眼，當身元自有文成。

其　二

舜與朱丹僅一間，禹皋藥石不曾閒。請君認取幾希處，打透千年人獸關。

其　三

六經箋注百千家，丟却真金但揀沙。最哂將心推送佛，猶將鬭佛建高牙。

其　四

虛齋蒙引費漁佃，何似密箴數語傳。一自姚江開廓後，公然齊上陸家船。

其　五

聖門發憤是心師，不憤終難作聖胚。但辨憤心無退轉，不須樂處叩宣尼。

中秋前四日邀同子訒、爲磐二丈及中陛弟登巢雲，得似字

高庭臨壑來青似，西山來青亭境似巢雲。坐俯榕尖千嶂綺。倒寫飛濤雨後喧，平收古月空中佀。濯纓偏愛澗泉香，移榻每驚煙石美。下界雲封銀海深，誰知山上眠方起。

彌陀巖瀑布

彌陀巖在巢雲下木龍巖上，亂石萬千，特爲峭蒨，瀑行石間，從清源孔泉蜿蜒倒注，匯巢雲徑口。樹石蟠曲，沿及彌陀一帶，斗壁連嵷，數道飛灑，真若銀河落九天也。偶待爲磐未至，與子訒、中陛科頭坐臥瀑布間，石蘚黏背，香霧噀腰，翠幄橫斜，篩風籠月，自謂羲皇以上。子訒曰：五老九華，濱江靈露，故瀑布名天下。吾泉瀑布如此，而詩不能使之顯，吾黨之罪也。作《彌陀瀑布》。

原泉體本似銀河，天半飛來透薜蘿。虹雨千層吹不斷，琉璃萬斛湧還多。近朝滄海成高浪，分溉青郊飽遠禾。五老九華飛練好，何如此處白龍梭。

中秋後三日，銀臺周台老招同傅幼心
姆丈飲迎霞園，重步池燈二韻

隔城潮信應方池，前後樓臺漾水宜。樹夾兩鄰高拂蓋，庭虛片月遠銜規。輕衫入夜當風慣，香茗淘秋賽酒隨。坐覺烟霞滿襟袖，不煩簫管舞涼伊。席有歌兒不用。

其　二

雄樓晴映百華燈，況攝溪山入上層。自有禪心堪共對，知非俗客可同登。裝成怪石天教便，掃盡浮雲月任澄。徙倚清光處處徧，相將疑在玉壺冰。

題千頃陂爲何平子賦

書百城，陂千頃，吞入胸中雲夢冷。人言千頃看未足，還有海王下百谷。三山祇上巨黿簪，十日並向扶桑浴。龍宮深處誰復闚？惟見波濤際天綠。君擁百城匯百流，公然嘯傲凌滄洲。

丙子重九爲童真子作

相憶知俱腸九迴，何因不入夢中來？應憐多病頻枯眼，強撇恩情兩路開。

其 二

十歲從遊皓愛山，萬篇詞賦滿人寰。即今游奕栖何處？神馬應馳二九間。

翁正子云：童真子栖處大半在武夷九曲、鯉湖九漈。然夢中所稱棲霞、烏金諸洞亦未解何處也。
童真乩自云：玉皇命作八閩游奕使者。

筍江明月爲關令君壽

萬頃波含碧玉蟾，千村寒透水晶簾。光生大海疑無夜，影攝遥峰欲到尖。
集浦漁歌通縹緲，臨流煙樹寫穠纖。我公身在壺冰裏，歲歲清輝照晝簷。

戲代國手張丈咏南臺袖石

欲將碁子數高低，賭取峰頭怪石臍。豈畏罡風吹素衲，剛凌峭壁過丹梯。
誰當老苔將袍拜，試供空王與玉齊。收拾雲根猶不盡，探奇更向洞天西。西洞天
爲清源新築。

其 二

吞風噀霧破蒙茸，揀得嵌空入袖中。迴銀漢捲□□□，前溪千頃翠玲瓏。

其 三

下臨無地上非非，萬尺峰尖更振衣。誰插桃花來洞口，橫將一朵笑郎歸。

宿南臺同楊康侯丈賦得西字，
時林讓菴兄先歸，兼柬黃布衣

春雨籠山入望迷，連牀聊爾學禪栖。桃華絶壁燈疑燒，石笋參天枕與齊。
剩有煙霞生左右，不堪鴻影自東西。知君琴罷書蕉處，長俯青苔掃舊題。

奉壽姻公周台石銀臺

荔香六月如香積，迎霞閣上煙江碧。周郎萬里剪宮袍，擎出承明獻萬石。
是時天子嚴課吏，吏部久任清且愊。胡威承父凜獨知，山濤拔人公一字。四海
爭傳鐵漢驚，中涓相戒清郎避。有妄男子舌得官，舉朝不敢正眼看。郎曰此曹

刀筆何足畏,挺身請劍壓懦頑。我謂阿翁翁有子,翁善教子子能爾。父子弱冠並登朝,人如松芝心如水。即今翁齡纔履七,算到錢鏗十未一。田父不辨是名卿,都人相呼作活佛。尊前理奕復敲詩,龍馬精神事事宜。報道郎歸方晝錦,隔屏歌舞倍光輝。

夜夢與元立談甚快,時以抗疏糾陳啓新蒙恩鐫級管事却寄,余與東厓宮諭亦先以試事鐫級

鐫階元自勝加銜,況復同人幸有三。吾道護持歸聖主,名流珍重說奇男。誰言獮豸書曾讀,却笑蝸牛戰尚酣。陳啓新也。一夢連牀歡不極,知君相憶荔枝南。紀丁丑五月念八夜夢。

送門人梅凡民之粵

我昔海北遊,廿日五千里。侍父草露布,獻詩亦見喜。是時交黎間,頗識胡威子。歊泉却犀珠,貯囊富山水。所不如坡仙,只欠羅浮耳。一夢玉鵝峰,至今想幽美。君橫琴劍去,噀毫雲滿紙。爲補一段遊,歸詫齊雲似。韓蘇起謫籍,所至千山綺。願言崇明德,次當雄文史。君家聖俞詩,光照鷄林市。

筍江紫帽圖爲讓菴太君壽

筍江石,玉一笏。中有講壇峙斗南,八九古榕長日月。林公爲提旦氣宗,石亦點頭況英傑。旦氣之學本斷機,小大從公舞綵緋。

其　二

紫帽峰,峰插天。前對清源小有洞,儼如賓主坐青蓮。問誰戴勝中間處?琪草瑤花不計年。吏部拜前孫曾後,細雪蟠桃大於斗。

賦得許真人鐵柱送黄元眉之南

大江淊沇蛟蜃穴,帝遣真官神鑄鐵。八索鉤鎖地脈連,氣壓天吳長巀嶪。

當年異政在旌陽,點礫爲金抵逋糧。一劍功成一柱立,餘威化作放生方。乃知仁心妙操縱,巨鼇潛戴蓬萊重。怪物尚堪談笑收,何況區區人天衆。君今之官好題柱,柱史風裁妖氛懼。清霜紫電一番新,更有慈航白羽度。

惠人爲李令君壽

清源峰六六,鯉澪曲三三。飛蓋行其間,煙雲滿篠驂。篠驂到處扈仙鳧,競寫生申作畫圖。當門每置任棠水,大家肯負倪寬租?前日借莆今借晉,通才合佩數道印。山容海色久顰呻,一日蘇醒千里潤。即今三地灌壇風,同在秋輪皓魄中。爲公稽首月天子,歲歲清暉媚鴿籠。

寄陳雲從侍御

直指新簡書,監軍兼代狩。察吏良獨難,核將亦苦漏。矧兹根本都,高皇締創舊。一戰采石奇,再戰南臺驟。寶鼎奠千秋,江海歸左右。么麼揭竿徒,十年秦殘寇。楚豫毒未已,廬皖氛亦鬭。督理兩元戎,南北勞奔奏。自古守令賢,談笑收介冑。何況官御史,憂此阱中獸。先刷墨吏羶,次驅債帥陋。上答弓劍靈,下起溝壑皺。願言崇耿光,坐聽德音茂。

涵江謁外祖祠值雨,宿叔度新閣,
有懷紫溪水部表兄

小憩橫塘夜,寒香射釣舡。蛟龍近闌榻,煙雨遶浮江。水部詩留句,易州語帶腔。水部孫生在易署。當年燕市上,豪氣不曾降。

是午席間大風雨龍起

漫言宅相到彌甥,念母因爲訪渭行。名族偉人宜間出,清渠秀嶂各崢嶸。平疇萬頃遥連海,珍錯千般總讓蟚。好取義田衡寸地,試思誰是可留耕?祠堂有紫峰外伯聯語:寸地留耕勝似義田萬頃,一堂燕笑皆縣忍字百餘。

六月四日承平菴宗伯招飲東湖，阻雨不果，
移席友清樓，賦謝并以勸駕

名園近枕畫堂開，野澗環通碧樹迴。影掇雙巒歸几席，星移北斗到樓臺。橫皋積翠交風泛，卷幔新涼愛雨催。何必采蓮湖上棹，此中元有小蓬萊。清源、紫帽皆倒影前後二池。

其　二

一門冠蓋領芳遊，六月冰壺雅似秋。檻外煙雲天廓落，城中山水氣深幽。初從綠野來供眺，別有蒼生未掃愁。且乞我公匡濟手，功成再上友清樓。

> 小詩迎元立。元立居銓三載餘，累疏乞假省親，上廉知其清勁，累旨令久任，蓋異數云。而以忤權奸，用公錯小事中之，左其官。天下高元立品，以爲勝於一歲九遷，且謂從此翀翔直上，尤捷於假歸待起也。予意不然，士君子自樹謂何耳？元立何如人，豈屑以忤（忤）奸爲坐致公卿地哉？詩以迎之

之子三代英，志乃抗伊呂。幼慧神逾默，早達節獨苦。典選世所難，清名掃塵腐。所進鷯鳳忤，所摧梟鴟怒。無奈潔勁何，相摧人倫矩。中有刀筆雄，不知誰奧主。出身似丁珏，博官類齊虜。挺脊拆（折）其鋒，譬若龍驅鼠。此曹計何之，陰與杞檜伍。小螫置一笑，飄然天際舉。聖主知子深，久任承溫煦。累章不得歸，此歸恩倍臚。上慰倚門懸，下遂依林伫。少年欲大成，天意淵難數。姚江忤瑾時，年亦三十許。願子崇明德，勳名猶餘緒。我有筍江漁，待子巢煙塢。

壽黃季弢徵君

龜山嫡派久成名，轅固高年尚後生。石笋談玄皋比勇，南臺避暑鶴身輕。亭標未發心逾靜，琴到無弦韻轉清。從此安車見天子，真儒應壓漢公卿。

還朝詩自己卯起至癸未冬止。

天壽山四詠己卯。

群峰推出小峰尊，爲有文皇御蹕存。當日百神呼萬歲，平將五嶽等兒孫。
聖蹟亭。

其　二

剥笋垂蓮隱掛鐘，半空霜月老松楓。朝天僊子橫霄過，應有軒堯舊侍中。
在永陵御果園後仙人洞。

其　三

九龍曾御六龍來，黄幄親臨水殿開。留得龍髯烟霧影，葳蕤寫出小蓬萊。
九龍池在昭陵西南。

其　四

大小松林松似海，東西御果果連雲。中間槐國千年葉，獨占燕山桂樹春。
大槐王在裕陵御果園。

次李曉湘少司空登眺都城有感

城工未畢又河工，畚鍤如雲一望中。若守四夷寧有此，但規三輔已非功。
縣來天險連雲峻，自有神摹擣穴雄。回憶長陵最勝事，扶桑何處不彎弓。

別曉湘，時以石齋事得嚴譴

花朝北風雪花白，鴻都石經刊黨籍。尚書步辭神武門，黄青撲人乾坤窄。
憶昔讀書同秘館，詩史縱橫漢虎觀。徊翔南北十六年，直上星辰氣英侃。白雲樓
上判平反，願爲于張人不冤。驚蹕盜環尚可薄，何況膚滂在覆盆。鳳立豹變古所
試，徐杜頗難于張易。聖世恩深許遂初，君仁臣直兩無媿。君不見，昨日手詔下東
閣，蠲賦平刑天意廓。禹湯元自寬網羅，堯舜何曾教炮烙？歸去羅浮釣且鋤，上采
陔蘭下著書。掃盡黄巾禁亦解，異時環召固其餘。我賦北風詩，回首念同車。

爲鎮撫理刑壽

神卉出玄泉，掇食能千歲。君家太白山，藝芝兼劚桂。一爲執金吾，身居日月際。皋庭守神羊，平反風雷霽。活人當得封，二斌芳可繼。持此觴大年，不假采玄契。

己卯八月十二日文華殿經筵遇大雨，上特令于殿內行禮，講一貫忠恕及説命章，賜宴

聖學光明倍緝煦，雨中聽講霽音儀。欲因忠恕通魚水，特爲儒臣惜賜緋。

其　二

親閱芸編瞳自青，御筵分醉紫雲星。共言雲漢酬周主，更喜商霖賚武丁。

尤　坊　即　事

劍印相隨安枕畔，圖書無恙隱墙東。公孫自哂東方朔，不信星精在眼中。

萬駙馬白石莊五松下小坐

萬柳青於海，開門適玉泉。松奇非一狀，槐大想千年。遠挹香山爽，近籠太液煙。支機得白石，不復羨張騫。

己卯十月三日宿衍法寺示僧，是日賤辰

萬法本無法，衍法從何起？此心澹然空，是名真法喜。我來借榻眠，僧厨如寒士。無復茵褥累，靜觀星印水。橫木聊代牀，引瓷聊洗耳。一燈警黃梁（粱），三籟忘南几。始悟雪山中，佛性元如是。與汝衍法竟，無起亦無止。

次韻送宇肩奉使榮府時以忤權引避。

多君數載立螭頭，手障狂瀾氣凛秋。金馬難言堪避世，江湖未必不先憂。

祇甘竹實無鳴鳳,空汗車茵誰問牛? 相對寒爐成感慨,虛疑蔽日有雲浮。

送黃石齋及涂仲吉之辰州戍

豈有龍門似李膺,蕭然同漱玉壺冰。梟盧是處交爭采,熊戟當年詎諱朋。枉水祇應追善卷,漢家終自噪甘陵。且揮彩筆桃源去,爛掃秦花墨數升。

寄劉須彌閩方伯

柱史威名冠斗杓,薇藩棨戟擁星軺。携來貴築青驄騎,坐受無諸碧海朝。千里荔榕開氣色,百城烟井聽風謠。君家自有忠宣譜,劍履今看上紫霄。忠宣亦參閩藩。

元日上御皇極殿大朝賀,旋朝東宮
于文華殿外庚辰。

元春喜邁日重光,次第趨班鵷鷺香。甫捧龍文開紫極,旋瞻鶴仗出東厢。履端同慶賡天語,諭教先期督講章。幸侍儲幃申拜起,中興景福迓方長。

庚辰元日勑遣張真人祈雪

祈雪新開正一壇,行香宮監領星冠。憂農自愛豐年玉,除夜傳宣不覺寒。

孟春六日偕印渚陪祀太廟先一夕入精微科候駕。

直廬雙扇入,隱几一爐連。高潔雞人夜,光嚴鳳闕天。雲臨清廟迥,星繞太微圓。七日三瞻袞,欣逢賦吉蠲。

其　二

豈敢懷私寓,吾皇宿武英。齋心求世德,詢夜起深更。俎豆傳親省,幢麾報曉晴。明朝仍禱雪,倍復睠春耕。季冬除日祫祭,孟春三日奏祭,六日特享,皆候駕。是日特旨命張真人禱雪于天禧寺。

上元掌院陳贊皇招同覺斯、絅存二宗伯，
素公宮詹，印渚、中幹二宮坊小集

星宿挨隨十九年，重來款讌尚依然。直從瀛島開三徑，若算綸扉是八僊。時閣中有張費縣亦同年。院燭分蓮天不夜，宮盤探蔩月初圓。憑他燈市塵如海，自有星精照寶箋。

次印渚上元七同年小集韻

高朋無凡榻，相對等書身。火樹梅吞艷，冰輪竹寫真。素心規汗漫，健筆品精神。禁苑傳柑候，昨宵已報春。

其 二

地與上台接，人如北斗移。徵詩存館料，耽奕見僊姿。交愛浴蘭淡，官安啖蔗遲。惟應月天子，長似探春時。

正月廿九日朝退喜雪，並馬過印渚齋，
次中幹、印渚二韻，是日覺斯墨妙

藥珠朝散過蓬萊，僊液端因瑞雪開。共喜皇心通碧落，非關道籙動昭回。時張真人奉旨祈雪不効歸，是日始雪。聳觀潑墨同驚劍，絕愛飛花數點盃。附火寒梅嫌不吐，梯空寫竹更欺梅。

其 二

書似尾鷙畫虎頭，席間歡笑氣高幽。鵲緣貪雪盤空噪，酒爲催花遞客稠。把槊仍申歐九禁，折巾齊上李膺舟。練裙掃盡携將去，博得君家鶴氅裘。

送葛錦閭給諫謫浙江時以糾司寇補外。

遂取西湖典夕郎，出門舒味氣昂藏。且將登眺供蘇白，共説平反掃杜張。漫怪愁眉緣底皺，生憎結舌爲官忙。若言止輦非天意，御筆何因賞諫章？葛前數

日疏尚蒙御圈。

庚辰二月望後連至寒食皆風霾，復有永安廠失火，奉詔修省，禊日合署齋宿，是日風霾益甚，賦呈贊皇、印渚、中幹諸老

布袍日三禱，聖敬擬回天。豈際堯湯偶，誰操水旱權？弘羊雨未試，神竈火仍傳。悶縱陽陰理，猶疑繁露偏。

其　二

聳聽求言屢，暗蟬想笑人。貫城星欲泣，流戶雁空呻。文武軍容遜，饑寒水滸親。虛占風角報，徒使至尊顰。

庚辰三月七日忽奉聖諭盡撤邊腹監視諸璫志喜

驚傳手詔喜，沙颶忽開晴。聖斷元先定，天仁似曲成。刻銷窺竈闥，畫諾歟公卿。祖訓湯孫守，今朝見武丁。

其　二

遼牙連薊代，鹽賦括淮徐。鼓鑾同時撤，雲雷四海蘇。胡聞應奪氣，邊聳合忘軀。漸可蠲加派，山東杖已扶。

庚辰午日上御五鳳樓賜百官粽子宴即事

御樓開宴聖恩濃，樓下千官拜舞同。五色祥雲當日表，萬年佳節正天中。莞筵近接三台座，莢黍還披九子篰。飛蓋迴臨知燕喜，時因凭垛見重瞳。

其　二

晉畫行尊湛露香，需雲垂覆曉陰涼。游歌勝境成梧鳳，慈惠精心到豆觴。獻壽宜縈長命縷，辟兵仍帶赤靈方。我皇無限安攘意，肯向禁中蹋柳忙。

奉壽少司徒南公八十加四前庚辰進士，其子中幹時以宮端領祭酒。

通籍先庚閱後庚，鳳毛門下領諸生。傳經重見西都美，曳履真高北斗名。

297

渭水韜成年轉壯,華山睡起夢初清。異時璧水脩更老,還擬崆峒禮廣成。

其 二

當時風節抗江陵,六十年來事已冰。天似有心留砥柱,人因難老想升恒。門聯袍笏星精聚,身似松芝灝氣凝。此日宮端新拜寵,坐觀槐袞佐中興。

賦得九華山爲胡進士尊人壽諱士瑾

月斧劚雲封,秀出芙蓉九。瀑布掛天流,蛟龍拔地走。俯瞰霞脚睡,日月宿其首。碧雞孕金精,鸞鳳不敢偶。華池嗽玄泉,丹穴釀真壽。將雛忽翀天,搏風力迺厚。西域五釵松,移□千年久。採實以當芝,爲君酌大斗。

爲徐亦史門人壽母

錦帆逕右百花洲,領略吳宮萬樹秋。試釣雙魚將進酒,猶懸熊膽焀燈籌。

其 二

洞庭秋水滿林香,綵袖傳相到北堂。爲道鳳綸他日下,金莖天酒得親嘗。

賦得天中二孝莊送馬九如太史省塋

蔡公出求薪,至心感噬指。采椹奉母甘,闓雷祝母起。董子亦傭耕,營葬身自矢。天帝助機絲,星辰依彤史。二孝漢偉人,天中樹宅里。我皇表孝經,小學章厥美。流寇近蔓延,勢與黃巾似。蹂躪半中原,腥淪光蔡水。松楸夫如何,胡寧忍桑梓?銜恩許歸省,龍光照鸞紙。我本期思後,水木追千祀。因君念蔣溝,祖孫猶鼻耳。爲賦孝莊詩,羲臺同高頍。

送戴上慎册封徽府在禹州

持節入梁自壯游,況當神禹舊封州。鄒枚兔苑空詞賦,應寫民風達冕旒。

其 二

勝冠便掇桂枝香,侍膝仍隨星使光。多少上林春爛熳,銷歸小戴作詩囊。

右贈戴公子九韶。

送王檡厓比部歸，兼柬允大曹太史

酷吏不可爲，負疚在因果。慈吏不可爲，心愉官輒尤。置我酷吏間，辭官寧作我。堯舜自好生，神羊豈嵬瑣？北司東西敵，天街費遮邏。秋官亦復爾，出火仍納火。飄然拂衣歸，聊蛻塞翁戠。鶴湖蓴始肥，分江蟹初稻。閒携曹郎詩，稍縱西湖枕。下眒周丰蓳，何異支祁鎖。出處一岫雲，舒卷無不可。

覺斯邀訪浣花菴友蒼上人不遇次韻

入門蟬自別，似帶梵音微。相對胡牀外，悠然秋色歸。觀生思物始，離欲省天機。未必陶眉皺，遠公意豈違？

其　二

官不如僧適，六時得閉關。方貪銷夏處，亦復向塵間。桌几石疑象，拈經塔似山。鐘鳴催入定，應貯碧蓮還。

其　三

虛空誰所畫，一塔自紜紜。説法元非字，傳神獨有君。解衣謝萬累，散步禮孤雲。即此當靈鷲，無將逼客聞。寺中有塔碑，寫《金剛經》塔身上。

王汝念畫鷹

映室飛花顧盼雄，挺身直上碧霄風。杉鷄竹兔那堪掣，徑取鵬雛萬里中。

洪鵬祖總角拔貢入雍，大司馬制府亨九公時在寧遠連守禦，以逼歲遣騎相迎，以詩壯之

錦州十萬擁金鉦，上將弘開細柳營。陣變鴛鴦能制勝，氣團龍虎不聞聲。醫閭電掃千笳静，山海霜飛一劍橫。武帳連牀應盡醉，張燈吹角聽談兵。

題應侯圖爲鼎衡潘將軍

鷹鵜睨,侯仰頤。勢挾雲飈顧盼奇,紅霞蒸浪光陸離。潘將軍,氣似之。龍虎成文猛將規,鷹趾猿臂當者誰? 持此雙神俊,横刀斫月支。歸來封拜建鼓旗,連枝簪笏有光輝。

送陸友洙守吴興

自向溪雲五馬行,白蘋洲上翠瀾横。太湖三萬六千頃,浮起寒光作水晶。

其　二

窪樽墨妙結香亭,漁笛蘆花隔洞庭。重訪君家三癸跡,依然苕水鴨頭青。

辛巳元日試筆八首

韶光開御苑,瑞色曖天閶。紫陌千官燭,金爐百福香。致詞齊萬國,奏馬過三堂。聞有深霄讌,鷄人未可妨。是日免朝。

其　二

孫謀規祖武,嘉萬倍昭兹。闔闢誰能識,璇樞自不移。粥饑城廠設,緝事火番推。坐炤敷天外,無煩鏡睫眉。

其　三

義州警報後,百戰仗王師。諸將功難並,當年棄者誰? 春笳胡馬换,冰箭戍樓支。但恐成孤注,何時叩握奇?

其　四

流氛楚豫遍,聞復逼成都。譚兵五技窘,括地九州枯。龍劍逢人試,蝗經呪雨須。任憑煬日手,記得賜詩無?

其　五

兩月大官署,齋供四萬金。聖明非寵佛,慈孝别明心。貝葉哦中禁,蓮華捧太任。退之噉名耳,仗馬意良深。

其　六

抗章爭道號，不擬遽回天。堯舜元謙受，磨兜自巽全。徵神宣室幻，膠禮魯生偏。御札藏金匱，焚香頌轉圜。皇五子悼靈王加"通玄顯應真君"，環偕同官力爭，手諭即行改正。

其　七

漢人定何意，憂黨甚黃巾？點將重翻録，爰書合證神。乾坤北寺隘，名字首陽珍。再拜金雞下，開笈縱鳳麟。

其　八

猶憶神宗日，京師百物雄。春游連袂嫵，夜劇賽班工。款塞夷王守，朝天驛使通。太平難盡處，寬大詔書中。

花朝小齋梅花始開即事二首

北風雨雪獨紆徐，留待春濃向日舒。煖窖家家飄地盡，上林方羨聽鶯初。

其　二

自甘殿後韻偏長，桃杏叢中肯鴈行？惟有雙松報國寺，論交獨許海棠春。
報國寺松、海棠皆奇絶。

辛巳二月廿四日乾清宮召對恭紀諭福藩事。

秘殿春暄晝閣明，簾香吹拂度乾清。日華五色龍爐外，身在琅霄鏡裡行。

其　二

展親罪己兩疇咨，造膝共忻天聽卑。神聖化工元在手，肯將陽九委灉伊。

其　三

恭承清問玉音宣，親領封章御榻前。告廟遣官猶故事，還期赫怒掃三川。

其　四

春官咨禮夏咨兵，睿算英摹似武丁。更簡夕郎齋手勅，雲雷一夜晚東京。

其　五

經營邊腹幾迴環，堯舜吁俞千載間。日昃宮娃聞笑語，聖躬居起不曾聞。

其　六

蔬布久甘同泰膳，雲龍乍覯燕居冠。手題克復成天篆，不信金仙別有壇。
上御題克己復禮四字扁在座右。

辛巳三月素公招同絅存、印渚、中幹飲花下

繡帳剪輕容，琱闌倚綠茸。龜魚聊共解，談笑各生手。犀盌盛香貴，藤花入
茗鬆。西山況在眼，不厭送青重。

印渚招同絅存、中幹、素公飲觀奕

愛汝新栽竹，移花更兩行。廿年同出處，今夕此翱翔。晉飣炊蝴蝶，京盃角
瀧琅。風塵勿復道，且向橘中藏。

四月念五日上召對中極殿，面咨孝陵及
鳳泗祖陵事，因賜宴侍坐殿內恭紀

同宴者內閣四位，勳戚六位，大宗伯、左宗伯二位，共十三人。

天枋高闢挹薰風，親領堯咨尺五中。坐列東西開宴特，斑聯勳輔拜恩同。
雲龍嘉會重霄合，邠鎬玄思奕世通。獨愧蒭蕘虛見訪，何能涓滴佐深洪。中極舊
名華蓋，在紫微垣曰天枋。

其　二

鍾山天壽鬱相望，鳳泗中都邐發祥。兩戒山河三幹聚，真龍弓劍萬年藏。
重臣親簡仍連榻，內膳分珍更侑觴。自是思成深聖孝，湯孫昭假到穹蒼。形家言
中國三大龍，中幹爲鳳泗祖陵，南幹爲鍾山孝陵，北幹爲京師天壽陵。某因面奏時及之。上曰：都
從崑崙發脈來，故有兩戒三幹語。

辛巳五月十四北郊候駕

豹尾龍幢拂露梢，爐烟過處靜金鐃。君王盺(胗)饗通玄穆，兩歲鑾輿禮七
郊。己卯冬南郊，庚辰四郊，辛巳孟春祈穀，夏至北郊，凡七郊，皆聖駕親詣。

其　二

罡風掠陣想清塵，昨夜星沉月色駓。帝時每塵珪璧禱，漢家宣室豈無神。

五月十二、十四二日，月皆赭色無光，十三夜駕將出，狂風卒起，氛霾蔽天，旋定。

衡府册封送周巢軒宫諭青州。

親函玉節到青齊，星使光分太乙藜。尚父璜書仍表海，漢家茅土舊分圭。雪宫賓客迎車拜，岱嶂風烟倚馬題。便訪庭幃莫留滯，紗籠早已焀金閨。

送徐勿齋宫諭益府册封是予舊游。

昔我使淮益，盈盈一水異。淮樸益能文，穎發多雅致。桂柏結爲亭，圖史紛篋笥。客有鄒枚稱，詩存德蒼意。麻姑與從姑，奇秀天然翠。瀑布雌雄流，兩練銀河駛。寱言興遄飛，至今入夢醉。徐公太湖人，家與蔡經比。因之訪麻姑，鳥爪想生翅。持節禮賢王，開尊臨福地。勝游良所欽，講筵難久遲。早晚還禁林，無爲留薜荔。

送方宫諭坦菴册封楚府

鞠衣金墜漢宫裁，詔賜天潢出上台。赤社星河連翼軫，巒坡詞賦壓鄒枚。武當峰外椰雲合，鸚鵡洲邊草色催。早入中朝應有待，冰清衣鉢在鹽梅。方外舅爲桐城相公。

送申天俞給諫册封西河王府

晝行宫錦過家欣，況捧天書出五雲。唐叔桐圭初啓晉，漢皇簫鼓舊橫汾。金羈路指黄河近，玉佩香從尤袚分。遙想諸王前席待，中朝汲直向來聞。

送饒太僕册封崇府

都亭柳色蘸雲青，直向天中結駟行。禁裡新頒金鳳墜，風前高捲紫蜺旌。鄒枚奏賦千秋寵，桐柏浮槎五兩輕。莫爲干戈遲使節，王師八鎮有專征。時值流寇圍汝。

送仇庸足大司馬參贊南京，又送余洪崖

上卿銜命領中樞，劍履星辰壯舊都。地控東南綏半壁，天憑鎖鑰鞏雄圖。他年勳業歸麟閣，是處風煙靜虎符。二水三山看欲徧，黃扉又見下徵蒲。

金芝行送陽羨周給諫使歸諱正儒。

金芝春暖珠樹明，中連碧海接天青。左象右獅扈洞口，青泥石髓奇難名。夕郎新捧簡書出，盡縞東南屬簪筆。宮袍既羨晝游稀，萊綵兼欣家慶溢。我愛君鄉佳山水，函亭隔湖舊茶梓。何時松澗採茶行，爐磬追隨罨畫裡。

東　嶽　廟

青屋朱甍殿閣雄，鸞旂鶴仗帝妃同。移來日觀成天界，賜出慈寧見化工。暗卜胸錢誰授鑰，傳模書碣到重瞳。却因尺五拈香近，省向云亭禪海東。上時遣人搨趙子昂碑。

其　二
近奉元君漢府君，陰陽代起自氤氳。丈人峰頂舊觀日，玉女池邊近作雲。

送李映碧給諫

一時四諫到西湖，壓倒長源與白蘇。持去平反三百案，人天投體向青蒲。

其　二
開籠解網自甘霖，臣戀原知堯舜深。漫訝風霾難頓掃，浮雲捲盡見高林。

涇原行送薛行塢太史冊封韓府

涇原古雄鎮，西垂控羌夏。緣邊樹維城，詒謀兼皇霸。僕苑盡龍媒，水泉供廩廄。馬政久已荒，藩祿復中下。坐令崆峒山，不敢雁嵩華。仙郎擁傳游，稍及分桐暇。近尋韓范迹，遠訪軒轅駕。狄青與种衡，豹韜藏騎射。歸來頗牧胸，禁

中誰可亞？有赫東西征，帷幄佐類禡。

金庭行爲舒城胡吉雲太史壽封翁

金庭山，紫微水，胡家真人帝封史。種蘭漱石不計年，屑桂烹芝古誰似？仙郎一踏鸞坡行，啓沃東宮最有名。親捧宮緋兼法饌，迎入雲邊看帝京。飄然復向家山去，雲自耕耘花自濾。文昌農丈老人星，身領三星公殆庶。紫微水，金庭山，莫道神仙不可攀。元放松鰓如釣得，開爐更有伯陽丹。

六月十三日，印渚、中幹邀同絅存、素公飲金魚池

忽投清曠瑩心神，高樹先秋報籟新。碧沼淪漣通習坎，光風蘭蕙汎同人。魚因巧種篠多變，馬到芳堤驄自馴。怪得天中休沐後，何緣今始結花茵。池陰是端午走馬處，名曰躤柳。

其　二

平林置榻似高梁，衫履蕭然水一方。別院笙歌聊鼓吹，吾曹濠濮自昂藏。浮瓜因悟青陵適，罷奕纔知老橘忙。回憶釣竿滄海上，撒綸何地不瀟湘。

集　惠　安　伯　園

微涼歸院落，簾捲坐生幽。槐影侵杯入，泉華遶砌流。石參林表立，地接苑西秋。就月渾忘暑，非關歌舞留。

其　二

徐國勳兼戚，君家與雁行。琴書留奕代，臺榭自先皇。愛士高名蔚，敦詩道氣香。彤弓舊賜在，餘技試天狼。

送魯青海館丈分臬潮州

瀛州賜履接羅浮，仍是仙班閬苑游。霜采褰帷行鰐渚，天香入袖帶螭頭。驪歌遄發風留醉，雁字中分柳縮愁。莫道五羊春色遠，歸來詞賦滿滄洲。

黃貞周有序。

潮州少宰黃公叔子，詔（韶）齡聘于周，未婚而夭。周年十七，奔喪守死。少宰在講幄以其事聞于上，而爲之立孤。偉哉，周不朽矣。予所知有益藩輔國將軍常茫縣君以八歲，丹徒吳憲副姊以十四歲皆未適，誓不再字。古者女子之嫁也，姓從夫，名從父，《春秋》書宋共姬、衛共姜、楚貞姜是也。余既書益、吳二貞，因爲周大書曰黃貞周而歌之。

雙白鵠，未相見。爲誰單棲？羽如孤燕。一解。

賢雄高飛，卒不能隨。何當銜去，顧雲徘徊。二解。

立雛自哺，淚落縱橫。無雛有雛，誰謂非生？三解。

巢凄以風何所爲？生不比翼死同歸。父母延年，於萬爲期。四解。

迎佛曲 辛巳中元。

幕張蓮海看盂蘭，染葉針房五色寒。一朵一燈龍燭夜，合宮歌梵呪平安。

其 二

銀佛莊嚴百寶成，新移御用入乾清。永平天子尊奇夢，自領香華下輦迎。

宴真曲 辛巳中元後七日。

上清提點左貂陪，御宴傳從靈濟回。當日都功多少篆，好將龍虎試風雷。

其 二

精鏐法錦下天帑，曾是真官應禱無？聞自貴溪五千里，迎車呪雨眼長枯。

恭導聖駕臨雍聽講，侍坐賜茶有述。

己巳正月臨雍，臣璟以侍講記注扈從，辛巳八月十八日再臨雍，臣璟以少宗伯導引。

盛儀脩兩巳，芳節展中秋。桂影迎鑾滿，爐烟護蹕浮。鼓徵周禮樂，橋聽漢公侯。蕭祖崇儒意，重光見作求。世廟亦再幸學。

其 二

導入欞星後，天香御幄叨。親從日月過，恭審起居勞。儀注疇咨細，宮墻對越高。圜瞻龍虎步，光霽慰英髦。駕至欞星門下輦，兩侍郎導入行幄坐定，入幄恭請行釋奠禮，上遣大璫來商儀注，問釋菜、釋奠同異。

九日素公丈邀同中幹丈太平菴登高，
移尊王園臺上，次中幹韻

水關秋色倍菁英，隔浦遙通太液平。岸柳連雲園競爽，汀蘆浴影月初生。盤分糕棗宮中賜，榻傍鷗鳧世外情。萬歲山頭聞鳳吹，也隨佳賞出乾清。

其 二

蓬瀛近在苑墻限，移酒高臺水鏡開。搔首不知官帽貴，惜腰偏賴菊華催。又魚踏藕忘深淺，戲馬呼鷹任去來。自哂家山荒徑久，臨流却羨鳥飛回。

左門考選送李、熊二給諫催漕

中左門前親考選，曉傳中外驚殊典。面承清問霽顏垂，策飽籌漕各英展。御筆圈注識拔奇，夜分秉燭倍精辦。首掄七諫往催漕，勅印新頒光特遣。神京輓輸四百萬，軍國望梅憂豈淺？君不見，錦松圍久似睢陽，乳虹烽火撤未央。又不見，綠林銅馬滿中原，千里斷烟況田園？邊腹情形兩如此，璽書明言非得已。汲生發倉鄭俠圖，看君封事報天子。

早 朝 即 事

非僧却似老僧寒，餌得奇方獨宿丸。爛煮黃芽供一醉，任憑風雪滿長安。

其 二

酒簾休哂杖頭乾，南面圖書興未慳。禿筆堆牀投不得，空愁塞外起狼烟。

辛巳長至上南郊,蒙遣充導引官,前期宿壇旁道院,呈中幹、素公二丈

寒牖生虛白,炯然月照心。真齋非假聽,獨復久無陰。導袞天疑昵,瞻穹帝恍臨。駿奔何自致,惟守息深深。導上至圜丘及神庫、神廚,後導上帝及高皇帝神版于皇穹宇。

壬午元日,上御皇極殿受朝賀畢,召四輔臣入殿內,親下寶座稱先生,舉玉圭令東向,上特轉西向與揖,引九經尊敬語,蘄同心致太平,一時群工咸詫曠典。因數自客秋八月臨雍後,如表章六子,面選臺諫,特諭起劉宗周,盡起錮賢,釋黃道周、解學龍、馬思理、葉廷秀諸君子,免十二年以前積逋,并中外官鐫級,召對籌松錦及齊豫流土寇,嚴禁近侍干政典兵,遂撤內操,減上林鵝膳八千,諸聖政史不勝書。開歲旋擬五日開講,七日頒春,九日享太廟,十一日祈穀大享殿,十二日東宮出講,二月行藉田、朝日、親蠶諸大禮。臣璟叨守春官,充導引扈從及題覆疏議,夙夜不遑,良盛邁也。恭述八首

玉燭春暉麗,珠旒曉霧收。垂光天下濟,若采帝咨疇。降座威顏昵,崇師寵數優。丹書訪道意,虎拜百難酬。武王受太公丹書亦東西立。

其　二

更絃數月事,良史筆難枚。銓諫挑燈選,丘園發錮推。捐逋蘇涸鮒,湔眚燧寒灰。元祐奎星在,天心本護才。

其　三

夜丙密封發,憂民更軫邊。祈年修雪醮,漕粟挽冰船。恩渥周藩急,便宜假帥權。松山圍未解,長自記吞氈。時督師洪公因困守松山,上屢趣兵救之,御史疏嚙雪吞氈,指洪也。

其　四

驟傳吏禮入,御劄兩函尊。宮府樊籬峻,漢唐龜鏡存。內操銷鼓礮,祖訓泝

崑崙。復見世宗手,不須霹靂喧。手詔令禮官察監局職掌并申嚴預政之訓。

其　五

流土自蠡涌,投戈聽德音。但無冠虎吏,誰少帶牛心?蠲復雲雷動,耕蚕帝后臨。從茲罷三餉,橫掃四夷侵。

其　六

臨雍懷六子,英鑒別儒賢。載筆歸詹翰,求心豈簡編。豹韜宗尚父,石鼓補周宣。神聖文兼武,羞稱釋與玄。時命纂武經及補石鼓殘碑,又議進六子爲先賢。

其　七

祠官三載内,恭扈九郊親。禮樂合天地,精禋洞鬼神。壇供徐厭梵,鈎網乍回春。欲對光天望,弘敷上帝仁。璟自己卯秋侍從,是冬南郊,庚辰四郊,辛巳孟春祈穀,夏北郊,冬南郊,壬午復祈穀,凡親郊者九。

其　八

稱師不北面,端冕引東西。學泝黃顓古,人求傳呂齊。風雲元朔聚,星宿太陽携。莫但尊天揖,昌言合拜稽。

天寧寺別石齋戍楚,兼別馬公思理、葉公廷秀、 諸保宙、涂仲吉,時壬午正月廿九日也

彪規亮難再,顓紹亦已邈。矧復有孔融,氣膽白日曒。虹蜺蔽高旻,鈎書橫苟嬈。舉朝盡瘖蟬,戢身藏深窅。戔戔葉濮州,抗疏孤鴻矯。鎮海復有人,握拳能透爪。排閽斥虎豹,七尺亭毒小。別有崑山英,突入尤奇拗。漢家北寺尊,厨俊彈指了。三木囊鳳鷥,坐嘯快妖鳥。勳華自憐才,檮奇穿穿巧。空憂連城碎,有夢豈識趙?一朝濃霧開,天地扶桑曉。奸輔三伏辜,祓除有剛卯。元祐碑中人,星辰綴天皎。皇哉神武姿,操縱出人表。會稽與建德,兩賢弓旌兆。君今探衡嶽,二酉窮縹緲。靳尚死豈神,湘君事亦杳。傅巖管皐間,勤忍良非少。努力值優游,極目看驛裊。

送旸思劉侍御按楚

玉鞭輕拂五花驄,新賦皇華入楚中。兩嶽星河分野闊,三湘形勝接江雄。

登車疑挾青黎（藜）火，論事偏生白簡風。爲問酉陽遷客在，龍場旨趣與誰同？
時石齋戍辰州。

賦岣嶁碑送姚宗衡太史、游有倫大行册封桂府

岣嶁碑，上承翼軫下據離。齊飄鳳挐誰刻畫？壁立萬古帝護之。一字一峰
爭怪邃，峰字各各七十二。玄夷靈威恐未識，聊鎖支祁供游戲。神聖身至多墨
跡，穿山鑿海留手澤。忙中得閑結作時，別有至誠動金石。君今持節過碑下，一
幅試將祝融寫。寫出玄圭治水才，七十二峰盡般若。

別南中幹予假歸省，兼呈二太司空公祖

長安今夕別，挨宿似晨星。羨爾風塵外，超然見獨醒。諸生尊講德，天子憶
傳經。拜賜光稽古，宮衣焐鯉庭。

其　二

本朝名祭酒，陳李鼎芳垂。久任疑前輩，新恩表帝師。家應乘傳近，道豈入
關私。珍重華山客，漫言賦采芝。

恭賦斗姆殿靈芝詩，懿安皇后建殿于顯靈宮奉斗母，
殿成而二芝挺生左右棟間，時崇禎辛巳九月也

崑崙九層芝，移根向上苑。黃紫含秀敷，莖瓣各堅善。相傳顯靈宮，寶閣新
開展。上奉玉龜臺，金碧出宮篆。云是斗姆殿，蹇樹琉璃卷。神兔爲擣藥，普天
被盧扁。斗中孝順王，變現蒸天菌。我皇布德澤，草木滋芳晼。天休亮有期，坤
珍合畢闡。五斗應五芝，聊示生生撰。再拜寶月光，變理及幽顯。

送梁眉居操江

江淮南北舊行驄，再領中丞指顧中。一劍畫將天塹險，千帆教就水犀雄。
神京開府歸詞客，上將登壇見國工。早晚流氛橫掃盡，爲君引滿賦彤弓。

輓朱永明夫人二首

共説真愚入橐饘，驚濤自有鬼神憐。懸知阿母占晝夜，教取膚滂猛著鞭。

其　二

北寺相將愛問奇，白雲長自戀春暉。不須更輟蓼莪讀，留與崑山説斷機。

壽陳贊皇閣學五十

文淵瑞色泰階同，光佐昇平本毓崧。佳節況當憐九日，中身早已到三公。銀河挽下看兵洗，玉燭調成喜歲豐。酌斗欣承湛露渥，還期聖主奏車攻。

孟冬朔享太廟，夜宿午門西直房候駕

聖孝明禋重，元冬奏假親。旌旗環太乙，鍾鼓報初寅。虎旅周廬静，龍燈照輦春。觀心坐不寐，肅肅向勾陳。上親定廟祭用寅時。

癸未三月望日閣中公讌，送鹿友吳公督師南征有引。

內閣庭前及西房皆有牡丹臺，相傳宣德中賜牡丹移植于此，前輩李文達諸公遇花開皆有吟詠，名曰玉堂賞花集，限芳、常、妝、黃、觴五韻。近羽書旁午，閣中卯入戌出，拮据不遑。上念承天陵寢地，荊襄順流逼近南都，特遣興化吳公視師，全護秦、楚、豫、蜀、江、淮諸鎮，行有日矣，宴別文淵閣，因次前韻爲贈。

宣宗舊賜冠群芳，每至花時載酒常。此日預支成勝會，時尚未花。累朝佳賞見新妝。地鄰上苑雲偏紫，人得揚州朵倍黃。用韓魏公廣陵事，吳公亦揚州人。看取韓公西夏事，功成歸闕再行觴。

其　二

鐃歌一曲滿庭芳，樞相行師事不常。十鎮熊羆牙作帳，尚方珠琥劍爲妝。宮衣特映戎麾麗，廟算時傳御札黃。賦得元戎推轂遣，臨當上馬更飛觴。

其　三

頗牧名高禁苑芳，書生元不遜徐常。每愁日月多兵氣，長歎鬚眉盡女妝。
裴令銘勳自淮蔡，夷吾定霸亦江黃。鼇圭錫邑光青史，更有周家虎拜觴。

其　四

鳳池同拜接蘭芳，麟閣相期勒太常。憂國惟求清紫塞，封侯端不戀紅妝。
恭憑神武心逾壯，重入中書髩未黃。爲訂花王飲至日，迎風一朵一流觴。

再次韻贈別吳公

五臣盛事愧聯芳，眉白居然表五常。霜簡久傳威鳳字，綸巾時傚臥龍妝。
登壇長劍參天碧，出袖陰符焰地黃。具悉重瞳親命意，好將鞭贈當離觴。

其　二

名高一世似群芳，意氣安閒不異常。儒者仍行元帥事，師中聊作道人妝。
分麾全領東西陝，賜履重經內外黃。料得和門舊部曲，欣偕父老進壺觴。吳公舊
按秦豫。

其　三

佩印家鄉晝錦芳，江淮節制盡蘇常。雲雷真試經綸手，琴鶴羞稱富貴妝。
射落天狼橫太白，踏翻妖穴騁飛黃。從今快覩昇平樂，燕喜弘開萬歲觴。

三月二十一日文淵閣西房賞牡丹詩，再次前韻

一官久已輟尋芳，忽見雙枝迥出常。品貴原分三島種，烟清不點五侯妝。
長滋鳳沼光添翠，爲近龍袍色避黃。此地看花應不少，當年無限太平觴。花惟
紅、紫二色。

其　二

二百餘年不斷芳，名花慣見亦家常。絲綸地迥元離垢，雨露恩穠自洗妝。
入座菁陰分母綠，當階秀色上官黃。文華井外天溝曲，汲取春泉泛羽觴。

其　三

閣中文獻寄庭芳，花落花開物理常。幾閱公卿同傳舍，孤存風骨傲時妝。

坐翻玉砌藏深碧，閒對金稜寫硬黃。爲洗沉香飛燕字，花神也合笑銜觴。

其　四

宮鶯似愛紫茸芳，睍睆枝頭歲歲常。愧我舐毫陪素食，從公燒燭炤紅妝。談兵徒撫雙龍紫，視草虛攤萬卷黃。安得雒陽收復早，佳園重理舊時觴。

癸未十月既望，夜直禁中，感事書懷八首

蟾華如水浸金鑾，身枕鈞天近廣寒。傳到御封燒燭讀，賜來宮被倚雲攤。魂清久覺根緣凈，髮短翻驚報答難。且喜聲靈邊外聳，羽書稀到夢粗安。

其　二（缺）

其　三

萬歲山前武帳開，風披采鵒象昭回。公侯新識弓刀氣，夢卜長搜熊虎才。東苑分棚曾射柳，_{永樂事。}西宮閱馬亦銜杯。_{宣德事。}本朝曠典今三覯，却哂黃金浪築臺。

其　四

開封新塞馬家壕，董口河身浪復高。兩地挑丁空下淊，中原逢客半橫刀。憂民到處蠲三稅，遣將何人曉六韜？眠食大官真不少，看來獨有聖躬勞。

其　五

西北干戈傾藪澤，東南抒（杼）軸費舟車。虛疑箕斗工頭會，不信江河拙尾閭。練土何須煩客戍，興農應可富春畬。太平王政卑商管，況復區區鹽鐵書。

其　六

茅茨儉德想皇初，磁碗元來玉不如。_{用宣皇天語。}非爲封椿（樁）收地寶，直將投璧渙王居。五城乍報遶嬪詔，內府新頒畫鈔書。獨恨九邊中飽久，金刀括盡付衣袽。

其　七

禁中夜直漢含香，政地承恩昔未嘗。細記疇咨追二祖，深懷獻替愧三楊。中宵讀史空搥案，鎮日籌邊總面墻。惟有急流錢若水，差勝瑊骨臥文昌。

敬日堂外集卷一

平臺召對崇禎七年八月二十一日。

崇禎七年八月甲戌，上御平臺，召內閣、五府、九卿、科道及翰林院、錦衣衛等官面諭："吏部尚書是用人的人，須得天下第一等才品，若如前會推，不過精心、定力等套語，且只三四人把持會推何益？"署吏部侍郎張捷奏"諸臣黨同伐異，一切把持，臣欲舉的人皆時局所不喜"云云。閣臣溫體仁等奏："臣等先舉，恐諸臣瞻顧，俟諸臣舉後方舉。"吏科都給事中盧兆龍亦奏："科道例不薦舉，只舉有不當方行糾參。"上曰："九卿推舉，科道糾參，說得是。"西班鎮遠侯顧公肇迹奏："臣等例不會推文官。"上諭："立賢不以其方，不妨各舉所知。"遂令內璫給筆劄令書名。

於是西班先舉南吏尚書謝升、原任吏尚書王永光、兵尚書張鳳翼、戎政尚書陸完學、刑尚書胡應台、南都御史唐世濟，共六人。上令吏部舉來，捷因舉南都御史唐世濟及原任兵尚書呂純如二人。右侍郎賀逢聖舉胡應台。戶尚書侯恂舉南戶尚書鄭三俊。左侍郎傅淑訓舉原任戶尚書陳所學。右侍郎莊欽鄰舉侯恂。禮尚書李康先舉侯恂。右侍郎陳子壯舉其師大學士王應熊，擬如新鄭故事。兵尚書張鳳翼舉唐世濟協理京營。尚書陸完學舉胡應台。左侍郎汪慶百舉張鳳翼。刑尚書胡應台舉陳所學。左侍郎馮英舉應台。右侍郎陳以聞舉侯恂。工尚書周士樸舉其師左都御史張延登。都察院左副都御史田惟嘉舉胡應台。左僉都御史帥衆亦舉應台及原任侍郎李邦華二人。大理寺卿朱大啓舉謝升、唐世濟二人。左右少卿李日宣、鍾炌共舉侯恂、胡應台、鄭三俊及南工尚書劉定國，共四人。左寺丞李茂芳舉鳳翼及原任尚書商周祚二人。通政司通政使楊建烈、左通政吳甡俱舉鄭三俊。參議張紹先舉應台。楊玉珂舉侯恂。掌翰林院詹事吳士元舉胡應台。

既畢，於是大學士溫體仁、錢士升同舉謝升。王應熊舉唐世濟。何吾騶舉侯恂。上曰："在北各官既有職掌，不必推。"因詢升、世濟何如人？體仁奏："同官士升從南來，極推謝升。"士升亦奏："南中惟謝升最有才品。"應熊奏："同官體仁、士升亦極推唐世濟，只礙同鄉避嫌，故臣舉之。"

上復問："呂純如係逆案中人，不可開端。科道官如何説？"於是吏科盧兆龍首糾之，而刑科姜應甲、工科孫晉言尤力。璟弟兵科德璜奏："總之，是案中人，不推也罷。"御史張三謨、金光辰、韓一光、楊繩武繼之。獨掌河南道御史羅元賓無一語。捷再言純如之才，且云："用純如不効，願與同罪。"兆龍等復再糾。上曰："既是逆案中，不用也罷。"已復詢陳所學、商周祚諸人。已復召兵尚書張鳳翼，詢援兵糧餉及宣大總督張宗衡何如。鳳翼力薦宗衡在宣大十年，最有膽氣。上曰："邊臣不專在膽氣，還要有方略。"又諭鳳翼："中樞須將地利險夷、兵馬虛實預先打算，臨時方不誤事。"復召刑科姜應甲言："爾前二本所言用人及凡事須做到底，説得好。"因命諸臣各舉侍郎一人。上還宮。

是役也，上鄭重太宰之選，廣咨精擇，曠古一遇。然數日前舊宰李長庚方歸，即有言當事欲用謝升、唐世濟者，而廿二日特召升、世濟之命下矣。呂純如在逆案中，或以爲枉，然未經昭雪，自不必舉，是時舉朝哄然，賴上片語而定云。戊己間璟從記注之役，皆執筆御榻旁側聽疾書，惟懼遺誤。昨歲上傳不必記注，而是日獨令記注官過且諭之曰："史官亦要記得真。"然既不奏御，亦不能如向年之詳，姑撮其大略如此。若夫聖度之和霽，睿識之精詳，實千載一見，而惜諸臣門户之見，持不相下，令人轉思弘治中閣部諸老爲不可及也。

甲戌八月二十三日，記注官右諭德兼侍講臣德璟謹記。

少保兼太子太保户部尚書武英殿
大學士溫體仁陵工誥

天柱表三能之位，中台實爲司中；宰枋領百揆之班，保王尤資亞保。惟吾代興之魚水,克當盛際之舟霖,矧廄典之告成,賴廟謨之協贊。彝章具著,徽數宜申。

具官溫體仁,官稟扶輿,清涵沆瀣。風度凝遠,孰知有百鍊之剛;素履高寒,中乃備四時爲氣。早入蓬瀛之地,即高槐鼎之聲。凡其掄士作人,橫經抽草,直方而端;模楷醇深,不貴華虛。斯固淵嶽之楷標,抑亦燮弘之具抱也。既已迴翔之久,適朕入纘之初,起長宮端,抗言國是,挺當塵表,默簡朕衷。遂迺界以平章,進而參吾獨斷。念官邪緣於寵賂,故盡謝苞苴;知祖制壞於因循,故雅裹綜核。撤方隅而正直是與,捐情面則休斷無他。蓋朕深灼其勿欺,惟衆歷久而相信。比者皇兄山陵之重,實亦顯相營綜之勞。寢成孔安,陵恩其需。乃讓函之連上,彌執撝謙;顧稽典爲已涼,難回成渙。是用仍授爾階光禄大夫勳柱國,錫之誥命。於戲!魏格套覺亦尚少飛騰,欲使邊腹多可用之人,總在閣部得用人之手,以爾濯纓表概,夾袋拔尤,尚無替乎靖共,庶弘集夫忠益。前馬裴而後盧李,何愧古人;左稷卨而右夔皋,更期異日。

召對面奏滅奴雪耻疏崇禎庚辰四月十三日。

詹事府詹事兼翰林院侍讀學士協理府事臣蔣德璟謹奏,爲欽奉上傳事。

該內閣接出上傳:"著閣臣傳與詹翰官陳演等,將昨平臺面對條議,不許增減更改,自具本來奏。欽此。"傳諭到臣。於本月十二日,蒙皇上御平臺,以奴在義州已經半月,垂問籌畫。復將御筆"滅奴雪耻"四字傳示臣等。臣謹奏:"我皇上'滅奴雪耻'四字就是中興大有爲根本。臣每見皇上傳諭户、兵各部及申飭各邊督撫等官,睿慮精詳,無不周密,只是各邊未必力行。就如練兵一事,申飭再三,其實兵何曾練,只是將花名文册點操一番,花刀花鎗,全無實著。臣每讀《會典》,見太祖高皇帝教練軍士,律以弓弩刀鎗,分別試驗,立行賞罰。此是練軍之法。凡衛所總小旗補役,以拼鎗勝負爲陞降。凡襲替官舍比試,必須騎射閑習,方准頂襲。此是練將之法。當時百戰百勝,只是兵練得精。高皇帝身在兵間十有七年,及登大寶三十餘年,這四十七年間所爲聖子神孫帝王萬世之計，哪一件不是周到？難道二三百年來並無一兵，到皇上纔要設兵？難道並無一餉，到皇上纔要加餉？"上起聽曰："聞所未聞。"臣對："軍即是兵，總計內外衛所軍三百餘萬，兵儘足用，且養軍之屯田、鹽糧甚多。二三百年並不曾加派，餉儘足用。如今只將祖制振舉，件件實做，自可滅奴。"

上曰："再奏，從容奏來。"臣奏："今全盛天下，何憂小醜？肅皇帝時，北有俺答，南有倭奴蹂躪浙、直、福、廣諸省，亦極猖獗，只用俞大猷、戚繼光諸好將官，無不掃靖。以皇上神武同符世宗，滅此亦有何難？臣嘗纂有俞大猷《劍經》、戚繼光《練兵書》，的是今日練兵要着。"上曰："《練兵書》朕亦看過。"臣對："是書雖經御覽，只各將官不曾實行，中間練刀、練鎗、練火器諸技，各有教師訓課，如父兄子弟一般，所以可用。"上曰："《練兵書》還說練膽。"臣對："練膽是第一義。兵若無膽，如何站住？然必繇技藝精熟，繼光所云'藝高則膽壯'也。"上曰："今奴在義州，作何籌畫？"臣對："義州距錦州九十里，錦州距寧遠六十里，寧遠入山海關至京近千里。奴在瀋陽，相距甚遠，必不從關內外來，只恐占住義州，徑至大寧，僅二百六十里便可犯薊、犯宣，却是可慮。"上曰："里數亦不須算，只說目前要著。"臣對："總不外練兵二字。練兵雖平日工夫，到臨時亦只此一件。即今錦州八城要戰要守，總須兵站得住。與奴上陣總要兵精，兵如不精，別無奇策。傳聞邊兵十萬，虛冒每有一半，蠹餉不貲，此是最病痛處。皇上每患餉銀之少，在臣却患餉銀之多。祖制，各邊養軍，只屯、鹽、民運三項，原無京運銀兩。自正統間始有京運數萬兩，至萬曆末亦止三百餘萬分運各邊。自戊午後漸漸加派，至九百餘萬，名曰'遼餉'，又有'勦餉'、'抽練餉'，并舊餉約計二千餘萬，比萬曆末加至五六倍，民窮財盡，而兵反少於往時。且兵食米麵，馬喫草豆，今本色津運甚多，却多置之浥爛而動輒索銀，解去千萬，正不知作何銷耗？到得臨敵，又只是借名鼓譟，挾賞竄逃，逗遛劫掠，無所不至。就如去歲賈莊之戰，總督戰死，兩總兵徑行逃歸，依舊充爲事官立功戴罪，如此行兵，誰肯用命？"上曰："兩總兵何名？"臣對："偶記不真。"上曰："汝記得的。"臣對："似是楊國柱、虎大威兩個奴才。今天下之大，豪傑之多，何患無將？國初中山王徐達、開平王常遇春諸名將，都是高皇帝駕馭得好。臣始祖旺，從高皇帝起兵渡江後，隨宋國公馮勝征金山，直抵奴酋巢穴。聞當時士卒凡先登陷陣，賜酒一卮，人人鼓舞。後來臣祖亦蒙世襲兩箇千戶。大凡用兵只在賞罰嚴明。且從古破奴之法多係步兵，宋岳飛、韓世忠等破金，皆以步戰取勝。奴馬難當，惟步兵用藤牌刀斧及火器可以制之。"上曰："馬亦少不得。"臣對："馬政自當修舉，國初設兩京太僕寺及各邊行太僕寺、苑馬寺，好馬最多。今以萬乘之尊，日日市馬，安望富強？至衛所官軍尤爲急着，文皇帝設京衛七十二，計軍可四十萬，畿內八府，軍二十八萬，又有中都、大寧、山東、河南班軍十六萬，春秋入京操演，深得居重御輕之勢。今班軍只是做工，虛冒包攬，不可勝詰。且自來累朝征討，皆用衛所官軍，軍有父母妻子，與烏合不同。自嘉靖末募兵至今，遂置軍不用，以致加派日增，兵民俱困。臣家福建海邊，幼時見海賊登岸，無不驚怕，後各家練幾箇勇軍，橫槊海上，賊便不敢登岸，以此知軍之可用。"上曰："這奏亦有可採。"

臣又奏："如今京營十餘萬，亦是衛所軍丁，既可行於京師，則各省自然行得，總只在賞罰嚴明。皇上昨表章關外守將金國鳳，大家無不感奮。唐太宗有'雪恥酬百王，除兇報千古'之句，彼英主尚能擒頡利諸虜，況皇上神武百倍太宗，何患小醜？惟願憲章二祖，修復初制，自然指日中興。"奏畢俯伏起歸西班。

臣迂訥孤踪，素寡知識。仰見皇上焦勞邊事，不覺忠憤激發，造次條對，懾于天威，驚惶失措，比奉有"不許增減更改，具本來奏"之旨，臣細加追憶，中間天語周咨及輔臣代爲申奏，忘前失後，舛漏尚多，并字數溢額，均乞聖慈俯賜寬宥，臣不勝戰慄待罪之至。

崇禎十三年四月十三日上。

是月十二日召對詹翰官四十餘人，每班五人，人各面奏。璟在首一班第三人，素拙訥不能言，而是時因奴酋入據義州，逼近松、錦，中外憂怖。初十日召對，閣部至上下掩涕。璟聞之以爲天下全盛，何至作楚囚對泣也。是日聖容慘淡，天語復多斷續，璟不覺憤激，詞氣戇直，內閣旁立御幄外，至爲咋舌，然上不罪也。此後每召對，重瞳每回顧焉。迂劣小臣，因此辱聖明之知，中夜拊膺，真不知何以報塞耳！面奏語尚多，疏中舉其大概，要皆書生常談也。

循例給假疏_{崇禎庚辰六月。}

詹事府詹事兼翰林院侍讀學士臣蔣德璟題，爲循例給假回籍襄事，懇賜代題，以展子情，以重君命事。

據本府主簿黃嘉瑜呈前事内稱："瑜荷皇上登極覃恩録蔭，由廩改入監讀書，歷滿赴部考候選，適遘瑜父黃景章係萬曆丁未科進士，歷官應天府尹予告，瑜隨赴部給假侍養，嗣丁父艱，服闋，於崇禎十二年十二月選授今職，服官八閱月矣。瑜父在籍病故，先經會題請恤，伏蒙皇上念瑜父敭歷中外，勞著封疆，准禮部覆疏：'奉聖旨，黃景章准與祭一壇，減半造葬。欽此。'因察祭葬事例，文官三品者，行本省布政司堂上官行禮。竊念煌煌綸綍，光賁松楸，瑜忝嫡長，誼當竭蹶奔趨承事，以展臣子分誼。且瑜有兩弟俱幼，一切卜兆穿窀，奮鍤拮据，須瑜料理。瑜母封淑人項氏，以垂暮之年，爲倚閭之望。恭遇皇上孝治，凡内外官員給假葬親者，許具奏請。察得户部雲南司員外郎鄭抱素，以伊父鄭繼之原任吏部尚書；文華殿中書吳日昶，以伊父吳用先原任薊遼總督，俱以在籍病故，蒙賜祭葬，例准給假襄事。瑜例正與相同。懇乞俯賜代題，給假回籍完葬，依限前來供職。"等情到臣。

據此，該臣等看得，主簿黃嘉瑜以父原任應天府府尹黃景章蒙恩祭葬，身係嫡長，兩弟尚幼，誼當趨事，兼有卜兆穿窀諸役，比炤鄭抱素、吳日昶給假襄事例反行察明實，取有同鄉保結前來。相應代爲題請，伏乞勅下吏部照例題覆，俯令本官給假回籍完葬，遵限前來供職云云。

崇禎十三年六月二十三日。奉聖旨："該部知道。"

恭候聖安公疏_{崇禎庚辰七月。}

詹事府詹事協理府事兼翰林院侍讀學士教習館員臣蔣德璟等奏，爲恭候聖安事。

本月二十四日,伏見聖諭:"自五月至今雨澤未降,且運河涸淺,漕糧阻滯難前,深爲可憂。朕因連日寒嗽,不能親行,著順天府及總河等官并各該撫按一體潔虔祈禱。該部院知道。欽此。"恭惟皇上,仰謹天戒,俯篤民依,宵旰圖迴,靡不周到。比以雨暘未若,河淺運遲,仰軫宸衷,特頒虔禱之諭,真堯舜兢業心法也。即聖躬偶感寒嗽,諒已勿藥有喜。惟願益加調攝,實氣寧神,以慰中外之望。臣等叨塵侍從,忠愛微誠,不勝翹跂瞻祝之至云云。

崇禎庚辰年七月二十八日上。奉聖旨:"覽奏慰朕,知道了。該部知道。"

詹事府捐俸公疏 崇禎庚辰九月。

題爲合捐微俸,少裨賑饑事。

臣等伏見皇上軫念災黎,德意周至,興發補助,宵旦靡寧。既深恤各省之流移,尤睠注近畿之窮餒。自都城各門外以迨附近荒饉州縣,煑粥賑給。仁心仁政,懇切精詳,凡在臣民,莫不忻讚。臣等雖居冷署,久愧素餐,敢罄塵露之微,仰効高深之助,計共捐薄俸二百三十兩。伏乞勅下戶部察收,發賑施行。

計開:

正詹二員:蔣德璟　李紹賢

少詹二員:黃景昉　李建泰

以上每員捐銀二十兩。

左春坊左庶子一員:王廷垣

左諭德一員:錢受益

左中允二員:周鳳翔　孫從度

左贊善一員:徐汧

右春坊右庶子二員:朱兆柏　丘瑜

右諭德一員:管紹寧

右贊善二員:朱統鈽　胡世安

以上每員捐銀拾伍兩。

九月二十二日奉聖旨:"覽奏,合捐助賑,具見急公。銀着户部察收。"

部爭悼靈王道號疏庚辰十二月初一日。

禮部題爲傳奉事。

祠祭清吏司案呈,崇禎十三年十一月十三日,奉本部送該内府遞出揭帖,奉聖旨:"皇五子悼靈王追贈爲'孺孝悼靈王通玄顯應真君',禮部擇日具儀來行。欽此。"欽遵傳奉到部送司,案呈到部。恭炤皇五子孝敬性成,神靈天授,誠爲千古希遘。皇上以"孺孝"二字弁於王封,用表岐嶷,而復錫以道號,盛典也,亦異典也。臣等方手額讚歎,豈敢復有異議?但臣部歷稽職掌所載册封典禮,皆有王號而無道號。蓋王號以世法垂儀,闡懿易名,皆古今共遵之典。道號以神道設教,玄感靈通,實不可思議之事。皇五子儼然王也,自古帝王至德要道,未有不以孝爲首稱。皇上以儒道治天下,表章《孝經》,垂訓萬世。而皇五子年甫五歲,孝本生知,誠有成立,屏藩所不能及者,稱爲孺孝悼靈王,傳之中外,洵足光昭孝治。唯是追封真君之儀,遍察《大明會典集禮》、《國朝典彙》、正續《文獻通考》、杜佑《通典》及本部職掌等書,皆茫無可循。臣等禮官也,禮所已行者,自當恪爲遵依,仰成懿美。若其未經行者,亦不敢擅自撰擬,致有乖違。萬一使好異者以臣部爲嚆矢,而循嘗者復以臣部爲射的,則臣等之罪大矣。仰繹明綸,俯顧職守,再三躊躇,不得不冒昧上懇,伏候聖明裁奪,遵奉施行。其皇五子王號既尊加"孺孝"二字,合用謚册禮儀,容臣部考據典例,擬議具奏。

崇禎十三年十二月初二日題,□日奉聖旨:"知道了。既無例,不必具儀。"隨於本月十一日該内府捧出:"奉上傳,前追封悼靈王,'真君'二字尚未妥確,着改封爲'孺孝通玄顯應悼靈王',該衙門知道。欽此。"欽遵傳奉到部。十二日題爲進繳上傳事云云。臣等仰見我皇上宸謨深遠,睿慮周詳,獨斷實超於群情,立隆悉符乎典則。蓋德莫盛於孝,而通神明者其緒餘;封莫尊於王,而鍾靈異者其間出。備書顯號,洵足昭示芳徽,光垂史册矣。臣等快瞻盛美,容擇吉具儀外,所有原捧上傳,理合進繳。謹具題。知皇子贈王,禮也;追贈真君,非禮也。奉旨下部，璟即與左堂王公錫袞及祠祭郎黃君潤中議，當以禮執爭。幸大宗伯林公主持止之。上聖明，即報可。此稿具於黃君，裁於林公，予不過從中商定，聊記之，以見聖主從諫之美。

恭謝欽賜供獻四聖御容膳品疏

詹事府詹事兼翰林院侍讀學士教習館員臣蔣德璟爲遵旨回奏并謝天恩事。

臣於本月初七夜恭聞上傳，于初八日卯時百官各具吉服，齊赴武英門奉迎皇考御容行禮。臣即于是夜五鼓馳至歸極門，各遞職名訖，正在趨入而門適堅閉，鵠立久之，各官續到甚多，竟不得進，業共具公疏認罪矣。十一日復奉有各官自行回奏之旨，臣雖有公疏，不敢不自行回奏。旋又蒙聖恩，將供獻四聖御容葷素膳品頒賜及臣。仁孝錫類，中外歡慶，臣叩領之餘，益深感悚，謹從閣部諸臣後報名廷謝訖。念臣自叨侍從，每遇朝講，齋心警惕，不敢即安，況恭聞聖孝格天，思慕先帝音容，尤爲踴躍，而鵠立門外，竟不得陪瞻盛典，遲誤之罪，何以自解？幸同在歸極門諸臣，如部臣李待問、劉廣生，詞臣王鐸、黃錦等均荷鑒原。伏乞聖慈俯垂矜炤，臣既蒙寵頒，復荷恩宥，永戴高厚，與天罔極。臣可勝屏營待命之至。

崇禎十三年十月十二日上。

考察自陳疏崇禎十四年正月。

禮部右侍郎兼翰林院侍讀學士臣蔣德璟謹奏，爲遵例自陳不職，乞賜罷斥，以重計典事。

臣繇天啓二年進士，改翰林院庶吉士，授編脩；崇禎二年四月陞侍講，較理神廟實錄；十月充召對記注官，纂脩熹廟實錄；五年正月陞右春坊右中允兼編脩，充經筵講官；六年十二月陞右諭德兼侍講；七年閏八月陞右庶子兼侍讀，掌司經局洗馬事；八年四月丁母憂；十一年三月起陞左春坊，掌坊事，左庶子兼侍讀；十二年七月充東宮侍班官；九月陞詹事府少詹事兼侍讀學士，纂脩會典副總裁,四月教習館員,十一月蒙陞今職。伏念臣閩海散材,詞垣末品,歷官雖經九任,課職毫無寸長。視草代言,每慙謭劣;橫經造士,自揣迂疎。叨侍儲幃,莫効涓埃之益;旁綜國典,尤乏討論之能。比佐秩宗,彌驚負乘。無論寅清之地,非可冒居;即在侍從之班,豈堪久玷?既深曠鰥之罪,宜先澄汰之加。伏乞勅下該部,將臣罷黜,別選賢能供職,庶計典於焉更新,而臣工咸知謹凜矣。臣無任兢悚屏營待罪之至。

崇禎十四年正月十八日上,十九日奉聖旨:"蔣德璟教習佐禮,學行素優,着照舊供職。吏部知道。"

限 田 議 辛巳。

限田之議,其意甚美,其實殊難行。蓋限田起於井田,三代時田可井故可限也,自秦後而經界廢矣。漢董仲舒始建議限田,唐李翱、元稹,宋林勳皆祖其説,非不雅志三代,爲抑富扶貧之圖,然而行之而亂。如漢王莽,宋王安石、賈似道其前車矣。莽名天下田曰王田,不得買賣,令男口不盈八者,田過一井者分之,峻其令,犯者死。吏因操切爲奸利,天下愁怨。安石行方田法,分煙折(析)産,遣使巡行,到處騷擾。似道以官資計頃,以品格計數,將官民田産逾限者抽充公田,至自捐己田萬畝爲倡,而得禍益酷。彼其初意非不善,而井田既湮,勢固不能行也。

説者謂,開創之初,户口稀少,地土荒曠,田尚可限。故唐太宗嘗行之而未幾亦廢。我高皇帝洞觀千古,損益百王,獨不行限田之令,且許民儘力開墾爲業。又令以北方府縣近城荒地召人開墾,有餘力者不限頃畝,皆免三年租税,仍免雜泛差徭。又令北平、山陝、河南及江北等處民間田土,儘力開墾,不許起科,甚且給以牛種田器。蓋不惟不限,而直恐其不田。惟恐其不田,故一切窮民皆得以儘力開墾而無處不田,亦無處不飽。其時家給人足,行萬里不齎糧,可謂菽粟如水火之効矣。雖亦令履畝丈量,爲魚鱗圖册,申嚴詭寄投獻之禁,則亦以限田之法默行於其中,而規摹弘達矣。議者徒知豪强兼并之害,欲裁其田以予窮民，而不知民之窮者，即以田予之而田器牛種皆不能備，其勢亦必託于豪強，而豪強有力者即欲裁之而不可得，且其田又皆非無故而授受也，而欲無故而奪之，其誰甘乎？

鄧元錫曰：限田有三難，何者？守令歲月更改，各懷一切，莫慮經久，一難也；豪強并兼，謗讟朋興，二難也；守令不能履畝而較之，必寄於吏胥，上下其手，豪右售賕，貧弱抑勒，名曰均田，實爲弊孔，三難也。故王莽、王安石、賈似道行之而亂皆生，今反古之過也。今欲足食，莫如務農。欲務農莫如貴粟，欲貴粟莫如痛懲游惰，使人人得盡力於田而不爲之限，則惟在遵守高皇帝重農諸款。如北平、山陝、江北諸處，聽民儘力開墾，三年不起科，及課植桑棗，脩治農田水利，歲積常平、義倉之粟。令府縣官考滿以農田水利桑棗爲殿最。□實依令甲行之如此，庶民勸於耕，而粟有三年、六年之積，以漸致太平，倘亦救時急務乎！若區區限田之禁，愚窮以爲不可行也。謹議。

崇禎十四年二月，禮部右侍郎兼翰林院侍讀學士蔣德璟議。

乾清宮東煖閣召對福藩事恭紀 崇禎辛巳二月二十四日。

二月二十四日德璟入會典館，忽傳上召閣臣及禮、兵二部科、駙馬都尉冉興讓來乾清宮。頃之，禮部尚書林公欲楫，左侍郎王公錫袞，兵部尚書陳公新甲，禮科都給事葉君高標，左、右給事中章君正宸、李君焻，給事中陰君潤、周君正儒，兵科都給事中張君縉彥及冉駙馬次第至皇極門外。閣臣范公復粹、張公四知、謝公陞、魏公炤乘、陳公演亦從閣至直房，公揖畢，即同入弘政門、中左門至後左門外東直房，內閣五人坐一間，禮、兵堂上四人坐一間，駙馬與科臣七人坐一間。少頃賜茶、餅。日向午，宣召甚急，即易吉服入後左門，過甬道入乾清門，從右耳門入，魚貫趨階下行，登階即乾清宮也。鞠躬過宮門東，入東角門，司禮引入小房，鞠躬趨入，凡披三簾，則上已坐御榻以待矣。

時聖體初安，用燕弁冠服端坐，天表甚霽。興讓領班過，一拜三叩頭訖，又一拜三叩頭問安，又一拜三叩頭謝茶餅。上俱答："知道了。"上諭曰："朕御極十有四年，國家多事，復遇饑荒，人皆相食，深可憫惻，兼奴酋窺伺關外，流寇猖獗中原，近且攻陷雒陽，福王被害。夫親親而仁民，仁民而愛物，親叔不保，皆朕不德所致，真當愧死！"聲淚俱下。諸臣皆俯伏稱罪。上曰："卿等不必引罪，在裡邊的引罪，那行間文武却該怎麼樣？"興讓奏："此係氣數所致，聖躬新愈，願皇上寬心。"復粹亦言氣數云云。上曰："此説不得氣數，就是氣數，亦須人事補救。這幾年來何嘗補救得幾分？卿等起來。"興讓退歸西班，餘俱過東班序立。

時上目尚畏明，間取小紙自拭，因曰："右目尚未愈。"閣臣過跪，陞、演各奏言河南之變起自饑民叛兵，懇請賑濟。因及都下食粥饑民聚至千萬，當設法遣歸原籍云云。上溫答因諭二麥成熟，雨澤沾足，則不求散而自散之意。上簡兵科緒彥疏及河南巡按御史高名衡疏內引福世子諭劄緖閱，因召緒彥過，上曰："爾前疏河南事，面奏來。"緒彥對："雒城失陷，親藩所在，關係甚重。臣見撫按塘報俱未詳悉。臣河南人也，聞福世子已在孟縣，孟縣人郭必信自臣鄉來，因細問之。"上隨曰："是郭必信，他如何説？"緒彥奏："他在孟縣，親見世子孝服，因知遇害是真。且聞遇害時有內員環泣不忍去。"上問："內員何名？"奏："聞説是崔升。"上又問："世子尚有何人跟從？"奏："聞有王府官數人，校尉三四十人。"上聞之，長歎淚下。因奏福王與德王事體不同，德王身羈虜廷，福王身死社稷，守國大義，與日月爭光。皇上至仁至孝，凡葬祭慰問都宜從厚。上曰："這本説得是。"緒彥退。

上召禮部來，臣德璟同欲楫、錫袞過中跪，欲楫奏："雒陽失陷，福王存亡傳聞不一，或言已經被害，或云未有的耗。"上曰："福王不在了。"閣臣陞旁立言："福王被害是真了。"欲楫奏："福王是先帝同氣，皇上叔父，一旦至此，當炤德王例告廟，世子當遣官慰問，仍詳察官眷存亡，并旌卹殉難諸臣。急下哀痛之詔，收拾人心。"上曰："然。"閣臣復粹旁言："福王有兩箇內臣忠義可嘉。"上曰："還有地方道府縣官及鄉官士民，皆當一體褒嘉。"閣臣演旁言"福王當立特廟，將各殉義諸臣同祀"云云。上因以名衡疏，令司禮持示臣部三人，命臣等起。

欲楫捧起與錫袞及璟輪觀訖,即過中跪遞上。欲楫奏:"福王遇害甚慘,禮當優厚。"錫袞、德璟俱奏:"福王遇害是的,宜即告廟遣官存問世子。"德璟復奏:"還須急與報仇。宜切責督撫合兵勦寇,以雪國家之憤。"而意尚欲有言,上目之,竟未敢盡言也。是時流賊九股,督師楊嗣昌前奏已撫其八,只張獻忠與曹操逃入蜀。今闖賊原是獻忠一股,從何處出到河南,一途地方官兵何都不見攔截?中間有許多遮飾。又雒城既陷,饑民響應,彼中米麥湧貴,一石至二三十金。上所發銀八萬兩,計市米不滿數千石,即賑一郡尚不足,況賑河南、山東、真保三處,濟得幾何?欲炤萬曆丙辰例發臨、德二倉米二十萬賑之,蓋二倉原係山東、河南所輸米以備災傷者。業從旁挺身且奏,同事躡止之,以嗣昌方與閩黃公道周為難,下詔獄拷問奸黨,其鋒未可犯也。

頃之,上召禮科高標等過,令自通職名,上曰:"朕欲差一員前去,各奏來。"高標奏:"適聞皇上所言已盡,待到地方相時勢遵行。"上曰:"各抒所見。"正宸奏"皇上至仁至孝,福藩優卹宜厚"云云。焜奏:"凡兵以取威為勝,今督師出兵一年有餘,惟初次有瑪瑙山一報小捷,近遂寂寂,恐威亦漸挫了。須另遣一大將幫他。"上曰:"督師去河南數千里,如何炤管得到?雖鞭之長,不及馬腹。你們亦要設身處地,若憑愛憎之見便不是了。"焜奏:"政因其炤管不來,故請再遣大將。"上曰:"已遣朱大典,這便是大將。"正宸奏:"闖賊從四川來。"樞臣陳新甲旁立,急應曰:"賊自秦來,不從川來。"言至再,蓋從川來,則責在嗣昌也。潤奏:"賊情皆兵部、兵科職掌,臣禮臣也。"上曰:"錯認題目了。"潤隨條奏數語。正儒奏"優卹事宜諸臣已說過了,勦賊宜論全局"云云。上令高標再奏來。高標奏:"惟上所命。"

上召陳新甲來,上曰:"昨宣大總督張福臻殺夷丁,雖因鼓譟逃出,然在營內者尚多,萬一驚疑,得無僨事?卿部絕無責成語,何也?"新甲奏:"臣在宣大時,夷丁分搭十營,夷一漢十,便易駕馭。今福臻并為五營,所以不妥。"上又因逆獻透出巴、達,責備甚嚴,且曰:"卿部職司調度,賞罰要嚴。須為朕執法,不得模稜。此後如姑息誤事,皆卿部之罪。"新甲引罪。上又言:"革、左等賊立限稍寬，半月一督責亦不爲過。”上再繙案頭諸疏曰：“闖賊南去，李仙風領兵北來，明是規避。即高名衡前報福王尚在，今報遇害，也忙亂了。”因問閣臣：“世子諭劄內言‘殺王戮官’，河南更有何王？”閣臣對云不聞。上再三言之，緝彦過跪奏：“正月初三日，賊破永寧，內有萬安王被殺，係周王參論緣事郡王，其死至慘，傳聞亦頗的。”德璟奏：“是萬安王采鑷。”上曰：“就是萬安王采鑷了。是周王參論未結，如何前報從賊？該行察。”閣臣奏：“出旨行察。”緝彦又奏：“雒封失陷，凡王府宮眷、內外官紳士民焚劫甚慘。此時賊雖出城，生者無所養，死者無所葬，傷者無所調治。皇上已發河南賑濟銀三萬兩，合無先動三五千兩專濟雒陽，收拾餘燼，以救燃眉？”上曰：“河南到處饑荒，到處亦都是要緊。朕再措發，即着欽遣官帶去。前發銀已起身五日了。”

少頃，上命再賜茶，復一拜三叩頭謝訖，遂起披簾出東角門鵠立。乾清宮東窗外，微聞嬪御笑語聲，不敢久立，即先出。而興讓及禮科有旨少俟。頃之，上命興讓、高標及提督京營司禮王裕民前去河南慰問世子，詳察福王宮眷存亡及殉難官民，仍各賜表裡銀兩有差。

是日從西長安門入承天門、端門、左掖門過會極門，入弘政門即皇極門左門也，過文昭閣，入中左門即皇極殿左門也，數百武，入後左門即建極殿左門也，門內即平臺，上每御召對處，前建極殿，後乾清，相隔一甬道耳。甬道東有景運門，西有隆宗門，中爲乾清門，門外兩大金獅，入門即御道，護以石欄，左右兩庭低數尺。東有日精宮，西有月華宮，望之皆閎麗不敢睨。而正中御道直接崇階，階上兩金龍，各高五尺許，兩銅龜，大可五尺許，皆偉觀也。乾清宮金碧輝煌，即上起居處。從宮門外趨過東，有東角小門，門內帖云：“貞侍夫人傳聖諭，東角門內窗前不許喧譁。”蓋即上臥內也。從東角門入小房，皆垂黃錦簾，房有兩層，連揭三簾而入，則上坐御榻以待，即乾清宮旁東暖閣也。小榜曰“仁昭殿”，闊僅四丈，餘深不三丈，其上及兩旁皆鋪閣彩畫，亦樸堅。旁有梯，獨御座之前去閣板以通高窗日色，而御榻上小金爐高尺許，大璫時跪焚香云。禁地奧閟，春溫氣暖，諸臣皆汗霑綿衣也。座左小扁曰“克己復禮”，仰見聖學之粹云。上燕弁冠,玄端服,襯以深衣,素帶玄履。冠用烏紗,上分金線十二辦,前飾五采玉雲各一,後列四山雙玉簪。服即古玄端制,身用玄,邊緣青,兩肩繡日月,前蟠圓龍一,後蟠方龍二。邊加龍文八十一,領與兩祛共龍文五九,衽同前後齊,共龍文四九。深衣黃色,袂圓祛方下齊,負繩及踝十二幅。素帶,衣裏青表綠,緣邊腰圍飾以玉龍九片。玄履,朱緣紅緌黃結,襪用白。皆嘉靖七年所制,然久已不用。崇禎庚辰上傳禮部,令百官燕居皆用世廟所製忠靜冠服,而賜內閣五人各一襲,復以二襲下部爲式。

辛巳二月二十五日,禮部右侍郎兼翰林院侍讀學士臣蔣德璟謹記。

部議兩貴妃受賀事辛巳四月初三日。

兩貴妃受封,部中儀注業已得請。今司禮引永樂七年皇妃冊封坐受長公主等四拜禮,欲添入儀注,永爲遵奉,竊恐未安。察《會典》,洪武中所定,皇妃受封謝恩後,止云內命婦諸親以次賀如嘗儀。夫於妃曰諸親,則與皇后前稱妾者不同矣,故累朝皆遵守之。惟永樂五年仁孝皇后崩,成祖追思甚篤,不再立中宮,故妃禮稍隆。而累朝有中宮在上,則此禮自不便行。以故一切受賀儀注,《會典》皆不開載。即部中職掌,亦無此一段。今兩妃受封,驟行此禮,恐非慎夫人却席之意。又永樂時長公主於成祖則女弟行也,今榮昌大長公主則上親姑也,而忽充班首,行四拜於兩妃之前,恐亦未妥。且惟天子議禮,禮官守禮,未聞內臣議禮者。明旨下部,有"酌議"二字,似亦欲部中斟酌行之。聖意淵微,再一請明何如? 倘以封期已逼,萬不得已,則於皇三子、皇四子、皇七子及皇女、宮夫人內使行禮之後,而始令女官引大長公主以次賀如常儀。既炤洪武中《會典》,亦不明用四拜,或不妨否? 發到儀注已經商定,細思"禮因時起"、"事體各自不同"二語,尚覺未安。萬一上行駁問,則永樂中所云不再冊立中宮之事既不便置對。且云"禮以時起",則何所不可爲? 並后匹嫡之漸亦不可不防也。萬曆十四年進封鄭皇貴妃,神宗寵妃也,當時部擬儀注,亦止炤洪武所定。此番恐難開端。鄙意只云想禮在內庭,尊卑自有定序。故臣部前疏不敢擅擬,如此似無礙。

崇禎十四年進封東宮田貴妃爲皇貴妃，西宮袁妃爲貴妃，倣萬曆中例也。部定儀注，已奉旨矣，大璫復以永樂中坐受長公主四拜爲請，故引《會典》及萬曆中儀注駁之。賴大宗伯林公主持而定，旋即報可。

<h2 style="text-align:center">請減勳臣勘陵携兵疏辛巳四月。</h2>

禮部右侍郎兼翰林院侍讀學士臣蔣德璟謹奏，爲聖孝念深，尊祖祖德，志在愛民，謹再瀝愚忱，以綏根本重地事。

臣於四月二十五日叨從閣臣、禮臣及勳戚諸臣後，召對中極殿，仰見皇上孝思肫篤，念孝陵爲高皇帝弓劍之藏，疇咨鄭重。臣等各次第面奏，旋蒙天恩俯賜宴坐，再召臣璟諭及泗州祖陵、鳳泗皇陵事，特遣勳戚二臣及臣部尚書林欲楫一同察勘。近復頒刻臥碑禁約，誠尊祖敬宗之盛心，繼志述事之大孝也，中外傳頌，罔不忻服。惟是勳臣請兵原因，山東一帶間有土寇，護行壯威，自非得已。而中外鰓鰓過計，僉謂不便。臣謂勳臣總督京營，標左兵馬久在控馭，諒不致沿途驚擾，且亦量帶銀米醫藥以備困乏。然彼中零星土寇，與楚豫流寇不同，現今行旅往來，似不必千兵之多。而饑疫洊臻，父子相食，斗米不啻千錢，則供億難也。馬步雜沓，水陸並驅，水既苦河閘之膠，陸復慮民居之竄，徊翔逗滯，事變易生，則繩策難也。糧艘銀鞘皆向北來，此兵則向南去，即欲便宜勦寇，恐致別有差池，則兼顧難也。渡江而南，寄操教場，主客既分，南北不習，如前歲提督梁甫家丁搶奪至煩，立斬而後定，則安插難也。禁旅屢出，外禦中虛，恐非居重馭輕之意。聞營馬挑選業多不堪，則異日整頓難也。臣嘗讀高皇帝御製免應天等處糧稅詔，有曰"子孫百世無忘江左之民"。矧鳳泗帝鄉，尤爲發祥根本。而近來一望蕭條，流亡幾盡，百加賑恤，未易生全。安可再以多兵驛騷其地？又自附陵三十里外，原無屬禁，惟龍脈經行之處，委當嚴爲防護，然亦如御碑所開"真正來脈，不許騎脊鑿穿"耳。誠恐奸棍借端嚇騙，民不聊生，則又有難以盡言者。煌煌明旨"嚴禁騷擾"一語，早洞及此。臣知特遣三臣，忠誠恪慎，必能不負委任，然亦不敢不一拈及也。其携帶兵馬量減三分之二，令地方官兵逐程護送，自可無虞。亦望聖慈詳加裁審，俾之遄歸，以仰體高皇帝睠念湯沐愛民至意，以早慰皇上尊祖孝思，則宗社萬年靈長之慶端必賴之矣！

崇禎十四年五月十七日上，十八日隨蒙召對中極殿面諭，二十一日奉聖旨："嚴禁騷擾，及察勘事宜俱已有旨了。"璟疏既具，因與左堂王公商之，王公甚以爲妥，即連名上。

奉旨中府會議罪輔單 辛巳四月。

議得督輔楊嗣昌，初以樞輔策奴，則畿南山東殘破一會城五十八州縣，而陷一德王；繼以督輔勦寇，則河南、山東、四川、湖廣殘破二府三州十九縣，而陷一福王、一襄王。三王連陷，二祖列宗之靈不知如何怨恫？即引主將失機律不足塞罪，若其餘郡王、將軍、中尉及百萬生靈之死，益復難計。然此皆中外所共言，惟抗旨欺罔之罪，尚擢發難數也。一曰三抗修義明旨，力棄義州，以致寧錦孤危；一曰屢抗戰守明旨，密令瞽者周元忠私行款虜，至引漢和親、唐稱臣、宋納幣稱爲樂天，而以善戰爲服上刑；三曰首倡聚斂，一議加勦餉三百萬兩，再議加練餉七百三十萬餘兩，合舊派每年加二千三百萬，致天下民窮財盡，群起爲盜；四曰隱匿失事不報，即福、襄二藩被害已久，尚掩匿説謊，轉換支吾；五曰虛飾捷級，如瀘州知州蘇瓊等死于流賊，嗣昌復砍其頭充級報功，神人憤怒，又且陰買賊款，毫無實著。現今招安在蜀在楚諸賊，劫殺橫行，又是熊文燦款獻故智。此五者欺天欺君，罪又在失陷封疆之上。其餘奸貪萬狀，狡險百端，誦經咒蝗，明係欺誑，良心久死，豈肯自裁？實高皇帝誅殛之速，而亦皇上威福在手，社稷無疆之慶也！

查嘉靖中，大將軍仇鸞奸欺賣國，致虜大入蹂躪，鸞亦病疽而死，肅皇帝赫然震怒，剖棺戮尸，與此案相類。而三王相繼陷沒，山東、河南、四川、湖廣諸省殘破，則嗣昌之罪當有十百于鸞者。三尺具在，似未可以既死寬之也！

崇禎十四年四月二十一日，禮部右侍郎兼侍讀學士蔣德璟議。

中極殿召對賜宴侍坐議察勘南
孝陵事恭紀辛巳四月二十五日。

辛巳四月二十五日庚午，上召成國公朱純臣，恭順侯吳惟英，新樂侯劉文炳，駙馬都尉萬煒、鞏永固，宣平伯衛時春，禮部尚書林欲楫，侍郎王錫袞、蔣德璟來中極殿。臣璟即偕王公入午門直房小坐，旋入左掖門纂修館待林公，頃之，諸公及內閣四位俱到，入皇極殿旁直房坐。是時方祈雨，用青布袍、角帶，而上傳令用青錦繡本等服色，因令辨官出持袍帶入換。交揖畢，入弘政門，內璫再趣，云上御中極殿已久。即魚貫入中左門，循殿左垣，高下可四十級，到中極殿外，鞠躬入，分東西班，檻外一拜三叩頭畢。

上曰："成國公等過來，禮部過來。"同過中跪。上曰："孝陵為高皇帝弓劍之所，關係重大。《會典》所載，近陵不許開窰取石、斫伐樹木，禁例甚嚴。近來法久人玩，於原額四窰外，開得甚多，及燒鑿紅石、傷損樹木等項，雖經南中諸臣回奏，還須特遣重臣親勘。卿等有所見，各奏來。"勳戚六人，各通職名奏畢，大約皆言奉命往勘，不敢輕徇情面等語。尚書林欲楫奏"勘陵須用通曉地理者同去。聞有上苑監楊應祥，頗曉堪輿，可取來同看"云云。上命即取楊應祥來。左侍郎王錫袞奏："臣向為南京司業、祭酒，頗知孝陵事。"上遽令勳戚諸臣起，惟禮部三臣面對。錫袞復奏"孝陵自花山以下屬句容，以上屬上元，向有祖窰四箇，天啓後漸添頗多，宜行拆毀"云云。奏畢，臣德璟奏："孝陵在鍾山，古稱龍蟠虎踞之地，最為形勝。其龍脈從茅山來，歷燕崗、武岐、華山白雲峰、龍泉菴一帶，至陵可九十里。祖制附陵二十里內禁例甚嚴。今新開諸窰，若礙龍脈，自當嚴禁，只是愚民無知，以前似不必究。臣又見宗室舉人朱統鎮曾有疏言，孝陵水口關砂諸處亦有私取紅石，并陵後龍潭一帶皆當查看。又前歲有涇縣百姓全大功疏言泗州祖陵、鳳陽皇陵二處，亦當照管。"上曰："是全大功?"閣臣旁立，對曰："是全大功。"臣奏："泗州地稍低，聞大水時幾浸陵山砂腳。鳳陽陵龍脈來處，聞亦有鑿開池塘者。"上曰："這奏向不曾聞得。"命起來，隨曰："賜宴坐。"

臣等出檻外跪謝,因叩頭言:"時方祈雨齋宿,不敢用酒。"上曰:"特賜酒。"再叩頭謝,奏:"賜坐係是曠典,臣等不敢坐。"上曰:"即遵旨入坐。"隨令内璫布席,計十三人,各一席。四閣臣及林尚書同坐,係長卓,用金蓮花盃。臣錫袞、臣璟同坐,用鍍金蓮花盃,盃高大如瓶,圓可四寸,下有三小蒂承之,旁有荷柄,儼然一大蓮花也。勳戚六人,席在西。皆御膳所蔬菓,甚精潔,非光禄蔬也。席各三十餘器,席前各二花瓶,插蓮花中。璫云:"未入時上自就各席觀之。"隨召光禄署官八人入行酒。酒三巡,湯三,飯一。

既畢,出席叩頭謝。上曰:"右侍郎來。"臣璟出班將過,上連曰:"右侍郎蔣德璟來。"臣即過中跪。上曰:"上來。"臣再上數步,如是者三,距御座可丈許。上曰:"纔奏的,再奏來。"臣對:"孝陵前對茅山,後枕大江,高皇帝弓劍之所,自當慎重。"上曰:"泗州鳳陽事,再説來。"臣奏:"臣未曾到鳳陽,亦未知其詳。只部中見全大功疏是如此説。祖制只禁附陵二十里,此外皆與民同,所以愚民不知,間有開鑿灌注,須查果係龍脈與否,如不係龍脈,則民生水利亦當照管。其泗州因高寶一帶地勢亦低,聞下面閘板不甚消水,所以水勢壅塞,時有淹浸之患。"上曰:"這奏説得是。鳳陽、泗州須一并踏勘。"閣臣承旨訖。臣璟將叩頭起,上又令再奏來。臣奏:"中國有三大幹龍,中幹旺氣在中都,結爲鳳泗祖陵。南幹旺氣在南京,結爲鍾山孝陵。北幹旺氣在北京,結爲天壽山長陵。這三大幹,本朝獨會其全,是萬世靈長之福。"上曰:"這三大幹都從崑崙山發脈來。"臣奏:"誠如聖諭。儒者言南北兩戒。南戒自岷山嶓冢來,負地絡之陽,至揚子江入海,爲南京。北戒自黄河積石來,負地絡之陰,至天津入海,爲北京。是兩大戒,山河形勢皆兩京收住。"上曰:"這北戒是至天津入海麽?"臣奏:"北戒自太行山一帶,過天壽西山,繞京城至天津,便是大海,結聚處就是西山一帶。龍脈過處,亦不宜開石。"上曰:"西山一帶,亦當焰管起來。"旁立,上迴顧久之,即曰:"成國公、新樂侯、禮部尚書來。"三臣同過。上曰:"今命卿等三人特往南京孝陵,同奉祀及守備神宮監、禮部禮科,察勘附陵三十里及龍脈經行處并左右砂水,俱不許開石燒灰,凡新添窑房,悉行拆毁,樹木椿楂或宜移去,或宜栽補,俱詳察便宜行。至泗州祖陵、鳳陽皇陵一并踏勘。如有勢豪大姓把持,立行參奏治罪。"欲楫奏:"楊應祥江西人,今丁憂回籍,恐不在家。原任禮部郎中今陞浙江提學副使王應華係臣舊屬官,如楊應祥不在,即取王應華來。"上曰:"一并行文取來。"因賜成國公路費二百兩,綵緞二十表裡;新樂路費一百五十兩,綵緞十五表裡;林尚書路費一百兩,綵緞十表裡。命再賜茶。即同出檻外,叩頭謝而出。

中極殿舊名華蓋,嘉靖中始易爲中極。其前即皇極,後爲建極,雖相連而高閎壯一也。時天氣向熱,殿左右闢四大門,薰風習習。上寶座周圍刻金龍形,一片黃金璀璨矣。內置御榻,以黃綾衣之。諸臣就席時,上以齋不用酒,止用茶。間覽案上文書,司禮大璫旁立侍,而諸臣左右坐,真盛事也。大璫頗羞澀,又時跪承旨,宣德後久無此禮矣。

祖制宴群臣多在午門外,文華門外,惟郊祀、慶成宴,三品及學士在皇極殿內。永樂中,召坐西內園殿。宣德中,召儒臣入萬歲山廣寒殿,又召遊太液池,皆賜宴。嘉靖中賜宴西苑,然不聞侍坐,蓋正統後坐禮久廢,今上崇禎十三年始議行之,而中極自國初賜宴親王外未有也。是日,上即傳內閣取朱統鎮、全大功本,乃統鎮疏在丁丑四月,大功疏在丁丑閏四月,閣中未知也。原票有:祖陵泄水,故道宜清。孝陵來脈,小民鑿石及句容建坊祭葬事情,着該監撫按作速脩理禁飭等語。上因發旨二百餘言,詳述孝陵及鳳、泗二陵察勘事情,仍鑄關防,給勅書以行。而成國乞帶京營兵千人,璟與王公錫袞具疏爭之,得減四百名。

册封定王恭記辛巳五月。

崇禎十四年五月,內閣傳奉聖旨:"朕第三子,年已十齡,敬遵祖制,宜加王號,但既受册封,必具冕弁、翼善冠服,而《會典》開載年十二或十五始行冠禮。而十齡受封,已加冠矣,有無妨礙? 卿等傳示該部詳察典則、經禮,一併議擬具奏。"隨該本部覆題,奉聖旨:"這先封後冠,既詳察經禮,不相妨礙。今歲册封皇三子,照例具服舉行,至十二歲行三加禮。該部即將册封事宜詳具儀注,擇吉來看。"隨行欽天監,選擇本年八月十一日辰時及二十五日巳時。奉聖旨:"是。這册封禮著於八月二十五日舉行,王號著該衙門撰擬來看。"隨行文翰林院,撰擬王號,蒙欽定爲"定王"。正使命公徐允禎,副使大學士張四知、謝陞,屆期各行禮。又于八月二十二日,以皇三子偶有小恙,奉有"册封日期着另行擇吉來奏"之旨,隨選本年九月十八日卯時吉及十月初十日午時。奉聖旨:"皇三子册封,著於九月十八日卯時舉行。"十二日,舊輔周延儒、賀逢聖應召到京,十三日見朝,召見中左門,賜坐,命即入閣。改遣延儒、逢聖行禮。

十七日霜降,臣璟自昭陵陪祭,馳回供事。十八日免朝,上以册封定王告於奉先殿,免朝,遣官奉節,册寶置綵輿至王宫門外。王具服出迎,王隨至拜位四拜,宣册宣寶。王受册寶訖,以授内官,跪受,捧置册寶案,王四拜。禮畢,内官捧節繇中門出,王送出宫門外。内官齎節出,至徽音門外,以節授正副使,報禮畢,正副使持節復命。是日内官引王詣奉先殿行謁告禮如常儀畢,詣乾清宫,皇上服皮弁服,皇后亦具服,各陞座。王行八拜禮。詣皇祖宣懿惠康昭妃前、皇考温定懿妃前、皇兄懿安皇后前,俱行八拜禮。詣皇貴妃、貴妃前,俱行四拜禮。詣皇太子前,行四拜禮。次日免朝,命定王從弘政門出皇極門前東廡坐,百官吉服行四拜禮,畢,還宫。

中極殿再召對言勘陵減兵事恭紀辛巳五月。

上既特遣成國公、新樂侯、大宗伯往南勘陵,而成國時總督京營戎政,戀戎政印,不即行。疏請帶印往南,不許。再請,許之。又以山東土寇爲梗,請帶京營兵千人、馬二百疋護行,托言欲便道護糧艘銀鞘北來,相機勦寇,又許之。而於千兵外復自募家丁。中外洶洶,謂山東一帶饑荒,人方相食,如携許多人馬,安從策應?地方驛騷,恐至激變。又糧艘銀鞘北來,此兵則向南去,何從護之而來?況捨勘陵而言勦寇,益説謊矣。且京營總督之印,爲督京軍設也,出京安所用之?而臺省無敢言者。

五月十六日,璟適在部齋宿,憤之。且鳳、泗爲帝鄉湯沐,此兵一入鳳、泗,反爲故鄉之害。即夜具疏糾正。十七日，因覆試副榜貢生，與左堂王公錫袞同至午門，出疏相商，王公甚以爲佳，曰："吾亦連名。"遂以是午上。而兵科都給事中張君縉彥亦疏言帶印之非。十八早黎明，上即召成國公朱純臣、新樂侯劉文炳、禮部尚書林欲楫、左侍郎王錫袞、右侍郎蔣德璟，兵部尚書陳新甲、侍郎吳甡，戶部侍郎劉廣生、李紹賢，兵科都給事中張縉彥，錦衣掌衛事郭承昊來中極殿。臣璟即趨入朝。頃之，諸公並到，即同入皇極殿旁直房，與內閣公揖畢，魚貫至中極殿外，有鑲銀瘦瓢大可三斗許盛冰水，頗有相如渴，挹瓢冰解之。

有頃，上御中極殿，闔門以待。即趨入，一拜三叩頭畢，甡以起用到京補面恩，上曰："知道了。"旋曰："卿等進來。"承旨鞠躬入殿內，分東西班立。上命成國公、新樂侯、禮部尚書過，上曰："勘陵重典，三公正卿帶千兵去，亦不爲多，只當嚴禁騷擾。卿等三人同行，抑是前後行？"三臣未對。上曰："還是同行。前王裕民等往河南，亦是三人同行。"純臣奏："前諸臣往河南察勘福、襄二府，亦請兵四千。今勘陵千兵，尚覺其少。"因言諸臣阻擾云云。上曰："河南流寇猖獗，兵少不得。山東只是土寇，他們說亦是，一途須嚴加禁戢，如有奸徒借端嚇騙的，便以三尺從事，不得姑息。近來饑荒頻仍，地方供應亦難。朕前發御前銀五千，如有不敷，即于地方支用，後日銷算。"純臣奏："五千如不須用，還當繳進。"上曰："也不消了。第既有關防，則京營印不須帶去。"純臣奏："帶印去便宜勦寇，亦可護漕護鞘北來。"上曰："若言勦寇，不將勘陵正經事體誤了。且糧船銀鞘皆向北來，此兵則向南去，亦難兼顧。只早完察勘事便是。"純臣奏："此印帶出，或須兵馬錢糧可以調取。"上曰："京營只調得京軍，若外面兵馬錢糧調取不得。"純臣奏："如此，則印繳進內庫。"上曰："只交協理侍郎處收，亦不必用。卿等起來。"

因召兵部尚書過，上曰："奴圍錦州已久，近洪承疇雖報兩捷，圍尚未解，奴亦不多，只是更番取勝，萬一錦州有事，七城亦難固守，如何而可？"新甲遲未對。上曰："卿部有何方略？"新甲言："關外雖報兩捷，亦未敢堂堂一戰，還須多方以誤之，或夜斫其營，絕其糧道，解得錦圍纔好。"上曰："洪督師久在行間，他豈不曉得？今只糧餉缺乏，須要火速接濟。他本色米豆十分喫緊，督師在關外一年有餘，錦圍未解，松、杏諸處亦戒嚴，須如何退得奴去？"新甲奏："奴只用炒米吃水度日，我兵却要銀米，所以接應爲難。現今祖帥在錦，亦尚支持得過。"上曰："奴酉前攻錦城，挖其東關，夷丁叛去，亦是可怪。且奴自送死，亦無奈他何，還說怎麽犁庭掃穴？"因問養善木離錦州遠近。新甲奏："約有二千里。"上曰："那有二千里？"臣德璟對："養善木離邊三四百里。"上頷之。養善木係西夷卜塔氣住牧處。甲戌九月，卜塔氣來降，云有親哥祖來度在錦州，遂偷馬來投天朝，而其頭目住牧養善木如故也。新甲不知而妄對，然璟亦不敢盡言。頃之，上曰："昨順撫楊繩武疏言，兵士久缺月餉，至自食其子，甚且自啖其股。如此雖孝子順孫，亦不是過。"言時，上爲哽咽。

久之，上令新甲起，召戶部侍郎過。時尚書李待問以病久不出，上疑之，因問兩侍郎曰："現今關外缺糧，接運最緊，尚書如何只推病不出，好生溺職。如若再誤軍興，國法森嚴，必不寬宥。可傳與他知道。"兩侍郎劉廣生、李紹賢俯伏。上曰："各處錢糧須嚴催他，不得以歲荒途梗爲辭，汝兩侍郎各有職任，亦須佐得尚書，不得只推在尚書身上。"上再申飭一遍，令起去，而竟不問璟具疏三人也。

有頃，上曰："賜茶、餅。"司禮大璫跪承旨。臣等魚貫出殿外叩頭謝。上曰："朕知道了。"遂出至中左門外而退，因相與歎伏皇上操縱之妙，真神聖不可測。蓋璟部疏與科疏並入，成國甚以阻撓爲恨，而璟等理直氣盛，亦欲將疏意發揮，幾成聚訟。上一出，不言有疏，而取兩疏中意，以天語戒諭之，再三嚴禁騷擾及奸民借端驅騙，并解其京營印，而令勳臣從旁立觀，以見其言之施行，不須再開口矣。既慰言者之心，兼全勳臣之體，形迹不露，彼此無爭，居然有杯酒釋兵權作用。且十七午上疏，十八黎明即召對，上於章疏乙夜之覽，既勤且敏，出人意表，即堯舜不過如是。遂同諸公在皇極殿門外拜賜宮餅各二十枚，賜茶，賜冰水，席氈共啖，餘餅袖歸云。

崇禎辛巳五月十八日，禮部右侍郎兼侍讀學士臣蔣德璟記。

翌日,上召內閣張四知、謝陞、魏炤乘、陳演入議減兵事,語不可詳。但聖意在減兵而難於反汗。演奏書言:"不作無益害有益。"上曰:"如何是無益,有益?"演奏:"今以千兵護送勳臣南行,是無益也。如分一半,令從青州取道護銀鞘前來,便是有益。"上忻然。即有旨令分兵四百名,別從青州護鞘來京。而成國僅得兵六百以行。及領勅書,則訓戒詞尤詳,大約皆嚴禁騷擾之意。中外傳頌,聖德如天,與二祖同符云。

部議定王先封後冠疏辛巳六月。

禮部爲傳奉事。

儀制清史司案呈:崇禎十四年五月,內閣傳奉聖旨:"朕第三子,年已十齡,敬遵祖制,宜加王號。但既受册封,必具冕弁、翼善冠服,而《會典》開載,年十二或十五始行冠禮。而十齡受封,已加冠矣,有無妨礙?卿等傳示該部詳案典例、經禮,一併議擬具疏。欽此。"臣等捧繹明綸,仰見皇上稽古立隆禮必求諸至當,萬非臣等愚昧所及。除十齡册封祗遵祖制無容復議外,惟封、冠二禮並行未便,臣等敢不詳察經禮,期副聖衷。

考之《儀禮·士冠禮》注云:"諸侯十二而冠。"又云:"若天子亦與諸侯同,十二而冠。"《大戴禮》云:"歲星爲年紀十二而一周於天,天道備,故人君子十二可以冠。"是十二而冠,禮之經也。又考《禮記·冠義》云:"冠而後服備。"是所謂三加彌尊者,必冠而後備也。臣等前奉明旨,謂既受册封必具冕弁、翼善冠服,則冠禮不可不亟舉,故擬照萬曆二十九年事例,先行册封,既加王號,而後備王者之服,行三加之禮,所謂天下無生而貴者也。第一時並舉,典禮未易,誠有如聖諭所示者,合無照嘉靖二十八年例,今歲先行擇吉册封,以遵祖制,俟至十二歲依期加冠,以循經禮。未知有當否?惟是冠禮在後,而受封冕服在前,前旨所云,有無妨礙,正在於此。臣等謹察《會典》及集禮,有親王册立禮,有親王年幼受册寶禮,又有親王冠禮,各自不同,先封後冠,似無妨礙,累朝皆遵行之。即古諸侯王如《左傳》魯襄公逆晉侯時,年十二,晉侯曰:"國君十五而生子,冠而生子,禮也。君可以冠矣。"想魯公既爲國君,必具國君之服,特冠禮未行,則三加之冠服,猶所未備耳。蓋封者,建國之始,錫圭胙土,所以樹百世之本支,君道也。而冠者,成人之始,備服醮賓,所以去冲孺之幼志,人道也。封禮惟帝王得行,而冠禮則貴賤皆不敢廢。故高皇帝斟酌百代,分爲册、冠諸儀,原是兩項,備極精詳。惟三加之禮,洪武中所定,親王初加網巾,再加翼善冠,三加九旒冕。成化間,更定初加翼善冠,再加皮弁,三加冕旒,是後遂爲定制。考之《冠義》注云:"冠者,初加緇布冠,次加皮弁,次加爵弁。每加益尊,以明無生而貴之義。"大要亦不相遠。然皆申之以祝辭,隆之以勅戒。所謂冠者,嘉事之重者也。今皇三子册封,合無照例具服行禮,俟加冠之年用三加禮,始稱備服。參之古今經禮、歷朝典例,似皆如此。統祈聖明裁定勅下,臣部遵奉,擇日具儀施行。

崇禎十四年六月初□日。奉聖旨:"這先封後冠,既詳察經禮,不相妨礙,今歲册封皇三子,照例具服舉行,至十二歲行三加禮。該部即將册封事宜,詳具儀注,擇吉來看。"

璟考:萬曆初,潞王十歲冠,先封後冠也。又二十九年十月册封皇太子、諸王,十一月行冠禮,亦先封後冠。是時皇太子二十歲,福王十六歲,瑞王十一歲,惠王八歲,桂王五歲,同日冠。崇禎二年册封皇太子,十一年冠,俱先封後冠。冠時欽定皇太子迎節,具童服,設座於文華左門南向。

敬日堂外集卷二

部覆秦王弟存極嗣統不許先給世子冠服疏辛巳七月。

看得秦王薨逝，無子，親弟例應進封，於倫序固允協矣。先行賜勅管理，俟至服滿請封，在典例尤爲昭然。乃援衡、榮二藩事例以改封世子爲請，而不知其非制也。察得嘉靖十一年題覆晉藩敏淳，其論甚正。至近日榮府得請，固沿衡府之例，然以子承父，於義猶似不悖。若存極於秦王則弟也，兄終弟及而稱曰世子，名實俱乖，與前例殊不相侔。必欲改封待襲，臣部萬不敢妄狥也。且服制不過期年，王位已有定屬，今歲之管理即明歲之親王也。勅書鈐束事權原重，又何患彈壓之無資，必先邀恩於格外乎？雖云多事之秋，藩體宜肅，而例所不載，難以輕開。相應賜勅管理，鈐束宗儀，俟本等服滿日照例進封。伏乞聖明裁奪施行。

十四年七月初十日。奉聖旨："是。"

秦王存機以崇禎辛巳二月薨，無子，妃張氏以王弟奉國中尉存極請嗣，是矣。然故事當先勅管理府事，俟服滿進封，而引榮王第二子改封世子，衡王第二子以鎮國將軍改封世子例，乞改封爲世子，部持不可。復乞先給世子冠服，其差官求覆甚力。瓌與署部王公議，謂既是兄弟，安得改稱世子？既非世子，安得冒給世子冠服？復執不許。旋亦奉旨報可。

覆張真人賜宴疏

禮部爲欽蒙賜宴事。

精膳、清吏司案呈，看得真人以異教獲蒙國恩，察《會典》，郊祀慶成亦曾有與宴者。自天順中有"真人不必與宴，改爲賜饌"之旨，而宴禮不舉久矣。即真人朝覲進表時,酒飯亦不聞光禄、鴻臚開列。則我朝所爲待真人者,大略可知也。應京何幸蒙召賜宴,遭際可爲獨異!且奉有優待明旨,復經該寺具請前來,臣等敢不欽遵!但歷稽往牒,終難妄擬,合無仍比慶成宴例,用上桌品物待之。其宴所及待宴官,則慶成宴內一款有云"法王、佛子、國師、禪師、僧官、喇嘛俱宴於大慈恩寺,以內官一人待之"之例。臣等竊以爲宴如慶成可謂隆矣,而釋道二教所爭既不多,法王、禪師其名號亦重,相應比照遵行。至宴所則宜改慈恩寺爲靈濟宮,各從其類,于理較妥。臣又查去春應京曾奉命祈雪,亦特遣內臣一員主其事,則內臣待宴於例亦合。伏候裁奪施行。

崇禎辛巳年七月十四日上。二十一日奉聖旨:"是。"是時上重齋醮,辛巳正月,聖躬偶恙,召應京入都,至六月杪始至,即傳宴待,意在于禮部舉宴。因與署部王公商之,察照《會典》,宴僧法王在寺,則宴張真人應在宮觀,遂據例執奏。上遲迴久之,旋即報可。而復召應京至會極門,賜采緞二十表裡,銀二百兩,米二十石,麵二百斤,羊二隻,酒二十瓶,柴二百擔,炭二百包,油鹽醬醋各三十斤,比洪熙所賜數十倍,而諸司無敢爭者,可愧也!

進馬疏崇禎辛巳七月。

禮部奏,爲恭進馬疋以資撻伐并陳愚悃事。

自胡塵不靖,輪蹄遂亟于軍中;冏政久虛,雲錦難期于塞上。以及今日,邊腹之請討益頻,致我聖明宵旰之圖迴特切。諸臣忠殷敵愾,義激捐糜,各進驍騰,少資鞭策。臣錫袞、臣德璟均懷同仇之憤,敢後報國之圖?謹殫微貲,共貢一疋。愧未能身擐甲冑,自試過都歷塊之雄,庶因此各効驅遂,見車攻馬同之盛。而臣猶有獻者:祖制於馬政最重,累朝之孳息甚繁。內而兩都之冏曹,外而沿邊之僕苑,以及茶市諸馬,其爲神駿不貲。倘一振其頹荒,自可臻乎蕃庶,安邊固圉,道必從之。此又區區無已極思,偶因事而冒陳者也。所進馬疋,伏惟勅下該衙門察收。臣等可勝皇恐待命之至。

辛巳七月二十一日上。本月二十七日奉聖旨:"覽奏恭進馬疋,知道了。

着該衙門察收彙發軍前應用。"

是時，各邊年例馬價四十萬金，外復討本色馬不貲，而屆馬亦少。因奴圍錦州，關外調兵馬掠之。諸璫首先進馬，内閣繼之，各部院繼之，每人一疋。予在禮部，與署部王公共進一疋。然祖制京邊僕苑諸馬政，原自有許多雄富，徒以數疋助戰，殊無益也。御馬監亦不欲馬，但欲折色，每疋至一百四十金。予得七十金，括俸薪充之猶不足。

奉旨與工部議周尺咨文辛巳八月十一日。

看得周尺之説，古今推求不一。有用累黍者，《漢書·律曆志》云：以子穀秬黍中者度之，九十分爲黃鐘之長。一黍爲分，十分爲寸，十寸爲尺。《爾雅》云：秬，黑黍也。顏師古云：中者不大不小。後周時，牛弘等議曰：上黨牛頭山黍，其色至烏，其形圓重。唐《禮樂志》曰：黍真則尺定，尺定則律均。宋寶儼、司馬光等考定周尺，用上黨黍，十黍爲一寸是也。有用指者，古人按指知寸，布手知尺，舒臂知尋。大禹聲爲律，身爲度，用左手中指三節三寸，謂之君指，裁爲宮聲之管。許慎《説文》曰：中婦人手長八寸，謂之咫尺。即周尺也。有用璧羨者，《考工記》曰：璧羨度尺，好三寸，以爲度。蓋璧徑九寸，羨而長之，縱十寸，廣八寸，同謂之度。尺則周之，十寸八寸皆爲尺也。有用藁粟者，藁，禾穗芒也。《淮南子》云：律數十二。故十二藁當一粟，十粟而當一寸是也。有用蠶絲者，《孫子算術》云：蠶吐絲爲忽。自絲、毫、釐、分而成一寸是也。有用馬尾者，《易緯》以十馬尾爲分是也。

臣等詳考之，竊謂人指則長短不同，璧羨則古璧難得，粟有輕重，馬尾有巨細，蠶絲秒忽亦難辨，惟累黍之法爲正。而又有謂圭璧之屬用指尺，冠冕、尊彝之屬用黍尺者，又有謂歲有豐歉，地有肥磽，累黍較驗亦復不齊者。故前代製尺，非特用累黍，又必求古器以雜較焉。如後周得古玉斗，據斗造律、度、量、衡。晉荀勗取古物七品，以勗尺推較古器，與本銘尺寸無差。宋高若訥用漢貨泉度尺寸，司馬光用上黨黍與淳化錢一文長一寸爲准，因定周尺如今木工尺七寸五分而弱。此古今求周尺之概也。《隋書》所載，歷代之尺十有五種，第一種即周尺，與西漢劉歆銅斛尺，東漢建武銅尺，晉荀勗律尺、祖冲之銅尺皆合。今去古既遠，欲求確據，惟高皇帝時命宋濂、冷謙等所定樂律及劉基等所定欽天監晷景可憑，而晷景尤其顯者。宋和峴用西京銅望臬，即司天臺影表銅臬下石尺也。影表上可測天，度數不爽，況其它乎。先臣唐順之云："今欽天監表尺，乃元郭守敬所造，比市尺止得八寸強。守敬精於律曆，決非苟作。嘗取黑黍中者一千二百粒，日乾之，秤重五錢者，以九十粒橫累之，命爲九寸，與表尺果合。"於今欲求周尺，似不能舍是而它求矣。

抑本部又有説焉。高皇帝創制垂法，貽謀萬世，當時製爲鎮圭，定按周尺。則率繇舊章，莫若以鎮圭之尺爲主。若欲別造準尺，是必博搜古器，如表尺之屬，兼求真黍，參互考定，非可懸虛臆決也。

崇禎十四年八月十一日，工部據以回奏。奉聖旨："既説周尺，即周鎮尺。着照鎮圭式造尺進覽。"

璟按：京尺甚長，因請御前尺及鎮圭與郭守敬觀星臺銅臬親較之。御前尺比京尺止六寸，鎮圭尺二寸，比京尺止七寸三分。欽天監日晷表尺比京尺止七寸二分。遂以鎮圭尺爲定云。

附　歷代尺考崇禎辛巳八月。

黃帝使伶倫至崑崙之陰，取嶰谷之竹，其竅厚薄均者，斷兩節間而吹之，以爲黃鐘之管。長九寸，圍九分，徑三分四釐六毫。其法以子穀秬黍中者九十度黃鐘之長，以一黍之廣爲一分，十分爲寸，十寸爲尺。以三分損益生十一律。太簇八寸，姑洗七寸一分，蕤賓六寸二分八釐，夷則五寸五分五釐一毫，無射四寸八分八釐四毫，大呂三分七釐六毫，夾鐘七寸四分三釐六毫，中呂六寸五分八釐三毫，林鐘六寸，南呂五寸三分，應鐘四寸六分六釐。尺短則律短，其聲清而益上；尺長則律長，其聲濁而益下。

《吕氏春秋》以黃鐘爲三寸九分。李文利《律吕元聲》曰：黃鐘之尊，在於氣清上行，不在數多。清者數少，濁者數多。數少者貴，數多者賤。漢儒誤以黃鐘九寸，蓋不知九寸爲黃鐘之終數，乃黃鐘益數之極，而爲蕤賓之管也。蔡季通則以三寸九分爲疑，曰："九寸則稽數而一陽立，泝理而一元存律氣而中聲出，有可據也。若三寸九分，陽不成陽，陰不成陰矣。"故自漢以後，皆以九寸爲法。

舜同律度量衡。

夏禹身爲度，聲爲律。宋魏漢津曰：用左手中指三節三寸爲君指，裁爲宮聲之管；用第四指三節三寸爲臣指，裁爲商聲之管；用第五指三節三寸爲物指，裁爲羽聲之管；第二指爲民爲角；大指爲事爲徵。民與事，君臣治之，以物養之，故不用，得三指合爲九寸，則黃鐘之律定矣。《禮記》曰：丈夫布手爲尺。許慎《説文》曰：中婦人手長八寸，即周尺。

《白虎通》曰：商以十寸爲尺，周以八寸爲尺。漢用商尺，周兼用之。

《周禮》"璧羨起度"注："羨，長也。"此璧徑長尺，以起度量。宋范鎮云："《周禮》鬴法：方尺，圓其外，深尺，容六斗四升。"方尺者，八寸之尺也。深尺者，十寸之尺也。何以知尺有八寸、十尺之别？按《周禮》璧羨度尺，好三寸，以爲尺。璧羨之制，長十寸，廣八寸，同謂之度，寸以爲尺，則八寸、十寸俱爲尺矣。又《王制》云："古者以周尺八尺爲步，今以六尺四寸爲步。"八尺者，八寸之尺也。六尺四寸者，十寸之尺也。同謂之周尺者，是周用八寸、十寸尺明矣。故知八寸尺爲鬴之方，十寸尺爲鬴之深，而容六斗二升，千二百八十籥也。

《易緯通卦驗》：十馬尾爲一分。《淮南子》云：秋分而禾蔈定。蔈定而禾熟。律數十二蔈而當一粟。十二粟而當一寸。蔈者，禾穗芒也。《説苑》云：度量權衡，以粟生一票爲一分。《孫子算術》云：蠶所生吐絲爲忽，十忽爲秒，十秒爲毫，十毫爲釐，十釐爲分。《漢志》用子穀秬黍中者，一黍之廣度之，九十黍爲黃鍾之長。一黍爲一分，十分爲一寸，十寸爲一尺，十尺爲一丈，十丈爲一引。後之作者，又憑此説以律度量衡，並因秬黍散爲諸法，其率可通故也。黍有大小之差，年有豐耗之異，末代量較，每有不同。自周迄唐，第尺爲十六等：

一、周尺，《漢志》王莽時劉歆銅斛尺；後漢建武銅尺；晉泰始十年荀勖律尺爲晉前尺；祖冲之所傳銅尺。《晉書》云：泰始九年中書監荀勗校太樂八音不和，始知爲後漢至魏尺長於古四分有餘。勗乃部著作郎劉恭，依周禮制尺，所謂古尺也。依古尺更鑄銅律呂，以調聲韻。以尺量古器，與本銘尺寸無差。又汲郡盜發魏襄王冢，得古周時玉律及鐘磬，與新律聲韻闇同。于時郡國或得漢時故鐘，吹新律命之皆應。梁武《鐘律緯》云，祖冲之所傳銅尺，其銘曰：晉泰始十年中書考古器，揆較今尺長四分半，所較古法有七品，一曰姑洗玉律，二曰小呂玉律，三曰兩（西）京銅望臬，四曰金錯望臬，五曰銅斛，六曰古錢、七曰建武錢，八曰建武銅尺。姑洗微强，西京望臬微弱，其餘與此尺同。銘八十二字。此尺者，勗新尺也。今尺者，杜夔尺也。雷次宗、何胤之二人作鐘律圖，所載荀勗校量古尺文與此銘同，而蕭吉《樂譜》謂爲梁朝所考七品，謬也。今以此尺爲本，以校諸代尺云。

二、晉田父玉尺。梁法尺實比晉前尺一尺七釐。《世説》稱有田父於野地中得周時玉尺，便是天下正尺。荀勗試以校尺，所造金石絲竹皆短較一米。梁武帝《鍾律緯》稱主衣從上相承，有周時銅尺一枚，古玉律八枚。簡主衣周尺，東昏用爲章信，尺不復存，玉律一口蕭，餘定七校（枚）夾鍾，有昔題刻，廼制爲尺以相參驗。取細毫中黍，積次酬定，今尺最爲詳密，長祖冲之尺較半分。以新尺制爲四器，名爲通。又依新尺爲笛，以命古鍾，按刻夷則，以笛命飲和韻，夷則定合。按此兩尺長短近同。

三、梁表尺。實比晉前尺一尺二分二釐一毫有奇。蕭吉云出於《司馬法》。梁朝刻其度於影表以測影。按此則奉朝請祖暅所算造銅圭影表者也，陳滅入朝。大業中議以合古，乃用之調律，以制鍾磬等八音樂器。

四、漢官尺。實比晉尺一尺三分七毫。晉時始平掘地得古銅尺。蕭吉《樂譜》云，漢章帝時零陵文學史奚景於冷（泠）道縣舜廟下得玉律，度爲此尺。傅暢《晉諸公讚》云：荀勗新造鍾律，時人並稱其精密，唯陳留阮咸譏其聲高。後始平掘地得古銅尺，歲久欲腐，以較荀勗今尺，短校四分，時人以咸爲神解。此兩尺長短近同。

五、魏尺。杜夔所用調律,比晉前尺一尺四寸七釐。魏景元四年,劉徽注《九章》云,王莽時劉歆斛尺弱於今尺四寸(分)五釐,比魏尺其斛深九寸五分五釐。即晉荀勖所云"杜夔尺長於今尺四寸半"是也。

六、晉後尺。實比晉前尺一尺六分二釐。蕭吉云:元帝後江東所用。

七、後魏前尺。實比晉前尺一尺二寸七釐。

八、中尺。實比晉前尺一尺二寸一分一釐。

九、後尺。實比晉前尺一尺一寸八分一釐。即開皇及後周市尺。後周市尺比玉尺一尺九分三釐。開皇官尺即鐵尺,一尺二寸。此後魏初及東西分國,後周未用玉尺之前,雜用此等尺。甄鸞《算術》云,周朝市尺得玉尺九分三(二)釐。或傳梁時有志公道人作此尺寄入周朝,云:"與多鬚老翁。"周大祖及隋高祖各自以爲謂己。周朝人間行用,及開皇初著令以爲官尺,百司用之,終于仁壽。大業中,人間或私用之。

十、東後魏尺。實比晉前尺一尺五寸八毫。此是魏中尉元延明累黍用半周之廣爲尺,齊朝因而用之。《魏史·律曆志》云,公孫崇永平中更造新尺,以一黍之長累爲寸法。尋太常卿劉芳受詔脩樂,以秬黍中者一黍之廣即爲一分,而中尉元匡以一黍之廣度黍二縫以取一分,三家紛競,久不能決。太和中十九年高祖詔,以一黍之廣,用成分體,九十之黍,黃鍾之長,以定銅尺。有司奏從前詔,而芳尺同高祖所制,故遂典脩金石。迄武定未有論律者。

十一、蔡邕銅籥尺。後周玉尺,實比晉前尺一尺一寸五分八釐。從上相承,有銅籥一,以銀錯題其銘曰:"籥,黃鍾之宮,長九寸,空圍九分,容秬黍一千二百粒,秤重十二銖,兩之以爲一合,三分損益,轉生十二律。"祖孝孫云:相承傳是蔡邕銅籥。後周武帝保定中,詔遣大宗伯盧景宜、上黨公孫紹遠、岐國公斛斯徵等累黍造尺,縱橫不定,後因脩倉掘地得古玉斗,以爲正器,據斗造律度量衡。因用此尺,大赦,改元天和,百司行用,終於大象之末。其律黃鍾,與蔡邕古籥同。

十二、宋氏尺。實晉前尺一尺六分四釐。錢樂之渾天儀尺、後周鐵尺,開皇初調鍾律尺及平陳後調鍾律水尺,此宋代人間所用尺。傳入齊、梁、陳以制樂律,與後晉尺及梁時俗尺、劉曜渾儀尺略相依近。當繇人間恒用,增損訛替之所致也。周建德六年平齊後,即以此同律度量,頒于天下。其後宣帝時,達奚震及牛弘等議曰:今之鐵尺是太祖遣尚書蘇綽所造,當時檢勘,用爲前周之尺,驗其長短,與宋尺符同,即以調鍾律,并用均田度地。今以上黨羊頭山黍,依《漢書・律曆志》度之,若以大者稱累,依數滿尺,實於黃鍾之律,須撼乃容。若以中者累尺,雖復小稀,實黃鍾之律不動而滿。計此二事之殊,良繇消息未善。其於鐵尺,終有一會。且上黨之黍有異他鄉,其色至烏,其形圓重,用之爲量,定不徒然。正以時有水旱之差,地有肥瘠之異,取黍大小未必得中。按許慎解,秬黍體大,本異於常。疑今之大者,正是其中。累百滿尺,即是會古。實籥之外,纔剩十餘,此恐圍徑或差,造律未妙,就如撼動取滿,論理亦通。今勘周漢古錢,大小有合,宋代渾儀,尺度無舛。又依《淮南》累粟十二成寸,明先王制法,索隱鈎深,以律計分,義無差異。《漢書・食貨志》云,黃金方寸,其重一斤。今鑄金校驗,鐵尺爲近。至於玉尺累黍,以廣爲長,累既有剩,實復不滿。尋訪古今,恐不可用。其晉、梁尺量過爲短少,以黍實管,彌復不容。據律調聲,必致高急。臣等詳校前經,斟酌時事,謂用鐵尺,於理爲便。既平陳,廢周玉尺律,便用鐵尺律,以一尺二寸即爲市尺。

十三、開皇十年,萬寶常所造律呂水尺。實比晉前尺一尺一寸八分六釐。今太樂庫及內出銅律一部是萬寶常所造,名水尺。《律説》稱其黃鍾律當鐵尺南呂倍聲。南呂,黃鍾羽也,故謂之水律尺。杜佑曰:隋制前代三升當一升,三兩當一兩,一尺二寸當一尺。

十四、雜尺。趙劉曜渾天儀土圭尺,長於梁法尺四分三釐,實皆晉前尺一尺五寸。

十五、梁朝俗間尺。長於梁法尺六分三釐,長於劉曜渾儀尺二分,實比晉前尺一尺七分一釐。梁武《鍾律緯》云:宋武平[中]原,送渾天儀、土圭,云是張衡所作,驗渾儀銘題,是光初四年鑄,土圭是光初八年,並是劉曜所制,非張衡也。制以爲尺，長今新尺四分三釐，短俗間尺二分。新尺謂梁法尺也。

十六、唐官尺。八寸二分。杜佑曰：貞觀中，張文收鑄銅斛秤尺，咸得其宜。按，文收《斛銘》曰：累黍尺定律與古玉斗相符。以今嘗用度量較之，尺當六之五，衡皆三之一。

宋太祖令和峴依西京銅臬石尺以造新尺。又内出上黨羊頭山黍累尺較律，雅樂和暢。

元祐中丁度、韓琦等定鍾律，因言：據鄧保信黍尺二，其一稱用上黨秬黍圓者，一黍之長累百成尺，與蔡邕合。臣等詳前代造尺，皆以一黍之廣爲分，唯後魏公孫崇以一黍之長爲寸法。太常劉芳以秬黍中者，一黍之廣即爲一分。中尉元正以一黍之廣度黍二縫以取一分，三家競不能決。而蔡邕銅籥亦不明言用黍長廣累尺，今將保信黃鍾管内秬黍二百粒，以黍長爲分，再累至尺二條，比保信元尺一長五黍，一長七黍。又律管黃鍾，籥一枚，容秬黍千二百粒，以元尺比量，分寸略同。復將實籥秬黍再累者較之，即又不同。其龠合升斗亦皆類此。又阮逸、胡瑗鍾律法，黍尺其一，稱用上黨羊頭山秬黍中者累廣求尺，制黃鍾之聲。臣等以其大黍百粒累廣成尺，復將管内二百粒以黍廣爲分，再累至二尺，比逸等元尺一短七黍，一短三黍。蓋逸等元尺並用一等大黍。其實管之黍大小不均，遂致差異。又其銅律管十二枚，臣等據楚衍等圍九方分之法，與逸等元尺及所實龠秬黍再累成尺者較之，又各不同。臣等看詳其鍾磬各一架，雖合典故，而黍尺一差，難以定奪。又言太祖詔和峴等用景表尺典脩金石，七十年間薦之郊廟，稽合唐制。則可且依景表舊尺，俟天下有妙達鍾律之學者，俾考正之，以從周漢之制。其阮逸、胡瑗、鄧保信并李炤所用太府寺等尺及阮逸所進周禮度量法，其説疎舛，不可依用。

宋祁薦益州進士房庶曉音。庶言嘗得古本《漢志》，云度起於黃鍾之長，以子穀秬黍中一黍之起，積一千二百黍之廣，度之九十分，黃鍾之長一爲一分。今文脱"之起積一千二百黍"八字，故自前世以來，累黍爲尺以製律，是律生於尺，尺非起於黃鍾也。且《漢志》云"一爲一分"者，蓋九十分之一，後儒誤以一黍爲一分，其法非是。當以秬黍中者一千二百實管中，黍盡，得九十分，黃鍾之長九寸，加一以爲尺，則律定矣。范鎮是之。乃爲言曰：炤以縱黍累尺，管空徑三分，容黍千七百三十。瑗以橫黍累尺，管容黍一千二百而十，空徑三分四釐六毫，是皆以尺生律，不合古法。今庶所言，實千二百黍於管，以爲黃鍾之長，就取三分以爲空徑，則無容受不合之差，較前二説爲是。蓋累黍爲尺，始失之於《隋書》，當時議者以其容受不合，棄而不用。及隋平陳得古樂器，高祖聞而歎曰：華夏舊聲也。遂傳用之。至唐祖孝孫、張文收，號稱知音，亦不能更造尺律，止沿隋之古樂制定聲器。今庶所言，以律生尺，誠衆論所不及。因詔王洙與鎮同脩，如庶説造律、尺、籥。律徑三分，圍九分，長九十分；籥徑九分，深一寸；尺起黃鍾之長加十分，而律容千二百黍。司馬光力辨其非。

馬端臨曰：古人之制律管，皆有分寸，如十二律管，皆徑三分、圍九分，黃鍾之管長九寸，自大呂以下，以次降殺是也。然則，欲制律必先定分寸，而古今之分寸不可考矣。是以《隋書》因漢制之説，以一黍爲一分，則是十黍爲一寸，分寸既定，然後管之徑圍、律之長短可定。瑗與炤雖有縱橫之異，然以黍定分，以黍之分定管之徑圍則一也。今庶既盡闢縱橫之説，而欲以是千二百黍亂實之管中，隨其短長斷之以爲黃鍾。九寸之管，取三分以度空徑。則不知庶之所謂空徑三分之管，既非縱黍之分，復非橫黍之分，則何以爲分乎？未有分寸不先定而可以制律者。如庶之所謂分，既非縱黍，復非橫黍，則必別有一物爲度以起分，則只須以其三分爲徑，以九十分其長爲黃鍾之管爲律，本不因於黍矣，何煩實黍於管？又何煩於《漢書》中增益八字，以求合千二百黍之數乎？未敢以爲通論也。古律以竹爲管，然竹有大小，其大者容千二百不能以寸，其小者不及千二百黍而盈尺矣。故必先以黍爲分度之，三分爲徑，然後實以千二百黍，則九十分其長爲黃鍾之管矣。愚雖不能曉鍾律，切意古人以黍定律其法如此。

遵用周黍尺九寸管，空徑三分爲本。

金用崇寧指尺。

元郭守敬銅桌尺，即今欽天監測日景表。

朱子曰：律管只吹得中聲爲定，若謂用周尺，或羊頭山黎，雖應準，則不得中聲，終不是。又曰：杜佑《通典》所算分數極精，但《通典》用十分爲寸作算法，頗難算。蔡季通只以九分算。

遼十二律用周黍尺九寸，管空徑三分爲本。

元郭守敬造景表尺，即今欽天監表尺也。璟佐禮時奉旨候月食于觀星臺，較表尺比市尺止得八寸强。

唐順之曰：嘗取黑黍，揀其中者千二百粒，日乾之，秤重五錢者，以九十粒橫累之，命爲九寸，與表尺合。又截竹爲管，長同黍寸，其竅上下均容一千二百黍者，吹之，其聲與人之最下一聲合，是爲黃鍾之聲。制管之法，可謂簡易。

德璟曰：按樂尺自周漢後止存大法，魏晉而後更造律度，訖無定論。至後周保定中，得古玉斗地中，以造尺律。其後牛弘止用蘇綽鐵尺，即隋亦用之。唐興，因隋樂不改。至周顯德，以黍定律，議者謂比唐樂高五律。宋初亦用王朴所製樂，時和峴以周顯德律音近哀思，乃依西京銅望臬石尺重造十二管，取聲下王朴一律。景祐初，李照取黍累尺成律，以其聲猶高，更用太府布帛尺，遂下太樂三律。皇祐中，阮逸、胡瑗改造，上下一律，或謂其聲弇鬱不和，復仍用王朴樂。元豐間，楊傑用李照鐘磬加四清聲，下王朴樂二律，以爲新樂。元祐間，范鎮又造新律，下李照樂一律，然竟不用。至崇寧間，魏漢津乃以時君指節爲尺。金章宗時，猶循其法。且謂以唐初開元錢較之，分寸俱同。不知果合與否？然以徽宗荒亡之主，而妄附于身爲度、聲爲律之聖人，亦可哂矣！《樂記》曰："音之起，繇人心生也。其道與政通。"即在周時，鄭、衛、宋、齊之音豈不依然周尺？而君子以爲淫溺，以爲煩喬，矧後世乎！黃佐曰："古者以律管起尺度，繇母生子也。後世以尺度定律管，以子證母也。"璟謂：母亦不在律管，而在人心。人心不和，而求之尺，尺不合，而求之黍，求之禾，求之馬尾、蚕系（絲）、古器、日臬，甚至求之指節，抑末矣。高皇帝曰："樂以人聲爲主，人聲和即八音和。"又曰："古之律呂，協天地自然之氣；後世律呂，出人爲智巧之私。雖以古詩章，用古器數，亦乖戾而不倫矣。人與樂判然爲二，而欲以動天地鬼神，豈不難哉！"大哉，於樂指深矣！德璟奉旨考周尺,因祥(詳)考歷代尺于後,備覽觀焉。

辛巳八月,會典副總裁禮部右侍郎兼侍讀學士蔣德璟記。

聖駕再臨雍恭紀崇禎辛巳八月十八日。

德璟庚辰冬承乏禮部,即奉聖諭再幸學之旨,仍今詳議儀注進覽。衍聖博士應陪祀者,照例行取赴京,其四氏族人免行取。十二月請期,奉旨:"著於明年八月擇吉行。"隨行欽天監擇十四年八月初四日巳時吉,而是日爲丁未,適與丁祭相湊。故事,丁祭當欽遣閣臣致祭,璟謂既有聖駕幸學,似可不行再遣,因疏請。奉旨:"丁祭遣大學士謝陞行禮。釋奠禮著另擇吉日來看。"隨再擇八月十八日午時吉。奉旨:"著於八月十八日卯時行,儀注即更正來看。"而十七日又爲夕月之期,百官當赴西郊,亦不便,業已再更,不復請。旋傳旨:"賜衍聖公孔胤植宴于禮部。"是時龍虎山真人張應京蒙召入京,因疏乞入監觀禮。璟與署部左堂王公錫衮駁不許,上亦報可。應京甚愧憤,然舉朝以部駁爲正也。初九日,會同各衙門到國子監演禮,與內閣、司禮監議定儀注。

十五日,傳旨:"顏、曾二博士亦賜宴。"顏紹緒則本年五月兄喪,曾則本年四月父喪也,例尚不當襲職,況宴乎?璟與左堂復持不許,亦報可,第頒賜宴卓而已。

十七日午後,璟先至國子監,宿監旁白衣菴。而左堂王公以奉遣夕月壇分獻,二鼓始到同宿,接聖旨者再,皆釋奠事。

十八日四鼓,同王公吉服至監,復接聖旨,於月下捧讀,則顏、曾二博士前疏也。小坐石鼓旁,望明星漸高,即同到欞星門候駕,而百官具吉服在廟門迤東北面迎駕,分奠陪祀。武官都督以上,文官三品以上,及翰林院七品以上官,具祭服,在廟墀東西相向序立,伺候行禮。卯初刻,駕從長安左門出,自崇文街至成賢街入廟,祭酒、司業吉服率學官、諸生於成賢街左跪迎。駕至欞星門外降輦,臣璟與王公及鴻臚卿何君夢麟吉服導上步入門。臣璟適在左,上顧曰:"過右來。"璟即面上一躬過右,導登大成門中階,入御幄坐定。諸璫錦玉環侍,持金瓶、金甌者四人,金香爐二對。上遣大璫王德化來問釋奠與釋菜同異,璟謂:釋菜禮輕,釋奠禮重。釋菜止芹藻之類,釋奠則有幣、有牲、有樂,原是不同。有頃,天漸明。璟與左堂至御座前恭請行釋奠禮。上曰:"是。"璟等承旨,一揖一躬退,遂同在廟門外神厨旁與鴻臚小坐,例皆不陪祭也。上具皮弁冠服出,太常寺官導縣大成門中道入。盥洗,詣先師廟中陞上。上至廟內,拜位分奠。陪祀官各就位,分奠官列於陪祀官之前,奏迎神樂,上兩拜,與分奠四配、十哲官各詣廟東西階下,分奠兩廡官詣兩廡前,俱北向立,遂行釋奠禮。太常寺卿跪進帛於上右,上揭圭立,授帛,獻畢,授太常卿奠於神位前。少卿跪進爵於上右,上立授爵,獻畢,授少卿,奠於神位前。上出圭,分奠官以次速進,各詣神位前奠爵訖,各以次速退就原拜位。奏送神樂。上復兩拜,興,而禮畢矣。上坐廟西廡,急呼禮部官來。臣璟即與左堂趨入廟,過西廡階下。上傳旨:"先師神帳內有二紅杖,非舊制,不敬。亞聖神主稍偏,又兩廡祭品欠豐,工部修理粗糙不堪。令禮部左右侍郎、太常寺、堂上官細加巡察回報。"璟等奉旨巡察久之。有頃,太常寺卿導上縣中道出,分奠陪祀官各退易吉服。上至御幄,更翼善冠、黃袍訖,璟與左堂復入幄奏,恭請皇上幸彝倫堂。上曰:"是。"璟等承旨,一揖一躬退,即與鴻臚卿同導出御幄下大成中階,上昇輿,而璟與左堂即先馳入持敬門,至彝倫堂露臺,入班以俟。上駕亦自持敬門入。故事,駕出櫺星門,至太學門入,而持敬則廟與學通之旁門也,天啟中,駕自持敬門入,非禮也,璟執不可,竟不聽。至彝倫堂,諸生先分列於堂下,東西相向,祭酒、司業、學官分列於諸生之前。駕至俱跪,俟駕過起,序立北向。分奠陪祀官及百官亦先分列堂外露臺稍上,左右侍立。上至彝倫堂陞座,百官行一拜三叩頭禮畢,祭酒以下及諸生排班五拜三叩頭禮畢,武官都督以上,文官三品以上及翰林院學士陞堂東西序立。故事,上陞座則禮部左右侍郎東西侍立,及賜茶方退入東班坐。而璟以右侍郎當在御座西侍立。有頃,內贊贊:"進講。"祭酒南公居仁從東階陞,由東小門入至堂中,北向立,執事官舉經案於御座稍前。左堂王公跪奏:"請授祭(經)於講官。"起身一躬,祭酒跪,左堂以經立授祭酒,祭酒授(受)經,起身一躬,置於講案,復至堂中北向立,一拜叩頭,興,上諭:"講官坐。"祭酒跪承旨,就講案邊立。上諭:"官人每坐。"百官跪承旨,同起身一躬。贊:"入班。"武官都督以上、文官三品以上及翰林院學士皆入班序立,一拜叩頭,興,分序班坐。而璟亦過東,在東班第二行坐聽講。祭酒坐講《皋陶謨》"天叙"、"天秩"至"有土"章。其餘官及諸生拱立於外。祭酒講畢,以經復至堂中跪。各侍坐官起立,左堂立接經置於經案,一躬,祭酒叩頭訖,退出堂外,就本位立。司業羅君大任從西階陞,繇西小門入,至堂中,皆如祭酒禮。講《易·咸》卦"天地感而萬物化生"一節。禮畢,傳制官稱:"有制祭酒、司業、學官習禮。"公、侯、伯、諸生俱北面跪,聽宣諭云:"聖人之道,如日中天。"凡四語,五拜叩頭。祭酒、司業、學官、諸生以次退,先從東西角門出,列於成賢街右候駕。尚膳監進茶,上諭:"官人每吃茶。"鴻臚寺、光禄寺官同承旨,光禄寺分送各官茶,各復坐,茶畢,出分列於堂外露臺上,一拜叩頭,分班侍立。忽有宗貢朱新趆,歲貢楊謙、王震,監生趙瑋,生員林宗域出班上疏,上令璟收進。上賜五府、六部、都察院及衍聖公羊、酒、甜食盒,謝恩。上入彝倫堂後敬一亭,觀世宗所立程子四箴諸碑,遂傳臣璟與王公,令將廟學内各碑俱摹搨進覽。又石鼓碑殘缺,亦令察補進呈。於是駕自成賢街至安定門登城。上坐明簹至東北角樓,親閱樓工。召閣臣、樞臣及司空至,責工部糜費。久之,復諭閣臣,謂:"宋儒周、程、張、朱、邵共六子,不宜列於先儒之内,宜有特稱。下禮部議。"日向午,駕從安定門下,仍自長安左門入。百官亦退。璟因同王公過定國徐公允禎太師圃一坐,徐公送酒盒。圃在德勝門旁,四圍皆水,朴陋荒蕪,却有林間風味,知中山王家教深矣。

十九日,衍聖公率四氏博士、祭酒、司業,率學官、諸生各上表謝恩。是日,上免朝,獨璟與左堂及鴻臚卿從東王門入皇極殿侍立。衍聖公、四氏博士、國子監師生就拜位四拜,興,進表畢,璟即與左堂出殿東王門下丹墀東立,衍聖公、四氏博士及國子監祭酒等官、監生上御路跪。璟與左堂跪奏請頒賞,叩頭訖,鴻臚官擡冠服、表裏諸案,賞衍聖公織金斗牛紵絲一套,犀帶、紗帽各一;祭酒、司業本品紵絲羅衣各一套；四氏博士及學官、掌饌等，各紵絲衣一套；監生各鈔五錠。遂宴衍聖公、祭酒、司業于禮部。而諭內閣："先師帳幔用杖殊屬褻幔（慢），亞聖神牌未放正中，靠前些了。兩廡邊豆不豐不潔，苟且了事，地面亦未墁平，西廡少牌一座，啓聖祠更屬不堪。俱着禮部察奏。周、程、朱、張、邵子與宋儒並稱先儒，一列並祀，似無差別，宜特加優崇。併着該部察議具奏。"璟等因會同詹翰各官議，六子進稱"先賢"云。是日彝倫堂侍坐者，文班則衍聖公孔胤植及閣部，共十九人，而璟在第十三。武班則公、侯、伯十七人，都督二十一人，共三十八人。總五十七人，分東西坐。

右儀注皆德璟在部共議定，故比己巳視學獨詳。而於視學之後登城巡工，意在詰戎，蓋聖明一行而文事武脩兼舉焉。至于表章六子及覽四箴、《敬一》諸碑，尤有光於聖教云。

崇禎十四年八月，禮部右侍郎兼侍讀學士蔣德璟謹記。

聖廟從祀疏辛巳十月。

禮部爲欽奉聖諭事。

除帳幔、紅杖，神主、祭品及脩理等項已經具奏外，恭惟皇上身作君師，神交賢聖，登極以來兩行釋奠盛典，與蕭皇帝同符。且是日祥風和暢，天表澄凝，禮樂雍容，度數精審，圜橋觀聽，靡不欣躍。至下詢宋儒周、張、朱、邵、二程六人，列在先儒似無差別，及西廡末尚曠一位。仰見聖學之粹，睿識之精，重道崇儒，德意甚盛。臣等相顧悚服。

謹按周惇頤首倡絕學，朱熹大集儒成，程顥、程頤、張載、邵雍皆弘闡聖真，力闢邪説，使在七十子之列，實可入室升堂，誠宜進稱先賢，以彰命世。臣等又察得漢董仲舒，生秦火灰燼之後，玄契天人；隋王通，當六朝喪亂之餘，獨提性教；唐韓愈，起衰振溺，斥佛尊聖，亦皆一代真儒，千秋特禀。若並稱先賢之號，似亦無復間言。

而臣等復有請者。聖廟自高皇帝欽定時四配十哲之外，兩廡共一百五位。

及蕭皇帝再加釐正,別建啓聖祠,進顏路等四人,黜公伯寮等十三人,又退林放等七人祀于鄉,而進祀后蒼等五人。隆慶中進本朝薛瑄,萬曆中復進本朝王守仁、陳獻章、胡居仁,計現在兩廡九十七人,比洪武中尚少其八,而本朝儒臣與者僅四人耳。竊謂宋偏安一隅,從祀至十八人,我朝列聖表章孔子之道,再揭中天,諸臣感奮興起,近證關閩,遠溯洙泗,前後相望,指不勝書。自瑄等四人外,如吳與弼、羅倫、蔡清、陳真晟、陳琛、呂柟、王艮、章懋、羅洪先、鄧元錫、顧憲成等,皆品端識正,卓然聖人之徒,而其著述尤多前賢所未發。併乞勑下詹翰等官,各具議單送部,會同九卿科道參酌,以聽聖裁。又元儒許衡、吳澄、舊皆從祀,靦顏臣虜,大節已虧。吳澄既黜,則衡亦當并裭。且歷代帝王廟業已去元世祖及元臣木華黎五人,而衡尚存可乎?先臣丘濬斥衡以爲悖《春秋》之義,其論確矣。謹因回奏而并及之云云。

崇禎十四年十月初四日。奉聖旨:"已有旨了。其周、程諸子應否加稱先賢,還會同翰林院等衙門酌議來看。餘俱候旨行。"

親祀南郊記注辛巳十一月十九日。

十四年十一月十九日辛卯冬至子時大祀圜丘,聖駕親詣致祭。時禮部尚書林公欲楫奉差南京勘陵,上命署部左侍郎王公錫袞上香請神,德璟及詹事掌祭酒事南公居仁導引,各行禮。先期初六日,百官朝服在靈濟宮演朝賀禮。初八日,璟偕南公及太常党公崇雅、提公橋、鴻臚何君夢麟吉服往南郊演導引禮,是日大風。十二日,上御皇極殿傳制,誓戒百官。當日爲始,散齋四日,十六日爲始,致齋三日。十三日例當告太廟,以親詣南郊視牲傳免,因遣勳臣及臣璟輪看。

十六日戊子質明,上嘗服乘輿,詣太廟門西降輿,至廟門幄次內具祭服,詣太廟告請太祖,祀神行禮畢,上出至幄次內易嘗服,回御皇極門。太常寺、光祿寺奏省牲。是日璟齋宿禮部署中。

十七日早,上嘗服詣太廟,以親詣南郊大祀預告,畢,還宮。午後,太常寺官捧蒼玉、帛匣、香盒，同神輿亭進皇極殿内，司禮監官捧帛同安設於御案之北，璟偕王公吉服入壇，宿神樂觀道院。南公亦至，並馬至昭亨門演導引禮。復至神庫、神厨及皇穹宇演請神、上香、導引禮。出廣利門即西天門也，歸道院，祠司備蔬飯畢，王公復邀再坐。

十八日，上從文華殿出，從皇極殿左門入，至御案前立。太常卿捧祝版從中門進於御案上。上親填御名訖，太常卿捧安輿中；司禮監官進玉帛於上，上裝於各匣内安訖，太常寺官以次捧安輿中，隨捧香盒於香亭右跪。上三上香，行一拜三叩頭禮，畢，轉於東西向立。錦衣衛官旗入擡輿亭，從中門出，太常卿隨詣天壇神庫奉安。上旋從殿中門出，乘輿從大明門、正陽門詣南郊。至昭亨門之西，璟偕王公、南公及太常、鴻臚吉服面駕。序三行叩頭禮畢，分兩傍候上降輿，即導上從昭亨左門入，循棕路兩傍至内壇左門，太常卿跪迎，同導上至圜丘，恭視壇位，畢，太常卿導上從東陛下，即同導上東至神庫門外。止太常卿導上入視籩豆，至神厨視牲。逐一奏畢，出，仍同導上從昭亨左門出，至門詣西陛輿，至齋宮分獻。陪祀官從齋宮北門入朝參，傳旨賜早飯、午飯，免朝。一更時，璟與王公、南公用祭服詣皇穹宇，王公上香，璟與南公導引上帝、高皇帝神版及日月星辰諸從位神牌，行一拜三叩頭禮，恭請詣壇位奉安訖。捧版及牌舊用太常九人，庚辰增北斗神版，因用十人。

十九日，候玄燈三竿並起，報子時，上嘗服乘輿從西壇門出，至外壇外神路之西降輿，導駕官導上至神路東大次易袞冕，秉圭。璟等三人以上香導引復命致詞。上曰："知道了。"承旨畢，導駕官導上從内壇左櫺星門入，行大祀禮。而璟三人在皇穹宇旁齋心以俟。祭將畢，同出至圜丘東陛候上降階至望燎位，還大次，即同至午陛，恭導上帝、高皇帝及諸從位神版回安皇穹宇，行一拜三叩頭禮畢，駕行。萬炬星列如畫，大樂前導，璟等以上香導引，具疏復命，在道院小憩。駕還，仍詣太廟參謁，免行慶成禮。

二十日，百官朝服入行慶賀禮。上不御殿，僅于午門前行五拜三叩頭禮，旋至文華門外慶賀東宮，行四拜禮。

曆法疏_{崇禎辛巳十二月。}

　　禮部爲曆法事。祠祭司案呈云云。該臣等看得，古今治曆之家多矣，其最精者，漢雒下閎《太初曆》以鍾律，唐一行《大衍曆》以蓍策，元郭守敬《授時曆》以晷景，皆稱推驗之精，而晷景爲近。然用之既久，皆不能無差。蓋天與日月星辰其體皆動，而其最不可測者，嘗在于杪忽之間，推移盈縮，聖智有不能盡窮。故雖以時分刻，刻分杪，非不至細，而差之半杪，積以歲月，則纏離朓朒皆不合原算。此治曆之所以難也。我皇上因監法小差，特置西法一局，令禮臣徐光啓領其事，而寺臣李天經、陪臣湯若望等與欽天監張守登諸臣覿面講求，逐年推較，十餘年來如日月交食、五星伏見之類，臣等歷經會同赴觀星臺占測，而御前亦用黃赤儀器親自臨驗西法，比監實爲密近，固昭然不待辯者。

　　守敬成曆時嘗言天體難測，須每歲創驗修改，庶幾可使如三代日官世專其職，未嘗自以爲足也。高皇帝精於觀天，雖用守敬曆，而特令劉基召集天下律曆名家者赴京詳議，復自製觀星盤、天文分野諸書，且別立回回一科，亦未嘗以守敬之曆爲足也，蓋其慎也。當時博士元統、成化中丘濬、正德中鄭善夫、嘉靖中華湘、萬曆中邢雲鷺諸臣皆以差訛疏請更正。今得西曆與之較驗，而舊曆之不能不差，則守敬固已自言之矣。臣部尚書林欲楫向與臣等詳察經緯新曆，誠如所言，交食節氣用新，神煞月令諸款用舊，未爲不可。而再四商確，有不得不鄭重者，舊法用日度，計日定率，西法用天度，因天立差。舊法用黃道距度，西法用黃道緯度。雖微有不同，然其黃赤儀器與守敬簡儀、仰儀、候極、景符、玲瓏、立運等儀亦皆相似，特守敬之徒沿習不察耳。自古曆法輒數十年一改，而守敬之曆行之已三四百年矣。小差者惟日月交食，時同刻異，無大懸絕。至置閏之差，起于春秋分，所差二日，而西曆定分之日即舊曆所注晝夜各五十刻之日也。在今日，西法較密，在異時，亦未能保其不差，則一番更改，良不易言。

　　據天經原疏，曾請將在局生儒盡收之欽天監，以便隨時測驗，將新法暫附《大統》，以便公同考證。而前奉明旨，亦令監官張守登等於交食經緯、晦朔弦望年遠有差者，旁求參考。又以新法推測屢近，著照回回科例，收監學習，實爲得之。似宜勅下另立新法一科，遇交食節氣同異，據法直陳，以俟測驗而後徐商更改，庶有當乎。其寺臣天經及遠臣湯若望、中書黃應遴、新局官生黃宏憲等累年新進曆書一百四十餘本，日晷、星晷、星球、星屏、闚筩諸器，多曆家所未發，專門勞勩，積有歲年，似宜量加叙錄。而該監官生學習則有《會典》按月按季課試，嚴行賞罰之例，所當重加申飭者也。

乃臣等區區之愚，猶有進焉。曆爲敬天授民設也。敬天在順時布令，觀變警心，其所重莫如刑賞；授民東作西成，南訛朔易，其所重莫農桑。故堯舜之曆，以釐工熙績爲欽天，而成周之曆，以《無逸》、《豳風》爲月令。非徒如保章挈壺之流，斤斤于時刻分杪之末而已。凡曆數始于《河圖》五十有五，以十乘之爲五百五十，以五乘之爲二百七十有五。自洪武元年戊申，距今壬午，蓋二百七十有五年矣，實爲河圖中候，宜修明禮樂，先德後刑，勸民農桑，敦崇仁厚，以昌扶國脈，基萬年有道之長，其斯爲治曆之本務乎。漢儒言：明王謹于尊天，慎于養人，故立羲和之官，以節授民事，奉順陰陽，則日月光明，風雨時節，災害不生。我皇上敬天勤民，同符二祖，知有敬授精意，非臣等迂陋所能測識萬一也。伏乞聖明裁察施行。

崇禎十四年十二月廿八日。聖旨：“另立新法一科，專門傳習，嚴加申飭，俟測驗大定，徐商更改，亦是一議。李天經等著量加叙錄。本内尊天養民爲治曆本務，知道了。”

自上海徐公玄滬奉命治曆，於西法甚精，每遇日月交食，上于宮中置器水親驗，深言西法宜行。而欽天監官生護短，連疏爭之，十餘年不決。璫在禮部偕大宗伯林公平菴、左堂王公素公屢奉旨在觀星臺及曆局諸處考究，稍爲折衷，及林公奉使在南，有旨嚴趣題結。在新法即欲改《大統曆》，而《大統》係高皇手定，誰敢擅改？在欽天監則力詆其非，而不知株守之誤，破綻實多。因議另立新法一科，二局不復爭論。

敬日堂外集卷三

親享太廟小紀壬午正月初九日。

正月初六日，上御皇極殿奏祭。初九日，上親享太廟，大雪，諸臣拜起廟庭雪中。上拜揖最恭且久。每一揖，璟默誦《清廟》、《維天》、《維清》、《烈文》諸頌，每一拜，默誦祖宗十三廟號，尚未起也。李夢陽雪詩"伏謁深沾佩，朝回細濕衣"，良與景對。是早凍甚，而上對越登降致謹，不用煖耳，諸臣皆去煖耳。方拜時，太宰李公日宣始至，側入班行禮，而定國公徐允禎在前立亦稍侵御路，御史糾之，皆不問。既出，上在廟門外易常服，喜雪，坐有頃，始步出登輦。蒼松翠柏，綴玉砌瓊，諸臣相慶以爲盈尺瑞雪云。

祈穀導引恭紀崇禎壬午。

祈穀用孟春上辛，禮也。國初惟以仲春上戊祭先農，即親耕耤田，不行祈穀之禮。嘉靖十年辛卯，始改圜丘爲大享殿，行祈穀禮，奉高皇帝配，然亦一再舉而罷。崇禎十四年辛巳正月初五日上辛，上復舉行。有旨祈穀，除不散齋，不出宿於郊，齋宮不朝，亥時正三刻止升一燈外，其恭視壇位、籩豆、牲隻如圜丘儀。行奏祭著改於正月初一日，樂章奏舞著太常寺勤督樂舞生預爲演習。及十五年壬午正月上辛即在朔日辛未，禮部以朝賀不便，疏請改十一日辛巳爲中辛。得旨改中辛日行禮。德璟叨在部充導引官，親奉聖躬，周旋對越，蓋自嘉靖辛卯後且百年而再舉也。

壬午正月初五日，上常服詣太廟，以親詣南郊視牲預告於太祖及列祖神御前，仍欽遣禮部左侍郎王錫袞、右侍郎臣德璟、詹事黃景昉充上香導引官。

初六日，遣勳臣等恭代視牲。

初七日,上御皇極殿,太常寺奏祭祀初八日爲始,致齋三日。

初八日質明,上嘗服乘輿詣太廟門西,降輿至廟門幄次内具祭服,詣太廟告請太祖配神。行禮畢,出至幄次,易皮弁服,回御皇極殿。太常寺、光禄寺官奏省牲。

初九日大雪,上親享太廟。禮畢,臣璟即偕王、黄二公冒雪出南郊,宿太常別院。是日午後,太常官捧蒼玉、帛匣、香盒同神輿亭進於皇極殿内。司禮監官捧帛同安設於御案之北。

初十日質明,上御皇極殿。太常卿捧祝版從中左門進,安於御案上。上親填御名訖,太常卿捧安於輿中,司禮監官進玉帛,上親裝於各匣内,安訖,太常寺官以次奉安輿中。太常卿隨捧香盒於香亭右跪,上三上香,行一拜三叩頭禮,畢,轉於東西向立。錦衣衛官旗入擡輿亭,從中門出,太常卿隨詣大享殿神庫奉安。上遂詣太廟,以親詣南郊行祈穀禮預告於太祖及列祖神御前。行禮畢,還宮。是日早,璟偕王、黄二公及太常少卿高倬,具吉服冒雪至大享殿、皇乾殿演禮。即在北天門内候駕。至未時,錦衣衛官備法駕,設板輿於皇極門下正中,上嘗服御皇極門,太常卿奏請聖駕詣南郊行祈穀禮,於大享殿上升輿,掌衛官跪奏起輿,從午門、端門、承天門、大明門、正陽門詣南郊壇内西天門,至神路迤西,臣璟偕王、黄二公及高少卿面駕,序立行叩頭禮畢,分兩旁候上降輿。臣璟等導上從大享南門左門入,太常卿党崇雅跪迎,同導上至丹陛,太常卿導上至大享殿左門入,恭視神位。臣璟等先詣東陛前候上視神位。畢,太常卿導上從東陛下,臣璟等同導上至神庫視籩豆,至神厨視牲。太常卿逐一奏畢,復同臣璟等導上仍從大享南門出迤西,升輿至齋宮。陪祀各官免朝參。是日雪勢特猛。導引往還可數千武,而神庫門路甚深滑。上亦徐行,俯體諸臣便步趨也。至一更時,臣璟等三人具祭服,詣皇乾殿行一拜三叩頭禮。王公上香請神,璟與黄公導引太常官,以次捧昊天上帝正位、高皇帝配位神版,詣大享殿奉安。訖,臣等三人即趨至大次候駕。亥時,一燈起,萬燈齊明,燦如列星。上嘗服乘輿冒大雪從齋宮東門出,至神路之西降輿,導駕官導上至大次,臣璟三人及太常卿復命,上秉圭,曰:"朕知道了。"少頃,具祭服出,導駕官導從大享南門左門入,行祈穀禮,用十二拜,如大祀儀。祭畢,上出至大次,易嘗服,不回齋宮,即從西天門還至太廟,參謁如前儀。畢,還宮。

禮部右侍郎兼侍讀學士蔣德璟謹記。

璟按,《月令》:"孟春,天子以元日祈穀于上帝。"注謂以上辛郊祭天。《春秋傳》曰:"啓蟄而郊,郊而後耕。"《郊特牲》曰:郊,用辛。注:凡爲人君,當齋戒自新。盧植、蔡邕曰:"郊天是陽,故用日;耕耤是陰,故用辰。"孔穎達曰:"甲乙丙丁等謂之日,子丑寅卯等謂之辰。元者,善也。元日郊用辛,元辰耕用亥。"黃道周曰:"春日甲乙則未知其果上辛也。"高皇帝初以冬至祀天圓丘,夏至祀地方澤。洪武十年罷之,而止以正月上辛合祀天地于大祀殿,并日、月、星辰、山川等神俱在焉。其禮甚省,其敬甚專。嘉靖九年罷之,而分爲圓丘、方澤、朝日、夕月四郊,其大祀殿則以孟春上辛祈穀。十年又改啓蟄日祈穀。二十四年又改大祀殿爲大享殿,然祈穀禮不復行。崇禎十四年復行祈穀禮,用上辛,十五年用中辛云。

奉旨詳察各監局職掌疏崇禎壬午正月。

禮部題爲欽奉聖諭事。

儀制清吏司案呈,奉本部送,崇禎十四年十二月十七日,該司禮監太監王裕民等傳奉聖諭:"諭禮部并在內各監局等衙門官,嘗典制內外攸分,本職之外,豈宜侵越?我太祖高皇帝酌古式今,獨嚴近習之防,勅內官毋預外事。一時朝政清明,法紀整肅,拔本澄源,意甚深遠。朕鑒後追前,凜持祖訓,自今神宮等監及各司局庫等衙門,或典禮繕戎,或鳩工笵鏞,或司膳服,或辦文書,都著勤慎小心料理本等職業,應釐剔的,極力釐剔,應節裁的,加意節裁,各要精專供事,守法奉公,不許違越祖制,干預在外政事。違者即以亂政參拏處斬不貸。該部監仍詳察舊典,將各監局職掌逐一開列來奏。特諭。欽此。"欽遵傳出到部送司,案呈到部。

　　臣等捧誦聖諭,仰見皇上神武英斷,卓越古今,睿慮鴻謨,同符聖祖。蓋嘗遜稽《周官》,内職不滿百人,糾禁王宫,掌于小宰。古聖垂法,豫戒將來,蓋其慎也。太祖高皇帝實詳鑒于往代而取衷之。其設内官也,監司局庫各有定員,秩不過四品,俸不過月一石。而且糾劾有令,交通有戒,豫政典兵有禁,謹内外之防,杜假竊之漸,至尚論漢唐已事而三致意焉。淵哉《大訓》,亘古不易矣!雖二十五年曾遣太監,而聶慶童往諭陜西河州等衛所番族,令其輸馬,以茶給之。然往諭屬番,於軍民無與,且不假事柄,亦暫往即還。終洪武之世,無他特遣。此所以致清明整肅之治,開萬世太平之基也。乃若列聖纘承,宫府之大防無改,而時事偶異,中外之任使間聞。如永樂中始有遣使外夷,及遣往甘肅巡視,却來回話者。洪熙中始有守備南京者。正統中始有率兵討賊征虜及各省鎮守者。景泰初遘會多艱,始有分坐十營或稱監鎗者,然仍聽尚書于謙等節制。至正德中,邊關始置内監,且令提督禁兵内操,分坐勇士四衛軍營,益非祖宗之舊矣。他如監工監器、會同審録、蘇杭織造、榷税開礦之役,大約利少害多,兼亦旋設旋止,操縱在握,一時暫托權宜而事任,遞遷易世,每多釐正。實惟世宗肅皇帝毅然裁革,獨斷於先;我皇上剪除逆璫,媲美於後。總之,稟成于高皇帝訓諭"内臣毋預政事,外臣毋行交結"二語,足括千古治亂之源矣!

　　臣等伏讀寶訓,深邈貽謀,不使有功,自無竊柄之患,嘗令畏法,實杜亂政之階。故委腹心則威福移,寄耳目則羅織啓。尊典章則職守自恪,嚴内外則侵越不生。此實鑒古酌今,可以無敝,而神孫聖祖於焉一揆者也。謹遵聖諭,備察舊章,將各監局職掌著爲令甲可考見者臚列上呈御覽,至於供事披庭,位置日備,因時增設,外牒未詳,及釐飭節裁等事,應聽該監臣逐一開列具奏,恭候聖明裁奪施行。

　　計開:

　　洪武二十八年重定内官品秩,凡監十一:

　　神宫監,掌太廟祭器及祭祀、灑掃殿庭廊廡;

　　尚寶監,掌御寶、璽、勅、符、將軍印信;

陵神宮監,掌灑掃殿庭及栽種菓木、蔬菜之事;

尚膳監,掌供養奉先殿并御膳與宮內食物之類,及督光祿寺供奉宮內諸筵宴飲食之事;

尚衣監,掌御用冠冕、袍服、履舃、靴襪之事;

司設監,掌御用車輿、牀榻、衾褥、帳幔諸事;

內官監,掌成造婚禮奩、冠、舃、傘、衾、褥、帳幔、儀仗及內官、內使貼黃諸造作,并宮內器用、首飾、食米土庫、架閣文書、鹽倉、冰窖;

司禮監,掌冠、婚、喪、祭禮儀,制帛與御前勘合、賞賜筆墨、裱背書畫,并長隨當差,內使人等出門馬牌等事,及催督光祿寺造辦一應筵宴;

御馬監,掌御馬及諸進貢,并典牧所關收馬騾之事;

印綬監,掌誥券、貼黃、印信、選簿、圖畫、勘合、符驗、信符諸事;

直殿監,掌灑掃殿庭、樓閣、廊廡之事。

以上每監設太監一人,秩正四品;左右少監各一人,從四品;左右監丞各一人,正五品;典簿一人,從五品;又設長隨、奉御,正六品。

各門掌晨昏啟閉關防出入:午門、端門、承天門、東華門、西華門、玄武門、奉天門、左順門、右順門。以上每門設門正一人,秩正四品;門副一人,從四品。

司二:

鐘鼓司,掌奉先殿祭樂及御樂,并宮內宴樂,與更漏、早朝鐘鼓諸事;

惜薪司,掌宮內諸處柴炭之事。

以上每司設司正一人,秩正五品;左右司副各一人,從五品。

局六:

兵仗局,掌御用兵器,并提督匠役造作刀甲之類,及宮內所用梳、篦、刷、刡、針、剪諸物;

內織染局,掌染造御用及宮內一應段匹絹帛;

針工局,掌成造婚禮衣服,付內官監收用,及造內官諸人衣服鋪蓋諸事;

巾帽局,掌造內官紗帽、靴襪及預備賞賜巾帽諸事;

司苑局,掌宮内諸處蔬果及種田之事;

酒醋麵局,掌内官諸食用酒、醋、麵、糖諸物。

庫三:

內承運庫,掌收支段疋、金銀、珠玉、象牙諸寶貨之物,及同司鑰庫掌鈔錠之數;

司鑰庫,掌内各衙門鎖鑰及收錢鈔之事;

內府供用庫,掌御用香米及内用香、燭、油、米,并内官飯食、菓食之類。

以上每局、庫設大使一人,秩正五品;左右副使各一人,從五品。

洪武三十年增置:

都知監,掌内府各監,行移一應關支勘合。設太監一人,秩正四品;左右少監各一人,從四品,左右監丞各一人,正五品;典簿一人,正六品。

銀作局,掌造内府金銀器用。設大使一人,正五品;副使一人,從五品。

洪武二十八年定東宮、諸王、公主内使。

東宮設典璽、典樂、典膳、典服、典兵、典乘六局,各設局郎一人,秩正五品;局丞二人,秩從五品。惟典璽局增設紀事、奉御,秩正六品。典璽局掌璽寶、翰墨諸事。典樂局掌同御醫脩合藥餌,供進湯液之事。典膳局掌供進膳羞。典服局掌冕弁冠帽、袍服、佩刀、靴襪諸物。典兵局掌甲冑、戈矛、弓矢刀劍諸物。典乘局掌車馬之事。

親王府設承奉司,掌王府諸事。凡事則呈長史司并護衛指揮使司行之,與内官衙門不相統攝。設承奉正,秩正六品;承奉副,秩從六品。所三,曰典寶,曰典膳,曰典服。典寶掌王之寶。設典寶正一人,秩正六品;副一人,從六品。典膳、典服掌飲膳、衣服之事。各設正一人,秩正六品;副一人,從六品。門官二人,掌王城宮殿門啓閉關防出入。設門正,秩正六品;門副,從六品。設内使十人,司冠一人,司衣三人,司佩一人,司履一人,司藥二人,司矢二人。

公主位下設中使司,掌府中諸事,司正、司副各一人,皆雜職。

崇禎十五年正月十四日奉聖旨:"據奏各内監及門司庫等衙門既有本等職

掌，舊制具在，豈容踰越？著各恪守典章，以免侵曠，凜奉法度，以明糾虔。有敢干預政事、交結外官者，定以違旨重治。其或供事日煩，位署欲備，因時增減，別有成規，司禮監察明開列來看。該衙門知道。"

右各監局職掌，《會典》不載，部中案牘亦無可稽。德璟與左堂王公錫袞互相參訂，因細考《實錄》及《吾學編》、《今言》、《函史》、《史料》、《名山記》、《蕪史》諸書，詳酌回奏。是時上太阿在握，宮府肅清，庶幾復二祖之舊云。

欽遣祈雪山川壇小紀崇禎壬午正月。

辛巳冬未雪，上臘朔之夜傳諭，令禮部祈雪。臣璟待罪本部，即與署部左堂王公具疏。初二日，蒙遣臣璟祈于山川壇，且令竭誠行禮。初四日五鼓，馳至南郊先農壇，祠祭署太常官捧祝版至，盥手親填名訖，即從齋宮過數百武至山川壇外。太常官以紅紗籠雙引前導，步入壇，至祭所。贊引官贊詣盥洗所，太常官捧盆盥洗畢，就拜位。唱迎神，贊陞壇，太常官導繇西級上，至中五壇香案前，跪上香，又至左右二壇上香，復位，四拜，奠帛，行初獻禮，太常官代獻。贊跪，唱讀祝，俯伏，興，平身。亞獻、終獻俱如之。送神四拜，讀祝官捧祝，進帛官捧帛，凡九匣，每匣五色帛三，共二十七帛。各詣瘞位，即隨詣焚所，一躬禮畢，復歸祠祭署，用小飯，歸。是日賜胙，次日具疏復命，并謝胙。自此遂與王公輪入部行香祈拜。

維崇禎十四年歲次辛巳十二月壬寅朔初四日乙巳，皇帝遣禮部右侍郎兼翰林院侍讀學士蔣德璟致祭于山川之神曰："三冬不雪，望斷三農。憂懼靡遑，特申籲禱。惟神鑒格，速需六花。惠徵豐登，式彰靈應。謹告。"

欽遣謝雪。

臘四日祈雪，至廿二日始微雪，壬午元日夜雪，而順天府亦報郊外諸處雪。及初九日，上享太廟，大雪花皆六出。初十日，駕出正陽門至南郊，復大雪花如稷米。十一日子時行祈穀禮，花皆冰片，夜晃有光，連雪三日，深數尺，徧地瑤玉，天顏喜甚。遂即日上謝雪疏。有旨諏十六日寅時謝雪，復遣璟謝山川壇。

而十五日戌時上特傳諭到部，令欽遣各官虔肅行禮，不許錯過吉時。是夜上元也，夜不敢寐，即以四鼓馳至正陽門，開鎖出，至山川壇，親填祝版，趣太常各官將事。成禮時，天始明，遂藉手報命云。

論周嶽與虞夏商不同、漢嶽與虞周不同

《舜典》有四嶽，不言中嶽。《王制》亦然。其言井田，惟有恒山、衡山，不言泰、華、嵩山。蓋《王制》南北以山爲至，東西以水爲至，故五嶽言其二。《舜典》言四方巡狩所至地，故五嶽言其四，初無嵩山之名。《職方》“山鎮”有恒，有岱，有華，有衡，有霍，不言嵩高，而有嶽山。蓋周都在五嶽之外，故以雍之吳山爲嶽山。此周嶽與虞夏商不同也。《舜典》南嶽，孔安國以爲衡山，《職方》“山鎮”亦曰衡山。是衡爲南嶽明矣。而《爾雅》有二説，河南衡山爲南嶽，又以霍山爲南嶽。蓋漢武帝巡南郡，禮天柱山，號曰南嶽。是以衡山遼遠，而移其神于霍山也。説者謂一山兩名，失之矣。此漢嶽與虞周不同也。《周官・小宗伯》“兆四望於四郊”，鄭玄謂“四望”爲四嶽，“兆”謂壇之營域也。秦自崤以東，所祠者其山則嵩山、恒山、泰山、會稽，其川則濟、淮；自華以西所祠者，其山則華山、嶽山，河祠於臨晉，江水祠於蜀。漢祖亦祠河于臨晉。武帝祠中嶽、太室，又禮灊山於灊、西嶽華山於華陰、北嶽恒山於上曲陽，河於臨晉，江於江都，淮於平氏，濟於臨邑界中。光武祀北郊，祀地祇，從祀中嶽在未，四嶽各在其方孟辰之地，在中營内；海在東；四瀆，河在西，濟在北，淮在東，在外營内。晉立北郊於覆舟山，五嶽、四望、海瀆皆從祀。隋祀四鎮并冀州鎮霍山，俱就山立祠，祀東海於會稽縣界，南海南鎮俱近海立祠，四瀆亦如之。唐制，嶽鎮、海瀆既皆從祀方丘，又每年以五郊迎氣日祭之於本界。東嶽岱山祭于兗州，東鎮沂山祭于沂州，東海於萊州，東瀆大淮於唐州，南嶽衡山於衡州，南鎮會稽山於越州，南海於廣州，南瀆大江於益州，中嶽嵩山於雒州，西嶽華山於華州，西鎮吳山於隴州，西海及西瀆大河於同州，北嶽恒山於定州，北鎮醫巫閭山於均州，北海及北瀆大濟於洺州，皆命本界都督刺史行事。開元、天寶又遣使分祭之。宋制，祭東嶽於兗州，西嶽於

華州，北嶽於定州，南嶽於衡州，中嶽於河南府，東鎮於沂州，南鎮於越州，西鎮於隴州，中鎮於晉州，東海於萊州，南海於廣州，西海、河瀆並於河中府，北海、濟瀆並於孟州，淮瀆於唐州，江瀆於成都府，遥祭北鎮醫巫閭山於定州北嶽。祠各以本縣令尉兼廟令丞專掌其事。真宗景德中加五嶽帝號，遣使即其廟祀之。神宗元豐中建四望壇於四郊，望祀嶽鎮、海瀆，每方嶽鎮共一壇，海瀆共一坎。元遣使致祭，皆就嶽鎮、海瀆之廟。我明既於國城南建祠合祀，若遣使致祭，則各就嶽鎮瀆之廟云。

崇禎十五年正月十六日，德璟記。

附　五鎮及霍嶽考

北鎮醫巫閭山在遼東廣寧衛。舜封十有二山，以此山爲幽州之鎮。其山掩抱六重，故又名六山。上有桃花洞，又聖水盆三，其水自懸巖下瀉，雖冬不冰。又有仙人巖、飛瀑巖，下有吕公巖。

東鎮沂山在青州臨朐南百餘里，即古蓋與朱虚地。顏師古曰：沂山在蓋。鄭《志》曰：朱虚有東泰山。《水經》云：巨洋水出朱虚縣泰山。酈道元注曰：泰山者，東泰山也。巨洋水，即《國語》所謂巨水，袁宏所謂具昧，王韶之以爲巨蔑，亦曰朐瀰，皆一水也。西則遠宗岱嶽，東則俯視瑯琊，山之巔爲百丈崖，有飛泉下灑，曰瀑布。左麓爲東鎮廟，中有堯柏，背負鳳凰嶺。南有穆陵關，界長城、書案二嶺之間，管仲所謂“南至穆陵”是也。大峴、柳龍諸山環其左，仰天、逢山繞其右，嵩朐、委粟奠其北，金泉、瀰水經其後。夏有望秩之典，周有埋沉之祭，秦祠加車乘騮駒。

西鎮吳山在鳳翔府隴州南七十里。山有五峰，一曰西鎮，二曰大賢，三曰靈應，四曰會仙，五曰望輦，《書》“導岍及岐”“岍”即此也。《周禮》“雍州山鎮曰嶽山”，即指此。《山水經》云：吳山之峰，秀出雲霄，山頂相捍，望之常有落勢。其位西方，故曰西鎮。

南鎮會稽山在紹興府會稽縣東南一十二里，古防山也。亦曰苗山、曰茅山、曰衡山、曰釜山、曰覆釜、曰棟山、曰南山，其實一山也。《山海經》曰："會稽山上多金玉，下多鉄石，勺水出焉。"《史記》："禹會江南計功而崩，因葬焉，命曰會稽。"會稽者，會計也。山之東有窆石，窆石右爲禹廟，廟之西曰中峰，下有禹寺，寺後相傳爲禹陵，陵有禹井。山東北嶺有降仙臺，西北與宛委接，上有石匱壁立，中有穴號陽明洞，即三十六洞天之一也。夏禹發之，得赤珪如日，碧珪如月，又得金簡玉字之書，悟百川之理。賀知章纂《山記》曰：黃帝號宛委，穴爲赤帝陽明之府，藏書於此。大禹得書，復藏之，因謂之禹穴。今人以陽明洞外飛來石下爲禹穴，流傳失真。

副南嶽霍山在廬州府霍山縣西南五里，高七千七百七十丈。《封禪書》曰："元封元年冬，上巡南郡至江陵，而東登禮灊之天柱山，號曰南嶽。浮江自潯陽出樅陽。"文穎曰："天柱山在灊縣。"《洞天記》：黃帝封南嶽，衡山最遠，以灊霍副之。舜南巡狩中，祀大交、霍山，貢兩伯之樂。漢武帝考讖緯，皆以霍山爲南嶽，故祭其神于此。至隋開皇九年始定衡山爲南嶽，廢霍山爲名山。《黃庭内景經》曰：霍山下有洞，方二百里，司命真君之府。有西北東南四門，中有五香芝、飛華金瓶之寶、神膽、靈瓜，食之者至玄。

灊嶽在潛山縣西北二十里，一曰天柱山，一曰灊山，一曰皖山。漢武帝以南嶽遠在衡山，欲南狩，乃移於灊山登封之，故今爲霍山，亦以爲霍嶽云。灊山聳其北，皖山揖其南，雪山盤其東，霍屏在西，有峰凡三十七。

議定宋六子位次疏崇禎壬午二月。

禮部爲遵旨詳議事。

祠祭、清吏司案呈云云。看得理學淵源，莫盛于宋，而周、張、朱、邵、二程六子，尤爲儒宗。其在聖門，所謂聞性與天道者也。繼往開來之功，視秦漢唐諸儒實超津涯而上之。我皇上生知天縱，妙契道原，聖學緝熙，真接羲堯一脈。適以辟雍再蒞，釋奠之次，瞻仰堂廡，念六子與諸儒並稱先儒，似無差別，欲特加崇隆。又以位次題稱通行已久，其難其慎，令臣部與詹翰等衙門詳察博議。臣等敢不逡稽典故,參酌見聞,以襄皇上崇隆正學,兼統君師之盛。

謹按遵旨詳議者有二,一曰題稱,自四配十哲而下,兩廡之間及門者稱賢,不及門者稱儒,其來已久。蕭皇帝時始再定之,然如周惇頤之《易通》、《太極圖說》,程灝、程頤之全書,張載之《正蒙》、《東西銘》,邵雍之《皇極經世》、《觀物內外篇》,朱熹之《啓蒙》、《近思錄》、《小學》諸書,皆弘闡聖真,力闢佛老,精微廣大,真得孔孟不傳之秘,恐及門七十子亦未之或先也。昔人稱通天地人曰儒,儒名本貴,而列在諸儒之內,頗有未安。進改"先賢",眾論僉允。惟我皇上實先得心之所同然者,合無改題木主,令該監堂上官告于先師,行釋菜禮,無容別議。

一曰位次。古者立教,本以明倫。瞽宗之秩序,亦猶宗廟之昭穆也。世次相仍,誠如明旨所云遵行已久。考弘治中先臣楊廉疏請申明祀典,謂周、程、張、朱從祀,位宜居漢唐諸儒之上,未見舉行。嘉靖中先臣吕懷疏請道統正傳皆進廟堂,系之四配之下,蕭皇帝以從享與四配等,位次具歷代秩祀,又經我太祖欽定者,議遂中寢。今六賢位次之議,大約亦楊廉、吕懷諸臣之意,皆可采行。然考洪武中欽定,則周、程、朱三賢皆仍前代封公,而居漢唐諸儒侯伯之下,竊謂仍依世次,似亦穩當。且朱熹受學于李侗,有師生之誼,似不便越居其上。而既稱先賢,名號已別,亦不以先後爲軒輊也。乃臣等恭繹明旨所云,經書《性理大全》六子爲多,大賢哲、大學問、大有功聖門,此自千古定論。則或進之漢唐之上,或進之宋儒之上,以見七十子之後道統之傳惟六子能得其宗,而非漢唐宋諸儒所可擬者。自古衆言衷于聖人,議禮本諸天子。皇上羹墻千聖,淵鏡群倫,計宸衷自有裁斷,非臣等所敢擅定也。

而臣等猶有請者。今六子格言,蒙特旨令儒臣纂緝,而實際惟在設誠力行。計其書雖多,總以明通公溥、主敬立誠爲要。蓋性命之學即治天下之大經大法,非有精粗也。程子在經筵雅多匡捄,朱子上封事,尤極剴明。然當時尚有僞學之譏,至今有不盡用之恨。則表章其人,不若熟玩其書;即刊布其書,又不若推行其道而昌大之。我皇上聰明睿智,同符聖祖,當必有超然獨契于心者,行且遡六子而承五百年聞知之統,聖道之行,其在今日乎!緣係云云。

崇禎十五年二月　日。

此係璟初薰,旋與署部王素公年丈商議,以位次爲不必拘,因改六子于十哲之下,漢唐宋諸儒之前。奉旨報可。

典禮告成疏崇禎壬午二月。

題爲微臣在禮言禮,謹殫蒭蕘,以光聖政事。

臣等叨佐禮官,仰見皇上敬天法祖,備極精誠。郊廟必親,對越罔懈。近者祈穀、耤田、朝日諸大典禮相繼具舉,臣等幸以菲劣備駿奔之末,仰藉日躋聖敬,獲告成事。又伏覩入春以來,瑞雪叠飛,豐登有象,聞自關內外至河北、山東、浙直一帶,無不以盈尺之雪相慶者,實數十年所希覯也。至耕耤再舉,尤爲曠典。蓋高皇帝嘗曰:“耕耤古禮也,一以供粢盛,一以勸農務本。朕即位以來,恒舉行之,惟欲使民知勸,盡力南畝,非事虛文。”而蕭皇帝亦于二年及□年再行三推,無非首重民依,爲三農勸。我皇上之心即高皇帝、蕭皇帝之心也。惟是頻年旱蝗,奴寇交訌,加以三餉重叠,民不聊生,誠恐勸農之心雖勤,而民尚有不能農、不敢農、不肯農者。流亡滿眼,父子相食,死且不顧,何從問牛尋種,是不能農也;三餉逼迫,纔一舉犂,催徵已至,胥皂牌票,狼虎噬人,誰不望而却走,是不敢農也;富者以逐末爲利,黠者以充衙役、縱游惰爲利,甚且以充兵爲利,投賊爲利,而最窮最苦莫如農,則何苦而農乎,是不肯農也。無農則無粟,無粟則無民,亦且無兵。此非急核蠹餉,量除加派,則農夫終無樂生之日也!祖宗時,惟正之外,別無加徵,猶且歲有蠲免,矧今日乎?

臣等又見皇上加意憐才,命部院議起廢錮,且特召用劉宗周、鄭三俊及命輔臣清理冤獄,中外歡呼,無不加額頌神聖者。臣等愧乏知人之明,無以仰佐高深,惟每翻閱部中舊案,見原任侍郎陳子壯、顧錫疇二臣,竊以爲罪尚可原,而才實有可用者。子壯以議宗才獲罪,錫疇以議戚臣獲罪,雖一時意見絓誤,而其平日品望,臣等實愧不如。又如原任祭酒倪元璐、文安之,學問經濟卓然不群,兩雍至今以爲師表,似亦當在賜環之列。至原任少詹事黃道周,愚戇之咎,實皆自取,而半生孤苦,子幼家貧,萬里投荒,深可軫念。在如天之度既曲賜矜全,乃人材實難,亦豈忍終棄?倘或寬其永戍,許以自新,此則堯舜憐才盛心,非臣等所敢冒請也。子壯等與臣同官同署,心知其枉,不敢不言。亦以皇上求治之切,愛惜人才之盛心同符二祖,而臣等顧忌不以入告,非忠臣也。敢因具奏而并盡其愚。伏祈聖明俯鑒愚誠,斷自宸衷,下部議施行。臣等可任皇悚待命之至。

崇禎十五年二月　日。

回奏教坊樂舞疏_{崇禎壬午二月。}

禮部題,爲欽奉上傳遵依回奏,并陳修舉事宜,仰聽聖裁事。

本月二十四日,該內閣傳臣錫袞、臣璟到閣,恭述皇上面諭耕耤事,因科臣沈迅有疏,商確一番,如《豳風》、《無逸》之講俟另議外,其教坊司所扮黃童白叟,鼓腹謳歌爲佯醉狀委爲俚俗,臣等前演習時已斥令改正,祗因沿習已久,不能驟更。又蒙諭:感天地之舞不宜扮天神褻瀆,及禾詞宜頌不忘規,須令詞臣另行撰擬,俱即行令更正。又蒙諭:太常寺有神樂觀及給賜淨衣,取其精潔。今郊廟祭樂亦多疎澀,如琴瑟並無指法,舞容尤乖古制,宜訪求知樂之人細加參究。因及鄭世子所進《樂書》及原任禮部尚書黃汝良《樂律考》,大要以黃鍾爲主。仰見皇上留心上理,於禮樂精微無不洞悉。臣等謹察得,黃鍾候氣實爲律曆之本,而自漢唐以來或爲三寸九分或爲九寸,其說不同。前議曆法時,臣等以古葭灰候氣之法,令欽天監與新局並試,皆不甚曉。至樂舞生則琴瑟搏拊尚未能辨,矧黃鍾乎?周時以舞教國子,令大胥正舞位,小胥正舞列,節八音而行八風,蓋五行之義皆寓於其中。至漢《大樂律》,則卑者之子,不得舞宗廟之酬。凡除吏二千石至六百石關內侯至大夫之子,取其適者以爲舞人。其教之豫而選之精如此,以故能發揚功德,孚格人天。而今皆伶人下賤爲之,去古實遠。宜令太常倣周漢意選舞士,不得仍以倡優充數。仍將律書正聲所纂舞圖、舞節重加翻習,庶足復三代之舊。又輔臣奏,廟堂上不宜用教坊樂,聖意亦以爲然。察

《會典》，凡祭祀用太常寺樂舞，凡朝會、宴享等禮用教坊司奉鑾。而相沿既久，疎舛成習，所當嚴行申飭者也。至古者房中之樂歌《關雎》諸詩，燕射之樂歌《鹿鳴》諸詩，笙奏《繇庚》諸詩，即漢人樂府亦特爲古雅，當時音容必有可觀。自唐始分太常與教坊爲二，實鄭聲亂雅之始。惜古樂殘缺，未易頓議，亦宜訪求知樂之人徐加訂定，以副聖天子復古致治盛心。伏乞勅下臣部通行詳確議奏施行。

崇禎十五年二月二十六日上。

<h3 style="text-align:center">兩侍耤田賜宴恭紀崇禎壬午二月。</h3>

崇禎七年甲戌二月二十七日甲申，上親祭先農壇，行耕耤禮。臣璟以春坊右諭德兼翰林院侍講陪祀，而弟德瑗以兵科給事中導駕三推，同蒙賜宴侍坐在齋宮臺下。璟兒熺幼，亦從觀，因作《耤田賦》。迨十五年壬午二月十九日己未，上復親祭先農，行耕耤禮。臣璟以禮部右侍郎兼翰林院侍讀學士再陪祀扈駕，復蒙賜宴侍坐在齋宮丹陛上。蓋自高皇帝洪武二年己酉二月始耕耤田，八年乙卯二十年丁卯再行之。然惟初舉時親祭先農，後皆遣官行禮，躬耕三推而已。洪熙元年，宣德元年，正統元年，成化二年，弘治元年，正德元年，嘉靖元年、九年，隆慶二年，萬曆七年，天啓□年，皆二月親耕，計二百七十餘年行之凡十四次。而上至再舉，實師高皇與蕭祖也。臣璟幸兩與盛典，又叨在禮曹，一切題覆頗詳，謹次如左：

崇禎十四年辛巳正月，上傳親耕耤田，部擬三月朔。已得旨，因聖躬偶恙改期，於是十二月以期請，而擬明年二月十九日己未卯時，報可。迨壬午春，禮部行文內府監局及部寺衙門各蕆厥事。

二月初九日，璟偕左堂王公錫袞入部演教坊樂舞。十四日復詣先農壇巡省。督壇工者，工部主事門人葛惟恒也。因演祭先農及耤田、賜宴儀注凡三起，薄暮方歸。十五日畫耕耤位次圖。十六日太常寺奏祭。十七日太常寺進祝版。上御文華殿親填御名訖，即安香帛亭內，迎至先農壇神庫暫安。而順天府先以耒耜及穜稑種進呈訖，內官捧出，仍授順天府官，從午門左門置綵輿，鼓樂送至耤田所。十八日，上常服告奉先殿，行四拜禮。是日大雪。近午，臣璟冒雪出宣武門，至先農壇。先期順天府尹張宸極、府丞門人梁雲構設青箱及御耒耜、龍亭三座、御鞭一匣。又於御耕處結綵，置蓬廠三丈餘，長可三十丈，預篩細土待耕，及演御牛使馴熟。而內府亦發老人巾衣三十副。巾，黑幘也，衣似青衿，而有紅裡。璟因偕二公議定公卿位次，旋入齋宮觀陳設。梁君留同張公小酌于耕心居，即過天壇，同左宗伯王公齋宿。蓋先農壇惟祠祭署，無別房，陪祀諸公皆宿天壇云。天壇與農壇東西對，亦不遠，是夜雪霽，月明如晝。十九日四鼓，同王公過農壇候駕，暫憩旗纛殿向火。天明，出觀神庫、神厨諸處，而充三公者定國公徐允禎、恭順侯吳惟英、清平伯吳遵周，以甲戌位次，三公與九卿東西相間。今用文武東西，非是，與王公及德璟爭論。璟謂：文東武西，朝制也。三公一班，九卿一班，耤田制也。如東一公、西一公，東又一公、西一卿，如此相間，是輕三公，非重三公也。葉文莊《水東日記》載："成化二年以大學士李賢等六文臣耕左，以三勳臣及文臣三人耕右。"現冊可考。而遵周爭之甚力，曰："果爾文東武西，則西三公、東九卿，不尤妥乎！"璟曰："不佞前議亦如此，然西三寬東九窄，不得不以三文臣益之。想祖制商確妥當，不必更議。"遵周又曰："何不近用甲戌，而用祖制？"璟曰："甲戌禮臣不考祖制，是其乖舛處，安可復蹈乎？"國公又曰："如此，俟駕到，須面奏。"璟曰："不佞正須面奏，將祖制剖明一番。"而閣臣周公延儒等亦見詢，因出《水東日記》證之，然終不如古禮爲正。古禮天子三推，南向，公卿五推、九推，西向，既不敢與天子同向，而上坐親耕臺時，亦不相背。今南北畝長地窄，東西畝短地寬，如以三公九卿東西相向而耕，於禮甚安，於終畝亦易，然駕且至，遂不敢動矣。即易祭服立農壇以俟，蓋禮臣例不候駕也。

卯時上駕到具服殿，易皮弁、服絳紗祭服至壇，曉日晴明，陰翳一掃，交相慶焉。壇上結黃幄，奉先農，下設上拜位，奏樂迎神四拜，初獻跪、讀祝，亞獻，終獻，飲福受胙兩拜，送神四拜，凡十拜。上拜揖甚恭，禮畢即回至具服殿殿在觀耕臺後。易翼善冠、黃袍。百官俱更吉服，分東西立。太常寺卿奏請詣耕耤位，璟偕王公同六科導駕至位，位在觀耕臺下。南向立，三公九卿亦照圖立定，不復爭也。戶部尚書傅淑訓北向跪進耒耜，順天府尹張宸極跪進鞭，六科、錦衣衛、太常卿導引，上左手秉耒，右手執鞭，三推步行犁土中，盡壠而止，每一次可百五十武，往迴六次，計九百武，上不爲勞也。耕時，教坊司引紅旗兩旁，唱《禾詞》四十八首。老人牽御牛二人，扶犁二人，皆青衿服，隨上往還，牛亦馴擾。耕畢，戶部尚書跪受耒耜，置犁亭，府尹跪受鞭，置鞭亭。太常卿奏復位，上南向立。府尹捧青箱播種，一往一還。耆老以御牛隨而覆之。導駕官導上御觀耕臺，南向坐。臣璟等臺下左右侍。於是大學士周延儒、賀逢聖、張四知、謝陞、陳演，吏部尚書李日宣六人耕東；定國公徐允禎、恭順侯吳惟英、清平伯吳遵周、戶部尚書傅淑訓、兵部尚書陳新甲、工部尚書劉遵憲六人耕西。順天府廳官各執箱播種。太常卿奏耕畢，從耕官各就位。上起，自臺而下，乘輦詣齋宮，陞座。文官從宮東門，武官從宮西門入。樂作《萬歲樂》，各官一拜三叩頭，分班侍立。樂作《朝天子》，順天府官率兩縣官、耆老人等五拜三叩頭。農夫蓑衣挑農具三十人隨後俯伏。禮畢，即隨府縣官從西門出，至耕所終畝。府縣官仍從東門入班。鴻臚卿致詞慶賀。贊行五拜三叩頭禮。

上傳旨賜酒飯，復一拜三叩頭。上退御後殿少憩，尚膳監於前殿安膳卓，諸品極華麗，然皆用蔬菓也。一連二卓，上以齋不用葷。光祿寺疏請諸臣亦用蔬，上不許，令諸臣照例用葷，而御膳仍素，惟不禁酒。御席在前殿內，左右皆黃幄也。殿外用黃結爲幔天。文三品以上，武二品以上，皆丹陛上排宴。文東武西，每邊各三行，每行八張。東則大學士周延儒、賀逢聖、張四知、謝陞、陳演及吏部尚書李日宣、戶部尚書傅淑訓、兵部尚書陳新甲爲一行；工部尚書劉遵憲，左都御史王道直，戶侍郎白貽清，禮侍郎王錫袞、臣璟，掌詹侍郎李紹賢，兵侍郎張鏡心，戎政侍郎吳甡爲一行；刑侍郎惠世揚、工侍郎宋玫、副都御史宋之普、詹事府事掌祭酒南居仁、詹事掌翰林院黃景昉、詹事丘瑜、通政使徐石麒、大理卿張三謨爲一行；而小九卿、三品如太常、光祿以下皆在臺下，以臺窄也。西則定國公徐允禎等及五府皇親三行,亦如之。

有頃,上出陛座,教坊作《萬歲樂》,傳旨:"官人每坐。"各官行一拜三叩頭禮,即就坐。樂作《朝天子》,尚膳監迎膳,樂作《水龍吟》,一奏《本太初》之曲,管絃樂作《朝天子》。尚膳監二人捧金爵金瓶至御前,跪進酒,教坊官跪奏:"進酒。"尚膳監三人以黃罩罩湯,用黃傘遮至御幄前,教坊跪奏:"進湯。"樂作《太清歌》。撤碗。隨復進碗,樂止。奏《四時和》之舞,皆童子也。教坊復奏"百戲變碗",用五人,中一人擎兩碗而前,初皆空碗也,再變,米盛碗中;再變,則兩碗皆空,惟兩枝牡丹花挺出。二奏《仰大明》之曲,管絃樂作《殿前歡》,尚膳復舉爵至御前,教坊跪奏"進酒",樂作《水龍吟》。跪奏"進湯",樂作《太清歌》。徹碗,樂止。奏《呈瑞應》之舞,亦皆童子也,手執嘉瓜連蒂、瑞麥兩岐,及"天下太平"小牌。諸種舞畢,教坊奏《禾探子》,承應禾探子者,以一老人上,而令兩少年探田野間,持嘉瓜瑞麥報喜也。三奏《民初生》之曲,管絃樂作《沽美酒》,尚膳復舉爵至御前,教坊跪奏"進酒",樂作《水龍吟》。奏"進湯",又跪奏"進膳",樂作《太清歌》。尚膳徹案,教坊跪奏《黃童白叟鼓腹謳歌》,承應童前,叟後,叟跪飲酒,爲佯醉,鼓腹而退,如是者三,然亦俚矣。教坊跪奏《感天地》之舞,用九文臣、九武臣,皆朝冠,又用五海神、五方夜叉三、香斗老人三,官皆假面,鼓樂並作。教坊齊跪奏曰:"法祖欽天保萬民,首先農務事耕耘。一人有慶安天下,萬國來朝賀聖君。"奏畢,各官即起席,出至齋宮外候送駕。興,陛輦,奏《樂神歡》之曲,樂作《天下樂》,鼓吹振作。上還,仍詣奉先殿參謁,如前儀。臣璟等復至天壇道院,小飯始歸云。

璟按:"耤"字,《周禮》作"籍",《禮記》作"藉",《詩·載芟》小序亦作"藉",《説文》作"耤",《大明會典》亦作"耤"。《周禮·天官》:"甸師掌帥其屬,耕耨王籍,以時入之,以共齍盛。"注:"籍之言借也。《月令》:孟春天子以元日祈穀于上帝,乃擇元辰,天子親載耒耜,帥三公、九卿、諸侯、大夫,躬耕帝籍。天子三推,三公五推,卿、諸侯九推。"注:"元辰,郊後吉辰也。帝籍者,爲天神借民力所治之田也。籍田共上帝粢盛,故云'爲天神借民力'也。"箋云:

“籍之言借也。借民力治之。”《正義》云：“天子千畝，諸侯百畝，王一耕之，而使庶人芸芓終之，是借民也。”王者役人，自是嘗事，而謂之借者，言此田耕耨皆當王親爲之，但以聽政治民，有所不暇，故借人之力以爲已功。《漢書》：“孝文籍田。”應劭曰：“籍田千畝，典籍之田。”臣瓚曰：“親耕親桑，率天下先。”本不得以假借爲稱，然凡言典籍者，謂作事設法，書而記之，或復追述前言，號爲典法。此籍田在於公地，歲歲耕墾，何故以籍爲名？若以事載典籍，即名籍田，則天下之事無非籍矣，何獨於此，偏得籍名？瓚親耕之文，即云不得假借。豈籍田千畝，天子親耕之乎？《周禮》疏云：“藉田之穀，衆神皆用，獨言帝藉者，舉尊言之。自天子三推以下，示有恭敬鬼神之法，又示帥先天下，故暫時耕，終之者庶人也。”《說文》曰：“耤，帝耤千畝也。古者使民如借，故謂之耤。”從來“昔”聲通作“藉”。韋昭曰：“借民力治之，以奉宗廟，且以勸率天下，使務農也。”盧植曰：“藉，耕也。《左傳》‘鄅人藉稻’，故知藉爲耕。”薛瓚曰：“藉，謂蹈藉也。”師古曰：“瓚說是。”今《會典》作“耤”，蓋本之《說文》。考耤字義。

　　《詩·載芟》：春籍田而祈社稷也。《正義》曰：周公、成王太平之時，王者親耕籍田以勸農業，又祈求社稷，使獲年豐歲稔。故序本其多獲所緣，經則主說年豐，不及籍社，所以經、序有異也。《月令》：孟春，天子躬耕帝籍。仲春，擇元日，命民人社。大司馬仲春蒐田獻禽以祭社。然則天子祈社亦以仲春，與耕籍異月，而連言之者，俱在春時，故以春總之。《祭法》云：“王爲群姓立社曰泰社，王自爲立社曰王社，亦曰帝社。此二社皆應以春社之。但此爲百姓祈祭，文當主於泰社，其稷與社共祭，亦當謂泰社社焉。”鄭玄謂：“王社在藉田之中。”環按《大明集禮》云：“周官籥章，凡國祈年于田祖，吹《豳雅》，擊土鼓，以樂田畯。”鄭氏曰：“田祖，始耕田者，爲神農也。”漢立官社，文帝令官祠先農。晉武詔復二社。北齊及隋又改曰先農。唐神龍中，禮官祝欽明議以禮典無先農之文，先農與社，本是一神，妄爲改作，請改先農壇爲帝社壇，以應《禮經》王社之義。至開元定禮，又采齊、隋之議，復曰先農。宋陳祥道曰：“先儒謂王社建於籍田。然《國語》‘王籍’則司空除壇，農正陳籍禮。而歷代所祭先農而已，不聞祭社也。《詩》曰'春籍田而祈社'，非謂社稷，建於籍田也。"今按祝欽明云，先農即社。陳祥道云，社自社，先農自先農，藉田所祭乃先農，非社也。其説不同，其爲重農報本之義一也。考先農。

享先農之禮與躬耕同日，禮無明文。惟《周語》云："農正陳藉禮。"而韋昭注謂"陳藉禮"者，祭其神，爲農祈也。至漢，以藉田之日祀先農，而其禮始著。漢舊儀，春耕藉田，官祠先農，百官皆從。置藉田令丞。東漢藉田儀，正月始耕，常以乙日祠先農於田所。先農已享，耕于乙地。自晉魏至唐宋，其禮不廢。政和間，罷享先農，爲中祀，命有司行事，止行親耕之禮。南渡後，復親祠。元不親行，僅命有司攝事而已。高皇帝親祠躬耕，始復古禮。後改中祀，止遣應天府官致祭，不設配。祭畢親耕，惟登極初行耕耤禮則親祭云。考祭與耕同日。

《月令》：孟春擇元辰。説者曰：元辰，祈穀郊後吉辰也。十二支謂之辰，郊天是陽，故用辛日。耕藉是陰，故用亥辰。知用亥者，正月亥爲天倉，以其耕事，故用天倉也。《周語》立春之日，農祥晨正，至二月初吉，王裸鬯而行藉禮。漢文用亥日耕藉，祠先農。明帝耕以二月。章帝耕以正月乙日。晉武帝以正月丁亥。宋文帝以正月上辛後吉亥。齊武帝時，王儉謂：親耕用立春後亥日，經無明文。何佟之云：《少牢饋食禮》禘太廟，用丁亥，鄭玄以不必丁亥，今若不得丁則用己亥、辛亥，苟有亥焉可也。梁天監中議書云：以殷仲春藉田，理在建卯，於是改用二月。唐用孟春吉亥，宋用正月上辛後亥日。政和中議禮局言孟春親耕，下太史局擇日，不必專用吉亥。元用孟春吉亥。國朝以仲春擇吉日行事。考不用亥。

虢文公云："藉田之制，司空除于藉。"漢文帝立壇於田所，其制如社之壇。宋於宮之辰地八里外，整制千畝，中開阡陌，立先農壇於中阡西陌。南梁移藉田于建康北岸，築兆域如南北郊。齊作祠壇於陌南阡西，廣輪三十尺，四陛、三壝、四門，又爲大營於外。唐高宗改藉田壇爲先農壇。神龍初復改先農壇爲帝社壇，於壇西立帝稷壇，禮同太社，惟不備方色有異焉。壇高五尺，方五丈，四出陛，其色青。宋先農壇，九尺四十步，飾以青，二壝。元壇制同社壇，縱廣十步，高五尺，四出陛，其色青，每方開靈星門。國朝壇在籍田之北，高五尺，闊五丈，四出陛。考壇制。

德璟附考。

部覆舉人葉嘉徵等疏壬午二月。

看得舉人葉嘉徵等，原因科場文字或襲用佛語，或雜引諸書，或字句微疵，或詁解似鑿，俱經奉旨褫革，發回肄業。是聖明原未絕其進取之途，使復從事棘闈，未必不仍叨入彀。乃各生不忘故物，仰覬寬恩。如葉嘉徵等者守困十年，叩閽三上，夫亦以既登賢書，回首子衿無色，久經創艾，庶幾浩蕩可邀。臣等凜奉明綸，恪遵功令，何敢遽為代請？而獨計此十餘人者，其引用欠馴，撰造求異，皆因向來之習氣淘汰未淨，一經懲抑，海內無不靡然向風矣。學之消長何嘗，才具之優劣亦異。若概從擯棄，聖世諒無錮人；苟絕望收羅，壯心寧甘坐耗？不正用之於鉛槧科名，且有邪用之於踰閑躍冶者。臣等竊謂雍規新飭，如副榜准貢，原係額內未收，且令學成試用，而況已列正榜、初無情弊者乎？合無准將葉嘉徵等併凌雲翔等俱行發監肄業，使其奔走上疏之歲月仍用之伏案窮經。責成雍臣課以經義，六曹試以騎射命中，勒限卒業，及格為期。果能磨勵圖新，盡更舊習，然後奏請覆試，取自聖裁。倘才本疏庸，或仍効軋苗，永從褫斥，跧伏何辭？庶數年之沉錮頓舒，而朝廷之勸懲倍肅乎！其葉嘉徵等原疏，臣等未敢逐一具覆，統候聖裁定奪，遵奉施行。緣係云云事理，未敢擅便，謹題請旨。

崇禎十五年二月二十九日奉聖旨。

恭擬冊封永王文壬午三月。

維崇禎十五年歲次壬午三月庚午朔，越二十一日庚寅，皇帝制曰：朕恭繩祖武，仰席天休。長發其祥，幸本支之昌後；封建厥福，宜茅土之疏榮。誼既篤于展親，典並隆于啟宇。咨爾皇四子睿名，賦資岐嶷，育德溫文。璿極分暉，式謹庭趨之教；尊樓儷秀，具凜藩序之恭。朕稽古每眾建維城而剖封，必冊拜于廟，彝章具在，寵命宜均。是用封爾為永王，錫爾介圭，以作爾寶。於戲！《周書》之命康叔，敬典在乎乂民；漢史之頌東平，問樂莫如爲善。惟孝以永言垂則，惟福以永配自求。爾尚克戒怠荒，無忘忠孝。保兹帶礪，以鞏皇家。體朕訓言，用膺多祜。欽哉。

糾真人疏崇禎壬午三月二十四日。

禮部奏，爲欲掃外寇，宜清内治，謹據職掌糾正，仰懇聖裁事。

臣惟古帝王天保治内，采薇治外。治内在省刑薄賦以固民心，治外在選將練兵以鞏國勢，並無所謂異教也。比者奴寇交訌，民不聊生，幸皇上神武英斷，清理冤獄，蠲免舊逋。近復再行親耕，勸農頒詔，民始有再生之望。而於邊腹二寇宵旰惓切，中外翹首，竚見廓清。乃有真人張應京乞渙發三官徽號一疏，則臣等不能無駁者。據《道藏》並無三官之說，近世始有之，其經以天官、地官、水官爲陳子椿之子，有無不可知，然既經晉號，而應京復請齎諭中外，一體遵奉，共許慶賀，則不惟例所不載，其意欲以何爲？得無借此簧鼓愚民，使之奔走供奉以爲利乎？抑幾倖差遣招搖誑耀，以爲名乎？近年異教盛行，游惰奸民棄農不務，逃入二氏之徒，脱漏戶口，消減丁糧，不啻千萬。別有白蓮、無爲等教，夜聚曉散，所在充塞。若復許之慶賀，其惑亂有不忍言者。漢末之黄巾以妖術授徒，及應京之祖道陵以五斗米設教是也。道陵舊事姑不深言，自晉及唐，其子孫並無封號，宋崇寧中始賜號張繼先爲虚靖先生，亦並無品級，至元始加真人，稱嗣天師。高皇帝以天豈有師斥之，且以清理釋道二教責之臣部。大哉聖謨，一洗胡元之陋矣！應京酒肉俗流，前春祈雪不効而歸，此來沿途祈雨亦不効，反以得雨誑告，蓋與誦《華嚴經》咒蝗者並笑破天下之口。而尚久戀京邸，耗蠹不貲，長愚民左道之心，短邊兵血戰之氣。無益有害，斷可知矣！似宜急逐歸山，以清輦轂。至其妄瀆宸聽，容臣等照左道惑衆例依律究處。伏乞聖斷施行。

崇禎十五年三月二十四日上，留中久之，發下改票。奉聖旨："朕勤思治政，敬事天地，原非別有崇尚徽號，傳諭自屬朕意，非繇張應京所請。至大真人品級名號，乃先朝舊制，何得云無？王錫袞等只當據職効規，不必故行苛議，比擬不倫，致失大臣告君之體。該部知道。"

按真人張應京入京，庚辰正月初奉命祈雪，上遣大璫與偕，備極虔禮，以不效遣歸。辛巳正月復召之，一途招搖，七月始到。上令賜宴禮部，璟與署部王公議不可，因引西僧賜宴在興隆寺例，令之宴于靈濟宫，而遣大璫陪之。比上幸學，應京又疏乞與坐，王公復與予議斥不許。及再駁此疏，且指及五斗米事，聖意甚不平，然亦不罪也。謹書之以見聖德。

開送部院起廢單壬午五月。

爲遵旨開送事。

恭誦起廢明旨，令在廷諸臣"實見某才堪用，某冤宜雪的，開送彙奏存案"。旋又奉有"一并追論"嚴綸，敢不矢慎矢公，自附于舉知之義。如原任禮部侍郎陳子壯、顧錫疇，祭酒倪元璐已經復官，詞臣劉同升、趙士春現候回奏，原任科臣何楷、姚思孝、李清、莊鰲獻、張作楫、袁愷、李希沆、熊開元、陰潤、劉昌，臺臣詹爾選、王聚奎、林蘭友現議賜環，不敢概列外，其在敝鄉則王志道、傅元初、林胤昌、王命璿、王忠孝、吳澧其著也。志道爲副院時抗疏廷諍，卓有風節；元初入垣未數月，正氣讜論，屢觸奸鋒，雖非以言斥而斥實因言；胤昌清真敏練，典選有聲，陳瑄一案原無相涉；至命璿才品詳練，王忠孝氣節崢嶸，與吳澧舊日所坐皆非其罪；而黃道周、馬思理、涂仲吉一案牽累甚多，冤尤宜雪。即未敢遽請起用，似且酌量免戍，以彰聖主解網之仁，亦熙朝一美事也！其海内名賢難以枚舉，據所知，范景文、錢謙益、文安之、楊廷麟、鍾炌、李覺斯、施邦曜、成勇、葉廷秀、解學龍、袁繼咸、金鉉、胡周鼒，皆所云才品堪用，冤抑宜伸，得于目擊最真者。欲應惜才宥過之旨，斯其人乎！此外尚有部曹、司道、郡縣以絓誤罪廢甚多，當更俟各省直撫按開送，不敢臚舉也。

崇禎十五年五月初十日，禮部右侍郎兼侍讀學士蔣德璟單。

親祀北郊恭紀壬午五月。

崇禎十五年五月二十六日甲午夏至卯時，大祭地于方澤，恭請聖駕親詣致

379

祭。先期十日，欽遣大臣四員輪視牲于南郊之犧牲所，臣璟以禮部右侍郎與焉，又奉命充上香導引官。五月十九日上御皇極殿齋戒，百官例當吉服，以祈雨用青錦繡。太常寺奏祭當日爲始，散齋四日，二十三日爲始，致齋三日。

二十三日質明，上嘗服乘輿詣太廟門西，降輿至廟門幄次內具祭服，詣太廟告請太祖配神行禮畢，出至幄次內易嘗服還宮。是日璟入部齋宿。二十四日臣璟奉命視牲，京營用藍旗五對導至南郊犧牲所，太常寺卿張公忻迎入，即恭到兔房、鹿房、羊房、豬房、黑牛犢房，每到一房則所官跪曰大祀兔、大祀鹿云云，遣官止立視而已。禮畢，入問牛亭，所官備酒肴，予曰：齋戒不宜用酒。卻之，一茶而出。過天壇，則祠司復備飯，亦卻之。即以是日具疏復命。二十五早，上嘗服詣奉先殿，以親詣北郊預告于太祖、列祖神御前，還宮。是午臣璟先期出安定門，入壇偕左堂王公錫袞齋宿。入壇觀黃琮古玉，司寇徐公石麒、協院房公可壯、太宰李公日宣、司徒傅公淑訓、司寇惠公世揚立談。

二十六早三鼓，偕左宗伯王公錫袞、宮詹黃公景昉具祭服入皇祇室請神及高皇帝配位、山川從位。王公上香，璟與黃公導引至壇奉安訖。四鼓後，月如鈎出自東南，惠風和暢。鐘鳴，上乘輿從午門、端門、承天門、長安左門、安定門，詣北郊壇外西門內北門之左降輿，導駕官導上至行幄具祭服，璟三人以上香導引復命畢，上曰"知道了"。時曙色漸開，上繙閱章疏久之，報卯時，上步出大次，天表睟盎，神采射人。導駕官導上從內壇櫺星右門步入，行大祭禮。樂九奏，上升壇者五。至辰時，朝旭蒸人，上對越升降愈恭。禮畢，璟等三人復導皇地祇及高皇帝配位下壇，即導皇地祇及諸從位奉安皇祇室，而高皇帝神版則司禮監奉入太廟。上至具服大次易嘗服，免朝。頃之，駕還。陪祀宮鞠躬候駕過，上仍詣奉先殿參謁如前儀。

璟按，高皇帝初分祀天地，建方丘于鍾山之陰，以夏至祀焉。十年丁巳始合祀于南郊大祀殿。嘉靖九年庚寅，始復分祀，建方澤於安定門外，坐南向北，以高皇帝配享，坐右向左，以嶽鎮、海瀆、陵寢諸山從祀。東二壇則五嶽及泗州基運山、鳳陽府翔聖山、鍾山、神烈山爲一壇，四海爲一壇。西二壇則五鎮及昌平州天壽山、承天府純德山爲一壇,五鎮四瀆爲一壇。五鎮者,東鎮沂山,在青州臨朐;北鎮醫巫閭,在遼東廣寧;中鎮霍山,在潛山、霍山二縣界;西鎮吳山,在陝西隴州;南鎮會稽,即紹興會稽也。四瀆,江、淮、河、濟也。又建皇祇室於方澤南,以藏皇祇及從位主。

正位黑犢一、黃琮、黃帛、黃玉爵。配位同,惟無玉。四從位黑犢四、北羊四、猪四。計用犢六隻,北羊及猪各四隻,餘二犢、一猪、一羊、一鹿爲羹胾豚胉,糝食脯醢之用。北羊者,羊角彎下價高,山羊則角直上價廉,大祀不用山羊。

黃琮方可五寸,厚可一寸,皆周尺也。色青,上凸下平,其凸處微帶黃色耳。黃玉爵亦青爵也,想黃玉難得。

南郊上帝及高皇帝配位神版、諸從位神牌皆藏于泰神殿,故祭畢導引官同導入泰神殿而已。北郊則皇地祇及從位藏于皇祇室,而高皇帝配位在太廟,臨祭前一日請出入壇,故導引官既導皇祇入室,而高皇帝神版則奉入太廟,司禮監官後隨。

請行謚典疏崇禎壬午年五月。

禮部爲謚典久未舉行,風教急宜振飭,謹遵發單勒限之明旨,申請早完大典,以勵人心事。

案查崇禎五年九月內,本部尚書黃汝良覆禮科都給事中張國維議謚疏,奉聖旨:"謚法有關風勵,依議詳諮確覈,務協公評,不得徇私憑臆,致乖大典。其發單仍勒限報部,毋再稽遲。欽此。"察得原疏請謚,舊例五年一舉,當時已缺至十二年,而今又遲十年矣。自古帝王治天下,惟有賞功罰罪,而謚則賞罰之尤大者。近日名教不靈,廉恥道喪,將吏每多叛竄,紳衿至于迎賊,幾不知忠孝節義爲何物。皇上召對面諭,謂今日滅奴蕩寇,只在大賞大罰,真勵世磨鈍急務也!除鄒元標忠介、馮從吾恭定、顧憲成端文、王德完莊毅、趙南星忠毅、高攀龍忠憲、楊漣忠烈諸臣,理學、事功、忠諫、節義皆一代之最,已經賜謚外,據科臣疏,首言革除諸臣,次言軍功,而於《會典》所稱節概、勳猷二語尤致慎焉。

臣等細加參究，大要節概以死忠爲上，如革除中卓敬、鐵鉉、景清、方孝儒（孺）諸人不待言矣，近之忤璫如左光斗、周宗建等，抗奴如孫承宗、洪承疇、盧象昇等，狥寇如傅宗龍等，指尚不勝屈也。勳猷以軍功爲上，如萬曆中俘建酋王杲及平哱、平播、平倭三大案，文武功多可書。近日之何可綱、曹變蛟以功兼死，尤爲慘烈，指亦不可勝屈也。而有宜申飭者三焉。先臣丘濬謂謚兼用美惡，王世貞亦曰高皇帝於子秦王謚愍，魯王謚荒，況臣下乎？竊謂文臣二品以上皆宜謚，勳戚凡在公列亦宜謚，侯伯必蒞軍府有功方許謚，謚皆兼美惡。二品以下即庶僚有節烈勳猷卓然不朽者亦可謚，不然，官雖貴不謚，則陳乞可清也。唐宋謚議掌于太常博士，國初令禮部行翰林院擬奏。今宜先以其議責之太常，臣部與吏、禮、兵各科核定，而閣臣爲詳加折衷，始取上裁，則事出于公，衆論可服也。五年一舉雖有近例，然人品邪正萬目難欺，蓋棺論定即可予謚，不宜少待，致有沉埋，則風勵可速也。至發單博訪，聽各衙門各行開送，固爲詳慎，而彼此稽延，終致耽閣。既有部科及太常之議，似亦無敢濫狥者。苟有不當，聽科道各官糾舉，誰敢私之？勵世磨鈍，實在此舉，伏乞聖明裁奪施行。

崇禎十五年五月上。

德政殿召對論太廟祧廟事崇禎壬午六月十八日。

十五年正月，奉旨枚卜。十六日甲申，廷推十三人，璟居首，次即同邑詹事黃公景昉。六月初四日，奉旨再推，禮部尚書林欲楫居首，亦同邑也，共十一人。初十日召對中極殿，而前後二推二十四人，僅十五人在京。林公自南京察陵回，至天津請告，餘皆在籍。於是十五人入午門外東直房，旋至東閣小坐。將午，上召入弘政門內賜饌，三人爲一席。飯畢，駕將出，忽下詢九人未到者姓名，而傳聖躬偶爾嘔吐，令且回各衙門，俟再行召對。十七日林公到京，未見朝。

十八日上傳禮部堂上官、禮科、太常寺卿來中左門，及午，賜宮餅各十五枚。頃之，上御中左門之左小廂房，有扁曰「德政殿」，殿二層，深可三丈餘，闊可四丈，中隔一門限耳。璟偕林公及左侍郎王公錫袞，太常寺卿張公忻，禮科沈君胤培、戴君明説、姜君埰至厢房外，隨輔臣周公延儒、陳公演揭簾入。叩頭畢，林公以奉差察勘南京陵山復命。致詞畢，上諭："卿等進來。"輔臣及林公入門限内，璟等門限外東旁立。上返顧，屏諸璫退後，即曰："禮部等官過來。"上曰："太廟之制，一帝一后，計九廟。此外祧廟亦有九，亦只一帝一后。"因屈指數，自德、懿、熙、仁四祖外，仁、宣、英、憲、孝共九祧廟已滿。各一帝一后，其繼后及生母后七位，既不得入太廟，亦並無祧廟之主。即宮中奉先殿，亦原止一帝一后，嘉靖後有以繼后、生母后入者，而以前七位尚無祭也。上意似在生母孝純皇太后，而又推及七位后，欲悉入奉先殿，亦未明言也。林公奏："皇上孝思深篤，典禮隆重，容臣等詳查具奏。"璟奏："奉先之外，别有奉慈殿，係奉繼后及生母后處，今雖廢，似可舉行。"上即曰："奉慈殿外，尚有弘孝殿、神霄殿、本恩殿。"璟奏："宮内規制，臣未能悉知，只奉慈殿係孝宗建的，嘉靖中廢之而建神霄。今未知奉慈尚有基址否？"上曰："奉慈殿久已撤了。"因將司禮監所列帝后廟號及《會典》、《典彙》諸書、太廟奉先諸圖傳示輔臣，傳璟等輪看。璟等看畢，與科臣沈君商確宜復奉慈意，即同林公、王公再過跪，璟奏："奉慈殿如未可復，或在即神霄奉祀，未知可否？"上曰："太廟一帝一后，朕不敢輕動，還只是奉先尚可恢拓，前後加一層，亦即祧廟，亦當祫祭。"璟奏："大祫之禮，歲暮已行于太廟，似已妥當。且奉先原只一帝一后，與太廟同，若并祧廟之主俱入，未知妥否？且其地亦窄。"上曰："奉先殿現有繼后及生母后七位。"璟奏："此是萬曆初添入。"上曰："是萬曆三年。"胤培沈君奏，大意與璟同。而戴、姜二君亦各有奏，但云太廟有四孟之祭，奉先只朔望有祭，而四孟未舉，似可增者，則朔日有祭，非即四孟之朔日乎。又有云：太廟之祭，上行十二拜禮，入奉先再行五拜三叩頭禮，聖躬雖勞，亦尚行得者。上默然。

上因言："洪承疇督師抗節及松杏將士死守，爲奴慘殺，宜有特祭。且還當親祭。"林公奏："洪承疇家眷在天津，諸將士吳三桂等差人護送。"甚言洪承疇死節之詳。王公錫袞奏："前皇上催洪承疇卹典，因關外諸逃將塘報游移，並無確據，其意恐以抗節之忠，形其偷生之醜，以惑兵部。臣兩次行咨兵部，俱不回覆。"璟奏："皇上表章忠義,洪承疇及錦、松諸將士雖死猶生,中外無不感奮。然奴酋專以挑濠困城,如今寧遠雖有巡撫固守,尚恐奴從黑庄窠、高臺堡諸處截入中後、中前、前屯諸處,困圍寧遠,又是困松、錦故智。"上曰："寧遠諸處已有巡撫及督師駐劄,自可照管。"錫袞奏："登萊水兵,亦可用之搗奴。"璟奏："皇上前遣登將王武緯率水兵三千赴援寧遠,如今想已到覺華島。"上顧輔臣曰："是王武緯麼?"輔臣對："是王武緯。"上因令部寺諸臣暫退,璟等俱出簾外。上令內璫傳部寺諸臣回各衙門,而諭輔臣云："朕以枚卜大事,擬于二十二日吉日舉行,如今亦不消等了,即以明日召對會推諸臣。明日日子亦大吉。"遂出,各以燈行。

六月十九日,臣德璟謹記。

是日議太廟祧廟事,因太廟九位、祧廟九位俱滿,上意欲於宮中再建祧廟,其方位畫圖及木石諸料業預備。然自古無二祧廟,再建非禮也。故事,太廟、祧廟,諸帝皆止一正后。即奉先殿亦依太廟定位,凡繼后、生母后,皆不得入。弘治初別建奉慈殿以奉孝穆紀太后,於是孝肅周太后、孝惠邵太后皆祀奉慈。嘉靖十五年遷主祔陵,而罷奉慈之祭。隆慶初奉安孝烈方皇后于景雲殿,更名曰弘孝,又奉孝恪杜太后于神霄殿,萬曆三年,奉孝烈、孝恪俱祔享奉先殿,而弘孝、神霄之祭俱罷。蓋禮之一變也。以故陳、李二太后皆祔奉先,即聖諭所云繼后及生母后七位也。然其忌辰皆不得設祭、服青云。上因念生母孝純劉太后以不得設祭、服青爲痛,而追向前生繼七后,欲同建一廟,實大孝錫類之極思,然於禮未合。且即另建廟亦與奉慈,弘孝、神霄等耳。臣璟以爲宜復奉慈,雖於聖意小忤,然亦俯亮其守禮,不罪也。其後大宗伯林公欲楫、左宗伯王公錫袞、禮科沈君胤培執奏,竟得中止。

敬日堂外集卷四

中極殿召對枚卜諸臣崇禎壬午六月十九日。

十五年六月十八夜三鼓，吏部傳帖，上召會推諸臣蔣德璟等來中左門。十九日早飯後至禮部朝房小憩，而左堂王公亦至，因同入至東閣坐。同召者，吏尚書李公日宣，禮尚書林公欲揖，左都御史王公道直，禮侍郎王公錫袞及璟，掌詹事府禮侍郎李公紹賢，協理戎政兵侍郎吳公牲，刑侍郎惠公世揚、徐公石麒，工侍郎宋公玫，詹事府掌翰林院黃公景昉，詹事丘公瑜、通政使沈公惟炳，大理卿張公三謨，諭德楊公觀光，共十五人。而徐公以病瀉辭不至。上召舊輔賀公逢聖、兵尚書陳新甲入，將午賜飯，每三人爲一卓，共五卓。每卓撰（饌）盒一架，看十餘器，皆出內膳，非光祿辦也。飯畢，上先召輔臣周公延儒、陳公演及賀公入德政殿賜坐。賀忽放聲大哭，聞之大駭。哭久不止。久之，上召新甲入詢邊事。又召吏部李日宣、都察院王道直入。頃之，新甲先出，又命李、王亦皆出，曰：「卿二人，不須召對也。」又諭：「吏部順天巡撫王文清爲巡按，梁士濟言其病狀，當更換。」又諭：「都察院將新授御史蘇京、王漢、王燮，差分監軍援豫。」既出，上即移駕過中左門，入中極殿。三輔臣亦入殿，留坐宴。而賀復放聲大哭，拜跪至數十不止。上命之出，及出殿檻外，行五拜三叩頭禮，復絮哭不止，見者怪之。

既出，上方召會推諸臣入，行一拜三叩頭禮，再行一拜三叩頭禮謝賜饌。上令入殿內，即依班魚貫入，立御座東。上於御幄外另設龍榻，榻左右盆花四株，其盆各以黃帕護之，八窗洞開，薰風襲人。上曰：「逆奴未滅，流寇猖獗，天變民窮，卿等有何嘉猷奏來？」即令：「起來，各依會推序次過奏。」而璟推叨第一，然班在尚書下，遜讓久之，不得已先過跪奏：「臣璟學問迂踈，百凡未經諳練，不敢造次陳奏。"上曰："上來。"即膝行數步，又曰："再上來。"再數步，距御案可丈許。璟再奏："同推諸臣，皆是一時人望，臣官資在後，不敢先對。"上曰："奏來。"臣奏："奴、寇二者，實是最喫緊事。御奴雖在關外，然關內三協，尤當嚴防。即如己巳從中協大安口入，丙子從陵後得勝口入，戊寅從西協墙子嶺入，皆是中西二路。從來薊鎮以匹馬不入爲功，如今只在堅守。相機拒戰，畢竟要在兵精。近皇上雖十分嚴諭，邊臣終是虛冒。就如中協一處，每年除屯、鹽二糧及民運外，新舊練三餉百餘萬，而總兵李居正疏，只云'兵僅三萬，堪戰者九千'而已。中協如此，東協、西協可知。三協如此，各邊可知。不知此餉皆歸何處？且祖制三協只一督、一撫、一總兵、一副總兵，即皇上初年亦只是如此。今增二總督、三巡撫、六總兵，又有副總兵加都督銜者十餘人，副總兵四十餘人，此皆虛冒加派之餉，何嘗得其死力？就是關外之戰，總兵太多，不相管攝，督師亦提撥不動，所以皆不用命。前見廢將張鵬翼疏，亦言總兵太多，十箇總兵十樣心腸，邊事安得不誤？"上用筆歷歷記之。又問："流寇近困中州，作何救援？"璟奏："中州果是危急，日夜盼望援兵。前新設河北副總兵卜從善，令其統精兵五千爲渡河接應，並無一兵渡河，顯是虛冒。即八鎮督師亦是無益，八鎮地方五六千里，牌票累月尚行不到，何處呼應得來？試看丁啓睿只跟着左良玉脚下團走，成何督師？此官似是可裁，專責撫鎮爲得力。"上又手記之。璟再奏："近見永城舊總兵劉超疏言'收用土賊，爲以賊攻賊之計'，非不鑿鑿可聽。第未知劉超能辦此否？"上沉吟"劉超"二字，璟再奏："宋宗澤、岳飛在河南，亦是收拾土賊，此法實是可行，只在得人。"上曰："文武各官如何得盡其用？"璟奏："此只在皇上一心，天下豪傑甚多，原不須借才異代，近日考選起廢，漸次登用，朝野無不鼓舞。還望皇上寬以收之。即武將亦儘有好的，只在功罪嚴明，自然用命。亦須久任方好，近日升轉太驟，如薊督何等關係，半年換了五個，就是豪傑亦難展布。"上曰："不好的自當更換。"璟奏："不好自當更換，只須慎之于始。"上首肯。又問："天變如何消弭？"璟奏："天意只在百姓身上，捄得百姓一分，即消得天變一分。近只爲加派所苦。萬曆年間，各邊舊餉只三百餘萬，今加新餉九百餘萬，又加練餉七百三十萬,計二千餘萬,加五六倍。自古以來,未有括天下二千餘萬以輸京入戶部,而又括戶部二千餘萬以輸邊者。各邊又日告饑,脫巾鼓譟,此二千餘萬銷歸何處?上又歷歷手記。因曰:"兵餉查核,何處下手?"璟奏:"在戶、兵二部,通盤打算。皇上有加派之名,而無加派之實。民生只有此物力,挪舊補新,挪新補練,二千萬亦不能完,只是費州縣許多鞭朴就是。兩京太僕寺馬價,舊制只七十餘萬,今驟加八十八萬。其實每年尚完不得三十萬,并舊額尚欠許多,何況新額?皇上敬天勤民,心無不盡,即加派亦非得已。還當專重本色,只以務農為主。皇上今年再行親耕耤田,為天下先,而百姓窮苦,無牛無種,既不能農,且州縣迫于督責,勾攝紛紜,亦不敢農。一丟了農器,隨着流賊劫掠滿載,揚揚得意,又不屑農。既無農人,則本色何處得來?所以民生日困,盜賊日多,皆繇於此。如今只在先清冗將,既無冗將,則冗兵可減,冗餉可省,然後可漸蠲加派,可招撫亡命歸農,此是第一喫緊。皇上蠲免十二年以前舊租,臣謂今十五年加派亦當盡免。山東、河南、江北三處,尤當加意,庶幾良民不化為寇,流寇、土寇亦肯復化為民,安心就撫,歸農復業,方可望得太平。"上首肯之。璟再奏:"急則治標,緩則治本。"上問:"如何是治本?"璟奏:"收拾民心便是根本。祖宗只以愛民重農為第一義。願皇上脩復祖制,以圖中興。"上沉吟"脩復祖制"四字,璟奏:"高皇帝、文皇帝成憲具在,列聖遵守,以致太平,願皇上留意。臣書生不諳大計,又近密封多不抄傳,未知其詳,恭承清問,不敢不對。"上命:"起來。"退歸東班。上曰:"既奏的,過西班立。"璟即鞠躬過西。

次黃公景昉奏守關外必先守關內,保河南必先固河北,防江北尤當固江南。其論甚開暢。次王公錫袞、楊公觀光、李公紹賢奏亦佳。吳公甡奏堯舜知人官人,議亦甚正。次惠公世揚、林公欲楫、丘公瑜奏皆多根本之言。并房公可壯、宋公玫、沈公惟炳、張公三謨,語多不能詳記。奏畢,殿內原備六卓,有內監備饌,將賜諸臣坐宴。而房、宋、張三公不甚稱旨,上遽令各回衙門,遂俱出,時日已薄暮矣。是夜欽點臣璟與黃公景昉、吳公甡三人,二十一日奉旨俱升禮部尚書兼東閣大學士,入閣辦事。而以濫推多人責吏部回話,遂有二十三日之事。

辭　入　閣　疏

　　禮部右侍郎兼翰林院侍讀學士臣蔣德璟謹奏，爲驚聞寵命，揣分難勝，懇乞天恩俯容辭免，以安愚分事。

　　本月二十二日准吏部咨，爲欽奉聖旨事，奉聖旨："蔣德璟、黃景昉、吳甡俱升禮部尚書兼東閣大學士入內閣，同首輔延儒等辦事。會推大典當矢公矢慎，勿濫勿遺，況係輔弼重臣，宜何如敬舉？今乃任意稱詡，徇情濫推。內如房可壯、宋玫、張三謨等，是否皆堪斯任？着吏部回將話來。欽此欵遵。"臣聞命自天，不勝感戴，不勝兢悚，即於私寓恭設香案，望闕叩頭謝恩訖。

　　伏念臣世受國恩，幼承家訓，矢念惟知忠孝，閉門空對圖書，毫無適用之能，每愧孤踪之拙。恭遇我皇上御極以來，拔置清班，洊更華貫，如記注、編纂、視草、衡文、與脩實錄、副裁會典，上侍儲講，下教館員，皆不過循行數墨之嘗，實深負竊祿鰥官之□，以至兩年佐禮，尤無寸効可書。間伏睹皇上聰徹古今，綜核名實，每當登進，備極精詳。既采諸眾議之公，復斷自淵衷之獨。即頃者會推，兩次召對，再三期得真才，以需大受。一時師濟，不乏名流，而猥以愚陋如臣，濫膺特典，誤辱殊知，躐進崇階，叨陪密勿。恩雖深于覆載，懼實凛于淵冰。昔高皇帝妙選侍臣，專資顧問；文皇帝首開東閣，特簡儒英。臣何人斯，敢當茲寄？矧今日尤中外多事，在至尊且宵旰爲勞，即名碩猶費拮据，若虛庸豈堪步武？臣既下惕古人量己之義，又恐上負聖主知人之明，謹瀝下誠，仰干天聽，伏乞聖明俯收成命，別簡才賢，庶愚分得以少安，而政本亦因之增重矣云云。

　　崇禎十五年六月二十二日上。二十四日奉聖旨："卿器品端凝，學行醇博，政本重任，特茲簡畀。着即遵旨入閣佐理，不必遜辭。該部知道。"

中左門召對面捄會推下獄諸位壬午六月二十三日。

　　壬午六月二十一日己未，璟既被命入閣，二十二日吏部咨到，即會同官黃公景昉、吳公甡上辭疏，方候旨未敢出門，二十三日，上忽傳召五府、九卿、京營總協及科道掌印來中左門召對。首輔周公延儒以病辭不入，惟陳公演偕府部各官入。璟原係禮部侍郎，吳公係協理戎政侍郎，皆在九卿之列，不敢不出，因相約入東閣同坐。旋入弘政門，過文昭閣，入直房。上賜飯甚豐潔，璟與吳公同一席。頃之，上御中左門，皇太子、定王、永王左右侍立。上黃袍，太子、諸王紅袍也。各官行一拜三叩頭禮畢，謝賜飯畢，司禮監過奏行朝東宮禮，各官一拜三叩頭。東宮曰：“先生有勞。”司禮又過奏行朝定王、永王禮，各官一拜一叩頭。二王曰：“先生有勞。”既畢，璟及吳公過跪。璟奏：“臣德璟、臣甡欽蒙聖恩點補閣員，臣等具疏叩辭，方在候命。今蒙召對，理合趨承，謹奏知。”上曰：“朕知道了。”兵部尚書陳公新甲、工部尚書劉公遵憲、戶部侍郎莊公祖誨、兵部侍郎馮公元飆、通政使沈公惟炳、右通政金公光辰各以事致詞，次第過奏訖。

上喚：“吏部尚書李日宣來。”其聲頗厲。李公即過跪。次喚吏科都給事中章正宸、河南道張察院瑄、都副都御史房可壯、工部侍郎宋玫、大理寺卿張三謨來，諸公各過跪。上曰：“枚卜大典，輔弼重臣，如何濫推許多？如房可壯等三人果堪推舉麼？吏部用人之官，通是徇私濫舉！責令回話，尚是一片支吾。”天語尚多，日宣初不敢對，旋奏“臣日宣事皇上有年，從來不敢徇私”云云。上曰：“前在平臺，爾奏當秉公執法，惟知有君父，不知有私交；知有國法，不知有情面。那一件不是情面？朕申飭數次優容，全然不悛。天下不治，總繇用人不當。枚卜如此，其餘可知。”日宣奏：“枚卜會推時，臣令文選司郎中與科道往復商確，並不敢執拗，不敢輕狥。”正宸奏：“日宣素是游移的人，絕無執持。臣前曾有公疏糾他。只此番推舉，實是不敢狥私。即房可壯、宋玫、張三謨在輔弼原是不堪，然平素原是好的。”上默然。瑄亦奏不敢狥濫之意。日宣奏：“臣俱與科道商酌停當，如房可壯素有風采，宋玫年少向學，張三謨亦曾掌河南道印過。”上怒曰：“住了。錦衣衛通著拿了。王錫袞著改吏部侍郎署印。日宣等六人去冠，拿出候旨。”

是時，天怒方震，相顧失色。璟語吳公：“吾二人決當申捄。”而在列諸公皆以聖怒不可輕犯為言。璟即出班，吳公同出，至御前跪。璟奏：“臣德璟、臣甡謹奏,臣等學問空疎,才識庸下,輔弼大任,臣等萬分不敢當。昨已具疏懇辭,還望皇上收回成命,以安愚分。"上曰:"卿等練才端品,朕特行簡用,不允所辭。"璟二人承旨訖。璟奏:"頃蒙拿下諸臣,平素亦是好的。一時有罪,伏望聖恩寬宥,少霽天威。"吳公亦奏,懇求寬宥云云。上曰:"頃宣諭已明,卿等不必申救。"璟再奏:"臣等亦在會推中,既是會推諸臣有罪,臣等豈敢自安?就是新命也不敢冒昧承當。"吳公亦奏:"乞寬宥諸臣,庶於大典有光。"璟復申言之。上曰:"已有旨了,起來。"陳公演奏:"天下不治,實繇用人未當。吏部爲用人之官,聖明申飭果是妥當。然枚卜大典,尚望聖慈寬宥。"上曰:"宣諭已明,卿不必申救。"演又奏:"枚卜固是大典,即邊上督撫諸臣亦極有關係,此後當慎之于始,方可得人。"左都御史王公道直過奏:"頃會推俱冢臣與科道商確,臣從來不敢置一語。"上令之起,因諭此後枚卜只用翰林,其各衙門三品以上間陪一二人,不許多推,永著爲例。錫袞過辭署吏部印,上不許。旋令各賜茶、餅。五府、九卿、科道各跪下,意欲申救,相顧無發語者,惟禮部尚書林公欲楫奏:"臣新從外來,並不知會推事體。只後來再推,臣亦在濫推之中。還望少息聖怒,寬宥諸臣。"上曰:"宣諭已明,卿不必申救。"遂退。

明日,有旨下六人于刑部獄。或謂,初次不與推者流言入內,及再推,又有不與者陰行中傷,而復有二十四氣之目徑達御前。小人傾陷,無所不有,可爲浩歎!璟退,而與黃公景昉、吳公甡商之:"吾三人會推中人,已蒙點用。而房、宋、張三公與推反下獄,升沉懸隔,跋踖不安。且吏部、都察院、吏科河南道皆推舉之人,推者下獄,則爲所推者豈有冒昧入直之理?"約俟再疏辭免,不允即合疏力救,必得釋而後任,庶不愧古人以十事進說之意。比辭疏再上,皆以乞恩寬宥爲言,竟不許。七月初四日,上召對新閣臣于中殿,臣璟三人復跪懇力捄者三,然竟不能回天,深負媿云。

再辭入閣疏

禮部右侍郎兼翰林院侍讀學士臣蔣德璟謹奏,爲隆恩重任,萬難祗承,再瀝悃誠,懇祈聖鑒事。

頃因廷推閣員,微臣誤蒙簡用,隨即具疏控辭。奉聖旨:"卿器品端凝,學行醇博,政本重任,特茲簡畀。着即遵旨入閣佐理,不必遜辭。該部知道。欽此。"臣先於本月二十三日蒙召對中左門,業以才識庸下、學問空疏面懇控辭,未蒙矜允,茲復奉有榮命,安敢再瀆宸嚴?乃捫心私揣,實有踟躕不敢當者。

竊惟內閣之任,原與諸司不同,其地甚親,爲責甚重,即在治平無事,尚恐佐理難勝,而今何時也?臣猶記在中極親領德音,以滅奴蕩寇爲期,以覈餉練兵爲要,上惕天變,下軫民窮,近惜人才,遠追祖制。蓋在清問下垂之頃,已具中興決勝之全。而臣拙訥自慚,迂疎無當,退自循省,悚懼特深。方私抱隃越之憂,安能陪贊襄之末?又考內閣建立以來,實在成祖壬午之歲,距今壬午二百四十餘年,而自萬曆己未以前,閣臣數未踰百,迨至庚申以後,不啻五十餘員。大約時際其難,豈盡才遜于古?況以微臣之謭劣,萬不如人,而當聖主之勵精,尤非易稱。雖處鈍或可以藏拙,而試劇立見其叢愆。至會推得罪諸臣,自干嚴譴,臣既凜奉面諭,何敢更控天恩?而異命方申,震綸並渙,實覺戰兢之臨谷,尚希覆載之包荒。伏乞皇上俯鑒愚忱非緣矯飾,容臣仍守原職,益勵初心。其爲生成之恩,更在拔擢之外云云。

崇禎十五年六月二十五日上。本月二十七日奉聖旨:"卿邃識貞標,寅清著望,時艱亟資幹濟,著即入直受事,以副延佇。慎勿再稽。該部知道。"

内閣到任謝恩疏 崇禎壬午六月二十九日。

禮部尚書兼東閣大學士臣蔣德璟謹奏,爲感激天恩,恭陳謝悃事。

臣仰蒙皇上特簡,兩疏控辭,未徼鑒允,臣不敢再有瀆陳,謹于本月二十九日午門前行五拜三叩頭禮謝恩外,本日到任辦事訖。伏念臣性本專愚,學多疎鹵,叨塵禁近二十餘年,素寡交游,自安淡退。不自意仰荷知遇,進佐政機。循揣分涯,實踰望外。敢不誓圖報稱,勉効馳驅。

恭惟皇上以聰明睿知之資,具文武聖神之略,求治之切,前古所稱。近如蠲賦省刑,雪冤起錮,神交六子,躬行再耕,曲軫民生,廣開言路,無事不遵祖武,舉念直與天通。至于邊腹之圖迴,尤費堂皇之咨儆。臣即參陪末議,何能更佐勷勷? 惟是習積已深,振刷未易,祖制本自精審,而沿玩衹襲具文。聖心備極焦勞,而奉行終歸虛飾。欲循名以責實,在設誠而致行。神氣既張,膚功自奏。若迺慎嚴一介,益集衆思,勞怨不辭,虛公自矢,此則微臣勿欺之素志,倍當拜命而凜然者也。所恃聖明在上,耆碩在前,兼賴同升之賢,共効協恭之誼,庶獲免于賈越,以無玷于恩知。臣無任感激屏營之至。

崇禎十五年六月廿九日上。奉聖旨:"覽卿奏謝,到任佐理兼陳藎悃。朕心嘉悅,知道了。該部知道。"

謝賜鋪陳揭帖

大學士臣蔣德璟等謹題。欽蒙皇上發下臣等直房鋪陳,每員二分,俱頓首衹領訖。臣等仰叩聖念,隆渥踰嘗,不勝感戴天恩之至,謹具揭恭謝以聞。

計開:

紅綾夾被二,紅綾棉被二,青綾厚褥二,青絹帳二,藍綾褥二,青綾春凳坐二,青綜絲枕二。

崇禎十五年七月初二日,大學士臣蔣德璟、臣黃景昉、臣吳甡。

奉聖旨:"覽卿等奏謝,朕知道了。"

回奏會推下獄七人揭帖_{崇禎壬午。}

題爲欽奉聖諭事。

本日申時接出御批,諭內閣云云。臣等跪讀再三,不勝悚惶,不勝兢凜。伏念臣等資才庸下,學問迂疏,過蒙皇上拔置綸扉,旦夕皇皇,惟隕越是懼。昨蒙召入中極殿,恭侍左右,叨承天語,一切御奴蕩寇、選將練兵,於凡邊腹情形、督撫才料之緩急,士馬之虛實,無不洞觀肯綮,妙晰機宜。臣等相顧聾服,自愧書生愚昧,無以仰佐高深。而於對揚之際,因及李日宣等一案冒昧控陳,仰蒙聖度包涵，不加譴責，詳示以濫狗之罪，難復輕容弘開。夫分別之恩，總歸寬恕。真大聖人無我之虛懷，而高皇帝不測之作用也。至於日昃不遑，天光下濟，泰交盛事，千載一時，臣等退而循省，既以爲榮，更以爲懼。已復念積習既久，中外相蒙，聖心備極焦勞，而外庭容多疑揣，謹遵旨擬諭上請，伏乞俯賜裁奪。所奉聖諭，尊藏閣中。臣等可勝感激屏營之至。

崇禎十五年七月初四日。

回奏侯恂、虎大威等揭壬午七月。

題，本日未時接到御前發下匣封內一件一本，御批一道，仰見皇上精詳周到，不勝悚服。昨欽承面諭後，即傳吏、户、兵三部掌印官到閣，臣等恭述聖諭，細加商議，除三臣各自回奏外，臣等昨亦以部覆左良玉、虎大威同處爲疑。而樞臣密奏內意欲各降三級，以安左帥之心而責其後効，故不得不如其擬。若論賞罰大法，則勇奮殺賊與擁師奔敗者自屬不同。二將功罪具在，日月照臨中相應分別懲勸，以鼓敢戰之氣，而服將士之心。聖斷如神，真非臣愚所能仰贊萬一也。至援師無統，委屬可慮，臣等與樞臣再三商確，樞臣謂現用侯恂，似不便再增一人，且造次亦無人可推。議且令恂與王漢統率援兵，急解汴圍，以俟秦督之至。計樞臣已自回奏，必能熟籌之也。謹題。

崇禎十五年七月初九日。

恭紀賜坐中左門手記兵部司官奏對壬午七月初十日。

崇禎十五年七月初十日，上御中左門內龍幄，召對兵部四司官十四人，面賜咨詢。於御幄左右設四榻，各置束帋、筆硯、水注，令輔臣侍坐門內，手記各司官奏對。臣等跪承旨訖，分左右就坐。德璟坐御幄右，各執筆隨聽隨書。是日大雨，上甚喜。既畢，臣等過跪奏：“手記潦草，容到閣謄真進呈。”上可之，回閣彙謄進呈，四鼓方出。十一日卯時，上將十四本密封黃匣內，并吏部甄別司官一本，臣等具揭一本，欽奉御批：“言貌原不能盡人才，今有各官奏對十四本，再參之部評，還得先生每分別評品來看。其奏對記開摺子留覽。欽此。”

臣等即具揭言：樞屬各官員，臣等雖未甚悉，然其才品中外亦有公評。謹據前日奏對，合之輿論見聞，酌分三等。如張經、宋祖法、尹民興、李呈祥四員，精强敏練，雅稱邊略之選，此可任邊道以儲將來建牙之用。如龔彝、周仲璉、漆嘉祉、任中麟、吳一元、鄒魁明六員，儘有識謀，兼肯實幹，堪膺繁劇之寄，第未敢遽許邊才。如鄭爾説、丁序琨、梁應龍、寇可教四員，人亦醇謹，或於兵務未甚相習，不妨改部別用，以明器使。此外部疏中尚有未任及奉差者，臣等不敢議及，第就十四人而品第之如此。至其奏對之優劣，與本部堂官之評隲，大約亦不甚相遠。伏候聖裁批定，臣等方敢擬議。謹同十四本併繳進，原奉批揭，尊藏閣中。謹題。

翼日，上悉報可。蓋聖意以奴寇未滅，博求邊才，於樞屬特所重，而諸郎如張經、尹民興、宋祖法、漆嘉祉、龔彝等，語亦多可采，然不能盡記也。侍坐盛典，兼責以詢事考言之指實，千載一時焉。

壬午七月十一日，臣德璟謹記。

回奏文武卹典揭帖壬午七月。

題，適西時蒙發下匣封内臣等擬票過工部一本，御批一件：“文武卹典多寡懸殊，先生每再加看詳來説。欽此。”臣等叩頭恭誦，仰見皇上文理密察，容光必照，不勝悚服。昨臣等看詳此本，心亦有疑，因察之《會典》，則開載自明，工部所稱照例，委屬有據，是以遂爲擬票。頃蒙批示，臣等因再加看詳，私相擬議，竊謂舊制於武臣見給物料，於文臣止給價銀，正優恤武臣親爲營葬之義，觀寶源、營繕各局所辦造冥器等項，則其爲加意可知。惟是夫匠數目太懸，則武臣似已撥有囚徒造墳，而夫匠又在其外者耳。然《會典》大義蓋爲在京勳臣、都督等官而言，所以撥給夫匠亦在後府與順天府，而磚、灰之類俱給本色，若在外武臣則原未議及。究竟典制本意未知作何畫一，臣等亦未有確據也。謹另擬一票令部科詳加考訂，乘目前重修《會典》之時，亦可爲損益斟酌之一助。謹具揭回奏。原奉聖諭,尊藏閣中。謹題。

崇禎十五年七月十二日。

皇貴妃田氏謚册文壬午七月。

維崇禎十五年歲次壬午七月己巳朔,二十四日壬辰,皇帝制曰:桂殿承芳,輝冠三星之首;蘭宮隕秀,禮崇六列之先。惟昭德於生前,宜隆恩于身後。

爾皇貴妃田氏,生有令質,早晉榮封。麟趾鍾祥,式衍振繩之慶;鷄鳴効警,時襄宵旰之勤。淑譽方宣,遺芳遽掩。望帷如在,悲空結於瑤華;辭輦猶聞,名應高于彤管。欲章懿範,宜有褒旌。爰稽素履,謚爲恭淑端慧靜懷皇貴妃。靈其有知,尚歆寵渥。

崇禎十五年七月二十四日。

恭謝御筆勅諭揭帖十五年七月二十六日。

題,適文書官李悦心到閣,恭奉勅諭一道:"皇帝勅諭輔臣蔣德璟,朕以涼德纂服,昕夕靡敢荒寧。幾務殷繁,愆忘是懼。賴卿等盡心匡導,即事贊襄。視國猶家,圖難於易。調和銷彌,未易枚舉。即如本月初九日,偶因微恙,暫免早朝。方愧宵衣,即勤補牘。卿等忠純體國,念篤愛君。上考典謨,惓惓于君要臣詳之義;深惟《易》傳,懇懇於晝動夜靜之宜。意比韋弦,言同藥石。朕心忻悦,是用褒嘉。惟海宇當多事之時,而拮据賴克艱之佐。臣勞而君乃逸,內治則外自寧。卿等其益納誨無方,匡朕不逮。虞終如始,共保天休。欽哉,故諭。欽此。"

臣等謹叩頭恭誦,不勝感愧,不勝驚悚。仰惟皇上天鏡高懸,河魁獨運。以五帝神聖群臣莫及之資,當四海多虞一日萬幾之會。舉念即周邊腹,勞神不止旰宵。臣等百凡疎庸,毫無報稱,伴食自愧,覆餗是憂。過蒙天語褒嘉,重以龍箋揮灑。既獎以愛君體國,復勗以納誨虞終。循省之餘,無限跼蹐。至於宸翰高秀,御筆莊嚴,燦乎星斗摛光,矯若龍鸞絢采。臣等仰觀心悚,拜舞神驚。顧此犬馬之微，過荷雲天之貴。在揄揚以莫罄，即捐糜其敢辭！惟當叩繹訓言，矢竭愚鈍，求不負君逸臣勞之義，以庶幾內治外寧之休。容另報名廷謝外，謹具揭恭謝，可勝頂戴天恩之至。謹題。

崇禎十五年七月二十六日。

恭謝手勑褒嘉揭帖 崇禎壬午七月。

題，適文書官李悅心到閣，恭奉勑諭一道："皇帝勑諭輔臣周延儒、陳演、蔣德璟、黃景昉、吳牲，朕以涼德纂服，昕夕靡敢荒寧。幾務殷繁，愈忘是懼。賴卿等盡心匡導，即事贊襄。視國猶家，圖難於易。調和銷彌，未易枚舉。即如本月初九日，偶因微恙，暫免蚤朝。方愧宵衣，即勤補牘。卿等忠純體國，念篤愛君。上考典謨，惓惓于君要臣詳之義；深惟《易》傳，懇懇於晝動夜靜之宜。意比韋弦，言同藥石。朕心忻悅，是用褒嘉。惟海宇當多事之時，而拮据賴克艱之佐。臣勞而君乃逸，內治則外自寧。卿等其益納誨無方，匡朕不逮。虔終如始，共保天休。欽哉，故諭。欽此。"

臣等謹叩頭恭誦，不勝感愧，不勝兢悚。仰惟皇上天鏡高懸，河魁獨運。以五帝神聖群臣莫及之資，當四海多虞一日萬幾之會。舉念即周邊腹，勞神不止旰宵。臣等百凡疎庸，毫無報稱，伴食自愧，覆餗是憂。過蒙天語褒嘉，重以龍箋揮灑。既獎以愛君體國，復勖以納誨虔終。循省之餘，無限跼蹐。至於宸翰高秀，御筆莊嚴，燦乎星斗摛光，矯若龍鸞絢采。臣等仰觀心悚，拜舞神馳。自顧犬馬之微，過荷雲天之貴。在揄揚以莫罄，即捐糜其敢辭！惟當叩繹訓言，矢竭愚鈍，求不負君逸臣勞之義，以庶幾外寧內治之休。容另報名廷謝外，謹具揭恭謝以聞。

崇禎十五年七月二十七日。

欽奉密封言夷丁事 壬午八月初四日酉時。

御批："適纔據王之俊呈彼堂官之事，深屬可虞。除面諭及傳王承恩等外，今應密計一防禦之策，如萬一傳諭不聽，致有譟逃之事，此輩狼子野心，非投奴，恐投流，恐爲患未已。當密傳兵部預行籌算其奔突之途，寫爲文檄，無事則已，如用即刻分投星馳，不致有誤。先生每即刻傳與。"

因前年募夷丁入京營，深爲民害。而又皆有妻子，領餉獨厚，糜耗不貲。辛巳發數千于宣大，以鼓譟爲提督張福臻誘殺，自是洶洶不安。提督勇衛營王之俊密奏叵測。是夜，即傳兵部密商。翼日，次第發安插延綏等處，以原營總兵王定等督之，給賜甚厚。其妻子、行裝皆用車騾捆載去。然夷丁實勁悍可用，特不當在京城耳。

恭奉御批建祧廟圖五幅小紀壬午八月初五日。

朕恭視太廟、奉先殿祖廟帝后神位，不覺孝念愴感。尚爲祧廟英廟之孝肅皇后、憲宗之孝穆皇后、孝惠皇后，終歲無一祭也。見廟世廟之孝烈皇后、孝恪皇后，穆廟之孝安皇后、孝定皇后，神廟之孝靖皇后，光廟之孝和皇后、孝純皇后，忌辰不得設祭、服青也。在太廟，殿宇三層，皆九間，前殿時享祫祭之所，中殿見廟，後殿祧廟，皆同堂異室，一帝一后，而十位繼后、聖母不與焉。此大禮，不敢輕議。在奉先殿，一層九間，亦同堂異室。見廟帝后及七位繼后、聖母咸在焉，時享大祫行禮於太廟。奉先殿則凡遇節令、朔望、忌辰等典禮，皆有祭祀。獨孝烈等七位繼后、聖母，忌辰不得設祭，又不得服青。若祧廟三位繼后、聖母，終歲諸祭皆無。此朕孝思所以難已也。今謹察供奉各殿，則有神霄、弘孝、本恩、奉慈、怡神等殿，朕親行相度，惟本恩殿規模大闊，欲命所司改建殿宇二層，每層九間，亦同堂異室，供安祧廟德祖以至孝宗九廟於前殿。而孝肅皇后、孝穆皇后、孝惠皇后，恭照奉先殿例供安，行家人禮，惟每年大祫禮畢，躬行一祭。後殿以備將來祧請之殿。其世廟孝烈等七位繼后、聖母，逢忌之日，宜否設祭、服青？昨見該部疏奏，似尚未晰此意，故再諭之。

發下圖五幅：

太廟前殿不開外，

一爲中寢殿,位次九室,一帝一后。

一爲後寢殿,九室,則祧廟也。德、懿、熙、仁及仁、宣、英、憲、孝共九位,亦一帝一后。

一爲奉先殿,見供座次,太祖、成祖、睿宗、武宗皆一帝一后。世宗自孝潔后外,有孝烈、孝恪二后。穆宗自孝懿外,有孝安、孝定二后。神宗自孝端外,有孝靖一后。光宗自孝元外,有孝和、孝純二后。熹宗則后尚存也。

一爲嘗盈庫,改造殿宇、配殿、閘墙閃樣。

一爲奉先殿、怡神殿、六宮五所、仁壽殿、本恩殿總樣。

是日,日講畢,召對閣臣。出御批并圖五幅示臣等。上起立,親指示本恩殿、常盈庫曠地堪以改造之詳。且云木石磚瓦諸料俱已預備。臣等仰見孝思諄切,不敢遽阻,然於禮實未合。其説具前召對中。

回奏面諭屯海諸事揭帖壬午八月。

題,今日蒙皇上面諭,仰見睿慮精詳,於凡邊腹情形無不周到。臣等相顧悚服,當即傳吏、户、兵三部臣到東閣,除推舉堪任屯田及用海圖奴,運糧救汴,議更薊督,速發營丁諸款皆密加商訂,聽三部臣自行回奏外,所有宣大督撫鎮道勅諭一道謹擬稿進呈,伏乞裁定。謹題。

崇禎十五年八月初七日。

賜經筵勅諭崇禎壬午八月。

皇帝勅諭禮部尚書兼東閣大學士蔣德璟:朕惟帝王圖治,必以務學爲先。蓋敬怠總握於君心,而法戒備彰於古訓。講學勤政,相須尚矣。我祖宗神聖御天,率隆斯軌。朕用遜志,罔敢荒寧。爰自元年講筵肇舉,於今十有五載。方以明透經義,實裨治理爲儒臣勗,乃至宥密之地,彌資啓沃之功。兹特命太傅成國公朱純臣、少傅兼太子太傅吏部尚書建極殿大學士周延儒知經筵事。爾同禮部尚書兼文淵閣大學士陳演,禮部尚書兼東閣大學士黄景昉、吳甡同知經筵事。

禮部尚書兼翰林院學士林欲楫等充經筵講官。

於戲！終始典於學，克建赫濯之猷；緝熙彌厥心，爰迓旼章之福。自古帝王之學問，非徒文字之敷陳，其道在知人安民，其本則正心誠意。脈絡雖遠，綱領可尋。朕每寤寐五三，表章六子。間沿今以遡古，而實効尚稽；即因理以求心，而精義未晰。卿等學在經世，志矢格君。尚其深研危微，明陳標本，以及人才國是、吏治民生，一切安内攘外之圖，務求制勝保邦之要，各殫忠藎，勿騖繁華。俾嘉言得見諸施行，而上理可追于隆古。予一人實嘉賴焉。欽哉，故諭。

勅命之寶

崇禎十五年八月初九日。

回奏發帑屯種揭壬午八月。

頃恭奉御批："御前發銀十萬兩作買籽種之用。"仰見皇上興屯重農至意。又蒙諭於計臣酌買料豆疏内，令臣等"或出旨此疏，或另撰諭來行"。聖慮精詳，極爲周到。

臣等切思料豆之買爲城守用，其銀在新舊餉借支，而此籽種之買爲屯田用，其銀在内帑給發。意雖皆重儲備，而事則各有責成，似當另出一諭。且乘此豐登價平之時，即預爲來年屯種之計。聖明一番德意亦宜特行頒示，以見鄭重屯政，如此其預。而凡爲屯官者，無敢不盡心畢力以効馳驅，推之而事事有備，以爲未雨徹桑之防，又不獨一屯事已也。臣等謹擬稿進呈，另擬一票恭候聖裁。原奉批摺，尊藏閣中。謹題。

崇禎十五年八月十四日。

敬日堂外集卷五

回奏面諭糧運屯田積貯京營諸事揭帖壬午八月十九日。

題，適蒙召對德政殿，恭承天語疇咨，仰見聖學精勤，聖慮周到，軍國大政無不洞觀熟計。臣等當即傳吏、戶、協理三臣到東閣，將糧運、屯田、積貯、京營、戰守諸事，密加商確，聽三臣自行回奏外，謹具揭奏知。謹題。

崇禎十五年八月十九日。

是日上早朝畢，即登文昭閣，閣在皇極殿之東，即文樓也。上步下閣，御德政殿，召對閣臣五人，言國初弘文館在禁中。德璟對：“弘文館國初設在思善門內。”上曰：“然。文昭閣兩旁亦可建直房，朕不時召對及講讀，偶有疑問，先生每往來亦便。宋人言：‘親賢士大夫之時多，親宦官宮妾之時少’。”臣等對：“皇上講學勤政，真得堯舜心法。”上問《永樂大典》及《大學》用人、理財，諸臣各有奏對。璟對：“用人、理財俱明明德內事，《大學》一書只是明明德。”上首肯，因言：“京中宜積貯本色。”璟對：“外面各處都宜積貯本色。高皇帝原設有預備倉，令省直州縣專貯本色以待荒年之用。今預備倉只是空名。”上曰：“屯田也要緊。”因言漕運、海運諸事，黃河一帶脩築如何？璟對：“近年自董家河起即用，泇河不用，黃河一路較平穩。”上曰：“是泇河。”又言京中運糧車戶之苦，璟對：“車戶腳價原有輕齎銀可用，只須給發得好。外面百姓尤苦，練餉加派，須是漸漸減省。”上默然。

是日天顏和粹，疇咨詳悉，并言京營、戰守諸事，奏對尚多，不能盡記也。遂賜茶、餅而出。翼日，命于文昭閣左右創設直房云。

壬午八月十九夜二鼓，臣璟恭紀。

傳諭兵部賜賚秦督孫傳庭壬午八月十九日。

諭兵部：秦督孫傳庭統兵出關援勤，著即星馳赴汴，申明軍紀，刻期掃蕩，以奏奇勳。其有功將士，軍前應有犒賚，特發御前銀二萬兩、蟒段一百疋、各紵二百疋、絹五百疋、紅布五百疋、銀花一千枝、銀牌五百面，該部即差官速齎前去，交該督察收。沿途仍撥兵護送，無致疎虞。該督即會同監軍御史，親歷行間，多方鼓勵。但有奮勇先登的，立行頒給，以示賞不踰時之義。事平，仍破格加等叙錄。并傳與諸將士知悉。特諭。

日講召對并救黃宮詹恭紀壬午八月二十四日。

八月二十四日，上御文華後殿。閣臣五人及講官王侍郎錫袞、丘詹事瑜五人等入侍，一拜三叩頭畢。故事，經筵有二案，一在御前，一在講官前，俱有講章。而日講則止一御案，第以經書置案上，講官指書口講，無講章也。講官韓四維屢次遺忘，上以矜凜寬之。先數日，上特諭臣等曰：“日講可照經筵例，亦置講章。朕有所疑，可據以問難，而講官亦不至遺忘。”因具揭帖進呈，上即批發，令傳與講官知。是日遂用講章，在御前，講官用牙籤指講云。瑜講《論語》“師摯之始”節內有“咸英韶濩”四字，“咸”字誤寫“賢”字，上問：“咸英韶濩是樂名？”瑜對：“是四代樂名。‘咸’字誤寫‘賢’字。”上曰：“子在齊聞《韶》，即此《韶》樂？”瑜對：“即此《韶》樂。”上曰：“當時夫子聞韶，三月不知肉味，是何等氣象！”上因顧臣璟問：“前禮部中舉，知樂之人曾有之否？”臣璟對：“部中未曾舉來。”上曰：“古樂亦尚可復。”因問《關雎》之亂”“亂”字。瑜對：“是樂之卒章。”有頃，上目令收講章，退。次四維講《春秋》“滕侯、薛侯來朝”，上問：“是來朝魯乎？”臣璟對曰：“是朝魯，不是朝周。”講章內有“朝覲官宜俱來京，不宜免覲”。上曰：“免覲官俱在考察之列？”臣等對曰：“然。”次錫袞講“文王何可當”一節，上曰：“雖是時勢，文王也原無欲王之心，即三分有二尚服事殷。”臣等對曰：“誠如聖諭。”又問：“微子、微仲、比干、箕子是四人？”講官曰：“四人俱是同姓。”既畢，上曰：“先生每喫酒飯。”跪承旨，即同過行一拜三叩頭禮，遂退。

講官既出，臣等五人入文華東室小憩，上令文書官召入後殿。上目令司禮退，諸璫群趨遠避，臣等環跪御案前。上曰：“侯恂已改保督，須與秦督掎角救汴。"臣等對:"秦督如至汴,賊必迎敵,保督即宜乘虛渡河夾擊。"上曰:"然。"又問:"王漢已令巡按河南,如何却往襄陽?"臣等對:"王漢監左良玉兵,不得不赴襄催督。"景昉對:"八月初八日渡河,想今已到左軍了。"璟對:"如得東西齊到便好。"上問:"高名衡子高鏐疏乞救父,情甚悲切可憐,且有畫圖。"因疑鏐字有求、留二音,臣璟對:"音留。"上亦以留音呼之。延儒言:"如得糧運入城便好。"

有頃,上手一本,問:"張溥、張采何如人?"延儒對:"讀書的好秀才。"上曰:"張溥已死,張采小官,科道官如何尚説他好?"延儒對:"他胸中頗有書,亦會做文章。科道官做秀才時見其文章,又以其用未竟惜之。不然,張溥已死,説他亦無用。"上曰:"亦不免偏。"延儒對:"張溥、黄道周皆有些偏。只是會讀書,所以人人惜他。"上默然。臣璟言:"黄道周前蒙皇上放他生還,他極感聖恩,只是永遠充軍,家貧子幼,還望天恩赦回,或量改附近也好。"上微笑。景昉言:"永遠充軍,子孫世世要去承當,也是可憐。"延儒言:"道周在獄中,尚寫許多書,即向前章奏,皆係親手寫的。"璟言:"道周寫有《孝經》一百本,每本做有一篇文字,各一樣,共一百樣,多是感頌聖德。"景昉言:"皇上表章《孝經》,所以道周寫有一百本,内有《聖德頌》,深感聖恩。"演言:"他事親亦極孝。"璟對:"頃皇上問知樂之人,即道周便知樂。"甡對:"道周無不博通,不止知樂,且其清苦極不可及。"璟言:"臣與道周同年,他登第後多徒步往來,至今尚未有住屋,最是清苦。且子方十歲,但得免其永戍便好。"延儒言:"道周也不在永戍與不永戍,就是讀書亦還用得。"上不答,惟微笑而已。

頃之,上曰:"邊報緊急。"臣璟對:"昨見錦州運大炮及奴馬駐牧黄泥窪,又往張家口土本河等處,分明可虞。"上曰:"渠必一軍困寧遠,一軍西行。聞欲往未經犯搶地方,山西須慎防他。"臣等對:"三協昌宣一帶俱緊要。"上曰:"馬士英昨疏,討兵討馬,亦少不得。"臣璟對:"欲再設一總兵在廬州,鳳鎮既有牟文綬,昨又調劉良佐,有兩總兵了,似不宜太多。"上曰:"然。"臣等言:"馬士英也還做得事的。"上言:"陳新甲也着刑部速審來。"承旨訖。延儒言:"昨推倪元璐諸臣,元璐慷慨敷陳,也能知兵,兵部也做得。"臣璟言:"元璐是有才品的。"景昉、甡皆言之。延儒言："雷躍龍奉旨改用,渠家居十餘年,用之南銓亦做得。"
上曰："雷躍龍向前也曾日講過。"延儒言："昨御史曹溶有疏參他。"上曰："疏内
説他是王安石。"延儒言："曹溶疏又説顧錫疇因駙馬王昺事處分,皇上既寬王
昺,錫疇奉旨起用了。"璟言："顧錫疇原是好的。"上曰："顧錫疇向前也曾講
過。"延儒言："曹溶也好,只是這兩人用在南邊也不妨。"上默然。上曰："龔彝
奉旨議處如何? 兵部疏内,職方郎中尚寫他名。"臣等對："本兵既有罪,職方
自然當處。"上然之。因言："新巡漕御史須速推來。"延儒對："即傳都察院推
來。"上言："向前巡漕也預先差出。"臣璟對："去年吳邦臣未回,就推周燦。"
上曰："然。"

頃之,上曰："先生每回閣。"即行一拜三叩頭而出。是日天語及奏對語尚
多,不能盡述,聊記其大都如此。

翼日遂奉手勅云："昨先生每面奏,永戍黃道周清操博學,見今戍遠子幼,
朕心不覺憐憫。彼雖偏迂,經此一番懲創,想亦改悔。人才當惜,宜作何赦罪酌
用? 先生每密議來奏。"

崇禎十五年八月二十五日酉時,親批封發。

是夜即具揭云:適酉時蒙發下匣封二件,内御批一道云云。欽此。臣等叩
頭祇承,不勝感激頌服。我皇上惜才宥過,至明至仁,即按之古昔聖王亦未易恒
有也。竊照黃道周爲人,勵行力學是其所長,偏執迂疎是其所短。然而本心則
願爲君子,素矢忠孝者。至於博通典籍,貫串古今,刻苦廉隅,摛吐詞藻,實有一
種人不能及,足以感動人心之處,是以譽望翕然。但向來未經追琢,每有任性率
意之咎。自蒙恩譴,裁抑陶鎔,聞已甚悔前非,每日在獄手書《孝經》,極其感佩
天恩,頌揚聖德。此臣等皆得於目擊者。近日恭覯皇上勤學好問,稽古考文,臣
等自慚固陋,未能仰承萬一,因思及道周之博雅,庶不愧詞臣職掌,遂據臆率陳。
伏蒙皇上憐其貧苦,鑒其改悔,而輘及於人才當惜,赦罪酌用,斯真造化生成之
恩,天地覆載之量,播之海内,傳之奕世,有不歡呼讚歎我大聖人之舉動超出尋
常萬萬者乎! 照得道周原職係詹事府少詹事,今既蒙恩赦用,似當還其故秩,以

備史局編摩,更足資其一得,此則又非止從道周起見也。總之,作福作威,權屬上操,雨露雷霆,莫非至教,統惟聖裁諭示施行,臣等未敢擅擬。謹具揭回奏,原奉聖諭,尊藏閣中,謹題。

八月二十六日巳時,奉御批:"朕知道了。黃道周准赦罪復職。先生每即擬旨來行。"是日,即諭吏、兵二部:"永戍黃道周罪本應得,念其清操力學,尚堪策勵,已經一番懲創,想知悔改自新。特准赦罪復職,以昭朕獎廉尚學、宥過惜才至意。特諭。"臣等即附上揭帖曰:"適巳時,蒙發下匣封一本,係臣等昨日具揭,欽奉御批'朕知道了,黃道周准赦罪復職,先生每即擬旨來行,欽此'。臣等叩頭祗承,深相讚服,以爲皇上此舉,衆美俱備。在廟堂既懸的以爲招,則海內將聞風而共起。從此皆知學行之足貴,皆信廉吏之可爲,皆悉聖明善善從長、宥過無大之本意,皆感前日磨礱造就、因材器使之深心。蓋所關於道周一人者猶小,而所裨於作人勵世、君德治象者實多,正非臣等一時筆舌所能盡讚頌也。謹遵旨恭擬聖諭一道以進。伏候聖裁。原奉批揭,尊藏閣中,謹題。"是日既發聖諭,仍封到閣中,以示臣等,一時中外臣民欣忻鼓舞,以爲中興盛事云。

大學士臣蔣德璟謹記。

恭議增定東宮講儀揭帖壬午八月。

題,昨恭遇端敬殿開講,臣等叨侍左右。仰見皇太子姿神英粹,誦貫安詳,竊私相讚慶,以爲睿學日新,得於皇上身教之素,何能更有補益? 惟是作聖之功詣因年進,遜志之敏修與時來。所有出閣講儀,相應再加增議。臣等細與侍班講讀等官詳酌典制,開列以備采擇,伏惟裁定施行。

一、覽史以佐經。察舊儀,有讀《四書》、讀經史之文。似宜於經書外每摘簡要《通鑑》一段進講,於凡治亂、邪正、是非之際,詳細開陳,庶以古鏡今,爲益不小。

一、省讀以進業。舊儀,經書各讀十徧,爲蒙養聖功。伏見皇太子聰穎非嘗,似可各省爲五徧,以餘力用之閱史、作對。既可養氣,兼可旁通。

一、對句以致知。相傳祖宗朝講讀畢，皆有對偶之句，繇淺漸深，繇近及遠，比物連類，觸發頗多。似可將舊對佳者集爲一帙，恭候東宮時取覽觀，間作一對，容臣等與侍班講讀官互相參叩，似亦格致一端。

一、問辨以去疑。聞高皇帝每令儒臣進講，必令反覆討論，以求義理之極。如講《洪範》，講立政，講攻乎異端及《心箴》，皆直闡聖真，出自天悟。至肅皇帝聽講，尤多發前賢所未發。皇上精洞古今，同符二祖，計萬幾之暇，所以諭東宮者，耳提面命，無不周到。而講官進講時，間有疑義，東宮亦可時賜詰問，以盡下情。

一、時習以基聖。先臣詹事吳寬嘗言：東宮講學，自寒暑朔望令節外，一歲之中，不過數月；一日之內，不過數刻。況其間又多間歇。即曰習讀於內，終不若出就外傅，親近儒臣，講習治道，所得爲多也。《商書》言：「終始典學。」《周頌》言：「日就月將。」皆守成芳躅，謹舉以爲時習不厭之助。

崇禎十五年八月二十五日。奉聖旨：「覽卿等奏，增定東宮講儀四款，忠愛惓惓，朕心欣慰。經書日各省讀五遍，仍進講《通鑑》一段，務有關性學、治理，不必泛及。對句問辨，俱如議行。即傳與侍班講讀等官知道。」

東宮增講通鑑揭帖壬午九月。

題，恭照東宮增講《通鑑》，昨書白文一段進呈備講。今東宮講案已設有《通鑑直解》，似不必再進白文，惟照例預進起止。且《通鑑》解注，原係見成，止可言讀，而不可言講。合無令講官于讀完經書各五遍後，再將《通鑑》白文誦讀二遍，東宮殿下仍應聲同讀二遍。講官自將解注念講二遍，庶大義了然。講讀前後適均，而睿體亦不甚勞頓矣。伏候聖明裁奪。其對句一節，臣等已傳講官纂輯詳訂，容竣日另行繕進。謹題。

崇禎十五年九月初六日。奉聖旨：「覽卿等奏，具覘藎悃。朕知道了，即依議行。其對句著講官輯完進覽。」

記 王 讀 書 處

皇極門外兩廡四十八間，除曠八間外，實四十間。東二十間爲實錄、玉牒、起居諸館及東閣會坐公揖在焉；西二十間，上十間爲諸王館，下十間則《會典》諸館也。定王書堂在西第六間爲讀書處，第五間懸先師孔子畫像，四配侍側，蓋摹吳道子筆也。及永王出閣，因移定王第四間，而永王在第六間云。王初出閣，向先師行四拜叩頭禮，以後則行一拜三叩頭禮而已，皆内官贊禮。第三間、第七間爲二王退居處，案上置《四書》、《書經》白文及《集注大學章句或問》、《洪武正韻》、《海篇直音》諸書，皆紅綾殼也。第八間大璫，第九間内閣，第十間講讀官也。

定王，中宮周皇后出也，崇禎辛巳封，年方十歲。壬午正月出閣。永王，東宮田貴妃出也，以壬午封，亦十歲。癸未八月出閣。皆命吏部選新進士爲簡討，國子監助教等官爲待詔，充講讀，以兩房兩殿中書充侍書。故事，初開館，内閣連到三日，提調講讀，以後不復到。上愛諸王，令隔一日則輪一閣臣提調云。每週出講，則王從皇極門之左弘政門出，紅板轎，用較尉八人，青羅小傘二柄，與至尊同。而隨侍内璫六人，皆金帶也。上仍遣大璫一人侍于左。王至皇極門下輿，趨過西復上輿，至書堂階下出輿，閣臣率講讀、侍書官立于門右一躬，俟王入書堂，至先師前行禮畢，出坐堂中。王命：“先生每來。”一躬，即分班入門内，閣臣左立，餘各官稍退分左右立，一躬出班。初開館行四拜禮，以後行一拜禮，不叩頭也。讀《四書》、《書經》各五徧，講《四書》、《書經》各二徧。王命：“先生每喫酒飯。”即趨出用酒飯畢，再入侍。王寫倣，閣臣至案前環觀，王親寫十字，餘俟諸臣退後寫足送閣，字皆端楷有法。閣中批圈畢進呈。故事，東宮初出閣及春秋開講，賜宴文華門外，其後每講酒飯則光禄寺折送而已，不設宴也。二王初出閣及春秋講有酒飯。上特命司禮大璫一人陪閣臣坐，即在書堂旁第九間，閣臣居左，大璫居右爲主，其後每講皆有酒飯，不折送。

西苑明德殿召對賜宴侍坐復觀火箭恭紀崇禎壬午九月初七日。

十五年九月七日黎明，傳旨召閣臣周延儒、陳演、蔣德璟、黃景昉、吳甡及署吏部侍郎王錫袞、户部尚書傅淑訓、署兵部右侍郎馮元颷、署工部侍郎沈惟炳、成國公朱純臣、京營恭順侯吳惟英、侍郎劉餘祐共十二人來明德殿召對。仍命錦衣具馬以俟。是日祭歷代帝王廟,用吉服入朝。至閣小憩,上令璕再催,即吉服同行,過皇極門,而西入歸極門,過思善門、武英殿、大庖門,出西華門即金城外矣。出西上門、西中門、西苑門上馬,錦衣較尉執鞭,而金帶大璕一人騎馬前導,璟等聯鑣傍西海望北行。荷葉滿渚,水樹環堤,恍在蓬閬天上也。是日天朗氣和,過椒園數百武,稍折而東,過禁門下馬,過圜殿,度御橋,甚壯麗,有兩大石坊,東曰"玉蝀",西曰"金鰲"。秋水泓渟,居然銀漢。即步至明德門外小憩。頃之召入,魚貫至明德殿前。

　　上坐殿門內,外張御幄,左右各張黃幕,置宴榻十二張。臣等一拜三叩頭畢,復以賜乘馬謝恩。上曰:"朕知道了。"再一拜三叩頭,分文東武西立。上見東立處有日色,令:"再上來。"即移上數武。兵部馮元颷出班,以轉左謝恩,叩頭畢。上命:"戶部尚書傅淑訓來。"淑訓過跪,上曰:"漕糧須速入倉。聞大通橋堆積許多,昨雨濕了多少?"淑訓對:"臣向曾督倉場,見橋上及街心皆不免堆積。因號房少,一時車驟湊不得許多,然皆有蘆席遮蓋。"上曰:"每日須運米三萬五千,方可速完。"淑訓對:"此雖是倉臣專責,臣亦時刻在心。"上令:"起來。命工部來。"侍郎沈惟炳來,上曰:"戰車曾備否?"惟炳對:"已令司官估過,每車一輛,商匠估五十兩,臣估三十兩亦差不多。"上曰:"如此,則尚未做起,怠玩可知。還有舊車麼?"惟炳對:"舊車有二百餘輛,當收整,大約須數萬金。目今節慎庫空虛,外解不至,前有旨,每百兩扣二備用,見有二萬餘金似可那移。"上曰:"這費也不多。該司官何名?"惟炳沉思久之,對曰:"司官趙之璽。"上曰:"該司官須揀好的,須曉得工的方好。起來。命吏部來。"侍郎王錫袞過跪,上曰:"中樞尚未推?"錫袞對:"因前日召陛見三人尚未到。三人內,李繼貞稱病,趙光抃戍所尚遠,惟張鳳翔近在東昌,亦該早到。"上曰:"須速催他來。"錫袞對:"臣前已咨兵部,移文連催,如再不到,自有大法,諸臣罪不容逃。"上曰:"趙光抃亦慷慨可用,然只是召對時幾句話,還須詳加諮訪來看。用人是該部專責。"延儒對:"中樞實難其人,臣等亦未敢定舉何人。趙光抃戍在廣東,張鳳翔聞將到，亦未知用得，且催諸臣陛見，看是如何？”上令錫袞起來，命：“總督京營來。”恭順侯吳惟英、協理侍郎劉餘祐前後跪。上問城守各器具，惟英對：“已經詳看過。”上曰：“各器具尚有許多，固當一一精良，亦要器與人相習，到臨用時方認得某件，不然，亦無益。”惟英對“俱照例預先派過”云云。

有頃，上命賜臣等坐，即過一拜三叩頭恭謝，將入坐，上目司禮、東廠二大璫退，二璫即避入殿內。上移座，稍入就御筵。諸臣分東西，就黃幕下入席。東爲閣臣五人及戶部尚書傅淑訓，西爲定國、恭順二勳臣及侍郎王、馮、劉、沈四人，而侍郎桌稍退可尺許，各桌俱有大花瓶，插鷄冠諸花，惟首揆與成國各加花一瓶。上預令內璫貼“首輔”、“次輔”紅簽于席，於臣璟席則貼曰“次輔二臣”，景昉曰“次輔三臣”，甡曰“次輔四臣”。餘各官皆貼定以便就席，皆出御定，真文理密察之一端也。每位大金葵花盃，大如盂，四旁刻曰“御前欽賜”，下刻曰“萬曆壬寅年銀作局造”，花有瓣，中心花點甚多。每席珍饌，出御膳所，甚豐潔，非光祿辦也。席各饌盒十五格，另豬、鷄、鵝、海參、鯊魚翅及煙脯可十器，而蔬至二十二器，蘋、蔾果五器，餅、糕之類六器，共四十餘器。湯酒各三巡。

飯畢，出班。上亦移座進門。臣等行一拜三叩頭恭謝。上命諸臣退，惟留閣臣及兵部旁侍。旋命：“閣臣登御階來。”臣等登階，分立御榻左右。元颺侍立東階下。上密諭曰：“用海圖奴亦是要策，福建水兵可調三千來。”延儒奏：“水兵亦可用。”臣璟對：“只是從海來，水路尚遙。”上曰：“卿前說海道難通，閩船有龍骨，行不得，且著他到蘇州或淮安換船如何？”璟對：“閩海深，故船骨入水可二丈。登萊有淺處，須用平底。”上曰：“然。”因問鄭芝龍，景昉對：“芝龍須如何鼓舞他？”延儒對：“即破格封拜亦可。”上曰：“如有功，即加五等之爵亦何妨？”因目臣璟曰：“還圖旅順纔好。”蓋因璟昨擬票范志完本，有“水師宜聯絡接應，務以牽奴西闖爲主，兼可聯鮮圖旅，以扼奴吭”諸語也。璟對：“旅順南關皆近奴巢，此著自不可少。閩兵尚遠，此時且著登津水兵實落做去，俟明春閩兵方可到。”上問：“中樞用何人？”延儒對：“昨馮元颺舉張國維，此人還可用。”演對：“張國維亦細心人。”璟對：“張國維是好的。”上點頭曰：“前見張國維召對，亦是做實事的人。曾問他總河事,渠説俟到河邊看如何,自當著實做來。此人還用得。"因令元飀來。元飀對:"臣與張國維同在廣東做知縣,廣東省地曾激變,他能定變,臣最服他。"上曰:"如用國維,則總河亦緊要。"延儒對:"即以登撫曾櫻代之。"璟對:"曾櫻最清,執總河事做得。"延儒對:"自登萊來,亦甚近。"元飀奏:"臣前有三疏,一言用海圖奴,自閩廣至浙江、蘇州、淮安、登津、遼東一帶,皆瀕海,欲大做一番。今只在登遼做起。"上命:"元飀上來。"因立于西邊閣臣景昉之下,稍退。上曰:"鄭芝龍水兵可令速來。"元飀奏:"即來亦須明春方到。"上曰:"自閩至蘇,須換船,宜多備船以待。"延儒奏:"自蘇至淮、津一帶,亦易。"上曰:"須住得旅順方好。"璟奏:"南關亦好。"上曰:"海兵到是緊要。"璟對:"高皇帝時,馬雲、葉旺亦從海入遼東。"上點頭。元飀奏:"臣令揭陽時,有舉人鄭同玄,是鄭芝龍一族,其人亦朴實,今以別案革職。又臣所知,有參將裴兆錦,於芝龍有恩,聞芝龍有弟問戍,皆兆錦爲之出脱。又曾櫻前蒙逮問時,亦兆錦爲之周旋。此二人可遣去,與芝龍同來。但兆錦年已七十,或即補彼中一缺亦可。又須以封拜破格鼓舞芝龍方好。"上然之。因問:"鄭同玄何人?"景昉對:"是甲戌科進士。"上曰:"兵部中遣去便好。"元飀奏:"一切安家、衣甲,芝龍能自辦,不須費。只恐閩海有事,可惜陳鵬已死。"上亦深惜陳鵬。璟對:"陳鵬實一時名將,今芝龍部下尚有郭熺、陳麟、林察、陳順諸人,亦還用得。"上再詢諸人姓名,璟再對一番。上曰:"水兵須在皇城島方好。"璟對:"前毛文龍住皮島及彌串島,在朝鮮深處,離奴巢甚遠,如何做得? 若皇城島在登州外,到旅順甚近。"上曰:"是。"元飀言:"毛文龍在島,專販參貂爲利。鄭芝龍兵若來,亦可聽其收海上之利,就用朝鮮沿海樹木造船亦好。臣前疏言復河套,今套虜亦弱,且套地外寬內窄,臣鄉張九德爲延綏巡撫,曾與臣言河套事。先朝楊一清欲復之,爲劉瑾所惡,因以冒破邊糧處之;曾銑欲復,又爲嚴嵩所害;以此人不敢言。其地即在延綏邊外,延綏有黃甫川,即買馬處也。馬市三處,一在宣府張家口,一在大同殺胡口,一在黃甫川。所買哈馬,在西邊先從黃甫川來,買過餘的纔到宣大,所以馬無甚好。"上曰:"黃甫川在延綏東西?"臣璟對:"在延綏東,與大同接壤。”元飇奏：“近黃甫川欲設官置堡市馬，正欲先買過好馬。”璟對：“恐張家口、殺胡堡各市夷未必肯。”因言馬政須查祖制，急爲修舉。元飇奏：“太僕卿王家彥疏言馬政甚詳。”璟言：“當即議上行之。”元飇因言廢將王世忠尚可用，世忠是順義王之子。璟奏：“王世忠是南關之子，不是順義王。”上曰：“是。”璟奏：“萬曆初，南關王台縛奴酋叔王杲獻俘，奴最恨他，故將伊南關數千人盡行殺害。世忠即王台子，逃來時纔六歲。”上曰：“王杲係王台獻來，是的。今世忠見在何處？”延儒對：“在真定。”璟對：“聞在定州。”延儒奏：“此人雖夷種，近在南久，已似蘇州清客了，也會焚香作詩。”璟奏：“既是奴之世仇，還可委用。”元飇奏：“即用他三協亦好。”上然之。元飇又奏：“臣前過淮徐，見召買甚苦。前輔臣賀逢聖來時，見驛遞及召買之苦，輒云：我見上必言此二苦云云。”上頷之。

有頃，上令：“召各官來。”於是成國、恭順、吏工協理俱趨至階下，元飇亦趨下階分班立。上召恭順侯來，惟英過跪，因問京器火器及營馬諸事。惟英奏：“營馬今只四五千，多不堪用。”上曰：“馬須如何養得好？”惟英奏：“各城門火器不堪，并紙甲各項亦多弊壞，須從頭換造。”上曰：“亦不妨，總須多備，所謂武庫，無所不有。”又召惟炳問：“火器曾驗過否？”即令諸瑞射火箭。御前原設一布侯，遠可二百餘步，諸瑞齊放火箭，計可七八十枝，中四枝耳。上於火器無不精悉，言火器尤詳。復命成國公來，純臣過跪，上問：“凡脩實錄，有勳臣一人監脩，卿曾看過實錄否？”純臣對：“不曾看過。”延儒對：“故事，只開館及封館時一到。”上曰：“實錄用勳臣，祖宗必有深意。”璟對：“成祖脩高皇帝實錄，用勳臣李景隆監脩，以重其事。後來照例，都用監脩。”上然之。

因賜臣等茶。臣等五人皆下階，同諸臣叩頭謝。錫衮復過奏：“前召陛見諸人尚未到。內三人係推中樞，還俟他到。”上曰：“三人之外，亦可推用。用人是該部職掌，不得游移。”錫衮奏：“見有馮元飇署部，原是好的。”上曰：“元飇也是精詳，只尚是侍郎。如今中外多事，兵部少不得一箇尚書。起來。”因令：“卿等回各衙門。”

臣等即退出，步至紫光閣林木間少憩。旁有別館，諸瑞坐處。有頃，光禄寺送茶,而上駕已動,旋登紫光閣看文書。閣甚高敞,樹陰池影,蔥翠萬狀,一佳景也。即同趨過閣下,沿西海行,待馬過萬壽宮,而錦衣控馬至矣。時日已西,馬上晚眺,回首月宮仙島,恍在夢中。過南臺,不敢入。過小橋,有涵碧亭,曲水環之,又激水爲水碓,如江南樣,下馬徘徊久之,始乘馬出西苑門,西中、西上至西華門下馬,遂出歸極門,過皇極門入閣。是游也,初從西苑門東北行至明德殿,及出,則從紫光閣西南行至涵碧池,復到西苑門而歸,頗盡苑中之勝云。

崇禎壬午九月,大學士臣蔣德璟謹記。

回奏面諭工部城守火藥揭壬午九月。[①]

題,今日蒙回諭城守事宜,命臣等傳諭工部。當即傳工部侍郎沈惟炳到東閣面商軍器火藥各項,一應應脩就補,務在精利堅固,經久可用,不得塗飾塞責。隨議火藥一項,據惟炳言,自作令時即曾料理火藥,似用新不如用舊,舊者愈久愈佳,只在收晒得宜。各門火藥,總協或未經試過,中間尚多可用。且錢糧方苦匱乏,若舊者盡發,而新者猝未即補,一有緩急,恐致兩誤。即懸簾等項似亦尚有可商者。惟炳言頗鑿鑿,當俟其與總協商確,自行回奏,以聽聖裁。謹具揭題知。

崇禎十五年九月。

恭謝召游西苑賜坐宴明德殿賜觀火箭揭帖壬午九月初八日。

題,昨蒙召對明德殿,仰奉聖恩,特賜乘馬,賜宴,賜坐,榮逾格外,寵溢非嘗。既承天語之疇咨,兼觀火鎗之施放,臣等趨蹌心悚,拜舞神怡。御幄銜杯,並沾雨露;瑤池箍席,親接雲霄。爰仰遡于先朝,實難逢之盛事。東苑兩朋之射,英武爲昭;西苑太液之游,芳規已曠。

惟我皇上,念每深于率祖,慮尤切乎籌邊。一切奴寇交應之情形,以及文武群臣之材器,無不洞如觀火,敏若發機,間或俯采于蒭蕘,疇能仰襄夫萬一。至火攻實破奴長技,而習射尤觀德先資。即在蓼蕭燕喜之中,具有彤弓鼓勵之用。

臣等覆餗爲愧，飮羽無能，敢不益奮初心，力圖報稱。謹臚謝悃，兼佈頌私。不勝頂戴忻忭兢悚之至。

崇禎十五年九月初八日。奉聖旨："覽卿等奏謝，朕知道了。面諭各官應行料理事宜，卿等還再加傳飭該部知道。"

回奏傳戎政火槍揭帖壬午九月初八日。

題，昨恭承召對明德殿，欽蒙皇上面諭："辛國柱火槍可傳與戎政衙門，照樣多造。"又蒙諭傳户、兵等部各項事理。臣等欽遵祗傳，聽部臣自行回奏。

伏念火攻乃中國之長技，槍矢尤燔積之必需。昨見兩廠及辛國柱所造，或遠到有力，或命中出奇，間有工製未精，因而施放不一，然大都皆有星飛電掣之象，可佐摧堅破敵之功。假令人人習熟，練成一旅，於以臨陣決機，萬矢齊發，定足却賊騎之奔衝，而焚盜糧之積聚。所謂用力省而收功倍，其輕捷似更便於大炮等項也。至臣等縫掖庸才，軍旅未學，憂徒深於厝火，効莫致乎銷烽。恭荷聖度淵涵，龍光下濟，召趨苑籞，備沐温隆。問渡移舟，恍挹蓬瀛之勝；升階納陛，儼依日月之華。加以天語精詳，言言關軍國大計；務使臣工交儆，時時懷明作小心。臣等祗奉傳宣，迴環感悚，敬因因葵肅布謝悰，不勝頂戴兢凜之至。謹題。

崇禎十五年九月初八日。

回奏御批選擇九嬪揭帖壬午九月十三日。

題，今日辰時，蒙發下匣封聖諭一道云云，欽此。臣等謹叩頭恭誦，仰見皇上慎重典禮至意。

竊考妃嬪之設，古帝王皆有之。《周禮》：后正位宮闈，同體天王；夫人坐論婦禮，則比三公；九嬪掌教四德，則比九卿。皆所以贊內治也。國初制度未遑，至嘉靖十年，肅皇帝始復九嬪之制，因定册立儀，及九翟鞠衣冠服，特爲明備。我皇上御極以來，敬天法祖，典學勤政，不邇不殖之心，中外無不景仰。而宮禁深邃，典禮殷繁，如郊廟、寢殿、胞（袍）膳諸事，侍奉料理皆不宜缺人。誠有如聖諭所傳者,遠稽古禮,近遵祖制,九嬪之選似當舉行。伏乞聖明裁奪批示,容臣等擬諭傳禮部察例施行。原奉御批,尊藏閣中。謹題。

崇禎十五年九月十三日。未時奉聖旨:"覽奏,朕知道了。選擇淑女必德性純良,家族清白,容貌端潔者,方許與選。其被刑、廝役等項,及已定聘娶者,俱不得溷冒取罪。仍於明春舉行,預傳以便在內諸司伺候錢糧。先生每擬旨來看。"

恭擬選擇九嬪諭壬午九月。

諭禮部:九嬪之設,原贊宮闈內政,祖制選擇典禮甚備。邇因中外多事,未忍舉行。朕登極十五載,從未輕進一人。第宮中禮節殷繁,如郊廟、寢殿、袍膳等事,均不可缺人料理。選嬪備官,典難久廢。著即遵照舊例,傳諭京城內外各衙門,預選良家子女年十四以上,十六以下,必德性純良、家族清白、容貌端潔者方許與選。其被刑、廝役等項及已聘定者,俱不得溷冒取罪。仍於明春舉行。該部即行傳飭。其在內諸司也著預辦錢糧,不得違誤。特諭。

再回奏選嬪揭帖壬午九月。

題,今日未時蒙發下匣封內臣等揭帖一本,奉御批云云,欽此。臣等恭繹聖諭,詳慎周至,既推本于古今不容已之舊制,復明示以十五年不輕進之素心。妙簡端良,精揀族姓,申以預飭,卜以明春,實無容臣等更贊一詞。謹就天言所頒,恭擬聖諭呈進,未知有當與否,伏乞裁定施行。謹題。

崇禎十五年九月十三日上。

恭侍定王講讀揭帖壬午九月。

題,今日恭遇定王講讀,臣德璟黎明趨至西直房,恭率簡討臣張之奇、劉世芳,待詔臣張國泰、中書舍人臣劉明翰等恭侍講讀。有中書舍人臣譚昌隨即趨至,惟待詔臣高來鳳未到,即以國泰代讀《書經》。雖隨後來鳳亦到,然事屬遲誤,不敢不據實奏知。合無將高來鳳量行罰處,或念其已到俯賜寬宥,伏乞裁奪。謹題。

　　崇禎十五年九月十四日。奉聖旨:"高來鳳著罰俸一箇月。"

【校記】

　　① 本篇與下"賜觀火箭揭帖"後一篇重,今刪後者。後者篇末多一"日"字。

敬日堂外集卷六

恭奉御札示東宫官屬條約揭崇禎壬午十月。

題，前日日講畢，蒙皇上面諭東宫移宫事情，旋奉御札："東宫官屬職任甚重，一應啓迪、護衛、關防、禮法俱要恪勤詳愨，凛守勿渝，特列數欵，令各遵依禁飭，違者重究。欽此。"臣等面奉德音，重承頒示，仰見聖明慎重元良，預教周防至意。臣等謹恭照御定八款詳繹撰擬，具彙進呈。未知當否？伏乞裁定。

離間親親：東宫天性孝友，凡事最崇敦厚，親親盡倫，其所素優。各官俱要仰贊祗承，一應傳宣奏對，倍宜小心誠恪。如有不知大體，率意語言，構煽生端，迹涉離間者，重罪不饒。

交結有司：内外官員各有職守，不許干謁交遊。向頒特諭甚明，各官務要恪遵。即在内各衙門，除本宫各員外，其餘亦無職掌干涉，不許彼此往來，借端結納。違者治罪。

誆嚇紿誘：東宫生長深宫，自讀書循禮外原無他事，間有左右播弄捏造言語，或妄行誆嚇，或私行紿誘以遂其奸，中間曲折，頗難殫述，但有犯者，從重究處。

擅作威福：宫中給使左右以小心謹慎爲主，若有干犯的事情，輕者聽典璽等官量行懲戒，若事關重大及不應典璽等官懲戒者，參奏處治。不許擅自決責立威，亦不許高聲叱詈、盛氣指使，及擅以官爵財帛許人，預鳴得意。違者治罪。《書》云：臣之有作福作威，害于而家，凶于而國。明僭忒之爲患也，況爾曹乎！温恭致福，矜汰召殃。天道國法凛然，宜各自猛省。

言動非禮：古者以見正人、聞正言、行正事爲諭教太子第一義。大約皆稟於禮。不以禮言，即聲色貨利之言也。不以禮動，即放辟邪侈之動也。一言一動之失似小，而以敗德敗度其害甚大。一切異端邪説、野史雜編及戲文歌曲、市井俗事盡行禁絶。違者治罪。

關防欠肅：新宮寬闊，兼近東華門一帶，護衛倍宜嚴肅。凡晝夜該直等官，須各懸帶牌面，執持器仗；守門官須嘗川伺列門亭内外；隨從小官俱登簿稽察；每日局官率領近侍不時各處巡看，一應門禁啓閉出入，俱有諭旨，悉宜祗遵毖防。違者治罪。

内外宜別：侍班、講讀、較書等官與内執事分爲内外，執事中又自有内外。如婆管家執事既居西長街，其使令人等只許在各人家下，不許輕進體元門内進北一步，其近侍人員非公事亦不許擅出此門外長街一步。各官非公事傳應，亦不許與内執事私相話談。一切行坐之間，各別嫌疑。違者治罪。

出入當謹：凡奉御前及中官宣召，來召人既審視明白，著照《會典》内開載，東宮各儀仗排設齊備，清道傳呵護送前來。遇夜仍多備燎火，回還至宮訖即遣奏知。遇朝講，參酌前儀行。此外不許輕出宮門一步。至各官隨侍進止，各有嘗儀，律制原明，尤當恪遵。違者治罪。

右八款，璟分得二款，餘則同官共擬也。因録其全，以便察覽。

是月十七日，上日講畢，與閣臣議東宮移宮事，因出黄匣内欽定官屬條約八款，皆御筆也。首款“離間親親”，上因言潛邸時孤危情事，且指“誆嚇紿誘”四字，云中難盡言。又言及婆管家，璟奏：“東宮年方十四，婆管家須慎擇。”上曰：“婆與管家係是二人。宮中嚴，他不敢。”是時方有選九嬪之旨，又東宮年當選婚，故擬移居于外。已卜本年十月二十七日移居，然婚尚未選，又方在嚴冬，璟囁嚅未敢言，第微云：“天氣方寒冷。”吴公即繼之曰：“天氣正寒，稍緩如何？”璟曰：“稍俟開春更好。”上欣然曰：“即俟二三月亦不妨。”遂命另擇日行。聖明愛勞盛心，真正慈家法也。未幾，罷選嬪之議，東宮亦不移。

日講罕言諸書并面諭恭紀壬午九月。

崇禎十五年九月十八日乙酉，上日講，是早東宮亦日講。臣璟應輪侍東宮，即先赴端本宮侍講讀。是日初讀《通鑑》既畢，已辰末矣。即馳至文華後殿奏明。上曰："朕知道了。"璟承旨起旁侍。諸講官講《論語》"子罕言"一節，《書·旅獒》，《春秋》"大水"，《孟子》"北宮黝"節畢，上召輔臣前問："夫子論仁，如'欲立欲達'、'克己復禮，天下歸仁'，及'出門使民'等章，言仁儘多，何云罕言？"延儒對："此即性與天道不可得聞之意。"其語甚多。臣璟對："聖人未嘗不言仁，只門弟子悟者以爲言，不悟者以爲罕言耳。"景昉、甡亦各有奏。上意甚懌。已復問："命與仁如何分別？"臣璟對："總是一理，在天爲命，在心爲仁。"上首肯。又問："一日克復，天下歸仁，便是修己以安百姓意思？"臣等謹對："聖見極明徹。"延儒言："帝王學問，總只是明德新民。"臣璟言："明明德於天下，便是天下歸仁。"

頃之，上曰："近來雨暘時若，秋令甚佳。"臣等因及起廢事。臣璟舉葉廷秀、成勇人，最有清望。上頷之。已復商倉場、總河二總督，密雲、昌平二巡撫諸缺。又諭："孟冬祭太廟，宜定用何時？"璟對："《會典》原無定時。"上因商子、丑二時，璟對："古祭禮只言厥明質明，似用寅時爲妥。"同官皆以爲然。上又及劉元斌一案，因令傳吏、戶、禮、刑、都察院各件而退。

是日諭對及同官語甚多，不能盡記，聊撮其概如此。明日，上手諭："昨先生等論仁諸説，深當朕心。著即撰寫進呈，以便觀覽。"

聞汴急自請督戰疏崇禎壬午九月廿二日。

大學士臣蔣德璟謹奏，爲汴圍甚急，萬難坐視，乞輕騎馳察情形事。

開封自五月被圍，今已百四十餘日。自周王以下，闔城危困之狀不忍聽聞。皇上嚴催督撫鎮道及監軍各官不啻諄切，而河北諸臣袖手不捄，即間報渡河及土寨用命，皆茫無的據。至秦、左諸兵進止，傳聞不一，誠恐日過一日，汴事一壞，中原大勢不可復知，即盡置諸臣於法，亦恨已晚。察永樂中閣臣楊榮蒙差察視甘肅，經畫邊事；嘉靖中楊一清起爲陝西三邊總督，翟鑾亦勅令行邊；及近日孫承宗等奉命視師，皆輔臣也。臣雖不敢望前輩，而迂愚一念出於激發，實不容已。願即飛騎直至河北，確察情形，相機督戰。臣家本以開國微功世襲千戶，雖事詩書，頗曉行間積弊。竊計不須攜兵攜餉，止領皇上密勅一道，晝夜兼行，馳入軍中，一切督撫鎮將有觀望逗遛者，容臣即行飛參，立加處治。事在危急，不宜稽遲。候命即行，伏乞聖明裁奪施行。

崇禎十五年九月二十二日酉時上。二十三日巳時奉聖旨："覽卿奏自請馳察軍中情形，忠猷義奮，深可嘉尚。軍國重事還宜在直運籌贊襄，以副倚任，不必親歷戎行。該部知道。"

是日召對文華後殿，言及闖賊圍汴甚急，上慨然謂："文武官無足任者。"臣璟不勝愧憤，過跪請督戰。上曰："卿自請視師，忠憤可嘉。閣中事重，還只在直贊襄，不必親往。"璟懇請再三，上曰："事急矣。如行，亦須鑄一關防及攜帶兵馬錢糧，亦難草草。尚須有數日處置，不能即至。"璟請以飛騎往，不用兵馬錢糧，亦不用關防，或將舊督師關防暫用亦可。上遲疑久之。既退，即上揭再請，然竟不許也。未幾即聞汴河大決，浸陷開封，宗紳士民饑溺死者以數十萬計，而周王乘舟僅以身免，為中州一大阨云。

回奏經筵站班揭帖壬午九月。

題，適文書官張維經到閣，欽奉上傳："以後經筵于辰時行，供事各官照日講例，著文書官預傳站班，閣臣擬旨傳飭。欽此。"

臣等謹看得，經筵大典，委宜嚴肅整齊。向來未經慫飭，供事不無參差。頃蒙皇上示以定時，先以傳諭，已後文武各官自知所遵循，而班聯出入，講儀從此益肅矣。謹擬旨具揭恭進，伏候聖鑒施行。謹題。

崇禎十五年九月二十五日。

擬經筵諭

諭禮部：經筵大典，禮宜嚴肅。以後定於辰時行，供事各官照日講例，著文書官預傳站班，不得參差遲誤。該部即行傳飭。特諭。

諭祭故輔文震孟文壬午九月。

惟卿學研天人，行根忠孝。殿頭妙選，競傳日映五雲；仗下孤鳴，自矢瀾迴一柱。迨遭奸氛之錮斥，益聞風節之堅凝。反正方新，旁求作乂。提衡史局，譽獨表於三長；納約經幃，道允孚於同德。擢參揆席，光動綸扉。昌言則起懦廉頑，直氣已昂霄聳壑。潔身而退，長懸夾日之忠；得正以終，適叶隕星之變。追思明德，恨不慭遺。茲特霈乎朝恩，用俯紓于輿論。英魂如在，尚克祗承。

奉旨恭擬東宮門名壬午九月二十八日。

懿安皇后原居慈慶宮，在東華門內，壬午九月改爲皇太子端本宮，而懿安遷于後之仁壽殿。奉御批令擬宮門名。

慈慶宮今擬"端本"、"敬承"；

徽音門今擬"前星"、"敏德"；

麟趾門今擬"重暉"、"協華"；

關雎左右門今擬"麟祥"、"燕翼"；

純禧左右門今擬"養正"、"體元"；

後泰寧門今擬"凝慶"。

崇禎十五年九月二十八日，即蒙欽點正擬，其左右門二擬俱用。

恭擬諭周王及河南撫按勅壬午十月。

朕自惟涼德，不能積誠上格穹蒼，以致中原寇氛，汴堤潰決，藩王群宗下及士紳百姓困頓流離，深可悲痛。又念數月圍困以來，賴王捐資鼓勇，暨在事文武軍民嬰陴固守，勞苦忠義，尤可褒嘉。茲特發御前銀十萬兩，即著御史黃澍押齎前去。內將三萬兩特賜周王，以備宮眷供億之需。其餘七萬兩仍聽澍與該撫按酌量分派。首察郡王宗室見存若干，分別賙賚傷亡，的察其有無眷屬，均行給予；次察見在汴城守兵併遷徙河北饑民若干，一體犒賑，用副朝廷恤災惠窮至意。其該撫鎮而下有功人等，除另議叙錄外，也著分別賞賜，用示旌酬。至滿城數十萬生靈，協心堅守，抵死不渝，義憤堪憫，亦當設壇致祭，以慰忠魂。其中未盡各項，聽撫按官便宜支用，事竣造册奏銷。特諭。

崇禎十五年十月初一日諭。

恭擬賑饑勅諭壬午十月十二日。

諭戶部、都察院：時已入冬，京城貧民饑寒可念。已有旨著照例發米接濟，即著五城御史多設鍋竈煮粥，仍多買冬衣分派散給，務使窮民盡霑實惠。該城仍不時巡視，如有虛冒，即行拏究治罪。舊有東西捨飯店米，曾否逐月支給？有無侵耗？也著察明回奏。至聖祖《到任須知》款內有“孤老糧米、布疋，州縣官親自點視給賜，毋致失所”，并行各省直巡按御史嚴督遵行，不許怠飾，以孤朝庭存恤德意。特諭。

回奏經筵暫免揭帖壬午十月二十二日。

題，適文書官沈懋德到閣，欽奉上傳：“朕躬微嗽，明日經筵暫免。欽此。”臣等欽遵傳免外，伏惟時值初寒，朔風漸勁，皇上萬幾乾惕，未免過勞，以致微嗽。雖屬清寧之偶拂，尤宜調攝之倍周。伏望崇養休和，稍寬宵旰，一應批覽裁決，次第酌行，則於憂勤惕屬之中而默寓劑量節宣之義。行見聖躬日益強固，聖志日益清明，是尤（下原缺）

端 本 宮 小 紀

光宗皇帝青宮時所居也[①]，天啓末，懿安張皇后移居于此，名慈慶宮。其外爲徽音門。崇禎壬午八月，懿安移入居仁壽殿，因改爲端本宮，以待東宮大婚云。宮門前三石橋，蓋大內西海之水蜿蜒從此出焉。惟前庭西有一缺，乃御溝諸水大聚爲九曲形，以出于禁城之外。其內有亭，又有十步三橋，亦一佳景。然自端本宮門觀之，覺有未便，似當補蓋一間或另作一墻遮之。光宗居時有張差梃擊事，亦其驗也。

東宮十五選婚，十六大婚，禮也。明年皇太子年十五矣。原居大內鍾粹宮，在坤寧宮之左。既漸長，當移居，上因與臣等面商，以慈慶爲皇考舊居，其後勘勤宫,即上舊居也,以居東宫爲妥。因奉遷懿安皇后于仁壽殿,而命臣等擬宫門諸名。臣璟謹擬各二名進呈,於是改慈慶宫爲端本宫,前門徽音門改爲前星門,内左右門改爲麟趾門、燕翼門,第二門原名麟趾門改爲重暉門,第三門慈慶門改爲端本門,左右純禧門改爲養正門、體元門。再入爲端本宫,中設皇太子座,畫屏金碧,皆新設也。座左二大鏡屏,高五尺餘,鏡方而長,晶光射人如瑠璃焉。左右各有連房七間,房門上各堆紗畫忠孝廉節諸像,如子路負米、季札卻金、蘇武牧羊之類,皆武英中書所畫寫也。左七間即寝宫,内有二雕牀,餘間亦空洞。右七間有琱紅寶座及奥室,其内有弘仁殿,規制曲折,與左不同矣。又後爲穿殿,兩廡翼然,有清正二軒,又後則舊泰寧門也,改爲凝慶門。端本宫至此止矣。此後爲龍圖門,又後爲奉宸宫。其右有承華門,入後則左爲勗勤宫,右爲昭儉宫,勗勤即上潛邸也。又後爲麗園門云。自凝慶門以後不敢入焉。上以畫圖示内閣,因得詳其規制。

恭遵面諭擬諭府部九卿科道等衙門壬午閏十一月初七日。

朕以涼德,恭承天地祖宗付託,君臨天下十五年於兹。比者蓄害頻仍,干戈擾攘,興思禍變,宵旰靡寧,實皆朕不德所致也。君爲臣綱,乃庶政根本,凡爲臣子,以忠孝事君父,亦當如朕敬事天地祖宗,罔敢不誠。朕不能仰承天意,除暴安民,罪在朕躬,弗敢自寬。自今日爲始,朕敬於宫中默告上帝修省,戴罪視事,務期迅掃逆虜,蕩平流寇,稍贖罪戾。

恭惟二祖舊制,日嘗朝見群臣,裁決政事,朕今率循成憲,除門朝照例應免日期傳免外,餘每日視朝畢,勳戚文武諸司等官有欲奏事者,赴弘政門報名候召,不許内外官員敢有壅蔽,阻當者定以奸欺論斬。言官以言爲責,稱職非易,緘默不言及言而不當俱屬溺職,朕若有過,首宜匡繩,方是責難之恭。諸臣中有大奸大貪,自當直糾,其餘往事細過,不應苛索。近來忠讜者固多,挾私偏執更端爭勝亦復不少,或代人規卸,或爲人出缺,種種情弊,難以枚舉。每遇會推,皆稱堪任,受事未幾,輒復糾彈。邊臣尤與腹裡不同,若議論太多,何從展布?前頒憲綱、面諭已明,以後俱著祇遵奉行。有違玩的降調斥革,必不姑貸。逆奴入犯,貫盈數窮,各督撫鎮將等官若能出奇制勝,擒渠殲醜,即為異等大功,立畀厚賞,爵拜通侯,決無少靳。其能剪哨鸕勣,張疑設伏,多方撓擊,使奴晝夜疲困,狼狽出口,亦為奇功,亦與破格升賞。如或逗怯疏玩,致誤事機,定以軍律正法。大賞大罰,斷在必行。朕未能遠引前代,只在近師二祖。我二祖聖德神功,文昭武烈,當時國勢尊崇,宇宙和寧,禎祥疊降,四夷來王,宏謨具在。朕雖庸疏不敏,敢不凛遵。爾大小諸臣,誰無忠君愛國之心,俱當以滅奴除兇為事,智者効謀,勇者畢力,富者輸財,能者盡職,臥薪嘗膽,協佐中興,何憂虜寇不平,天下不治?已經面諭,茲特通加頒示,俾各知勉勵,無負朕罪己求言、克艱圖治至意。欽哉,故諭。

崇禎十五年閏十一月初七日。

閏十一月初五日,上素服御中左門,召五府、九卿、科道、掌印官及錦衣衛戒諭數百言,尤深自引咎。諸臣叩頭謝罪畢,退御德政殿議協理京營兵部一缺,因召戶侍郎王家彥,兵侍郎張鳳翔、馮元飆,刑侍郎張忻面咨方略。是夜,特改家彥協理。翼日,命閣臣恭擬戒諭百官。臣璟所擬,皆上戒諭中語也。上復親增改數語。內閣的字句皆御筆添改。

恭擬手勅戶兵二部壬午十一月。

諭戶、兵二部:薊督趙光抃新膺簡擢,提衡勤禦,正值用兵之際,當加鼓勵以振軍聲。特發御前銀萬兩,為該督賞功、購馬、接濟糧餉等用,完日奏銷。特諭。

崇禎十五年十一月初十日。

總督川貴兵部右侍郎兼右僉都御史蔡復一諭祭文

維爾學究天人,資兼文武。含香三署,早著高名;建節十年,具推瑋略。既領全郎之寄,旋督五省之師。毅膽忠肝,掃三苗以報國;冰心鐵骨,鹹萬級不言功。雖累捷之餘,以小挫解兵;而匪懈之忠,猶長驅制勝。古稱社稷之衛,人歸韓范之能。一病陨軀,三軍雪涕。念英魂之不滅,矧茂績之大書。特施斥土之榮,載渥加籩之寵。承茲殊命,慰爾幽扃。

恭擬諭祭河南殉難軍民壬午十一月。

皇帝遣巡撫河南贊理軍務、都察院右僉都御史王漢諭祭于汴城殉難軍民之靈:頃者,寇氛肆逆,河決爲災,爾等併力協心,嬰城固守。忠憤所激,抵死不渝。朕自愧涼德,既不能孚格天心,早銷異變,又未能廓清寇禍,急拯重圍,以致爾等或死於饑,或死於水,或臨危授命,或捄急相殘,憤氣橫霜,孤魂泣月。每一念至,悲痛良深。惟此邦忠義之多,想亂賊當聞而心死。惟朕躬疴瘵之切,若溝壑實繇于已推。茲特命巡撫官設壇代朕致祭行禮,諭告爾等。於戲!士各有志,業能殺身以成仁;死豈無知,行當爲厲以殺賊。靈其不昧,尚克欽承。

崇禎十五年十一月十七日。

回奏發紅揭帖壬午閏十一月。

題,本日辰時,捧到匣封內一件,御批:"連日亦有親批封發紅本,俱未將票簽送看。因閣務繁殷,該衙門覆奏先生每自見,但未與先生每說明。今特諭知之,以後如遇最緊關者,仍舊封送。欽此。"臣等叩頭恭誦,具仰精詳慎重至意,臣等不勝仰服。原奉御批,尊藏閣中。謹題。

崇禎十五年閏十一月十七日辰時。

上每發本,俱先經覽定,分爲首票、通票數套,其最重大者親封黃絹小匣,御題某日某時送閣。及擬票簽上進,亦照封原匣內,寫某日某時臣某等謹封。餘則分項入套,以文淵閣印鈐送而已。及批紅發下部科,上復將親批票簽密封發閣,其慎密古未有也。謹記以示後。臣德璟記。

擬敕閱山海關敕壬午閏十一月。

敕兵科陳泰來:茲以狡虜匪茹,窺突內地,關協重鎮,防扼宜嚴。特准爾奏,請募選驍銳,前往山海等處察閱邊防,協同該撫鎮料理守禦。一面出奇扼要,鼓勇破奴,保障巖關,以鞏堂奧。各協邊口原有天險可憑,倘能截隘堵衝,狡奴何從出入?爾仍嚴加覈飭,經管官有欺玩疎防的,即行參奏,不許扶同狗縱。師克在和,爾與督撫鎮道文武各官同心并力,聯絡策應,不得自分彼此,觀望推卸,致誤軍機。中開載未盡事宜,聽便宜商酌妥確而行。爾職司封駁,志切請纓,受茲特遣,務必清公勤慎,力捍封疆,破虜建功,以膺懋賞。如或疎愎誤事,欺蔽相朦,責有所歸,爾其慎之!故勅。

崇禎十五年閏十一月二十二日。

合詞引罪揭壬午閏十一月。

題,今日辰時,蒙發下行人司司副熊開元一本,內以封疆多事責備,臣等深服其持論之正,俱應即日出直,席藁待罪。緣閣務浩繁,臣等不敢遽出。

竊惟臣等才品庸下,誤蒙簡拔,叨廁綸扉。一切用人行政,仰奉聖斷,俯酌廷議,夙夜兢凜,唯恐不稱。乃近日以來,流寇披猖,中原塗炭;狡奴突犯,連陷名城。皆臣等籌畫無能,輔理溺職之所致也。至於情面賄賂,寸心自矢,萬不敢冒昧自干斧鉞,天地神明,實照臨之。而邊防如此疎舛,督撫實多不堪,貽誤封疆,安所逃罪?首輔與臣等每相顧驚悚,愧憤良深。

仰惟皇上以文武神聖之資,當中興桓撥之會,真可同符二祖,鞭撻四夷。而臣等謭劣虛庸,仰負恩鑒,萬無靦顏就列之理。伏乞聖恩,概賜譴斥,別簡賢能,以當匡扶之任。庶臣等免於隕越,爲幸大矣。至臣演在直獨久,誤國更深。祇緣首輔歸寓候命,不敢同出,容另日特疏懇請罷斥外,謹合詞上控。臣等無任惶懼隕越待命之至。

崇禎十五年閏十一月二十二日上。

回奏薊州奴報情形揭壬午十一月。

題,適蒙發下兵部偵探夷情一本,臣等看詳。據稱散兵劉興等原守墻子路,白總兵調赴薊州，本月二十日在楊家莊以欠餉爲詞，將官及兵皆各潰散，並不言及奴入口及陷薊一字，似有別情。薊離京師甚近，城中總兵、道將、州衛所官甚多，軍兵民何止數十萬，而報陷已九日，尚未知作何下落，即撫臣潘永圖，巡按、巡關二御史亦無的報，咫尺如此，況其他乎？ 真可怪也！ 或謂西夷先入以俟東奴；或謂降丁守城自行放火，隨開門出搶關厢殺人而去，城尚無恙；或謂前塘報奴開一營向西南行，即張汝行帶回夷漢馬丁，一路劫掠，慘於奴虜。而哨探並未真見，只憑一二難民之口，風鶴皆驚。似此邊情，深可憤恨！ 宜責令該撫及關按速察薊州情形，及總兵白騰蛟、該道鞠思讓等下落，不得游移塘塞。仍令督師及新督會兵，急行恢復，以扼奴南犯之路。此時尚易爲力，過此恐益費手矣。謹擬諭旨上進，伏乞聖明裁奪。謹題。

崇禎十五年十一月二十三日。

擬賞賚潮漳副將鄭芝龍諭壬午十一月。

題，適文書官張斐然到閣，欽奉上傳："鄭芝龍捐貲造進三樣刀，俱堪實用，應與褒嘉。欽此。"仍以長腰刀、短腰刀、踢刀各一把到閣觀看，令臣等擬諭。謹擬諭一道恭進，伏候聖裁。

諭兵部：協守潮漳副總兵鄭芝龍捐貲造進三樣刀，俱堪實用。急公可嘉，特賞銀四十兩、紵絲四表裡，以示褒勸。其調赴登津水師將官，前有旨著多帶利器前來，仍作速催到，建立奇功，自有懋賞。特諭。

崇禎十五年十一月二十四日。

擬諭戶部專董援餉壬午十一月。

諭戶部：各援兵應調分駐京通，雖已量行犒賞，其每日行糧鹽菜須有專官管理，庶無遲誤。即著遴選廉能司官，責成前去，專董援餉，照例支給。見今冰風切膚，寒凍可念，須實令士馬騰飽，方可鼓舞用命。如有應付稽緩及胥役尅落等弊，致誤軍機，定行從重究治。特諭。

崇禎十五年十一月二十九日。奉御批：“覽先生每所奏，朕知道了。朕正憂慮此事，擬諭極當。速行將御前發帑十萬兩，專作援餉。先生每增入諭中。”

召對中左門議處督撫及救劉總憲紀事崇禎壬午閏十一月。

崇禎十五年閏十一月二十九日，上嘗朝畢，傳內閣、五府、六部、九卿、科道等官及起居記注官來中左門召對，賜各官茶餅。

午刻，上出御門，各官行叩頭禮畢，上諭：“九卿、科道公議督撫去留處分，限五日內，如何不見回奏？”九卿等官皆出班俯伏。吏部左侍郎王錫袞奏：“二十三日奉聖旨公議督撫，次日即傳知會，約於二十七日集中府會議。因二十五日大選，二十六日冢臣鄭三俊偶病未出，止移文各衙門令各具議單送臣部酌定。今單尚未繳，所以稽延。”上曰：“時事甚亟，如何可遲？只在今日便速議來。”錫袞奏：“此事重大，須冢臣出來親議，即遵旨傳冢臣一兩日內議定恭請。”上曰：“今日九卿、科道就於直房公同確議，早完此件。”禮部尚書林欲楫奏：“要地督撫關係甚重，議去一人，必先就近擇一堪代者。如未有其人而遽議去去者，五日京兆，恐誤封疆。”上曰：“前有旨諭選才望堪任的，即推不得，聽人規避，有不堪的即時更換，總要大公至正。今日即在直房內確議停妥。卿等起來。”

上又諭：“科道官來。”吏科都給事中吳麟徵奏：“臣等識見庸淺，不能仰副皇上求言之意，或言之不當，或言之過激，又蒙皇上一概優容，以致諸臣忘其愚賤，輕有觸瀆。如同官姜埰，干犯天威，亦皆臣等之罪。但姜埰作令清苦，居官勤飭，身體孱弱多病，伏懇聖恩寬宥。”上曰：“目今虜賊內犯將及兩月，既不能截之口外，又不能勦之境內，任其焚劫淫掠，慘不忍言。”爾時仰瞻聖容，惻然垂涕，歎曰：“朕無面目見爾等，爾等只以優容爲言。前日王孫蕃能發奸，即依法處了，何嘗不納言？初九日朕諭內有一段申飭言官‘爾等各宜警省，無則加勉，有則改之’，姜埰不遵朕諭，反來詰問，安得不重處？爾言官以言爲職，當言的不言，敢於欺藐，‘二十四氣’之說，事同匿名，見者尚當焚燬，乃屢見章奏。不得不於姜埰疏上一問‘爾言官爲朝廷耳目，自己不正，何能正人’？文武大小諸臣,各盡其職,何難滅虜?精神都不用在國家上!聞賊續有進口,諸臣同在漏舟之中,誰無忠義?誰無廉恥?但不肯奮發任事,都是一味浮泛瞻狗!朕前諭内說道:'知者獻謀,勇者効力,富者輸財,能者盡職,滅虜事亦有何難?'"麟徵奏:"封疆失事,皆繇用人不當。如目前要地督撫委實不堪,言官亦多有論列,但言官職在糾彈,用舍原在吏部。先臣王恕、馬文昇做吏部時,言官糾彈一疏有多至一二十人者,及下部覆,必詳細分別某人應去應留,某人言當不當。彼時言官亦無敢譁者。言官管言,即言之當否與稱職不稱職,自聽朝廷處分。此後邊疆用人,言官糾正,吏部詳覈,更得輔臣主持,天下事猶可爲。"上曰:"已屢有旨了。"麟徵奏:"頃熊開元亦以奏詰輔臣得罪,雖是出位妄言,第諺云'家貧思賢妻,國亂思賢相',封疆事敗壞至此,豈得不責備首輔?此亦人情所必至。總是姜埰無知,出語不倫,熊開元亦是熱腸,但言之未當。"上曰:"怎麼説?"麟徵對:"熊開元還是一段熱腸。"上曰:"熊開元假托機密,陰行讒譖,小加大,賤凌貴,漸不可長。前旨已明。起來。"禮科都給事中沈胤培奏:"皇上於臣子,猶天地父母。天下容有不孝之子,必無不慈之父母。"上曰:"只爲這督撫去留一節,有説不當用的,有纔用又説不該用的,議論紛紜,通爲可省。熊開元奏'督撫不用京堂,止用監司',如今監司那箇可用的?滅虜是目前第一事,除此通可緩了。有奏事的出班奏來。"

御史黃澍奏:"十一月初八日,蒙皇上遣臣往河南慰安周藩,賑恤災黎。戶部疏求帑銀,抵兑真、保二府每府銀五萬兩,保定已將庫銀兑起五萬,臣再疏請勑戶部將真定銀兩會明,今候二十餘日了。昨駙馬都尉劉有福自河南來,言周王現旅居彰德,難民涕泣,望臣到彼賑恤。恐久候部覆,臣何面目見汴城父老?"上曰:"住了,這通是虛文!前發帑銀爾若速去,此時好復命了。遷延至今,今彼處難民不知又是何光景了!"澍奏:"臣因錢糧無定奪,又無護送,所以未行。今願冒險前去,求皇上即勑兵部與臣兵一百名速行。"上召户、兵兩部過來,問户部曰:"真定銀數足了麼?"户部尚書傅淑訓對:"帑金五萬見經兑過,外五萬在真定兑支。"上問:"係何項銀兩?"淑訓對:"是前發去屯本銀,奉旨准兑,見貯該府，只候領解。"上問："兵部可撥兵多少？"兵部尚書張國維對："可撥兵二百名。"上曰："速撥護送，着黃澍星夜解去。"

戶科廖國遴奏："前河南流賊令督臣分辦，隨賊追勦，不能成功。今逆虜南下，兩督臣尾送，既不能擊賊，又聞州縣多閉門不應。是我兵先勞了，宜撤回兩督之兵。"上曰："賊既深入，豈有任其搶奪坐視不勦之理？"國遴奏："范志完、趙光抃尾虜南下，聞口外虜有續進，當分一督向南極力追勦，一督回赴關門三協，庶內外兩得其力。陽和兵不堪用，江禹緒素無紀律，又操守不好，今只議一去，豈足塞責？不如責成他圖功自贖。"上曰："江禹緒兵無紀律，不能勝任，科臣已有參疏。"國遴奏："江禹緒不是平日無才，又不是年老，還當著他圖功。"上曰："督撫去留，九卿、科道定在直房內今日議妥。"上又諭曰："九卿議當秉公，一人之言不足憑定。要使虜隻輪不還，是今日急務。"國遴奏："虜前尚空身入犯，如今輜重甚多，正好著兩督臣邀擊，豈可聽虜擁重貲去來如入無人之境。"上曰："夾勦已有旨了。虜擁重貲，正是夾勦之時。"國遴奏："虜初入時，人心戒嚴，今城守已久，人心懈弛，處處皆有奸細，且都城寥闊，宜再加申飭，著實稽察。"上曰："稽察奸細，已添三御史嚴行保甲，這是舉行的事了，但日久怠生，須時加申飭。"

御史周燦奏："虜入內地，須兵畏將法、將畏國法方可成功，今督撫、鎮將多貪黷尅冒，恩信已先不孚，臨敵只事姑息，擄掠公行，毫無紀律。兵者，死道也。置之死地而後生。須將士有死之心，無生之氣，然後可望成功。今督撫、鎮將既不能禦虜使之不入，又不能驅之使出，徒以追尾欺蒙皇上。霸州、河間等處何嘗有一旅救援？戊寅年五案大法皇上曾已行之，然事後追論無益，請皇上衡其罪最重者逮治一兩人，震竦人心。"上曰："今日召諸臣會議，正爲此事。"燦奏："今日議處分，若止是罷官，反開後來觀望規卸之途。況失陷封疆，朝廷大法終是逃不得的。與其嚴之於後，不若用之於先。"上曰："知道了。封疆事大，也有該處的，也有應察核的，今日就要議這件事。"

御史楊若橋奏："臣前有疏舉遠臣湯若望深明銃法，見今奉旨在局鑄造無間大炮,尚須時日。其原貢西洋大炮儘多,乞勅下若望挑選次於無間者四五十門,先行洗發點試,然後付之護銃之將,傳其法,布之三協隘口,可以破奴。"上曰:"城守器具不宜輕動,今各路援兵、各邊隘口通有銃炮,但要人用得其法。"左都御史劉宗周奏:"適聞楊若橋奏火器要用湯若望,臣以爲國之大事以仁義爲本,以節制爲師,不專恃一火器。近來通不講人才,不講兵法,任虜到一處殘一處,到一城陷一城,豈無火器? 反爲虜奪,反爲他用,功効何在? 遠臣湯若望不過一夷狄之人,向來倡説邪教,蠱惑人心,堂堂中國豈無智謀? 豈無才略? 若止用湯若望奇功小伎,恃以禦敵,非洛中國撫四夷之體,豈不貽笑於夷狄?"上曰:"火器是中國長技,湯若望比不得東奴西夷,只是要他製造火器。仁義爲本,也説得是。"宗周奏:"湯若望小小伎倆,何益於成敗之數? 只要法紀脩明,賞罰妥當,使人心震竦,庶幾閫外用命,可望成功。今行間跋扈,援師逗遛,如何概置不問。"上曰:"今日正爲督撫事著會議。"宗周奏:"督撫去留一節,諸臣正爲此徬徨未决。今周御史所奏照五案大法震竦人心,是目下急著。祖大壽現在虜中,其眷屬寄居都城反佯爲不知,奸細交通不可不防。"上曰:"已有旨了。"宗周奏:"今日計議督撫去留處分,尚有不敢輕議者,往日督撫多有以情面得者,如范志完身任總督,關門三協是其專責,今既縱虜入口,又借入援推卸,首當議處。"上曰:"三協失事,范志完自不能辭罪,但入援奉旨調度,不得云委卸。"宗周奏:"從前處置欠妥,致有今日禍敗,正當責之。今日諸臣務從頭整頓做起。"上曰:"從前已追不得了。今南下之虜如何掃蕩? 從頭整頓做起,還該做那一件?"宗周對:"惟在皇上命吏、兵二部慎選督撫,簡將練兵。若是文官不要錢,武官不怕死,天下何愁不太平? 如今只管説選才望,不論操守,致有使貪使詐,貽禍至此。"上曰:"督撫自是要才守兼全。"宗周奏:"須操守爲主。"上曰:"大將另是一段才幹,不是區區有操守的便做得。"宗周奏:"范志完平日操守不好,今又貪冒尅兵,以致軍心通渙了。"上曰:"知道了,卿起來。"

戶部尚書傅淑訓奏:"熊開元、姜埰狂妄無知,自干罪譴。聖度如天,伏望曲賜優容。"上曰:"熊開元、姜埰,面諭甚明,卿等不必申救。"宗周奏:"朝廷待言官有體，言官進言可用則用之，不則置之，即有應得之罪，乞勅下法司，原情定案。今熊開元、姜埰狂躁無知，不能無罪，但以皇上急切求言，而二臣因言下詔獄，大於聖政國體有傷，恐非皇上求言初意。臣願皇上俯念時事艱危，擴聖度於如天，以開諸臣諫諍之路。如臣宗周曩亦因言獲罪，中道再疏冒瀆，蒙皇上不加斧鉞，放還田間，復荷賜環起用。是臣之罪實甚於二臣，臣何幸而遇皇上之優容，二臣何不幸而不蒙皇上之恩宥也？臣又有説。於此前黄道周言語激烈，有朋友所不能堪者。我皇上不但待之以不死，且在起廢之列。今二臣戇直不及道周，道周何幸而遇破格之恩，二臣何不幸而不蒙法外之宥也？"上曰："人臣見有無禮於君者，即當糾劾。三法司、錦衣衛俱是朝廷衙門，你説言官有體，假使貪贓壞法，欺君罔上，溷亂紀綱的，通是不該問了？"宗周伏地叩頭，奏云："臣謹請罪。"上諭曰："黄道周聞他有學有守，用係特恩，怎得引他比例？似爾愎拗偏迂，成何都察院？卿等起來，劉宗周候旨處分。"輔臣同出班跪奏，延儒奏："劉宗周老成清品，人才難得。辭雖過激，意實無他。伏望皇上優容。"演奏："君仁則臣直。今劉宗周之言，直繇於陛下之仁。伏望俯賜寬宥。"臣德璟奏："劉宗周通籍四十餘年，素有清望。其心只望皇上爲堯舜之主，伏乞聖恩寬容。"景昉奏："新進言官少年狂躁，劉宗周清望老成，年已衰邁，言過迂戇，望聖恩寬容。"甡奏："劉宗周清望素著，屢荷優容，特恩起用，望皇上始終保全。"上曰："朕面諭已明。卿等起來。"禮部尚書林欲楫奏："劉宗周清執，前屢蒙皇上優容，天下莫不瞻仰如天之度。今救二臣，辭不達意，伏望聖寬宥。"刑部尚書徐石麒奏："臣在直房與同召諸臣商議，熊開元、姜埰有罪，仰干聖怒，臣等宜代爲請罪叩頭乞恩，俟聖俞始起。不意臣需次未言，劉宗周隨即申救，語言戇直。若論起事，罪實繇臣。伏乞皇上將臣處分，寬宥宗周，不勝感激。"左僉都御史金光辰奏："劉宗周申救姜埰、熊開元，非從二臣起見。幸逢聖明從諫如流，無非願皇上爲堯舜之主，廣納言之美。主聖則臣直，一時不識忌諱，伏乞俯賜優容。"兵部尚書張國維奏："劉宗周清執素著，即如臣受事之初，宗周相會，即以操持砥礪，謂欲整釐部務，在端本澄源。臣服膺其語，但於朝班相遇，一切調度每多商略。方今多事之時，老成當惜，伏乞聖明寬宥。"上曰："熊開元這疏定有主使，想是劉宗周主使了。"兵部左侍郎馮元飇奏："臣等適與劉宗周原説二臣語多支離，致干聖怒，原有應得之罪。但我皇上聖政自來，不曾將言官下詔獄，又當求言之時，自須從寬。相約於召對時同爲請罪，叩頭伏地不起，只求聖恩發到刑部。此實臣等公同擬議。宗周出言過於切直，緣其生平做人以切直爲主，往往面斥人過。時嘗責臣以佐樞無能，就是吏、户等部，無不受其規切者。至今日所言實係臣等大家的事，臣等願同受罪。"左僉都金光辰奏："頃臣聞皇上諭熊開元疏想是劉宗周主使，臣以宗周賦性硜直，容也不會。與熊開元實不相往來，宗周與臣同官，臣極知他。就是前日恭聆皇上面諭，不但姜埰、熊開元二臣有罪，臣等亦俱有罪，皆惶懼不安。即劉宗周在外邊與臣等也説他不是。因皇上面諭，遂不覺以忠愛之心披納牖之益，其實從君德起見。宗周在衙門百事整頓，即皇上所頒憲綱，見在奉行，日與諸御史申飭，前同臣察理城守，不避風寒，老成可念。"上曰："金光辰也著議處。"光辰奏："臣忝風紀之地，每與劉宗周言要天下治安，全在撫按，若巡方盡得其人，天下太平。劉宗周爲人清直，在衙門就是不動聲色，人心也是振肅的。若皇上留他這簡老臣，不但臣等舉朝感戴，即薄海内外黄童白叟無不歌詠皇仁。臣如有一字之欺，願甘斧鑕。"工部尚書范景文奏："姜埰、熊開元二臣愚妄獲譴，臣等合詞申救，原以威福予奪聽之皇上。聖度如天，自行寬釋。劉宗周久在田間，言語過戆。然平素清直，仍望皇上優容。"五府勳臣同出班跪奏，清平伯吳遵周奏："臣等不曾見姜埰、熊開元二人本，也不曉得他罪狀，只是劉宗周清正可用，望皇上寬宥。"上曰："面諭甚明，卿等不必申救。起來。劉宗周、金光辰先出候旨，爾九卿、科道在直房議事來奏。"

　　時已過酉，上暫起回煖閣，諸臣即入直房會議督撫去留處分事，隨列單恭進聖覽。遂傳諭諸臣各退，而召輔臣再入。隨傳旨："劉宗周革職，刑部擬罪即奏。"諸老相顧駭愕，持不發，因將原旨同捧至御前跪奏力救。首輔延儒言之甚婉，演、璟、景昉、甡四人各懇請數四，上不許。臣璟奏："向前唐太宗惡魏徵直諫，幾欲殺他，入宮尚説：'會須殺此田舍翁。'皇后具服賀曰：'君仁則臣直。'"

語未畢，上遽曰：“唐太宗才朕所不如，若論閨門德行，朕亦不學他。”璟奏：“皇上是堯舜，安肯學唐太宗？只是唐太宗巧於取名。”上曰：“如何巧於取名？”璟對：“人臣敢言的，用之則名在人主，罪之則名在臣下。太宗本不喜魏徵，故欲優容他，以自成其名。”時璟語稍戇，然上意頗回。延儒、景昉、甡復婉解之，上遂舉筆削“刑部擬罪”數字。臣等叩謝而退，一時稱聖度如天云。

擬勅諭襄城伯李國禎壬午十月。

皇帝勅諭左軍都督帶俸襄城伯李國禎：神京居重馭輕，根本首宜鞏固。矧虜氛未靖，扞衛倍嚴。茲特允爾請，於京營外選練衛所世祿官舍六千員名，立為兩營，精選將領等官，分合訓演。一切束伍號令、節制賞罰，俱當預行曉諭，使知用命。至練膽練藝，尤為緊要。如火器、弓弩、刀鎗、牌棍、鈎鐮等項，皆有成法，宜亟立教師分哨比試，務精務熟，期于有勇知方，一可當百。各將領有缺，會同兵部於勳裔中選用。營伍有缺，立行選補。錢糧、器械，行户、工二部照額發給。諸官舍為世臣苗裔，原與別募烏合不同，忠義既所夙盟，功賞自當特異。如有因循貌玩，不遵約束，及影射侵冒等弊，聽爾處治。輕則徑行綑革，重則參奏，俱照軍法從事。爾以勳臣慷慨請纓，破格簡委，宜深維對揚王休之義，仰佐中興共武之圖，內足以擁衛京師，外足以殲逐小醜，斯為爾功。倘或舉措乖方，戰守鮮効，徒滋浮蠹，亦惟爾之咎。爾其懋勉之。欽哉，故諭。

崇禎十五年十二月初一日。

李國禎，短小犀利，有口才。數上書言兵，又自請於京營外選練衛所官舍。上甚喜，即令擬勅行之。及商議俸糧，增給不貲，歲費二十餘萬，又請內庫兵仗銃藥甚多，而乞上御書營額，因取勅內“共武”二字，以請上為親書“共武堂”賜之。未幾，京營總督恭順侯吳惟英罷，特以國禎代之，官舍皆併入京營云。

回奏孫昌齡等揭帖

題，臣昨日看詳刑部一本，開釋原任吏部司官孫昌齡、林胤昌罪名，見其本中情事無甚重大，因並擬開釋。已退而思之，二臣之情尚有不同，昌齡差雖一字，然恐涉欺弊，則豈銓司所宜。《書》云：宥過無大，刑故無小。今昌齡是誤是故，不可不再一確覈。謹另擬一票以進，未知有當與否？至林胤昌則止因陳琯推升一事，原無別弊，不審可徼寬政否，伏祈聖慈裁鑒。不勝感激戰慄之至。

崇禎十五年十二月初十日上。十一早奉御批："朕知道了。閣務繁殷，先生不必引咎。即林胤昌朦隄降十五級之官，前已從寬處分，是否應用，先生每再加看議來奏。"

恭擬遣科道各官察覈各鎮勅

順天科郝絅、薊鎮御史楊鶚、山永科陳泰來、密昌御史蔣拱宸、天津御史吳履中、保涿御史魏琯

勅兵科給事中某：茲狡虜鴟張，飽掠思遁，已嚴飭該督撫照各信地要隘，設伏出奇，層層截擊。誠恐布置未備，怙玩相蒙，特命爾即日馳往某處軍前，稽覈督催。爾宜身親察飭，鼓勵督撫、鎮將，申明紀律，扼要制勝。於凡奴所必經，我可設伏處所，預行偵探，嚴勒勁兵，責令將領密地分布截殺。但有奇功，立行陞賞。奪其輜（輜）重財物，悉充賞有功之人。捄回難民，招回陷將，皆以功論。軍中一切情形，不時密切馳奏。督撫等官有頑懦欺蔽，失誤事機，及殺良飾報等項，即行指參，不許狥縱。爾以風力，面受委用，務公忠勤慎，與督撫同心協謀，破虜建功。事平歸報，功罪一體。爾其慎之勉之。故勅。

崇禎十五年十二月二十日。

回奏漕糧揭壬午十二月。

題，適蒙發下監臣齊本正奏摺，臣等不勝驚悚。當此漕糧緊切之時，恨不得立刻抵橋抵倉，爲軍國緩急之用。而據奏乃有許多壓袋堆積房街，該管官未見作何料理，真可怪也！因此摺不便擬票，謹另擬諭一道恭進，伏候裁奪。謹題。

恭紀御筆賞給城守列營官軍諭壬午十二月。

諭兵部：天降瑞雪，朕心忻悦。但念登陴列營、守門巡緝各官軍寒苦，殊軫朕懷。著照前例頒給新錢，用昭撫恤至意。特諭。

崇禎十五年十二月十九日。

【校記】

① 此句前原缺，題據卷首目録補。

敬日堂外集卷七

遣恭順侯總督京營吴惟英御祭正陽門關帝文癸未正月。

惟神肅奉天威，聰明正直，禦災捍患，英爽弘昭。比者，奴虜内訌，神人共憤，金戈鐵馬，電掃雷轟。每仰赫濯之聲靈，豈獨淄青之保障。敬諏吉日，特展崇禋。尚式鑒于精誠，益大伸于雄武。盡吞逆醜，永怗神休。尚饗。

崇禎十六年正月二十八日。

回奏御批問各王禄折色揭帖崇禎癸未二月十二日。

題，今日蒙發下匣封户部一本，爲敬奉事。御批："各藩折色是否皆同此覆？是否無弊？輔臣看詳，出旨來看。欽此。"臣等叩頭恭頌，仰見皇上誼篤天潢，念周宗禄，敦睦德意，堯舜同符，而於部胥積弊，尤無不洞如觀火，臣等不勝悚服。

謹即遵諭擬上，恭聽聖裁外，謹考聖祖分封之初，親王歲禄五萬石，已旋裁爲萬石。而其中差等不一，甚有縮至千石者。後復有米、鈔兼支之議。宣德中定每石折鈔十五貫，僅得二分耳，可謂甚輕。乃折亦不同，或五千石、三千石，或二千石、一千石，或三千五百石，載在《會典》，臣等亦未能悉其故也。説者謂賦稅所在，互有盈縮，抑亦恩禮之厚，獨有加優。成例久頒，恐部中不敢增減。惟各處奏請開支，而題覆間有遲速。至封婚請名等項，費用頗多，此則經手胥役之弊，非嚴加三尺未易頓清耳。以後著令隨到隨覆，過月即行究處，庶幾無弊。至限禄之議，頒行亦久，聞各處尚有參差。而給禄宜有定期，郡禄宜免。再奏及崇禎八年新例，將軍、中尉並以本三折七爲額，今惟益府照舊，似亦當酌定畫一，以便遵守。臣等愚昧附陳，未知有當與否，伏候聖明裁奪。謹題。

崇禎十六年二月十二日。

恭擬皇第五子壙誌癸未二月。

王諱慈煥，爲我皇上第五子。崇禎丙子年九月二十七日誕自恭淑端慧静懷皇貴妃田氏，薨於庚辰年七月初五日酉時。王生而骨相秀穎，神氣粹清，容止可親，言動不凡，上鍾愛之。乃天嗇其年，溘先朝露。彌留之際，靈異有徵。深軫聖懷，寵祭加渥。是年八月十三日追封爲王，謚曰悼靈。辛巳年正月二十四日加封爲孺孝通玄顯應悼靈王，示哀惜之意焉。以癸未年二月二十日葬於金山不老林之原，喪儀規制一如成人之禮。嗚呼！王賢孝夙成，清明虛映，宜膺譽命，用備屏藩。然而修短無恒，造物多愆，不能不戚戚也。敬述梗概，勒石玄宮。懿範流光，殊恩飾壤。曷慰罔極，此焉永貞。

崇禎十六年二月，王年纔五歲，即擬封爲真君者，發引前一夜，閣中公揭題知，出西直門外崇寧菴恭送，有公祭。

風霾引罪謝恩疏崇禎癸未二月二十六日。

題，頃臣等因風霾具疏引罪，適蒙發下欽奉御批："連日風霾大作，朕心悚惕靡寧，深自省察，總因朕寡德所致。卿等弘謨藎志，安内攘外，朕深切倚賴，不必合詞引咎。至於教誨以至誠感格等語，尤覘惕忱。朕謹凛天戒，敢懈誠修？益望輔弼大臣多方匡救。其狡奴折轉，一應扼擊盡殲，功罪賞罰，屢旨已詳。行間文武諸臣俱著殫智竭力，奮勵掃除，必期成功。該部即日馳飭。欽此。"臣等叩頭恭頌，不勝感激，不勝惶悚。

竊惟我皇上敬天之威，時保不懈，錫民之福，歲省惟勤。昨者兆示風霾，咎惟臣下，而乃以悚惕省察，嚴《洪範》五事之徵；以匡救誠修，謹《春官》十煇之戒。實與我聖祖露坐郊壇，顧諟雷斧之意，先後同符。在昔周宣王《雲漢》示警，南征北討，赫然中興，彼猶中主也，矧以堯舜之資，而當天心仁愛之會，滅奴平寇，日可俟矣。所愧臣等才識疏庸，罪愆叢積，若律以輔理無能之効，正當在災異策免之條。而猶過荷矜原，暫稽恩譴。俯循衾影，彌切淵冰，統俟狡虜之駝奔，再圖合辭以控請。其行間督撫諸臣，復經批諭嚴飭，當益祗遵臨事，奮勵成功，以仰副宸算。除臣等另報名廷謝外，謹先具揭回奏恭謝，伏祈聖鑒。臣等不勝激切悚息之至。

崇禎十六年二月二十六日晚上。二十七日奉御批：“覽先生每奏，朕知道了。朕敬凜天威，勉法祖德。此揭奏裨益良深。并前疏著命所司書於殿壁，時存警戒，不虛先生每訓誨至意。該衙門知道。”臣璟謹讀兩御批，上凜天戒，下勵臣工，惓惓以敬天法祖爲念，而信手批發，精警周密，一字不可增減。至以揭奏書之殿壁，用當箴銘，則臣子愧悚不敢當矣。御筆秀拔圓勁，得羲獻佳境，特緒餘耳。謹書以示後。

恭擬欽命督輔諭癸未三月。

諭內閣輔臣：朕以寇虜交訌，昕夕靡寧。近報楚寇披猖，益逞兇毒，朕心不勝痛憤，義當大討親征。次輔姓忠略壯猷，沈雄歷練，具能仰體朕意，靖亂安民。茲特命以原官兼兵部尚書，督師平寇，總率調度各督撫，協力奏功。特賜尚方劍一口，以重事權，加賜斗牛服一襲、銀一百兩、大紅紵絲四表裏、監馬五十匹用示眷禮外，再給賞功銀五萬兩、銀牌大小一千面、銀花一千枝、銀盃大小五百箇、各色蟒衣一百疋、各色斗牛飛魚胸背一百疋、各色雲紵二百疋、各色絹五百疋、各色布五百疋，以充軍前犒賞之用。一應兵餉用人，併勅印、旗牌、勘合等項，卿等傳與各衙門速行計議給發。特諭。

癸未三月十三日發。

恭擬首輔周延儒視師勅癸未四月。

皇帝勅諭：少傅兼太子太傅、吏部尚書、建極殿大學士周延儒，頃者逆虜匪茹，闌入內地，東西奔竄，旦夕狡颺。各督撫鎮道等官統兵截扼，雖捷音屢報，而大創尚稽。或以信地之分防，或以事權之難一，號令各出，聲勢未聯。此時不合力殲除,異日且益滋狂逞。卿忠猷奮發,義氣沉雄,自請視師,不避危險,朕甚嘉之。特命卿以原官督飭關、寧、薊、密、昌、宣、通、津、保、涿等處軍務,一切督撫鎮將、主客兵馬,并京營兵將等官,關係援勦事宜,悉聽節制,便宜調度。如有逗遛觀望、抗違遲緩、失誤軍機,立行參拏,重者徑以軍法從事,不得寬縱;有功的立行陞賞。仍著兵科給事中方士亮、兵部職方司郎中尹民興隨行,監紀功罪,不時馳報。其各督撫鎮官塘報、哨探,俱著飛遞科司二官,以憑調遣察奏,不得緩誤取罪。惟卿股肱元輔,績茂勞深,朕方倚賴劻勷,不忍暫離左右,勉從敦請,代朕親行。指日功成,即星馳入閣佐理,以慰朕側席竚望至意。因卿登時就道,即著將文淵閣印携帶應用,行有懋賞,用酬厥勳。卿往,欽哉,故諭。

崇禎十六年四月初四日酉時。

恭擬賞左鎮擒叛諭癸未四月初十日。

諭平賊援勦總兵官左良玉:昨見諸臣奏疏,叛將王允成搶掠江干,肆行擾害,已經該鎮擒拿正法,具見紀律嚴明,義奮可嘉。特賞銀八十兩、紵絲四表裏,以彰朝廷獎勵至意。仍發御前銀五千兩、紅絹二百疋、紅布二百疋,特差內員同兵部差官星解軍前,聽酌量賞給,用示鼓舞。該鎮仍戢暴禁掠,速統精銳,力扼上流,早建蕩寇奇功,以膺懋賞。欽哉,故諭。

崇禎十六年四月初十日親批發。是日奉御札:"與先生每商議,昨見奏疏,王允成叛掠,已被鎮臣良玉正法。似應頒諭獎賞,策勵平賊禁掠。先生每以爲何如?欽此。"旋即擬諭恭進。時左兵在楚,頗以焚掠聞,聖意欲借此風勵之。已而楚人言允成尚在,然自此亦少戢。

擬赦書揭帖崇禎癸未四月。

題,昨蒙皇上面諭臣等,撰擬河南土寨赦詔,令之悔過投誠,擒斬僞官,殲寇自効,有功即與敘錄。又令開墾荒田,結砦立堡,人自爲守,家自爲戰。此真收拾人心,掃蕩逆孽之最要著也。臣等察得九年五月內,曾有赦書頒示陝豫亂民。

去歲李青山蠢動，山左亦曾降有詔諭。惟河南土寨李際遇等，雖有旨屢申勸誡，而赦書則未有也。臣等謹遵面諭事理，恭擬詔書一道，寬其既往，予以自新。不但傳飭中州，推之江北、湖廣，凡有土寇地方，責成各督撫按一體榜諭。開布恩信，曲示招徠，革叛進良之□，寔無踰于此者。伏惟聖明裁奪施行。謹題。

崇禎十六年四月十四日。

擬招撫河南土寨詔

奉天承運皇帝詔曰：朕奉天子民，日以除暴安民爲急。近日闖賊煽亂，肆逞兇殘，致我窮黎，久罹水火。每一念至，傷憤良深。已有旨盡免河南五府田租三年。惟慮仳離之餘，聲援遥隔，朝廷德意，未及周知。又聞剳授土寨人等結衆抗賊，保守地方，屢報投招，均能用命。或原係衿弁，或已署名銜，義勇如雲，尚未盡悉。雖間有迹似弄兵，原非得已；而實則義存報國，不乏同心。爲此特頒詔書，遣官前去宣諭，赦罪録功，務要大伸討賊之忠，共矢同仇之氣。但能擒斬僞官者，即與授官；能收捕賊徒者，即與給賞；能破賊恢城俘獻者，即行超擢，斷不逾時。其餘部衆，或編入鄉勇，一體團操；或分墾荒田，量給牛種；或便宜安插，或護返家鄉，不許所在官司、衙胥、兵役生端牽擾，違者即行拿究治罪。該撫按仍大張榜示，多方獎勸，不時奏聞。其江北、湖廣諸處，悉照此例通行。昨據河南巡按官又稱，鄧州守備許承業等驅逐僞官，尤宜先叙，著兵部即與實授，以昭朕鼓勵圖功至意。爾等皆吾赤子，具有同仇，尚早奮于功名，庶共游于樂利。布告遐邇，咸使聞知。

崇禎十六年四月十四日。

題暫用院印揭帖 癸未四月十六日。

題，照得臣等封進一切章奏，原用文淵閣印，前首臣周延儒視師行急，奏將原印携帶行間，此後封筒暫用翰林院印，已面奉俞旨。今察得存閣印已用完，合應改用院印封進。臣等未敢擅便，謹具題知。

崇禎十六年四月十六日上。奉御批：“朕知道了。”

恭擬漕河勅諭癸未四月。

諭户部、工部：漕運關係軍需，萬難遲誤，已差科臣星往督催。目今糧艘見抵何處？是否盡數過淮？該部嚴檄總巡漕及在事各官，躬歷河干，晝夜催趲。一面先押頭幫前進，毋違五月限期。其差去部臣，築塞河口曾否鳩工有緒？水運有無疏通？也著速行察催，上緊築濬，務期安流如故，不誤輓輸。仍著將已完、未完工程詳開來奏。故諭。

崇禎十六年四月十六日發訖。

回奏天壽山調援揭癸未四月。

題，適奉御批：“今日午時，據天壽山守備申之秀差官劉國喜口報：奴賊見攻蟒山甚急。此係東山口重地，已有旨傳兵部飛調救援，恐有稽延，再行催督，即刻立行大賞大罰，必信不貸。先生每即刻傳與。故諭。欽此。”謹即刻傳兵部調援，聽其自行回奏外，謹題。

崇禎十六年四月十八日午時。

蟒山逼近天壽，關係陵寢。然虜游騎從清河、湯山去，未嘗至蟒山也。昌平鎮兵四萬，十無二三。總兵張巍及本道惟以承順守備爲事，幸虜偶未到耳，可歎！

回奏優卹揭癸未四月。

題，適蒙發下匣封，内二件恭奉御批：“各家人馬應有將領收拾，一面察傷亡的，即與優卹。此係目前第一要務，先生每擬旨來行。欽此。”臣等切見奴犯以來，諸將多方規避，鮮有交鋒上陣者。今京營王承胤、大同姜瓖及陽和諸將，感激聖恩，奮勇馳援，遇奴血戰。據報我兵傷亡不少，諸將李居正等尚有未知下落者，然而奴之士馬所損亦已多矣。皇上痛惜干城，立行察明優卹，真得古帝王恤死扶傷之盛心,與振頑起懦之神用,誠目前第一要務也。謹即擬論上進,伏候裁定。至其餘督鎮各兵有無協勸,曾否捄援,若孤軍受挫而觀望者得全,尤爲近時通弊,尚當嚴行察明,俟事平通加覈議者也。謹具揭,同原摺恭進。原奉御批,尊藏閣中。謹題。

崇禎十六年四月十九日。

進御覽備邊册揭崇禎癸未四月十九日上。

大學士臣蔣德璟謹題,前恭承召對,蒙皇上疇咨各邊兵餉,深以單匱虛冒爲慮。臣等仰體宵旰,俯計安攘,愧未能稍展一籌,奉揚廟算,私心實惴惴負乘是懼。數月以來,將各邊餉册細加釐剔,計祖制九邊及前後增設東西二協,昌、通、津、登、保五處共十六鎮,一切新、舊、練三餉兵馬及屯鹽、民運、京運、漕糧、馬價各項原額、見額,稍爲編纂,而諸形勢要害、夷狄部落及今昔疏議有可采者,亦附見焉。合爲總册,分爲各鎮,名曰《御覽備邊册》,用備聖明乙夜之觀。惟是三餉繁雜,磨算互異,讎較繕寫,造次難清,坐致稽遲,罪實莫逭。除見在寫對外,謹先以總册進呈,餘即隨後次第續進。

至於額餉本折,今昔懸殊,約其大端,凡有四蠹,臣亦不敢不言者:計臣與邊臣算法不同,一也;邊臣册報計臣,與其報樞臣又不同,二也;三餉司彼此並發,前後那移,司官各不相關,胥役故爲朦溷,三也;部有解發或不到邊,邊有節曠每不報部,內外變幻,窟穴淵深,四也。臣所憑者,以《會典》及《萬曆會計録》爲綱,以歷年戶部餉册、崇禎十四、十五年三餉新册、各邊管糧餉司報册及兵部新經覆裁各疏爲目,旁及督撫之條奏、科道之指參、各鎮之紀載而已。誠恐心眼迂鈍,才識荒迷,舛錯漏遺,勢不能免,我皇上坐照萬里,天鏡高懸,自無能逃睿鑒之末。伏惟聖明俯賜原察,臣不勝悚仄屏營之至。謹題。

崇禎十六年四月十九日上。

恭擬賑濟難民諭癸未四月。

諭户部、兵部、都察院:狡虜東遯,各難民多拔營來歸,流離可憫,已有旨著行間各官詳細察發回籍外，其近畿及山東沿途一帶地方，著各該撫按速行各府州縣官，不拘何項錢糧，多方賑濟，或設廠煮粥，或給與銀錢糧米。預先措備，隨到隨給，務使各沾實惠，無令失所。內難婦無告，尤屬可矜，倍宜優卹。仍察有親戚、鄉里，責令領送回籍，不許官兵人等私行占留及強暴、掠賣等弊，察出定行拿究。其遠近傷亡，枯骨暴露可念，通行埋掩。即責令五城兵馬并各州縣官，親身料理。仍將用過錢糧，及賑卹名數，收掩屍軀，據實開報，以憑叙錄。如有藐玩不遵，虛文抵塞，聽胥役侵尅作弊者，立行指參挐問不貸。特諭。

崇禎十六年四月二十二日寫發訖。

恭擬欽賞總兵左良玉諭癸未四月。

諭平賊總兵官左良玉：昨以該鎮斬叛戢師，已遣官頒賚。近據陝西總督孫傳庭復奏，該鎮前在武昌堵賊邀船，絕其飛渡，具見奮勇。茲再賞銀六十兩、紵絲四表裏。其部下有勞將卒，再發御前銀三千兩。特差內員同兵部差官星解軍前，聽酌量賞給，用示旌勸。著益勵志圖功，早殲逆渠，朝廷自有大賞。特諭。

崇禎十六年四月二十二日寫發訖。

接濟援兵子料及發火炮揭癸未四月。

題，適奉御批："聞各鎮援兵見少糧草，此關係軍機不小，當作何即日接濟，先生每速傳該部，勿但作紙上本折，如誤，責有所歸。欽此。"臣等叩頭恭誦，仰見皇上慮周邊計，念切軍需，晏息不遑，機籌獨悉。臣等謹即馳傳户部訖。

惟是援兵糧料，急需本色。昨部臣傅淑訓以米豆造次難前，議分派折色馳解，與本色相兼接應，計自當星馳飛赴，不敢有誤。聽其自行回奏外，又樞臣張國維頃面商，謂逆奴尚在牛欄山一帶，惟夜劫一著可行。而從來用炮頗小，又多在十數里外，不能及遠，奴嘗忽之。宜密用大炮，出其不意。欲乞察發十餘位，密速遞去，事不宜遲。謹因回奏而并及之，伏候聖裁。原奉御批，尊藏閣中。謹題。

崇禎十六年四月二十五日卯時奉御批："朕知道了。"

合詞引罪公疏癸未四月二十五日。

奏爲承天失守已眞,陵藩警報相繼,謹合詞請罪,懇求罷斥事。

昨見湖南巡按御史劉熙祚疏,始知承天果已失守,以至荆、襄、蘄、德,蹂躙無餘,弓劍震驚,藩封播越,眞三百年未有之變也。臣等叨陪政地,佐理無聞,既未能仗劍登壇,手梟兇惡,又不能運籌聚米,動中機宜。自顧迂庸,徒有慙悚。間每於召對趨侍之頃,以及御批裁決之餘,仰見睿斷英謨,眞可同符祖武;而么麽小醜,奔突自如,戰守無功,兵民俱困,豈天心眞未厭亂,致聖主每厪責躬,實皆臣子積習相蒙,因循誤國之罪。而臣等瘝官溺職,負恩深重,尤百喙無以自寬者也。首臣見在殞奴,臣甡方當勦寇,惟臣演等三人靦顏相對,攫髮難窮。謹合詞席藁在直待罪。伏乞皇上將臣等立賜罷斥,仍即召還首臣,以重政本,另簡賢能,以光弼贊,庶安攘得人,而臣等亦稍逭覆餗之咎矣。臣等無任惶悚戰栗待命之至。

崇禎十六年四月二十五日上。二十六日奉御批："楚承失守,陵寢震驚,實朕積罪叢愆所致,不勝痛省。地方官負朕倚任,深可憤恨。逆寇今且盤踞重地,尚稽誅夷,正藉卿等抒猷匡救,速圖恢勦,拯民水火,雪恥除兇。不必合詞引咎。首輔宜亟回閣佐理,慰朕佇望至意。該部知道。"

請急發大炮揭癸未四月二十七日。

題,頃蒙召對,將兵部呈報閣兵一疏面諭酌發大炮事宜,臣等即祗遵恭擬訖,仍傳樞臣張國維至閣商議酌發,及嚴飭各兵站定堵擊外。頃首輔有劄來求炮甚急,且云昨日之捷,若再得西炮數位,奴營業糜爛無餘,今尚可爲也。首臣今日已抵順義督戰,似應立刻發炮前去。又樞臣言工臣范景文回咨已具大炮,專候旨下,即同發去,大約軍中有求必應,方可責以成功,且聞各督撫兵將齊到,行間機會不可失也。伏候立刻裁奪批施行。

崇禎十六年四月二十七日。

回奏贊理部屬勅稿揭_{癸未四月二十九日}。

謹題,臣等恭承面諭軍前贊理兵部主事葉士彥勅稿一事,臣等欽遵到閣,看詳原稿,委屬未妥。蓋官名贊理,自與監軍不同。祇將原稿改削,恭呈御覽,伏候裁定施行。

崇禎十六年四月二十九日。

勅兵部署郎中事主事葉士彥:茲以流寇蔓延,久稽蕩掃,特命輔臣專征,命爾隨行軍前贊理。爾宜遵照原題,一應密切軍機悉聽輔臣指授,商酌而行。其鼓勵官兵,稽察功罪,催儹軍需,及一切援勦、募練、安插、招撫、屯墾事宜,雖有監軍職掌,爾亦當參陪末議。如有逗遛觀望,縱兵譁擾,殺良冒功等弊,及侵尅本折錢糧,即行稟報輔臣,以憑參處。其有司相臨,體貌與户部司官同。爾受茲委任,務須廉慎勤恪,勉竭忠猷,制勝凱旋,從優敘賞。如因循怯玩,致有債事,罪不爾貸。爾其慎之。故勅。

恭擬欽賞吳三桂等諭_{癸未五月}。

諭督師范志完:昨據奏報,總兵吳三桂等親斬酋首,具見鼓勵用命,將士應行立賞。除三桂另賞外,其餘有功總、副等官李輔明、劉肇基、馬科等,再發御前銀六百兩、紵絲二十表裏,著差去內員一併解交軍前,分等賞給,用昭朝廷賞不逾時至意。特諭。

崇禎十六年五月初三日寫發訖。

處置曹操部將投降及捄援各土寨揭_{癸未五月}。

題,頃見秦督孫傳庭馳報曹操部將楊承祖投降一疏,內稱其敢戰多謀,爲操驍將。操既被闖殺害,其部下哨目精兵與闖自相攜貳,真天欲亡闖一機。惟加銜都司,出自該督給劄,似當即下兵部,逕以實銜與之,庶益知感奮用命。其餘部混天狼及劉副將等，皆可乘機招致。自此賊勢益孤，便易爲力。又河南總兵陳永福圍困逆超已兩月餘，鳳陽總督及丁啓光等各兵并宿、蕭土兵齊集，未知糧料本拆（折）能盡行接應與否？事久變生，亦不可不慮。且聞附近土寨多被各賊攻擊，有號籲求援者，亦當急爲拯援招來，無致其拆（折）入賊手。謹擬諭藁一道，恭呈聖裁。伏候鑒奪施行。

崇禎十六年五月初三日。

恭擬會勦逆超諭 癸未五月初三日。

諭兵部：河南總兵陳永福圍困逆超已久，又有鳳督及總監各兵俱到，計擒逆當在旦夕。一切行月鹽菜本折，着該撫按就便轉輸供應，不許稽遲玩誤。仍一面將前頒去諭旨，設法曉示城中，止殲逆超兄弟二渠魁，其餘脅從盡行赦免。如能生縛來獻者，重加陞賞。其附近土寨有被別賊攻擊的，作速應援。來投的，作速招收。一應補伍、屯田及安插、發回事務，聽便宜處置。不許坐視，致誤地方。該部即行嚴飭。特諭。

崇禎十六年五月初三日諭。

恭擬豫撫勅諭 癸未五月。

諭户、兵二部：永城逆將煽亂，官兵圍困已久。近鳳督及禁旅各兵徵調俱到，擒殲旦夕可期。一應本色糧料，河南既難供應，自當取給河北各府。著該撫按就便轉輸，多方接濟，毋致遲誤取罪。該撫仍即召募鄉勇，整率標兵，馳往策應。一面招收土寨，推誠安撫，務期化暴安良。一應墾荒、興屯事宜，從長經畫，上緊料理，不得虛應故事。其新補有司未經到任的，著同巡按官星催受事。再違，參來重處。特諭。

崇禎十六年五月初四日御批發寫。

回奏改推楚鎮揭 癸未五月。

題，適文書官諸茂貞到閣，恭奉上傳："湖廣總兵奉旨改推，著傳該部即日確推堪任的來用。欽此。"臣等祇遵,即刻傳與兵部訖。

昨樞臣相晤,亦曾商及湖廣總兵而難其人,以左帥見在,彼中再推一人恐不相下。如欲徑推左帥,又有以尾大爲疑者。坐此尚費推敲。然此時湖北諸郡幾無完土,各撫皆係新易,尚未到任,且恢復承天、鞏護陵寢實屬鎮臣專責,總兵之設萬不宜緩。惟在兵部慎擇以聽聖裁。謹先具揭回奏。

崇禎十六年五月初五日。

奏慰揭癸未五月初六日。

題,適欽奉上傳:"朕第七子於五月初七日寅時薨逝。應用諡號,卿等即刻擬議來行。欽此。"臣等不勝驚愾。痛惟皇七子聰睿性成,凤鍾天愛,宜享維城之慶,忽動埋玉之悲。竊計聖懷當何如悽惻! 然修短有命,氣化難齊。伏懇勉抑至情,重加葆攝,泝膺天祐,益迓振繩。臣等可勝翹祝叩祈之至。

崇禎十六年五月初六日。奉聖旨:"覽卿等奏慰,朕知道了。"

回奏楚鎮揭癸未五月。

題,適蒙發下匣封四本,內三本係兵部推湖廣總兵周遇吉等,未蒙欽點。臣等謹看得,周遇吉以官舍授官,未滿十年而至大將,且加官銜,其義勇之概,頗爲一時推許。據部疏稱與同官臣姓商議,見今闖賊在楚,欲勦闖賊,必先用楚鎮,此正同官所倚仗爲左右手者。且自晉移楚,原屬平調,而楚難于晉,似不妨試諸艱錯以見其能。至劉肇基在關寧日久,凤著戰功,用之勦寇,似亦能勝厥任。倘皇上慎重其選,或召詢同官及兵部,面賜裁決,亦詢謀僉同之意也。見今楚撫已增爲四,而鎮臣惟有一人,事權既重,且有左鎮頡頑,非威望素著、謀勇兼優者,未易勝任,實與他鎮不同。謹據所見附陳如此,原本未敢徑擬,伏乞裁奪。謹題。

崇禎十六年五月初六日。

上即用劉肇基,而留周遇吉于晉。

北郊分獻揭癸未五月。

題，昨蒙欽遣北郊分獻，臣等恭詣方澤壇謁（竭）虔行禮畢，今早入直供事，謹具揭題知。

崇禎十六年五月初七日。奉聖旨："覽。卿等奏竭虔行禮，朕知道了。"

回奏中書錯簽揭癸未五月。

題，適接得兵科手本，内稱本月初一日亥時發下紅本四十四本，内有兵部車駕司主事朱國壽奏本二本，一爲遵旨酌議奏奪事，察係條議各州縣寬恤馬價，則奉有"這議復種馬各款，該部詳切酌妥具奏"之旨。一爲遵旨詳察酌確事，察係條議孳生種馬，則奉有"著行該撫按覈確奏奪，不得朦溷，該部知道"之旨。皆與疏語不侔。或係票簽溷淆，或係別有錯誤。事關抄傳，合應移會察明等因到閣。

臣等察得二本皆係四月十七日擬票，猶憶發簽時原無溷錯，或因二本注語略同，中書寫畢偶爾錯搭亦未可知。然臣等彙封之時不能詳細簡點，疏略之咎，實無所辭，伏乞聖明寬宥。謹將原疏二本封進，恭請御筆更正，或令補本另謄，以便抄發，統候聖裁。臣等可勝惶悚之至。謹題。

崇禎十六年五月初七日上。奉聖旨："覽奏，朱國壽本内票旨，中書謄録錯搭，姑免究。閣務殷繁，卿等不必引咎。仍著國壽另補二本來奏。"

自劾疏崇禎癸未五月十六日。

爲封疆法不容寬，輔理義當自劾，懇乞天恩，俯賜罷斥，以勵臣工事。

臣性資樸昧，學問迂庸，自荷聖明特達之知，獲陪禁密論思之末，素餐竊位，垂及一年。恭覿我皇上身總萬幾，目營四海，心勞日昃，膝造夜分，居然堯舜之疇咨，甚且禹湯之罪己。而臣徒有寸腔之矢，毫無微効可書。至于逆虜内訌，從邊入腹，餘腥橫染，縣夏遡冬，半載蔓藤，千里榛莽。臣請纓雖切，借箸多疎，力既莫効馳驅,材尤自慚駑下。坐觀行間之勝負,未展一籌;每遇當宁之傳宣,空懷孤憤。誠捫心無以自逭,而課罪所宜首論者也。幸元臣視師一出,結局差有可觀。屬神聖銳意中興,更絃方當再鼓。如臣頑懦,萬難苟安。伏乞聖慈,特賜罷斥,庶政本不爲藏譽之地,而群工各奮敵愾之思。其于懲勸所關,良非淺鮮。臣不勝惶悚激切待罪之至。

崇禎十六年五月十八日上。奉聖旨:“卿輔政忠勤,究心經濟,今氛警暫退,正藉詳籌兵食大計,整頓維新,著安意佐理,以副倚任,不必引陳。該部知道。”

恭紀裁定督撫鎮聖諭癸未五月。

諭吏、兵二部:近日狡虜入犯,邊腹多虞,皆因官多兵弱,名密實疎,或人地非宜,或權位相掣,平時不加整練,遇警徵調紛紜,以致主客不和,兵將不習,更置無定,掉運不靈,縱寇損威,靡能制勝。今亟宜釐弊,切實責成。朕思薊遼止須總督一員,選擇敏練幹才任之,不妨破格。遼撫一員,黎玉田;鎮臣一員,吳三桂,專任關寧勤禦百務。山永撫臣一員,李希沆照舊,鎮臣一員,盧天福,是否堪任? 還著另推。薊密不必分作二鎮,俱著順撫三屯鎮管轄。即著王繼謨、唐通殫力料理,督師、保督俱不必設。呂大器、趙維岳俱回京另用。保撫徐標新任可用,鎮臣另推。通州止設鎮,可省兵,照舊以副將統領,聽昌平管轄。如後有警,昌通兵不可輕調。其鞏華、拱極、張灣、河西務、良涿等處,均屬要害,須派明何將守信設防? 先時有備,不致臨事張皇。以上俱係切要布置,該部即速詳議,具本來行。或有未盡事宜,及文武才力、人地去留等項,尚有可商的,不妨熟籌再奏。特諭。

崇禎十六年五月十七日發。

癸未五月初,奴始盡出。至十六日,上御皇極門,大班糾劾畢,即退御皇極門內,寶座稍移近門,召閣臣及吏、戶、兵三部,掌印兵科都給事中過跪。上出手勅,親定各督撫鎮功罪,皆出御筆,甚精。當令輔臣稍加潤色,然不能贊一辭也。

上深言吳三桂、黎玉田可用，而以督撫增設太多，因裁關薊督師、保定總督、西協巡撫、通州督治，蓋赫然整頓一新，幾復祖制之舊。然總兵贅濫數百員，副參數千員，守把如蟻，皆未及汰。大約樞部以此爲交結納賄地，而諸游棍出没，獵官烹餉，茫不可詰，雖屢經票擬駁催，亦置之高閣矣。此邊事敗壞一大病根。從前本兵楊嗣昌、陳新甲輩，真是誤國！

合辭加恩疏癸未五月十八日。

奏爲隆恩誤被，揆義難承，謹合詞控陳，懇祈聖鑒俯賜辭免，以肅大典，以安愚分事。

昨准吏部咨傳，奉聖諭："勅吏部，奴虜內犯，城守戒嚴，內閣輔臣運籌帷幄，懋著鴻猷。兹特加恩示酬。首輔延儒加陞少師兼太子太師，仍吏部尚書，進中極殿大學士，著廕一子與做中書舍人，還賞銀五十兩、綵段二表裏；次輔演加陞太子少保，改户部尚書，進武英殿大學士，著廕一子入監讀書，還賞銀四十兩，綵段二表裏；德璟、景昉著各陞太子少保，改户部尚書，進文淵閣大學士，著各廕一子入監讀書，還各賞銀四十兩、綵段二表裏；甡加陞太子少保，改户部尚書兼兵部尚書，進文淵閣太學士，著廕一子入監讀書，還賞銀四十兩、綵段二表裏。都著照新銜給與應得誥命。至于首輔代朕視師，調度合宜，殲虜敗遯，勞績著聞，仍加賜銀五十兩，紵絲四表裏，蟒衣一襲。如勅奉行，欽此。"臣等聞命自天，跼蹐流汗，罔知所措。

竊惟帝王馭世大柄，惟有賞罰二端，而政地之賞罰尤中外臣工所視，爲勸懲之的。恭惟我皇上聖武布昭，神謨廣運，慮周邊腹，識洞安攘，真可鞭笞四夷，乂安九有。而邊吏不戒，狡虜匪茹。當其闌入則不能乘障拒却，及其飽遯又不能逐北窮殲。皆文武諸臣不能用命之罪，而實皆臣等之罪也。臣等質既疎庸，智復闇劣。既無威望足以鎮壓，使之不敢窺邊；復無籌略足以廓清，使之盡行授首。雖口外暫爲昆夷之駭，而師中尚稽頡利之擒。臣等仰負旰宵，俯慚郊壘，辜恩戴罪，百喙無辭。乃蒙寬假之仁，更荷駢蕃之錫。孤卿並晉，鏐綺交輝，榮及于身,賞延于世,臣等何功何能,而敢當此殊寵乎！竊思封疆之事,當委任督撫,責成將吏,庶幾擔無旁貸,勘有專收。乃論罰則脱然不與同罪,而論賞顧冒然與之同功,恐有累勵世磨鈍之權,兼重貽竊禄負乘之恥。此臣等所徬徨悚仄,萬萬不敢即安者也。伏懇天恩收回成涣,特允控辭,庶臣等之分義稍明,而國家之名器亦重。臣等不勝感激惶悚之至。

崇禎五月十八日上。本日奉聖旨:“卿等密勿勞深,弘猷匡贊,酬叙原屬國典。至元輔視師制勝,尤前此未有。俱即宜遵諭祗受,不必遜辭。該部知道。”

回奏裁省各邊冗將揭帖癸未五月廿四日。

題,頃蒙發下兵部欽奉聖諭一本,臣等已即祗遵恭擬上進。惟再四思之,尚有可商者。薊鎮原一督、一撫、一鎮,事權甚重,今既分設三協,各自開鎮,又增團練總兵及一切副、參、遊、守,名色比萬曆末多數十倍,糜餉不貲,將領日增,兵馬日少,武功不競,固其宜也。聖明洞徹情弊,特以中西并歸一鎮,深得制勝機宜。第聞各邊口虛弱至極,一時整頓未易,而近日外議,又有逆虜換班再入之説,雖未有的據,然邊防急宜修舉,恐王繼謨清謹之品未能勝任也。唐通聞頗能節制,亦未知果能似戚繼光威略與否？又備倭之銜,原爲遼海設,若西協似可不用,亦不必入銜也。竊念三鎮并設以一督,提衡自可得力。其團練鎮及副、參、遊、守等項贅員,一切撤去,在各鎮事權既一,且練餉節省亦甚多。此則今日對症喫緊之著,萬不宜緩,似宜并令兵部詳加察汰者也。邊疆大事,臣等既有所見,不敢不言,統乞聖明裁鑒。

崇禎十六年五月二十四日上。

恭擬罪己詔書崇禎癸未五月。

朕祗膺天命,嗣守鴻業十六載於兹,宵旰圖迴,惟弗克肩荷是懼。乃自逆虜匪茹,闌入内地,畿南山左一帶,極目丘墟。驅勦雖已遠奔,荼毒實爲可憫。至流賊原我赤子,亦復矯命衡行,連陷藩封,震驚陵寢,豫楚江北半被兇殘。揆厥釁端,咎皆繇朕。重以天災洊告,蝗旱頻仍,奸吏貪官專工掊克,橫征暴賦,彌益凋疲。以致禍結兵連,邊腹交困,老羸轉于溝壑,丁壯耗于干戈。萬姓何辜,遭此異慘! 捫躬內省,憂悼倍深。是用痛自悔懲,深圖湔滌,嘉與海內,共勉維新。特下罪己之書,恪求憂民之實。

念新練二餉,久應蠲除,時屬用兵,勢非得已。暫將省直殘破州縣地方,自今十六年爲始,一切三餉錢糧蠲免三年。其未經殘破而村落灰燼、孑遺可憐者,該撫按確察分別差等具奏,以憑酌量蠲緩。既蠲之後,大張榜示,不許有司朦溷重徵,違者指名參來拏問。其餘各地方官,通要勸課農桑,招來流徙,革禁耗羨,寬恤征徭,務使窮民均沾惠育。爾內外文武大小諸臣,都著洗心易慮,協力分憂,各矢精白之忱,共挽多艱之運,庶幾寡昧賴逭愆尤。

於戲! 朕躬有罪,無以萬方,敢忘隕淵之懼;天下歸仁,在乎一日,亟沛解懸之恩。惟本固則邦寧,亦內安而外戢。尚冀皇穹之昭格,用偕率土于平康。布告臣民,咸宜知悉。

崇禎十六年五月二十六日上。奉御批:"覽先生每擬詔良是。但向來每頒蠲緩恩詔,雖諭榜示,而官胥蠹弊叢淵,私徵重派,蚩蚩孑遺,豈能通知盡曉? 以朝廷寬恤德意,徒飽婪酷囊橐。況此詔內尚無府衛州縣的實地名,尤易滋弊。應將真正荒殘處所一一詳列詔後,仍如何刊印頒布,必使軍民皆知。如敢仍前私徵橫斂等弊,應如何重治不饒,庶幾災窮吾民,實需恩惠;不肖官吏,稍加儆惕。於以恤災、安民、懲貪、剪蠹,亦似非過。先生每再加商酌,擬撰來行。"

回奏捕練勅書揭癸未五月。

題,適文書于潤世到閣,恭奉上傳:"昨所擬捕練王之俊勅稿,但向來所重在捕,今必練得其法,而捕在其中,是首重在練。還著另擬來行。欽此。"

竊惟捕營之設,意雖在捕,然非練則捕亦虛名。故從來影冒之弊,該營最多。仰蒙聖明洞悉情形,銳意整頓,首重在練,極爲得之。然必盡破積習,以漸練成精銳,庶異日方可收居重馭輕之用。除原勅另擬外,先此具揭回奏。謹題。

崇禎十六年五月二十七日。

回奏看議首輔揭帖崇禎癸未五月。

題，適蒙發下匣封內三本，欽奉御批："朕覽先生每揭奏首輔奏疏及府部議本，朕心惻然不忍。首輔功多過寡，佐理有年，朕不能盡用其謨猷，朕不能體量其志向，皆朕之過。應免看議處分，准致仕回籍，仍賜路費馳驛，以昭朕保全優禮至意。特諭。欽此。"臣等叩頭恭誦，不勝感服。

恭惟皇上明並日月，量包覆載，舉凡臣下才品，悉在達聰明目之中。而體悉周至，權衡精審，尤得堯舜用中之極。即首臣延儒佐理有年，殫心竭力，勞勤頗多，而時勢方艱，兵民交困，外奴內寇，竊發交訌，實有未易撑持者。至於議論之煩苛，事機之變換，調停劑量，亦費拮据。聖諭所云"功多過寡"，實爲定衡。乃其謨猷未能盡副，亦自苦于時地之難，而志向似有可原，尤堪諒其忠愛之素。皇上曲垂鑒炤，特免處分，無論延儒感泣，矢圖銜結，即中外臣工聞之，亦無不欣呼侍誦，以爲聖明恩威兼著，雷雨並施，操縱大權，真非臣下所能窺測萬一也。至臣等才疏識陋，萬分不如延儒，而積罪叢愆，不啻千百，久荷涵茹，倍切兢惶。尚冀高厚鴻恩，開以更新之路，則臣等死且不朽矣。恭讀聖諭特准首臣致仕回籍及路費馳驛等項，臣等謹於首臣疏中再擬一旨，未知有當與否？或念首臣自再召以來，考滿叙功，累蒙恩賚，並經辭免，量或從優。此在聖主惟蓋深仁，非臣等所敢擅擬也，伏候裁奪。原奉御批，尊藏閣中。謹題。

崇禎十六年五月二十七日。

回奏請免府州縣失事各佐貳首領提解揭帖癸未五月。

題，適蒙發下兵部恭報虜情一本，係臣看詳，御批："改票。"并發前聖諭部院摺子。仰見皇上綜覈功罪，申嚴賞罰，真勵世磨鈍機權也。但察律例，有主將不固守之條，而府州縣印捕官有衛所同城者，罪坐衛所；惟無衛所者，方比主將律處斬。至佐貳首領則各有守城信地，以賊所從入坐罪。蓋衛所之責重，而府縣稍輕;即府縣印捕之責重,而佐貳首領則又輕矣。恭誦聖諭內,亦止言道府有司,不及佐貳首領。今馬班才等州同、主簿卑官,未知應通行拏解否?惟守備沈通明、都司張克祥罪與律合,亦未知果係信地否也?拏解與提問,總是一罪。第近日虜寇猖獗,失城甚多,株連不少,除主將及印捕外,其餘小官似止令撫按提問為便,而於律例及聖諭亦無不合。未知有當與否,伏候裁奪施行。

崇禎十六年五月三十日酉時上。即奉御批:"朕知道了。前票擬議為當。已批行訖。"

謹按大明律例,府州縣與衛所同住一城,及衛所自住一城者,不行固守,則衛所印捕官坐斬,府縣印捕官充軍。其無衛所者,則府縣印捕坐斬,而佐貳首領止以賊所從入論罪耳。此定例也。向前未察律例,概令拏解至京。連年奴寇之變,城池失陷幾二三百,若以佐貳首領計之,不止千餘人,長途囚繫及解官苦累,皆不堪言。且就使拏之至京,亦無死罪也。州同馬班才等,璟擬撫按提問。御批改票,且以前年聖諭拏解近例發下,指示愚昧。聖意甚厚,顧不敢妄有將順,因據律具揭,即蒙批允,具仰聖明轉圜之美云。此後,佐貳首領官失事概免解京。

獻劉超俘擬告郊廟文 崇禎癸未六月。

維崇禎十六年歲次癸未六月初一日癸亥,嗣天子臣(御名)謹遣某官,祗奏于皇天上帝曰:逆弁造叛,戕殺官民,拒命據城,謀為不軌。神人共憤,法在必誅。用張撻伐之師,爰奏蕩平之捷。俘渠就戮,中外騰歡。此皆皇穹眷佑之所致也。臣欣荷寵綏,遣官祗奏,仰祈歆鑒,永賜祐寧。謹奏。(太廟大略同)

記俘獻逆帥劉超事 癸未六月。

舊制,朔望係停刑日。崇禎癸未夏,永城逆帥劉超俘獻至京,欽天監原擬六月初二日。上以超等拷問垂斃,特改于初一日辰時祭告,午時獻俘。先一日,內侍官設御座于午門樓前檻正中。是日早,遣成國公朱純臣、定國公徐允禎告南郊,駙馬萬煒告太廟。教坊司陳設大樂于御路南東,西北向,文武百官各具朝服,刑部堂上官及獻俘官吉服,于御道外東西侍立。上嘗服御皇極門。鐘聲止,鴻臚卿跪奏請上乘輿,樂作,內瑺戎裝擁衛,前後排列五鳳樓東西,兩黃蓋扈御簷,登午門樓正中黃幄陛座。而東宮及定王、永王紅袍隨駕出,侍立左右。樂止,鳴鞭,鴻臚卿招呼報捷獻俘官過。鳴贊,贊跪,鴻臚卿過中跪。宣奏:“爲獻俘事,該鳳陽提督軍務馬士英、原任督師丁啓睿、援勦太監盧九德、河南總兵官陳永福等奏稱,永城逆帥劉超兄弟,敢干國紀,擅殺官紳,旅抗天誅,叛戕巡撫,招連群盜,謀亂中原。罪惡通天,神人共憤。仰仗我皇上赫然一怒,文武宣勞,俘斬無遺,威靈遄暢。謹將逆渠劉超、劉越二名,委副將丁啓宗、丁啓光、丁奎光、陳德等囚解到京,恭獻闕下。自此河南諸處,漸可安堵。聖明南顧抒憂,臣等不勝欣忭慶幸之至。謹具奏聞。”宣奏畢,復原班。獻俘官叩四頭,起身退原位。錦衣衛堂上官招呼:“挐俘來。”將尉齊聲答應。將尉引俘至獻俘位,北向立定,鳴贊,贊跪。于將尉之前,劉超大聲呼冤,上不問。刑部官詣樓前中道跪奏:“刑部署部事左侍郎臣張忻等謹奏,爲俘獻逆帥以彰天討事。該鳳陽提督馬士英等,挐獲俘犯劉超、劉越到部,問擬俱合,依謀反大逆,但共謀者不分首從律,皆凌遲處死。奏請以所獻俘囚付所司行刑請旨。”上曰:“挐去。”刑部堂上官承旨訖,錦衣衛堂上官招呼:“挐去!”衆將尉齊答應。刑部堂上官即同將尉押出施行。鴻臚官跪致詞:“公、侯、駙馬、伯、文武百官,左柱國太傅、成國公朱純臣等,恭惟皇上聖武光昭,皇靈丕振。用張撻伐,叛逆蕩平,禮當稱賀。”文武官五拜三叩頭,退,樂止,鴻臚寺奏禮畢,鳴鞭,駕興。

先是久旱,至五月二十七日後大雨。是日獻俘時亦微雨,旋即光霽,可爲洗兵之徵。

崇禎十六年六月朔記。

劉超,永城人。中河南武解元,跛而知書。爲貴州總兵,坐罪免。壬午上疏言兵計,下部,中樞陳新甲用爲河南總兵。以私怨殺御史魏景琦一家三十餘人,懼罪,招納土賊據城謀叛。巡撫王公漢自率兵掩之,爲所殺。遂反,執永城鄉紳侍郎丁公魁楚、都御史練公國事等數十人，迫令上疏保之，遣人齎入京。是時奴方入寇，京師戒嚴，乘城守，及齎疏人至不得入。而坐門科臣劉君昌，豫人也，傳君振鐸，舊永城令也，爲言于主者，縱之入。昌復竄改其疏數字，被廠衛緝獲，稱爲奸細。上大怒，下其人詔獄拷問，而詰責兩科臣，然實非奸細也。魁楚等爲超所拘，超求其代理，勢不得不聽，且因其代理之疏，稍示操縱，以計圖之，似亦不礙。璟等因從中婉解，而用魁楚之侄、原任督師丁公啓睿，使相機行事。啓睿者，前以勤寇坐罪革職，議大辟。上初欲誅之，璟謂永城方叛，幸啓睿叔侄在彼，宜且令將功贖罪。且魁楚雖在城內，而啓睿在城外擁兵，超亦不敢動也。未幾，鳳督馬公士英等兵至，圍之，超窮困出降，遂擒以獻，而魁楚等皆得出。因釋啓睿罪，用爲河南勸農使。

再進守邊賞夷冊揭帖崇禎癸未六月。

題，前臣纂《御覽備邊》冊內，有《守邊賞夷》一冊，欲俟各冊完日一并進呈。今日適召對撫夷署總兵張致雍正，爲守邊賞夷事情。察得東西哈原在大同邊外之西數千里，其地產馬，歲至黃甫川、殺胡口互市。與卜酋雖有往來，未知果同心與否？如欲厚其金帛，令之與建奴爲難，則相去甚遠，恐未必爲我用。前致雍所條數款，曾經督臣孫晉駁議，具在冊中。并隆慶以後順義王歷年款貢始末，亦頗具其梗概，謹先恭進備覽，餘冊次第繕完。臣不勝惶悚之至。謹題。

崇禎十六年六月初三日。

張致雍原係宣大廢弁，以"用哈攻奴"上疏干進，已經部中駁議數次。璟亦核其情形，附于《守邊賞夷》之內，在《御覽備邊》冊中，未及進呈。是日上密召之面議，甚喜。而哈在極西，奴在極東，實不相及也。卜在宣大，雖與哈市，亦非能用哈者。上既不召閣臣，無從面駁，故止以原冊進覽。翼日召對中極殿，顧臣璟曰："昨冊東西夷落較如列眉，極好。"璟愧不敢當，聊附記之。

回奏傳調各兵揭癸未六月。

題，頃蒙皇上面諭勤寇事宜，臣等即傳樞臣馮元飇至東閣面商，湖貴土司、鎮篁各兵聽黔督便宜調發勦賊。除另擬諭恭請聖裁外，其江督應派京營兵二千，馬科、李輔明兵四千，水兵二千，及鳳、黔、秦、江四督進兵合勦。俱詳悉傳訖。至奉行不應發抄，旨意宜密宜速，臣等倍加叮嚀，聽樞臣自行回奏。謹具揭題知。

崇禎十六年六月初三日。

恭擬黔督諭癸未六月初四日。

諭兵部：黔督李若星已有旨責令提兵入楚勦寇，著飛檄嚴催勒限前來，不得稽遲誤事。其鎮篁、武靖等處土司各兵聽該督酌量徵調，不必拘定數目，仍督率副將楊明楷、尹先民統領殺賊，恢復承、荆各郡，有功加等優叙。其應給糧餉悉聽就近徑自支用，事平奏銷。即日餝行。特諭。

崇禎十六年六月初四日發。

回奏五府差押及流軍異同揭帖癸未六月。

題，蒙發下匣封三本，内兵部爲衛官選派甚多事、刑部爲監犯通詐事，皆係五府差官、解軍事情。蒙御批："察酌律例。欽此。"

謹察五府及兵部《會典》，押解軍犯，皆選差官舍，不專差官也。近來止差衛官，所以官苦其少，未知起自何時？至官賣放則調衛差操，舍人賣放則發邊衛充軍，《會典》甚明，未嘗以官充軍也。兵律條例有"長解賣放者，附近充軍"之文，爲解役言，非爲解官言也。申時秦副千户也，縱軍違限，自有調衛之例，而引解役例充軍，則不惟非律，亦非例矣。恭誦御批"察酌律例"，曲盡精微，自是確當。至流與充軍不同，前年已經法司詳議，尚未畫一。恭誦御批律文，徒流原未有軍罪，有係增例，以致官因差軍得罪，軍因罪名厭惡，甚非恤官勵軍之意。仰見聖明體恤官軍，德意尤盛。似當令法司將流、軍二罪再加確覈，照律定擬，不得復有游移，庶律意昭然，軍罪亦省。謹即恭謄御批下部。其五府差押似應照舊兼差官舍，仍俟該部覈議軍、流事宜奏明，並該府所陳九難、三易，一并酌妥。伏候裁奪。謹題。

崇禎十六年六月初五日。

回奏刑部二本揭帖癸未六月初九日。

大學士臣蔣德璟題，適文書官于潤世捧匣封到閣，内刑部二本，一爲恤刑事，一係欽奉聖諭事。恭奉上傳："與閣臣合看。欽此。"臣叩頭祇遵，即將二本細詳互參，始知陳政權等三十三名已于十五年十一月奉有依擬免追之旨，而部疏内亦以得旨爲言，且云"無容再議"矣。及後計開復，將三十三名内周八等開列"候旨發落"，黄應科等開列"候旨減罪"，既爲重複。臣看詳，亦不知周八等三十三名即在陳政權等三十三名之内，擬有"候旨"之語，承訛襲舛，罪無所辭。謹另擬恭聽聖裁外，尚有崔成名、陳自啓、李其秋、董自强、楊秉吾五犯，殺人應抵，雖有可矜，似難徑改徒杖。于四左道惑衆，雖無多人，亦難徑與釋放。或再行該撫道詳加確擬，未知有當與否，伏候裁奪。至臣疎略之罪，并祈聖恩寬宥，臣可勝惶悚屏營之至。

崇禎十六年六月初九日上。十一日奉御批："覽奏，部疏重複，朕知道了。閣務殷繁，卿不必引咎。"

回奏河南考官揭帖癸未六月。

題，適蒙發下匣封四本，内禮部覆中州鄉試一本，正副考官皆未蒙欽點。據按臣奏，定場期在七月初三日，爲時甚迫。又聞兩河士子自經寇禍之後，流離貧困，不堪久待，而在河南者冒險前來，尤爲可矜。誠宜急乘此時，以興賢録科之典，收拾中州士心，鼓舞激勸，萬不可緩。即考官此日起行，已屬後期矣。該部所題二員，想亦資序應及。臣等未敢擅擬，伏乞皇上即賜欽點，發票勒限星夜前往，以竣盛典。臣等可勝顒望。謹題。

崇禎十六年六月十七日上。即蒙點發。

請點用吏部司官揭帖癸未六月。

題，臣等看詳章奏内，有吏部缺官二本，係該部考功、稽勳二司各缺主事，推中書舍人楊玄錫、趙明鋒等，未蒙欽點，仰見聖明慎齡至意。

切思銓部司官為用人之人，而冡臣又用司官之人也。近李遇知特蒙簡用，清慎著稱，聖上方倚以衡鑒百官，其於司屬材品想皆廣諮細訪，斟酌妥當，必非敢漫為嘗試者。或俯賜點用，或再行覈議，謹具揭同擬票恭進，伏候聖明裁奪。謹題。

崇禎十六年六月十三日上。十七日點用。

回奏保督兵餉及裁冗將揭帖 癸未六月二十日。

大學士臣蔣德璟題，適蒙發下兵部一本，為欽奉聖諭事，係覆保撫徐標疏改票，并發下五月二十三日該部疏抄一摺，仰見聖明慎齡至意。

臣謹察，保督新增練餉兵三萬名，已經分派各處，前旨甚明。今部疏所擬"俟酌定營制奏報"者，覆該撫選將團練之語耳。然營制已定，即可遴補將官，亦不須再俟矣。第未有練餉以前，該鎮未嘗無兵。自十二年始增練餉，本折九十餘萬兩，而更以無兵為患，則將多兵少，虛冒可見。昨皇上毅然裁去保督，中外深服聖斷。而舊制該鎮將領止二十人，近因練餉忽增至一百六十人。臣謂急宜裁汰，所省當亦不貲。至保撫原額兵餉，亦當即令覈明，以為從新整頓之藉。謹另擬一票進呈，伏候裁奪。并恭繳原發一本一摺。謹題。

崇禎十六年六月二十日。

擬薊密巡撫勑 癸未六月。

皇帝勑諭都察院右僉都御史楊鶚：畿輔要地，鎮撫需才；邊務孔殷，責任綦重。今特命爾整飭薊州、密雲等處邊備，兼巡撫順天地方中西二協，選練將卒，分布要害，修築城堡，搠利器械，安撫流移，捕揖叛亡。一應兵馬錢糧，聽爾徵召支給，督覈稽察。至于聽理詞訟，清催民屯鹽糧，召買料豆草束，開墾田畝，釐剔軍民將領官商侵冒克剝奸弊，分別拏問參奏，悉照舊行事。宜逐一修舉，仍要嚴設臺守，偵探邊烽，隨處堵截。如兵行遇敵，將官參、遊以下有逗遛退縮，軍法從事。口外屬夷，撫順勦逆，悉心處置。如機密軍情，須與總督、鎮道從長計議而行，務保萬全。爾仍聽總督節制。勅內開載未盡軍機，俱許爾隨宜計處。爾受茲擢用，宜益殫忠猷，綢繆固圉，大破瘝玩積習，從新整頓邊防，庶稱簡任。如或執拗乖誤，責有攸歸。爾其慎之！故諭。

崇禎十六年六月二十日。

薊、密、山永共三協，原止一督、一撫、一總兵，崇禎四年添設山永巡撫，九年添設密雲巡撫。既設三撫，又設三總兵、三團練總兵，而以都督銜領。副、總及參、游等官不啻數百，加餉至數十倍，竟無實用，邊政於是大壞矣。璟每召對，皆以爲言。至是始併薊密爲一，以楊鶚兼之，然未幾復議設密撫云。

回奏徽祁焚殺官兵乞行撫按詳察揭帖 癸未六月二十二日。

題，昨見鳳督馬士英"徽祁焚殺官兵"一事，臣等即面同商確，以爲有司紳民焚殺黔兵，必非無故，而設計誘之至八百多命盡付一炬，自是冤慘可恨。不獨調到黔兵尚剩有數千，憤激不平，即此後赴援之兵聞之，亦且因此藉口，誤事不少。蒙發嚴旨拏解，誠足以振紀綱而平憤怒。而臣等請仍行該撫按者，亦以就中情形撫按知之最悉，自必詳審入告，不致激成他變也。頃看詳樞臣密奏，大意相同，謹將確察情形之語，再擬密傳，使之一面拏解，一面安插士民，未知當否，伏候聖裁。臣等可勝悚切之至。謹題。

崇禎十六年六月二十二日。

雷震奉先殿獸吻揭帖 癸未六月二十四日。

題，今日蒙召對中極殿，奉皇上面諭："昨夜雷震奉先殿東獸吻，深懷警戒。業親行恭慰禮，仍命臣等傳禮部，議上祭告修省事宜。"竊惟皇上，敬天奉祖，仁孝隆茂，夙夜靡慝，偶值意外之變，乾乾夕惕，真古帝王克謹天戒、小心昭事之盛軌也。

臣等謹考，聖祖吳元年，雷震宮門獸吻；洪武十三年，雷震謹身殿；嘉靖十六年,雷震謹身殿鴟吻;十八年,雷震奉先殿左吻。雖皆變出一時,而二祖敬謹之至,內省身心,外肅官聯,甚至捧雷斧于案前,儼臨下之有赫。以能仰成仁愛,孚佑昊穹,化災為祥,心法如在。皇上念念法祖,祗若明威,行見聖敬之日躋,益卜天休之滋至。惟臣等佐理無狀,積愆弘多,致此異災,義當策免,則所合詞席藁,百叩而不敢自寬者也。事關修省,似應擬諭,傳示禮部。臣等謹擬稿恭進,仰懇聖裁。謹題。

　　崇禎十六年六月二十四日上。即夜奉御批:"覽卿等奏,朕知道了。雷震示儆,朕心悚惕靡寧,敢不痛自省察,以仰承天慈。還倚卿等共圖消弭挽回,化災為祥,不必合詞引咎。諭旨已寫發訖。"

　　六月二十三日立秋,是夜大雷雨,奉先殿東獸吻劍靶有損,當為狂風所吹,或迅雷經過處耳。上既引咎,閣中亦具揭待罪。及所司察明修造,則劍靶小損而獸吻無恙。相傳玉河橋鑾駕庫獸吻有大蜘蛛,是夜雷取之去,亦未知的否?上於災異最為敬凜,而數年間天災地震頻仍見告,實中外臣子奉職無狀所致,未可盡咎陽九也。德璟識。

敬日堂外集卷八

擬告太廟遣將文

崇禎十六年七月初三日甲午,嗣皇帝臣(御名)敢昭告于祖宗列聖帝后曰:逆寇蔓延,久逭誅剪,比乃奔突豫楚,躪及陵藩,罪惡貫盈,神人共憤。爰命秦督孫傳庭爲督師,特畀專征之寄,恭行撻伐之師。仰冀明威,俯垂佑助。殲渠散黨,成功亟奏於師中;討罪救民,篤祐以對於天下。非獨眇躬之席庇,實偕率土以襲休。謹酌照遣將告廟舊制,命官行禮,用申虔告。伏惟鑒歆。謹告。

崇禎十六年七月初三日。

回奏議處各官揭_{癸未七月。}

題,適文書官尹獻瑞到閣,恭奉上傳:"鄭三俊應議處。張國維、侯恂已經面諭拏問,應革職。郝絅、張拱宸、方士亮、尹民興,扶同欺飾,併喬可用著革了職,法司提問。閣臣擬旨來行。欽此。"又奉上傳:"催左懋第作速起身。欽此。"臣等不勝悚慄,謹祗遵各擬諭旨一道恭進,伏候聖裁。謹題。

崇禎十六年七月十八日上。

看詳雷疏公揭_{癸未七月十八日。}

題,昨蒙發下僉事雷縯祚一本,內有"言周延儒、謝陞等,而政府恨臣"之語,臣等不勝駭異。竊臣等與去輔延儒、陞雖同官,然立身行己各有本末。縯祚指摘二臣,於臣等何與? 且年來參二臣者不止一人,何獨於縯祚而恨之? 臣等自入直以來,矢志奉公,兢兢隕越是懼。即在己之德怨毀譽久置度外,而反以同官被糾之故代爲銜恨,亦情理所不出也。至縯祚守德著勞,臣等於召對時曾稱其才，有何疑忌？皇上離炤當空，無隱不灼，臣等亦無容深辯矣。緣看詳及此，不敢不一剖明。宵旰方殷，併不敢仰煩批答。謹題。

崇禎十六年七月十八日。

請發舉人會試各疏癸未八月初四日。

題，適蒙發下禮部一本，爲會場屆期事。內稱：今科會試，已到舉人僅二千餘人，爲數甚少。察有舉人李汝爲等五人，久經疏請，未蒙簡發。年來虜寇交訌，貧士奔馳往返，艱苦萬狀，多有策蹇徒步，冒病前來，其情甚可憐憫。倘再遲時日，即蒙聖恩，亦已踰入場之期，三載蹉跎，尤爲可惜。臣等再察得數月來，其具疏陳請，及已經部覆者，不止李汝爲等五人，俱見在候旨。伏望聖恩概賜簡發，庶益廣皇上作人德意，而於薪樞大典亦爲有光矣。謹題。

崇禎十六年八月初四日。

是日即簡發李汝爲等五人。疏隨再發何九雲、彭遵琦、楊懋官等。連日夜搜尋諸疏，凡係部疏乞會試者悉下，而初八日三鼓尚發山西舉人趙聯元等。聖明愛士求賢，惓惓留神如此，乃知向之苛求皆非聖意。

丁祭文廟欽遣正獻恭紀癸未八月初六日。

崇禎癸未八月初六日丁卯，秋祭先師，前期已命大學士魏藻德爲正獻，初三日復以藻德主會試考，初四日改命德璟。初五早五鼓命下，朝服入侯升殿，制有旨傳免。鴻臚官導璟至皇極門，行五拜三叩頭禮。國子監官遞儀注，於左掖門棕篷下一揖，錦衣衛東西二司送旗尉八人。是時閣中惟璟與東厓黃公二人，本章到閣，分票訖，近午易吉服出會極門、東華門、東上門、東中門，分獻官簡討張君之奇、劉君世芳，吉服候于橋上，同出外東華門，予用明籧至安定門成賢街，入集賢門。國子監屬迎於持敬門外，祭酒孫君從度、署太常寺館卿王君都迎於階上。張、劉二簡討隨至，同入致齋所，各揖畢，本監屬官入揖，太常寺屬官捧黃帕案祝版到，璟舉筆僉名銜畢，序坐。監禮御史賀君登選、祠祭主事劉君大鞏、監宰御史白君抱一揖畢，予東向坐，祭酒西向陪，分獻、監禮、監宰、祠祭、太常各分兩旁坐。舊例遞攢盒，是日予免辦。太常官請省牲，先正獻，次東廂，次分獻，次監禮、監宰，次祠祭、次太常同至牲所。犧牲所黑牛二、牝牛六、豬二十、鹿一、兔九。省牲畢，詣香案前上香，禮畢，即宰牲。回至致齋所。頃之，繇太學東角門從東丹墀上，詣彝倫堂觀禮。繇堂東門入，赴堂西第二間，俱東向立，太常官扮作正獻、分獻三人行禮畢。舊例會席於明道堂，近以堂圯免辦，遂從彝倫堂後一揖而別。詣東廂齋房，本監屬官至齋房揖，錦衣衛送飯二棹。祭酒亦別具飯，不用酒。典簿張君元勳，予鄉親也，來送燭燎。遂入廟，觀兩廡及正殿，陳設甚豐。

初六丁卯子時，行禮樂，凡七奏。迎神四拜，飲福二拜，送神四拜，共十拜。惟揖跪最多。夜歸已四鼓矣。黎明入閣復命，具揭奏聞。

舊例，分獻用翰林修撰、編、簡為之，未有用王府簡討者。張、劉二君皆侍定王講讀，雖掛銜簡討，而從來不與翰林之事。今秋初，遣閣臣魏公，庚辰進士也，甫三年入閣，諸編、簡皆前輩，不便使分獻隨行，故用張、劉二君，皆庚辰同年也。然亦變體。

凡五品以上及都給事中，有祭皆陪祀。是夜僅大司徒倪公元璐、少司徒張公宸極及荊、汪二掌科，亦太少。

舊用牛一，今二。舊山羊五，今北羊六。舊豕九，今二十。舊兔五，今九。惟鹿一如舊。

奉旨恭擬察明舉主及關按二御史諭癸未八月初八日。

諭吏部、都察院：兵部侍郎張鳳翔原以知兵舉用，朕故特赦其罪，以期後効，正宜感激圖報，何乃近推督撫等官，全不議及，顯有委卸隱情。見今虜寇交警，樞貳原儲備督撫，非藏拙脫罪之地，如係不堪，從前何因濫舉？着即察明議處，并舉主何人也？着察奏。又巡關御史衛周胤、順天巡按御史韓文銓，封疆失事，應否免議？昨閣部察司等官欺蔽，冒功飾罪，二按何無糾參？有無扶同狥隱？着一并察處速奏。特諭。

八月初八日。

是時，太宰鄭公三俊、本兵張公國維奉旨褫問。上方震怒，莫敢救者。樞部署篆，應屬左侍郎張公鳳翔，上亦疑爲黨。遂特傳右侍郎張公伯鯨署事，而令輔臣擬旨詰問部院。閣中正據上傳擬發，即奉御批駁下："這諭還着修潤，另擬來看。鳳翔舉主何人？亦宜察奏。"然舉者甚多，實非黨比也。久之事漸解，諸舉主亦不罪。

回奏察明方大猷揭癸未八月。

題，適蒙發下匣封内票本一本，欽奉御批："昨王永吉所討方大猷是否即此人？還再察明，擬票來看。欽此。"

臣等謹察得，方大猷係浙江人，中丁丑科進士，見在河南水利僉事。昨王永吉所討即其人也。臣等未曾見大猷，然廷臣多以知兵舉之，應否移調，俟部酌議奏奪。謹祇遵另擬呈進，伏候聖裁。謹題。

崇禎十六年八月初八日。

三進御覽備邊册揭帖甲申八月初九日。

題，前恭進《御覽備邊》册，卷帙頗多，一時遽難繕就。兹再寫完薊、密、山永三協一套，薊、寧三衛考一套，昌平鎮一套，又將各邊十六鎮新舊兵馬、屯鹽、民運、京運、漕糧、三餉本折及兵馬價各項，括其大綱，以便稽察，名曰《御覽簡明册》一套。臣才疎識闇，舛漏尚多，然頗亦得其梗概。大約舊制於各邊兵餉措置周密，原不全恃京運。如屯鹽、民運，見經各邊餉司册報，原自不乏，乃概不提起，而但以京運部欠爲詞。此乃近日錮習，萬曆中不爾也。至一切軍馬在索餉之時，臚列甚多，及責以戰守之具，忽焉俱少。前後不相照應，内外互爲串通。奸胥且欲去其籍，而況肯從實拈出乎？臣歷年搜訪，心記手抄，更換數番，猶覺無限疎掛，以是次且久之。昨見計臣歸併三餉疏，分兵餉爲左右司，良係苦心調劑，而其數亦尚仍十五年部發之舊。欲俟各督撫自行開報，又恐遲未即到，不得已先行呈進。其餘各鎮，刻期可完，次第續上，伏候聖明詳覽裁行。謹題。

崇禎十六年八月初九日上。

回奏發帑與薊督及乞留南征遼兵揭癸未八月初九日。

題，適蒙發下匣封內一件，欽奉御批："御前再發帑銀二十萬與督臣王永吉作買馬、置器、接濟軍需等用。不足的，各該衙門速發，仍令户、兵、工三部補進。先生每即擬旨來行。欽此。"臣等叩頭恭誦，不勝忻躍。

昨見王永吉諸疏，力言餉缺兵譁，號籲甚亟。臣等相顧蹙額，急圖接濟，而户、工諸部實已罄懸。內帑復屢經頒發，即欲代爲控陳，逡巡未敢。忽奉天語，再發至二十萬，驚出望外。仰見我皇上慮周巖鎮，惠渙宸居。自此邊臣展布有資，三軍飽騰，可望將有鼓舞用命，不戰而氣自倍者。謹即祇遵，擬諭呈進。又察永吉疏內，尚以懇留關外李輔明、馬科等南征各兵爲請，語甚切至。臣等亦知明旨久頒，勢難中輟，然邊防甚棘，募練方殷，昨李希沆、黎玉田、吳三桂等接踵疏請，咸深以爲慮，非獨永吉一人也。臣等既有所聞，不敢不言。伏乞聖明裁奪。原奉御批，尊藏閣中。謹題。

崇禎十六年八月初九日。奉御批："朕知道了。內帑久匱，因軍需重鎮所關，暫借濟急。該部補進，以待後用。至於調兵一事，昨聞有三千之兵已過都城。且關、寧二鎮數萬之衆，是否去此數千即係空虛？該部亦應察問。若是缺額過多，正宜星夜選補，豈可於勦寇禦虜大計，兩處失誤。"

再揭八月初十日。

題，昨夜蒙發下匣封，欽奉御批，諭及薊督王永吉留兵一事，已經臣等回奏訖。今早公同商酌，似應擬旨下部察問，着該督自行奏明。謹恭擬諭旨一道呈進，伏候聖裁。謹題。

關外諸將李輔明、馬科皆撫鎮黎玉田、吳三桂部下騎兵也，頗勁悍可用。因保督呂公大器移爲九江督，請發京營兵南征，不許，部中擬以此兵四千與之。然遼人遼馬不願往南，即奔馳數千里，馬力亦竭，而虜信甚急，關外自顧不暇，亦不宜南發也。然中有主者，六月初三日召對中極內，璟力言不能得，而薊督及黎、吳連疏懇留。是時陳、魏二公入閣，惟璟與同邑黃公在直，具揭再爭，竟不能得也。未幾，呂改爲南兵部侍郎，輔明等兵未至九江，一路劫掠而歸，耗費本折不可勝計，而馬亦瘦損無可用者。

奉旨更易戎政總督論 癸未八月初九日。

聖諭兵部：京營居重馭輕，事權甚重。見今從新整頓訓練，亟宜得人。襄城伯李國禎着總督京營戎政。寫勅與他。恭順侯吳惟英着後軍都督府掌府事。宣城伯衛時春着暫解任，學習候用。特諭。

回奏傳部院二事 癸未八月。

題，適文書官于潤世到閣，欽奉上傳："前頒發户部收買糧米銀兩，亟宜乘時收買，應勒限奏報。着擬旨來行。欽此。"又奉上傳："前頒發五城棺埋銀兩，見今作何奉行？着傳都察院察奏。欽此。"除五城事祇遵傳都察院外，其收買事情臣等謹擬諭旨呈進，伏候聖裁。謹題。

崇禎十六年八月初十日。

記惠司寇事 癸未八月。

清潤惠公世揚素有清望，以少司寇署刑部，因擬會推一案忤旨閑住。癸未二月，太宰鄭三俊會推爲協院副都御史，二十八日召對文華後殿，上以世揚下詢，臣等皆力贊之，遂賜點用，實出望外。即過跪，仰頌聖鑒，爲得人慶。三俊亦甚喜，過謝。一時中外欣然，知聖主無成心。久之，鄭公罷，聖意復變，惠公在籍，久亦未至。八月十一日發下吏部本，爲題明惠世揚員缺事。御批改票，則同邑黃公直票也。黃公與璟商爲之解，因上公揭言：前世揚處分原案係冠帶閑[住]，旋蒙恩起用，實非夢想所及。朦奏罪責，自有所歸，乞俯念仍准照舊閑住,免其革職。又言臣等每竊見皇上恩威並用,操縱如神,於明罰飭法之中恒寓恤舊原情至意,不揣補牘,幸賜矜宥。八月十一日奉御批:"惠世揚已有旨了。卿等不必申捄。"雖不得請,亦不罪也,存之以見聖度一班。

十六年八月,德璟記。

回奏兩監軍揭_{癸未八月。}

題,適奉上傳:"前有旨:着張亮監平賊鎮軍,今李猶龍稿内亦稱監軍,是否兩監軍?着察奏。欽此。"

臣等謹察得,本年五月,吏部覆兵部疏,請以張亮監平賊鎮軍矣。兹七月兵部又請以原任署正李猶龍起南京兵部主事,監紀兵餉。臣等公同商議,謂左良玉原請餉司,非監軍也。若監軍既有張亮,安得再用監紀?且猶龍原係察處之官,破例起用,亦恐未便。故下吏部覆議,而吏部亦以監軍兼管糧餉爲請,且云"干戈戎馬之中,不隆以名位,即不重其事權",原疏具在御前,可覆按也。比兵部復具題請勅,而李猶龍亦疏求速發。臣等看係勦寇緊急,即察照題請事理於監軍舊稿内增"兼管糧餉"數字,既有職方之銜,例當監紀,已經吏、兵二部具覆,不便削去也。仰蒙聖諭是否兩監軍,不勝悚服。雖部覆偶誤,而臣等愚昧不斷,委無所辭。謹即擬旨諭該部酌議改正外,頃又見發下左良玉疏,乞責令餉司馮祖望隨營辦運本色,則餉司亦已有人,并李猶龍復爲贅矣。從來計典不謹無起用之例,而部疏稱猶龍以爲堪任督撫,中外同薦,又曾面奏御前,時方需人,臣等亦不敢以舊制格之,統俟聖明裁奪施行。原揭一本附繳。謹題。

崇禎十六年八月十四日。

回奏御批京營邊餉揭_{癸未八月。}

題,適蒙發下匣封,恭奉御批:"諭京營總察協:真實訓練戰守,如選將、簡卒、酌餉、較藝、官廩等事宜,不比尋常,從頭殫力料理,務期妥當實用。又京營從未缺錢糧至六月之多,併邊鎮接濟,應諭户部多方生節措發,再不可緩。先生每即擬撰來看。欽此。"臣等叩頭恭誦,仰見皇上加意京營選練,及軫恤邊鎮接濟事宜,深得練兵足餉之要,蓋一舉念而京邊軍國大計無不該備。謹即祇遵恭擬諭稿二遵進呈,伏乞聖裁施行。原奉御批,尊藏閣中。謹題。

崇禎十六年八月十六日酉時。

恭擬京營諭

諭京營總察協:三大營鞏衛神京,倚任詰戎,關係甚重。近雖屢經申飭,積習尚費掃除。着即上緊訓練,實圖戰守,一切選將、簡卒、酌餉、較藝事宜,從頭殫力料理,仍察教練比試舊制,嚴察飭行。其廩糧、料草、犒賞等費,三餉冊內開載,增給甚多,有無侵冒,通着詳覈察奏,不許因循弛玩,致有虛糜。朕且以將士勇怯功罪爲各官殿最。慎之!勉之!特諭。

恭擬戶部諭

諭戶部:京營錢糧原當依期措給,從未缺至六月之多。并各邊鎮接濟,通着作速察明解發,不許再緩。前有旨察各鎮屯鹽民運原額及見在兵馬實數,該督撫曾否從實開報?如再欺蒙延閣,即行參處。該部仍着多方生節,務求軍國大計,以實京邊,不得苟且塞責。特諭。

回奏王承恩等揭_{癸未八月}。

題,頃奉上傳命臣等撰擬王承恩、韓贊周、劉孔昭勅書,除已具揭回奏外,今將王承恩勅書遵照新旨,改提督爲都察,又將韓贊周勅內"責在爾等"句改爲"責有所歸,爾其勉之"。至操江向用文武二臣,各有一勅,以分職掌。今既併歸勳臣,謹將二勅事權酌爲一道進覽,伏候聖裁施行。謹題。

崇禎十六年八月十七日。

回奏上傳發帑揭并擬三諭_{癸未八月}。

題,適文書官何良楫到閣,欽奉上傳:"京營軍丁米折鹽菜壓欠甚多,何資操練?特發御前銀五萬兩,着總察協酌量給散,仍責戶部照數速還。著輔臣擬諭來行。欽此。"又奉上傳:"留都根本重地,軍餉壓欠數多,何資操練? 特發御前銀五萬兩,著新守備內臣順齋前去,會同操樞等官酌量給散,仍著南戶部照數補還。著輔臣擬諭來行。欽此。"又奉上傳:"江防重務,昨遣誠意伯星速整飭,一應修船置器等費,特發御前銀三萬兩以資接濟,俟外解到日,南工部照數補還。再著局庫兩廠給發滅虜決勝炮共一百位,弓箭各五萬張把,火藥二萬斤,鉛彈五十斤,該部差官速行解運。著輔臣擬諭來行。欽此。"

臣等叩頭恭誦,不勝忻服。仰見皇上慮周根本,念切軍需,以京營訓練方新而留都扞訪爲急,特頒御帑,爰佐儲胥,既弘損上益下之規,兼寓鼓將屬兵之用。不獨兩京文武共幸展布之有資,而凡率土臣民亦咸歸恩施之曲被。從此猛加整頓,亟策安攘,知奴寇小醜不足平矣。除各部照數補還,聽自行回奏外,謹祇遵恭擬諭稿三道呈進,伏候聖裁。謹題。

崇禎十六年八月十七日。

諭戶部:京營整頓方新,察軍丁米折鹽菜等項壓欠甚多,何資操練? 特發御前銀五萬兩,着總察協各官酌量給散,造册覈銷,仍俟外解到日,照數補還。特諭。

諭戶、兵二部:留都根本重地,軍餉壓欠數多,何資操練? 特發御前銀五萬兩,着新守備內臣韓贊周順齋前去,會同操樞等官酌量給散。用過數目册報覈銷,仍着南戶部照數補還。其南糧額設原多,也着作速督催解發,不得再延。特諭。

諭兵、工二部:江防重務,昨遣誠意伯劉孔昭星速赴任整飭,一應修船置器等費,雖有額設錢糧,慮一時措辦未敷,特發御前銀三萬兩以資接濟。用過數目着册報覈銷,仍俟外解到日,南工部照數補還。再着該局庫兩廠給發滅虜決勝炮共二百位,弓五百張,箭五百把,火藥二萬斤,鉛彈五千斤。該部差官速行解運前去,取實收奏繳。特諭。

回奏南內守備及操江勑書揭癸未八月十九日。

適文書官諸茂貞到閣,欽奉上傳:"南都根本重地,設備原周,祇因承平日久，諸事廢弛，今特用勳、內各臣從頭整理。勅書內必將事權、信地、體統、錢糧等項一一俱實載明。這二勅還應酌改擬進。欽此。"

臣等謹察得，南京內守備勅書，原係相傳舊稿，例不敢妄有增減。其操江勅書，原有文武二道，各有職掌，似難歸併。臣等已經具揭詳陳，未蒙允許，累承天語，必欲參酌爲一。事權、信地、體統、錢糧等項，係該部手本開送，昨兵部移文未經詳列，臣等亦無從憑空懸定也。容即約戶、兵二部臣到閣，面加商酌，令其詳細開明，請旨裁奪。謹先具揭回奏。謹題。

崇禎十六年八月十九日。

再回奏南內守備及操江勅書揭_{癸未八月}。

題，昨蒙發下南京內守備韓贊周、操江劉孔昭勅稿，著臣等酌改擬。當即先行回奏，仍約戶、兵二部臣到閣面議，令其詳細開明奏請。今據計臣倪元璐回稱：文武操江錢糧數目所司無故籍可稽，當屬南部爲政。又據署樞臣張伯鯨回稱：文操臣汛地，上自九江，下至江南圖山、江北三山口，皆其巡緝之地。武操臣則惟在於新江口整飭戰船，操習水戰。各勅書開載甚明。今既裁文併武，則文操原轄之地皆其汛地矣。汛地所在，即是事權所在。如緝捕盜賊、鹽徒，操習民兵水戰，防護留都，分哨倭警，與南北巡撫互相應援是也。至體統所繫，一切沿江設備、參、遊、守、把等員，悉聽節制，不必言矣。惟是司道府縣，凡江洋所關，悉聽文操轄屬。文操雖裁，尚有上下巡江御史相爲表裡，倘有文移當下行者，或移巡江御史轉行司道府縣；在司道府縣，仍申報御史，轉移操江。如各部與十三道御史移咨都察院轉行之例，似亦理法之可通者。

據此，該臣等看得，二部所開，止言操臣，未及內守備。詳察典故，茫無可稽。謹將內外守備二勅稿細加參酌，其中無甚異同，惟增入"事權體統，照守備勳臣例"二語，似亦足以隆鎖鑰之寄。至操臣勅稿，亦依部議照文操例一體增入。惟各部堂與各道御史原移咨都察院轉行，則武操文移，亦徑咨南都察院爲妥，此自有府院嘗行規制，似可不須拈出。至錢糧一項，勅書中原開載"上下江

御史贓賣”及“各該巡撫措處協濟”等語。察操臣劉孔昭昨疏三款，亦言“官評
訟獄聽各御史”，惟以“贖鍰辦濟及該營舉劾、工部戰船”爲言，亦已俱行開載。
謹祗遵，改擬二道，同原擬二道，恭行呈進，伏候裁奪。謹題。

崇禎十六年八月二十日。

回奏密舉勳臣癸未八月。

題，適蒙發下匣封，内一本一件，恭奉御批：“南都守備需人，勳臣中何人可
當此任？先生每即密奏來看。欽此。”

臣等謹察得，南守備一官，關係甚重。舊制多用魏國，以元勳世胄，且家在
南中，與衛所官軍恩信素聯，而其體貌崇重，惟内守備及參贊樞臣得相頡頏，有
難以輕議更代者。今徐弘基既引年懇切，蒙恩解任，誠當妙簡忠恪雄練之才，斯
堪鎖鑰之寄。欽奉批諭，令臣等密奏其人，仰見聖明慎重根本，德意甚盛。惟是
臣等才識愚昧，交遊素寡，於勳舊諸臣並無來往，實未有詳知確見，未敢輕易品
題，妄行推舉，自慙迁謭，踧踖良深。伏覩皇上天鏡高懸，流品畢照，或候撫寧、
忻城二侯伯到日，一併召見諸勳臣，面加詢問，詳賜簡擇，必有以仰稱任使者。
原本謹祗遵改擬呈進，伏候聖裁。謹題。

崇禎十六年八月十九日題。是夜供奉御批：“朕知道了。外廷見聞甚真甚
廣，豈於各勳臣才品通未知識一人之理？不過云此該部之事。然該部用人有不
商確輔臣否？會推各官有不經輔臣擬議否？卿等未可諉於不知也。仍應
具奏。”

再回奏癸未八月。

題，昨夜蒙發下臣等奏揭，内奉御批，命臣等密舉勳臣，已經具揭先回奏外，
今早公同商確，不勝悚仄。伏念臣等識陋才疎，見聞鮮少，間有公事相質，多係
首臣爲政，臣等資次在後，不敢與聞。即部院諸臣，有累月未一過晤者，用人自
有職掌，各部未嘗詢及，臣等亦何敢旁侵？諸臣見在可問也。至於勳臣原無來

往,惟五府京營掌印時於召對、陪祀之頃交揖而退,餘則從未見面。重承天語,彌切冰兢,愧無確見可以仰副聖懷。即如班首爲成國公朱純臣,老成安重,而察勘一役頗未愜南人之心;恭順侯吳惟英,温雅詳練,而見自京營改用;清平伯吳遵周慷慨自許,而前以指揮李寵詔等一事未免煩言。倘蒙皇上捨短録長,用人不求其備,或可儲采擇之末。又如定國公徐允禎、寧晉伯劉光溥、彰武伯楊崇猷,雖見掌府事,皆未曾接其議論。隆平侯張拱薇雖經召對,亦未能悉其底裡。此外則臣等既未之識,實難妄舉,非敢諉于不知,亦非敢卸責于該部也。統望概賜召見,詢事考言,以盡其才品之高下,總在聖明洞炤中矣。臣等自愧愚昧,擬議未當,致煩宸慮焦勞,罪實難逭,伏祈俯賜鑒原。謹題。

崇禎十六年八月二十日。

回奏傳察海舡揭癸未八月二十二日。

題,適文書到閣,恭奉上傳:"昨據梅之燦奏報,海船已經造完,果否堅緻如法? 曾否運交鎮軍前? 著輔臣傳工部即確察速奏。欽此。"臣等當即祇遵傳該部訖,聽其自行回奏外,謹具揭奏知。原摺一道附繳。謹題。

崇禎十六年八月二十二日。

三回奏内守備勅書揭癸未八月廿二日。

題,適文書官到閣,恭奉上傳:"見今寇氛未殄,窺逞堪虞,一切備禦俱應星速整搠,如官員之堪否,軍丁之虛占,器械之修整,兵餉之稽覈等項,事事責寔,大醒積習,鼓勵人心,俱宜載明。著輔臣再酌改進覽。欽此。"

伏念内守備一官,原係舊制,與勳樞二臣並稱鎖鑰重任。近因積習廢弛,狡寇窺伺,致煩聖慮圖迴,特加申飭,誠綢繆根本盛心也。欽奉批傳詳悉,臣等敢不祇遵。謹於勅稿内斟酌原稿,恭行呈進,伏候聖裁。至臣等智識迂劣,擬議迂鈍,跼蹐靡遑,統祈聖恩俯賜原宥。謹題。

崇禎十六年八月二十二日。

回奏裁併選練官舍揭癸未八月。

題，適蒙發下匣封，内一件欽奉御批："選練官舍著歸併京營。輔臣擬旨來行。欽此。"

臣等叩頭恭誦，不勝忻服。切見官舍原係世職，寒苦甚多，一經挑選，咸有鼓舞用命之意。今以併入京營，既可資其鋒銳，又可抵捕營中軍之缺，漸省儲胥，誠爲軍國便計。應行户、兵二部，會同戎政衙門詳議速奏。謹恭擬諭稿一道呈進，伏候聖裁。原奉批摺、尊藏閣中。謹題。

崇禎十六年八月二十四日。

回奏上傳議鈔揭癸未八月二十四日。

題，適文書官徐尚忠到閣，欽奉上傳："鈔正背面皆有定制堂印，不必用鈔背書寫行使姓名。徧察舊鈔皆未見有，應再議。寶鈔提舉司照舊例，不必又用左右堂督之。界限應改四年，就在背後一半框内。至於有司俸餉加厚，另議行。欽此。"臣等謹於原票内改擬恭進，俟該部議妥回奏。伏候聖裁。謹題。

崇禎十六年八月二十四日。

時行鈔之議甚決，户部倪公議奏數款，内欲鈔上用堂印鈐之，鈔背書寫行使姓名，用五年，填滿繳換，而以左右侍郎督寶鈔提舉司。閣中票擬，屢蒙駁改，次且久之。上於宮中令鑄鈔印，二面相連，甚精，又改五年爲四年云。

回奏傳察張司馬揭癸未八月。

題，適文書官魏國徵到閣，欽奉上傳："張鳳翔既奉旨議處，兵部各疏何仍列名？着察奏。欽此。"臣等謹即祗遵傳兵部訖，聽自行回奏外，謹先具揭奏知。原發批摺，尊藏閣中。謹題。

崇禎十六年八月二十五日。

回奏禳疫傳諭并乞清獄揭癸未八月二十九日。

題，適文書官于潤世到閣，恭奉上傳："日今瘟疫盛行，紫禁内外皆有，殊可爲憂。或照祈雪例遣官告祀郊壇等處。再飭百官痛加修省，共期挽回。着輔臣即擬旨來行。欽此。"

切見近日疫氣傳染，慘不忍聞。仰煩宸慮疇咨，痌瘝切體。前既普賜醫藥，仁比回生；且復徧給槥施，恩同澤骨。中外交頌，以爲古帝王仁政於今再遘。而猶重眕如傷之視，特申爲民請命之祈。蓋睪念已格于幽明，計造物當亟爲桴應矣。默推咎端，實繇臣等燮理無狀，罪戾多方，以致召沴干和，毫無補捄，義當策免，用謝天殃。至於圄圉之中，傳聞疫病尤多。前有清獄德音，似應并下該部，速爲訊結，或准先行保候，亦推廣皇仁、銷彌災變之一端也。謹擬諭稿呈進，未知當不，伏候聖裁。謹題。

崇禎十六年八月二十九日題。是日即下諭清獄，官犯、民犯概得保候在外，所全甚多，恩頌聖德。崇禎十六年八月二十九日。

回奏宗室紹燡揭癸未九月初七日。

題，適蒙發下匣封一本，内欽奉御批："紹燡携帶僞官姓名、旗票等項，見送内閣，着察封進覽。欽此。"

臣等祇遵，即將部中送到僞官姓名一小册、小紙二張、僞旗一面、僞票二張，察封呈進。其紹燡流離困苦，情甚可憐，作何優恤，仍應下部酌議速奏。謹題。

崇禎十六年九月初七日題。

紹燡爲周藩宗室，被流寇裹去，乘間遁歸，言賊中情形甚悉。上令司禮及大宗伯詳詢密奏，旋召見，賜冠袍、衣帶、銀幣甚厚，給以應得封典。其所開僞官姓名與徐準多合。

爲倪司農請准米折揭癸未九月。

題，適計臣倪元璐以回奏召買事到閣面商，言蒙發帑金四十萬買米，前即折扣津運關、寧、薊、永四鎮米二十餘萬石,用銀十六萬二千兩。餘已選委司官,分頭秤買。而新禾尚未全穫,奸囤先充糴商,其騰鼓半價、居奇射利之弊,有難盡悉者,似以折色給軍爲便。臣等再三商量,大約貯米總以給軍,七月一月,各軍既皆喜折色,或於九月分再折一月,又可坐扣十六萬石。是兩月之間不煩收放而得米三十餘萬,比召買以尤省也。其餘即照價買運,不敢踰期。惟求早賜裁奪,以便遵行。此係軍需大計,不敢不爲申奏,乞行總協議妥速奏。伏候聖裁。

崇禎十六年九月十一日題。

帑金折米給軍,每石止給八錢,上下兩便。且倉米可省支放,所積自多。其與召買民間轉輸出納之費,利害易見。倪司徒既面奏,環亦力贊之,退復具揭。而京商豪家專以囤米召買爲利,竟不能爭也。户部不得已以一金買一石,價高米惡,甚且金與粟俱空,付之太息。

回奏修省裁節及請發留中諸疏揭帖癸未九月。

題,適蒙發下匣封内一本,恭奉御批:"諭内閣輔臣:修省應有實政,庶幾挽回氣運,仰希天慈。如虜寇失事各案應速結,戰守有功應速叙,此二事全賴先生每秉公擔任。如錢糧不足,亟宜節儉,先自朕躬始。若祀典豐潔仍舊不敢議減外,朕久服浣濯之衣,此無可議,惟日用膳品減去一半,各宮分減去十分之四,宮女内員卓銀減去十分之三,通俟虜寇蕩平之日照舊。在外衙門有可節裁者,亦著照此推行。再如兵火焚殺之酷,災變死亡之慘,朕皆不能拯捄消弭,殊愧君師之位,今又添嬪御之奉,乃是增過增慚之舉,其選擇之事,竟宜停止,此亦節儉之一事。其章疏沉壓過多,朕不能朝上夕下,稽誤政幾,皆朕之過,當極力披閱發行。先生每即擬旨來行。故諭。欽此。"

臣等叩頭恭誦,不勝讚服。我皇上敬天勤政,亶欲清心,裁決樞機,風雷比震,軫拔災變,化育同恩。而猶有兵火焚殺、災癘諸咎者,實皆臣等輔理無狀之罪,亦内外文武各官積習蒙玩之罪也。乃猶過自謙撝,深圖乾惕,數行御札,無限昭回。臣等擊顙捫胸,真有跼蹐無地者。其失事各官,及戰守有功,委宜作速叙結,以昭賞罰之公。其光祿寺錢糧,聞御膳久經減省,猶復過加裁節,真所謂作法于涼,甘節可貞者矣。至臣等衙門,纂修日供諸費,則久擬減汰,而該寺未經開明,當即催送到閣酌裁,以爲諸司之倡。至選擇九嬪之禮,舊制似不可廢。俟虜寇蕩平議之,計亦在指日間矣。惟章疏繁積甚多,一日萬幾,委難遍爲簡發,而中間緊要事務,有銓選守候逾時者,有回道尚稽考核者,有彈劾未即處分者,有事關封疆急宜料理者,似當揀出,先與發行。或將諸疏盡行發下,容臣等於內直房公同簡閱,擇其必不可緩者斟酌進呈,取自宸斷,萬不敢毫有蒙狥,自干罪戾也。謹遵旨擬諭一道恭進,伏候裁奪施行。原奉御批,尊藏閣中。謹題。

崇禎十六年九月十二日上。十三日奉御批:"朕知道了。章疏參差前後,不便發下,還是朕擇閱發行。內中亦有時事已過者,有無益實政徒掣任事者,應留免發。有前後重複,必須察明方可批行者,亦自稍需時日。特諭先生每知之。"

回奏議鈔揭帖癸未九月十五日。

題,適蒙發下戶部議鈔二本,奉御批:"先生每再加商確,務要有益軍國,可行可久。內推行宜審一款,更宜嚴明出旨。以朕愚意,目今止當言如何通行,如何更換,其餘似不必預議。欽此。"臣等叩頭莊誦,仰見皇上留心國計,斟酌詳慎,不勝欽服。

竊惟古者以錢代金,宋末以鈔代錢,鈔法誠行,爲利甚大。而鈔虛錢實,頗有不同。蔣臣以宋之交子、會子謂之錢引,即今民間會票是也。然宋時自一貫至十貫凡五等曰大鈔,一百至七百凡五等曰小鈔。元時以十計者四等,以百計者三等,以貫計者二等。非不多方廣布,而亦不能久。惟聖祖時製法甚精,立法甚嚴,當時軍國賞賜諸費皆取給焉,而後始漸輕也。伏讀御批"務要有益軍國,可行可久",又於部議推行一款宜加嚴明。臣等竊見《會典》及《律例》所載鈔法,似已詳盡,總以嚴僞造、禁阻壞、立界法、信倒換爲主,至有司之貪羨抑勒則撫按三尺自在耳。惟今當久廢之後,驟欲督之行使,恐愚民不可慮始,徒法亦難自行。聖諭所謂如何通行，如何更換，業已洞悉其端委矣。蔣臣持論雖堅，臣等實未見其必然之効。倘萬不得已或且試之京師，於凡百官俸廩、軍匠月糧以鈔兼行，俾民間有鈔可用；而一切賦稅課程、贓罰納鈔悉與收受，俾知有用鈔之利。俟上下通行，耳目相習，而後推之天下，或亦變通宜民之一道乎！容臣等約計臣并蔣臣到閣，詳細商確，聽其自行回奏外，謹先擬票呈進，未知當否，伏候聖裁。謹題。

崇禎十六年九月十五日上。

恭擬殿試策問癸未九月十五日。

皇帝制曰：朕惟一代人才自足供一代之用，在昔聖主賢臣應求不爽，蓋未嘗歉乏才也。唐虞時水土、禮樂、兵刑諸大政以數人分任之而有餘，且終其身不復徙。至周文、武則干城腹心，才不勝擢。即當雲漢中興，而比肩奮臂，南征北伐，勳蹟赫然。豈古之育才別有方歟？抑其時為士者皆以其心為才用而無旁營，又各以其才為天下用而鮮內顧，風氣之淳厚，志念之靖專，有非後世所能髣髴歟？

洪惟太祖高皇帝嘗曰：謂皋、夔、稷、契不復生，方叔、召虎不再出，是薄天下士也。以故英傑蔚起，景附雲從，而猶博訪廣蒐，求才若渴，得人之盛，媲美虞周。於戲，偉矣！朕仰纘鴻緒，宵旰焦思，惟用人圖治是亟，諸凡召對登進，詢事考言，超簡賢能，不循資格，悉本求才，精意行之，而十六年來竟未睹成効，何也？狡奴四犯，流寇蔓延，禍結兵連，邊腹交困，屢塵廟算，罔裨折衝，若選將而玩愒相踵，練兵而譁潰頻聞，廩餉日增，籲呼轉迫。以至興屯、鼓鑄、鹽鈔、茶馬，種種條畫，非不犖然具備，而綜其實猶捕風也。斯何故歟？倘亦可縷指其詳歟！説者謂有治人無治法，則人才尚矣。但才其用也，心其本也。禹稱：一乃心力。武稱：無貳爾心。惟心一故能盡其才，而欲盡其才必先治其心。頃者申飭中外臣工洗心滌慮，挽濟時艱，至惓切已，無如方隅未化、囂競相高，持祿養交者多，憂國奉公者寡。將吏徒工谿壑，秀孝間汙潢池。豈人心不古，人才因之日窳歟？抑磨勵鼓舞之權猶有未盡者歟？茲欲省浮議，覈實功，消淫比反側之私，歸正直蕩平之極,何道而可？諸士行以才顯,其原本心術與所以育才用才之方,明著於篇,朕將親覽焉。

崇禎十六年九月十五日。

永樂癸未、天順癸未皆改甲申會試。是科亦癸未,因春中奴犯內地,試期改于八月,故以九月望日殿試,則猶未踰年也。先一日閣中具揭請御題,上密封令即擬進,德璟即在文華門直房具稿,并研手書,固封進呈。上不改竄一字,立召中書及刻匠入右掖門內六科廊寫刻,督以司禮,無一人知者。聖意於取士嚴密如此。臣德璟謹記。

請嚴飭勦寇督撫各官揭帖癸未九月二十四日。

題,連日見關寧督撫諸奏,奴伏天誅,已係確信。而督師孫傳庭大兵入雒,土寨用命。左良玉各兵恢復黃武,獻賊潰逃。南北小醜似有蕩平之勢,皆我皇上以格天之精誠,運將將之雄略,操縱鼓勵,妙得機權,真千載一時也,臣等不勝慶幸。惟奴斃業經月餘,而彼中光景尚未詳知。如王永吉、楊鶚疏所稱用間、招叛諸款,已經出旨行各督撫鎮密議,相機處置。目前所最急者,督師見在勦寇,聞賊俱集滎、汜、禹、密間,餘氛尚[熾],中原安危所係,一刻不容疎誤者。計傳庭奉便宜調度之旨,遲速分合,自有機算。而河北撫鎮亦當分兵渡河,聯絡寨丁,壯其聲援,以孤賊勢,斷無藉口防河,袖手坐視之理。併錢糧接濟豫、晉諸處,皆宜再加嚴飭者也。其銓補地方各官,聞俱縮處河北,宜勒令盡行過河赴任,料理城池,及屯墾、招撫、安插等事,違者即行拿問。庶法紀一振,民心有所依歸,而賊黨漸携,必有縛李自成以獻闕下者。掃蕩機括,實在此舉。謹擬諭稿呈進,未知當否,伏候聖明裁奪施行。謹題。

崇禎十六年九月二十四日上。奉御札:"覽卿等所擬諭旨,深合機宜。知道了。已寫發訖。"

諭吏、戶、兵等部:督師孫傳庭駐兵豫中,屢報戰勝。且土寨已多招安,該撫鎮亟宜整旅渡河,聯絡協勦。其銓補道府有司未過河的,嚴催星速到任。有規避不去者,飛參拏治。一面招撫流移,措給牛種,開墾荒蕪,一面責令各官,修復城池,葺理堡寨,安插民衆。仍傳飭河北各郡縣輓輸糧草,接濟督師。至山西就近地方,也著該省撫按遵旨設法派運,俱不得遲誤軍需,自干重罪。近聞闖賊逼處滎、汜、密、禹之間,著該督詳明偵探,相機蕩掃,務要十分毖慎,鼓率各將,功收萬全,通侯之賞,斷不少靳。特諭。

回奏僞官姓名揭崇禎癸未九月。

題,適申時蒙發下匣封,内一件一本、册票等七件,恭奉御批:"這僞官既有姓名籍貫,其爲的寔可知。或明招,或用間,或收其家屬,作何防閑? 先生每再加察商來奏。其帖内有瓦崗劉氏同劉二死難之説。聞此二民節烈異常,皆被賊磔死,罵不絶口,應出旨破格優卹。欽此。"臣等叩頭恭誦,仰見皇上招携卹忠精詳慎重至意。

謹察得僞官一册,名姓籍貫顯有的據。自科貢數人外,大抵多係諸生,見之令人切齒。以讀聖賢書列衣冠之後,而偷生從賊至此,其他又何責乎! 繩以三尺,盡合誅夷。第其中亦有不得已而被脅,及貌從心離,欲得當以爲内應者。如僞將楊承祖等,見投孫傳庭標下。而近麻城僞令周文江亦擒賊將以獻。大約急之則堅其從叛之心,寬之則與以自新之路。孰無忠義? 孰無身家? 決無甘心爲黄巾、赤眉以老者。聖諭所云"明招用間",真得駕馭機權,在各督撫鎮相機行之。倘遂收其家屬,恐遂致其驚疑。漢光武嘗得王郎賊黨文書,盡行燒毁,曰:"令反側子自安。"亦此意也。近日督師大兵雲集江鳳,各督及左鎮亦協力並進,擒斬僞官日不絶報,計小醜亦漸當潰散。此後分別處置,第以朝廷三尺行之而有餘矣。至瓦崗劉氏等愚民,抗節足愧士夫,破格優卹,尤屬聖主風勵大用。謹祇遵改擬恭進,未知當否,伏候裁奪。謹題。

崇禎十六年九月二十四日。

公請枚卜疏癸未九月二十五日。

奏爲政本需人,綿力寡効,乞特舉枚卜重典,以佐治平事。

竊惟中興上理，莫急于得人，而政本一席，剚裁庶務，佐理萬幾，關係尤重。比因虜寇交訌，兵食並絀，仰費我皇上宵旰焦勞。臣等迂踈謏劣，無能少裨萬一，久深覆餗之懼。近同官臣景昉既以病歸，臣應熊遠未即至，臣等寥寥三人，拮据無狀，罪積丘山，按以災癘咎徵，均合在策免之列。所不敢遽求罷黜者，以在直乏人，苟備驅使，朝夕循省，背若負芒。竊思在任在籍賢能不少，豈無品行端方、學識優裕，足以上資廟算、下協輿情者。誠得其人而用之，真社稷之福也。伏乞勅下吏部會同推舉數員，恭候聖明簡用，庶政本有人，滅奴蕩寇，當在指顧，而臣等亦獲藉以逭鰥曠之罪，爲幸多矣！臣等可勝顒切之至。伏祈立賜施行。

崇禎十六年九月二十五日上。

召對萬歲山觀德殿恭紀癸未年九月二十六日。

九月二十六日丁巳，上御朝畢，即召對萬歲山觀德殿。同召者同官陳公演、魏公藻德，京營總督襄城伯李公國楨，協理侍郎王公家彥，新進士陳君丹衷也。用青錦繡，出會極門，過文華殿、端本宮，出東華門，則京營李、王二公相俟同行。出東上門，上預傳錦衣衛備馬以竢。入東上北門，賜騎馬遶紫禁城外而行，夾道皆槐樹，十步一株。行可千餘武，折而西，過禁城後，則萬歲山在望矣。復折而北，下馬，入山左裏門，文書官魏國徵等迎入，至小直房，則陳君丹衷亦到。

茶畢，上黃袍御觀德殿，皇太子紅袍侍立。先召臣等五人，即趨過永壽殿，至觀德殿階下，分東西班叩頭行禮，畢，再叩頭謝賜騎馬，上曰：“朕知道了。”再叩頭東宮殿下，東宮曰：“先生每辛苦。”上目令臣等前曰：“卿等進來。”即趨登階至門限外侍立。上御坐金字屏書一小賦，門外張黃幔，而氈上所列夾靶快槍一桿，雙叉炮一桿，雙頭炮一桿，皆京營所造式樣進覽者，又兵仗局快槍一桿，則有旨令取與互相比驗者也。庭中有無間大將軍七車。內一號者重一萬二千斤，以大車載之，其輪陷入土尺餘，頗沉重；二號者重二千四百餘斤，三號者重一千三百餘斤，共六車，即泰西遠臣湯若望所新造銅銃也。上命臣等看視，又命司禮監王德化陪看。上與東宮出至階下立，臣等即趨各銃車，詳看銃口及銃身各處，其製甚精，真滅奴神器也。陳公曰："銅固佳，然終不若鉛可久。"予曰："西人器皆用銅也。"因同至御前復命。

上偕東宮入限內登坐，臣等復至限外侍立。上曰："昨所擬勦寇勅諭，深得機宜。目今只糧餉要緊。"演奏："已有旨著晉、豫二省上緊接應。只昨聞河北官派鄉紳富民，多者七八千金，少亦一二千，地方甚困。"上爲惻然，因言升選河南各官，聞俱在河北觀望，須著過河收拾土寨，料理屯墾事宜。璟奏："亦可助督師聲勢，就是撫鎮，也當作速渡河接應，以分賊勢。恐督師兵尚單，此時安危關係不小。"上曰："是。"演奏："陳永福已渡河，須令撫臣及卜從善都過河纔是。"璟奏："他是藉口防河。"藻德曰："過河正所以防河也。"上曰："然。"上因問："昨報奴酋已死。吳三桂又報三岔河之戰殺他三個孤山？"璟奏："三桂尚擒一個巡河牛鹿。"上曰："奴酋素狡，即闖賊前亦曾詐死。"國楨奏："此却是真。奴酋勢強，收我難民無數，中國虛實盡知，有何懼怕，却欲詐死？"璟奏："須令關寧撫鎮詳加偵探。奴酋既死，必有爭立，就中用間招叛，甚有機會可圖。"演亦再三言之。璟奏："因去年有喇嘛之遣，或疑爲通奴，恐遼東撫鎮尚未敢便宜行事。"上首肯之。

因令召陳丹衷來。丹衷過叩頭畢，上曰："爾請繾勦寇，義憤可嘉。所欲用土司，作何方略？詳奏來。"丹衷奏："臣向前曾到廣西讀書，知土兵可用。又狼山副總兵成大用曾用土兵擒賊。如得大用同往，必能成功。"上曰："土司係何地方？"丹衷對："總在廣西地方。"璟對："這土司兵臣曾見過。萬曆四十二年間，臣父光彥爲廣東海北道，渡海征黎，曾調廣西狼兵，有南丹州、下雷州、奉議州、泗城州、龍英州、田州等處，其兵赤體健鬪，果是用得。然也是土官用法嚴。亦有女官押來，或幼土官押來。凡部兵稍不如法，即行誅殺，所以箇箇向前用命。只是好淫掠，若得好將官統馭他，方可用。"上再問土官地方，璟奏："土官尚多，只臣父所調是此幾箇地方。"國楨奏："如統馭得好，斯可免淫掠之害。"丹衷奏"臣久齋素，不是借此求官。願一生皆在兵間，自此不願加陞官級"云云。

璟奏："丹衷雖不求官,然須加一銜,方能調遣得土司。"上曰："然,自當加職銜。"璟奏："前已遣兵部徐燁往調湖廣土司,如得廣西土兵相幫亦好。須著黔督或兩廣督撫調遣照應。"藻德奏："土司還須立一賞格。渠世官富,不在金銀,須如何破格陞賞?"璟奏："此自有舊例,大約是加他職級。"上首肯。因命賜茶、餅,司禮承旨訖,璟等即下階叩頭謝而退。上復令司禮傳旨："陳丹衷勑書須令兼催糧餉,其土司亦須有專勑。"有頃,駕興,入玄武門,臣等仍前出山左裏門而出,復騎馬至東上北門內,下馬步行入閣。

明德殿在北安門內、玄武門外,萬歲山東麓也。萬歲山高可數十丈,時已入冬,樹木蕭森,落葉滿地,聞神廟時鶴鹿成群,呦呦之鳴與在陰之和並徹霄漢。山上有土成磴道,每重九日,聖駕登山觴焉。山北有壽皇殿,北果園山,南有扁曰萬歲門,再南曰北上門,再南曰玄武門,入門即紫禁城大內也。山左寬曠,為射箭處,故名曰觀德。山左裏門之東即御馬監,兩門相對,一帶有杆子房、北膳房、暖閣廠,皆向西也。東上北門與東上南門相對,南門內即南城永壽殿,在觀德殿東南相近,內多牡丹、芍藥,旁有大石壁立而古。

萬歲山或曰煤山,非也。或曰遼金時用土堆成。崇禎己巳冬,順天府劉宗周疏,以為真正有煤。恐成祖建都時,雄視萬古,肯區區以煤作山為自全計乎?

紫禁城有護城河,河外即御溝也。是時河頗有水,溝則乾矣。河自北閘口分流,經內官監,白石橋,大高玄殿之東,北上西門之外,至紫禁城下而東,而南經太廟之東,玉芝宮、飛虹橋之西,而其在西一派則自太社、太稷壇,西至靈臺、寶鈔司之東,總合流於湧福閣之河以出。

崇禎十六年九月二十七日,大學士臣蔣德璟記。

請帑分發關寧揭帖癸未十月。

題,頃連接關寧撫臣黎玉田、李希沆塘報,奴兵傾巢入犯,關外各城被圍,孤危至極,且有突搶關門之說。細詳情形,深為可慮。據希沆疏,督兵出關,王永吉兵亦東發,尚未知果能馳援否也。四城為關門屏蔽,關門又為神京屏蔽。此一重門户萬分戒嚴,急當合全力策應。而各協邊口亦不可不上緊扼防,業有屢旨嚴飭矣。據報奴斃已確,孤雛新繼,乃敢大舉入寇,實明知我內外虛實,爲先手之著。若乘此大創,一挫兇鋒,未有不弭耳遠遁者。但慮邊餉壓欠,在在告匱,萬一饑兵脱巾,則又不止犬羊之猖獗已也。其所請兵請餉,乞勅户、兵二部即行措發外,伏乞特發帑金□萬,分發關寧,速濟燃眉,尤爲喫緊。臣等亦知向來發帑已多,不敢妄爲代控,而外解不至,司農束手,稍遲時日,恐至誤事。此舉關係安危不小,知具在聖明洞悉中矣。謹擬諭稿一道進呈,并附奏聞,伏惟裁奪施行。謹題。

崇禎十六年十月初一日上。初二日大召對于中極殿,上即發帑八萬,户部發十萬,初八日再發帑十萬。

回奏蕩寇印勅揭癸未十月初六日。

題,適奉御批:"白廣恩著提督各鎮援勦官兵總兵官,掛蕩寇將軍印,撥與秦兵等兵三萬,將用副、參以下,一應勦撫事宜聽便宜行。制勅照左良玉例。專差餉司催管糧餉。昨發接濟督師銀四萬兩應改給廣恩,前諭趕回。勅印即行撰鑄,差官星齎晉、豫。供應糧餉,不許有缺。有功一併破格。這事昨面諭已明,卿等即擬旨來行。欽此。"臣等恭誦,仰見皇上馭將雄略,制勝淵謀,深得二祖用兵機算,謹即祇遵恭擬諭旨。

臣等復互相商確,白廣恩之爲人臣等雖未詳悉,而向前在秦勦寇頗負勇名,此番在汝全師獨無潰失,且始則有候糧齊行之見,既又有接戰退賊之能。以之掛印登壇,誠亦可用。惟深味昨日面諭,微言其粗,聖見高明,真爲片言居要。大約殺賊之氣宜粗,□勝之機貴細。一切提衡各鎮,徵發郡縣,和輯文武,收撫寨丁,此中尚有無限操縱,未知廣恩獨力便能辦此否?至於聞召之遲疑,赴援之劫掠,雖不可盡以爲咎,亦未敢保其盡純也。竊惟二祖身在行間,於諸將駕馭素熟,且謀猛雲集,驅策不難。此後則用蔣貴,即有王驥;用周尚文,即有楊博;用俞大猷、戚繼光,即有譚綸。或督或撫,爲之密籌方略,預檄糧料,但不掣肘,便

可成功。以臣等愚見，宜再遣一知兵大臣與廣恩同事，似屬妥便。臣等昨面奉
疇咨，已慮及此。封疆重事，不敢不竭其愚，冒昧附陳，伏候裁奪施行。原奉御
批，尊藏閣中。謹題。

　　崇禎十六年十月初六日題。

　　　　　再回奏蕩寇揭癸未十月初七日。

　　題，昨夜回奏白廣恩勅印事情，隨蒙御批：“覽奏，具見先生每忠謀遠慮。
朕知道了。但向來勦寇督撫鎮原係並用，迄今有無成功？或坐事權不專歟，或
所用違其所長歟？朕再三籌畫，萬非得已，與先生每再密議，或添監軍一員，爲
其調劑文武，催儹錢糧，或似乎可行。朕尤有深思於此。我軍既潰，收整宜亟。
孫傳庭還能統兵破賊乎？萬一餉料不繼，各潰兵能保其不散而爲賊乎？速則仍
爲我用，遲則恐無濟於事。朕愚意未知是否？先生每爲朕詳議，擬撰來看。前
諭尚未寫發。欽此。”臣等叩頭恭誦，仰見我皇上將將機略，精詳淵審，不勝
欽服。

　　竊惟督撫鎮並用，未見成功，專用鎮臣，誠非得已。昨奉御批制勅，照左良
玉例行。良玉辦獻，廣恩辦闖，以兩將分勦，似無不勝任者。第良玉雖長驅入
楚，而亦受江、鳳二督節制，又有楚、皖各撫與之同事，但不掣肘，即能有功。近
日恢復武、黃，其明効矣。廣恩出自降丁，與良玉又頗不同，而其粗猛之氣，不獨
趙光抃麾之不來，即前督輔吳甡招亦不至，異日兵柄在手，漸虞尾大，爾時方設
督撫，益多一番頡頏之痕。臣等迂儒，實不敢不深慮也。頃發到樞臣張伯鯨密
奏，亦是此意。似應照良玉例，令之將大兵勦殺，以一餉司催給糧料，而仍擇總
督調度之。但得同心協力，不必並在行間。以猛將前驅，以督撫後勁，彼此接
應，勢既不孤，情誼聯屬，權亦默馭，在廣恩亦儘足展布矣。見今江北有鳳督，九
江有江督，而大寇竊踞豫、楚，似不可無一督提衡其間，非但爲聯絡廣恩而已。
若收拾潰兵一事，則傳庭既赴潼關，廣恩又已先至，計各兵亦漸次收集。惟傳庭
督師之銜已削，似難再行節制，其豫、楚督臣應否勅部會推，應候聖明裁奪者也。

前諭經聖明更定，不妨先行寫發。至臣等識疎才劣，過蒙聖度包荒，褒以忠謀遠慮，捫心惶悚，伏地戰兢，恭承詳議擬撰之旨，不敢不冒昧敷陳，極知無當，伏祈聖鑒。原奉御批，尊藏閣中。謹題。

崇禎十六年十月初七日亥時上。

三回奏蕩寇揭帖癸未十月初八日。

題，昨再回奏白廣恩事情，奉御批："覽先生每奏良是。以後朕有過當處，先生每即行救正。白廣恩事權統轄等項，俱照左良玉例行。豫、楚督臣應設，傳該部即日推舉。諭旨內未妥處，仍酌改來看。欽此。"臣等叩頭捧誦，不勝悚惕，以我皇上神謨睿斷，洞中機宜，臣等每奉御批，相顧歎服，方俯愧庸諛，何能更有匡贊，仰裨高深。除豫、楚督臣即祗遵傳該部推舉外，其白廣恩事權統轄等項俱照左良玉例行。應給兵馬似應勅部議撥何兵，或另行募足。蓋秦督原有三邊調援之兵，恐未能盡撥與該鎮也。良玉無"提督各鎮"字樣，此四字似應刪去。

而臣等尚有聞不敢不陳者：闖賊米脂人，部將劉宗閔等所領親兵多係秦人，而歷來勦闖，皆用秦兵，每聞兩陣相交，鄉情輒有呼應。其中潛通線索，鼓煽搖惑，我兵多不用命，且有反羨其作賊之利者。數番潰敗，似亦有因。今若純用秦兵，未免落其圈套。在廣恩雖與闖爲難，而部下頗有參差。以此擬諭中不敢用"秦兵"二字，聽該鎮設法選補，與豫、楚寨丁相兼用之，較爲妥便。謹另酌擬一稿恭進，伏候聖明裁奪。原奉御批，尊藏閣中。謹題。

崇禎十六年十月初八日辰時上。

請援山海關揭癸未十月初八日。

題，適接薊撫楊鶚揭帖及與臣等書，甚言關門危急情形，至云兵民毫無固志，多方强之方肯上城，如此景象，令人不寒而栗。竊惟關門與三協各口不同，各口峰巒層叠，迤路崎嶇，自嘉靖庚戌以來，虜入數次，然皆剽掠即出，非能久家也。若關門則左山右海，僅以一門鎖鑰，徑可通行人馬，萬一有事，即三協亦爲虛設矣。諸臣但見奴之入而輒出，以爲倖可嘗徼，不知其入而不出將有不可言者。楊鶚懇發京營二萬，臣等明知其難，且亦未必可戰，而以佐山海城守，壯文武軍民之心，則似不可少。不然，則量發炮火兩營，即如鶚所請，令王承胤統領，星夜馳去，亦是急著。至前察辦東協科臣所稱鄉勇數十萬，雖未必皆可用，而就中收集，當有數萬，或再發餉金，擇遣知兵一員前去鼓勸，以本地父子之兵自爲身家之計，合成保障，尤可得力。即中西各協亦皆可行也。至津、宣、雲、東、登督撫鎮，皆當挑選精兵待命調發。而津、宣、雲三鎮臣似應統率健丁移駐關協。以壯聲援。并黃蜚水師，或海或陸，亦當趣應緩急，不宜置之閑著。臣等杞憂管見如此，恭候裁示，容即傳兵部密商詳確施行。謹題。

崇禎十六年十月初八日亥時上。初九日子時奉御批："覽卿等奏，關門誠屬危急，且所關重大，勢必發兵援護。但主兵尚苦缺糧，添一客兵必另外增餉，此餉出於何項？還是多措主餉。薊督馳至，似可無事，已有旨再發御前銀十萬兩以濟急需。至鼓勸三協鄉勇，整勸各鎮援兵，調發津、宣、雲三鎮健丁，皆屬要著，當即傳該部速行。其黃蜚水師，新集未成，來亦無濟於事，似宜照前旨令各整理，明春以作牽制之用。卿等再加詳酌。"

是時奴酋挑銳入犯，直搗寧遠五城，撫鎮黎玉田、吳三桂誓死戰守，且并中右于寧遠，而前屯中後陷矣。中前近山海關僅四十里，民自驚潰，關門甚危，所恃惟黎、吳，而路已斷，幸其守寧甚堅，列炮城外，奴不得近，而薊督王永吉亦至。未幾，奴飽掠去。

捐俸佐餉疏癸未十月初八日。

奏爲恭捐微俸，以佐軍興事。

近虜寇交訌，兵糧並棘，內帑頻發，外解每稽。我皇上宵旰焦勞，多方措處。臣等持籌智拙，謀國才疎，既不能親履戎行，復未及盡蠹宿蠹，點金無術，素飽爲慙。謹各捐微俸一百兩，聊充推饗之用。至鼓鑄一節，尤爲足用急需，近各商誆金既多，而各關解銅復少，助捐銅料，亦足濟時。再各措捐五十兩，共佐鑪鞴。雖涓滴無當于江海，而卷石可積爲丘山。伏乞勅下户部察收。臣等可勝悚切待命之至。

崇禎十六年十月初八日上。

敬日堂外集卷九

回奏禮部差官揭<small>癸未十月初九日</small>。

大學士蔣德璟謹題,適蒙發下禮臣林欲楫一本,内御批一件,票内有"差去官員失記,輔臣奏明。欽此"。臣謹叩頭恭誦,不勝悚凛。

謹察前於初五日,奉有聖諭:"著吏部遴選廉幹官員察覈罰贖稅契等項。"又經諸臣御前各舉,有姓名見在,彙繳差遣,故擬票時將禮臣疏内所言度牒、捐助各項擬俟差去官員一併察覈也。向前未曾差去,謹具奏明。兹仍另擬一票,責成該撫按察覈,似亦省便。未知當否,恭候聖裁。謹題。

崇禎十六年十月初九日。即蒙發下原本,着該撫按察覈。

回奏擬諭揭<small>癸未十月初九日</small>。

題,蒙發下匣封,内原擬聖諭一摺,奉御批一件:"這擬諭良是,但其中還有未載數件,再與卿等商之。欽此。"臣等祗遵,將發下開列未盡事宜酌行增入,另擬諭一道,同原稿呈進。未知當否,伏候裁奪施行。原奉御批一件,尊藏閣中。謹題。

崇禎十六年十月初九日。

回奏駁問京營户部擬票異同揭<small>癸未十月</small>。

大學士臣蔣德璟謹題,過蒙發下臣原票二本。其京營總督吳惟英等一本,係言京營事,内擬票開京勇歲增料草銀八十餘萬,專言營馬所增之費也。其户部併三餉爲一餉,本擬票開京勇等營增至一百七十餘萬,又京支七十九萬餘兩,則合官軍廩糧、米折、鹽菜、工食、練犒、召買等項及營馬之費通算在内。二票雖不同,不敢毫有差錯也。第京軍實不滿額,而雜費日增,營馬苦已無多,而草料益倍,計數年間除原額本折外,通共增銀至二百五十餘萬,臣實未知銷落何處,惟願聖明察之。緣奉御批合看,謹具奏明。謹題。

崇禎十六年十月初十日題。

回奏禁奢崇儉揭癸未十月十二日。

題,適奉御批:“禁奢靡、止宴樂,前已與先生每面諭,還宜擬旨通飭。朕於冬至、正旦、壽節、端陽、中秋及諸大典禮,陞殿行禮方許作樂,其餘皆免。朕浣衣減膳,已有諭旨。今用錫、木、磁器,以示儉約。其金銀各器係關典禮者留用,餘貯庫以備賞賚。內外文武諸臣俱宜省約,專力辦賊,太平之日照舊。先生每再將先年舊旨參看議妥來行。欽此。”臣等叩頭恭誦,不勝讚服。

竊見近日風尚之奢,日甚一日,其僭幾至于無等,其費總出于民間。嚴諭累頒,積習未變,真可痛恨。皇上諄諄戒飭,且特以身先之。至於典禮慶賀之外,暫撤宮懸;衣服澣濯之餘,仍裁玉膳。器用錫木,居然匏尊土簋之風;庫貯金刀,預爲行賞酬功之用。恭惟聖祖時,亦曾取法木輅,示訓霧臺,洗表袄而得金,緝片毯以爲被,蓋深得古帝王菲食卑服之意。而在今日,則裕民足國,節儉爲先,勤寇滅奴,憂勤尤急。誠可以遠光祖德,下悚官方矣。至宴樂一事,尤爲妨廢職業,而京城首善,倍宜力行禁止。并服舍、器用、輿蓋等項,典制甚嚴,尚多侈肆,皆不可不痛加裁抑者,誠辨上下、定民志一大端,不獨省財節費而已。謹祇遵參酌擬藁恭進裁奪。原奉御批,尊藏閣中。各摺附繳。謹題。

崇禎十六年十月十二日。

上天性儉約,常服多係浣衣,自庚辰秋後,以念聖母孝純皇太后,矢心齋素,間有用葷,亦奉先殿祭享餘品也。每召對,見御案上用湯,初係金玉,後用磁器,是冬止用漆器矣。袍服大袖,傳旨止留尺五寸,閣部各官,皆以尺五寸爲則。

按,崇禎庚辰七月,上因皇五子語遂長齋,純用蔬布,諸臣乞用葷,不聽。辛巳六月,聖母孝純皇太后母瀛國公夫人徐氏言:“夜夢皇太后鸞輿鳳輦,駢集臣家，笑語如家人父子，因請除一切郊祀、祭告、遣謁、忌日照常齋戒外，或再加朔望蔬食，其餘不妨量進肉味。語云：藥補不如肉補也。"廿二日奉旨："聖母托夢，笑語音容儼然聚首，朕聞之不勝思慕，除郊廟祭告、遣謁、忌辰、朔望仍齋戒外，其餘日用常膳，著于奉先殿收回祭品酌量進用。"自是始用葷。然每當郊廟祭祀，散齋七日，致齋三日，皆出宿文華或武英殿，俟禮畢始回宮云。臣璟恭紀。

光祿寺錢糧附考。

奉先殿每月供養

初一日捲煎，初二日髓餅，初三日沙爐燒餅，初四日蓼花，初五日羊肉肥麵角兒，初六日餹沙餡饅頭，初七日巴茶，初八日密酥餅，初九日肉油酥，初十日餹蒸餅，十一日湯麵燒餅，十二日椒鹽餅，十三日羊肉小饅頭，十四日細餹，十五日玉茭白，十六日千層蒸餅，十七日酥皮角，十八日餹棗糕，十九日酪，二十日麻膩麵，廿一日蜂餹糕，廿二日芝麻燒餅，廿三日捲餅，廿四日燒羊蒸饊，廿五日雪糕，廿六日夾餹餅，廿七日兩熟魚，廿八日象眼糕，廿九日酥油燒餅。

以上一月共銀用一千五百九十二兩四錢。又每月遇十五日，奉先殿用豬九口、羊五隻、大尾羊四隻，香油、棗、柿、蒲葡、荔枝、梨、水粉諸件，用一百六十八兩零。另四月初八日獻新不落夾，用銀一百六十九兩四錢。

玉芝宮供養與奉先同，每月用一百二十八兩三錢零。

宮膳

皇膳每日三十六兩，每月一千四十六兩，廚料在外。又藥房靈露飲用，梗米、老米、黍米在外。

皇后膳每日十一兩五錢，每月三百三十五兩，廚料二十五兩八錢。

懿安皇后同。

承乾、翊坤兩宮，每月各一百六十四兩。

皇太子膳并廚料每月一百五十四兩九錢。定王、永王兩宮每月各一百二十兩。

宮内各費尚多。内閣、實録、玉牒、起居、會典、制誥諸館月支另有記。

光禄寺每月册奏一切内外諸費約用二萬餘金。

恭擬禁奢聖諭癸未十月。

諭禮部、都察院：邇來兵革頻仍，災祲疊見，乃内外大小臣工、士庶人等，全無省惕，奢侈相高，貪僭囂凌，爲蠹不少。朕甚惡之，屢經嚴飭，未見遵行。崇儉去奢，宜自朕始。朕於冬至、正旦、壽節、端陽、中秋，及遇諸大典陞殿行禮方許作樂，其餘皆免。至浣衣減膳，已有諭旨。今用錫、木、磁器以復古風，其金銀各器係關典禮者留用，餘盡貯庫，以備賞賚。内外文武諸臣俱宜省約，專力辦賊。如有仍前奢靡宴樂，及拜謁饋遺，官箴罔顧者，許緝事衙門參來拿治。其官紳輿蓋遵照《會典》，如有擅用黃藍紬蓋，及士子擅用紅紫衣履者，庶民男女僭用錦繡、綺紵、金玉、珠翠衣飾者，俱以違制論。凡衣袖，不許過一尺五寸。凡器，不許用銷金、嵌金、螺鈿、紫檀、花梨等物，及鑄造金銀盃盤。在京著五城御史，在外著撫按、提學官，大張榜示，嚴行禁約，違者參處，娼優、胥隸加等究治。特諭。

崇禎十六年十月十三日發。

請裁光禄寺肉價工部炭價揭癸未十月十五日。

題，近奴寇交訌，兵食並絀，臣等濫叨佐理，借箸寡籌，深以素食爲恥。比見皇上浣衣減膳，更器輟懸，凡可以風勵臣民、裨益軍國者，靡不躬自裁約。推而在内各衙門及省直各官，皆當一體遵行，多方省汰，其於國計良非小補。臣等雖無別項錢糧，而光禄寺酒米之外復有肉價，及工部本色木炭之外復有炭價，二項儘可節裁，久已行察，昨方開報到閣。其肉價除詹翰各官俟掌院臣另行具奏外，謹察得内閣及兩房中書以至門官、旗尉、火房等役應得肉價，雖經天啓六年量減，而數尚可商，謹詳開款項再行裁減。其木炭則每年自十月十五日起至次年二月十五日止，共四個月，每員每月于各廠支本色一包重二十五斤，又于節慎庫支折色一包銀一錢二分，殊屬耗濫，且多爲胥役乾没。本當盡行裁去，姑以相沿日久，量存其半。計合衙門原額炭價五千七十兩五錢，自十六年爲始裁去二千五百三十五兩。而前此炭價有無支放，亦當責令該司官徹底察明，徑行停支，以充公費者也。臣等尚有請者。會典開館已久，卷帙浩繁，未易猝就，乃纂修錢糧，雖經汰減，猶慮虛糜，合無責令纂修各官以每月朔日送稿副總裁官，副總裁訖，即于望日彙送臣等訂定，立限收完，庶累朝大典有裨憲章，而在事諸臣亦免於曠日素殆之咎矣。臣等未敢擅便，伏乞聖裁施行。

崇禎十六年十月十五日。

萬歲山親閱勳爵較射恭紀癸未十月十六日。

崇禎十六年十月朔，上享太廟，行禮畢，御皇極殿頒曆。禮部進癸未科會試錄。遂傳諭：“五府六部令、公侯、駙馬、伯、勳衛、散騎等官，於十月十六日卯時，各戎裝弓馬，在萬歲山預備，朕親閱馬步弓箭，欽定等第。”於是禮部會同司禮監議儀注，預傳各官于兵部報名，開具職名并正副馬步箭册，前二日投送司禮監。十四日，令侍班官及應射各官齊至山前，會同司禮監官演禮。該衙門預先于壽皇殿東門裏外安設青布帳房及圍幕十數座。光禄寺預備宴卓連椅，酒飯伺候。

十六日，聖駕詣萬歲山前閱射。內府各衙門設御座，并設帷幄及御筆硯、名册、金鼓、旗帳、箭把（靶）等，并派響器、擊鼓八員，用内臣二員，置簿記箭四員，臺前傳事。又派近侍聽候下籌，如各官中箭一枝，即于身後下籌一根，以便射六箭畢執籌自報。其馬步箭中者，俱内員擊鼓。仍派響器近侍掌號。是日免朝。兵部、錦衣衛、鴻臚寺、光禄寺各堂上官及不與射各官，各具本等冠服侍班。其應射各官，俱戎裝于壽皇殿東門外聽候。其跟從人役每員許一人隨入東門裏，不得過山左門，各給司禮監木牌一面，預派内臣四員在上左門北察點。其公侯、駙馬、伯免唱名，自應襲以下唱點，魚貫放入，候上嘗服陞座，文書官引領侍班及應射各官趨至臺前。侍班官先行一拜三叩禮畢，鴻臚卿過中跪奏，公侯、駙馬、伯、勳衛等官行禮，即行一拜三叩頭禮畢，暫退東門外，各隨帶弓箭，聽文書官傳宣進入。内臣挨察,十員一排,先射步箭。兵部堂上官跪奏請閱射,鴻臚寺唱第一班射箭,各官排齊,朝聖駕一躬,至射處,依次射畢。除公侯、駙馬、伯免報外,其應襲等官各執箭籌朝上跪奏職名、箭數,奏畢,復原班。無箭者免報。第二班以後如之。步射畢,各官自東門騎馬進入,仍聽内臣點察,照前十員魚貫而入,聽號發馬射箭。中箭者擊鼓如前儀。既畢,上欽定等第,應賞賜者即時頒賞。公侯、駙馬、伯,司禮監官唱職銜,應襲等官唱名,各給散完畢。兵部堂上官過中跪奏射箭畢,文書官引領,復至臺前,鴻臚寺贊行一拜三叩頭禮,起立。上傳:"官人每喫酒飯。"光禄卿承旨畢,鴻臚寺贊各官行一拜三叩頭禮。鴻臚卿跪奏禮畢。各官俱退出吃宴。宴賞畢,文書官復引各官行謝恩一拜三叩頭禮畢退。是日惟襄城伯李國禎中六箭,賞大銀牌一面,旋以選練官舍前勞加歲禄三十石,陞一級,賞銀四十兩,紵絲四表裡。

臣璟按,高皇帝嘗于雞籠山閱騎士,又命鎮撫官率軍士分隊習戰,勝者賞銀十兩,其傷而不退者亦賞銀有差,傷者賜醫藥,且徧給酒饌勞之。又御戟門閱試將士,而簡騎士弓弩,各爲部分,然猶未登極時事也。洪武六年閱武于教場;永樂八年大閱于鳴鑾戍;二十年大閱于濕寧,令英國公張輔等就營中馳射,惟輔及柳升、陳懋連中,孫亨不中,罷其領兵,張信託病不至,降充辦事官;二十一年大閱于宣府;然皆非禁中也。惟永樂十一年五月端午,成祖幸東苑觀擊毬射柳,聽文武群臣、四夷朝使,及在京耆老聚觀。分擊毬官爲兩朋,以駙馬廣平侯袁容領左朋,寧陽侯陳懋領右朋,時宣宗爲皇太孫,擊射連發皆中,成祖大喜,賜名馬、錦、綺、羅、鈔及蕃布,諸王大臣以下中者,亦賜綵、幣、夏布有差,儒臣賦詩,且賜宴及鈔、帛。天順四年十月朔,英宗閱騎射於西苑,命内閣李賢、彭時、吕原,尚書王翱、馬昂隨觀,時三大營總兵而下與御馬監勇士俱馳馬試箭,畢,賜宴及鈔有差。至今崇禎十六年癸未,凡三舉云。上於騎射特精,而是時奴氛入犯寧遠,闖賊亦犯陝西,詰戎較藝,實仰遵二祖閱武之意。而諸勳裔多紈綺,不甚練習。至於邊鎮將士,頑懦成風,絶不知操練爲何事。嚴綸屢布,相視而嬉,良可歎也。

癸未十月既望,德璟謹記。

回奏楚鎮揭癸未十月十八日。

題，適蒙發下匣封內，恭奉御批："據屢報武昌、蘄、黃已復，左良玉等俱見奮勇。其岳、長被攻，逆獻逋誅，仍責該鎮鼓勵將士，乘時蕩平，必加封侯之賞。其糧餉專責地方官即行接濟，如有遲緩故違的，定以失誤軍機論罪。該鎮亦要申嚴紀律，毋致騷擾。卿等擬諭來行。欽此。"臣等叩頭恭誦，仰見我皇上御將勵功至意。

昨據何志孔及黃澍疏，亦專望左良玉速勦，而聞該鎮軍丁動以乏餉藉口。聖諭責地方官即行接濟，業洞悉彼中情形。計該鎮受恩深重，自無不鼓勵圖報也。澍疏復言岳州有失，在八月初五日，未知確否？維是闖寇鴟張，豫中距江北不遠，鳳督自當扼防境上，兼顧陵園。而黔督李若星，并江、沅、楚、皖各督撫，勒令會兵協力夾擊，方無奔突之患。至黔督移鎮，久已奉旨，未知曾否到楚？應行兵部傳檄飛催。謹酌擬諭稿進呈。另擬黔督一諭，一併恭進，仰候聖裁。御批尊藏閣中。謹題。

崇禎十六年十月十八日題。

回奏面諭揭癸未十月二十日。

題，適蒙召對明德殿，面諭臣等，三協用本地之餉，練土著之兵，先察畿內各府錢糧數目，并屯田、鼓鑄一應生財事宜，□聽各督撫議奏其今歲漕糧甚少，令倉漕諸臣清察欠數賠補。其天津截留太多，且多弊竇，前關寧奏減米豆之數曾否扣明？著責成津撫其修理關外三城，聯絡口外屬夷，併責五城御史嚴禁奢靡，及地方失事巡按、御史不報等官。以上各件，臣等即祇遵傳戶、兵二部，都察院各印官到東閣，逐一詳傳，聽其各行回奏外，至密諭用間，謹另擬一稿進呈，伏乞聖裁施行。謹題。

崇禎十六年十月二十日題。

回奏考館揭癸未十月二十一日。

題，適蒙發下匣封內一件，恭奉御批："考館一事，皆依先生每票擬而行。

因昨面諭未晰,特諭知之。欽此。”

臣等謹察得,考選庶嘗乃祖宗儲才盛典,昨蒙面諭,仰見皇上造士德意甚盛。至臣等所進票擬,總以秉公矢慎爲主,必學行兼優方許入選,而名數一準乎壬戌,皆仰奉天語,不敢隕越。惟是“吉士”二字名實甚不易稱,蓋成周時始有之,《書》曰“庶嘗吉士”,《詩》曰“藹藹王多吉士”,必其人德器凝遠,文學優長,而後謂之吉,蓋其重也。臣等所憑者止有當日文字,若平日德行則惟鄉評知之,而既係糊名,無憑識認。察舊例有各房同考開送者,有各鄉列送者,其間公確固多,狥混不少,且一經發訪,囂競易開,甚且有彼此擠排,互相疑揣,及陰受倚托,標榜過情者。士既通籍,何官不可爲?且亦非儲才適用本指也。臣等公同商議,似宜先令各省直、九卿、翰林、科道察其年力、器識、文行兼優,真堪入館者,限三日內從公開送到部彙奏,而後臣等照例點驗,會同吏、禮二部,秉公考閱,每省酌定正副各卷,恭請聖裁,庶於糊名較藝之中寓鄉舉里選之意。既省咨訪之煩擾,亦掃揭薦之紛紜。而臣等藉手得人,以備異日棟隆之用,其於文行兼重之明旨,或有當乎。至臣等硜硜戒慎,矢諸天日,萬不敢稍有徇私,以干嚴譴。謹因回奏而恭陳之,伏候裁鑒施行。謹題。

崇禎十月二十一日上。奉御批:“覽先生每所奏,具見爲國得人至意。朕知道了,依擬,即擬旨來行。”

擬考館聖諭揭十月二十三日。

題,臣酉時蒙發下匣封內臣等揭帖一本,奉御批:“覽先生每所奏,具見爲國得人至意。朕知道了,依擬,即擬旨來行。欽此。”臣等叩頭恭誦,彌深感悚。竊念爲國得人,乃古大臣以人事君之義,臣等愚昧,雖有志焉而尚懼才識暗劣,無以仰當聖裁。惟皇上爲一代考文之主,提衡在上,臣等虔矢公慎,確覈精收,恭聽藻拔,庶幾得逭罪戾於萬一也。謹祇遵擬諭一道進呈,伏候裁奪。謹題。

諭吏、禮二部:考館大典,必文行兼優,方許入選。著各省直、九卿、翰林、科道,將同鄉進士察其年力四十以下,德器凝重,文學優長者,限三日內從公開送過部彙奏。不許徇私,如有營競濫開,所舉非人,察出究處。該衙門仍詳加點驗,秉公酌定正副進覽,以憑鑒裁。特諭。

回奏另推秦督揭癸未十月二十四日。

題,申時蒙發下匣封內一件,奉御批:"朕連日有恙,昨又嘔吐腹痛,今始稍痊。覽金毓峒所報,秦督不知下落。目前收整殘局,秦督似宜就近即推。前與先生每面議,督撫鎮兵餉皆用本地,及鼓鑄、屯田等事,該部院曾否議妥?應催。又如錢法一事,已頒諭旨,聞五城尚未出示,其遵行可知,應擬旨嚴飭。欽此。"臣等叩頭恭誦,始知聖體偶有違和,旋就安泰。臣等叨在禁密,未知恭候起居,深懷悚亥。

伏惟皇上神明獨運,綜覽萬機,裁決每至夜分,疇咨不遑日昃,而焦勞既極,寒沍方深,伏惟加意節宣,以承天佑。至潼關失事,頗聞州縣亦有風鶴之驚,秦督既無下落,當即就近推用,誠如聖諭。而關中河山百二,所係甚鉅,尚未知三邊撫鎮能協力驅勸否?昨已擬旨嚴飭。頃秦紳李遇知等公疏,議設新督,并議補秦撫,其意亦以收拾健勇土著爲言。大抵即用本地之士馬錢糧,聽該督撫便宜料理,如三協之法行之。至於急調晉、蜀多方接濟,則當俟戶、兵二部再行議奪者也。除各督撫及鼓鑄、屯田等事傳催部院議妥具奏外,謹恭擬推秦督及五城嚴禁錢法諭稿二道進呈,伏候聖裁。原奉御批,尊藏閣中。謹題。

諭都察院:錢法一事已頒諭旨,聞五城御史尚未出示通曉,是何緣故?著即將前諭內禁約事宜作速嚴切曉示,務使法在必行。再違,察究不貸。特諭。

回奏錢法揭癸未十月二十六日。

題,適蒙發下匣封內一件,奉御批:"疏通錢法,本爲便民,已有諭旨,前先生每曾議買收作銅,良是。近聞低錢甚多,著司鑰庫及五城親行收買,不許驚擾。如有胥役故違,需索害民的,必殺無赦。該城動用房號銀兩,該庫動用新錢,隨收隨碎,類解該局鼓鑄,將收過數目,一月一回奏,仍以收錢多寡爲諸御史殿最。先生每商酌可否，擬旨來行。欽此。"

　　竊惟鼓鑄一事，既可足國，兼以便民，苟爲民所共趨，則於國自無不足。恭誦御劄，收買低錢，嚴禁擾害，德意周密，具得王政理財之本。大約低錢不許流行，則其勢必賤，而又以房號銀及新錢收之，則在民亦不甚虧。民既相安，官復不擾，視古之嚴禁荇葉、鵝眼，至重刑不能止者，功相萬也。而私販無大利則私鑄亦不禁而自止矣。惟是低錢多夾鉛沙，熔化不免銷餉，而新錢因此遂同泉布之流，爲利實大，且聞價亦甚廉，第准市價稱提，似亦不甚懸絶也。惟在鑄局弘開，使新錢接續不匱而已。謹祇遵聖諭，少增數語，恭膳進覽，伏候裁定施行。原奉御批，尊藏閣中。謹題。

　　崇禎十六年十月二十六日。

　　　　回奏陳御史擬勅揭癸未十月二十六日。

　　題，今日蒙召對萬歲山明德殿畢，司禮監官王德化至直房，恭奉上傳："陳丹衷勅書内，須著兼管催餉。又土司賞格，亦須頒一專勅。欽此。"臣等即擬撰稿進呈。第丹衷奉旨，量加職銜，應候吏部擬定，恭奉欽依，方便撰入勅書。其土司坐落地方，亦應俟兵部酌定及察明賞格舊例，方便擬稿。臣等謹擬諭一道恭進，傳示吏、兵二部，未知當否，伏候聖裁。謹題。

　　諭兵部：據陳丹衷奏議，調廣西土司勦寇，其應調地方姓名及兵數多少，著該部即日與丹衷議妥來説。至土司功成，作何優叙，併即察例預定賞格具奏，以示鼓舞。特諭。

　　崇禎十六年十月二十六日。

　　　　回奏推用承撫揭癸未十月二十八日酉時。

　　題，蒙發下匣封内一件，恭奉御批："昨據内臣何志孔奏，撫臣王揚基仍屬可用，准免提問，姑著戴罪圖功自贖。目今賊既入秦，荆、承、襄陽等處亟宜乘時恢復，機不可失。先生每商確擬旨來行。欽此。"

臣等謹察得，王揚基新推承撫，前以武昌失城先期遁出，兼有家眷被兵搶掠托左鎮代尋之事，爲楚紳所參，已經提問。今據何志孔來疏，言其可用。而部臣張伯鯨其同鄉也，昨在直房亦曾商之，以爲左鎮尋眷之後，相與頗善，用之似亦可從。然其家眷既被楚兵之辱，恐亦難以展布。據伯鯨袖出南樞臣史可法一札云，有何騰蛟者，甚有邊才，亦爲左帥所畏服。意謂決當用之楚撫，似可下部酌用，尤爲妥也。闖賊入秦，荊、承、襄、汝一帶必虛，真有可乘機會。第聞左鎮有病，未知即能進勤否？似當再行檄催。仍令鳳、江各督及鄖、沅各撫合力並進，以圖恢復。謹將承撫改補事宜恭擬諭稿進呈，伏候裁奪。原奉御批，尊藏閣中。謹題。

崇禎十六年二十八日題。

上不懌，御批"仍用志孔所奏，即以揚基照舊巡撫承德"云。三十日召對德政殿，臣璟再以史公可法所舉騰蛟爲言，旋亦用之楚撫。

回奏宣鎮發銀因論該鎮原額兵餉揭癸未十月二十八日。

題，適文書官徐尚忠到閣，蒙發下匣封內一件，恭奉御批："昨據宣鎮總兵唐珏面奏，鎮標兵止六千，馬匹僅三百餘，月餉壓欠年餘，何裨緩急？該鎮爲陵京藩屏，援勤必先，非他鎮可比，茲特發御前銀三萬兩，該鎮親領市馬。戶部即措發餉銀二三月，付該鎮帶去，不可遲延。兵部將合鎮馬步數目、督撫鎮各標所屬，明白開奏。先生每即擬旨來行。欽此。"臣叩頭恭誦，仰見我皇上籌邊遣將睿慮周詳，而於陵京藩屏，尤加鄭重。

惟宣兵原額十餘萬，近據戶部餉冊，見額八萬有奇。所稱標兵止六千者，乃十二年以來抽練之兵耳。若合鎮馬步，則食糧之八萬現在也。以八萬爲兵則兵多，於八萬中抽練數千，則存乎見少，而其餘七萬有奇之兵，皆置不復言，此近日各鎮通弊，非獨宣也。向前虜警，皆在宣大，故設兵措餉，此三協尤爲雄饒。大約每鎮屯、鹽、民運各百餘萬，而部運甚少，其運宣者僅十餘萬耳。惟近增鋒兵練餉，故增發太濫，然其在本地者固多也。今不求之本地百萬，而動責備部運，輙以月餉壓欠爲詞，實爲可怪。昨奉聖諭，以本地之糧養本地之兵，徧察舊制，原是如此。所謂部運者，特稍佐其不足。而如欲件件盡取之京師，則虛内奉邊，恐日亦不勝給矣。至該鎮買馬額銀，兵部歲發不貲，未見作何收買。兹復另發御前銀專與唐玨，聖明憂邊德意甚盛，臣不敢復爭，但願玨着實買馬，勿復浪付一擲也。恭讀御批"令該部將全鎮馬步及各標明白開奏"，真洞悉邊地情形。自此徹底清察，庶有水落石出之日，而邊事始可爲乎！謹因回奏而附陳之。原奉御批，尊藏閣中。謹題。

崇禎十六年十月二十八日戌時題。

上不懌，即御批"發三萬與唐鈺"云。未幾，大同、山海各鎮總兵俱引唐玨例，討御前銀買馬。上頗思臣璟前言，不復發矣。玨旋以貪淫爲宣督王繼謨參提，前銀悉不可問。

召對中左門議秦事癸未十一月初三日。

是早上御皇極門，朝畢退坐門内寶座，召輔臣、府部院及秦督余應桂、監軍御史霍達入對。而諸臣朝畢即出，到尚未齊，惟璟等三人在，因移御中左門，諸臣並集。上設小屏中左門外，御便座。時曉日麗天，正映龍顏，初用金貂煖耳，稍煖去之，諸臣皆脱去。

行禮畢，上呼秦督余應桂過跪。上曰："逆寇入秦，特命爾及監軍前往，早平狂寇，早安萬民。總督事權原重，各邊撫鎮兵馬俱聽爾調度，一切設措、錢糧、招用廢將，鼓舞鄉勇，有真勤然後有真撫，有好將自有好兵，有好有司自有好良善百姓，在爾實心去做。"應桂再三稱難，言："闖賊已入關，州縣瓦解，所發臣兵三萬及糧餉尚無實着。陝西既爲賊蹂躪，又以假仁假義惑之，本地餉如何追徵得來？所撥川餉亦隔省爲梗。"上呼户臣倪元璐過跪。上曰："該督説有餉方有兵，原是。該部何以應之？"元璐奏："河北懷慶見貯有餉銀十五萬，據蘇京説，孫傳庭要支去，不知已支幾何？又司官劉邦弼催到十萬，又剩存五萬。昨歲皇上已允撥秦督十二萬，秦中勸餉原額七十餘萬，如西安已破，此銀難徵，如未破，憑該督設法督催接濟。"應桂奏:"催徵已難,只有山西就近可以接濟。求皇上允撥數十萬與臣,臣到彼順帶入秦。若到彼方來呼餉,往返五千餘里,半年方至,何濟于事?"元璐奏:"山西近京,外解不至,只有此項可濟邊需,不敢輕許。"上曰:"也要撥些與他。"應桂奏:"要兵部撥幾員好將官與臣。"上呼署兵部張伯鯨過跪。上曰:"該部宜簡選好將官兩員與他去。"伯鯨奏:"他討馬岱,已推保鎮,總兵尤翟文已回,止有孫獻捷見在京營。"上曰:"還有可另選?"應桂奏:"原任保鎮姜瑄以通賄拿問,薊鎮薛敏忠以封疆論治,二人各有家丁、馬匹,又皆秦人。"上不許,著另訪用。

上呼霍達過跪。上命:"作速前去,早一日料理一日。"達奏:"如西安尚在,臣從蒲州過河,一日一夜可到省城,但恐西安不保,事體就難。昨據按臣金毓峒承差報,孫傳庭先在潼關外七里鋪扎營,白廣恩、高傑二人皆戰將,初勝賊,後又退扎二里地,扼險自守,反不能支,方退入關。賊瀰山而來,破城入關,傳庭不知下落。按臣東走渡河,撫臣馮師孔西走,聞中一箭,未知存亡。如有兵有餉,臣不惜一死以報皇上。無兵無餉,空死無濟。"因慟哭伏地。上許其熟練地形,實心任事,令他"照諭內事理盡心去做,有功破格陞賞"。

上命輔臣擬諭頒給秦督銀花、銀牌及貯絹等項,爲犒賞將士之用。又以應桂、霍達求御馬監馬與家丁騎坐,令發數十疋,而令伯鯨速選二員將官同去。又命銓臣李遇知察三邊巡撫宜易者,因議易甘肅撫臣林日瑞云。賜茶、餅,叩謝而出。

崇禎十六年十一月初三日記。

是時闖賊已入關,方推秦督,無肯行者。上謂:"罪廢諸臣,廷臣多以知兵舉之,破格赦罪起用,何故欲推督撫,便苦無人?"聖意蓋有所指,而余公應桂亦其一也。部中不得已以應桂推上,然實非邊料。上特賜宴于中左門直房,令璟等待宴,兼賜之銀幣。及應桂行至山西,彷徨河干,竟不能至秦。

回奏吏部推升揭癸未十一月初四日。

題,適蒙發下吏部二本,係推通政使司左通政、太僕寺少卿二缺未蒙欽點。

臣等謹看得，趙京仕、宋學顯皆舊係科員，京仕朴直不阿，學顯素矜風采，皆屬勝任。且就本衙門序轉，原非躐格。論其資俸，京仕較深。蔡鵬霄久在臺端，歷任皆有聲績，而按宣雲二載餘，吏治邊情，尤稱練達，囷少一席，似其優爲。張懋爵、涂必泓資俸次之，三員似皆可備異日節鉞之選。臣等僉議如此，未知當否，伏候聖鑒裁奪。謹題。

崇禎十六年十二月初四日。

回奏督撫監軍勅書異同揭癸未十一月初六日。

題，適蒙發下匣封內一件四本，恭奉御批："各督撫勅書內所載事權不一，有以品級定拏問參奏者，有以都指揮、知府論者，有以副、參流銜論者。還酌妥以何者爲宜行。至監軍御史勅書從未有，霍達此纂，類於撫臣，似應商議。其都指揮品列正二，應否軍法從事及竟自拏問，先生每另撰來看。欽此。"

臣等謹察得，閣中舊存勅稿，有秦督勅書，內皆云"都指揮以下許以軍法從事"。自嘉靖中王以旂起至萬曆末，三十餘員皆同。又秦撫勅書內則云"參、遊、守備等官退怯者，先取死罪招繇，各中軍、千把等官，悉許軍法從事"。此皆舊制也。副、參、遊擊原無品級，止帶都指揮之銜，近來加級劄授，比前增數十倍，贅濫已極。總督重任，似難姑息。且察舊稿皆然。其實副、參即都指揮之流銜，而坐司、都司官則列于布、按二司，事體稍不同耳。謹酌改爲副、參以下軍法從事，似爲妥當。此督臣之勅也。

至巡撫與總督有別，因前奉有明旨，各道聽該督拏問，故近日撰稿，皆增入之，以重行間之權。而臣等再加參酌，知府以下，該督拏問，同知以下，該撫拿問，似更妥便。或宜照舊，或宜從新，臣等亦未敢定也。

至監軍御史勅書，昨察拏河南監軍嚴雲京稿亦是如此。第以霍達秦人而監秦軍，與他監軍又自不同，故稍有增減。恭承聖諭，謹即酌去數語，示不與撫體相類。未知當否？

謹將另擬四稿，併原稿及嘉、萬中舊督勅稿恭呈聖裁。其都指揮品雖正二，而用兵則似不拘,如王驥總督曾斬都指揮安敬以徇,亦一證也。臣等愚陋寡識,不敢不據實以對。原奉御批,尊藏閣中。謹題。

崇禎十六年十一月初六日題。

召對德政殿面議會推及愛惜人才諸事恭紀癸未十一月初八日。

崇禎十六年十一月初八日,上御德政殿,召輔臣等于中左門直房,賜膳畢,入德政殿檻外叩頭謝訖。上召:"先生每來。"承旨進檻內。上覽吏部會推兵部侍郎金之俊、浙江巡撫吳履中、湖廣巡撫何騰蛟本,問曰:"這會推金之俊堪任兵部侍郎否?"演對:"之俊以知兵薦舉,前虜警時料理昌平城守,件件精詳,可備總督之選。"上曰:"人才不同,如用得不相宜,反可惜了。"藻德鞠躬云:"皇上洞鑒。"上問:"吳履中何如?"演對:"履中做官清,有執持,前察辦天津,頗有才幹。"德璟對:"履中平素是好的。"上曰:"他前爲蔣拱宸攀奏未結。"德璟對:"他已回奏過,云原不知實蹟。"上曰:"還候刑部問明。"上曰:"王繼謨曾推兵部侍郎,還用得否?"演奏:"繼謨作密撫甚清,得士卒心,且與唐通甚和,凡事不掣他肘,所以西協將卒肯用命。若離了唐通,恐未必作得來。"上曰:"別用也罷。"因目臣璟曰:"何騰蛟,前日先生每揭帖説過。"隨點用之俊、騰蛟,將本親付臣等接訖。

上曰:"秦督不知何日起身?該早去了。聞西安無恙,賊亦不曾攻城,只四下裏克許多州縣了,有攻破的,有不攻破的。有生員們教賊行假仁假義誘引人心,百姓一向苦兵搔擾,苦官剥削,一旦有事,不肯固守,相率從賊,殊爲可慮!前面諭該督,著他用好將官,用好有司。如有好將官自然兵有紀律,不敢擾民。有好有司自然撫綏百姓,百姓親之如父母,誰肯爲賊?這固結人心,還是勦賊前一步事。"德璟奏:"這是根本之論。臣等即傳與該督撫,著他察吏安民,實實固結了人心,纔好言勦言守。"藻德奏:"聞馮師孔尚在西安,此人極能聯屬士民,幹辦城守,或省城可恃無恐。但須該督領一枝強兵,各處抅援,城纔守得住。如無援兵,民力亦難支。"上歎息曰:"京營兵只好護送該督到彼就回,做不得戰兵。"藻德奏："適見余應桂疏辭免京兵護送,將安犞與他募兵,似亦可行。"演奏："募兵恐遲了日子,不如就將京兵與他做標兵,隨該督征勦,不致往來空費。"璟奏："秦督既不欲京兵,還只將安犞與他爲妥。"上曰："還與總察協議妥。"藻德奏："今天下多事,以用人爲第一義。臣每見會推督撫,吏部嘗苦乏人,不知天下未嘗無人,只是平日不曾儲蓄,以至臨時不知誰爲可用。宜勑廷臣各舉所知,聽皇上再加遴訪,漸漸授職,試其才品,庶乎有人可用。"上曰："前各官所舉清官,又兩次保舉的,吏部未見覈覆。先生每催他。"臣等承旨訖。

德璟奏："適蒙皇上諭臣等愛惜人才,固結人心,此宗社無疆之福。畢竟愛惜人才正是固結人心處。"藻德奏："邇來邊臣因循渙散,任事少,畏事多,無才者固不能做,有才者亦不肯做。固是時勢艱難,人多掣肘,亦因功令太嚴,恩威莫測,恐一干聖怒,則無功有罪。是以畏首畏尾,都不敢做。就是舉用一箇人,也只怕有受人營競爲人復官的嫌疑。"上曰："這廷臣就不是了。朕正要人實心做事。"藻德奏："廷臣中未必皆賢,未必皆不肖,天下無全才,只在皇上舍短用長。如今漫說邊臣,就是獄中罪纍諸臣,亦未嘗無人。"德璟奏："罪廢諸臣儘有可用的。如舊科臣章正宸,極有才品,有執持。即如郝絅,亦儘可用。又如舊大理卿張三謨,極清勁,曾巡按臣鄉,一塵不染。"上曰："纔奏的獄中諸臣,還有誰人?"演等同聲奏郝絅、方士亮。藻德奏："職方司還有姓尹的。"上曰："尹民興。"璟奏："尹民興在職方,不曾濫推一箇將官,是箇清的。"上曰："著刑部速行審結。"演等奏："三臣之才,皆在好的一邊。郝絅尤有膽氣,能殺賊,是一箇好邊才。"藻德奏："他前日守通州有功。他鼓舞馬將官縋人下城炮擊奴賊,打倒了三箇白標子,賊就退了。"上曰："郝絅是有才的,奏對亦明爽,只不該與去輔扶同欺飾。"演奏："去輔蒙皇上簡命外面,不見他甚麼事跡,是以絅等未及參奏,情亦可原。"上笑曰："他不該後來又參去輔了。先生每起來。"

上憑御案沉思良久,曰："方士亮爲劉超事,還該處他。"璟曰："劉超素有叛心,士亮參他亦不甚錯。"上曰："若參當,他自然服,乃受鄉官指使,參他無一兵,他如何不慌了。又有魏景琦小朝宗之説,越發激變了。"璟奏："士亮在臣鄉做推官最清,且參劉超人亦還多。"藻德奏:"劉超不是永城人,冒籍永城,永城秀才不容他,他就棄文就武,做了總兵,與鄉紳秀才釁隙,非一日了。"德璟奏:"畢竟劉超是不軌之徒,若是好人,縱有多少釁隙也不敢叛。"上曰:"然。"良久曰:"此外還有何人?"德璟奏:"封疆一案,臣不敢妄奏,武官尚有許定國,聞其驍勇。前因自請領兵入援,纔離地方,兵部即推人代他總兵,以致兵皆潰散,罪尚可原。"上曰:"他兵潰散劫掠,也是有罪。"璟奏:"固是有罪,亦是兵部不是。此外尚有熊開元、姜埰。"演、藻德奏:"熊開元、姜埰愚昧無知,今懲創已久了。"璟再奏:"姜埰家遭奴變喪父,熊開元家遭寇變喪母,其禍最慘,委是可憐。"上曰:"熊開元與姜埰不同,埰猶有建言的意思,家變委是慘。開元請屏左右,踪跡甚幻,明明有人指使,後來果然都露出來了,這成甚麼道理?還著確擬。先生每起來。"

上問:"王永吉關上築臺銀兩,不知該部措辦了多少?"臣等同跪奏:"築臺一事,臣等連日相商,據遼撫黎玉田乞先修復關外三城,以聯絡關寧,誠不可緩。如未修城只築臺,恐寧遠孤懸二百里外,人心不安。"璟奏:"前日劉三元、劉應國上疏棄寧歸關,此言却謬。一寸山河一寸金,如何棄得!望皇上早定大計,亟修三城爲是。"藻德奏:"不知九臺所築形勢何如?如離關城遠,恐虞來人守不住;如離關城近,恐爲賊所據,反有可虞。還當著將形勢繪圖詳奏。"上曰:"前旨先臺後城,不是不脩,要次第做起。今先生每所奏甚是,著該督撫議來,一併興工。先生每起來。"承旨起。

上曰:"巡按御史禁止供應,原有明旨,今聞通不遵守,照舊供應奢靡。今何等時,還要這等靡費病民?再如鹽課國家大利,只因王船、官船夾帶私鹽,以致官鹽壅滯。若有好巡鹽御史,何難禁戢?這都是都察院事。先生每傳與他申飭。"臣等承旨訖。璟奏:"舊巡鹽兩淮御史鄧啓隆最清楚,一年清出數十萬解京。此人用得。"上點頭曰:"鄧啓隆麼。"

上又言:"兵部叙死事官紳男婦,著即通行開列,不要等他子孫陳乞。又叙功本每人加級、署級許多冒濫。"璟奏:"還有一起數百人並加一級二級者,箇箇都是副參、遊擊,甚且有許多都督。"上曰:"冒濫多了,以後令分人、分功次,并應加何級開列來,不得混了。"承旨訖。

上曰:"適纔先生每所奏,朕知道了。"隨命司禮監官賜茶。出檻叩頭謝而退。次日御批到閣,云:"昨日與先生每面議愛惜人才一事,朕再四思維,只因嚴毖封疆,警正人心,原非得已。祖宗之封疆,祖宗培養之人才,祖宗垂憲萬世之法律,先生每商酌必如何三者並行無礙,既無廢法,亦無棄才,即密議來看。"璟隨具公揭乞於起廢各疏,分別情罪輕重,少開一面,酌量起用,雷霆雨露,莫非聖恩等語。次日御批到閣:"郝絅、許定國二人才堪使過,先生每擬旨著隨秦督勦賊,立功贖罪。"隨即擬旨上,而再求推廣德意。久之,始釋熊開元、姜埰、方士亮、尹民興、蔣拱辰等于獄。於是罪廢諸臣漸有登進之望矣。

崇禎十六年十一月初九日,臣德璟謹記。

回奏傳諭各件揭_{癸未十一月初九日}。

題,臣等昨蒙召對,面諭傳部院、秦督各官,即於當夜傳訖。今早齊到東閣,謹將前面舉清官未見酌用,二次保舉各官未見覆奏傳吏部;關外三城缺餉若干,察明爲修城工料之費傳戶部;敘功逐人開明,不許概請加級,及殉難官紳男婦作速議敘,下第武舉有才勇的驗試酌用傳兵部;巡方御史供應等項俱要盡革傳都察院;而令秦督余應桂、監軍御史霍達作速領京兵起程勦賊,及察吏安民,固結民心等項,再三傳飭,聽其各自行回奏。外至禁王船、官船夾帶私鹽,事關藩封,另擬諭稿,恭呈聖覽,統候裁奪施行。謹題。

崇禎十六年十一月初九日。

回奏起用罪廢各官揭_{癸未十一月初九日}。

題,適蒙發下匣封內一件,恭奉御批:"昨與先生每面議愛惜人才一事,朕再四思維,只因嚴毖封疆,警正人心,原非得已。祖宗之封疆,祖宗培養之人才,祖宗垂憲萬世之法律,先生每商酌必如何三者並行無礙,既無廢法,亦無棄才,

即密議來看。欽此。"臣等叩頭恭誦,仰見我皇上德隆法祖,念切憐才,於明罰
敕法之中,寓棄短録長之意,仁義兼盡,恩法並行,臣等不勝頌服。

　　竊見時事多艱,人才難得,每至會推督撫等官,動以扼腕無人爲恨。故臣等
于面對時,仰體皇上愛惜人才德意,因思罪廢中或情屬矜疑、才堪使過者,不妨
酌釋數員,以弘器使,其感恩圖報,當有什百恒情者。從來起廢,間有借題,而臣
等指陳,實不敢一毫私狥,妄干嚴譴。他如事涉封疆,自有憲典,何敢代爲求寬!
至若把持朝政,納賄招權,結黨行私,敗壞人心風俗,如前所廷訊者,則祖宗法律
所不容,雖欲貸之而無可貸也。臣等所求於皇上者,祇欲赦小過以惜人才,原非
因人才而廢公法,或當司敗讞結之時,或就向前起廢諸款,皇上于其中分別情罪
重輕,少開一面,酌量起用。既無廢法,亦無棄才,雷霆雨露,莫非聖恩,作福作
威,總憑睿斷,又非臣等區區之愚所能仰參末議也。謹具揭回奏,無任惶悚企仰
之至。原奉御批,尊藏閣中。謹題。

　　崇禎十六年十一月初九日題。初十日早即奉御批:"郝絅、許定國尚(才)
堪使過。先生每擬旨,著隨秦督勦賊立功贖罪。"

　　　　回奏赦用郝絅、許定國并乞推廣德意揭癸未十一月初十日。

　　題,適蒙發下匣封內一件,恭奉御批:"郝絅、許定國二人才堪使過。先生
每擬旨,著隨秦督勦賊立功贖罪。欽此。"臣等叩頭恭誦,不勝歡躍。

　　恭惟我皇上,日月在上,一切才品之高下,功罪之重輕,洞若觀火。此二人
原屬有罪,而郝絅察辨有勞,且附和亦無顯迹。許定國勇略夙著,即譁潰亦尚可
原。此時邊腹多虞,人才難得,誠令之立功贖罪,隨余應桂入秦,風聲一傳,中外
皆仰聖主操縱之神,器使之當,必無不鼓舞思奮者,不獨二人望外徼恩,捐頂踵
圖報已也。此外罪廢尚多,中間才堪使過,具在聖鑒。倘再推廣德意,酌行赦
録,生成造化,總在聖恩。謹祇遵恭擬諭旨一道進呈,伏候裁定施行。原奉聖
諭,尊藏閣中。謹題。

　　諭吏、兵、刑三部:郝絅、許定國二員,情有可原,才堪使過,著赦了罪,充爲

事官,隨余應桂星馳秦中,聽該督調度勦賊,立功自贖。不効,前罪併論。特諭。

崇禎十六年十二月初十日上,十一日發。

回奏捄南計臣張慎言揭癸未十一月十一日。

大學士臣蔣德璟謹題,適蒙發下南京兵部尚書史可法一本,係臣恭擬,奉御批:"張慎言應否免議? 欽此。"

臣謹察得,南直、江、浙、湖、廣所解南糧,原額一百二十餘萬石,以養十二萬之軍原自有餘,而折色及屯牧所入尚在其外。今軍不滿八萬,而糧反苦不足,此中改折情弊及那借別用、扶同侵誆,真有不勝縷指者。錢春、常自裕等良可恨也。惟張慎言素有清望,所參糾楊文驄、方岳朝等,侃直不阿,亦老成中之表表者。雖改折一事未能釐正,而扶同侵誆,則可保其必無,倘與貪夫並議,恐有薰蕕同類之疑。或止令其自行回奏,未知當否,謹另擬票,恭候聖明裁奪。謹題。

崇禎十六年十一月十一日上。

回奏傳部院諸諭揭癸未十一月十六日。

題,昨蒙召對,命臣等傳戶部多方生節,速催外解;傳兵部嚴飭晉撫分官分信防河,速給秦督錢糧將官,及淮揚設鎮,山左、山右須練重兵,及時恢復荊襄等處,催豫督任濬速任料理;傳工部議開膠河,并察前撫河工錢糧;傳都察院嚴催五城御史收禁低錢;又傳秦督星往聯絡三邊,招徠高傑。昨因臣等閱卷徹夜,五鼓事竣,今早始傳戶臣倪元璐等到東閣,一一傳訖。內防河、開膠二事另擬諭稿二道,併改擬左良玉諭稿恭呈聖覽,伏候裁定。昨于御前領出諸臣舉知摺子三十七本,臣等總謄一本,傳與該部訖,聽其確覈具奏。原摺恭繳。謹題。

諭兵部:左良玉前報恢復武、黃,念事權不一,糧餉不敷,未能展布,茲特加專閫事權,以便一力恢勦。著一面移鎮楚省,仍即統率兵馬上緊蹙擊,刻期蕩平。功成立予通侯之賞,世鎮武昌。仍著王楊基即與會同勦賊,催運糧餉,多方接濟,毋誤軍需。該鎮併著申明紀律,嚴飭軍丁,務使兵民相安,毋致搔擾,用副朝廷推誠使過至意。特諭。

諭工部：前議開膠萊河以通海運，曾否動工？其户部所發及河工銀曾否支用？著即察奏。昨計臣奏，文登開養魚池爲通漕便道，係賀王盛所議，是否可行？即著王盛前去詳悉勘明，從長確議速奏。特諭。

崇禎十六年十一月十六日上。

回奏秦、蜀各推總兵揭癸未十一月十六日。

題，適蒙發下兵部會推六本，未蒙欽點。臣等謹看得，總兵之官事權原重，向前推用專論功次，然亦惟督撫與部臣知之頗悉，臣等於各弁實未能詳定其才品也。秦翼明從戎多年，即秦良玉一家也，就近用之蜀鎮似亦可從。至甘、寧兩推，聞亦一時之選，内尤翟文昨樞臣奏見回秦中，似尤爲近便。伏候聖明裁奪。謹題。

崇禎十六年十一月十六日。

回奏疏通錢法揭癸未十一月十七日。

題，適奉御批："屢有旨疏通錢法，本欲足國便民。近聞賤濫愈甚，小民翻成苦累，皆緣經管官通未遵行，姑免察究。應再行申飭，將一切低、假、薄、小之錢概禁行使。五城御史仍遵旨收買，勒限十日一奏。其京城所有錢卓、錢市，著廠、衛、五城衙門嚴行禁緝，仍將獲過起數一月一奏。先生每商酌擬旨來行。欽此。"

竊惟低錢不盡，則制錢不行，而禁誡不嚴，則低錢亦未遽盡。恭讀聖諭，深得窮源制流之法。謹即祗遵，恭膽酌擬進呈。昨憲臣李邦華謂收之尚苦無本，臣等竊謂各官捐貲助鑄，宜悉令收買低錢解庫，立行春碎，則不煩嚴禁而低錢旦夕可盡除。臣等即將助鑄原價先行收買外，并于諭稿拈出，以便遵行。伏候聖裁。原奉批摺，尊藏閣中。謹題。

諭户、工二部，都察院：屢有旨疏通錢法，本欲足國便民，近聞賤濫愈甚，小民翻成苦累，皆緣經管官通未遵行，姑免察究。著再行申飭，將一切低、假、薄、小之錢概禁行使。五城御史仍遵旨上緊分頭收買，勒限十日一奏。其京城內外所有錢卓、錢市，著廠、衛、五城衙門嚴行禁緝，仍將獲過起數一月一奏。至文武各官助鑄銀兩，通著收買低錢，交納該庫察收，登時舂碎，完日彙奏。特諭。

崇禎十六年十一月十七日。

回奏用海裁驛諸諭揭癸未十一月十七日。

題，適蒙發下抄摺二本，內一本恭奉御批："轉瞬明春，必須用海。前旨一應錢糧今冬償完，應出嚴旨再催。欽此。"又一件恭奉御批："裁驛已復，爲何驛路欠通？且奉旨馳驛，官竟不應付。著輔臣擬旨嚴行察飭。欽此。"

臣等祗遵恭擬諭稿二道進呈，伏候裁定施行。原摺二本恭繳。謹題。因大宗伯林公欲楫疏有"自募舟車"等語，故有此諭。

回奏用海揭癸未十一月十九日。

題，適蒙發下匣封二本，內一本恭奉御批："先生每參看宋劼此疏，擬旨來行。務期諸項湊手，實落責成，不可有誤用海急著。欽此。"臣等祗遵改擬諭稿一道恭進，伏候聖裁。原奉批摺，隨本恭繳。謹題。

諭戶、兵二部：用海恢勳，久經申飭，前有旨該鎮一應錢糧乘今冬上緊催攢。據宋劼奏，原議發餉二十萬，戶部先認給五萬，尚未解發，其東省藩司額餉復多停徵，何從接濟？見今開造船炮及聯鮮用奇等項，急需錢糧犒賞。轉瞬明春，必須諸項湊手，方可責成實做。該部作速措辦，及時完備。如致稽遲誤事，責有所歸。特諭。

崇禎十六年十一月十九日。

回奏防河揭癸未十一月。

題，適蒙面諭設鹽法大臣、漕運勳臣，令吏部司官不憑同鄉舉薦，及各部甄別司屬併督撫、總兵等官，察禁預徵錢糧，多方接濟邊餉等項。俱即傳吏、戶、兵、都察院各官訖。至江督呂大器撤回防河一事，臣等與諸臣面商，皆云一晉而設兩督，兵餉未有所出，以臣等愚見，近孫晉既經僉議，或即以呂大器代之，今（令）其徑馳河干到任，而量調宣大兵馬防河，似亦妥當，且宣大亦自有撫鎮居守也。謹具揭，恭請裁示，方擬諭稿進呈。謹題。

崇禎十六年十一月二十日。

回奏御駁狗縱揭帖癸未十一月廿五日。

大學士臣蔣德璟謹題，適臣入直，見昨夜發下吏部一本，係臣擬票，恭奉御批：“孫晉自抵陽和，通未作事，玩視封疆，應行議處。昨面諭已悉，票旨何未出明，卻云即議奏奪，有無狗縱？ 欽此。”臣不勝惶悚。

竊惟孫晉自蒙特簡總督宣雲，屢疏稱病，業已屢奉面諭，臣等仰觀聖意，似尚在留用之列。昨因巡按御史楊爾銘代以病請，原疏發下改票，臣即擬云：“宣雲重地，豈容久誤封疆。下部覆議。”未嘗不嚴也。及部覆回籍調理，再蒙駁改，臣復擬云“明有諉卸事情”，亦以諉卸罪之矣。惟奉面諭應處，臣愚昧，謬謂聖意欲發部議，未敢徑擬處分，實不敢毫有狗縱也。臣素拙訥寡交，於孫晉原無相與，而廷臣多稱之，然實非邊才也。督撫大僚，威福予奪，出自皇上。臣等上奉天言，下聽部議，拘守不敢自專之議。疏昧之罪，誠無所辭，若“狗縱”二字，臣自入直以來，屋漏自矢，毫不敢狗私植黨，以仰負聖明特達之知，一切票擬，多過迂過執，計具在日月洞鑒中，臣不敢言也。除另疏席藁待罪外，謹先具揭回奏，伏乞聖慈俯諸鑒宥。臣無仞惶悚待罪之至。

崇禎十六年十一月二十五日題。二十六早奉御批：“孫晉應處，已經面諭，覽卿奏，原無狗縱。朕知道了，不必引咎疏陳。”

恭謝御批并引病揭十一月二十六日。

大學士臣蔣德璟謹題，昨臣以擬孫晉議處一事具揭待罪，今早恭奉御批：“孫晉應處，已經面諭，覽卿奏，原無狗縱。朕知道了，不必引咎疏陳。欽此。”臣即於私寓叩頭恭誦，仰見聖明俯矚迂疏，曲賜寬貸，不勝悚感。

竊惟臣以下愚之資，叨事神聖，百凡舛昧，罪戾多端，久荷矜全，幸有今日。即如孫晉議處，凜奉面諭，且此時宣雲何地，豈容再爲躭延？而猶拘于下部格套，致蒙欽駁，罪實自取，咎本難寬。過被天恩，不深譴責，敢不益勵素志，勉策駑鈍。惟日來心血久枯，眼花耳鳴，腰疼脚腫諸症，老態畢見，皆同官所共知者。容調理數日，稍痊即力疾趨蹌供職。萬一殘喘不堪，日甚一日，不得已當另籲鴻造，叩懇恩憐。兹未敢冒昧瀆奏也，謹先具揭恭謝。臣可任感戢激切屏營之至。

崇禎十六年十一月二十六日題。二十七日奉御批："卿輔政勤敏，朕所鑒知。前旨已明，著即日入直佐理，以副倚眷，不必寬延。"

入直揭癸未十一月三十日。

大學士臣蔣德璟謹題，臣昨具揭引罪，兼陳病苦至情。恭奉聖旨："卿輔政勤敏，朕所鑒知。前旨已明，著即日入直佐理，以副倚眷，不必寬延。欽此。"臣祇遵嚴命，不敢再瀆，謹於本月二十九日赴鴻臚寺報名，今早恭詣午門前行五拜三叩頭禮，入直辦事。第老病暮景，百凡疎愚，恐不能報稱萬一也。臣不勝感恩屏營之至。謹題。

奉聖旨："覽卿奏，遵旨入直佐理，朕知道了。"

恭擬秦督監軍及秦督兵餉二諭癸未十一月二十九日。

諭吏部、都察院：秦中賊勢孔棘，援勦方殷，監軍御史不可不設。霍達屢以才略推舉，且係秦人，著同督撫余應桂等星馳前去，調集各鎮兵馬，催督錢糧，稽覈功罪，鼓勵鄉勇，收用廢將，聯絡秦中官紳士民，刻期蕩掃，有功破格陞蔭。應給勅印，該衙門作速撰給。特諭。

諭戶部：據蘇京奏稱，河北折色見存三十餘萬，著於内撥給秦督十二萬兩，即令順便解運秦中接濟軍餉。其餘作何支用，該部仍察明數目，遵旨速議來説。前督師餉司劉邦弼，著照舊與秦督儹催糧餉，有功一體優敘。還將孫傳庭軍前用過本折數目確察速奏。特諭。

敬日堂外集卷十

回奏傳諭各件兼議唐通、孔希貴撫鎮揭癸未十二月初二日。

題，適蒙召對，恭奉面諭："傳吏部，宣督須擇堪任的速推防河，及郝絅補河東守道。傳戶部，開事例及遣遠臣湯若望赴三協習學水利火器等項。傳兵部，唐通照舊鎮西協，孔希貴照舊中協，仍須工部接濟軍器、錢糧。又傳畿南折色馬價，察明勒限該撫按速解。又傳戶、兵部科，凡兵馬錢糧虛實及軍機緊密本章嚴禁抄傳。"臣等俱即祗遵擬諭及照款傳各部臣訖。

惟唐通、孔希貴二人之用，原係撫臣楊鶚疏議，臣等已經面奏，而有不敢不再陳者。憶鶚疏意，以通在西協，素得屬夷之心，因欲令在中協，共成用夷之策。蓋中、西雖有二協，然口外之夷皆明暗火落赤及妲滿塞、木閃拜諸部落，吃賞于西，故不入犯。惟中、東二協諸夷，未經受款，故往往導奴爲逆。非獨夷之狡詐，而吃賞不吃賞異也。通既在西協，與夷相熟，則使之在中協講讐較有機竅。鶚雖未及明言，而其意或出于此。至孔希貴，則以爲通舊部將，可無參差矣。伏蒙面諭，體悉將士，軫念邊疆，以二將照舊爲熟路輕車之用，神謨德意，知邊臣聞之無不感動。而中協用夷一著，未知希貴能辦否？又不知鶚發疏時曾與通商妥否？或示鶚密切奏明，抑即令該督撫親與唐通酌議妥當回奏，庶足以盡邊臣之情。如仍應照舊，只須一轉移間耳。臣等愚昧，一時造膝，未能盡悉，敢再陳其區區。緣係邊疆大計，不敢草草，伏候裁奪。其三協開採事宜，部臣倪元璐商議頗悉，聽元璐另行回奏。謹題。

崇禎十六年十二月初二日。

回奏密揭癸未十二月初二日。

題，適戌時發下匣封一件一本，恭奉御批："此事面諭已明，先生每還密傳

512

該部另疏來行，不必再旨，亦不許書役窺知。欽此。"臣等謹即祇遵傳兵部司官到閣密傳訖，聽其自行回奏外，謹先具揭奏知。原奉御批，尊藏閣中，原本恭繳。謹題。

回奏吏部會推各官揭癸未十二月初三日。

題，適未時蒙發下匣封九本，內史部會推六本，未蒙欽點。臣等謹看得，宣大總督關係甚重，近以秦寇迫邇，防邊防河，倍宜嚴緊，尤與平時不同，必得膽識兼全、真可任將帥才者，而未易言也。衛景瑗氣局恢閎，朱之馮沉毅有謀、忠孝自矢，似皆堪用，已蒙面諭久任。金之俊氣格不凡，謹守有餘；方孔炤久在職方，邊情熟練，而以當折衝巨任，臣等實未敢遽定也。賀世壽幹濟素優，精力尚茂，足堪南儲之任。畢懋康才品久著，年力頗衰。至袁繼咸在江督時甚爲左帥所信服，又舊任淮楚，得士民心，而家在江西，以之聯絡三省，就近再任，似爲相應，昨奉面諭已明，臣等不敢再瀆。伏候聖鑒裁奪。

崇禎十六年十二月初三日。

回奏傳諭戶、兵各款揭癸未十二月初四日。

題，適蒙召對，恭奉面諭，擬勅晉王固守藩封，諭戶、兵二部及各督撫稽察兵馬、錢糧，又專責巡按官清察敕前起解錢糧，以爲殿最。謹即恭擬諭藁三道上進。其江督袁繼咸戴罪再任，即于吏部本內擬票。又司禮監官欽□上傳《坤輿格致》書開採事，亦于戶部本內附出，未知當否，伏候聖裁。其都任本奉諭不必擬，□□附繳。謹題。

恭擬戶、兵二部諭

諭戶、兵二部：□邊新舊練兵馬，屢旨著該督撫清察見在數目，并京民運屯鹽等項錢糧，據實奏報，未見遵行。其所屬州縣，一切起解存留銀兩、糧料細數，及屯田、鼓鑄諸凡生財裕餉事□，亦未條奏。該部再行傳飭，勒限逐一開報，不得稽延取咎。特諭。

崇禎十六年十二月初四日。

再回奏中、西換鎮揭癸未十二月初四日。

題，適辰時蒙發下匣封一本，恭奉御批："中、西二協總是楊鶚所管，即用夷一事，希貴既堪西協，豈於中協不能？還照面諭爲是。其接濟錢糧，亦宜擬在旨內。先生每商撰來看。欽此。"

臣等叩頭恭誦，仰見聖明周詳至意。昨臣等所陳用夷末議，亦謂中有所見，不敢不盡，以憑聖裁。其實二協皆係楊鶚所轄，唐通、孔希貴情分素聯，彼此自可互商也。其軍器、錢糧應措發孔希貴者，因諭內兼説西協，不便專指，當即與部臣面申聖意，立令先發。謹另擬進呈，伏候裁定。原本恭繳。謹題。

諭户、兵、工三部：唐通久鎮西協，兵民相安；孔希貴駐防中協，料理有緒。今中、西互調兵馬，各不相習，還照駐信整理爲便。其應發錢糧，著上緊措解接濟，不得稽誤取罪。特諭。

崇禎十六年十二月初四日。

恭擬晉王勅諭癸未十二月初四日。

勅晉王：逆寇入關，迫近三晉。王世鎮兹土，正宜鼓倡忠義，聯合人心，固守累世之封，弘著維城之義。比據真定巡按官奏稱，王有移地避寇之意。雖係傳聞，語不足信，然近日豫、楚各藩多有棄城先去，流離困頓，可爲前車。朕方奉祖宗家法，以國法議之，必不敢輕恕也。王其捐貲饗士，堅守社稷，式翼桐封。朕已嚴勅督撫各官，協力保障，必無他虞。倘或輕率妄動，自取咎愆，悔之晚矣。王其慎之！故勅。

御筆于"它虞"下親增云"王當秉忠好義，功著地方，朕自有旌褒特典，益封王子，流芳奕世"二十五字。

回奏晉王勅諭癸未十二月初六日。

題，適文書官于潤世到閣，欽奉上傳特諭："晉王之書，著輔臣即傳與該部,速差的當官星齎前去。還將職名、日期具奏。欽此。"隨即蒙將勅稿發下,臣等恭誦御裁,尤爲精當。謹即謄寫封進,伏候用寶,發部星齎前去。謹題。

公捄舊輔揭癸未十二月初五日。

題,適蒙發下刑部一本,係會議罪輔周延儒。臣等凜奉嚴威,俯鑒覆轍,方負罪惕息,悚魄不遑,安故(敢)昧死代爲籲控,且以我皇上待臣之隆,體臣之至,深恩異數,千古鮮倫,爲臣子者忍於比匪行私,自干法網,尚敢以國體君恩求寬於日月雷霆之下乎?惟延儒赴召之初,一切奉揚聖德,如蠲租、起廢、解網、肆赦諸大政,中外欣傳有太平之兆,即我皇上亦曾有功多過寡之諭。但其賦性寬疎,以致門客宵壬,乘機假借,納交通賄,延儒不能盡知,即知亦不能力絕,因而寵賂彰聞,疵垢多端,天鑒炯然,罪安所逭?部院以煙戍議上,誠當其辜。至視師一出,奉命即刻起行,似亦慷慨圖報。其馳驅通義一帶,亦不無微勞可憫。倘蒙皇上法外施仁,俯從部議,則帷蓋之恩,同於覆載,非臣等所敢冒徼也。謹擬票進呈,合詞密請,伏祈聖明鑒裁施行。

初七日奉御批:"覽卿等奏揭,朕心惻然。但延儒罪犯重大,前面諭已明,如濫用匪人,遺誤封疆,比昵奸險,營私納賄。及親履行間,回朝面詢,應將兵情、虜情據實陳奏,極力挽救,庶幾收効桑榆,而乃欺蔽機械,較前愈甚。若律以祖宗大法,當在何條?念係首輔,姑從輕處,勒令自裁。已有旨了。"

回奏銅錢二樣揭癸未十二月初五日。

題,適文書官尹獻瑞到閣,恭述上傳:"將錢二樣與輔臣等看,合式者係該部季進,粗惡銅抵(低)者係工部所鑄,在外行使皆此等。應擬旨來問他,何故懸絕至此?欽此。"謹即擬諭旨一道恭進,伏候裁奪施行。

擬詰問工部諭

諭工部:鑄造當二錢原有定式,必不愛銅惜工,始可通行無阻。察該部季進制錢,與式相合,乃所鑄在外行使之錢,銅料粗惡,懸絕殊甚,是何緣故?著察明據實速奏。特諭。

回奏覈議職方揭癸未十二月初七日。

題，適戌時蒙發下匣封內一件，恭奉御批：「浙江、廣東二鎮久缺未補，據王永積奏，堂官没工夫推舉，是爲何語？二鎮已令即推。永積著該部覈他在任所作何事，有無溺職襲弊，速奏。先生每傳與。欽此。」臣等謹即祇遵傳兵部訖，謹具揭奏知。原奉御批，尊藏閣中。謹題。

浙、粤二鎮，諸大弁營求，相持久，不推，而大璫有爲其弟地者，樞部堂司避嫌不舉，以致蜚語上聞。是日特召職方郎王永積入德政殿，詰其不推之故，永積以奴寇交訌、邊鎮方急，未暇推及內地爲對，亦實語也。上怒，鐫其官歸。而大力者果得二鎮以去。

四進御覽備邊册疏崇禎癸未十二月初七日。

大學士臣蔣德璟謹奏，爲撰完《御覽備邊》各册，恭進睿覽，以備采擇事。

臣於去年四月內恭進九邊十六鎮兵餉總册一套，隨續進薊鎮三協一套，薊寧三衛考一套，昌鎮一套，守邊吃賞各夷部落一套，御覽簡明册一套，大約各邊鎮軍馬及屯鹽、民運、漕糧、馬價、新舊本折餉額則總册與簡明册，該括頗盡。其餘分鎮所纂俱係星野、地圖、形勝、沿革、經略事宜，各夷部落，及國初設立衛所屯收（牧）、經制之詳，雖不敢自謂綜核，然以舊稽新，以軍稽餉，以戶稽兵，頗得其概。兹復撰完通、津二鎮一套，保鎮一套，登鎮一套，寧遠鎮一套，山西宣大三鎮一套，陝西三邊四鎮一套，前後共十二套。所參考古今書籍、近日疏議，卷帙頗多，删舊增新，手抄數徧。閣務繁冗，磨對不遑，近以足疾在寓，始於牀蓐間力疾較完。又幸賴同官諸臣互相商訂，以獲成書。然其舛誤蕪漏實亦不少，深愧無能仰裨萬一。自惟入直年餘，積疚多端，既無經國之猷，終鮮捄時之策。惟此半生學究，方寸愚丹，稍藉編摩，以逭鰥素。若論各鎮大勢，則自薊門三協而外，津、通、真、保宜宿重兵，寧遠、覺華未易輕擲，宣、雲爲陵京近障，涼、夏係恢復要資。則自在聖明洞鏡中，不敢復贅也。臣無任惶悚屏營之至。

計開：

九邊十六鎮兵餉總册二本一套；自洪武至崇禎十六年止，以後各鎮皆同。

御覽簡明册二本一套；

薊鎮兵餉原額二本，新設中協薊州鎮一本，東協山永一本，西協密雲鎮一本，共一套；

大寧三衛考二本一套，附戚繼光口外山川圖、大寧哨撥、歷朝經略及朶顏福餘泰寧枝派、恢復大寧諸疏議；

新設昌平鎮二本一套，附諸陵形勢、歷朝謁陵事宜；

新設通州鎮一本，新設天津鎮一本，共一套，附二鎮漕河水利；

真保鎮二本一套；

新設登萊鎮二本一套，附膠萊河、養魚池考、海運考、毛文龍至黃蜚始末考；

新設關外寧遠鎮二本，附建奴始末考，二本共一套；

山西鎮一本，宣府鎮一本，大同鎮一本，共一套；

守邊賞夷考二本一套，係密雲、宣大新吃賞夷。附隆慶以來順義款貢始末；

陝西固原鎮一本，延綏鎮一本，寧夏鎮一本，甘肅鎮一本，共一套，附河套考、大同叛兵考、寘鐇考、元昊考、哈密諸番考。

以上共十二套三十二本。

崇禎十六年十二月初七日上。

　　　　回奏詰問戶部各本因請扣運津米揭癸未十二月初八日。

題，今日文書官張斐然到閣，蒙發下戶部倪元璐三本，恭奉上傳："著輔臣合看。"

臣等謹合看得，八月十六日一本，係御前發帑銀四十萬，令該部派給關、寧、永、薊銀十六萬二千兩，而扣津米二十萬二千五百石，入京者乃津船，起欠八萬餘石，蓋向來收米衙役折乾之弊，據計臣昨奏已經補完矣。其江南漕折未解銀二十五萬兩,除買麥十萬石外,餘銀應嚴催解部。其麥十萬石既抵米運津,亦應扣津米入京。前見津撫疏,似此項尚未扣明,應行察催者也。八月二十一日一本,係言買漕之便。九月朔日一本,係言司官買過粳米運倉,及買不如折,并嚴禁囤戶騰價。則皆向前事情,似不須拈出矣。謹祗遵合看改擬呈進,伏候聖裁。謹題。

是時太倉米少,部臣言僅支數月,上以爲憂,故特發帑金四十萬于邊,以折代本,而令天津將漕運各邊之米運入太倉,每石時價止八錢。在邊兵將既樂於得金,而太倉又得漕來之米,甚便計也。其議實璟與倪司徒發之。不知天津餉司專以漕米折乾爲利,但報虛米並無實在,及帑金既發,勒令運米入京,皆烏有矣!蓋自萬曆戊午後,積習已久,而一旦始破綻也。倪公元璐急甚,因勒令津餉司買補,亦不知果補完否耳?

漕米從來運至通州入京,並無天津截去之例。因戊午奴警,復增設津撫,從海接濟東江,已復增遼米、練米,分運關、寧、永、薊諸鎮,而諸鎮兵將惟以現金爲利,其視米豆不啻泥沙也。故漕官旗甲與天津餉司官胥貓鼠折乾,耗蠹米豆歲以二百餘萬石計,而民力竭矣。璟奏對議漸裁去津運,以實京通,是冬纔裁寧遠四十萬石、山永八萬餘石,其餘尚不可究詰也,念之太息。

　　　　回奏傳諭各部揭并擬諭癸未十二月。

題,適蒙召對面諭:"傳兵部,俵馬折價久未奉行,令司官回奏,并承行吏書拏問;傳吏部,在外道府事權體統,察照舊制議定;傳禮部,各衙門補鑄印信關防,除加字外,體製亦應不同;傳各部,凡本章奉有旨意到部堂,司官即親自看覆,不得坐聽吏胥,致滋奸蠹。"又司禮監官到直房欽奉上傳:"宣督錢糧,御前先發二萬兩,著戶、兵、工三部湊發八萬兩,共十萬兩。"臣等謹即祗遵擬諭稿二道呈進,伏候聖裁。餘俱即傳該部訖。謹具揭奏知。謹題。

崇禎十六年十二月初九日。

諭户、兵、工三部：宣督防邊、防河錢糧急須接濟，前傳旨特發御前銀二萬兩，該部湊八萬兩，著該部先行酌發　萬兩，即日給付該督，星速前去，不得稽誤。餘候察明續發。特諭。

回奏傳諭各款兼議錢鈔揭癸未十二月。

題，適文書官何良楫到直房，恭捧鑄鈔銅印一顆，抄摺二件，奉上傳："鈔面悉遵舊制，這銅背印係該部議妥呈樣，今該司造出，但背文有準千文一兩之説，與見行制錢六十五文有無違礙，著輔臣同該部確議來奏。欽此。"又奉上傳："在外司府員缺，前有諭旨，於科道官選擇陞補。著輔臣傳與該部，即日推用，不許故違瞻狥。欽此。"又奉上傳："中、西二協應發錢糧，著該部恪遵，不許再延誤事。閣臣傳與。欽此。"

臣等祇遵，除後二款即傳與該部院訖，其鈔印事，傳計臣倪元璐、錢法部臣王鰲永到閣面議，因共商確，擬以一貫准銀一兩爲定。至于錢數隨時高下，聽民自便，照銀行使，似亦畫一，第未知便可通行無礙否？除令各自行回奏外，其銅印并原鈔摺二本恭繳。謹題。

十六年十二月初九日。

回奏吏部會推揭癸未十二月。

題，蒙發下匣封十本，内吏部會推六本，未蒙欽點。臣等謹看得，樞貳一席，原備總督之選，方孔炤久任職方，邊情熟練，臣等前揭已悉，用北或未必宜，如以勦寇，亦可勝任，聞其自許亦是如此。王公弼舊撫山東，劉令譽舊撫延綏，徐人龍舊撫登萊，皆曾歷行間，著有聲績，用之佐樞，似爲相應。施邦曜清執久著，佐刑自所優爲，用之副憲，尤協興（輿）望。郝晉在京兆爲丞爲尹，歷俸頗深，而才品自屬堪任。以上皆面奉疇咨，聖鑒洞悉，臣等不敢再贅一詞。伏候聖裁施行。謹題。

崇禎十六年十二月初九日。

回奏會推正陪六員點用揭_{癸未十二月}。

題，適蒙發下吏部會推三本，內正陪六員，悉蒙欽點，仰見聖明求才之切，菁菲不遺，真得帝王用人圖治機要，臣等不勝欣頌。昨奉面諭及回奏揭帖，臣等祇據中外公論，詳酌才品，恭請聖裁，實未敢概望並用也。伏惟皇上破格之恩，諸臣特達之遇，當無不感奮圖報者。至樞貳添設多員，以備總督之選，誠爲急著，而施邦曜清執著聞，堪任副憲，臣等面奏時已蒙皇上俯允。茲刑右一缺，邦曜亦蒙欽點，臣等不敢擅便，謹擬二票恭進，未知當否，伏候裁定施行。謹題。

崇禎十六年十二月初十日。

回奏擬惠王諭書封進揭_{癸未十二月}。

題，適文書官于潤世到閣，蒙發下抄摺一本，恭奉上傳：“將與惠王書封進來覽。欽此。”臣等謹即祇遵將原寫御書封進，伏候聖裁。原摺一併恭繳。謹題。

崇禎十六年十二月初十日。

再回奏惠王御書揭_{癸未十二月十一日}。

題，適蒙發下御書一道、御批一摺、禮部一本，恭奉御批：“藩王與地方倡逃，前已面議，此書應否增入？先生每商酌擬撰來看。欽此。”

臣等叩頭恭誦，具見皇上篤親睦族，仁義兼隆，於捄災捍患之中，寓教忠作孝之指，深得警勵機權。惟各藩護衛久屬空名，虜寇之來，委難支禦，而捐貲犒士、鼓舞官民，則其所應爲者，至戰守之責，全在地方撫鎮道將、府縣各官。乃賊未至而逃，且有簪王先去，又復求王解罪，借護藩以爲功者。使處處如此，安望更有保障其人乎？此則三尺法所必不容赦也！惠王誼屬懿親，與他藩不同，書中第言地方官護藩先去之罪，計各藩聞之亦必有悚然不安者。餘俟議妥，再行嚴飭。謹另擬恭進，未知當否，伏候聖裁。原發御書并本附繳。原奉御批，尊藏閣中。謹題。

　　崇禎十六年十二月十一日。

恭擬復惠王御書 癸未十二月。

　　皇帝書復叔惠王：得奏，以寇氛猖獗，倉卒播遷，飄寓江邦，深軫朕念。惟荊爲全楚雄鎮，地方官不能嚴加扼守，徒借護藩爲名，先期倡逃，致王亦復先去。在王雖非得已，而地方官棄城之罪；殊不可逭，已有旨嚴行察究。念王誼屬懿親，特遣駙馬都尉齊贊元、禮科都給事中沈胤培馳奉璽書安慰，并會同該撫按擇就近郡邑啓王暫駐，俟恢復之日仍返本藩。一切供應儲備，務從優厚，用昭朝廷恤患展親至誼。惟叔亮之。

　　崇禎十六年十二月　　日。

回奏責成科臣及發宣督銀兩揭 癸未十二月。

　　題，昨夜蒙發下匣封內二件，又原擬聖諭一摺，恭奉御批：“少責成科臣語。欽此。”臣等謹補入責成數語，以見部科表裡互相稽察之義。又奉御批：“發宣督銀兩，還宜擬旨來行。如慮匱乏，不妨稍減其數。欽此。”謹另擬諭旨一道，內戶、兵、工三部湊發銀數未敢填定，而前已經傳過，不便異同，且著先發多少，餘候察明續發。伏候聖裁施行。謹題。

　　崇禎十六年十二月十一日。

因病出直揭 癸未十二月十二日。

　　大學士臣蔣德璟謹題，臣入臘來右足脛踝忽苦腫痛，行步艱辛，每日用藥敷熨，不能即愈。首臣及同官諸臣皆深知而見憐者。緣首臣偶恙在假，臣不敢再以病請，連日勉強支持，趨蹌跛困，氣血下墜，痛不可忍。伏乞聖慈容臣調理數日，稍痊即入供事。臣素不敢言病，並不敢一字虛飾，久荷鑒炤，非萬分委預不敢輕冒瑣請也。謹具揭奏知。謹題。

崇禎十六年十二月十二日上。奉聖旨："覽卿奏偶恙，朕知道了。閣務殷繁，著暫調一二日，即入直佐理。"

恭謝宣召揭_{癸未十二月}。

大學士臣蔣德璟謹題，昨臣以右足腫痛具揭出直調理，欽奉御批："覽卿奏偶恙，朕知道了。閣務殷繁，著暫調一二日，即入直佐理。欽此。"又臣以蒙召對，未能趨赴具揭，復奉御批："覽卿奏，因疾不能趨召，朕知道了。著遵旨稍調即出，慎勿久稽。欽此。"

臣以蒲柳之資，屬有痿躄之疾，連日右脛痛楚，跬步難勝。兩奉溫綸，彌深感悚。除望闕叩頭外，見在延醫用藥，容稍痊即當趨入恭叩萬壽，少伸臣子天保九如之頌。餘未敢冒昧瀆請也。臣無仞惶仄瞻悚之至。

崇禎十六年十二月十七日。

萬壽節力疾入直揭_{癸未十二月二十一日}。

大學士臣蔣德璟謹題，臣昨因足恙，具揭私寓調理，荷蒙聖恩，著臣暫調一二日即入直佐理，欽此。臣連日延醫用藥，多方調治稍愈。恪遵明旨，不敢久稽，謹于二十日赴鴻臚寺報名，今早恭詣午門前行五拜三叩頭禮，入直辦事。犬馬餘情，尚未敢冒昧瀆請也。臣不勝感戴天恩之至，謹具揭題知。

崇禎十六年十二月二十一日。二十二日奉聖旨："覽卿奏遵旨入直佐理，朕知道了。"

乞免立枷并請簡發刑部歲終保候官民各犯揭_{癸未十二月}。

題，臣等昨見御批："將兵部車駕司書吏拏打，仍用立枷三箇月。"仰見聖明重治奸胥，振刷積弊至意，聞者無不悚服。自此各部胥役始知震惕，不敢爲非，真得懲一儆百之法。

惟是各部胥役叢奸巨蠹，尤莫如文選、職方與各管糧衙門，其罪尚有甚者，此輩實煩有徒，委難輕貸。但當嵩呼集慶，正天保同祝之辰，而歲首迎春，又陽和施惠之候，或稍寬立枷，照例枷號兵部門首三箇月，仍勅法司從重究擬，似亦足以曉示愚頑矣。至獄中官民囚犯，奉旨酌行保候，部疏已上，并望聖恩早賜簡發，暫行釋放，或再推廣德意，盡將積案清發，計一舉筆間而歡頌騰躍之聲用以滌舊迓新，亦皇極錫福之美事也。臣等謹具揭冒昧奏請，伏乞聖鑒裁奪施行。

崇禎十六年十二月二十二日題。二十四日奉御批："西長安門外立枷二犯著即放枷，發兵部。"

回奏傳諭各款并議秦督及徐準揭癸未十二月。

題，戌時蒙發下匣封內一件，欽奉御批："前與先生每面議政事，一，戶部尚書曾否有人？一，秦督該部何未見推舉？一，宣督及高傑應擬旨接濟，應於特發蕩寇鎮銀內撥與宣督二萬、高傑二萬，以濟眉急，仍著戶部補還，俟白廣恩信息通時，照前諭頒給。一，叩問徐準若何？一，兵部姦書頂替藐法，該部何未見據實回奏，應否著朱國壽回奏？欽此。"

臣等於十四日晚召對出，即約各部臣至閣，將聖諭一一詳密傳訖。昨早慶賀畢在朝班，復與銓臣李遇知再商秦督，遇知云："聞李化熙已回山東，余應桂已入晉境，恐一別推則應桂急於卸擔，轉致遲誤。似當嚴催化熙入秦，俟其到晉議之，或就近另推方可。而戶部尚書之人，亦云須詳確方敢推上也。"想遇知即自行回奏矣。徐準則臣藻德已先叩之，其言皆與疏合。臣等約令明日到閣，公同再問詳悉。今日見所陳諸款，語多破的，非身經見聞不能有此透切也。部胥已傳樞臣嚴察，仍應著朱國壽回奏。容明早即再傳催。其蕩寇鎮銀分發宣督及高傑，謹擬諭稿一道恭進，伏候聖裁施行。原奉御批，尊藏閣中。謹題。

崇禎十六年十二月二十六日題。

諭戶、兵二部：宣督王繼謨新赴巖疆，前已措發多餉。茲防河方棘，尤需接濟。高傑領兵入晉，斬叛効忠，亦宜給餉，以皷用命。著於特發蕩寇鎮銀內再撥與宣督□萬兩，其高傑亦撥□萬兩以濟急需，仍著戶部補還，俟白廣恩信息通時照前諭頒給。特諭。

回奏徐準用間揭_{癸未十二。}

題，昨臣等傳徐準到東閣詳加詢問，所陳賊中情形大都與屢疏無異。其人頗機警，堪備師武之選。且新從賊營中拔身而來，自云陷沒諸人識認殊多，而憤鬱思歸者亦復不少，以之出奇用間，必可得當。昨臣等問準從何處下手，準謂須先恢復荊襄，只用邊騎五千便可出奇制勝。但今之邊兵猶存見少，何處可調？惟鳳陽督監及楚中撫鎮，或可分兵搗勤。新樞臣已到，臣等師與商確用之。仍應實授一職，作速發遣。此亦用間圖賊一機括。□其準所奏□間十二款，事屬機密，似不（以下文字原板鏟去）。

徐準，浙人，舊為督輔楊嗣昌書記，後被賊裹去，自拔來歸，累疏言闖賊情形，與周藩宗室紹燬多合。大約以李自成左眼中流矢已瞎，而鏃不得出，時流膿血，臭穢特甚。且鼻折鬚黃口臭，決不濟事。其陷賊諸文武姓名另造一冊甚詳，然皆舉貢生儒及失職小弁，其為甲科者數人而已。閣擬授以守備，軍前効用，而準求為文官，部因以開封同知衛與之。

請撤登島水師歸護覺華島以援寧遠揭_{癸未十二月。}

題，頃見寧遠撫臣黎玉田疏，奴氛甚狡，逼處杏松，該鎮孤危，萬分可慮，號籲求援，不啻再三。已有旨著薊督調兵協力防守。然所賴以接濟本色者全在海運，誠恐狡奴截斷海口，為軟困鎮城之計。而前屯、中後、中前三城既經殘破，未易脩復，則覺華島師犄角必不可少。前黃蜚所調登、津、關、寧四鎮兵計共一萬，內龍武營二千五百，原係覺華之兵，業已奉旨撤回。其關、津五千，似可俱調赴覺華，以壯聲援，緩急相捄，庶寧鎮兵民得此，始有固志，此外別無援寧之法矣。其登兵二千五百，應仍留于登，責監軍道宋劼統率料理各島事宜，俟寧事無虞或三城修復，屯有重兵，則黃蜚可再回登州，以終始用海之局。此於登、寧兩地既可兼顧，而于寧鎮所全尤大。蓋守寧所以守關也，守覺華所以守寧也。關、寧既固，神京自安於泰山。大計所在，萬難遲誤。臣等愚見如此，伏候聖裁。

崇禎十六年十二月二十八日題。是夜，上即傳旨撤黃蜚領關、津五千回防覺華，其登兵仍留登鎮。

回奏陪祭人少申飭揭癸未十二月。

題，適文書官到閣，恭奉上傳：“職名與輔臣看，官員太少，著擬旨申飭。欽此。”臣等早在陪祀班次，見文武各官寥寥數員，心切訝之。廟祭大典，豈容怠玩至此？據律皆當議處。惟是時值履端，普天大慶，皇上不即加督責，猶令臣等擬旨申飭，仰戴宏仁，煖於春溫。但不加懲飭，諸臣亦未知所儆。以後應照聞朝例，令糾儀御史按名參奏。謹擬諭旨一道恭進，伏候聖裁。

崇禎十六年十二月二十九日。

敬日堂外集卷十一

奉面諭與户部堂司磨算兵餉回奏揭帖甲申正月初二日。

題，爲炤平天下之大道，惟用人、理財兩端盡之。方今軍需孔亟，度支浩煩，非得大有心計如管仲、劉晏其人不能勝任而愉快。臣等一面催吏部精訪會推，而清覈兵馬實數尤爲吃緊，蓋邊腹兵馬之實數不清，則餉之出入終混。前蒙面諭，令臣等會同磨算，臣等切自揣迂劣，百凡未諳，然不敢不殫厥心力，謹于今日傳户部兵餉左右司官劉顯績、陳宬誦到東閣，隨携新舊册籍與臣德璟所進《御覽備邊簡明册》逐項磨對，將各鎮報到官兵馬步實在數目并歲支新舊練餉銀兩，已有頭緒，俟將屯、鹽、民運、漕糧等項一并覈完，另造清册進覽。其未報到者，仍責該部移文察催，勒限造報。大約清出混糜一萬，即扣除舊額一萬。繇此而虛冒漸釐，新練餉漸減，庶幾民力亦可漸蘇。然必各督撫餉司亦俱不避怨勞，加意釐剔，方不虛此一番整頓也。謹題。

崇禎十七年正月初二日上。

德璟纂九邊十六鎮原額新額兵馬錢糧，名《御覽備邊册》，另進《簡明册》一本。歲内蒙上面諭，令會户部堂司磨算，因與計臣倪元璐約令劉、陳兩司官，先齎新舊册至東閣，細加磨對，亦不甚差，只各邊兵馬之數報户部甚多，報兵部甚少，中間虛冒强半，户部止據邊册給發而已。又各邊原自有屯田、鹽引、民運，本折少者數十萬，多者百餘萬，自爲支銷，並不提起。即歲終一奏報，竟亦不經目也。萬曆戊午以前，部發邊餉銀三百萬，尚苦其多，至今日加至二千三百萬，尚苦其少，而兵馬益不可問，可爲太息！又天津從海運薊、遼諸鎮，另有本色米豆可三百萬，惟倉場督臣及津撫司出入，部中不問，而米豆半委泥沙矣。予語司官：當合津運、部運及各邊原有民運與屯鹽，通融察算，則邊餉但苦太多，而加派之新餉、練餉皆可漸省也。復條爲十款，以便部中登答。倪公條奏亦自明悉，惜各邊未通行耳。

回奏趙鉞清察錢糧揭帖甲申正月初三日。

題，昨奉面諭："趙鉞疏中所言多切情弊，可傳至閣詳加詢問。"今日即傳鉞至閣，臣等將奏款逐一問明。鉞自言向在關外舊撫方一藻處，已復在宣大餉部白賒清處，皆爲書手，故其疏言遼、宣事頗詳。如遼鹽原議引價四萬餘兩，解部充餉，而米不納寧遠，銀亦不交戶部，計二十餘年，誆匿可百萬金，一也；新增附綱二十九萬引，多無歸著，及天津派買米豆并帶運追比掛欠米折、船價、水脚各項，盡屬侵漁，每歲誆分可數十萬，二也；長蘆及淮北鹽價連虧甚多，必責按年徵解，三也；朋扣馬乾，爲各鎮道將侵冒烹分，歲不下數十餘萬，四也；各處屯牧加增錢糧，並不察催，皆被侵隱，五也；至召買之弊，尤爲可恨，楊鶚曾深言其可裁，而宣鎮每年十二萬，尤爲奸蠹，即他處可省亦數十萬，六也；各州縣攤派里甲儲備米豆，不可勝計，亦宜察核，七也。諸皆鑿鑿可行。其他如遼鎮各城潰没之後，各項餉乾昨已經臣等與司官清察，據寧撫黎玉田裁出折色歲可四十萬，本色米豆三十餘萬，宣府餉司孫襄亦清出本折六十餘萬，他鎮以漸行之。而吉安、南贛三府鹽課照舊行淮及銷積引二款，應行鹽臣察明。臣等謹另擬一票恭進，伏候裁奪。謹題。

崇禎十七年正月初三日題。

趙鉞，上虞人，老部胥也。曾歷各邊，身爲奸蠹，老矣，因與部諸新胥瓜分不平，憤激上密疏，盡發積弊。每歲京邊誆匿幾數百萬，而當局不能察，且亦多染指爲中飽者，徒苦窮民搜括無餘，真可恨也！其疏在去冬十月，環一見即與司農倪公元璐言之，宜速喚到部，盡縛奸胥清查。倪公謂此吾鄉人，久爲部胥，盡得窟穴主名，然須得旨行之。環召對時力言數次，上面許即發而竟未發也。或謂諸胥所爲，因各輦金逃散，至正月始發此疏，晚矣！

回奏宣鎮總兵揭帖甲申正月初五日。

題，辰時蒙發下匣封內一件一本，恭奉御批："朕前召問唐鈺，見其才似乎可用,不謂一旦不法惡款至此。督臣參鎮帥,事關節制,先生每所擬良是,朕原無成心。先生每再加商確,如果有確據見聞,不妨執奏,朕處分不當處,正望先生每多方匡救。故諭知之。欽此。"臣等叩頭恭誦,不勝感服。

竊惟唐鈺爲人,其詳未能盡知。然爲王繼謨所參,則其言必有可信。繼謨在三協十有餘年,於諸將情僞熟知已久。觀其任用唐通,與通之信服繼謨,則必非輕參一人,浪發一疏可知,而況於大帥乎!聞鈺家甚富且貪淫性成,頗有煩議,即京營報功亦皆零星難級,粉飾聳觀,非真有血戰之勞也。近來此類甚多,亦不止一鈺,特鈺爲甚耳。向來督撫以鎮將爲奇貨則誠有之,近日則大有不同,奴寇交訌,倚諸將如左右手,督撫多曲意相順,而其跋扈挾制,至有吞聲忍氣不敢言者。惟繼謨初到,毅然發疏,而其疏亦朝發夕到,防其爲百足之蟲,似有許多苦心。非皇上特垂裁鑒,重以節制之權,則向後兵將悍不用命,一毫展布不得矣!伏讀手諭,明見萬里,真得帝王將將機宜。自此邊將始知有國法,盡洗惡習,務求實功,而邊臣亦得行其鼓勵之用。所關封疆大計,非小補也。謹另擬票恭進,伏候裁奪。原奉御批,尊藏閣中。謹題。

崇禎十七年正月初五日題。即日奉御批:"革唐鈺職,下部聽勘具奏。"

回奏高傑兵餉揭甲申正月。

題,適申時蒙發下匣封內河南按臣蘇京一本,言高傑事情。昨臣等已經面奏。大約其人自是將才,可當一面,聞其兵亦可用,而餉則確當接濟。前已撥給鄭同知四萬兩,昨復撥發蕩寇銀二萬兩,計余應桂至彼當自支應,或不致他虞。原疏似不須票,謹固封繳進。另擬諭稿一道,具揭恭進,伏候聖裁。謹題。

崇禎十七年正月初六日。

高傑、白廣恩皆秦人,有勇悍名,舊與闖賊一夥,因有隙不相下來降,秦督洪承疇撫御有恩,能得其用。及孫傳庭爲秦督勦闖,令二將爲前鋒,而二將又自不相下,遂潰,然尚退扼潼關,旋亦不守,皆歸于闖。闖亦疑之,傑遂自延安渡河,在山西、河北一帶劫掠甚慘,屢旨檄令隸秦督余應桂麾下,不顧也。秦小將王三錫密疏言：傑胞叔爲闖親將，曾與傑有密約，直取淮揚報功，許以封侯。璟在直房召聞三錫知其詳，因召對密議之。上曰："他與廣恩，説到洪總督即泣下，豈不知恩？今且令督輔撫而用之，再行接濟，看尚可收拾。"乃傑已自河北入徐，旋馳至揚州，大肆劫掠，殺揚人數萬，邗水爲赤，城中撫道黃家瑞、馬鳴錄募鄉兵固守，而南都亦封爲興平伯優待之。然與揚人相持，殺奪不休，必欲入城而後已。予過揚日，與撫道城上密議，傑亦遣將跪迎。已過其軍，傑素服角帶待罪，尚行前鋒總兵禮，逡巡再拜。予謝不敢當，亦答拜，因諭以大義，而其中軍李保泰即督輔弟也，予勖以君爲晉中名族，勿負家聲。自此遂斂戢，久之移鎮去。

恭候聖安揭帖甲申正月初七（九）日。

題，適蒙發下摺子，恭奉上傳："朕偶爾有恙，明早享廟，遣駙馬萬煒恭代，該衙門知道。欽此。"臣等叩頭恭誦，不勝瞻注。

竊惟皇上一身實天地百神之主，值兹履端伊始，尤景福方介之時，比以四方多事，過費睿思，即連日齋居便殿，對越在天，而猶批發封章，晝夜罔間，敬勤一念，九廟實鑒臨之。除遣官肅將，明命虔劾駿奔，以慰聖孝，更望倍加珍攝，順時節宣，用綏福祉于繁昌，長受神明之呵護。臣等謹具揭恭候萬安，不勝瞻切之至。謹題。

崇禎十七年正月初九日。奉聖旨："覽卿等奏候，具覘忠愛之悃。朕知道了。"

回奏賜示藥方及請發留中積疏揭帖甲申正月初八日。

題，適申時蒙發下匣封內一本，乃內臣王良德等偕太醫院官恭請聖脈及清肺滋陰良方。臣等謹叩頭恭[誦]。

竊惟我皇上元氣益粹，神氣清明，自是天鍾全福。比以四方多虞，萬幾叢積，過煩宵旰，偶有違和，第在主靜澄心，則自然勿藥有喜。據原奏所云，內節勞煩，外避風冷，滋水降火，氣血自生，誠得寶生之要，所立方亦妥當可用。惟犀角稍涼,堪解心熱,暫服之後,須以温餌更進,斯爲萬吉。而臣等猶有懇者,近日章疏冗瑣,以臣等五人分閱擬票,殫心眼之力,尚多舛漏,而聖明一一躬親,手披目覽,每至夜分,其間動火耗血,恐有不自覺者。臣等愚昧,不能仰分宸念,獨勞至尊,揆之職要職詳之義,實有所未愜。倘蒙俯鑒朴忠,將向前一切章疏,按月發下,令臣等即于内直房詳分緩急,公同評定,取自聖裁,隨裁隨發。倘有一毫欺蔽,天地神明式鑒臨之。此後,於擬票時遵酌前諭,擇其緊要者注"應先發"三字,應封發者注"應先封發"四字,如此則簡發既捷,批答漸省。而於以養中和之脈理,迓福履于升恒,似亦調攝之一端也。臣等顒祝新禧,僭有陳愊,伏候鑒裁。不勝瞻依翹禱之至。謹題。

崇禎十七年正月初八日。奉御批:"覽卿等奏,愛君之誠與佐政之誼深篤兼盡,朕心喜悦。知道了。俱依所議行。"

上連日苦嗽,一發輒數十聲,面赤氣逆,太醫諸方不效。因召對議邊事,璟言:"太醫院多不知醫,用藥多太雜。"因請藥方一觀。上即簡發封下,計用藥十八味,中用白术、犀角,璟言:"白术長氣,非嗽所宜。"上曰:"渠用四君子欲補脾。"璟曰:"須嗽平方可補脾,今未可也。犀角又太涼。"上曰:"亦只用他一次。"璟曰:"似且勿用藥,只靜養爲主,勿藥有喜。"上領之。

回奏逆賊塘報揭帖甲申正月。

題,適蒙發下匣封内鳳監一本、塘報一摺,臣等一見,不勝憤恨。何物逆謀,肆無忌憚至此,而其中亦多狡挒計,其反間搖惑人心,如白廣恩等方與爲難,想無邊投之理。至西衲諸國,遠在嘉峪關外,亦無緣縮地遽到也。見今寧夏、甘肅、固原等處,地方遼闊,豪傑尚多,計逆賊方費收拾。所云闖犯鳳陽,必係虚聲哃喝,惟在行間諸臣謹備之耳。以後嚴禁抄傳,則人心自定。且聖躬方在珍攝,正當如漢光武見反側文書,即行燒燬,無足介懷也。而臣等所切慮者,年來民窮財盡,各處風鶴,逃潰成風,誠恐賊以虚聲犯鳳陽而忽渡河入晉,迫近宣雲,畿輔搖動,此則腹心之患,宜嚴飭晉中督撫鎮屬兵防守,斷不容賊過河一步也。謹題。

崇禎十七年正月初九日。

回奏會推宣鎮總兵揭帖甲申正月。

題，適蒙發下匣封，内兵部會推宣鎮總兵二本。臣等察王承胤見任京營，屢經薦牘，聞其氣概亦自可用，但去歲虜變不聞戰功，未能深知其詳，堪任與否，戎政諸臣知之必悉，似應令該部會同確議奏請，以聽聖裁。至王永祥素不知名，資俸亦淺。臣等謹擬票進呈，伏惟聖覽施行。謹題。

崇禎十七年正月十一日。

回奏發下黃包袱看詳積本揭帖甲申正月。

題，今日文書官到閣，恭奉御前請出黃包袱二封：“著閣臣在文華殿前直房内看。欽此。”臣等即恭捧黃包袱二封，同至文華門外直房，恪遵聖諭，隨開一封，公同看詳，旋蒙發下今日章疏，臣等分擬進呈。其舊本尚未看完，未敢造次遽進，仍固封捧到閣中，容明日再到直房詳閱，陸續恭繳。謹具揭題知。

十七年正月十一日。十二晚一鼓奉御批：“朕知道了。”

恭擬正月中辛祈穀遥祭文甲申正月初二日。

上傳内閣：“祈穀禮雖已遣官恭代，朕於在内大光明殿仍行遥祭，應用祝文，卿等撰擬來看。”

維崇禎十七年歲次甲申正月庚寅朔，十二日辛丑，嗣天子臣（御名）祇奏于皇天上帝曰：時維春孟，農事將興。謹卜中辛，遣官虔禱。眇躬祇慎，未敢寧居。謹于大光明殿仍行遥祭禮。伏冀帝慈歆鑒，錫福烝（蒸）民。百穀豐登，萬邦康阜。奉太祖開天行道肇紀立極大聖至神仁文義武俊德成功高皇帝侑神。尚饗。

奏繳黃包袱積本揭帖甲申正月。

題，昨蒙發下黃包袱二封，已經回奏。今早臣等遵旨再赴文華殿外直房，恭啓御封匣公同看詳。謹察得，内一匣文書一百七十四本，每本上有御批"留"字，臣等逐本恭看，多係冗複及無關緩急者，具仰聖明周覽無遺，且復裁審精當。又三匣文書，共三百七十本，外丁之龍《方略書》一本，款五本，其中有關係兵馬、錢糧、刑獄及條陳可采者，臣等謹另爲一封，匣上注"應先發"三字，其餘有應發而不甚緊急，另爲一封，匣上注"應次發"三字，其有冗複無當及事已逾時徑可注銷者另爲一封，匣上注"應銷"二字。臣等矢公矢慎，一榻共商，或原票無礙不妨仍舊，或事局已移即行酌改，總候聖明裁酌。謹具揭以聞。

十七年正月十二日。

是後連發積本甚多，不盡録。

督師告廟祭文甲申二(正)月。

維崇禎十七年歲次甲申正月庚寅朔，十五日甲辰，孝玄孫嗣皇帝（御名）敢昭告于祖宗列聖帝后曰：叨嗣大寶，夙夜戰兢，期致昇平，庶幾無忝。蠢兹逆寇，久逞兇殘，比益豕突鴟張，蔓延秦晉。神人共憤，天地不容。兹特遣輔臣李建泰爲督師，隆以專閫之權，特行告廟之禮。救民伐罪，實仰藉于明威；散黨殲渠，用弘昭夫大烈。惟一怒而安天下，將三錫以懷萬邦。伏冀神靈俯垂鑒佑。謹告。

崇禎十七年正月十五日。

回奏晉省倡逃官紳揭帖甲申正月。

題，酉時蒙發下匣封内一件一本，恭奉御批："人心不固，宜立行賞罰，以示勸懲，前已面諭。如保德固守有功，晉省倡逃官紳，應否擬旨即行，先生每商酌來説。欽此。"

竊惟近日人心聞警輒逃，最爲可恨。皆緣倡逃者倖免，而堅守者未即表揚，以故紀法蕩然，冥行罔顧。頃面承天語，兹復凛奉御批，立行賞罰，真固結人心第一義也。謹即擬諭稿一道，併原票改擬恭進，伏候聖裁。原奉御批，尊藏閣中。謹題。

十七年正月十五日。

擬兵部諭

諭兵部：近日寇患地方，人心不固，聞警逃避，法紀蕩然。亟宜立行賞罰，用示懲勸。如山西保德州固守有功，官紳人等已有旨破格叙擢。其該省倡逃的，不論宗室、官紳，通著該撫按立行拏問，參來正法。但有縱狗，一體治罪。著通飭行。特諭。

督師李建泰勅<small>甲申正月十六日。</small>

皇帝勅諭，欽命督師兵部尚書兼都察院右都御史兼文淵閣大學士李建泰：朕惟古帝王救民伐罪，必資桓撥之雄；命帥視師，特重壯猷之選。比者，逆寇狂逞，自豫入秦，荼毒生靈，蔓及三晉。朕心不勝痛憤，義當大討親征。以卿帷幄親臣，才兼文武，忠謨偉略，威望共推。特行告廟禮，賜尚方劍，督師平寇，總率山西宣大、陝西三邊，保定、山東、河南等處各督撫鎮主客官兵，一應地方兵馬錢糧，援勦、募練、招撫、攻守等務，悉聽調度節制，分信責成，合力殲掃，刻期廓清。并鼓勵土寨，練集鄉勇，表揚節義，擒拏貪惡官紳，務以安民定亂爲主。如有棄城逃避的，除宗室參來處治，其餘官吏紳士人等立行拏問正法，抄没財產充餉。如有固守城池、却賊建功的，立行破格叙擢。其陝西各邊將士，人懷忠義，并番夷土官尤須多方聯絡，大加鼓舞。如陷賊官民有能殺賊來歸，俱與一體陞賞。所轄文武各官，如有觀望逗遛、抗違欺卸、退怯驕悍、殺良冒功的，總督飛參究處，撫鎮一面參奏，即以軍法從事，各司道部屬及副、參等官，徑行處斬。一切開載未盡事務，悉聽便宜，如朕親行，不復中制。在昔唐裴度宣慰淮西，本朝楊一清總制關陝，皆從宰輔出領元戎，克著勳勞，歸膺懋賞。卿其勉之，指日凱旋，晉爵通侯，仍即入直佐理，慰朕倚賴至意。欽哉，故諭。

崇禎十七年正月十六日。

回奏寧遠用間揭帖<small>甲申正月。</small>

題，酉時蒙發下匣封內一件一本，恭奉御批：「前因邊報奴孽已死，故爲密諭，令遼撫鎮密行間諜之計，至今未見實做，似宜仍責該撫鎮相機便宜必行，務得稍緩其入犯狡逞，我得大調邊兵，蕩平寇氛。先生每再密商來奏。欽此。"

臣等謹看得，奴孽已伏天誅，正可乘機用間，已有屢旨密行。前該撫鎮回奏，尚未有實本要著。大約四酉方斃，舍長立幼之時，相爭未定，有間可圖。今雖事機稍異，然彼中陷將，想亦不忘歸正。而竟無一徑入虎穴確探耗息者，豈奴焰方張，日思蠶食，尚未得其間乎？似應行該撫鎮相機密圖，御前定封，下部星速齎去，庶無旁洩。至闖賊原未渡河，同官李建泰銳志整頓，晉事似尚可爲。霍達所奏，恐尚未確也。謹擬密諭一道，手書恭進，伏候聖裁。原奉御批，尊藏閣中。謹題。

密諭遼東撫鎮：前因邊報奴孽天誅，屢旨用間，未見作何布置。還著該撫鎮購募死士，設法偵諜，多方間誘，一切發縱機宜，聽行間從長作計。倘可緩其入犯，我得調發邊兵，迅掃寇氛，未爲失策。著再密切速圖，不可坐失事機。事成與戰功一體優叙。特諭。

崇禎十七年正月十八日。

回奏議調寧兵及汴城撈銀揭帖甲申正月。

題，適蒙面諭調寧鎮吳三桂事，臣等即在內直房與計、樞二臣細密商確。二臣皆言三桂兵精，誠可調以勤寇。而此兵一調，恐寧城士民不免驚疑，或致潰散。近報奴營烽火已迫松杏，萬一乘虛突入，尤爲可慮。大約其兵之調不調，總視寧城之撤不撤。如寧未可撤，則兵未敢輕動也。近督臣王永吉自請入對，再俟商定。又新奉密諭用間事，看該撫鎮作用何如？此係關寧大計，不敢草草，伏候聖裁。至更易秦督、晉撫，加舉人何剛職銜練兵，令鹽臣黃家瑞兼督催餉，錄用罪臣李政脩，調禮部張正聲于職方，催甘撫楊汝經，鎮臣李棲鳳、葛汝芝入秦，皆傳吏、戶、兵三部臣訖，應擬諭者擬諭進覽。至樞臣所奏汴城撈銀一事，其名不甚雅，欲專責撫按，又恐別有漏卮，察得工臣周堪賡，見在河工，即以汴城脩復之舉，權令相度而去其積水，撈出餘銀。借脩城之名而收助餉之實，似亦事理之可行者。其藩封捐助，容臣等確商另奏。謹先具揭題知。謹題。

崇禎十七年正月十九日。

回奏用土用夷揭帖甲申正月。

題，辰時蒙發下匣封二本一件，内兵部議土寨事一本，奉御批："此件前與先生每面議已明，必足以鼓勵樂用，方爲有濟。還再議妥。先生每以爲如何？欽此。"又議用夷事一本，奉御批："此事似應再議，恐滋後患。改票。欽此。"

臣等叩頭恭誦，仰見聖明勵功防患，睿慮精詳。其土寨事前已駁議，而部疏堅執如故。不知近日武職冒濫之極，至有薄副、參不屑爲者。況衛所揮、千等官，積輕已久，而以殺賊恢疆有功之人，空帶銜俸，何裨鼓勸？此劉洪起所以揮金營幹而不辭也。且既恢之後，作何固守？如賊去城空，即以恢報，而所恢郡邑，現有陞除各官無一至者，賊至則城復陷，又何益乎？至用夷一事，原非得已。卜久衰弱，哈則遠在秦邊數千里外，豈爲我用？惟部議套虜古樓諸部落，近在榆邊，亦不知肯用命否？且亦安得許多金錢而餌之也？其爲後患，誠有不勝言者。謹遵諭另擬二票，伏候聖裁。原奉御批，尊藏閣中。謹題。

崇禎十七年正月十九日。

回奏吐魯番進貢揭帖甲申正月十九日。

題，午時蒙發下匣封内一件一本，禮部遠夷進京事，恭奉御批："其番文併譯出漢文，既經送閣，著封進來看。欽此。"

臣等察禮部送到止有譯出漢文一摺，謹進覽，其番文當傳該部恭進也。譯文内具言紫堯定向在閡鄉被冲櫃子甚多，并皇賞亦不與。事在崇禎元年，難再深究。然地方之欺詆貢夷，積習已久，似未可以沿途遷延需索，專咎遠人也。至言自發回兵助征，尤見恭順。彼中回兵驍鋭，原任甘肅御史王章曾疏言其可用。兼闖賊見在秦中，正可借其力與甘寧各兵協力勦殺。此與卜哈之説虛實大不相同，惟在鼓勵驅策之耳。第秦路中梗，未知作何伴送？則當令該部議妥，照例優遣者也。謹將原本并擬票恭進，伏候聖裁。原奉御批，尊藏閣中。謹題。

崇禎十七年正月十九日。

擬淮揚督鎮諭<small>甲申正月。</small>

諭兵部：淮揚爲南北咽喉要地，目今寇患方棘，宜有重兵防扼，以壯聲援。著漕督、鹽法二臣，會同漕鎮確察，見在兵馬及衛所額軍若干，應否另行增募，併一應本折錢糧、守禦事宜，著即酌議妥確，一面上緊料理，仍星速具本馳奏。特諭。

崇禎十七年正月二十日。

回奏議撤寧遠揭帖<small>甲申正月。</small>

題，適奉御批："調三桂馬兵助勦，餘兵尚多，乘賊三邊新安頓未定之時，此著似不可失。原言用間係兩事，即督臣請召所言，或亦不出兵餉艱難、關寧不能互援之意。此等重大軍機，應行與否，原應先生每主持擔任，未可推諉，延緩誤事。先生每再密確議奏。其汴城撈貨一事，宜專官密行。葛汝芝督輔奏用爲山西鎮臣，募東義兵。次輔議用刑部贓罰。樞臣奏用張正聲爲職方正郎，似非署事。又隨督輔餉司應從先請用介松年。先生每通再商酌，另擬增擬來看。至更易秦督、晉撫，面諭擬旨，因何不遵？如不可用，何不面奏？著首輔奏明。欽此。"臣等謹叩頭恭誦，仰見聖明詳慎軍機至意，不勝悚服。

竊惟逆寇在秦西新敗，安頓未定，若得勇將勁兵如三桂者乘機進搗，誠爲滅寇勝着。第關寧迫近神京，所係尤重，三桂兵五千爲奴所畏，不獨寧遠恃之，關門亦恃之，雖緩急未必能相救，而有精兵在彼，人心自壯，倘一旦調去，其餘皆分守各城堡之兵，未必可用也。即有土著商民，聞自三城殘破後存亦不多。而奴方在松杏，倏忽奔突，必至驚潰，恐關門亦有風鶴之懼矣。萬一差池，臣等之肉其足食乎！此真安危大機，臣等促膝密商，意皆如此，實未敢輕議也。樞臣云三桂之調不調，視寧遠之棄不棄，兩言而決耳。計臣亦以爲然。大約奴寇並急，而奴尤狠，關寧與秦晉並急，而關寧尤近。議者欲併寧入關，所係尤自不小。臣等迂愚無當，誠不敢以封疆嘗試。伏乞聖裁，并祈俯賜鑒宥。臣等不勝惶悚之至。謹題。

崇禎十七年正月二十日題。二十一日奉御批："覽先生每奏，朕知道了。不必引咎。寧城一事，前已經廷議，宜速宜斷，未可猶疑。單脩中前移寧士馬，收守關之效，成蕩寇之功，雖屬下策，誠亦不得已之思。先生每即擬旨來行。如必須再議，先生每即刻會官密議妥確來奏。仍將各官議語，各行親書備覽。"

回奏各王府借貸不宜行揭帖甲申正月。

題，昨蒙召對，言及各衙門弊竇萬端，宜令自首免罪，以後察出，必從重論。真得鋤奸剔蠹之法，亟當傳飭。惟各藩府借餉一事，臣等察得各省藩封共三十府，近經虜寇之變，失陷十有五府，多係沃土重地，為賊生心。今所存惟晉、蜀、趙、潞四府差勝，而代、瀋、衡、益次之，然山西大同見有寇警，自守不暇，四川曾經逆奢圍困，搜助甚多，青州亦經奴困，瘡痍未起，若建昌則以聞警，避地入閩，而河北彰衛，亦日以風鶴為慮，比向前已大不同。如責以維城大義，傾貲守國，自無所辭。若欲其厚括金錢以貸一時之用，恐亦不能多也。至其餘則素稱貧困，無可助者。似只各賜璽書，責令大捐積貯，為練兵恤民，自固茅土之封，則名義既正，當無不樂從，而所以佐餉者，俱在其中，無貸之名，有助之實，於計甚便。倘尚有慳吝不顧者，徑行切責；棄城倡逃者，嚴加削奪。一切借名護藩之官，盡付司敗。此實人心國法所關，又不止於助餉而已。臣等區區之見如此，謹擬書稿，并各衙門諭稿各一道呈進，伏候聖裁。謹題。

崇禎十七年正月二十一日。

是時有倡議，令各王府各捐數十萬金錢助餉，俟事寧日補還者。上諭璟即擬書稿行之，璟言："各王府自固藩封，捐貲犒兵守城，如周府故事，自所應為，亦即是助餉了，似不必別有助餉之名。且現在各府自守不暇，即助亦不能多也。"上欣然從之。

回奏密傳寧遠撫鎮揭_{甲申正月}。

題，頃蒙召對面諭，回閣即約樞臣至閣密傳。適蒙發下匣封內一件二道，恭奉御批親書諭旨二道：“先生每親發與該部。欽此。”隨即將密封傳訖。隨令樞臣在閣親書，因未帶有印信，欲回寓親書，即日印封密發，聽其自行回奏外，謹具揭題知。原奉御批，尊藏閣中。謹題。

崇禎十七年正月廿三日。

聞寇將自秦入晉，廷議撤寧遠棄之，入守山海關，而令吳三桂統勁兵五千，往山西拒賊，非得已也。寧遠折而入奴，則山海必不可守。而軍民尚八九萬，紛紛入關，議令天津發海舟接歸云。

回奏僞官金有章揭_{甲申正月}。

題，酉時蒙發下匣封內一本，恭奉御批：“諭輔臣，今日召對督輔，奏已獲僞官金有章可間諜之用。依議，先生每即傳該部釋禁，發隨督輔軍前調度。特諭。欽此。”謹即祗遵傳刑部訖。原奉御批，尊藏閣中。謹題。

十七年正月二十三日。

正陽門樓宴餞督輔小記_{甲申正月}。

正月二十日奉發傳紅本一道：“本月二十六日卯時行遣將禮畢，朕御正陽門樓宴餞督輔，并召五府掌印、內閣輔臣、京營總協、六部都察院掌印官侍坐，鴻臚贊禮，御史糾儀，大漢將軍侍衛。應用法駕、宴卓、作樂等項，內外各衙門預行備辦整理。其護衛隨從，守把巡緝，應用官軍旗番人等，著廠衛、京勇、城捕等衙門，各行酌量撥派。民棚接簷俱暫免拆卸，不許官役滋擾。該衙門知道。”

二十六日寅時遣駙馬都尉萬煒告太廟，卯時行禮，巳時上駕登正陽門，官軍旗番十餘萬，自午門外排列至正陽門外，旌旗金鼓甚盛。臣等在城樓左堞恭迎，上御坐，叩頭畢，督輔李建泰叩頭致詞，上慰諭再三，即賜坐，列席賜宴。共十九席,文東十三人爲三行,武西六人爲一行,御席居中。御用金臺爵皆嵌大珠石,是累朝御用重器,諸臣則皆金杯也。酒七行畢,叩頭謝,上親賜建泰三栳,即以三栳賜之。復出手勑獎諭數百言。内璫爲掛紅簪花,鼓樂導尚方劍而出。

恭謝正陽門賜宴賜坐揭甲申正月。

題,適臣等恭隨駕至正陽門樓,宴餞督輔建泰。仰見天朗氣清,風日晴美,廓掃氛霧,已有明徵。從來命將出師者多矣,至如特御玉輦,親灑宸章,惓惓於安民靖亂,簪花加爵而遣之,誠千古來未有之曠典也。衣冠競侈爲美談,史册交傳爲盛事。猗與休哉!督輔戴德而行,臣等送駕後,復從宣武門出,公餞於護國寺。建泰感激天恩,欷歔慷慨,奮發之氣,勃勃眉端,必欲繫闖逆之頭以獻闕下。且言方入寺時視其印綬忽然發大如斗,亦是奇事。臣等相與賀曰:此指日成功,取金印如斗之兆也。蕩醜除殘在此行矣。惟是臣等碌碌謭庸,與沾盛宴,獲覿《吉日》、《車攻》之盛,共賡《采薇》、《湛露》之章,既以爲榮,實以爲愧。除赴鴻臚寺報名謝恩外,謹先具揭奏謝。臣不勝屏營踴躍感戴天恩之至。謹題。

崇禎十七年正月廿六日。

恭紀欽賜督輔手勑甲申正月廿六(廿七)日。

皇帝欽命輔臣李建泰督師,親書勑旨:朕仰承天命,繼祖宏圖,自戊辰至今甲申十有七年,未能脩德尊賢,化行海宇,以致兵災連歲,民罹水火,皆朕之罪。至流寇本我赤子,竊弄兵戈,流毒直省,朝廷不得已用兵勦除,本爲安民。今卿代朕親征,鼓聯忠勇,表揚節義,獎勵廉能,選拔雄傑。其驕怯逗玩之將,貪酷倡逃之吏,妖言惑衆之人,缺誤軍糧之輩,情真罪當,即以尚方從事。行間一切調度賞罰,俱不中制。卿宜臨事而懼,好謀而成。勦則真勦,殲渠宥脅,一人勿得妄殺;撫則真撫,投戈散遣,萬民從此安生。以卿忠猷壯略,品望夙隆,辦此裕如,特茲簡任。告廟授節,正陽親餞。願卿盡蕩妖氛,旋師奏凱,侯封進爵,鼎彝銘功。有功内外文武各官,從優叙賚。朕仍親迎慶賞,共享太平。預將代朕親征、安民靖亂至意,偏行示諭,咸使聞知。特諭。

崇禎十七年正月廿七日。

此皇上御撰手勑也。閣中既擬勑論告廟授之矣,上以兵事鄭重,復自撰一通,親灑龍箋,用寶於正陽門,上親手賜之。

回奏改票桑穰、鈔匠二本待罪揭帖甲申正月二十七日。

大學士臣蔣德璟謹題,適蒙發下二本改票,一爲户部坐會關稅事,内言浙省解造鈔桑穰夾紙,動支關稅二萬金;一爲各城御史鈔匠城役無多事,内言五城解到鈔匠並未學習,及人數不足,議於在外州縣多方勾解二千五百人各事情。臣敢不祇遵另擬。

惟是造鈔一事,原係祖制,當此三空四盡之時,而能化紙穰爲金錢,且歲得數千萬之入,其利甚大。果如所言,即一時勞費亦不足惜。而近來中外攢眉,動稱窒礙,細酌情勢,頗費經營。如造鈔必須工匠,而匠則多未學習。計正匠一千名,每月米一石,銀三兩,僱工一千五百名,每名月銀三兩三錢,計每月費米千石、銀七千九百五十兩,措處甚艱。又五城人數既少,若於在外地方廣購一番,勾攝擾累必多。聞内寶鈔司原有鈔匠五百,似且照舊造使,俟推行有緒,以漸議之。

至桑穰一事,則尤有可商者。國初令農家凡有田五畝,栽桑麻各半畝。又命鳳、滁等處,每户種桑二百株。又令天下多栽桑棗,每里初年二百株,三年六百株,違者戍罰有差。故其時桑多而穰亦多。今自奴寇殘破之後,畿内及山東、河南幾無桑矣。杭、嘉、湖三府,雖爲宜桑地,而水旱時告,賦斂繁興,農桑之家,愁苦尤甚。驟責以桑穰四十萬斤,恐盡括之亦不能彀,而其害將有不勝言者。至於作房工料之費,及民情惶惑之狀,臣尚未敢盡陳。誠恐害多利少,異日得不償失,以爲宵旰憂,則臣之罪更大矣。臣初雖疑其難行,亦未詳計至此。或俟安民靖亂之後,人心大定,漸次講求,庶有濟乎!

臣聞見既真,不敢隱飾不言,謹因發下改票,昧死附致蒭蕘。原票未敢擅改，伏乞聖慈裁鑒施行。臣無任惶悚待罪。謹題。

　　崇禎十七年正月二十七日上。二月初二日奉御批："朕知道了。"是日即傳
旨桑穰、鈔匠，暫准停免，中外歡呼若更生云。

回奏改票練餉本并席藁請罪揭帖甲申正月三十日。

　　大學士臣蔣德璟謹題，臣昨擬科臣光時亨一本，一時愚昧，語多舛妄。適蒙
召對，面奉天語，訓誡提撕，詳明篤至，真若家人父子之教。臣不勝悚懼，不勝
感激。

　　竊惟時亨本內，如練餉、款虜各款，並不指出姓名，委屬含隱。除已改擬一
票恭進外，臣因近日邊臣每言兵馬，皆止以抽練之額或數千或數百抵塞明旨，而
全鎮舊餉、新餉，兵馬數萬，概置不言，是因有練餉而兵馬反少也。臣誠私心恨
之。又因近日省直各官，每借練餉名目，牌票如雲，追比如火，以致窮民流離困
苦，遇賊輒迎，甚且有未見賊而迎者。雖三餉並急，不止練餉一項，而實因練餉
益甚。臣誠私心痛之。蓋至外無兵可恃，內無民可守，而并餉亦不能完，故推咎
于議練餉之人，每奉召對，時有敷陳。即臣所進《御覽備邊冊》內餉議數條，皆
是此意。偶奉聖明有罪己德音，又適見科疏有練餉語，遂不勝感動，妄擬以進，
乃退而悚悔，已無及矣。

　　恭惟皇上堯舜其咨之心，文王如傷之視，仁心仁政，千古同符。而臣既不能
仰分聖憂，又不能奉揚德意，冒昧愚戇，罪當萬死。謹即出直席藁待罪外，伏祈
聖慈俯賜鑒宥。臣可勝愧悚惶仄之至。謹題。

　　崇禎十七年正月三十日上。初二日奉御批："朕知道了。"是日即傳户部議
裁練餉。

請假揭帖甲申二月初一(三)日。

　　大學士臣蔣德璟謹題，臣自去臘足恙，久未痊愈，緣臘後春初慶賀大典，聖
福駢臻，叨在股肱，不敢不力疾趨蹌，從拜舞之後。而右踝風痹日深一日，近左

足亦苦不支，每在直房晝夜敷熨，同官諸臣無不憐臣跛困，皆謂宜且調理數時，而造次未敢言也。不謂血枯氣墜，腫黑益甚，早擬勉强趨入，痛不能支。伏乞聖恩，容臣在寓調理，幸得稍痊，庶延殘喘，皆生成之賜也。謹具揭奏知。臣無任瞻切之至。

崇禎十七年二月初三日。奉聖旨："朕知道了。"

繳還內降晉將加級揭甲申二月。

大學士臣蔣德璟題，適蒙發下紅本到閣，內有兵部覆晉撫蔡懋德叙功一本，蒙批紅："該撫按加俸，及將官陳尚智加都督僉事。"

察陳尚智防河逃歸平陽，復自平陽譟劫而出，以致各官望風逃潰，而實未見賊也。論法應誅，似不便加級。即蔡懋德聞賊信輒歸太原，亦見在嚴勘，不便加俸。且所稱舊年扼奴保晉，亦原無甚勞績也。因叙功在歲內，而失事在近日，所以參差。然新奉嚴旨，則前日之叙似應酌裁。謹將原本恭繳，或徑行注銷，或令該部補本，伏候裁奪施行。謹題。

崇禎十七年二月初二日。奉聖旨："覽卿等奏，具見詳慎。朕知道了。"

乞休一疏崇禎甲申二月。

太子少保、戶部尚書兼文淵閣大學士臣蔣德璟奏，爲輔理無能，衰病日甚，懇乞天恩，俯賜罷斥，以重政機事。

臣海徼迂儒，孤踪寡援，自分疏拙，久合沉淪。仰蒙聖明特達之知，拔入綸扉，寄以心膂，實夢想所不到，即捐糜亦難酬。每于清夜盟心，中食起歎，以千古聰明睿智之主而身親見之，以二帝都俞吁咈之盛而身親承之，所不盡心竭力以庶幾報稱萬一，非人也。然徒有欲盡之心而才實不逮，有求竭之力而命則不猶。自去臘病足以來，脛踝腫痛，轉成風痹，血氣衰劣，步履艱辛，間或勉劾趨蹌，幾顛踣者數矣。一入春候，齒髮俱凋，蒲柳易殘，桂薑空朽，俯循頹暮，鞭策不前，以至眼昏耳鳴，痰飲脾泄，諸症雜出，已成廢人。中書何地，政本何官，而堪以衰病不支之軀蹦蹕其間乎！伏乞聖恩立賜罷斥，俾遂首丘。倘得殘喘苟延，不至遽捐溝壑，將與海陬父老歌咏中興之美，祝聖天子千萬歲壽無有窮極。臣可勝籲懇瞻切待命之至。

崇禎十七年二月初三日。奉聖旨："卿勤誠端練，朕所鑒知。覽奏，足疾未痊，著調理一二日，入直佐理，不必引陳。該部知道。"

東宮千秋揭帖甲申二月。

大學士臣蔣謹題，今日恭遇皇太子陛下千秋，百官慶賀，臣以足恙調理，未能趨赴隨班行禮，謹于私寓力疾遥望文華門恭行叩賀，伏祈聖恩俯賜鑒原。臣不勝瞻祝惶悚之至。謹題。

崇禎十七年二月初四日。奉聖旨："覽卿奏賀，朕知道了。"

乞休再疏甲申二月。

大學士臣蔣德璟謹奏，爲求斥忽奉温綸，審疾實當勇退，再懇天恩，即賜罷免，以逭罪戾事。

臣因足疾沉痼，具疏席藁待放，奉聖旨："卿勤誠端練，朕所鑒知。覽奏，足疾未痊，着調理一二日，入直佐理，不必引陳。該部知道。欽此。"謹力疾焚香跽捧三復，竊不勝其嗚咽也。惟聖主體臣之深恩，實自驚出望外，即微臣致主之素志，亦豈求便身圖，而犬馬殘軀，實有不容自强者。臣從幼至老不離學究，已自安于拙訥，人亦指爲專愚。年往病來，忽成衰颯，血虛氣滯，積恙多端。前疏所陳諸症皆同官所稔知，中外所共見，非敢一毫欺飾也。仰蒙温綸，褒以勤誠端練，捫心自揣，感悚彌深。伏惟昔賢有言：勤以補拙，誠以守愚。臣雖迂疎，敢不黽勉？若端則以正己爲正物之標，練則以經術爲經世之本，此即名卿碩輔亦不易當，而況庸譾如臣者乎？從來閣臣於地最親，於職最重，近益幾務煩多，五官並用，而心眼與之爲甚。臣心血既耗，兩眼復花，所恃惟兩足，而兩足則濕腫日增，動艱步履。記臣父先臣光彦在海南征黎時亦患此症，臣不幸復類之，誠恐

543

一旦填溝壑，無以仰酬知遇之隆，則臣罪益大。伏惟聖主矜憐，早賜罷免，終始鴻造，臣死且不朽。臣無任瞻禱悚仄待命之至。

崇禎十七年二月初六日上。初九日奉聖旨："卿偶恙暫調，自應勿藥，時艱方棘，亟藉匡襄，何必又有此請？着遵旨入直辦事。該部知道。"

恭辭中極召對揭二月初七。

大學士臣蔣德璟謹題，今日蒙御前特遣內臣，至臣私寓召對中極殿，臣緣足恙未痊，方用醫藥調理，痛楚不堪，未能力疾趨赴，伏乞聖慈俯賜鑒宥。臣可勝惶悚瞻跂之至。謹題。

崇禎十七年二月初七日。奉御批："朕知道了。"

再辭召對中左門揭帖甲申二月。

大學士臣蔣德璟謹題，臣因足疾未痊，再疏控求罷斥。恭蒙御批："卿偶恙暫調，自應勿藥，時艱方棘，亟藉匡襄，何必又有此請？著遵旨入直辦事。該部知道。欽此。"臣當即叩頭恭誦，不勝感咽。今早復蒙特遣內臣至寓，召對中左門，敢不力疾趨侍？實緣右足痹腫未平，左足苦痛日甚，正在延醫敷貼，誠恐裹藥匍匐顛仆爲罪。伏念時事方棘，聖慮焦勞，臣雖衰庸，豈敢久安牀蓐？容再調數日，前恙稍輕，即扶掖遵旨入直，以盡犬馬之誠。伏乞天恩俯賜鑒原。臣可勝瞻戀惶悚之至。

崇禎十七年二月十一日辰時上。午時奉聖旨："朕知道了。准暫調數日。"

回奏蠲免召買擬諭揭帖甲申二月二十一日。

大學士臣蔣德璟謹題，今日蒙召對文華殿，臣奏北直、山東、河南三處召買米豆，甚爲民害。蒙皇上面諭："令即擬諭來行。"臣謹遵旨恭擬諭稿上進，而中間情弊關係甚大，臣面奏尚有未盡者，敢再陳之。

祖制各邊除屯鹽、民運、本色外，原無戶部舊餉折色。今既有舊餉，復增新餉、練餉，括盡民間金錢，已不堪命。近復有漕帶、遼練等米，除各省直帶運外，復於北直、山東、河南召買米豆可百萬石，以給關、寧、遵、密四鎮。而拘攝各處富戶充召買之役，賠累困苦，不可勝言。又復勒運至天津交納，一切車輛驢騾之費，及衙役使用勒索之費，窮民賣妻鬻子，銷肌糜骨，有寧死而無悔者。故北直山河之民，其苦米豆甚於各省。其旦夕號籲，嗷嗷思亂，亦甚於各省。然而不得已也，曰"以給邊也"。乃邊之將士，則視米豆如泥沙而不顧也，其意止欲金錢而已。夫在內則召買米豆之苦既如彼，而在邊則輕賤米豆又如此，則何苦括內地之膏血，以填塞土之泥沙乎！或謂召買一罷，邊且藉口脫巾，而實不然。邊兵虛冒，十無四五，即津海運邊米豆，亦十無四五，大抵皆充貪弁猾胥之橐。前見寧撫黎玉田一疏，減去米豆四十餘萬石，而亦未嘗告乏也。寧遠無屯鹽，無民運，尚可省得許多，則推之各鎮，所省當不知凡幾矣。皇上誠採臣言，但蠲召買一萬，即免窮民數萬之費。目前捄民水火第一急着，萬不容再緩矣。聞賊中鼓惑愚民，皆指加派。而加派之害，莫甚召買。臣不敢避禍不言，冒昧附陳，伏祈即賜裁行。臣無任悚切待命之至。謹題。

崇禎十七年二月二十一日。

留中不下，比德璟蒙恩矜放，三月初四日上自草罪己詔書，即傳蠲免召買，然稍晚。

請蠲召買揭帖甲申二月。

大學士臣蔣德璟謹題，昨蒙召對，臣面奏召買一事，乞賜蠲免。欽奉面諭："令即擬諭來行，欽此。"

臣等謹察得，召買米豆一事，厲民已久。州縣發價，每有短少，民間輸運，賠累甚多。而追呼迫急，畿南、山東、河南各處困苦特甚。至天津餉司，委官胥役，奸蠹百出，盜賣暗折，不盡到邊。且計各邊自屯鹽、民運外，復有京運折色，儘已有餘，復有漕帶、遼練及臨、德二倉米百餘萬矣，而復派買九十餘萬米豆以益之，士馬日損，糧料日增，且日增而日告饑，一日無銀，雖米豆如沙亦不屑也。不知民間輸一石即費數金,計九十餘萬之米,當費數百萬金。盡括膏血以奉驕將譁兵之需,而不足當其一飽,良可痛矣!恭奉天語軫念,真堯舜憂民德意。但須部中通盤打算,便可以次蠲除,此真救民水火第一事也。併處催豫中撫督擬諭共二道恭進,伏候聖裁施行。他如勸借措給唐通行鹽,及懸厚賞遣官役確探等事,已傳户、兵各部臣訖。謹題。

諭户部:召買米豆,原係接濟邊鎮。近日津運蠹弊甚多,各鎮虛冒不少。民間賠累,困苦萬端,深可憫念。着即將畿南、山東、河南各處派買原額、見額并運價、蓆價、運官廩餼等項,及分運各鎮實數,作速察明,立與蠲免。限三日內具奏。特諭。

崇禎十七年二月廿一日。

回奏會議各單揭帖甲申二月。

題,昨蒙御前面發下會議四十七單令臣等看詳,內有可採者摘出。又續收李國禎、陳必謙二單。臣等謹看得,今日急需惟餉,而議餉者尚少實著。內如贖罪、勸輸及京城勳戚人等多貯本色,近海州縣宜輸本色;沿途解官勞苦與護送將官皆宜優叙;裁冗將,急屯墾、鹽鑄、海運諸款,皆切實可行。其言勦寇,如鼓勵土寨攻潼關,收拾才勇;令畿內州縣各自扼守;徵遺逸以收人才;倣藩鎮以省兵費,均可采用。謹彙出單,恭候聖鑒。他如浮泛套談及乖謬不經者,亦彙爲單繳上。統乞聖明裁奪施行。謹題。

十七年二月二十二日。

再回奏會議各單

題,昨臣等具揭,請集府部、九卿、翰林、科道諸臣于東閣,商議兵餉、禦寇長策。令其各陳所見,親書摺子恭進。欽奉御批:"在議諸臣必須各抒謀猷,實裨眉急。欽此。"謹即祇遵傳會諸臣,除詞林各官即在東閣撰送外,餘皆陸續送到,共四十七單,內多有可採,而亦有非嘗之議,人所不敢言者。臣等不敢不概呈電覽,伏候聖裁。謹題。

十七年二月二十二日發下看詳繳上,二十三日召對,上手總憲李公邦華密奏,內云:"輔臣知而未敢言,其試問之。"上指問何事? 演對少詹項煜議單,上即簡閱,默然。璟奏:"廷議俱言東宮宜往南監國。"上不應。而科臣光時亨參李明睿南遷爲邪說,上不悅,即召入面詰曰:"一樣邪說,却只參李明睿,何也? 顯是朋黨。姑且不究。"遂無敢言者。

再請假揭帖甲申二月二十七日。

大學士臣蔣德璟謹題,臣連日力疾趨蹌,足復腫痛。今晚正擬宿直房換藥敷裹,忽接家信胞兄德瓚之變,不勝號慟,即時出直。臣病既沉痼,行立艱辛,復傷悼連枝,彌深悽愴。容另疏控陳,懇求斥放。臣無任哽咽悚切之至。謹題。

三月初一日奉聖旨:"朕知道了。"

恭辭召對揭帖甲申二月二十七日。

大學士臣蔣德璟謹題,臣昨因連日趨蹌,右足腫痛,復聞臣胞兄之變,具揭出直。今日恭蒙召對,即當趨入,緣右脛腫黑,右拇痛極,行步甚艱,難以奔赴,同官諸臣皆見憐念,非敢一毫欺飾也。伏乞聖慈鑒宥。臣無任戰栗悚切之至。謹題。

崇禎十七年二月二十七日上。三月初一日奉御批:"朕知道了。"

乞休三疏甲申二月二十九日。

大學士臣蔣德璟謹題,爲迂庸負罪甚深,衰病因憂轉劇,三懇天恩,亟賜罷斥事。

臣因足疾未痊,兩疏求斥,未蒙矜放,旋聞山西寇變,不敢即安,力疾趨朝,連奉召對,愧無寸籌可佐廟議之末。而血枯氣墜,痼疾轉加,脛腫拇燉,痛楚加割,以致狗馬疾痛屢瀆宸嚴,夙夜捫心,實不勝其惶仄也。二十七晚,忽得去臘初五日家信，胞兄德瓚以足疾長往，發函哀慟，扶掖出直，業即具揭上聞，而臣病亦益甚矣。臣父先臣光彥、臣母贈夫人陳氏以及臣兄之亡皆因足腫，今臣足症候復與相同。自顧殘生，深懼難久。又臣同胞六人，自臣出山，連亡其五，喪椁堆積，孤幼滿堂，皆責備于臣之一身。然此猶臣私情也。臣待罪已年半有奇，佐理無狀，罪戾多端，至今而時事之艱難，逆寇之猖獗，日甚一日，實不得辭其責。今首臣既蒙恩放，微臣豈容靦留？若以真衰真病積愆負罪之人，而使之當煉石補天之任，無論鞭策不前，頑鈍自恧，而即一裹瘡扶掖之間，蹣跚傾仆，恐不獨中外哂之，即奴寇亦聞而姍之矣！夫鞠躬盡瘁，不避艱險者，臣心之所自盟也，而戀棧尸位，至于誤國負恩，則臣義之所不敢出也。謹叩籲天恩，立賜譴削，庶時勢不至戕誤，而臣亦逭於負乘之誅。臣無任顒切惶悚待命之至。謹具奏聞。

崇禎十七年二月二十九日上。三月初二日奉聖旨："卿恪端練達政本，亟籍贊襄，乃以至情，又兼多恙，連章引退，情詞懇諄。茲特准回籍調理，著馳驛去，仍賜路費銀四十兩、紵絲二表裏。卿還善攝，以需召用。該部知道。"

<h3 style="text-align:center">謝恩并辭銀幣疏_{甲申三月初三日。}</h3>

大學士臣蔣德璟謹奏，爲天恩隆重，感極愧深，謹懇辭寵頒，以安愚分事。

臣因衰病積愆，三疏求斥，奉聖旨："卿恪端練達政本，亟藉贊襄，乃以至情，又兼多恙，連章引退，情詞懇諄。茲特准回籍調理，着馳驛去，仍賜路費銀四十兩、紵絲二表裏。卿還善攝，以需召用。該部知道。欽此。"臣謹即于私寓恭設香案，扶掖望闕叩頭謝恩外，伏念臣以拙孤，特蒙簡拔，待罪揆地，垂及兩年。愧無帷幄之籌，空有蒭蕘之悃。仰切知遇，每賜褒容。言或戇而蒙收，議多迂而見采。抔心感激，自以爲遭逢明聖，即碎身捐頂誓所不辭。而無如才拙力棉，心長髮短，支離蹣跚，衰症交侵。連疏控陳，實非得已。不謂過荷恩禮，俯賚優華，既曲體其手足之情，復深憐其陰陽之患，溫綸鄭重，給傳而行。臣自此獲稍延殘生，不至隕越者，實皇上高厚生成之賜也。惟是兼金文錦，寵錫焜煌，揣分難勝，愧悚交集。自古明王不爲無功之賞，而矧微臣實屬負罪之身，獲免三黜，爲幸移

（多）矣，安敢冒當大賚，孤負隆施？伏乞天恩俯容辭免，庶寵頒不至濫被，而愚分亦以稍安。臣可勝感戢悚切之至。

附

工科都給事中臣汪惟効一本，爲次輔之去可惜等事。大略言：家貧思賢婦，國亂思良相。今天下不可謂非亂矣，而次輔蔣德璟忽與首輔某某同時放歸，中外惶惑，不知何故？皇上御極十有七年，所用輔臣如德璟者，亦可謂賢矣！閱覽經史，貫串古今，人稱其博；綜核典故，通達時務，人稱其練；淡然無欲，泊乎寡營，人稱其清。雖然，未盡也。善則歸君，過則歸己，不炫名，不養交，臣服其忠；從善若流，求賢若渴，無方隅，無門户，蕩蕩平平，臣服其公；上不欺君父，下不欺朋友，言行質樸，不事脩餙，臣服其誠；贊襄密勿，獻可替否，知無不言，退而三緘其口，臣服其慎。有臣如此，真可謂賢矣！一旦與奸貪之某某同去，無論邪正溷殽，人心不服，亦豈所以自爲社稷計耶？云云。十七年三月初四日。

刑科都給事中臣孫承澤一本，爲時事艱危方亟，次輔驟去可惜等事。大略言：山陝既陷，流氛漸迫京畿，勢方岌岌，所恃以繫結人心，惟一二君子是賴。忽聞次輔德璟與奸貪某某同去，連日長安道上士民紛紛無不懊惜者。皇上豈以德璟爲平耶？《大學》言，治天下只是一“平”字。倘能專用德璟，聽其所爲，則此平平作用，詎可量乎？德璟於祖宗制度、古今典故、内外諸司職掌無不洞其源委，悉其機宜，而其公忠清慎尤爲一時倚重。德璟一去而事益不可爲矣！乞罷臣官而留德璟，如用之不効，臣請伏妄言之誅。云云。餘疏未發抄。同日。

大學士臣魏藻德揭言：近日科道交章，留同官臣德璟，實爲一時公論。德璟貫串古今，博綜典故，而其作人之誠慤溫良尤不可及。此皇上左右不可一日少之文獻也。云云。

御批密封下閣，有“大臣進退，原不敢輕”之語。璟初以山西既陷，未敢輒去，聞在廷連章見留，嫌疑又不敢不避，即具疏辭朝以行。

辭朝疏甲申三月初八日。

大學士臣蔣德璟謹奏，爲蒙恩允放，力疾辭朝，虔申瞻戀下情事。

臣年衰身病，竊位負知，仰蒙皇上俯念簪履之遺，溫綸賜歸，不加譴斥。感激高厚，捐糜難酬。以大義則受恩深重，既不忍遽離闕庭；以時勢則傳警頻仍，亦不敢復圖丘壑。惟是允放經旬，例無久駐，臥疴私寓，心尤不安，而亦懼以濡滯，致有口實。謹于十二日力疾赴午門外行五拜三叩頭禮，即日移出小舟。聞前途干戈紛擾，水陸俱梗，臣尚慮無路可歸也。聞賊在真定爲數不多，固宜撲滅之早。而喫緊尤在居庸，誠令唐通扼關堅守，與撫鎮何謙、李守錡等協力護陵，則神京自可萬全。但寇勢蔓延尚憂未已，宣大諸將各守信地，調發亦難，山東、江淮之兵決當以勤王爲急，即臣鄉鄭芝龍兄弟，忠義可用，自倘獲留殘喘，亦當大加鼓勵，俾之妙選驍將，統勁兵星夜入衛，或并令浙粵各鎮與之鼓行而北，必能用命。若止照前例折援兵價解京，恐於事無甚濟也。臣身雖去國，瞻戀實深。既有所見，不敢隱默，謹因陳奏而附及之，伏候裁奪施行。臣無𠃊屛營瞻企戀切之至。

崇禎十七年三月初八日上。

召對論鈔法桑穰及練餉事甲申正月二十六日。

上發臣璟原擬戶部採取桑穰本，令改票。先是，桐城生員蔣臣言鈔法可行，且云歲造三千萬貫，一貫直一金，歲可得金三千萬兩。而戶、工侍郎王鼇永專管錢鈔，亦以鈔爲必可行，且言初年造三千萬貫，可代加派二千餘萬，以蠲窮民。此後歲造五千萬貫，可得五千萬金。所入既多，將金與土同價，除免加派外，每省直發百萬貫，分給地方各官，以佐養廉之需。其言甚美，然實不可行也。上特設內寶鈔局，晝夜督造，募商發賣，而一貫擬鬻一金，無肯應者。鼇永請每貫蠲三分，止鬻九錢七分。京商騷然，紬緞各鋪皆卷篋而去。璟言："民雖愚，誰肯以一金買一張紙。"上曰："高皇帝時，如何偏行得？"臣璟對："高皇帝似亦以神道設教，當時只賞賜及折俸用鈔，其餘兵餉亦不曾用也。"上曰："只要法嚴。"臣璟對："徒法亦難行。"因言民窮困已極，且宜安靜，其語頗多。然上已決意行之。及內寶鈔局言造鈔宜用桑穰二百萬斤，舊例採取北直、山東、河南、浙江諸處，分遣各璫催督，內浙江杭、嘉、湖三府桑穰價銀，戶部請以北新關稅銀二萬抵之，璟擬旨：採取擾累，且關稅例當解京不准留。又五城御史言：鈔匠除現在五百人外，尚欠二千五百人，各城勾攝，多未學習。議於畿內八府州縣多方勾解。璟亦擬不許。上不懌，俱發改票。

璟與同官商之，謂事在必行，勢難中止，不敢復爭。璟因自具揭言：鈔匠現在五百尚可用，其另募二千五百名，月加費米千石，銀七千九百五十兩，措處甚難，得不償失。若在各州縣勾攝，尤爲驚擾。宜且照舊例造使，俟推行有緒，以漸議之。至北直、山東、河南，自經虜變之後，已無桑矣，安得有穰？其杭、嘉、湖三府雖爲宜桑地，而水旱時告，賦斂繁興，如驟責以採穰四十萬斤，即盡括亦不能殻，而害且有不勝言者。揭既上，留中不下。

至二十八日，上發科臣光時亨疏，內言練餉殃民，追咎倡議之人。璟即擬曰：“向前聚斂小人，倡爲練餉及搜括諸議，以致民窮禍結，誤國良深。朕已引咎責躬，姑不追究。其餘已有旨了。”首輔陳公演、同官魏公藻德，皆以爲太切直，宜婉之，璟謝不可。三十日，上召閣臣及吏、戶二部臣入文華殿，行禮畢，入殿內。上命吏部尚書來，銓臣李遇知過跪。上言：“廷臣所舉知兵及清官，皆當核實，有不稱者駁退，不得一概狥用。”又命戶部尚書來，計臣倪元璐過跪。上以錢糧皆戶部職掌，各邊需餉甚急，責令目前即措處百萬。元璐言：“外解未到，途中梗阻。”因言浙中東陽、義烏土寇之變。上曰：“不必奏。即與輔臣商議目前措處百萬來。”

上因取光時亨本，目閣臣曰：“先生每票擬即朕旨也，須仰體朕意。這票內‘聚斂小人’，係是何人？”臣璟即過跪曰：“這‘聚斂小人’即原議練餉部科。”上曰：“部科何人？”璟對：“原任戶部尚書李待問，科臣偶記不真。”上曰：“朕如何是聚斂，當時只欲練兵。”璟對：“皇上仁愛萬民，豈肯聚斂？只既有舊餉五百萬，新餉九百餘萬，復增出練餉七百三十萬，當時部科實不得辭其責！且所練兵馬，今皆安在？”上曰：“練餉亦派忒多了。只向前舊餉、新餉，亦何曾有許多兵馬。”璟對：“舊餉、新餉，雖無堪用兵馬，然原額尚在。今於二餉外抽出練兵，如派令薊督抽練兵四萬五千,今只二萬五千;保督抽練三萬,今徐標只説二千五百;保鎮抽練一萬,今馬岱只説二三百,其餘俱落了。他若山永兵七萬八千,薊密兵十萬,昌平兵四萬,宣大山西兵二十餘萬,陝西三邊兵二十餘萬,一經抽練,將原額兵馬通不提起,并抽的也不曾練,却增了七百三十萬之餉。民安得不困?"上曰:"倪元璐已并三餉爲一了。"璟對:"户部雖併三餉爲一,外邊州縣追徵只是三餉。"上震怒曰:"先生前票孫晉本既是狗縱,這光時亨本内所參何人并不明言,顯是含糊,且有許多埋伏。如何這等票?顯是朋比。"璟對:"臣孤踪獨立,從來不依傍他人,與光時亨從來並無交涉。一向在御前説練餉當蠲,且所進《御覽備邊册》内,餉議數條,皆説聚斂之非,不是今日方説。"首輔陳公演奏:"同官德璟於九邊各鎮兵馬錢糧最爲練熟,每在閣中與臣等言,皆説練餉之非,一腔忠憤。前日擬票,臣等亦説其太直。"魏公藻德對:"同官德璟素有忠憤,每言及民窮財盡,不勝痛切,實無他腸。即光時亨也是因事納忠,望皇上優容。"李公遇知、倪公元璐皆爲求寬宥。倪公至以鈔餉係户部職掌自引咎。上曰:"起來。"諸公承旨起,璟跪不敢起,再奏:"臣愚戇有罪,只是爲國爲民。"俯伏良久,上曰:"起來。"

璟因退而具揭曰:"臣因近日邊臣每言兵馬,皆只以抽練之額或數十或數百抵塞明旨,而全鎮舊餉、新餉,兵馬數萬,概置不言。是因有練餉而兵馬反少也。臣誠私心恨之。又因近日省直各官,每借練餉名目,牌票如雲,追比如火,以致民流離困苦,遇賊輒迎,甚且未見賊而迎者。雖三餉並急,不止練餉一項,而實因練餉益甚。臣誠私心痛之。蓋至外無兵可恃,内無民可守,而并餉亦不能完,故推咎于議練餉之人,每奉召對,時有敷陳。即臣所進《御覽備邊册》内,餉議數條,皆是此意。偶奉聖明有罪己德音,又適見科疏有練餉語,遂不勝感動,妄擬以進,冒昧愚戇,罪當萬死。"因席藥引病出直。

是晚,上傳旨令工部尚書范景文、禮部侍郎丘瑜入閣。璟自分誅斥,方待罪,二月初二晚,前揭忽奉御批:"朕知道了。"而鈔法桑穰已停免,并練餉亦議裁矣。一時中外誦聖明轉圜,交相慶幸云。初三日璟求斥疏復奉御批:"卿勤誠端練,朕所鑒知。""勤誠"四字,乃御筆也。初六日再上疏求斥。初七日五鼓,上特遣内璫至寓召對中極殿,具揭引病不敢入。旋奉旨,以"時艱方棘,亟藉匡襄"爲言。十一日,上再遣璫至寓召對中左門,復具揭力辭。未幾,聞山西之變,不敢固求罷歸,恐涉規避,即於十八日遵旨入直。二十六日驚聞伯兄通守德瓚之訃,復出直,再上疏求斥。三月初二日得請,且憫其至情又兼多恙,賜銀幣,乘傳以歸,而通州已先傳稱首輔矣。因念迂愚如璟,過蒙聖明知遇,恕其戇率,曲加矜放,且恩禮不替,實近年所不多得,即捐頂踵無能補報。而中外多以鈔法、練餉之争爲有關係。言路汪君惟劾、孫君承澤,詞林高君爾儼、傅君鼎銓諸公至連章見留,通州亦具揭遜留,璟愧悚不敢當也。聊記其概如此。

敬日堂外集卷十二

衰病蒙恩疏

原任太子少保、户部尚書兼文淵閣大學士、回籍調理臣蔣德璟謹奏，爲衰病蒙恩放歸，中途驚聞異變，謹將在直應斥罪狀及間關冒死情形據實奏聞事。

臣閩海迂愚，待罪政地已逾年餘，佐理無能，愆咎山積。每以加派太重，民不堪命，及各邊虚冒兵餉情弊激切敷陳，隨將九邊十六鎮山川險要、屯鹽、民運、新舊兵餉、夷虜部落纂爲《御覽備邊册》十二套，次第進呈先帝，復請停鈔法，罷采北直、山東、河南、浙江桑穰二百萬斤，蠲免召買米豆一百萬石，乞裁減練餉銀七百三十萬兩。雖有觸忌，多蒙采納。而臣愚戇乖方，因本年正月間擬票科臣光時亨疏，有“向前聚斂小人，倡爲練餉及搜括諸議，以致民窮禍結，誤國良深”等語，先帝震怒，面加譴責，臣叩頭待罪，同官陳演等及同時召對尚書李遇知、倪元璐爲臣請寬，幸蒙恩宥。臣隨即出直具疏，以足疾求斥。復連控二疏，蒙先帝憐臣老病，准回籍調理，仍賜銀幣，乘傳以行。臣辭免不獲，隨於三月十二日具疏辭朝出京。

纔數日耳，舟尚在津、滄間，而宣府、昌平、都城，倏忽連陷。驚慟欲絕，投水自裁。適臣門人山永巡撫黎玉田有子際皞自近郊馳至，言鎮臣吳三桂引兵入援，聞變回關，事尚可爲。臣忍死强起，易小舟潛居村僻間，遣原任守備林爵間道同去，急議恢復。而三桂忠義人也，與玉田久鎮寧遠，誓死報國。四月初，逆闖齎銀四萬兩，遣叛將犒之，別以賊兵二萬守邊。三桂佯受其金，而出不意，盡行砍殺。賊將負重傷逃歸，逆闖破膽，即於十三日自率賊數萬往戰，且挾三桂父吳襄同行，欲脅降之。臣恐爲所誘，復密遣原任守備李忠從海道至關，言都城空虛，急宜恢復，爲中興元功第一。旋聞三桂佯敗一陣，即衝殺二陣，將闖賊圍困，挑濠守之，闖賊不得出。二十九日賊潰兵至蓮窩，有言闖賊被大炮擊死者，有言逃歸陝西者，有言三桂兵圍京城者，其說不一。然賊久被困，自捄不暇，無兵可以南來，故津、滄、山東一帶賊皆甚少，而難官難民乘機潛歸者甚多。臣在荒村，踪迹漸露，不得已亦自蓮窩南行。將過德州，則聞舊輔謝陞等被賊拷掠，不勝痛憤，倡士民起義兵殺偽官及其左右十八人。遂大捐金錢，積糧買馬，據城拒賊。臣將入城與同守，而舟無敢行者。因取間道過陵縣，遇德州哨馬，即以闖賊破敗情形密達之。旋聞天津、泰安、沂州皆殺偽官與德州響應矣。自四月杪以後，山東道中水陸徑可坦行，僅聞濟南、濟寧各有賊四百，宿遷有賊五六百耳。偽官在城，拷掠財物，日爲充囊自遁計。倘有官兵鼓行而北，可立縛也。及臣過黃河，則民心却皇皇思亂，且云賊兵將至，互相搖惑。臣急以闖賊已敗，無賊南下，處處曉諭。而馳書與漕臣路振飛、撫臣黃家瑞詳言之，淮揚民心因此稍定。今輔臣可法渡江，軍聲益振，江淮間益有長城矣！此臣途中目擊之情形也。

臣離滄、德二十餘日，所遣李忠在玉田軍中尚未到，未知逆闖果否已斃？然賊之不南，則其困敗可知。三桂功實在社稷。而德州扼要拒守，其所關亦不細也。所愧臣以衰病去國之身，徬徨途次，既不得與在事殉難諸臣投繯引劍，又不能徑赴三桂陣前血戰捐軀，苟全而歸，罪當擢髮。謹束身歸命，伏聽處分。別有恢復事宜，另疏密奏。伏乞聖明裁鑒施行。臣無任皇悚激切屏營之至。

崇禎十七年五月二十五日丹陽上。六月初二奉聖旨："覽卿奏。在朝在途，具見體國藎悃。特准回籍，先帝已有成命。卿還善自調攝，以需召用。該部知道。"

密奏恢復機宜八款甲申五月二十五日。

計開：

一、金陵龍蟠虎踞，自洪武戊申聖祖開天定鼎至今甲申二百七十七年。而皇上中興應運，實天所以啓聖明也。長江雖係天險，然北扼河淮，南襟大海。在河淮則鳳、泗、淮、揚爲急，在海則蘇、松、嘗、鎮爲重。而安慶、池、泰，扼江上流，皆神畿要地，宜專責督撫，選將練兵，互爲擁衛。至都城，居重馭輕，原額兵十二萬，尤當速加練足，以壯天威。

一、河南係發祥龍飛之地，急宜先行收復。其土寨諸將李際遇、劉洪起、沈萬登等，精銳各數十萬，爲闖賊所畏。臣在直時見際遇擒獻偽官甚多，且將闖賊字繳進，誓不與賊俱生。近闖賊所運財寶入秦既多，所留兵守秦復少，宜急遣一大將，鼓勵各兵乘虛入關，但獲財物悉聽將士自取，必可成功。

一、山東賊兵甚少，即偽官騎驢而來，亦只自募數人，逡巡不敢入，乃舊官已先逃避矣。偽官拷掠士民，縱虐萬狀，士民皆痛恨，悔爲所欺。故德州、泰安諸處，起兵殺之。如分兵二路，一從徐入兗，一從淮入濟寧，諸偽官立可擒縛也。臣昨過瓜州（洲）晤鎮臣劉澤清及舊薊督王永吉，亦云山東恢復不難，只難守耳。其說亦是。然兩月來賊兵不南，必係已遁。而德州既有義兵，亦急當應援以助其勢。

一、急收江淮民心。凡天下精兵少，窮民多，民如迎賊，兵無不潰。如山、陝、北直諸處，未嘗無兵，而所至輒陷者，以民迎賊而兵隨之也。今練餉已免，民困稍蘇，惟慮州縣官貪汙，依舊害民，致民思亂。宜令督師輔臣嚴加汰黜。其有兵地方，新舊錢糧暫行停征，并詞訟亦且停止，加意撫循，庶幾無患。

一、揚州士民與鎮臣高傑勢不相容。臣昨過揚州，晤撫臣黃家瑞，謂宜出示急安士民，無致驚慌。及高鎮相見，亦諭令節制部兵，勿致殺掠。適有被掠數婦，高鎮即令人認歸。且云別有數鎮之兵在此，非本鎮兵也。但其家眷尚欲安頓揚州城外，恐至兩傷。鎮臣劉澤清云：或在安慶亦可。然地在上流，亦未易定計。督輔至彼，自有商酌。

一、各處鄉兵義勇自護身家，尤勝官兵，且不費多餉。臣見洪澤湖、三汊河、高寶一帶，皆有鄉兵。而邵伯湖生員史以傳集鄉勇張玉等數百，齊心健鬪，客兵不敢犯掠。如處處皆得其人，保障江淮，聯絡自易。似宜量給一官，以示鼓勵。

一、闖賊向被流矢喪其左目，聞箭簇不得出，至今尚流膿血。諸賊將劉宗敏等亦輕之，其滅亡可立待。且賊兵劫掠既飽，多自逃去，而北直、山東民恨賊亦深，機會可乘。宜早圖恢復，修葺陵廟，勿但畫河自守，致孤中原士民之望。

一、山永鎮吳三桂忠勇絶倫，聞闖賊劫其父吳襄，令作書招之，三桂回書云：“兒既盡忠，不能復盡孝。”計其部下原有寧遠精兵四萬，遼民七八萬，皆耐搏戰，而夷丁數千尤爲雄悍，賊甚畏之。近復益以關協馬步，不患無兵。聞賊初入京即將江淮地方選授僞官，視爲囊中物，非三桂血戰，則事不忍言矣。此實社稷之靈。第山永絶地，錢糧不敷，萬一賊尚相持，孤危可慮。宜急量發水兵及銀米從海應之，但使知有救援聲息，其氣自壯。

恭慰聖懷疏甲申五月二十五日。

爲恭慰聖懷事。

臣於本年五月二十三日至鎮江，接得大行皇帝哀詔，北向號慟，踊地擗天，恨不即死。緣臣向在途中，傳聞京城内事尚有參差，而今先帝、先后龍馭果上升矣，痛哉！恭惟先帝，聰明睿智，英武儉勤。綜核萬幾，不遑日昃。收集群策，每至夜分。禮下愛民，求賢圖治。蓋千古勵精之主有不能及者。而一旦膺此異變，茫茫蒼天，真不可問！凡爲臣子，何以生爲？至如微臣之戀迂，尤蒙俯矜其樸直，曲加弘貸，俾得善歸。臣雖絶脰決胸，無能仰酬萬一，惟有爲厲殺賊，結草報恩而已。

我皇上以堯舜孝弟之心，當國家艱難之運，拊膺茹痛，自倍尋嘗。然而天地祖宗之付托、九州四海之瞻依，實在皇上之一身，即先帝在天之靈所望于雪耻除兇者，亦惟聖明中興是藉。伏望順時節哀，早圖恢復。其先帝、先后謚號，乞勅禮部會同作速議上。并北京在事殉難諸臣，如范景文、倪元璐、李邦華、王家彦等二十餘人，據所傳聞忠烈甚著，亦望早賜覈叙，從優旌卹，以示風勸。臣不勝惶悚激切之至。

崇禎十七年五月二十五日丹陽上。六月初二日奉聖旨：“覽卿奏，具見忠愛。奏内定尊諡、卹節義俱已有旨了。該部知道。"

慶　賀　疏

爲聖主御極中興，普天歸心共戴，謹從臣民之後，望闕瞻依，虔申慶賀事。

金陵有天子氣，重開日月之光華；豐水貽厥孫謀，再煥雲雷之考卜。在天意原自非偶，而人心早已攸同。

恭惟皇帝陛下，虹渚發祥，龍文表瑞。當中州鳳儀璽出，預爲入纘大統之徵；乃神祖厚澤深仁，宜有克昌厥後之報。比者寇氛狂逞，寶位久虛，仰遵祖訓序及之典章，兼際天與人歸之氣運。乘六龍而御宇，合四海以交推。而所最奇者惟我聖祖開創之都，即爲中興光復之地。規制詳備，宮殿巋然，拮据不勞，俄頃便定。此商周所未曾有，而漢宋又不足言矣。顧聖祖以江南而北定中原，在今日則北方尤歌思世德。宜急掃闇奸之殘寇，用昭示桓撥之弘勳。脩復陵園，廓清宇宙，以快九廟神人之憤，以拯救斯民水火之中。斯則孝陵鐘鼓實式憑之，而尤中原士民所刻不容待者也。

臣雖病廢歸田，義當星馳入覲。緣久苦足疾，步履艱辛，坐逗趑趄，深懷踧踖。謹力疾扶掖，往闕行五拜三叩頭禮。伏乞聖明俯賜鑒原。臣可勝瞻祝屏營翹切之至。

崇禎十七年五月二十五日丹陽上。六月初二日奉聖旨："覽卿奏賀，朕知道了。該部知道。"

欽遣官宣召陛見勅諭

皇帝勅諭：原任太子少保、户部尚書兼文淵閣大學士蔣德璟，惟卿一代偉人，三朝元老。昨覽卿奏，知切同仇。冀爾嘉猷，光予新政。兹特遣官宣諭，著卿來京陛見。可速爲理裝，用慰側席。欽哉，故諭。

勅命之寶

崇禎十七年六月初四日。

蒙召陛見力辭疏甲申六月十一日。

奏爲蒙召急宜趨承，篤疾實艱步履，謹將眞衰眞病舊症及百死莫贖罪狀瀝血哀控，恭候斧鉞事。

臣昨具疏，有衰病蒙恩放歸等事。於本月初五日奉聖旨："覽卿奏。在朝在途，具見體國藎悃。特准回籍，先帝已有成命。卿還善自調攝，以需召用。該部知道。欽此。"臣即設香案扶掖望闕叩頭謝恩訖，隨即解纜南歸。於初九日舟至吳江地方，聞有欽遣官齎到聖諭一道，隨即偕吳江縣知縣葉翼雲設香案迎接開讀。内奉聖諭："惟卿一代偉人，三朝元老。昨覽卿奏，知切同仇。冀爾嘉猷，光予新政。兹特遣官宣諭，著卿來京陛見。可速爲理裝，用慰側席。欽哉，故諭。欽此。"臣伏地叩頭，不勝感慟，不勝惶悚，義當星夜奔赴，親覲龍顔，少盡臣子瞻依至願。

緣臣於去年十一月内，蒙先帝召對隆道閣，臣力疾趨蹌，跌傷右足，筋攣脛瘰，痛楚不堪。馴至今春，醫藥雜試，日劇一日，兼以齒落髮禿，耳鳴眼花，老症狼狽，連疏乞骸。幸蒙先帝矜放，歷有疏揭，中外共知，非敢一毫虛飾也。比聞逆賊之變，天昏地慘，哀號求死，骨碎形枯，病卧津、滄間，爲日最久，痛亦愈深。本欲俟黎玉田等遣兵相接，馳入山海軍中。而兵久未至，足不能前，至今則癱瘓坐廢久矣。委頓牀蓐，困苦萬狀。昨扶掖出舟，捧領聖諭，拜起蹣跚，幾至顛仆。此差官所親見者。誠恐冒昧趨闕，支離階砌，爲文武班行之玷，中興大典之羞。聖明見之，必加大戮。此臣眞衰眞病之症，不敢不據實懇籲者也。

乃臣尚有萬分愧憤，前疏未敢詳述者。蓋臣負先帝大恩，有大罪三，敢盡言之。臣素杜門守拙，毫無先容，先帝因屢次召對，鑒臣樸直，拔入綸扉，臣於諸臣中獨受非嘗之知遇，而今先帝安在乎？佐理無狀，誤主辜恩，大罪一也。臣雖班次在後，遇事妄言，同官每爲咋舌。而先帝獨優容之，屢奉御批"以後朕有過失，即行匡正"之諭。至兵餉一事，各邊虛冒甚多，先帝令臣與户部堂司商核釐汰，意在蠲加派以恤窮民，而兵日虛，民日困，餉亦日絀，臣因循不效，坐致鞠凶，大罪二也。同官七人，聞景文登時投井，忠義卓然，演、藻德、瑜俱被拷殺，禍亦甚慘，建泰、岳貢未知存亡，而臣以去獨存，臣愧六臣矣！臣與演同時罷官，久買舟在河西務相約同歸，因聞山西、大同之變，未忍遽行。而科道及詞林諸臣汪惟効、孫承澤等連章留臣，以致藻德亦出揭留臣，臣不得已避嫌辭朝先出，而今以出獨存，臣又愧演矣！王家彥、王章城守抗賊，其死既烈，部院寺科及勳戚諸臣殉難亦多，皆可垂光千古，而臣潛踪水次，隱忍遷延，既不能如屈原抱石自沉，又不能効虞允文借兵督戰，徒托牽掣恢復之虛詞以自文其苟全性命之實迹，臣又愧部院諸臣矣！大罪三也。臣負三大罪而尚可靦焉力疾陛見，以厠足于中興佐命名賢森布之日，皇上即赦而不誅，天下萬世以臣爲何如人也？不惟病死，亦當愧死。臣謹束身待罪，伏乞皇上立置斧鉞，臣死不朽，或削臣官職，俾禦魑魅，死亦不朽。倘以微臣真老真病，姑照先帝成命，令之生還首丘，此則高厚弘恩，非臣所敢妄覬也。伏乞俯賜裁鑒。原奉聖諭，例不敢繳，謹什襲尊藏，傳諸奕世，重於九鼎。臣可勝惶恐戰慄屏營待罪之至。

崇禎十七年六月十一日吳江上。十八日奉聖旨：“朕以卿先朝舊輔，特召前來，面諮大政。卿追痛前恩，過自控引，至以早時去國之身，恨不與景文等爭烈北殉，而置中興佐命不講，毋乃薄視冲人，忍于祖宗弓劍地偏安孤注？卿還當遵召迴車陛見，以慰延竚。該部知道。”

再辭欽召疏甲申六月二十五日。

爲驚奉再召嚴綸，衰病益深惶悚，恭陳下悃，重控宸嚴，顒候聖慈，俯賜矜宥事。

該臣於吳江縣捧到聖諭召臣陛見，隨即具疏，有蒙召急宜趨承等事。於本月二十三日奉聖旨：“朕以卿先朝舊輔，特召前來，面諮大政。卿追痛前恩，過自控引，至以早時去國之身，恨不與景文等爭烈北殉，而置中興佐命不講，毋乃薄視冲人，忍于祖宗弓劍地偏安孤注？卿還當遵召迴車陛見，以慰延竚。該部知道。欽此。”臣當即叩頭捧誦，不勝戰栗。

　　自惟罪廢餘生，特蒙遣官宣召，聖恩隆重，感激實深。而以足疾久稽，兼且束身待罪，徬徨舟次，坐阻奔趨。皇上不即加誅，曲示提命，真天地含弘之量，父母顧復之恩也。臣非木石，敢不誓捐頂踵以恪遵不俟駕之義？顧臣痛苦下情，尚有冒死哀控者。臣去國雖早，與在事諸臣不同，然隱忍圖幾，實欠一死。猶記舟在津、務間二十餘日，往來滄、靜間又十餘日，難官難民每過津、滄，知臣踪跡，鮮不以為愚者，但恨臣不再待數日，得吳三桂等恢復實信，與同入京城洒掃陵廟耳。臣既以不死為恨，更以不待為恨也。至皇上應運中興，一時佐命諸臣皆公忠英傑之士，豈臣陳朽所敢妄希？皇上念先帝而并及先朝簪履之舊，帝王孝友之盛心也。臣追先帝之殊遇而報之陛下，亦臣子盡忠之職分也，恨不立叩階墀，一罄葵藿，臣又安敢異視？而臣病則實不能支矣！臣父先臣光彦、臣母陳氏，皆因足瘇棄世，臣自去冬右脛瘇痛，步履艱辛，不幸復類之，曾以入告先帝。及今而禍變驚心，百憂攢體，昏瞶之餘，益無生理。無論不能望天闔一步，即使扶掖殘疾，面奉疇咨，實懼怔然無以置對也。我皇上銳意中興，急圖光復，孝陵弓劍，式憑依之。孔子曰：文武之政，布在方策。高皇帝講學勤政，用人理財，馭將治兵諸大政具在《寶訓》、《實錄》及《會典》、《律令》諸書，固萬世不刊之方策也。皇上朝夕觀覽，是訓是行，即此是中興根本。

　　高皇帝以戊申奠鼎于南，隨命徐達、常遇春等率兵北討，逐元虜，平燕都，以及山東、河南、山陝各邊之地無不戡定。今御極寶運復在南，且復當申矣，即此是中興榜樣。晉、宋在江南時，河淮以北皆虜也，故不得不偏安，不得不孤注。今奴雛方幼，諸虜爭權，河淮之北，奴騎不到，而闖寇聞亦久奔，間有一二逃將土兵假名行劫而已。中原士民椎牛灑酒，以待王師之至。但使中外合力，文武同心，分道北征，指日清廓，大非晉、宋可擬也。即此是中興機勢。臣書生不知大計，不識此三者有當與否？然臣即入對，言亦止此，別無可罄之蒭蕘矣。伏乞聖明裁擇。至臣真老真病，瀕死已久，誠恐一旦填溝壑為寵命羞。恭聞嚴旨，不敢遄歸，見泊舟吳江地方，延醫調治。仍懇乞天恩俯鑒下悃，特賜矜宥，俾遂首丘。臣跧伏草土，頂戴高厚，與天無極。臣無任戰兢悚懼翹切之至。專差義男蔣忠齎疏上進。伏候勅旨。

崇禎十七年六月二十五日吳江上。七月初五日奉聖旨："朕望卿還棹來京，面諮佐理。覽卿奏，情詞懇惻。准照先帝予歸恩禮，暫且回籍候召用。本內中興三策，具見老臣愛國藎獻，亟爲加納。該部知道。"

起用勅諭乙酉七月。

勅諭吏、兵二部：今中興伊始，朕志切親征，密勿必得匡贊之臣始可，或從行，或分任居守燮理之重務。原任輔臣蔣德璟，簡重于先帝，久飫其經綸，況學博古今，度具亮忠，着以原官起用佐理。便着新授行人張廷榜，星速敦聘，即來行在，與朕分勞。差官即日起行，免其辭朝。

隆武元年七月初四日。

吏部爲遵旨差官事。本月初五日，吏科抄出該本部尚書張具題前事等。因本日奉旨，內輔臣林欲楫、蔣德璟，責成劉中藻、張廷榜俱照上限之府分、日期，且通自本月初五日算起，還行文去所催各官的差去撫標各官，若違限一日，綑打四十，違限二日，綑打八十，違限三日，割耳遊示，違限至五日，定以軍法，令領兵衙門即綁即斬，令在必行，決不輕恕。兩輔臣速來陛見，如有過限，則劉中藻、張廷榜一定褫職拿問，決不輕貸。欽遵通行差官立限速催去。後案照前。經本部屢奉明旨，尚差敦請輔臣蔣進朝陛見，去後至今未見回報，今奉嚴旨切責，緩必譴罪。本行人奉命未覆，實難辭責。文到慎重，克期併同原催閣部復命，毋仍前瞻望，後至有罰，務其勉之。須至剳付者。欽限廿二日見朝。

隆武元年七月初五日，剳付行人張廷榜，准此。

恭辭起用疏乙酉十月。

原任太子少保、户部尚書兼文淵閣大學士、回籍調理臣蔣德璟，爲天恩極重難勝，錮疾久深爲苦，懇乞聖明俯鑒衰病真情，特賜矜憐，容令辭免，以重政機事。

臣久苦足疾,沉困山中,醫藥雜攻,腫痛日甚。乃於本月十三夜有欽差行人張廷榜到泉州府,十四早廷榜親至臣宅,稱奉旨召用。臣即自山中扶疾馳歸,雖未見勅諭咨文,而恭繹通行差官立限速催之旨,聖恩隆切,睠念簪履,特踰格數之外,臣不勝感激,不勝皇悚,當即扶掖叩頭謝恩訖。臣自驚聞國難,慘目傷心。痛憤之餘,僅存皮骨。幸天祚本朝,皇上膺圖嗣統,曆數有歸。臣正在焚香拜表,虔申慶賀間,又聞董振六師,親征在即,天威所指,宇宙廓清。臣恨不即荷戈負羽,身先將士,掃滅殘胡,以佐中興之烈,而敢以病爲解乎?緣臣自癸未十一月內,蒙先帝召對隆道閣,力疾趨蹌,跌傷右足,筋攣脛腫,行步艱辛。自此連揭哀控,復具三疏求斥,蒙先帝矜允,賜銀幣,乘傳以歸。迨辭朝出都,中途聞變,號慟擗踊,前恙轉加。復蒙聖安皇帝遣官宣召,連章控辭,此皆有奏揭,邸報抄傳,非敢一字虛飾也。臣材資駑下,學識迂疎,本無適用之能,久負伴食之媿。間有感時憂事,如乞裁練餉、蠲召買、罷鈔法及免浙直等處採取桑穰諸揭,先帝俯矜愚昧,曲賜優容,恩同覆載。而臣在事既不能持危,既歸又不獲殉難,俯仰悲憤,方以未即死爲恨,安敢再玷機庭,從攀鱗附翼之後?況足疾久困,中外共知,尤萬萬不能勝任也。伏乞天恩俯憐病苦至情,仍賜在籍調理,臣得延殘喘,扶杖觀二京恢復大勳,臣死且不朽矣。至行人張廷榜凜畏簡書,親見臣蹣跚情形,而再四催迫,一刻不容。臣惟有拊心擊顙,歸命君父,併乞統賜寬容。臣無任激切屏營之至。

隆武元年七月十五日上。十八日奉御批:"卿宏才偉度,海內具瞻,朕昔奉藩,聞之國儀方廣德尤悉。先帝簡任既至,朕實眷倚舊臣。南京之召未起,是卿進退節全。朕雖莫當明主,堅志自信,清我廟陵,焦勞徬徨,盼卿如渴。昨據虛傳卿奉召至,朕喜而不寐,即諭侍臣不必拘套,即着速至便殿召對。既而寂杳,朕心惘然。朕仰卿之切如此,乃復往還動淹旬月,辭奏一到,大非朕心。足恙未痊,自有體裁之法,經濟名臣,堅不朕顧,朕誠薄德,還念先帝高皇,定不准辭。十日之內,斷望卿到。不然,則張廷榜溺職,奉使無狀,巧滯輔臣,司徒之罰,公議難免矣。朕今計日待卿,卿若再遜,過在行人。衙門知道。"

又一本爲慶賀事,奉聖旨:"覽卿奏賀,朕知道了。卿還遵旨速至,切慰盼眷至懷。衙門知道。"又奉御批:"差中書陳忠同内閣蔣輔臣家人蔣興去,再敦趨輔臣。並諭行人張廷榜,二十八日輔臣不到,本官自拘司寇,聽旨發落。十九日陳忠早行,誤了重究。"

七月十八日。絲綸房守宿官臣范夢鯉〔押〕,書手臣丁舉〔押〕、鄭登〔押〕。

在籍謝恩疏

原任太子少保、户部尚書兼文淵閣大學士、今在籍臣蔣德璟,謹奏爲蒙恩回籍,恭陳謝悃事。

該臣前以病廢餘生,三疏乞骸,蒙先帝憐准,賜臣銀幣馳驛回籍調理。行至吳江,復蒙皇上俯念簪履之遺,遣官宣諭,特召陛見。天恩隆重,感激非常。因臣病足,支離痀攣已久,驚魂顛仆,腫痛倍深,不得已連章控辭,實懼仰干鈇鉞。恭蒙皇上垂鑒下情懍惻,准照先帝予歸恩禮,仍賜回籍。臣當即虔設香案,望闕叩頭謝恩。隨于本年七月十一日自吳江解纜,扶病跋涉,以八月十五日抵家訖。

伏念臣蒲柳之資,望秋先悴;薑桂之質,下愚不移。當在直時迕慧多乖,謗尤交積,業已自分誅斥,而先帝曲加寬貸,恩禮始終,覆載之仁,實出望外。及乎中途聞變,擗地號天,軒鼎莫攀,萇血空灑。復蒙皇上表其同仇之苦志,原其追痛之隱懷,既惕以祖宗弓劍之地不宜孤注偏安,復矜其老病首丘之私再許戴恩歸里。臣幸得苟延喘息,生見墳廬,皆聖明高厚罔極之賜也! 犬馬殘年,即捐頂踵填溝壑無能報稱萬一,惟有舉家焚香叩頭,致中興萬年之頌而已。伏願畫定中原,重收一統。恪守高皇之謨訓,不愆不忘;大振列祖之聲靈,有嚴有翼。將内安與外攘並茂,而孫謀繼祖武重光矣! 臣不勝瞻依屏營翹切之至。緣係蒙恩回籍,恭陳謝悃事理,專差義男蔣興齎具奏聞。伏候勅旨。

崇禎十七年十月二十二日。

聖母至京慶賀疏

原任太子少保、户部尚書兼文淵閣大學士、今在籍臣蔣德璟，奏爲慶賀事。

臣跧伏海濱，恭聞聖母恪貞仁壽皇太后鑾駕以八月内奉迎至京，不勝欣慶，謹稽首頓首稱賀者。

上聖尊親，式崇慈宮之典禮；昊天眷德，爰合寰海之歡心。錫類方弘，迎禧未艾。竊惟自古帝王之盛事，每以尊養爲難逢。電繞虹流，僅遡發祥之自；《生民》、《玄鳥》，第本受命之奇。惟太任實母文王，乃抗法有光胎教。其後宮長信，節號坤成。徽數彌隆，曠儀稀遘。若迎來自代，差酬愛日之心；迺徧訪建中，徒切望雲之志。未有鸞輿鳳障重捧春暉、寶册瑶觴獨彰天慶如今日者也！

兹蓋皇上運符殷武，孝協舜華。河嶽鍾祥，再開啓母三呼之石；金陵繩武，復當聖祖初創之區。地偶隔于晨昏，念獨縈於明發。特肅奉迎之使，遂諧班舞之驪。樂奏龍樓，映千花之芬遠；門開魚鑰，奏萬乘之起居。聚率土以謳歌，合普天爲頌禱。所謂至哉坤元，安貞之吉應地無疆；乃若大矣孝治，德教之加兆民允賴。真古今不數之福履，而天人叶應之禎符也！

臣舊玷樞衡，遠棲丘壑。遥瞻宮禁，雖阻陪燕喜之班；聳聽詔書，幸偕劾華封之祝。受介福于王母，莫罄揄揚；誦有慶之一人，惟深忭舞。臣不勝瞻依翹祝之至。

崇禎十七年十月二十二日。

補給誥命疏

奏爲懇乞天恩，照例補給誥命事。

臣向待罪政地，於十六年五月内以奴兵遠遁及永城叛逆劉超就擒，蒙先帝加恩，給臣誥命三道。臣累疏辭謝不獲，隨於十二月内用寶給領訖。臣即于十二月内，遣義男蔣進齋捧恭送回籍。不期于本年正月内行至濟寧地方，被土賊劫掠,致俱散失,不勝惶悚。察舊俱准補給。矧際皇上中興,覃恩廣被内外,臣子皆蒙聖孝錫類之仁,給賜封贈,榮及所生。近又恭迎聖母鑾駕,普天大慶,伏乞勅下該部,察臣原領誥命三道,照例補給。臣世世頂戴恩光,長祝聖福與天無極云云。

　　崇禎十七年十月二十二日上。十二月奉聖旨:"卿先朝耆碩,公忠無玷。所請誥命,着即補給,以昭宿勞。該部知道。"

校 點 後 記

《蔣氏敬日草》,收《敬日草》十二卷、《敬日堂外集》十二卷,明晉江蔣德璟著。

蔣德璟(一五八四——一六四六),字中葆,號八公,別字若椰。其始祖蔣旺,明洪武間(一三六八——一三九八)以軍功封世襲晉江福全千戶所正千戶,祖父蔣際春泉南知名儒士,父蔣光彥明萬曆二十年(一五九二)進士,官至江西按察使司副使、廣東布政使司參政。蔣德璟十三歲即"載筆翩翩,遂能道古",十六歲補弟子員,十七歲選拔爲泉州府學廩生,萬曆三十七年中舉,天啟二年(一六二二)成進士,選庶吉士。在庶常館學習期間,蔣德璟目睹閹黨跋扈,朝政混亂,每每在詩文中抒發不滿,閹黨欲加罪迫害,蔣德璟坦然面對:"吾寧以其身赴有義之溝壑,不扳無義之榮華,他日猶得以學士肚皮正告天下後世也。"

崇禎時,蔣德璟由翰林院編修逐級陞轉,至崇禎十三年(一六四〇)陞任禮部右侍郎兼翰林院侍讀學士,進入政權核心。爲官鯁直,不立門戶,於崇禎十五年六月以群臣推薦,召對枚卜,升禮部尚書兼東閣大學士,進入內閣,不久改任戶部尚書兼文淵閣大學士。其時內憂外患不斷,朝廷爲應付戰事不斷增收稅賦,再加上文官武臣貪污腐敗,激起人民的激烈反抗。蔣德璟認定民心即天心,屢與崇禎皇帝發生分歧並引發激烈爭執,獲譴後告病乞休,於崇禎十七年三月離京,數日後北京即被李自成攻破,崇禎皇帝自縊於煤山。蔣德璟南歸途中,聞知南京成立弘光政權,曾上《密奏恢復機宜八款》。清順治二年(一六四五)弘光政權被滅,蔣德璟在摯友黃道周推薦下參加在福州擁立的南明隆武政權。順治三年隆武政權又遭覆滅,蔣德璟患病在家,聞訊仰歎,絕食身亡。

蔣德璟逝世後,留下大量詩文著作,據稱"有《蔣氏試草》六本,《敬日草》十四本,《敬日詩》六本,《愍書》十二本,《鸛經》一本,《海北省侍詩》一本,《黃芽園詩》一本,《家箴》一本,《小賦》一本,《玉牒續考》四本,《中興一統鏡》一本,《御覽備邊冊》三十二本,《六部匯書》十二本。自計偕以迄致政,各行記十餘本,餘集散失及箋劄尚多未梓也"。

《蔣氏敬日草》是蔣德璟生前刊行的詩文合集,"敬日"是蔣德璟的堂號。集中包括刊印於崇禎四年的《敬日草》十卷以及隆武年間結集的《敬日堂外集》十二卷和部分詩集。《敬日草》以文章體裁分類,卷一至卷九分別收集奏疏、論、表、對、評、策、問、考、議、序、引、傳、述、記、贊、題卷、跋、書事、告文、墓志銘、奠文、誄等文章;卷十收古今體詩,以不同時期的活動分別結集為《花磚詩》、《使淮詩》。另有《使還詩》、《使益詩》、《還朝詩》三集是在編《蔣氏敬日草》時增入的。《敬日堂外集》收集自崇禎七年起至隆武元年(一六四五)止的奏疏、咨文、紀事、揭帖,以時間順序分為十二卷,是蔣德璟從政的真實記錄。從內容看,《蔣氏敬日草》刊刻的時間在南明隆武元年至隆武二年,世亂之時,臨老之際,蔣氏編此詩文集的目的是留下個人的印跡,為後人保存一段信史。

蔣德璟學問淵博,經歷豐富,熟知前代典章及明朝掌故,邊塞、漕鹽、水利、刑律,莫不究其利弊。從翰林院到內閣,他多次主持科舉考試、祭祀儀式,參與決策軍國大事,所存的記錄實屬珍貴的歷史資料。可惜蔣德璟逝世後,閩南戰爭不斷,接著又是清朝漫長的"文字獄",故該書難以流傳,散失殆盡。現根據中國國家圖書館所藏明末刻本《蔣氏敬日草》影印本校點出版。不足之處,尚祈讀者斧正。

編　者

二〇二一年十一月

圖書在版編目（CIP）數據

蔣氏敬日草／（明）蔣德璟著；粘良圖點校.—北京：商務
印書館,2022
（泉州文庫）
ISBN 978－7－100－21813－9

Ⅰ.①蔣… Ⅱ.①蔣… ②粘… Ⅲ.①古典詩歌－詩集－中國－
明代 Ⅳ.①I222.748

中國版本圖書館 CIP 數據核字（2022）第 212653 號

責任編輯　閻海文

特約審讀　李夢生

蔣氏敬日草

（明）蔣德璟　著

商　務　印　書　館　出　版
（北京王府井大街36號　郵政編碼100710）
商　務　印　書　館　發　行
山東韻傑文化科技有限公司印刷
ISBN 978－7－100－21813－9

2022 年 12 月第 1 版　　開本 705×960　1/16
2022 年 12 月第 1 次印刷　　印張 38.75　插頁 2
定價：258.00 元